Dieter Roth

DER MÜDE LORD

Dieter Roth

Der müde Lord

Roman

Rhein-Neckar-Zeitung

Impressum

© Dieter Roth 2013

Umschlagbild: A portrait of the author as a young man

Druck:

Rhein-Neckar-Zeitung GmbH
Druckerei Odenwälder Buchen

ISBN: 978-3-936866-46-9

I
Durchs Gebirge

Am 11. August 1954, einem Montag mit blitzblauem Himmel und kräftig wärmender Sonne, fuhr Christian Rosenow durchs Gebirge. Er hatte sich, mit dem Lokalzug von Burgstedt kommend, gegen Mittag auf dem Kronstädter Hauptbahnhof eingefunden und wartete auf die Weiterfahrt mit dem Personenzug nach Bukarest. Auf dem menschenleeren Perron saß er in Denkerpose auf einem hochkant stehenden großen Holzkoffer, der kein Schmuckstück war, eher ein Arme-Leute-Behältnis, allerdings, muß man sagen, auch mit der Patina einer ominösen Weitgereistheit behaftet. Das hölzerne Ungetüm war in einem Zwangsarbeitslager irgendwo im Donbass angefertigt worden, kurz vor der Heimreise von Onkel Franz aus der Deportation, die nun freilich auch schon einige Jahre zurücklag. Bei aller Häßlichkeit hatte der Koffer aber doch auch den Vorzug eines größeren Fassungsvermögens, als man ihm von außen ansah, dazu war er mit einem Hängeschloß abschließbar, so daß, wohin immer sein Besitzer auch geraten würde, nicht jedermann gleich alle seine Schätze würde inspizieren können.

Mit kennerischem Blick verfolgte Christian die Bewegungen der roten Rangierloks, die an diesem Eisenbahnknotenpunkt ziemlich zahlreich ihre bulligen Körper hin- und herschoben. Hier erfolgte übrigens das große Atemholen der von Westen einfahrenden Züge vor der Übersteigung des Gebirgs. Ohne zwei Loks war die Auffahrt nach Predeal, der Paßhöhe, nicht zu bewältigen. In der Regel waren dies eine Zugmaschine am Kopf der Wagenkette und eine Schubmaschine an ihrem Ende. Im Winter, bei überfrorenen Gleisen, mußten es oft gleich zwei Maschinen an der Spitze sein.

An solcher mechanischen Geschäftigkeit fand Christian jedes Mal ein ausgesprochenes Vergnügen. Es war so etwas von weiter Welt auf diesem Bahnhof, von dampfender, pfeifender, unbezähmbarer Freiheit, die in einem höchst seltsamen Gegensatz zum Spurzwang der Gleise stand. Nirgends gab es ja für diese rollenden Gefährte eine Möglichkeit des Abweichens vom eisern vorgeschriebenen Weg, nicht einmal für den von weither kommenden Orient-Expreß mit seinem

Wappenprunk an Schlaf- und Speisewagen, und doch waren gleichermaßen alle, auch die unscheinbarsten Bummelzüge, von der Aura einer wundersamen Freiheit umgeben, die sich zumindest in dem ungebärdigen Pfeifen der Lokomotiven ausdrückte.

Das alles und noch mehr ging dem sinnierenden Christian Rosenow durch den Kopf, als plötzlich Bewegung auf dem Bahnsteig entstand. Zigeuner waren plötzlich da, eine sehr bunte, sehr bewegliche Schar meist weiblicher Personen dunkler Hautfarbe in langen Kleidern und mit offenem Haar, mittendrin, alle überragend, ein etwas älterer Mann mit gemeißelt scharfen Gesichtszügen, einem durchdringenden Blick und schulterlangen strähnigen Haaren unter einem breitkrempigen zerbeulten Hut. Woher sie so plötzlich aufgetaucht waren, konnte Christian sich nicht erklären. Sie kamen vielleicht aus der „Ungarei" nordöstlich von Kronstadt, redeten indes weder ungarisch noch rumänisch, sondern ihre eigene Sprache. Voller Erwartung standen sie da, ja voll eines freudigen Übermuts. Nach der Hauptstadt schienen auch sie zu wollen – doch mit welchem Ziel? Christian wußte darauf keine Antwort, spürte aber sehr wohl das „Zuggefühl" dieser Leute, den Drang nach Aufbruch, der auch ihn längst erfüllte.

Wenn nur nicht dieser Unglücksmensch von einem Zeitungsreporter, oder was er sonst sein mochte, aufgetaucht wäre. Bewaffnet mit einem Fotoapparat, schien er auf der Jagd nach dem „neuen Menschen" zu sein, den er und seinesgleichen nun schon sieben Jahre lang, das heißt seit der Vertreibung des Königs vom Thron und aus dem Lande, in Wort und Bild beschworen, dem sie aber kaum jemals wirklich begegnet waren, so scheu war dieses seltene Wild des neuen Menschen. Hier nun aber schien sich dem Vertreter der neuen Presse endlich ein dankbarer Gegenstand seiner beruflichen Neugier zu bieten. Die Zigeuner hießen seit kurzem nicht mehr so wie all die Jahrhunderte davor, sondern waren mit dem besonderen Namen Romi versehen und über Nacht zu aller Leute Brüdern geworden. Der Reporter stürzte sich auf den Bulibascha, den obersten Patron der zigeunerischen Reisegesellschaft, hob seine Kamera ans Auge und wollte, mit der Aufforderung „Lächle mal, Roma-Bruder!", schon den Auslöser betätigen, als der Zigeunerhäuptling ihn unversehns am Kragen packte und böse ausrief: „Eşti un ciuf". Was einfach nur bedeutete: „Du bist ein Nichtsnutz." Doch dabei blieb es nicht. Er ließ den Kragen des Reporters nicht mehr los und schrie außer sich: „Den ‚Roma-Bruder' kannst du dir in den Hintern stecken, ich bin für dich nach wie vor der Zigeuner, hörst du? Was fällt dir ein, mir mit deinem Teufelsapparat das Gesicht wegzustehlen, du roter Halunke!"

Der Träger eines frisch verliehenen Volksnamens hätte das besser nicht so deutlich aussprechen sollen, denn dem Repräsentanten der neuen Presse trat nun deutlich die Farbe ins Gesicht, in die der Bulibascha den „Halunken" getaucht hatte, nämlich das Rot seines aufflammenden Zorns. Seinerseits griff er nun in den Farbtopf volkstümlicher Wortmalerei und nannte den vorhin noch als „Roma-Bruder" Angesprochenen eine „heimtückische Krähe", was dem Geist der neuen Zeit doch etwas widersprach.

Das wäre auch sicher endlos weiter hin- und hergegangen, wäre nicht der Personenzug nach Bukarest in den Bahnhof eingefahren. So brauchte Christian, der sich sonst gerne in alles Mögliche einzumischen pflegte, keine Stellung zu beziehen, und hielt mit raschem Blick nach einem passenden Waggon der „Holzklasse" Ausschau. Das war damals noch die mit harten Bänken ausgestattete dritte Klasse, neben der blauen und der roten „Plüschklasse", das heißt der zweiten und der ersten.

Da an diesem Montag nicht viele Reisende unterwegs waren, fand Christian nach kurzer Suche ein völlig leeres Abteil und konnte sich mit seinem Koffer darin richtig breitmachen. Der Zug fuhr los und sehr bald auch sicht- und fühlbar bergaufwärts, die Luft wurde herber und dünner, unten im Talgrund rauschte der Tömösch-Bach ihm entgegen, entschwand dann aber für eine Weile dem Blick, wo die Bahnlinie ihre eigenen Schlingen und Schleifen zu ziehen gezwungen war. Dann ging die Fahrt durch kurze Tunnel, was auch seinen Reiz hatte, denn da schaltete sich wie von Geisterhand das Deckenlicht im Abteil und auf dem Korridor ein, und der Druck auf die Ohren, durch den Gewinn an Höhe ohnehin schon deutlich spürbar, nahm weiter zu.

Aber dieser mühevolle Aufstieg in eine doch nicht ganz so vertraute Gebirgswelt löste in Christian auch bestimmte Erinnerungen aus. Die eine betraf die Predigt Pfarrer Pelgers daheim in der Burgstedter Kirche, die dieser am Sonntag, also am Tag zuvor, so überraschend und bekennerisch auf Christians Reise nach der Hauptstadt bezogen hatte. Es war das Abschiedswort eines väterlichen Freundes, „väterlich" im Doppelsinn des Wortes, nämlich in dem eines Ersatzvaters und zugleich eines Vaterfreundes, denn Christians Vater Julius Rosenow war vor ziemlich genau sieben Jahren aus der russischen Deportation nicht mehr zurückgekehrt.

Jede Einzelheit der Predigt hatte Christian im Gedächtnis behalten. Nur ist freilich auch zu sagen, daß es ihm schon ein bißchen peinlich gewesen war, vor der ganzen Gemeinde so in den Mittelpunkt einer Kanzelrede gestellt zu werden. „Da zieht er also hin, unser junger Freund, zunächst auf der Suche nach einem Auskommen in der großen Stadt, alsdann um sein berufliches Ziel zu erreichen, welchem beidem wir Daheimgebliebenen nur aus der Ferne zusehen können, in der Erwartung eines baldigen Wiedersehens in Freude. So zieh denn hin, mein Sohn, und vergiß uns nicht, und vergiß vor allem Gott nicht, der deine Wege sieht und leitet. Ach, möge allen, die dir begegnen, Weisheit und Verstehen gegeben sein, deinen Lehrern und auch Lenkern. Und befohlen sei der Weisheit Gottes auch unsere neue Regierung, auf daß sie erkenne, wo wahre Not und Bedrängnis sind."

Das letztere, das mit dem Gottbefohlensein der Regierung, hatte Christian ausnehmend gut gefallen. Denn die Gesichter dieser Regierenden, die während seiner Volksschul- und Gymnasiumsjahre die Klassenzimmerwände zu zieren begannen, sahen nun einmal nicht sehr lieb und fromm aus und schon gar nicht majestätisch-ernst wie des Königs Antlitz dazumal, sondern eher wie jene der zwei Bösewichter zur Rechten und zur Linken unseres gekreuzigten Heilands auf dem Berge Golgatha. Aber Christian tröstete sich damit, daß er ihnen kaum je von Angesicht zu Angesicht gegenüberstehen würde, auch in der großen Stadt nicht, wo sie ja das Regieren ausübten. Nur freilich, was Christian an der Kanzelrede so sehr gefallen hatte, das war, wie er kurz darauf erfahren sollte, der wachsamen Gemeindeobrigkeit übel aufgestoßen. Sie schickte dem guten Pfarrer Pelger den Gemeindediener ins Haus, der ihm ausrichten sollte, daß die Regierenden, anders als früher der König, es nicht nötig hätten, Gottes Weisheit befohlen zu werden, da sie die schon hundertfach selbst besäßen, indem sie sie aus dem reichen Borne von Marx, Engels, Lenin und Stalin getrunken hätten. „Ja, das merkt man allerdings auf Schritt und Tritt", soll Pfarrer Pelger dazu bissig gesagt haben, und mehr nicht.

Inzwischen hatte der Zug schnaufend und vor dem Eingang zum längsten Tunnel auch mit warnendem Pfeifen das steile Tömöschtal schon fast ganz durchfahren und näherte sich Predeal, der tausend Meter hohen Wasserscheide zwischen nordwärts fließendem Tömösch und südwärts fließender Prahova. Das schwerste war damit geschafft, die Zweitlokomotive am Ende des Zuges wurde hier abgekoppelt und zur Alleinrückfahrt auf ein Nebengleis geschoben. Hoch oben über dem Ort am westlichen Paßhang ragte, vielfenstrig-unnahbar wie eine Gralsburg, das berühmte Lungensanatorium aus dem Wald hervor, das Christian, sooft er es erblickte, kalte Schauer über den Rücken laufen ließ. Und selbst als er, in späteren Jahren, im Vorbeifahren die höhere Heiterkeit von Thomas Manns „Zauberberg" dahinein zu projizieren suchte, wollte sich in seinem Gemüt partout nichts Angenehmes damit verbinden.

Nun aber, da man durchs Gebirge hindurch war, hier an der Nahtstelle zwischen Süd- und Ostkarpaten und an der Scheide zwischen zwei Flußsystemen, ging es abwärts, der Ebene zu, an deren fernem südlichen Rand die Donau wohl zu erahnen war, zu sehen aber noch lange nicht. Kurz nachdem sich der Zug in Bewegung gesetzt hatte und, den Bahnhof von Predeal zurücklassend, langsam Fahrt aufzunehmen begann, öffnete sich mit einem Ruck die Abteiltür, und der Kondukteur trat ein und bat um die Fahrkarte. Er war mit dem Lochen noch nicht fertig, da erschien hinter seinem Rücken ein offenbar gerade zugestiegener Fahrgast, reichte dem Kondukteur ebenfalls die Karte und schob einen leichten Koffer durch die Tür ins Abteil. Er hatte etwas Selbstsicher-Freundliches im Blick, grüßte indes mit äußerst höflicher Zurückhaltung und fragte, ob es da noch einen Platz auch für ihn gäbe. Christian nickte: „Davon gibt's hier genug, für zwei wird's auf jeden Fall reichen". Er verzog seinen Mund zu einem Lächeln, das an Christian um so überraschender wirkte, als sein Gesicht meist von einem trotzig-sanften Ernst geprägt war.

Dem neuen Fahrgast schien das aber sehr zu gefallen, denn er sagte, das sei ihm angenehm, ja besonders angenehm, da er hier offenbar in deutscher Gesellschaft reise. Woher wußte das der Fremde? „Sie sehen mich verwundert an, aber ihre kurzen Hosen und ihr kariertes Hemd verraten Sie. Die trägt man, in Ihrem Alter, nur jenseits der Karpaten und nur, wenn man Deutscher ist. Ich weiß das, ich stamme selbst aus der Gegend um Kronstadt."

Christian, dem das Unmittelbare an Menschen zwar an und für sich gefiel, der aber im Umgang mit Fremden damit noch keinerlei Erfahrung hatte, reagierte, eingedenk auch der mütterlichen Lehren, in diesen Zeiten besonders auf der Hut zu sein, sehr verlegen. Aber der fremde Herr ließ sich in seiner selbstgewissen Vergnügtheit überhaupt nicht beirren und rückte gleich noch mit weiterem heraus, das Christian zwar zunächst ein wenig die Sprache verschlug, ihn aber alsbald erleichtert aufatmen ließ.

„Wenn ich Ihr Gesicht sehe, so glaube ich fest, ich bin Ihnen schon einmal begegnet", erklärte er. „Es sollte mich wundern", platzte es schließlich aus ihm heraus, „wenn Sie nicht Rosenow heißen und der Sohn von Julius Rosenow sind." Christian hatte plötzlich das Gefühl, sich in einem Roman von Karl May zu befinden – nur dort gab es noch solche Erkennungsszenen, nur dort diese durchdringenden, alles durchschauenden Blicke von Menschen, die sich in der weiten Prärie zufällig über den Weg laufen und sofort alles über einander wissen. Aber hier war das nun etwas anderes, keine schön erfundene Geschichte mehr, sondern, um es einmal so auszudrücken, heiter-bitterer Ernst, und Christian mußte sich schon sehr zusammennehmen, um das Richtige zu tun und zu sagen. Er sagte aber vorerst gar nichts, sondern nickte nur zu allem, was der fremde Herr äußerte, und schien seine gewohnte schüchterne Reserviertheit für das Angemessene zu halten.

„Ich weiß, wie es Ihnen erging, ich weiß auch von Ihres Vaters Verschleppung und Tod in Rußland. Das ist alles so traurig, so unendlich traurig, wie es auch niemals wieder gutzumachen ist. Ich wäre himmelfroh, wenn sich einmal herausstellen sollte, daß wir Rumänen zu dieser Verschleppung eigener Staatsbürger, wenn wir sie schon nicht verhindern konnten, nichts beigetragen haben. Ich kannte Ihren Vater, ich kannte ihn so gut, daß ich ihn niemals vergessen werde. Er war in jener Ploieștier Erdölraffinerie einer der Chefingenieure, als ich frisch vom Polytechnikum dorthin kam. Dort bin ich auch jetzt noch, aber unter was für Vorzeichen? Das Kürzel ‚Sovrom' sagt Ihnen sicher etwas. ‚Sovrom-Petrol', darum handelt es sich heute in Ploiești, bedeutet nichts anderes als ‚sowjetische Ausbeutung rumänischen Erdöls'."

Christian wurde es etwas mulmig zumute angesichts der doch sehr freimütigen Äußerungen von Herrn Liviu Popp, als der sich dieser gleich zu Beginn ihrer Begegnung vorgestellt hatte. Entsprechend schien er auf sein Gegenüber einen etwas verstörten Eindruck zu machen, denn der redete nun beruhigend auf ihn ein. „Sie müssen keine Angst haben, daß jemand uns zuhört. Der Zug ist ziemlich leer. Und wenn ich mich Ihnen gegenüber so auslasse, so nehmen Sie es als ein Zeichen des uneingeschränkten Vertrauens, das ich aus Erfahrung zu jedem Deutschen in diesem Lande haben kann."

Da fuhr der Zug in Bușteni ein. „Sehen Sie dort oben auf dem Vorgipfel des Caraiman jenes Kreuz?" fragte Herr Popp. „Es nimmt sich von hier fast klein aus, ist aber fünfzig Meter hoch, dieses Ehrenmal für die Gefallenen des Ersten Weltkriegs. Früher, an Gedenk- und Feiertagen oder auch in der Neujahrsnacht, sicher aber an Königs Geburtstag, war es immer elektrisch erleuchtet und strahlte weit ins Land hinaus. Die neuen ‚Brüder' haben damit aber natürlich nichts zu tun, wie sollten sie auch, wo es sich doch um ein Kreuz handelt. Andererseits haben sie sich auch nicht getraut, es abzureißen oder gar" – in seiner Stimme lag Hohn – „durch den wunderschönen Sowjetstern zu ersetzen. Sie begnügen sich damit, es nicht mehr zu erleuchten." Er lachte kurz auf, bevor er fortfuhr: „Es ist schon interessant, wie diesen moskowitischen Hampelmännern die Gegend hier, überhaupt die ganze Bergwelt, selbst nach so vielen Jahren des Waltens und Wütens, noch immer nicht geheuer ist. Fast sieht es aus, als würden sie mit ihren schlimmsten und ärgerlichsten Feinden, den ‚Partisanen' im

Fogarascher Gebirge oder auch sonstwo in den Karpaten, niemals fertig werden. Man hört da immer wieder was durch die Lande raunen, wie ‚Sie haben jetzt den letzten gefangen' oder ‚Das letzte Nest ist ausgeräuchert'. Nichts da, diese ‚Partisanen' gibt es weiter, und sie lachen sich eins, wenn sie die Nachrichten von ihrem vermeintlichen Untergang hören."

Dazu wußte auch Christian, inzwischen zutraulicher geworden, einiges zu sagen. Wenn seine Kronstädter Gymnasiumskollegen aus der Fogarascher Gegend, das ist die ganze Strecke am Alt entlang von Schirkanyen bis Freck, aus den Ferien oder von Besuchen zu Hause ins Internat zurückkehrten, dann erzählten sie in der abendlichen Dunkelheit des Schlafraums die neuesten Partisanengeschichten aus ihren Dörfern. Einige wußten sogar von unverhofften Begegnungen mit bärtigen Gesellen zu berichten, die keinem etwas taten, sondern gerade nur wollten, daß man von diesen Begegnungen auf keinen Fall etwas weitererzählte. Man steckte also sozusagen unter einer Decke mit diesen Russen- und Kommunistenfeinden, diesen bewaffneten Freischärlern, die mit der Hoffnung lebten, daß die Amerikaner endlich ins Land kommen und die roten Banditen verjagen würden.

„Tja", nickte Herr Popp, „das freut einen aber, und besonders freut einen, wenn ihr jungen Leute das alles wißt und für euch behaltet. Ein Kinderspiel ist das Leben dort oben in den Bergen nicht. Das muß schon ein besonderer Kerl sein, der dort hingeht. Ich könnte es nicht, das muß ich offen zugeben. – Dabei", fuhr Herr Popp nach einer Pause fort, „stehen diese Menschen in unserer besten Widerstandstradition. Früher, während der langen Türkenherrschaft, hießen diese bewaffneten Waldgänger ‚Heiducken'. Die neuen ‚Brüder' zerfließen vor Verehrung, wenn sie von jenen Heiducken, jenen ‚freiheitsliebenden Patrioten' der Vergangenheit, reden. Daß die heutigen Partisanen in den Karpaten nichts anderes sind und tun als die einstigen Heiducken, das können sie nun einmal nicht zugeben. Deshalb sind es für sie auch bloß ‚Schädlinge', die vernichtet werden müssen".

Christians Aufbruch nach der Hauptstadt, ursprünglich von großem Reisefieber und auch sonst von hundert Ängsten begleitet, schien durch die Zufälle, die nun schon fast von Anbeginn regelrecht auf ihn einstürmten, die spannendste und angenehmste Wendung zu nehmen. Die Begegnung mit Herrn Liviu Popp war dabei das weitaus Überraschendste. So hatte sich Christian einen Erwachsenen aus der rumänischen Sphäre bei Gott nicht vorgestellt, und so mutig war man in seiner eigenen, der deutschen, wohl auch bedingt durch die Demütigungen und Drangsalierungen, die man nach dem Krieg als Nichtrumäne vielfach hatte erdulden müssen, selbst im vertrautesten Kreise nicht, wenn man sich zu Dingen der Gegenwart äußerte.

Einen geradezu überwältigenden Eindruck aber machte auf ihn Herrn Popps in jeder Hinsicht hochriskante Offenheit und Vertrauensseligkeit. So redete man in Christians Kreisen nur unter intimsten Freunden miteinander. Und das alles hatte in seiner neuen Reisebekanntschaft einzig und allein das bloße Wiedererkennen eines lebhaft erinnerten Menschengesichts in dem eines anderen, jüngeren bewirkt. Hier sollte im übrigen für Christian eine Schule des Sehens beginnen, wie man sie in solcher Lebendigkeit, in solcher erkennenden und genau taxierenden Schärfe nur in südlicheren Weltgegenden antrifft. Sie ist, zumal unter Bedingungen einer Diktatur, eine Überlebensübung, wie Christian in seinem gerade erst beginnenden Erwachsenendasein noch reichlich erfahren sollte.

Man war nun schon in den hocheleganten Bahnhof von Sinaia eingefahren, den sich einst, Ende des 19. Jahrhunderts, das damals noch junge rumänische Königshaus hatte erbauen lassen. Die Bahnlinie verband Bukarest und Ploieşti mit Kronstadt zu einer Zeit miteinander, als diese östlichste deutschgeprägte Stadt längst noch nicht rumänisch war, sondern österreichisch-ungarisch. In Sinaia hatte sich Karl I. mit Schloß Pelesch seine Sommerresidenz errichten lassen, in die er sich vor der berüchtigten Bukarester Sommerhitze zu flüchten pflegte. „Auch hier", kommentierte Herr Popp mit einem Blick durchs Fenster, „haben sie sich noch nicht hineingetraut, die neuen Potentaten. Die Möglichkeit des Regierens von diesem Ort aus scheint ihnen von vornherein fremd geblieben zu sein. So haben sie es denn sein lassen, und wir haben im Schloß nun ein Museum, das dem naiven Besucher vor Augen führen soll, in was für einem Luxus diese monarchischen Parasiten geschwelgt haben. Das Seltsame an der Geschichte ist nur", fuhr Herr Popp spöttisch fort, „daß der letzte König aus dem Hause Hohenzollern-Sigmaringen, als man ihn entthronte, angeblich mit all seinen Schätzen außer Landes gegangen ist, daß diese Schätze aber heute noch alle als Ausstellungsstücke in Schloß Pelesch zu besichtigen sind. Man sage also nicht, daß es unter den Bedingungen des jetzt herrschenden dialektischen Materialismus die Duplizität der Dinge nicht mehr gäbe. Sie ist hier nur kein Ausdruck der Magie mehr, sondern nur noch der platten Lüge und Tatsachenverdrehung, wie man an dem Fall sehen kann. Magie beruht nämlich auf der Duplizität, sie lebt von ihr. Sie ist die bewegte Spiegelbildlichkeit. Dies ist jenes, und das ist dies, unten ist oben, und hinten ist vorn. Können Sie mir folgen? Und wenn dies ist, ist das andere auch, sie können ohne einander nicht sein, alles ist also eins. Im menschlichen Gehirn ist das ganze angelegt, die Tiere kennen es nicht. Der Analogiezauber ist nur eine der frühesten Ausprägungen von Duplizität. – Ja, ja, die Duplizität", fuhr er nach einer Pause fort, und seine Stimme tremolierte höhnisch, „sie ist diesen Leuten desto mehr ein Greuel, je mehr sie davon eingeholt werden. Und nicht zufällig bedeutet das Wort ‚duplicitate' im Rumänischen soviel wie ‚Zwielichtigkeit' und ‚Doppelzüngigkeit'."

Was Christian an Herrn Popp von Anfang an und im weiteren Verlauf der Fahrt immer mehr gefiel, war diese unbekümmerte und zugleich zielsichere Art der Auseinandersetzung mit Dingen, die zwar auch ihn beschäftigten, die er aber in solcher Klarheit und Tiefe zu beurteilen noch nicht fähig war. Das lag wohl an dem Altersunterschied zwischen ihnen. Der Abiturient Christian war gerade erst achtzehn geworden, der Ingenieur Popp mochte nahe den vierzig sein. Den Umbruch in diesem Land hatte Herr Popp mit jungen Augen und hellem Verstand erlebt, dazu in guten Schulen ausgebildet. Er schien genau zu wissen, woher alles kam und, vor allem auch, wohin es ging. Was er in dieser pervertierten Nachkriegswelt um sich herum wahrnahm, schien ihm denn auch eine Art Spuk zu sein, nichts wirklich Wahres.

Das alles glaubte Christian jedenfalls aus Herrn Popps Äußerungen schließen zu können. Darüber kam er leicht ins Grübeln und fragte sich, ob man mit der Welt, in die sie beide nun einmal hineingeboren waren, leichter fertig werden könne, wenn man sich Herrn Popps Ansichten zueigen machte. Das schien ihm sehr wohl möglich, wenn man sich auf die relativ politikfreie Sphäre eines Technikers beschränkte, der Herr Popp nun einmal war. Anders freilich lagen die Dinge dort, wo Christian hinwollte – in die fügsamere Welt der Worte, Bilder und Töne. Hier konnte vieles hineinwirken, konnten viele hineinreden, hier begann recht eigentlich das weite Feld der Manipulation. Schrieb in der Sphäre der technischen Tatsachen die Natur nach wie vor die Gesetze, so in der von Christian angesteuerten Sphäre die menschliche Willkür, die wohltätig sein konnte, aber nicht auch sein mußte.

Als Christian Herrn Popp seine Überlegungen offenbarte, schien der ein wenig zu erschrecken. „Ich rede hier nun schon, wie ich mir jetzt Rechenschaft gebe, die ganze Zeit nur von mir selbst, und tue es dazu in der stillschweigenden Annahme, daß Julius Rosenows Sohn selbstverständlich auch ein Ingenieur werden will wie sein Vater. Und nichts davon stimmt. Ich bitte um Vergebung. Das auffällig Träumerische in Ihrem Blick hätte mir eine Warnung sein sollen."

Ja, wenn das alles nur gut ausginge, was Christian sich da vorgenommen hatte, gab Herr Popp zu bedenken, nämlich in der Hauptstadt vorerst einmal auf eigenen Füßen zu stehen, ehe er sein Studium der Philologie beginne. Von daheim, bekannte Christian, war Hilfe nicht zu erwarten, seiner Mutter könne er das bei ihrem schmalen Verdienst nicht zumuten. So habe er sich gedacht, es vielleicht einmal bei dieser Bukarester deutschen Tageszeitung „Neues Land" zu versuchen. Dort sei bereits ein ehemaliger Gymnasiumskollege untergekommen und studiere jetzt auch schon fleißig an der Universität, beides, Brotberuf und Studium, miteinander verbindend. Das wollte Christian auch versuchen und bei einem Onkel, der schon länger in der Hauptstadt lebte, fürs erste Quartier beziehen.

Herr Popp zeigte sich nun etwas beruhigter, was Christians „schöngeistige" Zukunft anging, wie er sich ausdrückte, obwohl er nach wie vor der Meinung zu sein schien, daß man in diesen Zeiten durch den Broterwerb als Zeitungsschreiber notgedrungen in Teufels Küche kommen müsse. „Ich bin aber auch noch da und außerdem nicht gar so weit von Ihnen entfernt, Sie melden sich bei mir, versprechen Sie mir das, wann immer Sie Hilfe brauchen. Zwischen Ploiești und Bukarest liegen schließlich gerade nur etwa fünfzig Kilometer."

Er reichte Christian seine Visitenkarte und warf schnell einen Blick durch die Abteiltür hinaus, wo in Fahrtrichtung links die Erdölstadt Băicoi bald erscheinen mußte. „Wir sind über unserem Reden längst über Cămpina und Comarnic hinaus, die Vorkarpaten liegen hinter uns, hier beginnt das Erdölgebiet, aus dem Sie doch selbst auch kommen, hier sind Sie ja geboren", wußte Herr Popp überraschend genau zu sagen. „Wenn Sie da auf die Landstraße hinunterschauen, finden Sie am Straßenrand den berühmten Kilometerstein, auf dem ‚Paralela 45' zu lesen steht, es ist der 45. Breitengrad, der hier durchläuft und auf dem Sie zur Welt gekommen sind, Herr Rosenow, gerade also in der Mitte zwischen Nordpol und Äquator. Wenn das nicht ein denkwürdiger Zufall ist!"

Man dürfe nämlich, setzte Herr Popp seine Betrachtungen fort, nicht vergessen, daß Erdölgebiete, wie übrigens auch Steinkohlereviere, magische Landschaften sind. „Ich sage das auch bewußt als Techniker und sehe keinen Widerspruch zwischen dem Reich der technischen Tatsachen und deren magischen Bezügen zueinander. Die moderne Physik ergeht sich übrigens häufiger, als es die alte noch tat, in Gotteshypothesen. Es waren Kernphysiker, die meinten, in den Teilchenbewegungen Gott walten zu sehen. Aber lassen wir das", unterbrach Herr Popp sich selbst, „und kehren wir zur sicht- und greifbaren Realität zurück. Wenn Sie sich jetzt zur Rechten die Verlängerung des 45. Breitengrads nach Westen denken, so sind Sie über wenige Kilometer in Moreni angelangt. Hier flackerte in Ihrer Kindheit die legendäre Sonde unlöschbar über Jahre hinweg. Die brennende Ölsonde von Moreni, die zu ersticken damals noch fast unmöglich war – man fragt sich, wieso eigentlich, wo wir ja fast schon alles können – , die Sonde von Moreni also scheint mir, besonders nachts sah man es deutlich, ein ausgesprochen magisches Phänomen gewesen zu sein, die oberirdisch leuchtende Entsprechung eines tiefschwarzen unterirdischen Dunkels, ein Fanal übrigens, das in seiner gebändigten

Form, der verbreiteten Abfackelung, den amerikanischen Bombern im letzten Krieg ihre Ziele im rumänischen Erdölgebiet erhellte. Wir hatten genug darunter zu leiden. Ihren Vater, der, wie wir alle übrigens, als Zivilangestellter in einer strategisch wichtigen Industrie kriegsdienstverpflichtet war – ich sehe ihn noch vor mir, wie er nach einem nächtlichen Bombenangriff auf die Ploieştier Raffinerien mit uns Jüngeren auf Splitter- und Blindgängersuche ging. Das war lebensgefährlich, kann ich Ihnen versichern. Was ich in dieser bedrohlichen Lage damals von Ihrem Vater lernte, und besonders intensiv lernte, das war die Unerschrockenheit, die etwas anderes ist als das Draufgängertum. Unerschrockenheit kommt aus der Pflicht, Draufgängertum aus dem Übermut. Das habe ich an seinem Beispiel unterscheiden gelernt."

Herrn Popps Reden riefen in Christian eine Flut von Erinnerungen wach. Fünf Jahre alt war er damals wohl gewesen, als der Vater, in der Leitungshierarchie der Firma aufgerückt, ein Haus in der Beamtenkolonie bereitgestellt bekam und die vierköpfige Familie nun ganz in der Nähe der Direktoren und Administratoren der Raffinerie wohnte. Der Sohn der Dienstmagd im Nachbarhaus hieß Pamfil und war nun Christians neuer Spielkamerad. Am Pförtnerhaus des Westtors vorbei spazierten sie einmal aus dem ummauerten Raffineriebezirk hinaus. Vor ihnen lag die Ebene, verstellt mit ausgemusterten rostigen Rohren und Kesseln, dahinter groß und rot die untergehende Sonne, deren Scheibe sich plötzlich in der Mitte zu spalten schien. Auch der Pförtner schaute gebannt zum Horizont hin und sagte, eine solche Sonne habe er sein Lebtag nicht gesehen, etwas Gutes könne das nicht bedeuten. Die beiden Knaben wußten mit seinen Worten nichts anzufangen, sie sahen nur immer hinaus auf das ferne seltsame Schauspiel am Steppensaum, das so gar nichts Bedrohliches für sie hatte, sondern einfach nur schön war.

Christian hatte das gerade zu Ende erzählt, als Herr Popp seinen Koffer aus dem Gepäcknetz holte und Anstalten machte auszusteigen. Der Zug fuhr in den Ploieştier Südbahnhof ein. „Wir bleiben also auf jeden Fall in Verbindung", sagte er und schien über den Abschied von Christian leicht betrübt zu sein. „Sie halten mich auf dem laufenden, sobald sich irgend etwas in Ihrer Angelegenheit tut. Ich bin, wie gesagt, für Sie immer da, ich betone: immer!" Herr Popp war ausgestiegen und winkte Christian vom Bahnsteig noch lange nach, als der Zug den letzten Abschnitt der Fahrt nach Bukarest schnaufend in Angriff nahm.

Christian lehnte sich leicht ermattet zurück, er war ja schon seit dem frühen Morgen auf den Beinen. Seine Gedanken gingen hinüber nach dem schon lange, vor gut zwölf Jahren verlassenen Ploieşti, dessen Bild nun in niegekannter Lebendigkeit vor seinem inneren Auge stand. Er tauchte zurück in jenes Abendglühen mit der gespaltenen Sonne, das er mit dem Nachbarjungen Pamfil betrachtet hatte. Und auch die anderen Bilder fanden sich wieder ein, die der Knabe einst vom Fenster der Dachkammer aus staunend in sich aufnahm, die Fesselballons, die die Luftabwehr nach den ersten Bombenangriffen auf Ploieşti rund um die Raffinerien – es gab mehrere davon – vor Sonnenuntergang in großer Zahl aufsteigen ließ, meist blaugraue zeppelinartige Gebilde, aber auch gelbe und rote in Kugelform, eine lustige Versammlung von Kinderspielzeug, wie es Christian damals vorkam, aber doch einem sehr „ernsten Zweck" dienend, wie Papa nachdenklich präzisierte.

Es war gewöhnlich spätabends, wenn die Sirenen die anfliegenden Bomber ankündigten und Christian und seine Schwester aus den Betten geholt und von den Eltern, eingehüllt in Decken, in den nahen Luftschutzbunker unter der Casinowiese gebracht wurden. Als dann Entwarnung kam und sie aus dem Bunker wieder hinausdurften, war die Luft voller Rauch und roch nach stickigem Phosphor. Im Kinderzimmer, das sich im ersten Stock befand, konnten die beiden nach der nächtlichen Aufregung lange Zeit keinen Schlaf finden. Sie standen am Fenster und sahen ganz in der Nähe, noch im Raffineriebereich, den Turm einer Krackanlage brennen, und weit draußen in der Steppe schnappte eine Sonde mit ihrer Flammenzunge in das Dunkel hinauf, als würde sie sich, wie die blätterkauende Giraffe im Bilderbuch, an schwarzen, weitverzweigten Himmelsbäumen laben.

Aber es kam ihm auch anderes, viel Früheres in den sanften Sinn seiner Schläfrigkeit: ein Nachmittag in der alten Stadtwohnung nach einem heftigen Sommerregen. Christian stand am Fenster nahe einer Dachrinne, in der die letzten Tropfen munter klopften, während über dem Garten schon die Sonne wieder strahlte, als wäre das ganze Wasser vom Himmel bloß eine kleine Neckerei gewesen. Da kam durchs Fenster, den Vorhang bauschend, eine wunderweiche Luft hereingeweht, wie er sie niemals vorher gefühlt hatte und auch nachher nie mehr – es war so schön gewesen wie Träumen und Wachsein in einem. Ja, und im Familienalbum, das hauptsächlich aus Fotos bestand, die der Vater mit der „Voigtländer" gemacht hatte, da war auch dieses Bild von den beiden Kindern, von ihm und der Schwester, wie sie, den Rücken zum Fotografen, Hand in Hand den Kiesweg zwischen den Schwarzkirschbäumen auf das stattliche Haus zugingen. Nur die Krähen, die diese Bäume zahlreich bevölkerten, waren auf dem Bild nicht zu sehen, ja nicht einmal die Spuren, die sie am Boden zurückließen nach ihrer Kirschenprasserei hoch oben in den Baumkronen.

Caprichos

Was und wozu sie sind

Francisco Goya, du großer alter Junger und so sehr Naher. Ich danke dir, daß du mich die Caprichos gelehrt hast, deine alpgeträumten Bilder aus schwer gebeuteltem Gemüt. Wie ist man mit dir, selbst als ferner Nachfahr, gleich schwer mitgebeutelt, als wäre deine Zeit fast schon mehr die unsere als die deine. O ja, es ist schon so, daß deine und unsere Zeit fast ein und dieselbe und beide ohne deine Caprichos überhaupt nicht zu überstehen sind. Ja, sie durchleben sich geradezu federleicht mit Hilfe deiner Gebilde aus Traum und Wahn, ja, man wähnt sich mitten in ihnen so recht und so ganz zu Hause. Mit diesen flederndenen Mausgesichtern, mit diesen sich selbst spiegelnden Schafsfratzen, mit diesen neckischen Eseln und Geißböcken, die sich an Krankenbetten um sieche Menschlein ärztlich bemühen, mit diesen hornscharfen, selbstbewußten, herrscherlichen Stieren deiner Tauromaquia und den klugbraven Pferden mitten im Kampfgetümmel, mit diesen Menschen in Hunds- und Teufelsgestalt, mit diesen Narrengefrießern – wie lebt es sich leicht mit ihnen, wie fühlt man sich ihnen so nah verwandt. Ach, könnte ich dies alles zeichnen! Aber ich kann's nicht, ich kann nur immer versuchen, es in Worte zu fassen, dieses ganze große Goya-Grauen von damals und jetzt.

Goya, du Großer, ich danke dir!

Capricho 1

Der Wolf und die sieben Geißlein in Burgstedt

*Ein Märchen der Brüder Grimm
in transsilvanischer Verpflanzung*

Mit dem Märchen vom Wolf und den sieben Geißlein verhält es sich so: Nach Transsilvanien, genauer nach Burgstedt und in dessen Kirchgasse verpflanzt, ist die Geschichte ganz und gar nicht mehr dieselbe wie bei den Brüdern Grimm. Hier in Burgstedt waren es ursprünglich eigentlich acht Geißlein, und die Mutter-Geiß hatte auch noch einen Vater-Geißbock zur Seite. Das älteste der acht Geißlein zog aber 1942 in den Krieg, weil es ein Geißböcklein war und gerade das richtige Alter hatte. Vater-Geißbock mußte da nicht hin, weil er schon ein wenig zu alt war fürs Militär. 1945, als man daheimgebliebene Kriegsnichtteilnehmer einsammelte, um sie nach Rußland zur Zwangsarbeit zu schicken, war er aber gerade noch jung genug, um zusammen mit anderen in einem Viehwaggon dahin verfrachtet zu werden. Es dauerte vier Jahre, bis er von dort wieder zurückkam.

Während der Nachkriegsjahre, in denen es für deutsche Geißen und Geißlein in dieser Weltgegend keine Brotkarten gab, bloß weil sie Deutsche waren, passierte noch weiteres, was in der Geschichte der Brüder Grimm nicht vorkommt. Der böse Wolf kam nicht etwa an die Haustür und wollte die Geißlein alle verschlingen – sie wären viel zu mager gewesen für einen Vielfraß, wie der Wolf einer war. Der Wolf mußte deshalb auch nicht in einem fort Kreide fressen, um sich bei den Geißlein beliebt zu machen, wie die Brüder Grimm von ihm erzählen – nein, dieser Wolf saß von Burgstedt aus gesehen viele tausend Kilometer entfernt im Kreml und hieß Stalin. Dem wäre es aber nie eingefallen, bei den Burgstedter Geißleuten in der Kirchgasse wölfische Hausbesuche zu machen, und das schon allein wegen der allzu großen Distanz, die zwischen ihm und ihnen lag. Dafür hatte Wolf Stalin seine Rote Armee auch nach Transsilvanien und nach Burgstedt geschickt, und die hatte in dem Städtchen, solange sie dort stationiert war, auch einen Ortskommandanten, den

Major Iwan Sewtschenko. Der lag ein paar Häuser weiter bei bessergestellten deutschen Geißleuten im Quartier und hatte ein Herz für die bedrängten, hungerleidenden, von seinem obersten Kriegsherrn im Kreml um den Ernährer gebrachten Kirchgässer Geißleute – und was tat der Major? Er ließ seine eigene Tagesration von schwarzem Kommißbrot, das in der Ortsbäckerei aus flüssigem Teig in Blechformen gebacken wurde, aber doch ein richtiges Brot war, das ließ er den armen Geißleuten heimlich zukommen, heimlich, weil das Paktieren mit dem Feind auch für russische Majore nicht ganz ungefährlich war. So hatten die armen Geißleute, das heißt die sieben verbliebenen Geißlein und die Mutter-Geiß, immerhin eine Zeitlang täglich ein längliches, formgebackenes Kommißbrot und konnten damit ein bißchen ihren Hunger stillen, indem sie es zu ihrer Rübensuppe verzehrten.

Worin die Burgstedter Geschichte von der Geiß und den sieben Geißlein fast genau mit der Grimmschen übereinstimmte, das waren die Schlafverstecke der Geißlein. Wenn es Abend wurde und an dem teuren elektrischen Strom für die Glühbirnen gespart werden mußte, schickte die Mutter-Geiß ihre sieben Geißlein bald zu Bett. Das eine Geißlein sprang in die Schlaftruhe, das zweite unter den Tisch, das dritte in die Küche unter den Kochherd, das vierte auf die Ofenbank, das fünfte in den Schrank, das sechste in den Kasten der Standuhr, und das siebte und jüngste durfte zur Mutter-Geiß ins Bett.

So ist das also, wenn man eine Geschichte mit Geißen und Geißlein von Deutschland nach dem fernen Transsilvanien verpflanzt, da verändert sie sich so sehr, daß man sie fast nicht wiedererkennt.

II
Es lebe Mihai

„Wachen Sie auf, junger Mann!" hörte Christian auf einmal rufen, und jemand rüttelte an ihm. Da war er gleich hellwach und sah einen Bahnbeamten vor sich stehen, der eben das Abteilfenster herunterzog und jemand auf dem Bahnsteig unten zurief, der erwartete Junge sei gefunden. Mit dem „Jungen" war Christian gemeint, und der Jemand draußen auf dem Bahnsteig war kein anderer als Onkel Hellmut, der sich, wie verabredet, auf dem Bukarester Nordbahnhof eingefunden hatte, um den Neffen abzuholen, ihn aber trotz langen Wartens nirgends aussteigen sah.

„Fast hätten sie dich zum Rangierbahnhof weiterbefördert, du Schlafmütze!", empfing ihn der Onkel, als Christian mit seinem Mordskoffer aus dem Wagen stieg und der Bahnbeamte ihm lachend über den Kopf strich. „Nein, das nun doch nicht", sagte der, „wir suchen den Zug doch vorher immer ab, schon wegen der Gepäckstücke, die jedes Mal irgendeiner liegenläßt."

So gingen sie also zu zweit, Christian und der besorgte, jetzt aber doch schon wieder versöhnlich gestimmte Onkel Hellmut, zur Straßenbahn, die für den Neffen aus der Provinz etwas völlig Neues war, so etwas wie Postkutsche für viele, denn durchgerüttelt und -gebeutelt wurde man darin mindestens so gründlich wie in den stolzen Reisewagen der Westernfilme. Christian hielt den Koffer zwischen den Beinen fest und klammerte sich dabei an eine der Haltestangen, während Onkel Hellmut beim Schaffner die Karten löste und bald links, bald rechts auf wichtige öffentliche Gebäude oder Plätze mit den nötigen Erläuterungen hinauszeigte. Kaum hatte die Straßenbahn die erste Dâmbovița-Brücke überquert und hielt bei der Station „Operettenplatz", da stieg ein gut gelaunter Mensch mittleren Alters zu, der, eingehüllt in eine Alkoholfahne, jeden Fahrgast extra anlachte, auf seinen schwanken Beinen immer wieder vergeblich nach einer der Halteschlaufen griff und von mal zu mal mit lauter Stimme „Trăiască Mihai!" – „Es lebe Mihai!" rief.

„Der hat uns gerade noch gefehlt", raunte Onkel Hellmut Christian ins Ohr. Auch die übrigen Fahrgäste erfaßte Unruhe. Jeder versuchte, sich von dem Mihai-Rufer abzuwenden und auf die Straße hinauszustarren, denn jedem war klar, was sich da zusammenbraute: König Mihai I. war erst ein paar Jahre zuvor zur Abdankung gezwungen und aus dem Lande gejagt worden, und wer ihn jetzt hochleben ließ oder auch nur mithörte, wie einer das tat, mußte mit dem Schlimmsten rechnen, mit dem Einschreiten der allgegenwärtigen Geheimpolizei „Securitate".

Das schien den Mihai-Rufer jedoch überhaupt nicht zu kümmern, er wurde, im Gegenteil, immer fröhlicher und lauter, bald hatte er seinen Hochruf auf Mihai jedem einzelnen zugeschrien, auch dem Schaffner auf seinem erhöhten Sitz neben der hinteren Tür und schließlich noch dem Mann vorne am Führerstand, der die Fahrkurbel besorgt hin- und herschwenkte, wohl mit der Absicht, die Geschwindigkeit des Wagens zu drosseln, um nicht zu bald bei der nächsten Station anzukommen und die Türen für einen zusteigenden Kontrolleur öffnen zu müssen. So fuhr er denn ohne zu halten an der Station „Justizpalast" stracks vorbei und brachte den Wagen erst beim Großmarkt am Einheitsplatz zum Stehen. Die Türen öffneten sich, aber kein Kontrolleur stieg ein, und kein Geheimpolizist griff zu, nur der launige Rufer stellte sich an den Ausstieg beim Wagenführer, blickte freundlich zurück durch den ganzen langen Straßenbahnwagen, zeigte sich über die vielen bleichen Fahrgastgesichter höchst amüsiert und krähte nochmals sein „Es lebe Mihai" über die Köpfe hinweg. Bevor er sich jedoch anschickte auszusteigen, reckte er sich auf den Zehenspitzen hoch, zeigte mit dem Finger auf sich und rief mit sieghafter Miene: „Eu sunt Mihai!" – „Ich bin Mihai!" Da ging ein hörbares Aufatmen durch den Straßenbahnwagen, die Gesichter entkrampften sich, man lächelte wieder, und selbst Onkel Hellmut schien mit dem Ausgang der hochdramatischen Szene sichtlich zufrieden. „Also, Geburtstag hat dieser Schreier heute. Warum aber mußten wir das alle wissen?"

Als die Straßenbahn an der Station „Vitan" hielt, dämmerte es bereits, und die Lichter im Wagen gingen an. Onkel und Neffe packten beide den Holzkoffer am Griff und marschierten auf eine der stillen Nebengassen zu, wo der Onkel zur Miete wohnte, mit der bessarabischen Tante Alice und der noch kein Jahr alten Kusine Rosemarie.

„Wo um alles in der Welt bleibt ihr so lange?" empfing sie die Tante. „Ich sitz hier mit dem Kind und tausend Ängsten, und keiner kommt herbei." Das sei halt so gewesen, erstattete der Onkel Bericht: „Der Junge kam also tiefschlafend in Bukarest an und mußte vom Bahnpersonal erst gefunden und geweckt werden, bevor ich ihn in Empfang nehmen konnte. Dann war da noch der besoffene Mensch in der Straßenbahn mit seinem ‚Es lebe Mihai'-Geschrei, mit dem hat's auch noch ziemlich gedauert. Und überhaupt ist halt alles immer so spannend, wenn die Provinz bei uns anreist", schloß der Onkel mit gespielt-ernstem Stirnrunzeln seine Rede, während die Tante eine große dampfende Schüssel Eiernockerln auf den Tisch stellte und zum Essen bat.

*

Die Eile, mit der Christian daranging, sich eine gesicherte Existenz zu schaffen, wird niemand verwundern. Weder wollte er nämlich seiner Mutter weiter auf der Tasche liegen – das schon gar nicht –, noch hatte er vor, sich in der Beengtheit, in der Onkel Hellmut mit seiner Familie wohnte, länger niederzulassen als nötig. Deshalb brach er schon am Tag nach seiner Ankunft in der Hauptstadt zu seinem ersten Ziel auf, der Redaktion der Tageszeitung „Neues Land". Das hatte er sich schon daheim fest vorgenommen und, unterstützt von Pfarrer Pelger, sich auch seelisch dafür gerüstet. Es müßte mit dem Teufel zugehen, wenn diese Zeitung einen so guten Aufsatzschreiber und vielversprechenden Poeten, der Christian nach Meinung mancher nebenbei noch war, nicht auf der Stelle „engagieren" würde, ließ der Herr Pfarrer seine Gedanken schweifen. Und Christian, angefeuert durch so viel Lob, legte allen Kleinmut ab und sah schon, in einem milden Anfall von Selbstüberhebung, die ganze große Hauptstadt sozusagen sich zu Füßen liegen.

Bei jener Zeitung arbeitete nicht nur ein ehemaliger Gymnasiumskollege, sondern auch ein Reporter, der sich einmal, um darüber zu berichten, eine Chorprobe seiner Schule in Kronstadt angehört und den Christian bei dieser Gelegenheit kurzgeschlossen in seine Zukunftspläne eingeweiht hatte. „Wenn Sie nach Bukarest kommen, suchen Sie mich unbedingt auf, ich denke, da läßt sich was machen."

Nun schritt er also, zwar nicht unentschlossen, aber doch etwas zag, den Boulevard entlang, der jetzt „6. März" hieß (was immer das bedeuten mochte), früher aber den Namen der ersten Königin von Rumänien, Elisabeth, trug, und steuerte auf die Redaktion des „N. L." zu. An dieser meistbegangenen Flaniermeile der Hauptstadt waren vor allem Kinos, Theater und beliebte Gaststätten in stattlicher Zahl aufgereiht – Langeweile konnte da nicht aufkommen. Wen aber erblickte Christians staunendes Auge vor einem der Kinos? Die ganze Zigeunergesellschaft, die er am Vortag auf dem Kronstädter Bahnhof angetroffen hatte, war da versammelt, geführt von dem Bulibascha, der sich an dem Fotoreporter so heftig vergriffen hatte. Verschmitzt-verlegen, wie er das so unnachahmlich konnte, lächelte Christian den Zigeunerhäuptling an: „Ich hab euch gestern auf dem Kronstädter Bahnhof gesehen."

„Ja, ja, junger Herr, wir dich auch."

„Was macht ihr da?"

„Wir sehen uns einen indischen Film an, ‚Awara-mu' heißt er", beeilte sich der Bulibascha zu berichten. „Wenn jetzt die Pause um ist, gehen wir zum vierten Mal da hinein und verschlingen mit den Augen diesen Vagabunden Raj Kapoor. Der ist ganz und gar von uns einer, ich schwör's bei meinen neun Kindern und der Frau. Ja, und nun wissen wir Zigeuner endlich auch, wo wir herstammen. Die Inder sind unsere echten Brüder, nicht der rote Halunke von gestern mit seinem Fotoapparat."

„Der hat's aber nicht schlecht gemeint mit euch", versuchte Christian zu beschwichtigen, im stillen überlegend, daß vielleicht auch er bald ein solcher Reporter auf der Suche nach dem neuen Menschen sein würde. „Also zumindest denke ich das", setzte er hinzu.

„Denkst du, junger Herr, aber nicht wir", entgegnete der Bulibascha. „Doch anschauen könntest du dir das auch, wie wir da so lebendig über die Leinwand laufen in diesem singenden Indien weit hinten in Asien."

„Ich versprech's, ich geh da auch hinein, aber jetzt muß ich anderswo hin", erklärte Christian mit jener Mischung aus Naivität und Argwohn, die er für die geeignete Form hielt, dieser neuen, verwirrenden Welt der Hauptstadt zu begegnen.

„Dieser ‚Herr' Eberberg, den Sie suchen, ist wohl der ‚Genosse' Eberberg", beschied ein älterer Herr mit dicker Brille, der am Eingang zur Redaktion des „N. L." den Pförtnerdienst versah, nicht eben unfreundlich die Nachfrage Christians nach seinem Bekannten. Der Verweis auf die strengen Ansprechsitten, die hier zu herrschen schienen, war sozusagen der erste Dämpfer, den Christian in seinem zuinnerst aufgestauten Hochmut heute bekam. „Also, ja, den meine ich", stotterte er, „und ist er denn zu sprechen?"

„Sie steigen eine Treppe höher und gehen den linken Korridor entlang bis zur vorletzten Tür links – dort sitzt er."

Dort saß der „Genosse" Eberberg dann auch tatsächlich und schien sich sehr zu freuen, Christian wiederzusehen. Er hatte, anders als die Burgstedter und Kronstädter Bekannten seines jungen Gastes, die eher von der nüchternen, holzgeschnitzten Art waren, etwas österreichisch Gemütliches an sich, wie es Christian von anderen, früheren Bekanntschaften vertraut war. Und dieses eigentlich Fremde oder vielleicht nur Ungewohnte, aber zugleich irgendwie auch Selbstverständliche gefiel ihm plötzlich ungemein. Der „Genosse" Eberberg also, der auf diese offizielle Anrede nicht den geringsten Wert legte, erklärte als erstes, Christian solle ruhig du zu ihm sagen, da würde alles sehr viel einfacher. Bald war das Gespräch an den Punkt gelangt, wo Duzfreund Eberberg meinte, daß sie nun beide die „Kaderabteilung" aufsuchen sollten, wo Christian sich einmal vorstellen müsse – dann werde man weitersehen.

Dort schien man auf Christian beinahe schon gewartet zu haben. Er durfte einen langen Fragebogen ausfüllen, „ehrlich bis in die letzte Spalte", wie ihm eine knochige Frauensperson mit etwas verrutschtem Unterkiefer einschärfte. Nun, das wolle er natürlich, und zu verbergen habe er nichts. Es dauerte aber dann doch über eine Stunde, bis er seine ganze Verwandtschaft, das heißt Vater, Mutter, Schwester, die gar nicht so wenigen Onkel und Tanten väter- und mütterlicherseits, samt seiner eigenen Person (bitte mit allen Schulabschlüssen!) beisammen hatte, alle mit Alter, Beruf (früher und heute!), Adressen und ihren gegenwärtigen, vor allem aber früheren Mitgliedschaften in „Massenorganisationen". Christian hätte auch nicht im leisesten geahnt, welche Bedeutung diese ganze Verwandtschaft für seine Existenz einmal haben würde, jedenfalls fühlte er sich nach der in den Fragebogen eingeflossenen genealogischen Bestandsaufnahme buchstäblich umringt von dem näheren und entfernteren „eigen Fleisch und Blut", man könnte auch sagen: tief eingebettet in die Sippenhaft. Von Glück sagen konnte Christian allerdings, daß kein einziger der aufgeführten Verwandten, so scharf er darüber auch nachdachte, zur Kategorie „ehemalige Ausbeuter" gehörte.

Nach der Personalamtsbeichte durfte Christian einen Stock tiefer im Haus noch eine kleine Probe seiner praktischen Intelligenz ablegen, das heißt, ein älterer Herr, der sich später als „Papa Gleim" herausstellen sollte, legte ihm einen grauslich vertippten Text vor, mit der Aufforderung, ihn zu korrigieren. Das erledigte der orthographisch gut beschlagene Christian im Handumdrehen, so daß Papa Gleim nach Durchsicht der Korrekturprobe, an die Chef-vom-Dienst-Sekretärin Fräulein Winter gewandt, wohlwollend anmerkte: „Er kann's!"

Christian hatte sich mit seinem neuen Freund Eberberg „für nachher" verabredet, und der war in sichtlich froher Stimmung, als sein Protegé ihm auf ganzer Linie Erfolg meldete. „Du kannst guten Mutes sein, die nehmen dich. Soviele gelehrte Häupter haben wir da nicht, daß man es sich leisten könnte, einen wie dich wieder nach Hause zu schicken. Die meisten hier kommen von ‚Pflug und Schraubstock', werden also nach der ‚sozialen Herkunft' ausgewählt, doch kaum drückt man ihnen einen Bleistift in die Hand und setzt sie vor ein leeres Blatt Papier, packt sie die schiere Verzweifelung. Manche ringen monatelang vergeblich um Worte. Schließlich geben sie auf und kehren dorthin zurück, wo sie hergekommen sind, zu Pflug und Schraubstock. Es ist halt so, daß Gesinnung allein noch keinen Journalisten macht." Das war die erste journalistische Weisheit, die Christian sich zu merken vornahm.

Eberberg ließ Christian dann zwei Tage später wissen, daß er sich Montag, den 18. August, in der „N. L."-Redaktion einfinden möge, er sei ab diesem Tag so gut wie angestellt. Nur freilich bitte man ihn, für ein paar Monate, das heißt also sozusagen während der noch nicht zu Ende gegangenen Ferienzeit, im Korrektorat auszuhelfen, zum Jahresende könne er dann in der Reportage-Redaktion sein Volontariat antreten. Dazu werde ihm angeboten, im Junggesellenheim des „N. L." Quartier zu beziehen, Frau Klein, die Hausmeisterin, sei angewiesen, ihm dort ein Bett bereitzustellen.

Onkel Hellmut und Tante Alice strahlten übers ganze Gesicht, als Christian ihnen diese Neuigkeiten überbrachte. Daß so ein Montagskind, wie Christian von Geburt eines war, soviel Glück hatte wie ein Sonntagskind, das hätte Onkel Hellmut sich nie träumen lassen, wie er sagte. „Kommt also an einem Montag hier schlafend mit dem Zuge an, und eine Woche später, just wieder an einem Montag, ist er schon in Amt und Brot. Das ist ja wie Ostern und Weihnachten zusammen."

„Aber natürlich kommst du an den Sonntagen zu uns zum Mittagessen, wenigstens soviel wollen wir von dir haben", ließ die Tante sich vernehmen und schien dabei doppelt glücklich, einmal, weil Christian als erster Repräsentant der siebenbürgischen Verwandtschaft nun in der Hauptstadt blieb, zum anderen, weil die sehr beengten Wohnverhältnisse, die auf die Dauer schwer erträglich geworden wären, mit Christians baldigem Einzug ins „N. L."-Junggesellenheim ein Ende haben würden. Ja, und überhaupt würden nun auch sonst bessere Zeiten anbrechen, „für uns alle nämlich", wie Tante Alice von Radio London mit Bestimmtheit wußte, denn die schon so lange, das heißt spätestens seit der Verjagung des Königs erhoffte Landung der Amerikaner sei zwar für diesen Herbst nicht mehr zu erwarten, aber spätestens für das nächste Frühjahr ganz bestimmt. Und dann sei es aus mit diesen kommunistischen „Galgengefrießern", die uns jetzt regieren und das Land in den Ruin treiben.

Hierzu hätte auch Christian einiges zu sagen gewußt, behielt es aber für sich. Er mochte Tante Alices Hoffnungsträume nicht stören, Menschen wie sie mußte es immer geben, sonst ginge der ganze Glaube an das Leben flöten. Was Christian nämlich zu Hause in Burgstedt in der Zeit, da Großvater Lehn noch lebte und er mit ihm im selben Zimmer schlief, an dessen „Telefunken"-Gerät jeweils um neun Uhr abends mit Big-Ben-Einleitung bei Radio London mithören durfte, klang nicht einmal andeutungsweise nach bevorstehender amerikanischer Landung. Im Westen schien man sich mit der Frechheit längst abgefunden zu haben, mit der sich die nun schon bald sieben Jahre alleinregierenden kommunistischen Machthaber an die Spitze des Landes geputscht hatten.

Aber wer weiß, vielleicht hatte Tante Alice noch andere Quellen, aus denen sie ihre Hoffnungen schöpfte. Und Onkel Hellmut, dieser sowohl lebenslustige wie nüchterne Mensch mit raschem Verstand, hätte, wie man ihn kannte, mit seiner Meinung sicher nicht hinterm Berg gehalten, wären ihm die Prophezeiungen seiner Frau als aus der Luft gegriffen erschienen. Von ihm war in der Familienchronik übrigens eine Äußerung bestehend aus vier Wörtern überliefert, die ihm mindestens den Ruf eines Nonkonformisten einbrachte: „Tati, kamm mr gohn!" Das ist Burgstedter Dialekt und lautet ins Deutsche übersetzt einfach nur: „Vater, komm wir gehen!" Getan wurde die Äußerung so um das Jahr 1941, als der schwarzuniformierte, gestiefelte Syrup-Butt, Juniorchef der Firma „Butt Syrup", sich anschickte, die Macht des Deutschen Reiches auf Burgstedt auszudehnen, und die Männer des Städtchens deshalb in das größte Klassenzimmer der Deutschen Schule zusammentrommeln ließ. Mit dabei war natürlich auch Christians Großvater Franz Lehn als kurz vor seiner Pensionierung stehender Noch-Rektor dieser Lehranstalt und zufällig auch der aus Bukarest zu Besuch weilende Onkel Hellmut. Syrup-Butt, mit Monokel im rechten Auge, stiefelte also ins Klassenzimmer, und alle erhoben sich von den Sitzen, nur Großvater Lehn schien unentschlossen, weil ja dieser Syrup-Butt einmal sein Schüler gewesen war und selber immer hatte aufstehen müssen, wenn Großvater als sein Lehrer die Klasse betrat. Syrup-Butt sah also alle anderen stehen, nur den Schulrektor Lehn nicht, und fragte also spitz zu diesem hinüber: „No, Lehn, tä net?" (Na, Lehn, du nicht?), worauf Onkel Hellmut den oben zitierten Ausspruch tat, seinen Vater am Arm packte und beide schnellen Schrittes das Klassenzimmer verließen, ohne ein weiteres Wort zu verlieren.

Doch all das war ja nun ewig lange her, und schon drei Jahre nach diesem vielberedeten Ereignis, das den beiden Lehns, Vater und Sohn, nachträglich den Ruf von „Widerstandskämpfern" eintrug (ganz zu Unrecht, wie Onkel Hellmut immer betonte!), schon drei Jahre also nach diesem Vorfall wendeten sich die Dinge grundlegend. Ins Land kamen nach Aufkündigung der rumänisch-deutschen Waffenbrüderschaft die Russen und besetzten in Burgstedt die Gebäude der Deutschen Schule und des deutschen Kindergartens, und der Friseur Kovács lief mit wichtiger Miene und roter Schleife im Knopfloch durch die Straßen und erzählte jedem, was nun an der Tagesordnung sei.

Aber so ganz nach „roter Schleife" liefen die Dinge dann doch nicht gleich, jedenfalls nicht unmittelbar nach Abzug der Roten Armee. In der Wochenschau des Burgstedter Kinos sah man König Mihai, die Sonnenbrille vor den Augen, in der nahen Schulerau gelassen-könnerisch auf Skiern einen Schneehang heruntergleiten und in einer eleganten Kristiania stäubend zum Stehen kommen. Die Geschicke des Landes schien er, wie die Skistöcke, fest im Griff zu haben, und auch sonst war alles wie zur Zeit vor dem Durchmarsch der Roten Armee durch das Land, bis es dann, im Januar 1945, zu den ersten Deportationen deutscher Zivilbevölkerung kam, von denen, wie erwähnt, auch Christians Vater betroffen war.

Das alles ging Christian durch den Kopf, nachdem seine Übersiedlung ins Junggesellenheim stattgefunden und er zugleich auch seine erste Arbeitsstelle angetreten hatte. Daß diese zunächst nur das Korrektorat war, empfand er eher als einen Glücksfall, denn da hatte er Gelegenheit, ganz unauffällig, sozusagen durch die Hintertür, in die Redaktion hineinzuschnuppern, ohne sich etwas zu vergeben. Seiner Zugbekanntschaft Liviu Popp in Ploieşti konnte er einen ersten „Sieg" auf der Berufslaufbahn melden mit dem sinnig-stolzen Schluß: „Die scheinen gerade nur meinen Verstand zu brauchen und nicht auch meine Seele. Das beruhigt mich sehr und Sie sicher auch. Das ganze läßt sich überhaupt sehr viel weniger ‚gefährlich' an, als wir befürchteten." Auch seiner Mutter schrieb er nach Burgstedt Beruhigendes: „Ich komme jetzt ganz allein zurecht, liebe Mama, und verdiene schon soviel, daß es auch für den Kauf von Büchern reicht wie für Theater und Konzerte, deren Besuch Du mir ja schon in den Kronstädter Jahren so sehr ans Herz gelegt und auch ermöglicht hast. Diesbezüglich ist hier, wie Du Dir denken kannst, sehr viel mehr los als in dem lieben Kronstadt. Übrigens: Mit dem Wohnen im Heim habe ich keine Schwierigkeiten. Ich bin es vom Kronstädter Internat her gewohnt. Wie es diesmal mit Weihnachten sein wird, kann ich aber jetzt noch nicht sagen. Dieses Fest gibt es heute, wie Du weißt, offiziell nicht mehr, dazu hat es auch, anders als Ostern, für die orthodoxen Rumänen keine große Bedeutung. Da jedoch die meisten Mitarbeiter des Korrektorats in der Hauptstadt zu Hause sind, könnte ich mir vorstellen, daß sich mit ihnen ein kurzer Weihnachtsurlaub für mich arrangieren ließe. Sie blicken zwar alle sehr streng auf den ‚Neuen', aber im Grunde sind sie ausnahmslos sehr freundlich zu mir. – Pfarrer Pelger sag bitte einen schönen Gruß und Dank von mir und auch, daß bisher alles nach Wunsch gelaufen ist."

III
Herr Spahn, „Privatsekretär" / Stalin, der große L(H)enker

Man kann einem angehenden Journalisten nur raten, seine Laufbahn in einem Korrektorat zu beginnen. Was es dort für gescheite Leute gibt, das ist schon ein kleines Wunder. Nicht vergessen darf man dabei allerdings, daß Korrektor zwar ein Beruf ist, nur keiner, für den man in irgendeiner Schule ausgebildet werden könnte oder müßte. So kommt es, daß sich neben stellenlosen Lehrern, unausgelasteten Hausfrauen, jobbenden Studenten oder auch invaliden Ballettänzern an solchen Orten neben anderen gestrandeten Existenzen vielleicht gerade nur noch mit Berufsverbot belegte Psychoanalytiker oder der Kirche entlaufene katholische Priester versammeln – lauter Intelligenzler also, die ein Korrektorat sozusagen mit dem besonderen Flair einer akademischen Strafkompanie umgeben.

Die bleihaltige Luft an diesem Ort war ganz eine im konkreten Sinne, nicht im übertragenen wie in Westernfilmen. Christian mußte vom ersten Tag an seinen halben Liter Milch trinken, damit der Bleidunst, der mit jedem Türöffnen von den Schmelzkesseln der Linotypes in den Glaskasten des Korrektorats hereinwehte, in seiner schädlichen Wirkung auf den Körper gemildert würde. Dafür gab es aber in dem sehr weitläufigen Druckbereich einer Tageszeitung auch manches höchst Unterhaltsame. Angetan hatten es Christian von Anfang an besonders die Setzer. Das waren in diesem Druckhaus einer ehemals renommierten bürgerlichen Tageszeitung, der die Kommunisten sofort nach ihrem Machtantritt den Garaus gemacht hatten, die sogenannten „Blindsetzer", das heißt solche, die die Sprache (außer ihrer eigenen natürlich), in der sie schrieben, hier also das Deutsche, überhaupt nicht verstanden, die darum in ihrer Arbeit, wie es hieß, um so genauer waren, die mit anderen Worten die Texte nicht mit eigenen Geistesblitzen bereicherten, die allerdings dann auch in einem ziemlich gewagten Sinne so etwas wie kreativ werden konnten. Wie kam es – das lag nun aber schon eine Weile zurück, jedenfalls vor Christians Korrektoratszeit – , wie also kam es, daß in der deutschen Tageszeitung „Neues Land" aus „Stalin, dem großen Lenker" ein „großer Henker" wurde und eine ganze Auflage (für alle verantwortlich Beteiligten kostenpflichtig und mit Strafvermerk in der Personalakte) eingestampft werden mußte? Im Manuskript hatte der „Henker" noch nicht gestanden, auch lagen die fraglichen Buchstaben L und H auf der Linotype-Tastatur nicht so dicht beieinander, daß das ganze mit einem Fingerausrutscher zu erklären gewesen wäre, schließlich verstand der Setzer erwiesenermaßen kein Deutsch – all das bedenkend und erwägend war es also schlichtweg ein Rätsel, wie der Artikel mit solch leichter Hand künftigen Entwicklungen prophetisch vorzugreifen vermochte. Denn Stalins Verdammung durch seinen gelehrigen Schüler Nikita Chruschtschow hatte zu dem Zeitpunkt längst nicht stattgefunden, da der „große Lenker" ja damals noch am Leben war und, wie Christian sich erinnerte, unverrückt als schweres Bronzemonument vor dem Gerichtsgebäude Kronstadts-„Stalinstadts" in den Himmel ragte, Justitia sein Hinterteil zukehrend und der Stadt zu ihrer Schmach auch noch seinen Namen gebend.

Den Setzern war, im Lichte dieses Vorfalls, eigentlich überhaupt nicht zu trauen beziehungsweise alles zuzutrauen, so auch eine verheimlichte Kenntnis des Deutschen. Neben den von den neuen Machthabern gerne als aufgeklärtester Vortrupp der Arbeiterklasse hofierten Eisenbahnern galten die Drucker, wenn an Zahl auch viel geringer, als die wohl noch intellektuelleren Repräsentanten des von seinen Fesseln befreiten Proletariats. Zu alledem waren sie für die Verbreitung des Neuen, Guten und Wahren auch noch unentbehrlicher als die Leute von Rad und Schiene, dafür freilich auch die unsichereren Kantonisten. Wie leicht konnten sie das Wissen, das ihnen zum Beispiel bei der Herstellung vertraulicher Druck-Erzeugnisse zuteil wurde, weiterverbreiten! Ja, wie ging man denn nun mit Leuten um, deren Kopf man dringend brauchte, denen man aber in diesen Kopf nicht hineinschauen konnte?

Christian merkte spätestens hier, wie sehr verwandt ihm diese Linotype-Setzer waren und weshalb er an ihnen gleich einen Narren gefressen hatte. Es war vielleicht vor allem die Verschmitztheit, mit der sie seine Fragen beantworteten oder von den früheren Zeiten erzählten, von den Neckereien und Foppereien in der einstigen bürgerlichen Presse, die selbst Vertreter des Königshauses sich gefallen lassen mußten. „Doch unter der jetzt herrschenden Diktatur des siegreichen Proletariats, junger Mann", erklärte mit vielsagend hochgezogenen Augenbrauen und aufgeblasenen Backen der dienstälteste Linotypist, Herr Iorgu, „ist solcher Umgang mit höhergestellten Personen überhaupt nicht mehr denkbar, aber auch nicht mehr nötig, da die Sumpfblüten bürgerlicher Mentalität sich heute nicht mehr entfalten können, alldieweil wir sie für alle Zeit mit Stumpf und Stiel ausgerottet haben." Christian verzog sein Gesicht zu einem verschwörerischen Grinsen und sagte dazu nichts. Aber man konnte ihm ansehen, wie glücklich er war, daß man ihm auch hier Vertrauen schenkte.

Anderer Ansicht bezüglich der Setzer schien indes Herr Marcel Spahn zu sein, der älteste Korrektorkollege, der Christians Fraternisierungen mit der Arbeiterklasse argwöhnisch beäugte. „Lassen Sie die ruhig reden, aber sagen Sie selber besser nichts, Herr Rosenow – ich darf Sie doch mit ‚Herr' ansprechen?" Da Christian, wie wohl auch Herr Spahn, die hier gebräuchliche Anrede „Genosse" unerträglich fand, nickte er nur eifrig und sagte: „Ich bitte darum. Sie können mich aber auch gern beim Vornamen nennen." Worum es Herrn Spahn letztlich ging, war einfach nur, Christian in seiner jugendlichen Arglosigkeit davor zu bewahren, sich mit den alten Füchsen von den Linotypes in fragwürdige Diskussionen einzulassen. „Die sind geübt darin, ihren Kopf, wenn es brenzlig wird, schnell aus der Schlinge zu ziehen, Sie, lieber Christian, bleiben mir darin hängen. Deshalb: Vorsicht mit zitierbaren Äußerungen."

Herr Spahn war unter all dem Phänomenalen, das das „N. L."-Korrektorat auszeichnete, noch ein Extraphänomen. Ein Profil hatte er wie Dante auf dem Bildnis, das die von Christian antiquarisch erworbene Ausgabe der „Göttlichen Komödie" in der Übersetzung von Philalethes als Frontispizblatt schmückte, sehr asketisch und mit einem Blick aus etwas kleineren Augen, der sozusagen ins Unendliche ging, wenn er nicht gerade einem anderen Blick begegnete. Herr Spahn schien ganz ein Mensch aus einer anderen Welt zu sein, über die er sich nur manchmal in Andeutungen erging; ein alteingesessener Bukarester, das merkte man, war er jedenfalls nicht – hier war man anders, unbeschwerter, oberflächlicher. Auf Christian hatte er gleich vom Beginn ihrer Bekanntschaft ein sorgendes Auge, und als der schon längst in die Redaktion hinübergewechselt war, trafen sie sich hin und wieder, später aber häufiger und regelmäßiger, in Herrn Spahns Lieblingslokal, dem Café „Nestor", wo der alte Herr für gewöhnlich seine Vormittage verbrachte.

Er war, noch aus seiner Wiener Zeit, aber auch vorher schon in Czernowitz, ein richtiges „Kaffeehauskind", wie er mit etwas verlegenem Lächeln bekannte. Welchen Beschäftigungen er dort in Wien nachgegangen und wie er hierher verschlagen worden war, das hätte Christian gern von ihm gewußt, fragte aber nicht, sondern wartete, bis er selbst damit herauskam, was dann bald auch geschah. In Wien, da war er also Privatsekretär im Hause Gomperz gewesen, dieser bekannten Gelehrtenfamilie. Vater Theodor Gomperz, der berühmte Altphilologe und Verfasser eines umfangreichen Werkes über „Griechische Denker", war damals schon tot, Sohn Heinrich aber, der Philosoph, um dessen Bibliothek und Korrespondenz Herr Spahn sich zu kümmern hatte, war bis 1934 Professor in Wien, ging dann aber nach Amerika, noch rechtzeitig, das heißt bevor Hitler es sich einfallen ließ, Österreich in Besitz zu nehmen.

Kein Wort der Klage oder gar Anklage über das Vergangene, über das Unwiederbringliche jener Zeiten geistiger Abenteuer war aus dem Munde Herrn Spahns zu hören. Wie und warum er selbst so weit nach Südosten, nach Bukarest, verschlagen worden war, das konnte Christian sich denken, darüber mußten sie nicht lange reden. Und was den „Privatsekretär" anging, das war nun möglicherweise selbst während der schlimmen Hitlerei hier und dort vielleicht noch ein Beruf gewesen, hierzulande aber und in diesen neuen Zeiten nur noch etwas, das Gähnen oder Verwundern hervorrief, im weniger günstigen Fall aber dem Verdacht Nahrung gab, daß die fragliche Person fortgesetzt einer bourgeoisen Lebensauffassung anhing.

„Tja, Privatsekretär – wer braucht denn heute so etwas noch?" begann Herr Spahn, im „Nestor" Christian gegenübersitzend, mit leiser Bitterkeit in der Stimme. „Goethes Eckermann genießt zwar nach wie vor große Verehrung, aber doch nur seiner rein dienenden Rolle, nicht auch seines eigenen Werkes wegen, das es ja auch gibt. Doch selbst die allein ihm zu verdankende Kostbarkeit der ‚Gespräche' mit Goethe hat das Schandmaul Heinrich Heine nicht davon abgehalten, Eckermann als des großen Meisters ‚Papagei' zu verspotten. Und was, bitte schön, kann oder konnte so ein Privatsekretär, das heute noch wert wäre, weitergepflegt zu werden? Texte korrigieren, das konnte er, das hatte er gelernt. Und genau das mache ich hier schon die längste Zeit. Daß ich bei den Vortragsabenden von Karl Kraus in meinen Wiener Jahren fast niemals fehlte und alles, was man daraus mitnehmen konnte, bis heute mit mir herumtrage, daß ich zum Beispiel auch weiß, wer Josef Weinheber wirklich war, nicht der von den Nazis in seinen späten Jahren Hofierte und heute deshalb von literarischen Wichten Beschimpfte und Verfemte, sondern jener Weinheber, der nach 1936 bis zu seinem eigenen Ende alljährlich an Karl Kraus' Todestag zu dessen Grab auf dem Wiener Zentralfriedhof ging – wer interessiert sich heute noch für all das Gewesene, für all das Versunkene?"

„Ich, Herr Spahn", rief Christian aus, „ich interessiere mich für all das, Sie dürfen es mir glauben, sonst säße ich nicht hier." Herrn Spahn war sein Schmerzensaufschrei von vorhin nun doch sehr peinlich, es war sonst nicht seine Art, sich so gehen und in sein Innerstes blicken zu lassen, weshalb er nun versuchte, das Gespräch auf andere Themen zu lenken. Aus den Niederungen des Korrektorendaseins schwang er sich in den Reichtum seines verflossenen Lebens empor, von Stefan Georges „Teppich des Lebens" redend und aus ihm rezitierend, in Lauten, die dieses Dichters besondere Lettern ins Hörbare zu transponieren schienen, oder Weinhebers „Wien wörtlich" rühmend und dessen wunderbar-volkstümliche Leichtigkeit, dann auch den Band „Adel und Untergang" mit seinem gravitätischen Schwelgen in alten poetischen Formen.

Als Christian zu einer der literarischen Séancen im „Nestor" einmal Brechts „Hauspostille" mitbrachte, da guckte Herr Spahn, frisch rasiert, mit leicht geröteter Wange, etwas überrascht zu ihm herüber, doch überhaupt nicht freundlich wie sonst, sondern eher schon strafend, wie Christian wahrzunehmen meinte. „Ich kann's mir denken, Sie werden mir von der ‚Erinnerung an die Marie A.' schwärmen, und das ist auch ein gutes, ein schönes Gedicht, aber kommen Sie mir bitte nicht mit diesem affektierten Männlichkeitsgetöne von ‚Orges Gesang', von ‚Über die Anstrengung' und so fort. . . . oder, wenn wir weitergehen, am Ende noch mit dem unerträglichen Hinterhofgeplärre ‚Als ich dich gebar, schrien deine Brüder schon um Suppe'. Wenn ich dieses sogenannte ‚Wiegenlied' höre, sträuben sich mir die letzten zwei Haare auf dem Kopf."

„Wie wahr, wie wahr!" sollte Christian Herrn Spahns Urteil einige Zeit später finden, als er sein Philologiestudium an der Bukarester Universität schon begonnen hatte und in einem Lyrikseminar dieses marxistische Küchenlied von der Kommilitonin Liane B. in tränenfeuchter Aufgelöstheit deklamieren hörte.

*

Über der Schilderung von Christians anregungsreichen Korrektoratsabenteuern ist beinahe vergessen worden, daß er in all dieser von vornherein auf wenige Monate begrenzten Zeit nicht nur geistig arbeitete, sondern auch körperlich wohnte, wenn man es einmal etwas verschränkter ausdrücken will. Das „N. L."-Junggesellenheim war Christians zweiter und keineswegs unwichtigerer Ort menschlicher Begegnungen. Hier logierte die junge Generation deutscher Zeitungsschreiber des Landes, von wo sie auch immer herbeigeeilt waren, von „Pflug und Schraubstock", wie Christians Duzfreund Eberberg sich auszudrücken pflegte, von mittleren Schulen wie Christians Kronstädter Honterus-Gymnasium oder aus gar nicht weit zurückliegender russischer Nachkriegsdeportation heimgekehrt, einer von Stalin und seinem treuesten Kremlkrokodil Andrej Wyschinskij ausgedachten Sonderbeglückung für Deutsche in diesem Lande.

Erstmals lernte Christian hier auch Altersgenossen aus dem fernen Banat kennen, die ähnliche Pläne hatten wie er. Die Banater Schwaben waren Deutsche, die „erst" vor 250 Jahren, genauer unter „Prinz Eugen, dem edlen Ritter", in diesen europäischen Südostwinkel gekommen waren, während Christians Vorfahren sozusagen „schon immer", jedenfalls schon lange, genauer seit über 800 Jahren in Siebenbürgen siedelten. Das war nicht der einzige Unterschied zwischen

Banater Schwaben und Siebenbürger Sachsen. Es gab deren eigentlich ebensoviele wie Gemeinsamkeiten. Die Banater Schwaben waren weniger veröstlicht als die Siebenbürger Sachsen, und der Umkehrschluß, daß nämlich die Sachsen weniger verwestlicht waren als die Schwaben, traf ebenfalls zu. Die Schwaben waren fast durchwegs Flachland- und Heidemenschen – denn als sie aus süddeutschen Landen mit den Ulmer Schachteln auf der Donau in diese Gegenden kamen, da war der südliche Teil des siebenbürgischen Hoch- und Hügellands längst an die Sachsen vergeben und für die schwäbischen Spätnachzügler davon nichts mehr übrig.

Was war das für ein großes Erschrecken für Christians neuen Freund und Heimgenossen Heinrich Lenz, als der, aus der Banater Heide kommend, mit dem Zug durchs Prahovatal fuhr (wohlgemerkt, durch dasselbe Tal, das Christian kürzlich sozusagen „ungerührt" passierte) und die hohen Bergwände von beiden Seiten des Passes buchstäblich auf sich zustürzen sah. So gewaltig Hohes, so majestätisch Aufgetürmtes an Landschaft hatte der Flachlandmensch Lenz in seinem Leben noch nicht gesehen und war daher begreiflicherweise sehr beruhigt und erst wieder mit der Welt versöhnt, als er in Bukarest aus dem Zug stieg und ebenen Boden unter den Füßen fühlte.

Christian hatte seinem Freund Lenz einiges voraus in Landschaftskenntnis – er war ja, als geborener Flachländer, einst aus Ploieşti in die Burgstedter Berge übergesiedelt und nun eben wieder ins Steppenland zurückgekehrt. Aber was diese Banater Schwaben den Siebenbürgern oder gar den „Burzenländern" unter ihnen (das sind die Leute um Kronstadt herum, einschließlich der Burgstedter) eindeutig voraushatten, das waren sicher einmal die fetteren Gänse, die längeren Bratwürste, die ansehnlicheren Preßmagen, das schönere Brotgetreide und die Seidenraupenfutter spendenden Maulbeerbäume, dann aber freilich auch die größeren Gallensteine und die runderen Bäuche, die echte „Schwoweleit" vor sich hertrugen, von denen aber mindestens die Hälfte keine Württemberger, sondern verkappte Pfälzer waren, wie Heinrich Lenz seinem Freund anvertraute. Die Siebenbürger Sachsen, ausgefuchste Speck- und Kartoffelesser, in manchen Gegenden sogar auch Weintrinker, überdies weithin bekannt als Erfinder des „evangelischen Specks" (eines Brotaufstrichs aus gehacktem

Speck und ebensolchen blauen Zwiebeln), waren etwas ranker und schlanker, aber das konnte auch damit zusammenhängen, daß sie seit ihres Reformators Johannes Honterus Zeiten, genauer seit 1543, gotisch-lutherisch geprägt waren, im Gegensatz zu den barock-katholischen Banater Schwaben. Man sage nicht, daß die Konfession auf den äußeren Habitus ihrer Bekenner keinen Einfluß habe.

Es war aber nun auch höchste Zeit, daß man nach Jahrhunderten des Aneinandervorbeischauens im weiland gemeinsamen kaiserlich-königlichen Habsburgerreich sich endlich etwas näherkam, und die Tageszeitung „Neues Land" und ihre Wohneinrichtungen boten dazu die Gelegenheit. Heinrich Lenz und Christian Rosenow, der eine etwas kleiner von Wuchs, der andere etwas länger gestreckt, verstanden sich auf Anhieb prächtig – das hatte wohl auch damit zu tun, daß sie sich, und das war der Hauptgrund ihres Sympathisierens miteinander, gleich von Anfang gegenseitig vorrechneten, wie überlegen der jeweils andere Volksstamm in seiner Natur und Geschichte dem eigenen sei. „Ihr Schwaben habt eindeutig den rascheren Verstand, wir Sachsen sind dafür mit Trägheit des Geistes gestraft", wußte Christian mit Bestimmtheit zu sagen, und Heinrich Lenz konnte im Gegenzug die reichere Geschichte und die darin angesammelte Weisheit und Erfahrung der Siebenbürger Sachsen nicht hoch genug emporloben über die fast schon lächerlich kurze Zeit banater-schwäbischen Hier- und Daseins. So ging das fort und fort zwischen den beiden. Kurz, sie fanden kein Ende mit gegenseitigen Komplimenten, aber einig waren sie sich dann doch in einem Punkt: Beide wollten sie Philologie studieren.

Bis dahin hatte es aber noch gute Weile, denn im Unterschied zu dem schon seit gut einem Jahr beim „Neuen Land" als Journalist arbeitenden Heinrich Lenz (er war dort der besten einer!) hatte Christian sich in diesem Beruf noch durch gar nichts hervorgetan. Sein Einzug in die Reportage-Redaktion zum Ende dieses oder zum Beginn des nächsten Jahres lag vor ihm, und ganz noch in den Sternen stand, wie er sich dort bewähren würde. Einstweilen hatte er aber ein Dach über dem Kopf und teilte sich mit anderen drei Bewohnern, darunter Lenz, in dem als Heim dienenden ehemaligen Patrizierhaus ein großes helles Zimmer. Kadettenanstalten in alten Schlössern dürften sich in ihren Reizen ähnlich präsentieren, besonders wenn man sich die mit Stahlfedermatratzen bestückten Eisenbetten da hineindenkt.

Diese Eisenbetten hatten den großen Vorteil, in die gähnende Leere, die unter ihnen herrschte, allerhand aufnehmen zu können, und man liegt schon richtig, wenn man, auf Christian bezogen, in diesem Zusammenhang sofort an dessen Holzkoffer denkt. An diesem idealen Stell- und Bewahr-Ort offenbarte der Holzkoffer, bei aller vollendeten Häßlichkeit, eine ausgesprochen neue Qualität – die eines Möbels. Zwar vermochte er es mit den Truhen und Schränken aus dem Biedermeierfundus in Christians Burgstedter Vaterhaus nicht entfernt aufzunehmen, dafür aber war er, wenn es das gibt, so etwas wie ein „Liegeschrank". Zuerst war es wohl seine funktionale Nüchternheit, die alles Vergleichbare in den Schatten stellte. Die Scharniere waren in die Innenkante des Koffers unauffällig eingelassen, so daß das völlig Plane des Kofferrückteils durch nichts gestört wurde, und die Beschläge mit Hängeschloßriegel waren aus so gutem Eisen und so schlicht gefertigt, daß jeder Kunstschmied sie nur neiderfüllt hätte betrachten können. Neben all den beschriebenen Eigenschaften hatte dieses Reisebehältnis aber noch ein besonderes Herkunftssiegel: In einer Ecke auf der Innenseite der Bodenplatte war, für keinen anderen sichtbar als für Christian, die Inschrift „Stalino 1949" sozusagen als Signatur eingeritzt, was nun aber beileibe nicht besagte, daß der Koffer etwa von Jossif Wissarionowitsch eigenhändig gezimmert worden wäre, sondern einfach nur, daß er in Stalino im Donbass, dem Ort von Onkel Franzens Lageraufenthalt in den Jahren 1945-1949, das Licht der Welt erblickt hatte.

IV
Gottes Zeit ist lang / Marienerscheinung / Der Tanzbär

„Gott richtet sein Auge auf uns, wo immer wir sind. Es gibt kein Verstecken vor ihm. Er nimmt uns, was ihm beliebt, er gibt uns, was ihm beliebt – dieses Belieben aber ist, genaugenommen, keines oder nur eines in unseren kurzsichtigen Augen. Anders nämlich als wir, weiß Gott sehr wohl, was er in seinem Belieben tut oder läßt. Er gab uns Jesus Christus und nahm ihn uns, um ihn uns zu seiner Zeit wiederzugeben für alle Zeit. An diesem Beispiel möget ihr erkennen, daß auch ihr von Gott nicht vergessen seid. Läßt er nicht manchmal zu, daß Götzenbilder aufgerichtet werden, und läßt er nicht auch zu, daß selbst Er durch sie verhöhnt wird? Seine Langmut ist unendlich, in ihr hat das Aufrichten von Bildern wie das Stürzen von Bildern viel Platz. Alles geschieht in dieser Langmut Gottes, und alles geschieht mit großem Geschrei, das Aufrichten wie das Stürzen. Es war noch nicht lange, wie ihr gut wißt, da stürzte einer, dem die Welt zu klein war, und er machte sich schließlich, als seine Uhr abgelaufen war, selbst zu Staub. Und eben erst ging ein anderer den Weg allen Staubes, und keiner außer Gott weiß, wie lange sein Andenken währen wird. Schon morgen kann es dahin sein. – Aber wenden wir uns Freudigerem zu, begrüßen wir einen Heimgekehrten. Er ist unsere gute Nachricht zu diesem Fest der Geburt Christi. Er hat, zwar fern von uns, doch von unserem Gebet begleitet, in die große Welt hinausgefunden, aber jetzt auch wieder zurück zu uns für eine kurze Weile. Er soll hier wieder Kraft ziehen aus seiner Gemeinschaft, bevor er neu aufbricht zu tüchtigem Werk."

Man wird unschwer erraten, wer diese Worte von welcher Kanzel sprach: Es war Pfarrer Gustav Pelger in Burgstedt, wohin Christian noch vor Weihnachten zu einem kurzen Urlaub zurückgekehrt war – die Korrektoratskollegen hatten diesen ermöglicht, vor allem aber hatte Christians Protektor Marcel Spahn sich für ihn eingesetzt und sich auch gleich bereiterklärt, bis Neujahr, also bis zum geplanten Wechsel Christians in die Redaktion, dessen Dienst zu übernehmen.

Christian mußte wieder, wie schon einmal, erröten im Anhören von Pfarrer Pelgers auf ihn gemünzten Kanzelworten. Alle blickten zur

Empore hoch, wo er, wie er's liebte, in Orgelnähe saß, während Mutter und Schwester ihre angestammten Plätze unten links im Mittelschiff eingenommen hatten. Da stand, wie all die Jahre davor, der Christbaum, eine Tanne fast so hoch wie das Chorgewölbe, nur war diese jetzt, am Morgen des ersten Weihnachtstags, nicht erleuchtet. Ein blendend weißes Licht kam stattdessen von draußen durch die Fenster herein. Es rührte von dem bißchen Schnee her, der letzte Nacht gefallen war – es hatte etwas „gezuckert", wie die Burgstedter sagen. Nur auf den Bergen rings um das Burzenland, auf dem Königstein, dem Butschetsch, dem kugeligen Zeidener Berg und, weiter östlich, auf dem Schuler, lag das Weiß schon dicker und schmelzfester. So schön hatte Christian das Land lange nicht gesehen, alles schien ihm so festlich zurechtgemacht, als sollte einer dazu bewogen werden, für immer hier zu bleiben. Ja, hierbleiben, dachte Christian, und was dann?

Am Nachmittag desselben Tages war er bei Pfarrer Pelger zum Tee und mußte ausführlich berichten. Er äußerte aber auch seine Sorge, daß es vielleicht zuviel des Guten wäre, wenn der Herr Pastor ihn so deutlich herausstellte vor den anderen. Das dürfte manchem unangenehm sein, zumal Christians bisherige Leistungen so unendlich bescheiden waren.

„Das sehe ich aber anders, und das gehört sich außerdem so, lieber Christian", entgegnete der Pfarrer, und die Frau Pfarrer mit ihrem Zopfkranz ums Haupt nickte eifrig. „Ich bin ungern abstrakt in meinen Predigten, wo wir doch von Konkretem so ganz umringt sind. Jeder versteht alles besser, wenn er das lebendige Beispiel vors Auge gestellt bekommt. Jedenfalls sollte es nicht sein, daß einer, dem das Wort gegeben ist, mit seiner Meinung hinterm Berg hält. Und was ich im Zusammenhang mit dir denke oder sage, das ist kein eitles Wortgeplätscher, das ist das Resultat einer perspektivischen Betrachtung, auf die ich mir etwas zugute halte. Du wirst in deinem Beruf vor ähnlichen Situationen stehen, wirst es da aber mit der Äußerung deiner Meinung leider auch sehr viel schwerer haben als ich. Dort, wo du im neuen Jahr anfängst, gibt es die relative Narrenfreiheit, die wir Pfarrherren noch genießen, sicher nicht."

Pfarrer Pelgers blaue Augen blitzten ein bißchen listig unter dem eisgrauen Haarschopf hervor, während er das sagte, dann räumte er schließlich ein: „Du könntest schon auch recht haben, nützen werden dir meine ‚kirchenöffentlichen Erwähnungen', nennen wir sie mal so, an deinem Arbeitsplatz wahrscheinlich nicht. Wenn dem Personalbüro der ‚N. L.'-Redaktion zu Ohren kommt, daß der Pastor in deinem Heimatort sich deiner annimmt, dann stehst du bald in dem Geruch eines ‚obskurantistischen Elements'. Das geht dann nicht mehr so aus wie hier in Burgstedt mit dem Gemeindeboten, der, vom Rathaus geschickt, mit der Zaunlatte winken kam, nachdem ich mir erlaubt hatte, unsere Regierenden der Weisheit Gottes zu ‚befehlen', das heißt zu ‚empfehlen'. Weißt du, mit welcher Antwort ich den an seinen Auftraggeber zurückgeschickt habe, als er wieder einmal bei mir vorsprach?" Christian schüttelte verneinend den Kopf. „‚Sag also deinem Herrn Bürgermeister, ich hätte jene ‚Empfehlung', da er sie doch für unangebracht hielt, vom lieben Gott sogleich zurückerbeten. Was tat Gott? Er schickte sie mir zurück, begleitet mit dem guten Rat, es damit nächstes Mal vielleicht bei der Konkurrenz, beim Satan zu versuchen.' Der arme Tropf war ganz verdutzt, und ich bin sicher, er hat's dem Bürgermeister auch nicht ausgerichtet. Er ging stumm zur Tür, drehte sich um und sagte betreten: ‚Sărut mâna, domnule părinte!'"

Das ist rumänisch und heißt zu Deutsch „Küß die Hand, Herr Vater!" Christian lachte in sich hinein, als er nach dem Besuch im Pfarrhaus heimwärts ging und sich Pfarrer Pelgers Worte ins Gedächtnis rief. Wie die schlichten Gemüter sich in einem Gewissenszwiespalt reflexartig auf die herrlich althergebrachten Anstandsformeln besinnen, die sie einmal in ihrer Kirche gelernt haben.

Vergessen durfte man aber wiederum auch nicht, daß die Burgstedter Welt heute längst nicht mehr hauptsächlich aus Menschen bestand wie dem Gemeindeboten, sondern zu einem zwar kleinen, aber um so auffälligeren Teil aus Kreaturen, die die neue Zeit aus verborgensten Kellerlöchern ans Tageslicht gespült hatte. Lautsprecher an allen Straßenecken, die in Gestalt häßlicher Blecheimer an den Strommasten befestigt waren, erfüllten die Luft den ganzen Tag über zum einen mit den wichtigtuerischen Ansprachen des Ortsparteisekretärs, zum anderen aber mit einer Art Frohsinn, den ein staatlich gelenkter Rundfunk in Form sogenannter Volksmusik und täglich neuer Liedchen von aufgesetzter Lustigkeit über ein männliches Wesen namens „Marinică" verbreitete. Die Zeiten also, da der Gemeindediener, von Kindern umringt, als Trommler durch die Straßen ging und an allen Ecken mit lauter Stimme Neuigkeiten aus dem Rathaus verkündete, waren auch für Burgstedt endgültig vorbei.

Und solche Volksaufläufe gar, wie Christian einen zu Zeiten der Monarchie noch als Schüler erlebt hatte, waren überhaupt nicht mehr vorstellbar. Eines Tages war in mehreren Schaufenstern am Marktplatz in Burgstedts Ortsmitte die Mutter Gottes erschienen. Im Fenster der Post, die dem Haus von Christians Urgroßeltern Trues benachbart war, zeigte sie sich zuerst, dann aber nach und nach auch in den Schaufenstern der Apotheke und der Wilkens'schen Eisenhandlung, schließlich noch in den Fenstern der nach dem Abmarsch der Russen rückerstatteten Deutschen Schule. Rumänische Frauen mit schwarzen Kopftüchern hatten die Marienerscheinung entdeckt, und in Scharen liefen sie nun aus dem rumänischen Ortsteil Burgstedts herbei, um das Wunder mit eigenen Augen zu schauen.

Es war ein Frühlingsnachmittag, die Wolkenlichter einer sich dem westlichen Horizont zuneigenden Sonne schienen das Gaukelspiel in den Glasscheiben entfacht zu haben. Die vielfarbigen, wie mit irisierendem Öl auf eine Wasserfläche gemalten Gebilde ließen in der Tat an Gesichter denken, und zwar an so echte und greifbar wirkliche, daß die schnell auf über hundert Frauen angewachsene Menschenmenge sie unter lauten Rufen des Erstaunens und häufigem Bekreuzigen großäugig-gierig in sich einsog, und wehe, wenn sich ein Postbeamter, ein Verkäufer beziehungsweise in der Deutschen Schule ein Lehrer oder Schüler hinter einem der gnadenreichen Fenster blicken ließ – er wurde wegen seines blasphemischen Eindringens in die heilige Vision mit mißbilligendem Gekreische weggescheucht. Vergeblich redete der auf dem Plan erschienene Lehrer Elsenfenk auf die Frauen ein und versuchte ihnen zu erklären, daß sie von einem physikalischen Phänomen genarrt würden, es half alles nichts, nein, es forderte im Gegenteil nur aufs neue den Zorn und Unmut der aufgeregten Frauenversammlung heraus.

Es konnte doch, bitte schön, kein Zufall sein, daß die Gnadenbringerin Maria sich just in diesen schlimmen Nachkriegszeiten mit sichtbar tränendem Auge an verschiedenen Orten zugleich zeigte, dazu noch ausgerechnet in den Fenstern der Post, der Apotheke, der Eisenhandlung Wilkens, lauter gottfernen bis gottlosen Häusern, überdies auch noch an der Schule dieser lutherischen Deutschen, die Heiligenbilder sowieso nicht mehr kannten und deshalb auch an Wunder nicht glaubten.

Das war aber nun bloß ein Ereignis dieser Art gewesen. Auf dem Marktplatz hatten sich zu Königs Zeiten indes auch noch andere herzerwärmende Dinge zugetragen, wie es sie heute aus begreiflichen Gründen überhaupt nicht mehr geben konnte. Im nahen Törzburg, das nach einem siebenhundert Jahre alten Festungsbau des Deutschen Ordens so benannt war, hatte des Königs philanthropisch veranlagte Tante Ileana ein Hospital in der Burg selbst eingerichtet, für Kranke mit wenig oder gar keinem Geld. Sie lebte hier so mildtätig wie bescheiden mit ihren sechs Kindern und ihrem Gatten, Anton von Habsburg, und genoß deshalb auch allseitige Verehrung. Jedesmal, wenn Vertreter des Königshauses, meist Mihai selbst mit der Mutter Elena, vom Sommersitz Schloß Pelesch in Sinaia kommend, die karitative Verwandte besuchten, war Burgstedt in heller Aufregung. Denn die Majestäten pflegten dann an schönen Tagen in offener Limousine auch hier vorbeizuschauen, das heißt um den kleinen Park auf dem Marktplatz eine Ehrenrunde zu fahren und nach allen Seiten dem Volke zuzuwinken. So groß in solchen Fällen die allgemeine Freude war, so groß war die Enttäuschung, wenn die allerhöchsten Herrschaften, obwohl man sie in der Törzburg zu Besuch wußte, es verabsäumten, diesen heimlichen Königsort Burgstedt zu beehren.

Ja, Burgstedt hatte tatsächlich und eindeutig etwas Königliches, dazu noch etwas heimlich Hauptstädtisches, denn beinahe *tout Bucarest bien* pflegte in der heißen Jahreszeit hierher in die Sommerfrische zu kommen. Da war die Hitze wegen der Nähe der Berge einmal meist ziemlich trocken, dazu ohnehin auch in ihren Temperaturen moderat, dann gab es hier, in guten Zeiten, bis zu drei Freibäder, in die man seinen von mäßiger Sonne durchwärmten Körper tauchen konnte, nicht zuletzt aber hatte man auch mit einem Kino aufzuwarten, und was das allerüberzeugendste für die Wahl Burgstedts als Sommerfrische war, es hatte – na, was schon? – die in seinem Namen verewigte Burg. Zwar keine so herrschaftliche wie die Törzburg acht Kilometer weiter südlich, dafür aber eine bieder-feste deutsche Bauernburg auf steiler Felsenhöhe, die manchem Eroberer schon getrotzt hatte, so dem schlimmen Gabriel Báthory, der sie von dem später nach ihm benannten niedrigeren Nachbarhügel ohne viel Erfolg beschoß.

Wer unter dieser Burg wohnte, war automatisch so gut wie geadelt, und Christians urgroßväterliches Stammhaus „Unter der Linde", das erste am Marktplatz, stand haargenau unter der Felsennase, die etwa in halber Höhe des hundertfünfzig Meter aufragenden Burghügels gefährlich keck über dem Ort in die Luft stach. Und auch Höhlen gab es da, wer weiß durch welche urzeitlichen Seen- oder Meereswasser ausgewaschen und -gespült, eine am Aufstiegspfad zur Burghöhe, eine andere ganz verborgen und nur gerade für auserkorene Markt- und Kirchgässer Kinder auffindbar, niemals aber für vorbeistolpernde Oberstudienräte, die in ihrem trüben Sinn kein anderes Ziel verfolgten, als Schüler beim verbotenen Zigarettenrauchen zu ertappen. Und war man einmal in der Burg drin, dann konnte man durch die Pechnasen des westlichen Wehrgangs nach unten Nasen drehen, soviel und nach wem man immer wollte, keiner sah einen dabei.

Einen Hüter hatte die Burg lange Zeit natürlich auch. Doch war es für ihn und seine Familie dort oben ein ziemlich mühseliges Wohnen. Alles, was sie an Nahrung, Wasser und sonstigem brauchten, mußten die Burghütersleute entweder selbst auf ihren Rücken hinaufschleppen oder es dem braven Burgesel auf den seinen packen. Der durfte dann aber dafür den ganzen Garten der Halbruine allein (oder höchstens von ein paar geduldeten Ziegen sekundiert) abgrasen und sich unter den vielen Kammern, die die Burgstedter Bauern einst während der Belagerungen als Wohnung nutzten, die schönste zu seinem Domizil erwählen.

Doch was gab es von der hohen Warte dieser Burg bis weit ins Land hinaus, bis an den Rand der Berge nicht alles zu betrachten! Früher noch meist sehr viel Schönes und Erfreuliches – man konnte seinen

Blick stundenlang schweifen lassen, von Entdeckung zu Entdeckung. Überliefert war auch der Ausruf eines Menschen, auf den diese Landschaft den tiefsten Eindruck gemacht hatte, von dem man aber weder den Namen kannte noch das Jahr, in dem er den Ausruf tat, sondern nur den Ausruf selbst, wie er aus tiefster Seele hervorgequollen sein muß: „Es ist zum Weinen schön!"

Der deutsche Ortsteil war dem Burgberg, ihn gleichsam fest umschließend, vorgelagert, der Turm der evangelischen Kirche mit seinem goldenen Stern an der Spitze war weit und breit dessen einzige und dazu noch funkelnde Höhenkonkurrenz. Man konnte jedenfalls an alldem sehen, wer in der damals schon über siebenhundertjährigen Geschichte des nach dem Flusse Burzen benannten Landes zuerst an diesem Ort war und wer später dazukam. So einfach und so deutlich war die gemauerte Sprache dort unten am Fuße der Burg.

Doch nun, da Christian an einem der Nachmittage seines kurzen Weihnachtsurlaubs ganz allein dort hinaufstieg, war es die gute alte Burg nicht mehr. Ihr Hüter und dessen Familie waren schon lange ausgezogen. Die neue Gemeindeobrigkeit dachte nicht im Traum daran, den „Luxus der Ruinenpflege" weiter zu betreiben, zumal in Zeiten, in denen es doch um wichtigeres ging, um nicht weniger als den Aufbau einer ganz neuen Gesellschaft mit ganz neuen Menschen. So nisteten jetzt im Burggebälk nur noch die Fledermäuse, die aus dem nahen Turm der Kirche dahin ausgeflogen waren.

Und Christians Familienstammhaus dort unten am Marktplatz, genau unter der erwähnten vorwitzigen Felsennase, war jetzt, wie man es von hier oben sehr genau erkennen konnte, ganz verwaist. Der Erb-Großonkel Johann Trues, der nach der Enteignung allen deutschen Grund und Bodens bei Kriegsende in diesem Haus wenigstens noch hatte wohnen dürfen, mußte es nach einer neuen Regierungsverfügung binnen zweier Tage räumen und im fernen „Altland", das ist die Gegend am Alt-Fluß entlang, zeitlich unbegrenzten Zwangsaufenthalt nehmen. Dem zweiten Großonkel in der Unteren Langgasse, Andreas, einem Bruder dieses ersten, erging es kein bißchen besser. Dafür war es dem dritten und ältesten der Brüder, Michael, gnädigst erlaubt, nach der Enteignung seiner nicht wenigen Besitztümer in Kronstadt und der Zwangsräumung seiner Häuser, sich in Burgstedt niederzulassen, in einer Zweizimmerwohnung zu ebener Erde im Haus von Christians Großvater Lehn in der Kirchgasse. „O nein, es ist alles nicht mehr ‚zum Weinen schön', sondern ‚zum Heulen traurig'", redete Christian, einen Kloß im Hals, laut vor sich hin, laut, weil ihn doch hier überhaupt niemand hören konnte.

Burgstedt war aber auch noch auf andere Weise ein „Ort der Vertriebenen" geworden, der Vertriebenen von anderswo und der Vertriebenen nach anderswo. Christians Onkel „Bübchen", der so lustig nicht nur hieß, sondern es auch wirklich war, hatte im Zuge der Enteignung sämtlichen privaten Besitzes 1948, unmittelbar nach überstandenem russischem Arbeitslager, seine Apotheke entschädigungslos an den Staat abgeben müssen und dafür eine andere in Brenndorf bei Kronstadt zugewiesen bekommen, die ihm allerdings nicht mehr gehörte, in der er nur noch als staatlich Angestellter seinen Beruf ausüben durfte. Ja, und Grazers, mit denen Christian noch während seiner Gymnasialzeit bekanntgeworden war, hatte man in dem nahen Weidenbach auf demselben Wege um ihre kleine Papierfabrik samt Haus gebracht und sie mit geringer Habe nach Burgstedt abgeschoben, wo sie nun bei Rektor Starck zur Miete wohnten. Doch auch den hageren und sehr brünetten Schweizer Herrn namens Alfred Alioth, auch er von nicht ganz unbegüterter Herkunft in seiner eidgenössischen Heimat, wollte die Hauptstadt Bukarest, vor allem wegen seiner Frau, einer rumänischen Prinzessin aus fürstlichem Hause, nicht länger in ihren Mauern dulden. Er war gezwungen, ebenfalls mit Burgstedt vorliebzunehmen, wo er eine bescheidene Mietwohnung in der Brückgasse bezog.

So ging das immer fort, und man konnte von Glück sagen, wenn man all die Schikanen, all das blinde Wüten einer entfesselten Diktatur heil überstand. Die weithin als hellseherische Kartenlegerin bekannte Nagy Anusch in der Burgstedter Kirchgasse hatte dieses Glück nicht. Eines Tages kam ihr ältester Sohn, der Seppi, nicht nach Hause. Keine von Anuschs Tarotkarten hatte es angekündigt. Am Bahndamm der Strecke Kronstadt–Weidenbach, wohin er niemals fuhr, wurde Seppi tot aufgefunden. Im Kronstädter Leichenschauhaus fragte Anusch den

Arzt, wie ein junger Mensch, der täglich zwischen Burgstedt und Neu-Tohan zur Arbeit und nach Hause fährt, nie aber nach Weidenbach, wie also ihr Sohn mir nichts, dir nichts an einer wildfremden Bahnstrecke aus dem Zug in den Tod stürzt. Dazu der Arzt: „Ihr Sohn, liebe Frau, ist niemals aus dem Zug in den Tod gestürzt. Man hat ihm, wie Sie hier sehen können, den Schädel zertrümmert – wo, das wissen wir nicht. Dann hat man ihn, schon tot, aus dem Zug geworfen – wo, das wissen wir. Die Medizin kann nur sagen, was und wie es, vielleicht auch noch wo es passiert ist. Durch wen und warum, das weiß sie nicht. Es gibt nur eine Adresse, die darüber Auskunft geben könnte. An die sich aber zu wenden, davon muß auch die Medizin dringend abraten." Das war das kurze, wenn auch etwas umständlich formulierte „gerichtsmedizinische Requiem" für den blutjung zu Tode gekommenen Nagy Seppi, und es ist weiter nur zu berichten, daß seine Mutter Anusch den ärztlichen Rat befolgt hat, sich an die bewußte Adresse mit keiner Nachfrage zu wenden.

Christian konnte sich noch genau entsinnen, wie in Kronstadt die Vertreibung alteingesessener, meist deutscher Bürger aus ihren Häusern vor sich ging. Das war 1952, als er ins zweite Jahr des Obergymnasiums, nach altösterreichischer Zählung also in die „Sexta" kam. Unterricht hatte man im Gebäude des rumänischen „Şaguna"-Knabenlyzeums, dessen verständnisvoller Rektor die aus dem eigenen Hause vertriebenen Deutschen bei sich aufgenommen hatte, weil das Gebäude ihrer Honterusschule, der ältesten überhaupt in dieser Weltgegend, nach der Zwischenstufe „russisches Kriegslazarett" endgültig „Städtisches Krankenhaus" geworden war. Wozu, mag sich die postmonarchische Stadtobrigkeit gefragt haben, wozu brauchen diese Deutschen denn ein Gymnasium, wo sie ja nun schon so viele hundert Jahre eines besessen und genossen haben und wo doch, und darum ging es hier, diese stolze „Stadt Stalins" schon so lange ganz ohne ein städtisches Hospital auskommen muß? Wohin sollte sich der werktätige Mensch, dieses wertvollste Kapital der neuen Gesellschaft, denn wenden, wenn sein ehemals kapitalistisch geschundener Körper kränkelte, wenn es ihm gesundheitlich nicht gut ging? Da konnte ihm auch das schönste, auch das älteste deutsche Gymnasium nichts helfen, denn „Bildung macht stark" zwar (oder wie es unser großer sowjetischer Bruder in seiner fortschrittlichsten aller Sprachen so unverwechselbar ausdrückt: „snanije sila"), aber freilich nur stark, nicht auch wieder gesund.

Und der hehren Gedanken kreisten noch mehr in den Köpfen der sich um alles kümmernden Stadtobrigkeit. Ihr Einfallsreichtum erschöpfte sich nicht im Abschaffen von Schulen mit Tradition. Nein, es mußte auch an Anschaffen gedacht werden, und zwar von Wohnraum. Doch wie besorgt man den schnell, ohne welchen zu bauen? Man jagt ein paar eindeutig bourgeoise Familien aus ihren Häusern, von denen es unter den Deutschen der Stadt noch mehr als genug gibt, und schon ist das Problem wenigstens halb gelöst. Halb, weil ja diese aus ihren Häusern Gejagten alles, was sie von ihrer Habe in vierundzwanzig Stunden zusammenraffen können (und das ist ja schon nicht wenig), auch in Eisenbahnwagen verladen müssen, um damit davonzufahren zu den Orten ihres wohlverdienten Zwangsaufenthalts. Und diese Eisenbahnwagen wiederum müssen ja auch besorgt und bereitgestellt werden. Und was, wenn die nun nicht pünktlich, das heißt zu spät oder zu früh ankommen? Der Teufel soll dieses Besitzbürgertum holen, ständig hat man seinen Ärger mit ihm.

Doch der Klassenfeind schläft nicht. In Gestalt des Rektors des Honterus-Gymnasiums, das, äh, hm, wie gesagt, nicht mehr oder noch nicht wieder so heißen darf (oder am liebsten niemals mehr so heißen sollte), und das auch leider, leider seinerzeit nicht mitsamt seinem Gebäude einem würdigeren Zweck zugeführt werden konnte – in Gestalt also des Rektors dieser Anstalt, eines echten Wolfes im Schafspelz, schleicht sich der nimmermüde Klassenfeind ins Şaguna-Internat, wo die Provinz-Honterianer mit den Provinz-Şagunianern einträchtig beisammenwohnen, und zwar strategisch äußerst günstig vis-à-vis der Geheimpolizei „Securitate", unter deren wachsamem Auge sich ja wohl niemand unterstehen würde, Sabotageakte zu verüben – und was tut dieser deutsche Rektor dort im Schutze seiner eigenen Unauffälligkeit und der sprichwörtlichen Vertrauensseligkeit der Geheimpolizei? Er stachelt einige der dort logierenden Provinz-Honterianer, darunter Christian Rosenow, dazu an, den erwähnten Evakuierungskandidaten beim Ausräumen ihrer Häuser und beim Abtransport ihrer Habe ein bißchen zur Hand zu gehen. Das machen die auch sofort und ohne Murren, bei Professor Heinrich W., bei Professor Oskar W., beim Gymnasiumskollegen Dieter Paul F. und auch noch bei anderen, die zu dieser Schule gehören oder gehört haben und nun mit einem Mal solcher Hilfe bedürftig sind.

Doch freilich, nicht nur der Klassenfeind schläft nicht, sondern auch die Schulbehörde hat offenbar ihre hellwachen Detektive. Nicht lange nach dieser Hilfsaktion muß der allzu rührige Rektor Franz v. K. wegen Mißbrauchs schulischer Kräfte für schulfremde Zwecke seinen Hut nehmen. Ja, wer hatte da gepetzt, welcher Pirol hatte da gepfiffen? Keiner konnte es sagen. Man saß, wie ein späterer Rektor des Gymnasiums es einmal ausdrückte, in einem „Glashaus". Man konnte darin zwar von draußen gesehen, mußte aber von dort nicht gleich auch gehört werden. Wenn Christian sich in Gedanken zurückversetzte, zum Beispiel in Klassenstunden mit Professor Daniel B., und sich erinnerte, was da so alles zur Sprache kam, dann schoß ihm noch nachträglich das Blut siedendheiß in den Kopf. Doch kein Mucksmäuschenton war jemals aus diesen Stunden hinausgedrungen, dem lieben alten Daniel B. wäre es sonst sicher übel ergangen. Fünf Jahre Kerker gab's zu jenen Zeiten schon für rein gar nichts; für Verhaltensregeln bei Hausbesuchen der „Securitate", die ein tollkühner Daniel B. seiner Klasse einmal einzuschärfen wagte, gab's schon etwas mehr, nämlich „lebenslänglich". Wer also war es doch, der den Rektor Franz v. K. verpfiff? War es der Pirol, der flötete, als in Professor Georg Sch.s von den Honterus-Schülern uraufgeführten Tragödie „Giordano Bruno" der berühmte Ketzer vor dem Heiligen Offizium Rede und Antwort stand? Saß der Vogel da schon in einem Baum draußen vor dem Fenster seines römischen Gefängnisses? (Christian Rosenow hatte, wie noch zu sagen ist, in dem Stück den Kardinal Großinquisitor gespielt und sich seiner Rolle, vor allem der darin enthaltenen Verkündung des Todesurteils, sehr geschämt.) Nein, jener Pirol konnte es nicht gewesen sein, zu weit, nämlich schon Jahrhunderte lag zurück, was der flötete. Und auch jener Pirol war es wohl nicht, der Jahre später die Solopartie der Anklage in jenem Prozeß sang, in dem Professor Georg Sch. zusammen mit anderen nun selbst der politischen Ketzerei beschuldigt wurde. Bleibt am Ende nur noch jene dem Lehrkörper angehörende blonde Ziege übrig, die seinerzeit, Ende der dreißiger Jahre, weil das damals so Mode war, dem Führer zwei Zicklein schenkte, den Baldur und die Freia, und daher, als dann andere Zeiten anbrachen, für die Geheimpolizei ein leicht erpreßbares Melktier wurde. Keiner aber wird mit Gewißheit sagen können, wer die folgenreiche Verräterei damals beging. Man kann nur hoffen und abwarten, daß einer sich bekennt. Gottes Zeit ist lang.

„O ja, Gottes Zeit ist lang", sagte Christian, droben auf der Burg aus seiner Träumerei erwachend und nicht sofort wissend, wem er diesen Satz da nachredete. Er klang doch so ziemlich genau nach Pfarrer Gustav Pelger. Er klang aber auch fast ein bißchen hochmütig, also fast eher schon nach Christian Rosenow, nämlich so, als wenn einer ihn sagte, der irgendwo sehr hoch oben saß und von dort hinabblickte, unangreifbar über allen Dächern und allen Wipfeln.

Dort unten auf dem Burgstedter Marktplatz gab es, ganz früher und ganz noch bis zu des Königs erzwungenem Abgang, zweimal im Jahr, zu Frühlingsende und zu Herbstbeginn, den weithin berühmten Jahrmarkt. Was waren das jedes Mal für drei herrliche Tage! Rund um den kleinen eingehegten Park in der Platzmitte waren die Buden aufgebaut, die Lebkuchenstände, die fahrenden Kramläden mit den wunderschönen Taschenmessern an länglichen Messingketten, deren Klingen in ziselierte Metallschalen eingenietet waren und so ganz nach gutem, wenn auch nicht gerade rostfreiem Stahl aussahen, die aber von diesen niederträchtigen Erwachsenen abschätzig „Krodeschänner", also „Krötenschaber", genannt wurden. Nur zu, wetzt nur immer eure Mäuler, ihr Ahnungslosen! Und was gab es da nicht alles zu lecken und zu schlecken, einmal diese roten Hähne aus gebranntem Zucker am Holzstiel, die das Leben junger Leute angenehm versüßten, dann das herrliche Eis in allen Farben und Aromen, kunstvoll in und auf ein Waffelhorn geschichtet und getürmt, zwischendurch dann für neuen Durst eine Tüte gesalzener Kürbiskerne, deren Schalen man im Bogen durch die Gegend spucken konnte, und schließlich zur Löschung des Durstes siphongespritzten Himbeersirup mit prickelndem Schaum.

Für die Böttcherware in der Roth-Hannes-Gasse hatten Christian und seine Marktgässer Spielkameraden nicht das geringste Interesse, auch nicht für die Töpferstände in der Kirchgasse, nicht für die Korb- und Flechtware in der Brückgasse, ganz und gar auch nicht für Stoffe und Tuche, für Eßbesteck oder auch für Garten- und Feldgerät, also Sensen, Gabeln, Schaufeln, Hacken. Die sollten sie sich ruhig alle holen, diese Gaffer, Prüfer und Feilscher mit den dicken Brieftaschen. Für das abgezählte Geld in Christians und anderer Buben Hosentasche durfte nur das Kaufenswürdigste und Auserlesenste erstanden werden. Höchstens mußte es noch für einen Kinobesuch reichen, zum ermäßigten Preis natürlich, oben auf der Galerie und vom Herrn Kinobetreiber persönlich hereingelassen, wenn es schon so gut wie begonnen hatte, wenn also das wunderschöne Lied „Trink, trink, Brüderlein trink" im Kinolautsprecher längst verklungen und auch die Wochenschau vorbei war. Da sprang schon „Zorro, der Mann mit der Maske" zu Pferde über die Leinwand, es war dieselbe Leinwand, über die ein paar Jahre zuvor auch Hans Albers' wasserblauäugiger Münchhausen auf seiner Kanonenkugel durch den Himmel geritten war.

Und dort unten im Kinosaal saßen, in den vordersten Reihen natürlich, diese wie aus dem Ei gepellten Neustädter Buben, die die ganzen drei Kilometer aus dem Nachbarort herbeigestiefelt waren, richtig herbeigestiefelt, denn sie trugen allesamt nicht nur schwarze Anzüge und Schildmützen aus dem gleichen Tuch, sondern dazu noch diese sündteuren kniehohen Schaftstiefel aus echtem Leder. Und Geld fürs Kino hatten die natürlich auch alle – lauter feine Pinkel waren diese Neustädter, vor denen sich die mit drei Freibädern, einem Kino und einer richtigen Burg gesegneten Burgstedter glatt verstecken konnten. Deshalb wurden die geschniegelten Eindringlinge auch zu Recht mit einem Liedchen gehänselt: „Nostadter, Hopsekadder, haj de Geiß un genen Nogel, donz mät dem Bäffelzogel." Das klingt zu Deutsch dann so: „Neustadter, Hopsekater, häng die Geiß an jenen Nagel, tanz mit dem Büffelzagel." Ein wunderschönes Liedchen mit eigener, schlichter Melodie, und wenn diese Neustädter gestiefelten Kater es hörten, waren sie natürlich sehr verschüchtert und hatten ob ihres beneideten Reichtums, wie es manchmal schien, auch ein schlechtes Gewissen.

Sie kamen aber trotzdem immer wieder in dieses ihnen unfreundlich gesinnte, mißgünstige Burgstedt, und nicht nur zu Jahrmarktzeiten, nein, fast jeden Sonntag. Denn manchmal gab's im Kino, auf dem schmalen Podium vor der Großleinwand, auch Extraveranstaltungen, so wenn der berühmte Zauberer Josefini mit seiner wunderbar geschminkten Assistentin in Burgstedt Gastaufenthalt nahm. Da hatten diese gestiefelten Neustädter, die die ganze Woche hinter dem Mond lebten, etwas zu staunen. Denn Leute in Frack und Zylinder waren ihnen, anders als den weltläufigen, mit echten Königen Umgang pflegenden Burgstedtern, Lebewesen aus unvorstellbar fernen, extravaganten Welten, und wie der Josefini seine Zaubereien darzubringen wußte, das überstieg ihre provinzielle Vorstellungskraft nun ganz und gar. Dabei machte der noch Scherze über sich und sein erstaunliches Tun, indem er mit den Worten „palmaj" (also: „Fingerfertigkeit") und „blamaj" (also: „Blamage") sein geistvolles Spiel trieb und zu verstehen gab, daß das Mißglücken „handgeschickter" Verschwindekunst, d. h. der „Palmage", notwendigerweise die „Blamage" nach sich zöge. Aber das war alles bloß kokettierendes Dahergerede, denn natürlich beherrschte Herr Josefini sowohl die Schwarze Kunst als auch die Kunst des Hypnotisierens aus dem Effeff.

Wir sind aber nun durch diese Neustädter Stiefelträger von unserer Schilderung des Jahrmarktgeschehens abgelenkt worden, das auch noch Überraschungen anderer Art bereithielt. Zu nennen wäre mindestens der obligate Tanzbär, eine Hauptbelustigung nicht so sehr der bäuerlichen Burgstedter als vielmehr des hiesigen Fabrikvolks, für das der an Nasenring und Kette geführte und mit einem Tamburin zum Tanzen auf den Hinterläufen animierte einstige Waldbewohner ein Naturereignis war, das man sonst nirgends zu sehen bekam. Natürlich gab es für diese lustig sein wollende Tierquälerei kein Eintrittsgeld zu entrichten, denn sie fand, umringt von ein paar Dutzend Gaffern, auf offener Straße statt, so daß ein Obolus je nach dem Grad persönlicher Zufriedenheit gespendet wurde, „und bitte gleich hier auf das Tamburin", rief der Tanzmeister, der es zu diesem Zweck gleich nach beendetem Spektakel auf den Boden legte.

Meister Petz, wie wir ihn mit Blick auf sein Zottelfell nennen wollen, war aber erfahrungsgemäß nicht immer, ja eigentlich fast nie zum Tanzen aufgelegt, schon gar nicht zum Tanzen auf zwei Beinen. Das ärgerte seinen Meister immer sehr, und der riß ihn mittels der Eisenkette aus seiner vierbeinigen Bequemlichkeitsstellung hoch, was wiederum das Tier gar nicht freundlich aufnahm, sondern, im Gegenteil, mit schwarzfunkelnd bösen Blicken und Zähnefletschen beantwortete. Das hatte seinem Dresseur, einem vierschrötigen Kerl mir rotem Haarschopf, sommersprossigem Gesicht und tiefer Schramme auf der linken Backe, gerade noch gefehlt. Er klatschte dem Bären das Tamburin um die Ohren, was der mit lautem Gejaule quittierte, aber nicht nur das: Einmal passierte es, daß der Bär mit seiner rechten Pranke ausholte und damit seinem Peiniger eins übers linke Ohr harkte, so daß der, zunächst erstarrt, dann mit bleichem Entsetzen, das Blut über seine Wange rinnen sah und sogleich nach der halb abgetrennten Gehörmuschel griff, um sie an die Schläfe zu pressen. Kurz, der Dorfarzt mußte her, der ihn, notdürftig versorgt, in sein Ambulatorium bringen ließ, wo er ihm das Lauschorgan mit kunstfertigen Stichen wieder annähte. Die Folge war, daß die Bärentanzerei fortan auf dem Burgstedter Jahrmarkt nicht mehr stattfinden durfte, aber auch der Jahrmarkt selbst fiel sehr bald der neuen Zeit und ihrem tiefsitzenden Argwohn gegen alles Private, aus bürgerlichen Zeiten Überkommene zum Opfer.

Doch einige Jahre später, als Christian schon in Kronstadt aufs Gymnasium ging, sollte er den einst so schlimm gestraften Bärenbändiger wiedersehen, ohne Bären, aber in der auffällig schmucken Uniform eines Leutnants der bewaffneten „Securitate". Zwei Meter vor Christian marschierte er federnden Schrittes die Angergasse hinauf zum nahen Sitz seiner Behörde und hatte sichtbar noch beide Narben an Gesicht und Kopf, die alte auf der linken Wange und die neuere am linken Ohr. Offenbar mühelos hatte er im Übergang zur neuen Zeit den kleinen Sprung von der Tier- zur Menschendressur getan, die neuerdings in höherem Ansehen stand und sicher auch sehr viel besser entlohnt wurde.

V
Wieder nach „Welschland"/Schöne Fremde

Als Christian Rosenow am 2. Januar, einem schneeweißen Wintersonntag, nach kurzem Weihnachtsurlaub daheim in Burgstedt erneut mit dem Zug durch das Prahovatal gen Bukarest fuhr, also sozusagen wieder zurück „nach Hause", nach seinem neuen Zuhause, wie er es jetzt wohl schon einmal zu haben glaubte, da schien es ihm, als wäre alles anders als damals im August, da er die Strecke zum erstenmal zurücklegte, vielleicht weil es jetzt, im Unterschied zu damals, Vormittag war. Das einzige, was ihn noch an die frühere Fahrt erinnerte, war vielleicht die auffällige Leere des Zuges.

Er hatte ein Buch mit dabei, an dem er seit gymnasialen Zeiten sehr hing, es war eine Eichendorff-Auswahl von Gedichten und Erzählungen, und darin befand sich als sein Lieblingsstück „Aus dem Leben eines Taugenichts". Das mußte er also jetzt, ja ganz besonders jetzt, unbedingt bei sich haben, nicht weil Pfarrer Pelger es ihm einst geschenkt hatte, sondern einfach nur, weil es während dieser Fahrt, bei aller so gegensätzlichen Witterung draußen, sein Begleitbuch nach Süden, nach „Welschland" sein sollte. Dahin fuhr er, wie einst dieser Eichendorffsche Taugenichts, nun selber wirklich, und wußte und fühlte das auch nur zu deutlich, seit er die paar Monate dort gelebt hatte. Aus dieser Gegend im weiteren Sinne war er doch vor vielen Jahren selber gekommen, aus Ploieşti, wo der 45. Breitengrad vorbeilief, und diese Gegend hieß ja nicht zufällig „Walachei", ein Name, in dem das „Welsche" hörbar drinsteckte.

Und was war das, verglichen mit dem Burgstedter Bergland, für ein richtiger Süden! Selbst in der schon herbstlichen Zeit zwischen August und Anfang November wirkten die sommerliche Hitze und Dürre der Steppe noch als südlich fächelnde Ausläufer nach, mit italienischen Taugenichtsnächten in den Parks und an den Bukarester Seen. Was allein an diesem Süden sich als so ganz und gar anders erweisen sollte denn von ihm erwartet, das war der Winter in diesen so anderen als italienischen Breiten. Keine mittelmeerisch-laue Seeluft strich von rechts oder links auf der Landkarte über die Bărăgan-Ebene, in der die Hauptstadt, dieses siebenhügelige andere Rom, lag, sondern es wehte ein sehr steifer Nordost vom fernen Rußland her, ein Wind, der den slawisch klingenden Namen Krivetz trug, verwandt mit dem griechischen Boreas.

Aber noch etwas war an Christians neuerlicher Fahrt nach Süden anders als früher. Kein Herr Liviu Popp stieg in Predeal mehr zu, kein kundiger Führer in dieses neue Land, das der fremde, freundliche, vertrauensselige Herr und einstige Vaterfreund so gut zu kennen schien. Niemand, nicht einmal ein Kondukteur, gesellte sich auf dieser Fahrt mehr zu ihm bis zu seiner Ankunft auf dem Bukarester Nordbahnhof. Christian saß die ganze Zeit nur immer allein in dem Abteil, mit leichtem Gepäck im Netz über seinem Kopf, und sah hinaus in diese besonnte unschuldsweiße Welt, es war die reine frische Freude über all dem menschlichen Elend, das ihm während des kurzen Weihnachtsurlaubs in Burgstedt so schmerzlich bewußt geworden war. Und er fragte sich ein übers andere Mal, wie es denn sein konnte, daß die Natur in solcher Unbekümmertheit all dieses Elend zudeckte, anstatt mit Blitz und Donner dreinzufahren oder, wie er es doch selbst schon erlebt hatte, ihrem Groll in Erderschütterungen Luft zu machen.

Vom ersten Erdbeben in seinem Leben hatte Christian allerdings so gut wie keine Erinnerung. Es war 1940, Rosenows lebten da noch in ihrer Ploieștier Stadtwohnung in der Fundătura Carol, und Christian, damals gerade erst vier, soll, als er das Haus plötzlich wackeln fühlte, auf die Terrasse der oberen Etagenwohnung in dem zweistöckigen Haus gelaufen sein und, die rechte Faust drohend gen Himmel gereckt, ausgerufen haben: „Ta lichter läwer Gott." Zu Deutsch heißt das immerhin „Du schlechter lieber Gott", und der blasphemische Ausruf löste, wie man sich denken kann, Entsetzen bei den Eltern, ja, in der ganzen Verwandtschaft aus, zumal er einem Kind entfahren war, das doch jeden Abend mit fromm gefalteten Händen diesem Gott mit „Ich bin klein, mein Herz ist rein" huldigte. Natürlich kann man angesichts solcher Tatsachen nicht endlos nach den Hintergründen forschen oder gar verwandtschaftliche Vorbelastungen erkunden, denn ärgste Verstimmungen sind dann zwangsläufig die Folge. Daher ließ man über die kindliche Freveltat schnell das Gras des Vergessens wachsen und erzählte die Geschichte gerade nur hinter vorgehaltener Hand weiter, also mehr als familienanekdotische Absonderlichkeit.

Genaugenommen erinnerte sich später eigentlich fast nur noch Christian an die überlieferte frühe Gotteslästerung und hielt sich deshalb auch gerne für einen besonders originellen Kopf. Das hätte er aber nicht so leichtfertig tun sollen, denn er geriet damit, besonders auf dieser Bahnfahrt, in Konflikt mit seinen eigenen Überlegungen hinsichtlich der moralischen Indifferenz der Natur. Man konnte schlecht sein eigenes sträfliches Tun unter die kindliche Unschuld rubrizieren, der Natur aber, die soviel Schlimmes mit makellosem Weiß zudeckte, dasselbe nun zum Vorwurf machen. Es war der Moment, da Christian zum ersten Mal in seinem Leben über sich selbst zu lächeln begann und zu merken meinte, wie sehr erwachsen er geworden war.

Da hatte er nun gerade fast den Markierungsstein des 45. Breitengrades unten an der Landstraße verpaßt, auf den Herr Liviu Popp ihn bei seiner sommerlichen Bukarestfahrt hingewiesen hatte. Dort mußte er sein, erinnerte er sich, dort unten am Rand der Landstraße, und ganz von Schnee bedeckt war der Stein nun sicher auch. Zur Linken tauchte bald Băicoi auf und schließlich noch Ploieşti, nur die Strecke danach bis Bukarest zog sich für Christians Gefühl fast endlos hin, vielleicht aber war sie bloß durch das winterliche Weiß trügerisch in die Länge gezogen.

Er hatte also noch reichlich Muße, an einen Burgstedter Sommer zurückzudenken, der in besonderer Weise auf diesen Süden vorauswies, in den er jetzt fuhr. Das war zu einer Zeit, in der Christian ganz noch ein Burgstedter Junge war, völlig unbelastet von Zukunftsüberlegungen. Was hatte er da in einer Klausurarbeit zum Thema „Was willst du einmal werden?" für ein verblasenes Berufsbild als sein Lebenswunschziel ausgegeben? Kaufmann wollte er also werden, doch keiner, der am Tresen steht und Waren aus Regalen holt und zu den Kunden hinüberschiebt, sondern einer, der auf einem Schiff die Meere durchkreuzt und von fernen Gestaden das Kostbarste und Erlesenste an Gütern herbeibringt. Was es im einzelnen sein würde, hätte sich an Ort und Stelle erst zeigen müssen, festlegen wollte er sich jedenfalls nicht von vornherein. Es sollte indes mit dieser Kauffahrerei in

Christians Vorstellung alles so vage und so schwebend bleiben wie eine schöne Musik, vielleicht wie Schumanns erste Kinderszene „Von fremden Ländern", die er in den Klavierstunden bei Frau Rektor Starck in Burgstedt mit soviel Eifer bis zur größten Einfachheit des Spiels durchgeübt hatte.

Es stand aber bei alledem immerzu ein frühes Bild vor seinem Auge, das Bild der schönen Fremden. In einem Sommer war sie plötzlich aufgetaucht. Sie war wohl eine der Bukarester Sommerfrischlerinnen, die im rumänischen Ortsteil Burgstedts auf irgendeinem Bauernhof ihre Ferien verbrachte. Als Christian sie zum ersten Mal sah, war das auf der Straße im Vorbeigehen. Sie wechselten einen einzigen Blick, und an Betörung war ihm das genug für die nächsten Tage, in denen er sie nicht mehr zu Gesicht bekam. So etwas war ihm noch nie passiert in seinem kurzen Leben. Dann sah er sie plötzlich wieder, als er einmal, vor dem Haustor stehend, auf einen Freund wartete. Entdeckt hatte er sie, als sie noch in recht großer Entfernung war, fast als hätte er sie hier und jetzt erwartet; erkannt hatte er sie aber an ihrem unverwechselbar leichten Gang. Als bloß noch wenige Schritte sie voneinander trennten, trafen sich kurz ihre Blicke; aber als sie auf seiner Höhe war, ihm also am nächsten, sah sie zu Boden, und er wußte, auch dieser gesenkte Blick galt ihm, galt ihm doppelt und dreifach, gerade weil er auszuweichen schien. Er sah ihr nach, umfing mit dem Auge die Bewegung des Körpers in dem hellen Sommerkleid, auf das ihr dunkelblondes Haar in leichter Welle fiel, und was er und wie er es sah, war so ganz anders, als es ihm in diesem bäuerlichen Burgstedt jemals begegnet war. Nein, so etwas Himmelblauweißes, ganz wie bildgewordenes zauberisches Klavierspiel – das gab es in diesem akkordeonseligen Landstädtchen ganz gewiß nirgendwo ein zweites Mal.

Es war doch alles so unmöglich in dieser leisen, beglückend schmerzenden Liebe auf den einen ersten Blick! Sie hätte ihn ja nun als der weibliche Teil der Beziehung nicht gut ansprechen können, er allein hätte ein Wort an sie richten dürfen, das sah er ein. Wie machte das aber einer, der ohnehin kein Draufgänger war und ihre Sprache, das Rumänische – ja, das war es eben – völlig unzureichend beherrschte. Das war also das Unmögliche in diesem Augenspiel ohne Hoffnung und ohne jede Aussicht auf Erfüllung.

Die „schöne Fremde" schoß Christian auf der letzten Wegstrecke dieser Winterfahrt nach Bukarest urplötzlich durch den Kopf, und aus dem goldenen Glanz, den die flache Mittagssonne über die Schneelandschaft breitete, trat ihr Bild wie Frühling hervor. Du bist ja bald dort, wo sie zu Hause ist, und so groß die Stadt auch sein mag, so groß kann auch der Zufall einer Wiederbegegnung sein, und hier, in der Fremde, die schon, wie er es jetzt noch deutlicher fühlte, sein neues Zuhause war, würde er es dann auch sicher wagen, sie anzusprechen.

Es erfüllte ihn plötzlich ein solcher Mut, etwas Derartiges zu tun und das lange Sehnen nach dem schönen Mädchenbild hinauszuschreien, daß sich so etwas wie Allmachtsgefühle in ihm regten, wie damals in Kronstadt in der Bartholomäer Kirche: Da lag er rücklings auf einer Bank oben auf der Orgelempore, und sein bester Freund, Dieter Barth, übte Bachs Toccata und Fuge mit jener Vollendung, die seinem Musizieren eigen war, es war ein einziges Töneblitzen bis hinauf in die Kreuzrippen hoch im Kirchengewölbe. Es war eine sehr deutsche Stunde, in einer sehr deutschen Kirche, in einer sehr deutschen Stadt bei einer sehr deutschen Musik – und Christian gehörte zu alldem, ohne allen falschen Stolz, nur gerade in stiller, selbstverständlicher Teilhabe.

Es war aber auch etwas Trotziges, Rechthaberisches, Verbissenes in seinen Gefühlen. Sieh da, ich habe ein Schwert, das ist scharf und es blinkt, das läßt in meinen Arm Kraft fließen, wenn ich es halte. Ist das aber nicht alles bloß Pose und Theater, jedenfalls noch lange nicht so etwas wie eine höhere, eine besondere Lebensform? Wie anders aber war jener stille Süden dort, der nicht mehr sein wollte, als er war. Der nichts Aufblitzendes hatte, sondern nur dieses sanfte In-sich-Sein. Christian versuchte sich das Gesicht der schönen Fremden aus der großen Stadt vorzustellen, der er sich nun mit einer deutlich dahingaloppierenden Lokomotive vor dem Zug so ganz erfüllt von Hoffnung näherte.

Ach, und die schöne Fremde hatte eigentlich so gar kein Gesicht in Christians nur zweijähriger Erinnerung. Keinen einzigen Zug dieses Gesichts wußte sein inneres Auge nachzuzeichnen, alles blieb nur letzte Schönheit ohne Kontur, verschwimmendes Sehnsuchtsbild. Wie hätte er es aber auch Gestalt werden lassen können, wo er doch niemals dazu gekommen war, sie länger als Sekunden zu betrachten? Kaum hatte sie sich ihm genähert, lag ihr Blick auch schon am Boden zu ihren Füßen, und seiner natürlich auch, so als wären sie beide geblendet voneinander. Sehen kann man in der Scheue nichts, und Sehnsucht ist ein schlechter Zeichner. Christian begann deshalb erneut zu hadern, mit Gott und dem Zufall, mit der Natur und dem Geschick, die auch sein Seelenelend zudeckten, die Erde beben machten ohne allen Sinn, und die auch zwei Menschenkinder, die offenkundig füreinander da waren, nicht zueinander finden ließen, selbst in der zeitlichen Entfernung nicht. Über der Hoffnung, die Christian hatte, die schöne Fremde in ihrer Stadt wiederzusehen, stand schemenhaft ihr Bild mit einem traurig-schönen Zug um den Blick. Ja, es war sein eigener Blick, den er in dem ihren erfaßte, und die Zukunft sollte ihm seinen Wunsch nie erfüllen, wie hier vorgreifend verraten sei.

Christian hatte noch Zeit, in dem Eichendorff-Band einiges nachzulesen. Er stieß auf jenes Gedicht mit dem Titel „Der alte Garten", das mit den Zeilen „Kaiserkron' und Päonien rot, / Die müssen verzaubert sein" beginnt. Als er es zu Ende gelesen hatte, wußte er, es gibt eine Musik der Worte, es gibt sie wirklich, und er sollte sich fortan nichts inniger wünschen, als solche Musik selber zu machen.

VI
Besuch bei einem „Helden der Arbeit"
Operation am offenen Herzen

Ein seltsamer Winter war das. Eisig fegte er durch die Straßen der Riesenstadt, ja, er bestand vor allem aus diesem schneidenden Wind, der an der großen Kreuzung Universität–Bălcescu-Boulevard die Menschen wie Stoffpuppen vor sich hertrieb, so daß sie sich, ohne einander zu kennen oder sich auch nur jemals gesehen zu haben, wie selbstverständlich gegenseitig an den Händen faßten, um einen Halt zu finden. Das war auch an jenem Morgen so, an dem Christian und sein Heimfreund Heinrich Lenz morgens vor acht den Weg über den Platz der Republik, an der Crețulescu-Kirche vorbei und dann die breiten Treppen hinunter in die Strada Brezoianu marschierten, wo an der Ecke Boulevard Elisabeta (wie sie diese auf „6. März" umgetaufte Hauptverkehrsader aus Trotz bei ihrem alten Namen zu nennen pflegten) die Redaktion des „Neuen Lands" residierte. Ja, residierte, das konnte man ruhig so sagen, denn einen günstigeren Standort durfte sich eine Zeitung, schon gar eine deutschsprachige, in der rumänischen Hauptstadt zu jener Zeit nicht wünschen. Es war, wie es hieß, ein früheres Hotelgebäude oder auch das einer ehemaligen Versicherungsgesellschaft, in dem das „Neue Land" drei Etagen belegte. Die sprossenlosen großen Kippfenster waren mit dem Zeitungskopf bemalt, in weißer, an die Fraktur erinnernder Schrift, und sahen auf beide Straßen, den Boulevard Elisabeta und die Brezoianu, hinunter. Eine kleine Provokation war sie ohne Zweifel, diese deutsche Insel im Häusermeer einer rumänischen Metropole, allein schon wenn man bedenkt, daß Deutsches damals in der Welt so gut wie nichts mehr galt.

Aber erst viel später sollte Christian Rosenow es wissen: Diese Stadt war zunächst einmal sehr rumänisch, dann auch ebensosehr eine von Welt. Sie war aber vor allem der tolerantesten eine, und Wissende, das heißt vormals Weitgereiste, stellten sie diesbezüglich nicht ohne Grund gerne an die Seite von Paris oder gar darüber – welchem Paris dieses Bukarest, jedenfalls das moderne, schon immer nachgeeifert hatte, indem es sich ausdrücklich als „Paris des Balkans" verstand und sich darauf etwas zugute hielt.

Das alles hatte Christian jedoch gar nicht zu beschäftigen, jetzt, wo es einfach nur darum ging, ihn auf seine journalistische Tauglichkeit zu prüfen. Er selbst war ja nun nicht mehr so sehr überzeugt, daß er die diesbezüglichen Erwartungen an ihn auch würde erfüllen können. Die wohlbestandene Prüfung seiner orthographischen Kenntnisse damals im Sommer, als er sich in der Redaktion zum erstenmal vorstellte, zeugte gerade nur von einem, wenn auch zugegebenermaßen erfreulichen visuellen Gedächtnis. Zur schreibenden Zunft zu gehören erforderte aber einiges mehr als orthographisch korrektes Notieren von Wörtern. Im Grunde bedeutete letzteres so gut wie gar nichts, wie er sogleich am Beispiel seines ersten Chefs, des „Genossen" Hugo Zaun, zu erkennen Gelegenheit hatte, der mit seiner linken, unverkrüppelten Hand unter Zuhilfenahme eines Bleistifts ganze Fernschreiberpapierbahnen vollkritzelte, aber dabei jedes Wort jedesmal anders schrieb, Substantive meist mit Kleinbuchstaben, wichtige Verben im Satz dafür aber groß. Indes fiel das überhaupt nicht ins Gewicht, denn Meister Zauns handschriftliche Hervorbringungen gingen niemals direkt zum Setzer, sondern erst als maschinenschriftliche Fassung, das heißt als sogenanntes „Manuskript", dessen Papierbogen, so wurde es Christian schon am ersten Tage beigebracht, mit der Schriftseite nach oben und in der Mitte gefaltet ihren Weg in die relative Ewigkeit des gedruckten Wortes antraten.

Rechtschreibung war die Domäne einer Schar sogenannter „Daktylographinnen". Das waren gewiefte ehemalige Sekretärinnen angesehener Weltfirmen aus vorkommunistischer Zeit, die das Deutsche mit leichter Hand zehnfingrig in die Schreibmaschine tippten und auch zu grammatischen Hilfestellungen in der Lage waren. Da brauchte sich Meister Zaun gerade nur um den schöpferischen Akt journalistischer Sätzebildnerei zu kümmern und konnte das subalterne Korrektschreiben anderen überlassen. Meister Zaun war zudem auch noch ein nicht unbegabter Verseschmied und Urheber heiterer poetischer Ergüsse in der Wochenendausgabe, die der Karikaturist des Hauses, Helmut Schuller, mit Wilhelm-Busch'schem Federschwung illustrierte.

Das war jedoch erst der populärkünstlerische Teil des Blattes, dessen Redaktion Christian Rosenow sich täglich mehr zugehörig fühlte, einesteils mit wachsendem Vergnügen, anderntteils aber auch mit gemischten Gefühlen. Jedenfalls durfte er gleich an die Wirklichkeit schreibend herangehen, und zwar dort, wo das Herz des voranschreitenden Sozialismus am heftigsten klopfte: in der Industrie. Zusammen mit einem jungen Kollegen der Reportage-Redaktion, der den „Novizen" zu begleiten und anzuleiten hatte, brach er zu seinem ersten Einsatz auf, dessen Ziel die berühmte Schuhfabrik der Hauptstadt war. Dahin gelangten sie in einem Jeep, den ein stinkende Stumpen rauchender Chauffeur mit dem Spitznamen „Trabuc" lenkte, ein Mensch, der an Originalität selbst das Gefährt übertraf, das er mit gutem Zureden, das heißt mit passenden Flüchen, und mittels einer Kurbel immer aufs neue in Gang zu setzen verstand. Scherzweise hieß es, der Jeep habe seine besten Jahre in Afrika hinter sich gebracht, und kein geringerer sei darin gefahren als der britische Feldmarschall Montgomery, Viscount of El-Alamein.

Nur war die harte Federung des Autos so gar nicht auf das Bukarester Kopfsteinpflaster abgestimmt, sondern eher auf den Wüstensand. Der Rumpelkasten brachte die beiden Rechercheure aber sicher ans Ziel, und bald standen sie vor dem Helden der Arbeit Nicolae Militaru, einem rumänischen Nachbild des berühmten sowjetischen Bergarbeiter-Aktivisten Stachanow, von dem man sich erzählte, daß er seine Tagesarbeitsnorm regelmäßig zu 1300 Prozent erfüllte. Militaru schaffte natürlich bei weitem nicht soviel, aber 130 Prozent Normerfüllung täglich erreichte er allemal. Der bescheidene Mann legte seine Blechschablonen so geschickt verschränkt auf das Oberledermaterial, daß er zwei bis drei Teile mehr daraus dekupierte als jeder andere in seiner Abteilung. Als Christian Rosenow und der ihn begleitende Kollege indes die Wirkungsstätte des Wundermannes mit vollgeschriebenem Notizblock verließen, huschte eine weibliche Person im Arbeitskittel erst hinter ihnen, dann neben ihnen her, sich vergewissernd, ob ihr auch niemand mit den Blicken folgte, und schließlich überraschte sie die beiden jungen Presseleute mit folgender Bemerkung: „Was Sie doch noch wissen sollten, bevor Sie dieses gastliche Haus verlassen: Wir alle anderen, so will es die Werksleitung, müssen uns beim Schablonieren die ganze Zeit sehr dumm und ungeschickt anstellen, damit der Meister Militaru täglich mit der wunderbaren Leistung von 130 Prozent Planerfüllung glänzen kann."

Christian und sein Kollege sahen einander an und sagten kein Wort. Als sie draußen waren, stellte der Kollege aber doch fest: „Mensch, das ist mir noch nie passiert. Ich denk, du hast etwas in deinem Gesicht, das die Leute zur Offenheit verführt. Gib acht, das kann auch gefährlich werden." Das zu hören, schmeichelte Christian natürlich sehr, und er erinnerte sich an die verschwörerischen Gespräche mit den Linotype-Setzern seinerzeit im Korrektorat.

Am nächsten Tag legte er Meister Zaun das sauber getippte Manuskript seiner ersten Kurzreportage mit dem Titel „Besuch bei einem Arbeitshelden" auf den Tisch. Der las und las, und als er an die Stelle kam, wo die sympathische Petzerin Christian Rosenow das Geheimnis von Nicolae Militarus täglicher Norm-Übererfüllung enthüllte, runzelte er die Stirn, beschwerte das Blatt mit seiner verkrüppelten Rechten und zog mit der schreibenden Linken ein paar dicke Bleistiftstriche über die betreffende Stelle. „Also, geschätzter Herr Kollege, so geht das nun sicher nicht, wenn's auch hundert Mal wahr sein sollte. Eben konnten Sie ja sehen, daß ich an Ihrem Artikel etwas gekürzt habe. Wir wollen Ihrer Informantin doch nicht schaden, nicht wahr? Und eines sollten Sie sich für die Zukunft auf jeden Fall merken: Was gestrichen ist, ist kein Fehler."

Am nächsten Morgen, als er sein journalistisches Lehrlingsstück in der Zeitung las, war Christian nicht sehr erbaut darüber, daß ihm die schönste Stelle herausgestrichen worden war. Irgendwie erhebend war es dann aber doch, das bißchen neu erfahrener Wirklichkeit in Worte gefaßt zu sehen, in die eigenen Worte. Zwar war, wie ihn dünkte, durch seine Schilderung alles etwas glatt und gefällig geworden, insofern war es also schon eine kleine Verfälschung, aber war das, wie Christian sich sagte, in der Musik denn anders, oder auch in der Malerei? Wie brachte man das Schrille und Rauhe der Realität in eine gültige sprachliche Form? Oder war man, wie Herr Liviu Popp es seinerzeit vorausargwöhnte, als Journalist dazu verdammt, alles zu schönen und zu harmonisieren, die Welt zu einer besseren umzuschreiben?

Bedurfte es unter den jetzigen Umständen nicht einer besonderen Schläue, um ihre häßliche Seite durch geschicktes Verbergen erst richtig sichtbar zu machen? O ja, eine hohe Kunst der Anspielung wäre dazu vonnöten gewesen, doch Christian wußte sich von ihr noch weit entfernt. Das waren auch die Fragen, die ihn und seinen Freund Heinrich Lenz in den folgenden Tagen beschäftigen sollten.

Heinrich Lenz war, wie schon erwähnt, ein begnadeter Journalist. Er wußte in das Langweiligste und Uninteressanteste die Freundlichkeit seiner Weltbetrachtung zu legen, ohne jede Ironie und ohne jeden Anflug von Überdruß, wie er sich leicht einstellt bei solchen Dingen. Denn Spektakuläres gab es in der Landwirtschaft, dem Gebiet, das er ganz wörtlich „beackerte", sicher nicht zu vermelden. Dennoch war über alles, was er schrieb, die Heiterkeit seines Wesens gebreitet, und man merkte, daß ihm seine Schreibkunst nicht zu schade war für all dieses Erdhaft-Selbstverständliche, das die Landwirtschaft selbst noch in ihrer kollektivierten Ausprägung kennzeichnete. Ja, man bekam regelrecht Lust auf ein Dabeisein angesichts des von ihm Beschriebenen. Was würde er mit solcher Gabe des Sehens und Fühlens denn über einen Film, ein Theaterstück oder ein Buch zu sagen haben, und, vor allem: wie würde er es sagen? Die Kritiker der Kulturredaktion hätten sich vor Heinrich Lenz in acht nehmen müssen, wäre er ihr konkurrierender Kollege gewesen. Er war und wurde es nicht, er sehnte sich auch nicht danach. Mit welcher Leichtigkeit er doch schrieb und dazu mit welcher Uneitelkeit! Christian hatte seine neidlose Freude an diesem Freund, der im Unterschied zu ihm die Angst vor dem leeren Blatt überhaupt nicht zu kennen schien. Wie verlor man sie, wie gewann man jene Anmut des schreibenden Seins, die Heinrich Lenz auszeichnete? Konnte man so etwas überhaupt lernend sich aneignen, durch Übung sich anverwandeln? Er zweifelte daran. Und tröstete sich damit, daß vielleicht auch ihm dereinst etwas so Staunenswertes von selbst zufließen würde, wenn er nur die innere Einstellung dazu gewönne.

Christian begriff nur sehr allmählich, daß allein künstlerisches Kalkül das natürliche Sprudeln eines Intellekts ersetzen könnte, wie Heinrich Lenz ihn besaß, aber wie mühsam würde das alles sein und wie ungewiß der Ausgang solcher Bemühung. Da half auch die ernsthafte Beschäftigung mit „Egonek", zu der die Jungredakteure während ihres anderthalbjährigen Volontariats ständig angehalten wurden, eigentlich so gut wie gar nichts. Ja, wer war denn dieser „Egonek", den der große Bela Pollitz ständig im Munde führte, derselbe Bela Pollitz, der in der Reportage-Redaktion einen Sonderplatz einnahm, im konkreten wie im übertragenen Sinne? Konkret saß er auf dem umfänglichsten Sitzmöbel der Redaktion, einem sogenannten „Breitarschsessel" mit ausladender Lehne, die ihm dazu diente, seine Beine darüber baumeln zu lassen gleich den sich lümmelnden Uncle Sams in den Karikaturen der rumänischen Satirezeitschrift „Urzica". Im übertragenen Sinne stand Pollitz schlicht und einfach für diesen „Egonek", den „rasenden Reporter" Egon Erwin Kisch, dessen Reinkarnation oder auch Stellvertreter auf Erden er sozusagen war und den nur er deshalb bei diesem familiären Namen nennen durfte, als wäre er ein naher Verwandter.

Zu der Zeit, als Christian sein Volontariat antrat, befand sich Bela Pollitz auf dem Gipfel seines Ruhmes. Schon wie er die Zigarette zwischen die schmalen Lippen seines teigigen Babygesichts steckte und wie er den Rauch daraus hervorblies, nötigte Bewunderung ab, ganz zu schweigen von den Reden, die er führte und bei denen er sich, obwohl deutscher Herkunft und ausschließlich deutsch schreibend, vorzugsweise des Rumänischen bediente. Das klang ihm bedeutender, unpersönlicher, vor allem aber staatstragender als sein eigenes Idiom, das Temesvarer Provinzwienerisch. Wochenlang brachte Bela Pollitz es fertig, keine Zeile zu schreiben, weil er glaubte, sich auf den Lorbeeren seiner legendären Reportagen ausruhen zu können, die er über die Fischer im Donaudelta geschrieben hatte, die sogenannten Lipowaner, oder auch über eine der damals noch sehr neuen Operationen am offenen Herzen, die Professor Hortolomeï im Bukarester Städtischen Krankenhaus „Colțea" ausführte. Besonders Belas Bericht darüber war eine kleine Sensation gewesen, denn selbst die rumänischsprachige Presse hatte sich so etwas noch nicht einfallen lassen, was aber weiter nicht verwunderlich war, denn die deutsche Zeitung wurde dort kaum gelesen, und einen „Egonek", dem man hätte nacheifern können, kannte der rumänische Journalismus damals nicht.

Belas Fall in die Faulheit, unverzeihlich in einer Zeitungsredaktion, sollte indes Christian Rosenows Reporterglück begründen. Das trug sich folgendermaßen zu: Vita Zoller, eine journalistisch erfahrene Kollegin mit strahlend blauem Blick und menschenfreundlichem Humor, mochte nicht länger zusehen, wie Bela Pollitz sich vor dem Neuling Christian Rosenow wichtigtuerisch spreizte. „Du merkst ja, wie der hier dauernd Pfauenräder schlägt und seine ‚Ich und Egonek'-Gesänge anstimmt. Was der kann, kannst du auch und kannst es besser. Nur tun mußt du's halt, verstehst du?"

„Nur wie?", fragte Christian. „Übertreffen läßt sich schlecht, was der große Bela vollbracht hat."

„Das denkst du", beharrte Vita. „Paß mal auf, wie wir das machen. Der Bela war bei Professor Hortolomeïs Herzoperation selber kein Augenzeuge. Der duldet nämlich beim Operieren keinen Fremden in seiner Nähe. Bela hat also draußen vor der Tür gestanden und, wie abgesprochen, sich von einem der Assistenten laufend über das Geschehen am Operationstisch berichten lassen. Du machst es anders. Du gehst zu Professor Theodor Burghele, einem Schüler von Hortolomeï, der die Klinik ‚Panduri' leitet und dort der chirurgische Star ist. Operationen am offenen Herzen, hab ich mir sagen lassen, macht der selber auch, und vielleicht läßt er sich dabei auch über die Schulter schauen. Ist doch eine Idee, was sagst du?"

„Ich sage nichts, aber da du mir das zutraust, will ich's versuchen, dir zuliebe."

Gesagt, getan. Christian, von Vita Zoller regelrecht zu einem Schlachtroß aufgezäumt, geht also in Professor Burgheles Sprechstunde, die in seiner Privatwohnung abzuhalten einem prominenten Arzt wie ihm damals erlaubt war, und setzt sich ins Wartezimmer. Als er hereingerufen wird, fragt der Professor, seines Zeichens Urologe: „Wo drückt's, junger Mann?" Christian, keck geworden: „Ich leide an einer unheilbaren Krankheit, Herr Professor." „So? Mir ist keine bekannt." „Doch, Herr Professor, es gibt sie – ich bin Journalist." „Tja, das ist nun allerdings eine ernstzunehmende unheilbare Krankheit, wie ich zugeben muß", lacht der Professor. „Und bei welcher Zeitung arbeiten Sie, Herr ‚unheilbarer Patient'?" „Bei der deutschen

Tageszeitung ‚Neues Land'". „Na so was, dann können wir ja gleich deutsch miteinander reden, ich habe doch in Wien studiert. Zunächst verraten Sie mir aber einmal, wie äußert sich dieser Morbus journalisticus bei Ihnen?" „Er äußert sich so, daß ich gern über eine von Ihren Herzoperationen schreiben würde." „Nichts einfacher als das – Sie kommen morgen früh um sechs in meine Klinik und sehen mir bei einer zu, einverstanden?"

Und ob er einverstanden war! Am nächsten Tag um sechs, es war noch dunkel, meldete sich Christian bei der Pforte der „Panduri"-Klinik, wurde von Dr. Rugendorff, einem Assistenten Burgheles, in Empfang genommen und mit weißem Kittel und ebensolcher Kopfbedeckung eingekleidet. In dieser Montur durfte er sich zunächst einmal das ganze Krankenhaus, eine vormals der deutschen evangelischen Mission gehörende Einrichtung, von oben bis unten ansehen, das heißt von den Notstromaggregaten im Keller bis hinauf zur Dachantenne des vielstöckigen Gebäudes. Um acht Uhr stand er mit dreimal gewaschenen Händen im Operationssaal auf einem Eisentreppchen hinter des Professors Rücken, diesem von seinem erhöhten Standpunkt aus regelrecht über die Schulter schauend auf das, was sich im breiten Lichtkegel einer Riesenlampe auf dem Operationstisch abspielte. Hinter Christian pulsierte auf der Skala eines Kardiotrons der Herzrhythmus des jungen Patienten, Kabel verbanden diesen noch mit einem weiteren Gerät, einem Kardiographen im Nebenraum, der Anästhesist führte ihm über eine Gesichtsmaske Zyklopropangas zu, dessen Geruch im ganzen Raum zu spüren war. Die zwei Herren in Weiß, die dem Professor assistierten, samt einer „Instrumentistin", die ihm aus dem schattigen Hintergrund das jeweils verlangte Besteckteil in die gummibehandschuhte Hand klatschte, sahen ziemlich blaß hinter ihrem Mundschutz hervor; nur dem Professor schien das alles überhaupt nichts auszumachen. Christian auf seinem Treppchen überkam dann aber doch ein leichter Schwindel, er stieg schnell die zwei Stufen hinunter, ging in den Waschraum und benetzte das Gesicht mit Wasser. Bald fühlte er sich besser und kehrte wieder auf sein Treppchen zurück, auf dem er während der dreiviertel Stunde, die die Operation dauerte, tapfer ausharrte.

Christian hatte nachträglich noch lange das Gefühl, an einem äußersten Rand menschlichen Tuns gestanden zu haben, dort, wo eine kundige Hand heilend in das Leben hineinschneidet. Ein sogenanntes „Panzerherz" wurde vor seinen Augen aus der lebensbedrohlichen Beengung befreit, von der es seinen Namen hat, und konnte danach wieder kräftig schlagen. Christian bot am nächsten Tag seine ganze Schreibkunst auf: In diesem Falle war es die ruhigste Nüchternheit in der Beschwörung des Ereignisses. So und nur so durfte es sein, wenn es etwas sein sollte. Bloß der Titel geriet ihm etwas pathetisch, wie jedem Anfänger im journalistischen Fach: „Herz, du mußt schlagen!"

Vita Zoller strahlte. „So, jetzt hast du's ihm gezeigt, dem ‚großen' Bela. Ich denk, der hat nun an etwas zu kauen für die nächste Zeit." Bela Pollitz indes ließ sich nichts anmerken, er war einfach nur lächelnde Gönnerhaftigkeit, obwohl ihm doch das ganze als Affront hätte erscheinen müssen, so überraschend, so handstreichartig, wie es passiert war.

Gegen zwölf, kurz vor der täglichen Redaktionssitzung, rief die Sekretärin von Chefredakteur Anton Hofer an und sagte, Christian solle zum „Chef" kommen. Seine Operationsreportage hatte Christian, wie alles, was schon vor einer Weile geschrieben und nur zufällig eben erst im Druck erschienen war, schon beinahe vergessen, und so schwante ihm bei diesem Anruf nichts Gutes. Ein paar Wochen vorher nämlich war er doch unverhofft zur „Kaderabteilung" gerufen und aufgefordert worden, über einen Onkel Auskunft zu geben, den er im Anstellungsfragebogen angeblich mit Stillschweigen übergangen hatte, der indes nicht weniger als ein Großaktionär der Schergschen Tuchfabrik in Kronstadt gewesen sein sollte. Es stellte sich dann zwar heraus, daß dieser „Onkel" keineswegs erwähnt werden mußte, da er nämlich nicht sein, sondern ein Onkel seiner Mutter war, aber Christian zog aus dieser nachbohrenden Fragerei den Schluß, daß noch nicht alle Hürden seiner Herkunfts- und Gesinnungsprüfung überwunden waren. So hätte es also jetzt gut passieren können, daß der „Chef" ihm verkündete, solche Leute wie er würden in dieser Redaktion nicht länger gebraucht.

Es kam freilich alles ganz anders, nämlich sozusagen beschämend erfreulich. Chefredakteur Hofer, auf linkische Art gravitätisch, ließ ihn in sein Zimmer treten und in einem schweren Ledersessel Platz nehmen. „Was ich heute von Ihnen gelesen habe, hat mir sehr gefallen. Sie sind noch nicht lange bei uns – wie gefällt es Ihnen hier?" Es entspann sich eine angenehme Plauderei, wenn man das ganze, nämlich Hofers unbeholfen-umständliches Reden und Christians schüchterne Reaktionen darauf, so nennen will.

Als Christian mit hochrotem Kopf und heftigem Herzklopfen wieder draußen auf dem Korridor war, stand der Chefbuchalter Rakowski vor dem Schwarzen Brett, an dem er gerade etwas befestigt hatte, und winkte Christian freundlich zu sich. „Lesen Sie, was da steht: Sie bekommen für Ihre Reportage eine außerordentliche Prämie von 200 Lei." Das war ja nun ein volles Drittel seines Monatslohns, überschlug Christian schnell und schaute wohl ebenso glücklich wie zugleich belemmert drein. Und was mache ich jetzt? fragte er sich. Kann ich das noch steigern, oder bin ich wie der große Bela Pollitz auf einem Gipfel angelangt, von wo aus es eigentlich nur noch abwärts gehen kann?

VII
„Affentheater" am Platz der Flieger/Der müde Lord

Erfreulich an der Reportage-Redaktion, der Christian Rosenow von Anfang angehörte – unterbrochen nur durch kurze Abstecher, die ein Volontär während seiner obligatorischen Ressortrotation zu machen hatte –, war hier die Rolle, in der man sich als Journalist befand und die wohl am ehesten der des Liberos auf dem Fußballfeld zu vergleichen war: Man konnte sich seine Einsatzorte selbst aussuchen, wie Christian es im Falle der Herzoperation mit Rat und Hilfe Vita Zollers schon getan hatte. Man war also unter den Ressorts das thematisch und politisch am wenigsten festgelegte, man konnte am ehesten „rasender Reporter" sein, ein kleiner „Egonek" mitten im sozialistischen Tagesgetriebe. So gut aber wie seinerzeit dieser „Egonek", der nun schon lange tot war, hatte man es hierzulande freilich nicht: Wo „Egonek" sich aus der kapitalistischen „Hölle", in die er nun einmal hineingeboren war, immer die heißesten Kastanien herausholen konnte, und zwar weltweit über Länder und Grenzen hinweg, da war man hier und heute in dieses rote Paradies richtiggehend eingesperrt und mußte zusehen, in welchem seiner Winkel es noch auffälligere Blumen zu pflücken gab.

„Stell dir vor", ketzerte Christian eines Tages im Gespräch mit seinem Freund Heinrich Lenz, „stell dir vor, der ‚Egonek' müßte, wie ich mit ein paar anderen neulich, über einen Ersten-Mai-Aufmarsch im Bukarest des Jahres 1955 schreiben."

„Das stelle ich mir lebhaft vor", griff Heinrich Lenz, von Christians Provozierlaune angesteckt, den Gedankenfaden auf, „ich stell mir das also folgendermaßen vor: daß der ‚Egonek' das ganze mit ‚Affentheater am Platz der Flieger' überschreibt. Und am nächsten Tag schmeißt man ihn im hohen Bogen aus seiner tschechoslowakischen KP, der er bis dahin angehört hat."

„Also mindestens", bemerkte Christian in dem nun einmal angeschlagenen mokanten Ton, „denn eigentlich", fuhr er fort, „gehört so ein Mensch doch schon eher hinter Gitter oder – noch besser – in ein Umerziehungslager."

„Ihr hört jetzt sofort auf mit dem Gelästere", mischte sich Ewalt Dreyer, Chef des Agrarressorts, ins Gespräch. „Ihr befindet euch hier in der Redaktion einer sozialistischen Zeitung, da kann man doch nicht so dumm daherreden, wie ihr das tut, ich jedenfalls muß mir das nicht länger anhören."

„Mußt du nicht, mußt du wirklich nicht – hör doch einfach weg", brauste Christian, ganz gegen seine Art, nun seinerseits auf. „Man wird doch noch aussprechen dürfen, was der ‚Egonek', dieses unser täglich Brot und Beispiel, so vor sich hin gedacht oder geschrieben hätte, wäre er noch am Leben und nach Rumänien verschlagen worden."

„Das kannst du, das könnt ihr beide ohne weiteres", ereiferte sich Dreyer, „nur bitte draußen, wenn's beliebt, und nicht in diesem Zimmer. Und paßt auf, daß euch dort keiner zuhört, es könnte böse Folgen haben."

Da gingen Christian Rosenow und Heinrich Lenz ihres Weges, das heißt schnurstracks in den nahen Stadtpark „Cişmigiu", und verloren kein Wort mehr über den guten alten „Egonek", den Gottvater ihres Berufs, sondern sahen von einer sonnigen Bank aus eine gute Weile den Kahnfahrern auf dem vielarmig verschlungenen Parksee zu.

„Wie war das denn beim letzten Ersten-Mai-Aufmarsch-Bericht", fragte Lenz nach einer guten Weile ostentativen Schweigens, „da warst du doch mit von der Partie?"

„War ich. Und zwar ganz nah am ‚Affentheater', also sozusagen mittendrin, genauer gesagt kurz vor dem Platz der Flieger, auf dem die Tribüne für die winkende ‚Partei und Regierung' aufgebaut war, mit Militärkapelle davor."

„Das muß, wie ich das sehe, ein großer Augenblick in deinem noch so jungen journalistischen Leben gewesen sein", hänselte Lenz weiter.

„Da kannst du Gift drauf nehmen", schraubte sich Christian, von Mutwillen gepackt, höher in den Hohn hinauf, „ich würde noch einen Schritt weitergehen und behaupten, das war so etwas wie Taufe und Konfirmation in einem. Du mußt dir das so vorstellen: Auf den Platz der Flieger ergießt sich stundenlang, das heißt von neun Uhr früh bis ein Uhr mittags, das hunderttausendköpfige jubelnde Mai-Volk mit seiner guten Laune und seinen herrlichen Motivwagen, es folgen alsdann sämtliche Turnvereine der Hauptstadt mit ihren stolzen, himmelstürmenden Menschenpyramiden, zuletzt aber, als Krönung des Ganzen, poltert mit seinen Panzern und Kanonen noch das tapfere Militär herbei, das uns Tag und Nacht vor dem westlichen Imperialismus beschützt." – „Auf den Flieger-Platz selbst aber, mußt du wissen", fuhr Christian nach einer Ergriffenheits-Kunstpause fort, „durfte, mit Sonderausweis, nur mein Chef, ich hatte aber im Gegensatz zu ihm den weitaus besseren Platz, denn ich mußte mir nicht das Hirn von der Sonne stundenlang austrocknen lassen wie er, sondern stand am Straßenrand unter schattigen Lindenbäumen, vom Blütenduft derselben umfächelt, und konnte bequem beobachten, wie gute Laune gemacht wird."

„Was heißt hier ‚gemacht wird'?", fragte Lenz mit gespielter Strenge.

„O ja, halten zu Gnaden, richtig gemacht wird", fuhr Christian mit aufgesetzter Unschuldsmiene fort. „Da stehen also auf den Dächern von – so sieht's jedenfalls aus – Übertragungswagen des Rundfunks am Rand des Flieger-Boulevards irgendwelche Gestalten in Lederjacken – dreimal darfst du raten, wo die herkommen – und rufen den heranmarschierenden Volksmassen durch Megaphone zu, sie sollten jetzt doch gefälligst fröhliche Gesichter machen und den ‚Genossen', die da gleich auf der einen Seite des Platzes winkend auf der Tribüne stehen, ihre Begeisterung zeigen, die, so wörtlich, ‚euch nun schon seit dem frühen Morgen beseelt'."

„Ach, so läuft das?", bemerkte Lenz.

„So läuft das. Man glaubt's nicht, bevor man's gesehen hat."

„Aber in eurem Bericht – ihr wart doch mehrere daran beteiligt –, in eurem Bericht steht kein Sterbenswörtchen über diese Kleinigkeit am Rande."

„Und wenn's auch gestanden hätte, ich meine, in der ursprünglichen Fassung, so hätte es der Toni Hofer, unser oberster Kriegsherr, sofort herausgestrichen, genau wie mein erster Chef, der Hugo Zaun, mir aus meinem Erstlingswerk den schönsten Passus herausgestrichen hat, mit der Bemerkung: ‚Was gestrichen ist, ist kein Fehler'. Dafür hat der Toni Hofer aber etwas Wichtiges in unseren Bericht eingeflochten, das wir alle zu erwähnen vergessen hatten, nämlich die Worte ‚Partei und Regierung', und das gleich an fünf Stellen, so über den ganzen Text verteilt, damit der Leser des Blattes auch keinen Augenblick vergißt, wem all das Gute und Schöne rund um diese Erster-Mai-Feier zu verdanken ist."

„Ach, der Toni", spottete Heinrich Lenz, „das ist ein großer Journalist, dem kann selbst ein ‚Egonek' nicht das Wasser reichen, ja nicht einmal den Bleistiftspitzer. Nur hätte er, der Vollständigkeit halber, in euren Bericht noch hineinflicken müssen, daß das schöne Wetter an solchen Tagen wie dem Ersten Mai ebenfalls von ‚Partei und Regierung' gemacht wird."

„Mensch, Lenz, du bist wirklich blitzgescheit, ich hab's vom ersten Augenblick gewußt", flachste Christian weiter, und keiner hier in dem schönen alten Stadtgarten „Cişmigiu" hatte so lange Ohren, mitzuhören, was die beiden da so redeten.

*

Nun war Christian Rosenow schon fünf Monate Mitglied der Redaktion des „Neuen Lands", aber einen genauen Überblick über das verzweigte Gebilde, das diese Redaktion war, hatte er immer noch nicht. Was sich in den etwa vierzig Zimmern auf den drei Etagen im einzelnen abspielte, enträtselte sich ihm denn auch erst allmählich durch seine Ressortrotation während des Volontariats. Wenn dann einzelne Kollegen, von denen Franziskus Barsa einer war, vor ihn traten und ihn ansprachen, so war ihm das meist eine freudige Überraschung, und wenn er Auskunft über sich gab, was die meisten von ihm erwarteten, so kam es ihm vor, als lernte er Schritt für Schritt und wie von langer Hand geplant eine eigene neue Welt kennen, die so ganz anders war als die ihm bekannte da draußen.

Franziskus Barsa, ein mittelgroßer Mann mit dichtem dunklem Haarschopf, schmalem Gesicht, etwas länglicher gerader Nase und auffällig kleinem spöttischen Mund machte einen so zierlichen und zerbrechlichen Eindruck, wie er in seinem Auftreten zäh und gespannt war, so durch und durch Wille und zugleich von einer sozusagen selbsterregten Begeisterung durchglüht. So schien das Christian wenigstens, der deshalb meinte, ein ehemaliger Jesuitenschüler könnte so aussehen, was ja vielleicht nicht so abwegig war, da Barsa aus Temesvar stammte, einer katholischen Stadt im südöstlichen Zipfel der weiland Österreichisch-Ungarischen Monarchie. Aber natürlich traf von alldem, was Christian sich in seiner naseweisen Unerfahrenheit so vorstellte, überhaupt nichts zu, denn Franziskus Barsa, wie er ihn bald genauer kennenlernen sollte, war aus Überzeugung Marxist und durchdrungen eher von dem Glauben, daß die erwählte Lehre die einzig richtige wäre, würden nur die richtigen Leute sich um ihre Umsetzung bemühen. Und er war nun in der Tat von den richtigen einer, ganz bis an sein relativ frühes Ende, wie wir, um viele Jahre vorgreifend, festhalten möchten. Merkwürdigerweise hatte Barsa, wie übrigens nicht nur er, sondern noch mancher andere, seine Überzeugungen aus Rußland mitgebracht, wo er zwischen 1945 und 1948 als noch sehr junger Mensch zur Zwangsarbeit deportiert war, wie Christians dort verstorbener Vater auch. Aber Franziskus Barsa war hier, beim „Neuen Land", nicht der einzige Rußlandheimkehrer. Auch Chefredakteur Anton Hofer zählte zu ihnen, doch war in seinem Falle höchst verwunderlich, daß seine frühe Zugehörigkeit zur kommunistischen Partei ihn vor der Rußlandverschleppung nicht bewahrt hatte.

Aber zurück zu Franziskus Barsa. Er hatte etwas manieriert Polterndes, zugleich aber auch Kameradschaftliches an sich, und es eilte ihm der Ruf voraus, er könnte die höchsten Berge versetzen, sofern ihn nur jemand damit beauftragte. Ganz so war auch seine Schreibe, Wille in Reinkultur, bis in die Buchstaben hinein, denn Barsa hing dem Glauben an, daß der Charakter des schreibenden Menschen sich nicht erst in seinem Stil zeige, sondern davor schon in der Handschrift. Er las deshalb graphologische Bücher, hatte selbstverständlich Cesare Lombrosos einschlägiges „Handbuch" studiert, das er in einer Reclam-Ausgabe meist bei sich trug, und natürlich auch dessen bekanntestes Werk, „Genie und Irrsinn". Der praktische Nutzen, den Barsa daraus zog, war die Möglichkeit der Charakterformung durch die

Handschrift. Wenn ich, so Barsas Gedankenspiele, an meiner Schrift gestaltend arbeite, sie klarer und gefestigter mache, so bleibt das natürlich nicht ohne Auswirkung auf mein Wesen. Die Reziprozität, die zwischen dem an sich mechanischen Schreibakt und den Charaktereigenschaften eines Menschen besteht, lag für Barsa auf der Hand. Forme man seine Handschrift bewußt zu etwas anderem, etwas Neuem, so werde man in ihrem Zurückwirken auch selbst anders und neu.

Was Christian, der doch ein wenig auch ein philosophischer Kopf war, an Barsa gefiel, war dessen direkte Art. Es zog ihn also zu ihm hin, und gerne hätte er auch unter seiner Leitung gearbeitet, hätte sich nur nicht herausgestellt, daß Barsa überhaupt keinem Ressort im eigentlichen Sinne vorstand, sondern eine Art Alleinredakteur war, dem die Aufsicht und Koordination der Lokalkorrespondenten in den Siebenbürger und Banater Städten oblag. Was von dort an Beiträgen kam, telefonisch auf Tonband übertragen, lief durch seine Hände, wurde also mit Änderungen in seiner Schön- und Klarschrift versehen, die mit der Maschinenschrift an Einprägsamkeit sehr wohl konkurrieren konnte.

Was Christian nun Franziskus Barsa zu verdanken hatte, war einmal die schützende Hand, die der über ihn hielt, wenn er sich durch sein loses Maul in Bedrängnis brachte, was nicht gerade selten geschah, dann war es aber auch das Etikett, das er sehr bald von ihm angeheftet bekam, nämlich der „müde Lord". Was Barsa, der sich für einen guten Physiognomiker hielt, dazu bewogen haben mochte, Christians äußere Erscheinung auf eine so griffige, einprägsame Formel zu bringen, sollte für immer sein Geheimnis bleiben. Da Physiognomiker aber hochinspirierte Intuitionisten sind, wird es ja mit solcher Benamung seine Bewandtnis gehabt haben. Es kann aber auch sein, daß Christians Interesselosigkeit in manchen Dingen, die Barsa wichtig waren, in diesem den Eindruck erweckte, der hochgewachsene, schlaksige junge Mann aus Burgstedt sei von einem angelsächsischen Phlegma beseelt. Und Christian Rosenow, der von Eitelkeit nicht frei war und dessen trockener Humor zudem von einigen als typisch britisch gerühmt wurde, gefiel natürlich an seinem Etikett zumindest der „Lord" nicht schlecht.

Aber vielleicht, so spann Christian seinen Gedanken fort, hing der „müde Lord" auch, ja sogar vor allem mit seiner Gewohnheit zusammen, Rock und Krawatte zu tragen, eine typisch bourgeoise Unart, die den stellvertretenden Chefredakteur Ernst Stein sich dazu hinreißen ließ, Christian auf den Habitus eines Märtyrers der Arbeiterklasse, des legendären Vasile Roaită, hinzuweisen, der den Hemdkragen, wie man auf Bildern von ihm sehen konnte, offen getragen hatte. „Ach, wissen Sie, Herr Stein", bemerkte Christian schlagfertig und dabei die im Hause übliche Anrede „Genosse" mißachtend, „Friedrich Schiller hat schon lange vor Vasile Roaită das Hemd oben offen getragen und damit den ‚Schillerkragen' früh in die Welt gebracht, dafür aber trägt das ganze Politbüro der Rumänischen Arbeiterpartei zumindest auf den Bildern, die an Zimmerwänden und Hausfassaden hängen, durch die Bank Krawatte."

Capricho 2

Carols Café

„Casablanca", mit Verlaub, war vielleicht eher das einstige Bukarest

Als man, aus Deutschlands Westen kommend, relativ ungehindert und unbeaufsichtigt wieder nach und durch Rumänien reisen durfte – das war so um 1970 – , da wagte dies auch Karl Jäger aus Heidelberg mit Familie. Reiseziel war Kronstadt im äußersten Südostwinkel Siebenbürgens. Erstmals war Karl Jäger 1942 dort gewesen, als Offizier der deutschen Wehrmacht, die zwei Jahre zuvor als militärischer Bündnispartner ins Land einmarschiert war. Er hatte nicht der kämpfenden Truppe angehört, sondern einer technischen Untereinheit als Fachmann für Dieselmotoren. Ausgebildet in Mannheim bei MAN, war er sein Lebtag bis an sein Ende sozusagen „motorbesessen" gewesen.

Man nannte ihn den „Jäger aus Kurpfalz", nur scherzweise, denn mit der Jägerei im eigentlichen Sinne hatte er nichts am Hut, höchstens war ihm von Natur das absolute Gehör für den besonderen „Dieselton" geschenkt, für jenes stumpfe, leicht nagelnde Klopfen der Kolben einschlägiger Motoren. Das ist aber auch fast schon genug an spezieller Begabung, um damit in einem Zeitalter, das im Zeichen schneller Bewegung und Fortbewegung steht, eine Karriere zu begründen. Jäger besaß aber noch einige Anlagen mehr, vor allem solche künstlerischer Art.

Nach Batavia, dem späteren Jakarta, hatte es ihn Mitte der Dreißiger verschlagen, als das nachmalige Indonesien noch holländisch war. Dort ging es vor allem um Prüfung und Überwachung von Schiffsmotoren und Dieselantrieben von Hafenanlagen. 1937 hatte er von den Holländern einen Zehnjahresvertrag für Batavia in der Tasche, schiffte sich mit Frau und Sohn dahin ein, bezog daselbst ein stattliches Haus und hatte damit nach menschlichem Ermessen für längere Zeit ausgesorgt, wäre nicht dieser Hitler mit seinem fatalen Drang gewesen, aller Welt an die Gurgel zu fahren.

Von Freunden gewarnt und unterstützt, schaffte Karl Jäger es mit knapper Not, sich 1940 wieder nach Europa einzuschiffen, sonst hätte ihm als Angehörigem einer Nation, mit der sich die Niederlande plötzlich im Krieg befanden, das Internierungslager geblüht. 1942 ging der ins Reich Heimgekehrte als Wehrmachtsoffizier mit einer Panzerdivision nach Rumänien, genauer nach Kronstadt. Hier verschaute er sich in das Gesicht einer jungen Dame namens Martha Trues, Tochter des aus Burgstedt stammenden Geschäfts- und Bankkaufmanns Michael Trues. In Eile trennte er sich von Frau und Sohn daheim und heiratete 1943 die neue Braut.

Viele Jahre später sollte Christian Rosenow bei Betrachtung alter Familienfotos auf das Bild einer Hochzeitstafel im Kronstädter Nobelhotel „Krone" stoßen, an der ein Mann in der Uniform eines Leutnants der Wehrmacht die auffälligste Person war. Das sei Karl Jäger, erklärte man ihm, der Gatte der mit Rosenows verwandten Martha Trues.

Nun gut, aber warum eigentlich wird diese Geschichte hier erzählt? Doch nur wegen „Carols Café", einem Etablissement, das am Bukarester Boulevard Brătianu (heute Bălcescu) vom Herbst 1945 bis zum Herbst 1947, das heißt also noch zu Zeiten der Monarchie, geöffnet hatte und in der rumänischen Hauptstadt vor allem wegen der überragenden Qualität seiner Dobosch-Torten Berühmtheit erlangte. Wie aber und wieso kam es überhaupt zu „Carols Café"?

Im Jahr des Un-Heils 1944, exakt am 23. August, hatte Rumänien dem Deutschen Reich die Waffenbrüderschaft aufgekündigt, die Wehrmacht mußte aus dem Lande abziehen, Karl Jäger mit seiner neuen Frau natürlich mit. In Deutschland ging er zu seiner Einheit nach Kassel, Frau Martha kam mit einer Tochter nieder, Monate später war der Krieg, wie man sich erinnern wird, auch in Deutschland zu Ende. Jäger zog die Uniform aus, doch anstatt in die Gefangenschaft zu gehen, bestieg er mit Frau und Kind im Juni 1945 den nächsten Zug Richtung Rumänien und kam nach einigen Tagen abenteuerlichster Fahrt in Kronstadt an. Als Schwiegermama Olga Trues die Haustür öffnete, schlug sie beim Anblick der drei Nachkriegsreisenden die Hände über dem Kopf zusammen: „Was sucht ihr denn hier? Seid ihr von allen guten Geistern verlassen? Bei uns im Haus ist russische Einquartierung."

Na schön, und was nun? Guter Rat war da etwas teurer als sonst zu normalen Zeiten. Die Martha und das arme Kind können natürlich bleiben, die sind ja sozusagen von hier, aber was fangen wir mit dem deutschen Schwiegersohn an, wo die Stadt, wo auch das Land von Russen besetzt ist? Schwiegervater Michael Trues, um nützliche Beziehungen nie verlegen, denkt scharf nach und hat folgenden Plan. Die jüdische Frau Rachel Weiner hat ihren Gatten, der lange mit dem Hause Trues geschäftlich verbunden war, vor kurzem zu Grabe getragen. Könnte man da nicht, mit ein bißchen Nachhilfe bei der Einwohnerbehörde, den verstorbenen Carol Weiner in der Person des Karl Jäger fortexistieren lassen? Kurz, Frau Weiner sieht ein, daß ihrem teuren Verblichenen auf diese Weise ein würdiges Nachleben beschieden sein könnte, und willigt in den Vorschlag des sehr verehrten, lieben Herrn Trues ein. Ja, sie geht über die Identitätsbeschaffung für den Reichsbürger Karl Jäger noch etwas hinaus und weiht diesen, gegen ein paar derzeit sehr willkommene finanzielle Freundlichkeiten, in die Geheimnisse der rumänischen Grammatik ein (die, wie die französische, unter anderen Schwierigkeitsgraden auch die Vergangenheitsform des Parfait simple aufweist) und vermittelt ihm überdies noch die notwendigen Grundkenntnisse des Wortschatzes.

Der Habitus des viel zu früh dahingegangenen Carol Weiner paßt Karl Jäger jedenfalls bald wie angegossen (selbst der ungewohnte Poposcheitel läßt sich in seinem schwarzgewellten Haar mit ein bißchen Pomade halbwegs hinkriegen), nur kann der liebe Schwiegersohn wegen der vielen Bekannten, die die Familie Trues hierorts hat, in Kronstadt nicht länger bleiben, und so beschließt man, ihn in der Hauptstadt Bukarest untertauchen beziehungsweise wiederauftauchen zu lassen. Es findet die Gründung von „Carols Café" statt, von Karl Jägers alias Carol Weiners neuem Arbeitsplatz, und zur Seite stehen ihm, aber sozusagen bloß „notariell", ein ehemaliger Minister der königlich-rumänischen Regierung namens Titescu, dann noch eine dem Hause Trues irgendwie verbundene Person, deren Name hier nichts zur Sache tut. Das Café hat als einzigen Betreiber Carol Weiner, das Lokal steht an der elegantesten Meile der Hauptstadt, dem erwähnten Boulevard Brătianu, höchst auffällig zwar, aber gerade wegen seiner Auffälligkeit am ehesten unverdächtig. Man befand sich hier, wie Karl Jäger es später einmal gesprächsweise sinnig formulierte, sozusagen im „Auge des Taifuns", wo die Bewegung des Wirbelsturms bekanntlich am wenigsten zu spüren ist.

Der Laden läuft gut, der Dieselexperte Karl Jäger wandelt sich zum begnadeten Konditor Carol Weiner, der, wie schon angedeutet, der berühmten Dobosch- oder Prinzregententorte in Bukarests französisch geprägter Confiserie-Landschaft zu niegekannter Blüte verhilft. Die Tortenstücke mit dem schräg aufgesetzten glasigen Karamellschild finden reißenden Absatz, endlich hat die österreichisch-ungarische Zuckerbäckerkunst auch hierorts eine würdige Heimstatt gefunden, und Carol Weiner ist ihr glanzvoller Repräsentant.

„Dir als einem Mitglied der Großfamilie Trues", begann der inzwischen, das heißt fünfundzwanzig Jahre später längst wieder in den Heidelberger Karl Jäger zurückverwandelte Carol Weiner seinen Bericht, „dir, Christian, kann ich's ja erzählen. Und du schreibst mir darüber, versprich mir das, auch kein einziges Wort in deine Zeitung." Sie saßen an einem schwülwarmen Bukarester Sommerabend auf der Restaurant-Terrasse des Hotels „Lido", keine zweihundert Meter vom einstigen „Café Carol" entfernt, und ließen die versunkenen Zeiten wiedererstehen.

„So unauffällig", fuhr Ruf-Onkel Karl in seiner Erinnerung fort, „so unauffällig war das Café damals, 1945, auch wieder nicht. Man muß es sich nur vorstellen, dieses Bukarest von damals. Der Krieg ist zu Ende, die Russen aber sind und bleiben im Land, doch auch König Michael ist noch in Amt und Würden und wird von den Sowjets hofiert, indem sie ihm sogar ihren ‚Sieges'-Orden an die Brust heften. Man kann also hoffen, daß alles wieder gut wird. Bald kann man es aber auch wieder nicht mehr, denn die Kommunisten beginnen die Hand nach der Macht auszustrecken. Auf Druck der sowjetischen Besatzer wird eine ‚volksdemokratische' Regierung eingesetzt, unter der Leitung des ehrgeizigen Windhunds Dr. Petru Groza, Chefs der ‚Bauernfront'. Das konnte nichts Gutes bedeuten."

Der Ober kommt herbei, um sich nach den Wünschen der offensichtlich ausländischen Gäste an diesem Tisch zu erkundigen, und Karl Jäger fragt ihn in fließendem Rumänisch, seit wann er denn schon hier im Hotel-Restaurant arbeite.

„Seit Ende des Krieges, stimate domn." (Die Anrede „verehrter Herr" war in Rumänien neuerdings wieder erlaubt.)

„Ach, so lange schon? Dann könnten Sie praktisch noch jenes Café gekannt haben, das es hier, zwei Häuserblocks boulevardabwärts, zu jener Zeit gegeben hat, von einem Deutschen oder Juden betrieben, der im Schaufenster mit Dobosch-Torten um Kunden warb."

Ja, an den, so der Ober, an den könne er sich freilich noch gut erinnern. Damals, kurz vor Kriegsende, habe er selbst, wie gesagt, als junger Mann im „Lido" gerade angefangen, aber der Deutsche, ja, es war bestimmt ein Deutscher, habe dann bald, ein Jahr oder zwei darauf, wieder zugemacht, keiner konnte sagen, wohin er plötzlich verschwunden war.

„Auch ich habe keine Ahnung, wohin", bestätigte Karl Jäger, ohne sich – wie es ihn in der rechten Hand juckte – als der einst Verschwundene zu erkennen zu geben. „Gewundert hab auch ich mich, wie der so plötzlich weg war", beendete er listig seine Kellner-Ausfragerei.

An Christian Rosenow gewandt erzählte Jäger, nachdem der Ober sich entfernt hatte, das Weitere: „Alles ging, wie gesagt, über Erwarten gut, ich hatte Besucher noch und noch, das Café warf gehörig Geld ab, sehr bald stand ich finanziell auf eigenen Füßen und mußte dem Schwiegervater in Kronstadt nicht mehr auf der Tasche liegen. Was glaubst du, wer alles sich in meinem Café einfand? Zu jener Zeit hatten die Leute hierzulande sehr fein ausgebildete Riechernasen. Menschen mit getürkten Ausweispapieren, mit falschen Bärten und echten Perücken kehrten bei mir ein, meist Deutsche, die das Kriegsende, ob in Uniform oder in Zivil, in Rumänien kalt erwischt hatte. Auch ein ehemaliges ‚Blitzmädel' schaute dann und wann vorbei, das aus Hamburg stammte und ursprünglich Janssen hieß, jetzt aber plötzlich als Frau Krolowanski oder so ähnlich auftrat, mit dazugehörigem Schein-Ehemann an der Seite. Alle warfen sie mir verschwörerische Blicke zu, ich war für sie ein großer verschwiegener Menschenhehler und zugleich ein kleiner Hoffnungsträger – doch all diese Leute waren nur ein geringer Teil meiner Klientel. Der andere, ebenfalls nicht sehr große, doch dafür um so gefährlichere, waren die Spitzel und Agenten der ‚Sigurantza', der damaligen Geheimpolizei. Die fragten dann so beiläufig: ‚Weiner heißen Sie? Wo hab ich Sie denn schon mal gesehen? Und haben Sie immer so geheißen?' So ging das ungefähr alle zwei Wochen einmal, ich mußte mir ein Pokergesicht zulegen, durfte mir die Gänsehaut, die ich bei solchen Besuchen regelmäßig bekam, nicht anmerken lassen und lernte meine Dobosch-Torten doppelt schätzen, deren Charme selbst die hartnäckigsten Frager von der bewußten Schnüffelbehörde erlagen."

„Natürlich konnte das nicht lange gut gehen", setzte Jäger nach einer Pause seine Erzählung fort. „Natürlich kam dann, doch erst ganze zwei Jahre später, einmal der Tag, an dem die fieseste Visage aus der Sigurantza-Klientel sich vor mir aufpflanzte und mir zuraunte: ‚Herr Karl Jäger, das Carol-Weiner-Spiel ist aus. Packen Sie Ihre Sachen und folgen Sie mir unauffällig zu der Limousine, die dort draußen vor dem Haus steht'. Ja, so war das, und was nachher kam, das wühlt mich in der Erinnerung heute noch dermaßen auf, daß mir die Worte nur schwer über die Lippen gehen."

Auf dem Bukarester Polizeipräsidium dem Ermittlungsrichter in Handschellen vorgeführt, ging die „Enttarnung" Karl Jägers, eines ehemaligen „Waffenbruders", dann wiederum auch „illegalen Eindringlings" ins Nachkriegsrumänien, noch einigermaßen zivil vonstatten, der weitere Verlauf der Abschiebung an die Russen aber weit weniger freundlich. In Focşani, einer Stadt auf dem Weg zur sowjetischen Grenze, wurde Jäger zum Abschied fast zu Tode geprügelt, als eine Art Vorschuß auf das, was er bei den neuen, den russischen Waffenbrüdern der Rumänen an Sonderbehandlung wohl noch zu erwarten hatte. Schließlich wurde er, sozusagen „blutenden Hauptes", in den Gewahrsam seiner neuen Gefängniswärter jenseits der Grenze abgeschoben. Die Russen schienen indes nicht ganz begriffen zu haben, daß es sich bei dem an sie übergebenen Karl Jäger um einen im Nachbarland verbliebenen „Irrläufer" der deutschen Wehrmacht handelte, sondern hielten ihn für einen jener Menschen, die bei den Rußland-Deportationen deutscher Zivilbevölkerung Anfang 1945 den Häschern durch die Lappen gegangen waren. Entsprechend überwiesen sie ihn an ein Zwangsarbeitslager für Rumäniendeutsche im Donbass und nicht an ein Kriegsgefangenenlager.

„Diesem Irrtum der Russen verdankte ich es", so Karl Jäger, „daß ich von ihnen nicht als Feind behandelt wurde, sondern gerade nur als Arbeitskraft im Rahmen der rumänischen Reparationsleistungen an Rußland. Ich sah in dem Lager, in das ich kam, zu meiner großen Freude Hedda Trues, eine Kusine meiner in Kronstadt verbliebenen Frau, wieder, die damals schon ganze zwei Jahre dort war. Dann aber wurde ich von hier schließlich schon 1949 entlassen und durfte zurück in meine Heimat, nach Heidelberg."

Vom Schwimmbecken des Freibads vor der Restaurant-Terrasse des „Lido"-Hotels wehte ein kühlender Abendwind zu dem Tisch herüber, an dem Karl Jäger einer kleinen Gesellschaft und dem neben ihm sitzenden Christian Rosenow den bewegtesten Abschnitt seiner Lebensgeschichte erzählt hatte, nun setzte er noch eins drauf, quasi als Sahnehäubchen auf das Ganze. Es handelte sich um ein späteres und, wie vorauszuschicken ist, auch weniger bedrückendes Erlebnis, nämlich das seiner Begegnung mit dem Film „Casablanca", den er Anfang der Fünfziger erstmals in einem deutschen Kino sah, ein Jahrzehnt nach seiner Entstehung.

„Als mir da nun unverhofft ein anderes Café, nämlich Rick Blaines ‚Café Américain', vor Augen trat, in einer hochdramatisch aufgezogenen Hollywood-Story, stieg ein Lachen in mir auf, das bitter und zugleich irgendwie befreiend war. Ich sagte mir: Das alles, damit meinte ich den Film, ist zwar schon 1942 gedreht worden, und erstaunlich ist, wie instinktsicher hier in einer frei erfundenen Situation von Ort und Handlung das Atmosphärische getroffen ist. Das ganze ist in seiner Art, als Kunstwerk also, sicher genial konstruiert, zugleich aber, wenn man sozusagen wissenden Auges hinschaut, auch höchst lächerlich und naiv, ja, förmlich an den Haaren herbeigezogen, wie ich als einschlägig gebranntes Kind wohl behaupten darf. Mein Café hingegen, ‚Carols Café' im Bukarest der Jahre 1945-1947, hat es ja nun wirklich und wahrhaftig gegeben, und doch ist es so sehr, ja, so beängstigend sehr verschieden von ‚Rick's Café Américain' in jenem Phantasie-Casablanca. Ich sage euch, warum: Weil doch alles, begonnen mit der Erschaffung meiner neuen Identität als Carol Weiner bis zu meiner schließlichen Verhaftung, wie in einem Traum abgerollt ist, so daß es mir im Rückblick scheinen will, all das sei nichts als reine Erfindung gewesen. Wie sich hier die Dinge doch verkehren: Die Fiktion des Films ist plötzlich das Wahrere und Glaubhaftere, die Wirklichkeit des Erlebnisses das schlichtweg Irreale. Das niederschmetternd Wirkliche, das uns das Leben beschert, scheint nur als Einzelnes, nur als ganz Privates Gültigkeit zu haben, Exemplarität gewinnt es erst durch literarische Aufbereitung. Der liebe Christian wird mir da sicher zustimmen."

Christian sah „Onkel" Karl an und nickte nachdenklich.

VIII
Probleme beleuchten und anschneiden

Christian hatte zunehmend das Gefühl, in der Redaktion des „Neuen Lands" in eine Welt geraten zu sein, die mit jener draußen, der tatsächlichen und wirklichen, nicht viel zu tun hatte. So deutlich empfand er das mit einem Mal und zugleich als so beunruhigend, daß er täglich in den Gesichtern der Kollegen zu lesen versuchte, ob diese Beunruhigung sich nicht auch an ihnen zeigte. Er vertraute sich seinem Freund Lenz an, der aber lachte ihn anfangs nur aus. Langsam wurde aber dann auch er nachdenklich. „Ich habe mir bisher noch nie über so etwas Gedanken gemacht oder gar im leisesten das Bewußtsein gehabt, wir verbrächten hier unsere Tage in einer sträflichen Abgehobenheit und Privilegierung. Doch jetzt, wo du es sagst, erscheint es plötzlich auch mir so."

Sie versuchten dahinterzukommen, warum es denn so sei und ob das für die anderen Zeitungen, zumal für die rumänischen, ebenfalls zuträfe. Nein, dort ginge es ganz anders zu, wußte zu sagen, wer von dort entweder kam oder sonstwie Berührung mit solchen Redaktionen hatte – Rivalitäten und Fressereien waren dort jedenfalls an der Tagesordnung. Das „Neue Land" war dagegen so etwas wie ein Hort der Ruhe, dazu noch eine Art Schaufenster, und was sich hinter dessen gläserner Wand abspielte, interessierte vorgesetzte Stellen nur unter dem Gesichtspunkt seiner Außenwirkung. Weit und breit gab es nämlich keine Tageszeitung im Lande, die in einer Weltsprache erschien und dennoch zugleich eine normale und nicht eigens auf Auslandspropaganda angelegte Publikation war. Gleichwohl konnte jeder Diplomat in der rumänischen Hauptstadt, der des Deutschen mächtig war, und das waren zu jener Zeit noch recht viele, sich aus dieser Zeitung die neuesten Informationen holen. Zum einen waren dies die Verlautbarungen der Regierung oder die auf Partei-Kongressen und Politbüro-Sitzungen entwickelten Zukunftsvisionen der herrschenden Rumänischen Arbeiterpartei, die sich Anfang 1948 auf so wundersame Weise konstituiert hatte, daß der kleine Fisch der aus 999 Mitgliedern bestehenden Kommunistischen Partei Rumäniens den großen der 777.777 Mitglieder zählenden Sozialdemokratischen Partei geschluckt und sehr bald darauf unter dem neuen Namen „Rumänische Arbeiter-Partei" das imposante Aussehen eines Leviathans von weit über einer Million Mitgliedern gewonnen hatte. Zum anderen aber waren es auch die ständigen Beteuerungen und Beweise der unverbrüchlichen Freundschaft mit dem großen Nachbarn und Bruder Sowjetunion; schließlich war es noch das gesundheitliche Befinden einzelner Persönlichkeiten aus Partei und Regierung, das, wie früher jenes von Mitgliedern des Königshauses, in sogenannten „ärztlichen Bulletins" seinen Niederschlag fand, die auf den Frontseiten der Zeitungen abgedruckt wurden. Die Meldungen über die fortschreitende Kollektivierung der Landwirtschaft erschienen indes zu Christian Rosenows Volontärszeiten wohl als die weitaus wichtigsten schon deshalb, weil sie reine Vollzugsmeldungen waren und kein Wort darüber enthielten, wie die Bauern in die Kollektivwirtschaften buchstäblich hineingepreßt und -geprügelt wurden. Hierüber entwickelte sich ein Journalismus der halben Wahrheiten, der sich schon deswegen als doppelt schlimm erwies, als er zugleich einer der vollen Mitwisserschaft von Kollegen war, die Zeugen der traurigen Vorgänge wurden und darüber schweigen mußten.

Für seine Nebenfunktion der Außenrepräsentanz durfte das „Neue Land" allerdings auch einigen personellen Aufwand treiben, der schon fast an Luxus grenzte. Nicht weniger als acht Übersetzer aus dem Rumänischen ins Deutsche sorgten zeitweise für die Übertragung der über die rumänische Presseagentur verbreiteten Texte, mindestens vier Redakteure waren damit beschäftigt, die für den Druck bestimmten Manuskripte, gleichviel, ob übersetzt oder von Redakteuren verfaßt, in eine sprachlich einwandfreie deutsche Form zu bringen.

Spätestens an diesem Punkt wurde sich Christian Rosenow der personellen Einzigartigkeit dieser Zeitung bewußt. Anders als in den Ressort-Redaktionen, in denen meist junge Menschen wie er, immer wieder neu ausgelesen oder gegen Neuzugänge ausgetauscht, sich um die journalistische Wirklichkeitsbeschreibung kümmerten, waren hier, an der sprachlichen Front des Blattes, Menschen tätig, die während des letzten Krieges, aber auch schon in der Vorkriegs- und schließlich in der Nachkriegszeit hierher verschlagen worden waren, in dieses Bukarest, welches dem „Casablanca" des gleichnamigen amerikanischen Films so ähnlich war, daß einem das Hollywood-„Casablanca" eher als von hier inspiriert erscheinen mußte denn von dem eigentlichen an der marokkanischen Atlantik-Küste.

Höchst merkwürdig war auch, daß vor allem jüdische Menschen schon in den dreißiger Jahren in Bukarest Zuflucht gesucht und gefunden hatten, also just während der Zeit der aufstrebenden Eisernen Garde, der „Königsdiktatur" Carols II., dann auch während der schon durch den Krieg geprägten Diktatur des Marschalls Antonescu – das waren also nicht weniger als fünfzehn Jahre einer sehr bewegten und wahrlich nicht judenfreundlichen Zeit. Bertha Winter, mit ihrer Familie früh vor Hitler aus Mannheim nach Bukarest geflohen, hatte Christian schon bei seinem ersten Kontakt mit dem „Neuen Land" als Chef-vom-Dienst-Sekretärin kennengelernt. Trude Kalau hatte sich als junger Mensch, die Eltern zurücklassend und bloß mit einem Rucksack ausgestattet, aus Frankfurt am Main auf den Weg gemacht und in abenteuerlichen Fußmärschen schließlich die rumänische Hauptstadt erreicht. Aus Glogau war Joachim Osterlitz gekommen, Sohn eines jüdischen Vaters und einer nichtjüdischen Mutter, die zusammen mit dem jüngeren Sohn die Nazizeit im „Reich" überlebten. Aus Breslau schließlich stammte, auch er vor Hitler geflohen, Hermann Salomon, ein ausgesprochener Schöngeist und in die deutsche Sprache hoffnungslos Verliebter.

Salomon war der Fixpunkt der sogenannten „Stilabteilung", wie diese Einrichtung hieß. Er machte nichts anderes, als Manuskripten, die auf seinen Tisch kamen, mit seiner etwas krakeligen Klaue den letzten Schliff zu geben. Er tat das übrigens so kunst- und liebevoll, daß Christian seine Artikel schließlich nur noch ihm anvertrauen mochte. Unter Salomons verbessernder Hand wurden auch aus dürftigsten Schreibprodukten angenehm lesbare Texte. Was Christian indes anfangs etwas verstimmte, waren die von Salomon, wie ihm schien, doch recht zahlreich an seinen Arbeiten angebrachten Sprachverzierungen, aus denen er den Schluß zog – welchen er Salomon auch nicht verhehlte –, daß seine Texte schlechter und unausgereifter wären als die anderer Kollegen. „Ach, lieber Christian", begann Herr Salomon in väterlichem Halbduzton, „das ist aber gar nicht so, wie Sie glauben. Das Gegenteil trifft zu. Ihre Texte erregen in mir sozusagen die Lust zur Mitarbeit, ich muß nur immer fortspinnen, was Sie begonnen haben, und das macht mir schlicht und einfach Freude in dem Meer von sprachlicher Verwahrlosung, in dem ich hier täglich schwimme." – „Apropos ‚schlicht und einfach'", fuhr Salomon, seine eigenen Worte wiederholend, im gleichen Atemzug fort, „Sie waren doch bei der letzten Redaktionskonferenz dabei. Was hat dieser Chef-vom-Dienst Eduard Burger dort wieder für ein wunderbares Deutsch von sich gegeben! ‚Genossen, wir müssen die Problem*en*' – ja, Problem*en* hat er gesagt –, wir müssen also die Problem*en* richtig beleuchten und anschneiden. So wie bisher geht es pur und simpel nicht mehr weiter'. Wenn ich so etwas höre, dann umfasse ich mit der Rechten ‚pur und simpel' – zu deutsch ‚schlicht und einfach' – das Stuhlbein unter mir und bete zu Gott, mich nicht gewalttätig werden zu lassen." Christian, stets den Schalk im Nacken, ulkte nun forsch weiter und gab Salomon pharisäisch zu bedenken, der Burger-Edi beherrsche zwar außer seinem siebenbürgisch-sächsischen Dialekt noch einigermaßen das Rumänische, doch nicht auch „die Sprache von Marx und Engels oder die von Max und Moritz". So erkläre sich, daß er glaube, das aus dem Französischen entlehnte rumänische „pur și simplu" müsse überhaupt nicht erst übersetzt, sondern dürfe wortwörtlich ins Deutsche übernommen werden. „Summa summarum", schloß Christian seine spitze Rede mit einem gezielten Hieb, „der Burger-Edi ist ein purer Simpel." Salomons Nasenflügel bebten leicht, als er sein verkniffenes Lachen aufsetzte und bestätigend nur noch sagte: „Genau das ist er. Nur kein harmloser, wie man nicht vergessen sollte."

Ein höheres Lob seiner Schreibe hatte Christian, bis dahin jedenfalls, noch nicht vernommen, selbst wenn er sich die anerkennenden Worte von Chefredakteur Anton Hofer über seine Operationsreportage in Erinnerung rief, aber – und darüber empfand er die größte Schadenfreude – auch keine schlimmere Verhöhnung des scharfmacherischen Großmauls Eduard Burger. Hinzugefügt sei hier aber der Vollständigkeit halber: Hermann Salomon sollte nicht unschuldig daran sein, daß

Christians journalistische Karriere bald eine andere Wendung nahm als ursprünglich gedacht.

Die aus dem deutschen Reich geflohenen jüdischen Kollegen waren indes nicht die einzigen, die in Bukarest Zuflucht gefunden und, wie man sehen konnte, den Krieg und die vielfältigen Drangsalierungen hier im „Auge des Taifuns" relativ unbeschadet überstanden hatten. Schon früh, also schon in den dreißiger Jahren, hatten sich Juden aus der nach dem Ersten Weltkrieg 1919 rumänisch gewordenen Bukowina in die Hauptstadt ihres neuen Vaterlandes buchstäblich „gerettet", mancher wohl im Vorgefühl der Gefahren, die sich für Grenzprovinzen, wie ihre alte Heimat eine war, bald deutlicher zeigen sollten. Zu ihnen gehörte einer, der als Dichter und dann auch als väterlicher Freund des damals noch wenig bekannten Paul Celan Berühmtheit erlangte: Alfred Margul-Sperber.

Christian war dem Dichter Sperber schon früher begegnet, und zwar in seiner Gymnasiumszeit in Kronstadt. Dort, im ARLUS-Saal, hatte Sperber einmal Anfang der fünfziger Jahre aus seinem frisch erschienenen Band „Zeuge der Zeit" vor Schülern gelesen, und Christian, der unter seinen Kollegen zumindest als eine dichterische Hoffnung galt, hatte eines der gratis verteilten Exemplare des Buches zugesteckt bekommen. Viel anfangen konnte er, der Heine- und Eichendorff-Begeisterte, damit freilich nicht, wie hier der Wahrheit zuliebe vermerkt sei. In Bukarest begegnete er Sperber nun aber häufiger auf seinen Streifzügen durch die Antiquariate wieder, die bald seine erste und zugleich kostspieligste Leidenschaft werden sollten. Da stand er also, der hünenhafte alte Herr mit der schlohweißen Bürstenfrisur, und las unter dicken Brillengläsern hindurch in einem ganz nah ans Auge gehaltenen Buch, ein gütig-freundlicher Rübezahl, der selbst für die höchsten Regale in dem Altbücherladen niemals eine Leiter brauchte und sich zu Christian, der nicht gerade der kleinsten einer war, auch noch ein bißchen herunterneigen mußte, wenn er sein Wort an ihn richtete. Christian gestand ihm seine Verlegenheit im Zusammenhang mit dem Gedichtband „Zeuge der Zeit" und wie der so gar nicht zu seinen damaligen Lektüren gepaßt hätte. „Ja, junger Mann", erwiderte Sperber, „Heine und Eichendorff, die beiden mir so lieben und teuren, hatten es etwas leichter als unsereiner heute. Sie mußten nicht loben, was sie eigentlich hätten verdammen sollen." Dem „jungen Mann" gingen Sperbers sibyllinische Worte lange Zeit im Kopf herum. Sehr spät, erst 1967, als der Dichter zu Grabe getragen wurde und Christian auf dem Bukarester Jüdischen Friedhof mit unter den Trauergästen stand, begann er zu begreifen, welches Schicksal hier in „die Ewigkeit einging", wie der Rabbiner, so ganz anders als bei christlichen Begräbnissen, es in seiner Grabrede formulierte.

Aber nun war er ja noch da, der schon zu Lebzeiten legendäre Mensch und Dichter Sperber, und stand in hohem Ansehen, wie es Christian schien. Ja, „schien", denn daß Sperber und sein Bukarester Dichterfreund Oscar Walter Cisek gerade damals von ein paar einschlägig bekannten Hunden aus der literarischen Denunziantenszene gehetzt wurden, konnte Christian, da er noch so neu in der Hauptstadt war, gar nicht wissen. Phantastische Berichte zirkulierten indes über Sperbers Privatbibliothek, die er, weil er doch schon so früh aus der Bukowina hierhergezogen war, wohl noch in ihrem vollen Bestand von dort hatte herüberretten können – viele tausend Bände seien es, die seine Wohnung füllten, versicherten glaubwürdige Zeugen, und an den Regalen dieser geistigen Schatzkammer seien, auf eventuelle begehrliche Besucher gemünzt, gut sichtbare Warnschilder angebracht mit dem sinnigen Spruch: „Diese Bibliothek ist keine Leihbibliothek. Wäre sie es, wäre sie nicht."

Bei und nach Kriegsende hofften aber noch weitere Bukowiner, in Bukarest einen sicheren Hafen zu finden. Die einen kamen, sofern sie überlebt hatten, aus den Zwangsarbeitslagern Transnistriens zurück ins Land, die anderen, die im „ghettoisierten" Czernowitz hatten ausharren müssen, ergriffen bei Kriegsende vor den Russen die Flucht, die die Nordbukowina nun in Besitz nahmen und diese alte Landschaft, in der Menschen und Bücher so lange und so prächtig gediehen, endgültig in die Geschichtslosigkeit zurückwarfen.

Niemand aber hätte den Flüchtlingen zu diesem Zeitpunkt voraussagen können, daß sie die neue Ordnung, welche in die nun abgetrennte rumänische Randprovinz endgültig Einzug gehalten hatte, auch an ihrem neuen Zufluchtsort ereilen würde. Das rettende „Casablanca"

Bukarest war also für sie zugleich zur Falle geworden, in der man sich nun einzurichten hatte. Dies wurde ihnen aber um so leichter, als sie hier mit anderen Vertriebenen von Haus und Hof, Deutschen aus dem Banat und Siebenbürgen, das heißt ebenfalls ehemaligen „Österreichern", zusammenkamen. Beim „Neuen Land" gab es so etwas wie das große Einverständnis der „alten Österreicher", man mußte darüber nicht viele Worte verlieren. So hatte sich Christian Rosenow während seiner Korrektoratszeit mit Marcel Spahn auf Anhieb gut verstanden, und Vita Zoller, seine neue Protektorin in der Reportage-Redaktion, gehörte genaugenommen ebenfalls zum Schicksalskreis der Vertriebenen aus dem untergegangenen „k. u. k. Paradies", allerdings, wie zu sagen ist, mit einer Bitterkeit mehr in ihrer Seele als alle anderen. Vita Zoller, das „Wiener Mädel", war in Auschwitz gewesen, als Achtzehnjährige war sie dahin- und wie durch ein Wunder mit dem Leben davonkommen; sie war die einzige bei der Zeitung, die auf der hellen Haut ihres Unterarms die dunkelblau eintätowierte Nummer trug. Und man konnte von ihr, anders als aus der verbreiteten Literatur jener Zeit, seltsame Bemerkungen hören im Zusammenhang mit ihrem Aufenthalt im innersten Kreis einer Hölle, die sie indes doch eher als ein „Fegefeuer" erlebt zu haben schien: „Wer dort als ein Böser hineinkam, der kam als ein noch Böserer heraus, wer als ein Guter, der als ein noch Besserer." Vielleicht aber verstand sie unter letzterem stillschweigend sich selbst, denn einem Menschen, der sein Herz so sehr auf dem rechten Fleck hatte wie Vita Zoller, war Christian bis dahin noch nicht beggenet.

IX
Was hat zwei schwarze Eier und singt?

Christian hatte nicht damit gerechnet, so bald wieder an den Ort seiner Geburt, nach Ploieşti, zurückzukehren. „Zurückzukehren" war vielleicht zuviel gesagt, denn am Ende handelte es sich dann doch nur um eine Stippvisite von einem halben Tag. Dieser reichte aber, um Liviu Popp, seine Zugbekanntschaft vom Sommer vergangenen Jahres, wiederzutreffen. Christian hatte ihn telefonisch von seinem Kommen verständigt, zu einem „besonderen" Termin dann und dort, wie er ihm verschlüsselt mitteilte, verschlüsselt, weil man ja nicht wissen konnte, wer ein Gespräch mithörte, das über die Telefonzentrale der Erdölraffinerie lief, in der Herr Popp arbeitete. Der war aber gleich Feuer und Flamme, als er hörte, worum es ging, dazu in allerbester „Stänkerlaune", als er am vereinbarten Ort eintraf.

Stattfinden sollte also in einem Versammlungslokal nahe dem Bahnhof ein Treffen von Politikern des alten Regimes mit Rückkehrern aus dem westlichen Exil, verbunden mit der Gründung einer Vereinigung, die sich die Repatriierung heimkehrwilliger Rumänen im Ausland zum Ziel setzte, wie einem Informationspapier aus der Pressestelle der Parteizentrale zu entnehmen war. Christian, in politischen Dingen wenig beschlagen, nun aber überraschend mit der Berichterstattung über ein solches Ereignis betraut, fürchtete, in größte Verlegenheiten zu kommen, weshalb er auf die Anwesenheit des wohl auch in diesen Dingen kundigen Liviu Popp allergrößten Wert legte.

Von der ganzen Veranstaltung, die übrigens schon nach gut einer Stunde zu Ende war, verstand Christian denn auch herzlich wenig, dafür Herr Popp um so mehr. „Soweit wären wir also schon", flüsterte er Christian vielsagend ins Ohr, nachdem sie in dem etwas dünn besetzten Saal Platz genommen hatten. „Dort vorn, am Präsidiumstisch, sitzt kein geringerer als Herr Gheorghe Tătărescu, der wohl bunteste Hund in der Parteienlandschaft des alten Rumäniens, Chef der 1947 aufgelösten National-Liberalen Partei, Ende der dreißiger Jahre, als König Carol II. sich auf das diktatoriale Roß schwang, dessen beflissenster Steigbügelhalter, dann, nach dem Krieg, als Mitmischer in der schon stark kommunistisch gefärbten Regierung Petru Groza zu zweifelhaften neuen Ehren gelangt, schließlich aber, das heißt kurz vor der erzwungenen Abdankung König Mihais, mit Petru Groza und dessen kommunistischer Kumpanei heillos zerstritten, 1950 zu guter Letzt vor Gericht gestellt und für Jahre eingekerkert."

Doch nun, o Wunder, fuhr Herr Popp fort, sehe man diesen Herrn wieder in Freiheit, etwas blaß und mitgenommen zwar, aber immerhin... Man scheine ihn erneut zu brauchen, weich und gefügig gemacht, wie er es nach fünf Gefängnisjahren sein müsse, kurz und gut, man habe jetzt plötzlich, „sozusagen von Dienstag auf Mittwoch", dringend eine Figur „politischer Einstmaligkeit" nötig, um während des Krieges oder nach dem Krieg ins Ausland geflohene Rumänen wieder heimzuholen. „Wenn die sich da nicht alle miteinander täuschen", resümierte Herr Popp. „Ich sage ‚alle miteinander', denn erstens wird kein Rumäne, auch kein Rumäniendeutscher, sofern er noch bei Trost ist, wegen des in die Freiheit entlassenen Herrn Tătărescu aus dem sicheren Ausland in das unsichere Inland zurückkehren, zweitens wird Herr Tătărescu auch diesmal seinen persönlichen Traum nicht verwirklichen können".

„Persönlichen Traum? Was meinen Sie damit?", fragte Christian in völliger Ahnungslosigkeit.

„Den Traum", so Herr Popp, „wirklich gebraucht und nicht nur mißbraucht zu werden, den diese Tătărescus unentwegt träumen, weil sie nämlich durch die Bank an der ‚liberalen Krankheit' leiden, das heißt an dem törichten Glauben, man könne, wenn man sich nur geschickt genug anstelle, Wölfen die Zähne ziehen." Diese Leute lernten niemals aus, sie könnten nicht abtreten, weil sie niemals merkten, was die Uhr geschlagen hat, für sie und die ganze Nation. Zwar könne man an dem heutigen Treffen hier in Ploiești deutlich sehen, daß die rumänischen Kommunisten, nun, zwei Jahre nach Stalins Tod, nach dem westlichen Ausland zu schielen begännen, aber sie täten es mit einer lächerlichen Vorsicht, indem sie eine solche Veranstaltung nicht in Bukarest stattfinden ließen, sondern, ein bißchen abseits gerückt in die „nahe Provinz", in Ploiești. „Sie trauen sich also nur halb, entweder um damit den Russen, die ja noch mit einem Fuß fest im Lande stehen, nicht unangenehm aufzufallen, oder vielleicht auch deshalb, weil sie dem kollaborierenden Herrn Tătărescu die erhoffte Wirkung auf das Ausland nicht unbedingt zutrauen. So erklärt sich diese Angst vor der eigenen Courage."

Der Hauptteil des Gesprächs zwischen Christian und Herrn Popp, das ja mehr ein Vortrag des letzteren war, fand natürlich nicht mehr in der erwähnten Versammlung statt, sondern im Wartesaal des Bahnhofs, wo Christian, von Herrn Popp begleitet, noch gut eine Stunde auf seinen Zug nach Bukarest zu warten hatte. Während dessen Auslassungen war Christian allerdings immer schweigsamer und nachdenklicher geworden. Schließlich platzte er mit dem Geständnis heraus, von alldem rein gar nichts zu verstehen, weshalb er auch unfähig sein würde, darüber etwas zu schreiben. Herr Popp lachte laut auf und legte seine Hand beschwichtigend auf Christians Arm. „Machen Sie sich doch nicht verrückt. Keiner wird Ihnen hier Versagen vorwerfen, denn keiner in ihrer ganzen Redaktion ist, wie ich vermute, mit den politischen Hintergründen dieser ganzen Affäre auch nur halbwegs vertraut. Ihr Deutschen hierzulande habt euch mit dem ganzen traurigen politischen Kram in Nachkriegsrumänien nicht abgeben müssen, man hat euch doch ganz ausgeschaltet, ja euch bei all den Wahlen, die in den Jahren nach Kriegsende stattgefunden haben, kein einziges Mal mitwählen lassen. Wieso solltet ihr also jetzt über solche Petitessen am Rande, wie jene heute, plötzlich Bescheid wissen und dazu euren Kommentar abgeben? Ich gehe noch einen Schritt weiter und behaupte, daß die Vertreter der Inlandspresse hierher nur geschickt wurden, um dem ganzen den Anschein berichterstatterischer Normalität zu geben. Wirklich erwünscht sind hier letztlich doch nur die Vertreter westlicher Presseagenturen, von France-Presse oder von Reuters, für die das ganze inszeniert ist. Wo kämen wir auch hin, wenn ihr Presseleute den Lesern eure persönlichen Eindrücke von dem Ereignis mitteilen wolltet, womöglich noch mit eigenem Kommentar zu dem wundersamen Wiederauftauchen des vor acht Jahren in der Versenkung verschwundenen Herrn Tătărescu."

„Ich dachte aber doch, das ganze sei ein ernstgemeinter Auftrag und unsere Ansicht dazu ausdrücklich erwünscht", wandte Christian ein.

„Ein erstgemeinter Auftrag gewiß, aber nur insoweit, als eure bloße physische Präsenz dort erwünscht war, gewissermaßen als ‚Alibi-Staffage'. Nur bitte nicht gleich einen Kommentar dazu schreiben, das besorgen wir schon selber – Sie werden sehen, lieber Christian, ich behalte damit recht, daß keiner seinen Senf dazu wird beisteuern müssen, ja, sogar dürfen, auch Sie nicht. Da sei Gott davor und die Pressezensur dahinter."

„Ach ja", nickte Christian, „die gibt es auch noch, beinahe hätte ich's vergessen." Kein einziges gedrucktes Wort konnte an die Öffentlichkeit gelangen, ohne vorher von einem Vertreter dieser Behörde begutachtet zu werden. Ein solcher stolzierte, abwechselnd ein Mann und eine Frau, jeden Abend nach sechs Uhr und bis lange nach Mitternacht durch die Korridore der „N. L."-Redaktion, las jede frisch umbrochene Seite im Naßabzug und sorgte dafür, daß beispielsweise Christians Segelflugzeug über dem besonnten Burzenland, das dieser sich zur Auflockerung seiner Reportage über die Burgstedter Werkzeugfabrik an den Himmel gedacht hatte, aus dem Text herausgenommen wurde, denn die Spione des westlichen Imperialismus, die auch fleißig Zeitung läsen, würden aus dem Segelflieger über Burgstedt doch mühelos den Schluß ziehen können, in der Nähe von Kronstadt befinde sich ein militärisch nutzbarer Flugplatz.

„Tja, wo der Zensor recht hat, hat er recht", stichelte Herr Popp. „Nur müßte er auch wissen, daß diese westlichen Stielaugen und Langohren nicht von gestern sind und auch noch alte Generalstabskarten zur Verfügung haben, auf denen in Brenndorf bei Kronstadt ein Flugplatz eingezeichnet ist. Die Westspione würden also an dem Segelflugzeug Ihrer Reportage, sofern es denn dort weiter herumfliegen dürfte, höchstens noch erkennen können, daß die Zensur hier geschlafen hat", spottete Herr Popp und setzte, während der Zug nach Bukarest in den Bahnhof einfuhr, hinzu: „Ein Letztes noch, lieber Christian – Sie müssen überhaupt nichts über die höhere Politik wissen und schon gar nichts darüber sagen, das besorgen immer schon ‚Partei und Regierung', diese Zweiheit in der Einheit, die unsere Gedanken vordenkt, Sie brauchen sich also überhaupt um nichts zu kümmern. Was früher der liebe Gott war, der alles wußte und lenkte und sich auch niemals irrte, das ist, wie man sehen kann, heute die Partei, die alles weiß und lenkt und sich niemals irrt. Sie ist nicht nur gottähnlich, nein, sie ist Gott selbst", bemerkte Herr Popp, indem er den Zeigefinger grinsend aufwärts in die Luft bohrte.

Auf so wohltuende Weise von all seinen peinigenden Selbstzweifeln befreit, trat Christian die Heimfahrt nach Bukarest an und sollte am nächsten Tag, als er sich dann doch ans Schreiben setzen wollte, sogleich erfahren, wie recht Herr Popp mit seiner Voraussage hatte. Christians Bericht über die Ploieștier Versammlung, teilte man ihm mit, würde gar nicht mehr gebraucht, abgedruckt würde hierzu ein Text der rumänischen Presseagentur „Agerpres", der, als er dann über den Fernschreiber lief, auch so kurz und nichtssagend gehalten war, daß man den Eindruck gewinnen konnte, dort in der Erdölstadt hätte wohl etwas stattgefunden, nur wüßte keiner so recht zu sagen, was es gewesen sei. Christian lernte daraus, daß die journalistische Kunst, wenn es sie denn gab, beides beherrschen müsse, aus nichts etwas und aus etwas nichts zu machen. So in der Art des Magiers Josefini, der, wie man sich erinnert, während Christians Knabenjahren im Saal des Burgstedter Kinos mit seinem Hokuspokus, mit diesem ausgefuchsten Auftauch- und Verschwinde-Spiel Erwachsene und Kinder so ganz bezauberte und entzückte.

Dieses Jahr 1955, in dem Christian sich seine journalistischen Sporen verdiente, war übrigens, politisch gesehen, und zwar innen- wie außenpolitisch, eines der traurigsten und hoffnungsvollsten zugleich in der Geschichte des Landes. Die Kollektivierung der Landwirtschaft war längst noch nicht abgeschlossen, hier ereigneten sich gerade die schlimmsten Repressionen bis hin zu Mord und Totschlag. Die Zwangskollektivierung aber betraf nun wiederum die deutschen Bauern im Banat und Siebenbürgen am wenigsten, denn um ihren Grund und Boden, meist auch noch um Haus und Hof, waren sie als Deutsche schon früh, das heißt schon zehn Jahre zuvor, gebracht worden, so daß es bei ihnen überhaupt nichts mehr zu „kollektivieren" gab. Sie wurden höchstens nachträglich für das, was sie einmal besessen hatten, das heißt als ehemals „ausbeuterische Landwirte", mit Zwangsaufenthalten fern ihrer Heimatorte bestraft. Da sie aber in dem Ruf standen, von Landwirtschaft etwas zu verstehen, außerdem noch fleißig und zuverlässig zu sein, schenkte man ihnen den geraubten Grund und Boden schließlich wieder, sofern sie bereit waren, ihn nun mit anderen kollektiv zu bearbeiten.

Vita Zoller hatte, als Christian doch sehr enttäuscht und kopfhängerisch aus Ploieşti wieder zurück war, erfreulicherweise gerade einen ihrer launig-humorigen Tage und den Schalk fest im Nacken. Passend zu Christians Stimmung erzählte sie den Witz von der Begegnung des Itzik Mandelbaum mit einem alten Kumpel, dem auf der Partei-Karriereleiter aufgestiegenen Genossen Jankele Grün: „Grün-Leben, mein alter Freund", hub Itzik also an zu sprechen, „bist doch in der Partei ein großes Tier geworden und wirst sicher mehr über alles wissen als so ein armer Hund, wie ich einer bin. Hören möchte ich von dir, wie es steht: Sind wir jetzt schon im Kommunismus, oder kommt es noch schlimmer?"

Christian hatte für dieses Goldstück aus Vita Zollers Folklore-Kästlein gerade nur ein trockenes Silberstück aus der rauhen Wirklichkeit anzubieten. Das hörte sich so an: Vor dem Restaurant „Tic-Tac" am Bukarester Boulevard „6. März", ehemals „Elisabeta", hält ein Militärfahrzeug. Ihm entsteigen drei uniformierte Russen, betreten die Gaststätte und nehmen an einem Tisch Platz. Der Kellner eilt herbei: „Sie wünschen?" „Drei Halbe Wodka, Towárischtsch Ober." Der Kellner: „Haraschó, habe verstanden." Er bringt drei Halbe Wodka, die drei Russen spülen sie hinunter, der Chef von den dreien ruft: „Towárischtsch Ober, noch drei Halbe Wodka." Der Kellner bringt drei Halbe Wodka, die Russen spülen sie hinunter, einer von ihnen sinkt vom Stuhl unter den Tisch. Der Chef ruft: „Towárischtsch Ober, zwei Halbe Wodka." Der Kellner zeigt auf den Mann am Boden: „Für den dort keine?" „Njet, darf nicht, ist unser Schoffőr!"

Hie Gold, hie Silber – Christian merkte zum ersten Mal, wie diese Witze, diese kleinen, unscheinbaren anekdotischen Dinger, die sicher noch keine Literatur waren, aber doch etwas in deren Nähe, keine „Schreib-Werke" zwar, aber doch so etwas wie „Mund-Werke", ja, wie also diese schnell hingesagten Äußerungen des Menschenverstandes ähnlich den zwei erwähnten Metallen ihre Blitze aussandten, den Alltag vergoldend oder versilbernd, jedenfalls das Leben wieder von seiner freundlicheren Seite zeigend.

*

Pedantisch, wie er in derlei Dingen war, vergaß Christian auch nicht, Vita Zoller die Quelle zu nennen, aus der er den Russenwitz geschöpft hatte. Erzählt hatte ihn neulich Nikolaus Reutter, ein mit hauptstädtischem Schliff und entsprechender Redegewandtheit begabter Kollege, der auch den russischen Originalton unnachahmlich beherrschte und den entscheidenden, immer wiederkehrenden Satz des Witzes, dieses aus Russisch und Rumänisch gemischte „towarischtsch ospatar, tri halbe wodku", mit Machorka-rauchiger Stimme zu artikulieren verstand.

Reutter, um einige Jahre älter als Christian, hatte ein Hochschulstudium hinter sich, dazu schon Familie, das heißt Frau und Kind, gehörte dem alteingesessenen Bukarester deutschen Bürgertum an und verfügte, wie Christian immer wieder bewundernd feststellte, über eine reiche Welterfahrung. Dazu trug er, ebenso wie Christian auch, Anzüge mit Krawatte und gefiel sich in einem natürlich-zivilen Auftreten. Hätte beispielsweise Vize-Chefredakteur Stein zu ihm etwas von dem großen Vorbild mit offenem Hemdkragen, dem Märtyrer der Arbeiterklasse Vasile Roaită, gesagt, wie er es Christian seinerzeit gegenüber getan hatte, Nikolaus Reutter hätte wahrscheinlich sein Errol-Flynn-Gesicht zu einer spitzbübischen Miene verzogen und in trockenster Beiläufigkeit geäußert, der Klassenkämpfer Roaită hätte doch gewiß nicht wie er einen entzündeten Hals an der Grenze der Heiserkeit gehabt und sich daher den offenen Hemdkragen ohne weiteres leisten können.

Reutter war als Stadtredakteur, als der er sich vor allem verstand und empfahl, so gut wie unersetzlich. Wie er mit hohen Ministerialbeamten oder Akademiemitgliedern telefonisch konferierte, in geschliffenstem Rumänisch und mit erlesensten Redemanieren, das machte ihm unter den schwerzüngigen Provinzlern, die es hier vor allem gab, keiner nach. Mithalten konnte da vielleicht gerade noch Vita Zoller mit ihrer sprachenkundigen Lockerheit (sie beherrschte außer Deutsch und Rumänisch noch mindestens das Ungarische). Mit Reutter, den sie sehr mochte und dessen Sympathie sie ihrerseits genoß, unterhielt sie sich gern auf Ungarisch, in einer Sprache, die nun wiederum Christian überhaupt nicht verstand. Dafür könne er aber, so Christian selbstironisch, auch das Russische nicht, obwohl er es ja sechs Jahre in der Schule hatte lernen müssen. Unter das Protektorat dieser beiden älteren Kollegen stellte er sich um so lieber, als er sie im Verdacht hatte, in Sachen seiner Herzoperationsreportage als Anstifter und Planer unter einer Decke gesteckt zu haben.

Wer aus der gesamten Redaktion kannte sich in der Riesenstadt Bukarest denn auch besser aus als die beiden, und wer im weiten Umkreis war mit den hauptstädtischen Eitelkeiten vertrauter? Es fiel Christian auf, wie gesucht und gefragt die beiden waren. Das hing, wie wir schon gesehen haben, damit zusammen, daß das „Neue Land" die einzige Tageszeitung war, die in der damals noch ziemlich verbreiteten deutschen Sprache erschien – da lasen alle Größen in Stadt und Land, ob Hochschulprofessor, Schauspieler, bildender Künstler, ihre Namen nur allzu gern in deren Spalten. Als Christians Freund Heinrich Lenz einmal zur Abwechslung in stadtredaktionellen Gefilden „wilderte" und die damals schon international bekannte Gerontologin Ana Aslan für das „Neue Land" porträtierte, da machte ihm die prominente Dame sogleich das Kompliment, er schreibe „rein wie Johann Wolfgang Goethe". Da lachten die zwei Jungstars Lenz und Rosenow sich ins Fäustchen, aber zugleich waren sie auch stolz darauf, daß das Deutsche wieder etwas zu gelten begann. In welcher Sprache sonst hätten sich die damals Berühmten des Landes schon allein wegen der Resonanz jenseits der Grenzen besser aufgehoben gefühlt als in der des „Neuen Lands", dieser unter dem Gesichtspunkt ihres Erscheinungsorts nun doch sehr auffälligen Zeitung? Und außerdem und andererseits: Was strömte da an bekannten Namen des Auslands nicht alles in dieses „Klein-Paris" Bukarest?

Vico Torrianis samten-süße Stimme schmeichelte sich durch die heißen Bukarester Sommernächte in die Herzen einer italienseligen Damenwelt; der amerikanische Baß Paul Robeson erschütterte die Luft mit seinen ostblockfreundlichen Friedensgesängen (auf seine Hautfarbe gemünzt war die freche Rätselfrage: „Was hat zwei schwarze Eier und singt?"); der französische Schauspieler und Chansonnier Yves Montand ließ in blauer Arbeitskluft seine Stimme vor Arbeitern der Bukarester „23. August"-Werke (und damit auch vor Christian Rosenows Reporter-Ohren) gratis erschallen, in feinsten Zwirn gehüllt sang er für stolzes Eintrittsgeld dann allerdings in größeren Sälen der Stadt auch vor anderen Sterblichen; der britische Bildhauer Henry Moore stellte seine löcherigen Bronzen auf einem Freigelände am Floreasca-See aus; der gutmütig-scheue sowjetische Klaviervirtuose Swjatoslaw Richter ließ sich von Edmund Häuser, dem genialischen Porträtfotografen des „Neues Lands", rund um den Konzertflügel im Foyer des Hotels „Athenée Palace" hin- und herschubsen; der ostdeutsche Zirkus „Aeros" gastierte über Wochen hinweg auf einem Freigelände gegenüber der Universität und machte der „N. L."-Redaktion zu Beginn seines Bukarester Aufenthalts mit zwei Löwenbabys seine Aufwartung – kurz, es war schon einiges los in diesem Nach-wie-vor-Casablanca Bukarest, selbst in Zeiten finstersten Terrors draußen in der „Provinz" des Landes, unter der man alles verstand, was nicht Hauptstadt war.

In Christian Rosenow festigte sich der seinem Freund Lenz gegenüber schon früh geäußerte Eindruck, daß man hier in der Hauptstadt und bei dieser Zeitung einem elitären Klub angehörte, der unberührt war von all den schlimmen Dingen, die sich zum Beispiel in Burgstedt laufend ereigneten. Es gab, wie er wahrzunehmen meinte, diesseits des gedruckten Wortes eine Narrenfreiheit in der Presse, von deren jungen Mitarbeitern man sich nicht viel mehr wünschte als eine permanente Neugier auf die neue Wirklichkeit und entsprechend muntere Berichte darüber, von denen man andererseits auch nicht mehr erwartete als die reguläre Zugehörigkeit zum Jugendverband, einer Organisation, die man fast schon unpolitisch nennen konnte, verglich man sie mit der leninistisch als Vortrupp der Arbeiterklasse verfaßten Partei, zu deren Mitgliedern in der ganzen Redaktion des „Neuen Lands" vielleicht zwanzig Personen gehörten, kein Fünftel der Belegschaft.

Und noch eine weitere Seltsamkeit fiel Christian auf: die stillschweigende Duldung eines respektlosen Tons im Alltag der schreibenden Gilde, respektlos sowohl Ereignissen als auch Personen gegenüber, eines Tons etwa, wie Mediziner ihn anschlagen, wenn sie sich über Details der menschlichen Anatomie unterhalten.

X
Der Hauptstadt verwöhnte Kinder

Christian war in seinem ganzen Leben noch nie so viel herumgekommen wie in diesem ersten Zeitungsjahr. Im Grunde war es schon etwas Beglückendes, täglich Neues zu sehen, zu hören, zu erfahren, ja, zu „erfahren" in einem sehr wörtlichen Sinne, denn journalistisches Recherchieren war ohne diese ständige Bahnfahrerei, die freilich auch zeittötend und ermüdend war, ja auf zermürbende Art schlafstörend, überhaupt nicht denkbar. Im Zug zu schlafen, im Sitzen natürlich (und nicht in den „wagons-lits" der rumänischen Eisenbahn, die nur von Chefs benutzt werden durften), war den wenigsten gegeben und Christian nun ganz und gar nicht. Entschädigt wurde man für die ständigen Ortswechsel dann aber durch die meist folgenreiche Begegnung mit diesen neuen Wirklichkeiten, die kennenzulernen anders niemals möglich gewesen wäre. Höchstens noch in den Kino-Wochenschauen konnte man etwa das prächtige Feuerspiel eines Hochofen-Abstichs im Eisenhüttenwerk von Hunedoara als Vorgang magischer Verwandlung bestaunen, aber dort, im Kino, freilich nur ohne die natürlichen Farben des Feuers, ohne die glühenden Rot, Gelb, Grün, Blau, Weiß, denn in den Filmen dieser Jahre war Buntes äußerst selten.

Spätestens hier merkte Christian, wie journalistisches Tun in einem weiteren Sinne, also jenseits bloßen Eindrücke-Sammelns, auf andere Weise bedeutsam werden kann, nämlich als das Zur-Ruhe-Kommen der erregten Bilder. War der Hochofenabstich, im Grunde ein gezähmtes vulkanisches Geschehen, nicht nur ein in der Roheisenpfanne geronnenes, sondern auch ein in Worte gegossenes Ereignis, für den Schreiber wie für den Leser als Text lesbar geworden, so hatte er im Erlebnishaushalt plötzlich seinen Platz in einer Ordnung und war etwas, das man, wie alles Geschriebene, „nach Hause tragen" konnte. Es war das „Bewältigte" schlechthin. Galt das aber nicht auch für die Literatur als eine höhere Form von Journalismus oder für den Kunstakt überhaupt? Fand hier nicht buchstäblich „Verewigung" statt, die im Literarischen, anders als in der bildenden Kunst, sich dazu noch ihre besondere ursprüngliche Beweglichkeit bewahrte, die der Leser auf seinem Gang durch die Wortzeilen immer wieder neu zu gewinnen vermochte?

Christian las damals in tiefster Aufgewühltheit Homers Odyssee in der Übertragung Thassilo von Scheffers, die er in einer Taschenausgabe zu einem lächerlich geringen Preis bei Großonkel Michael Trues erstanden hatte, der, wie man sich erinnern wird, nach der Enteignung seiner Kronstädter Besitztümer in Großvater Lehns Haus in Burgstedt zur Miete wohnte und vom Verkauf der geretteten Habe, so auch der Bibliothek, seinen Lebensunterhalt bestritt. Ja, und als dann, mitten im Lesen des Buches, jedenfalls am Beginn des zweiten Odyssee-Gesangs, plötzlich, uralt und brandneu, „die dämmernde Frühe mit Rosenfingern erwachte", da war Christian gerade wieder einmal mit dem Zug unterwegs, dessen Fahrgeräusch verblüffend genau den hexametrischen Takt des homerischen Textes nachzuahmen schien, und die Sonne ging rot vor dem Abteilfenster auf, den jungen Tag ankündigend und den nachtmüden Geist mit morgendlicher Freude erfüllend, nicht anders als in der Odyssee jenes des Ulysses-Sohnes Telemach auf Ithaka.

Als Ersatz für seinen Eichendorffschen „Taugenichts" wurde ihm nun mit einem Mal dieser abenteuernde Ulysses ein Reisebegleiter zu Reportageterminen, und wenn er vor den rotglühenden Stahlklötzen, -bändern und -stangen im Walzwerk von Hunedoara stand, dann wußte er etwas mehr über das Gesehene, als ihm das Auge sagte, wußte es auf andere Weise, denn da stand der fußlahme Schmiedegott Hephaistos greifbar in seiner Nähe, eingehüllt in eine Geruchswolke aus Schweiß und Schlacke, ja, kein anderer als der kunstfertige Olympier konnte das sein, der in dem anderen Epos, der Ilias, sehr spät, fast schon etwas zu spät dem Achill seinen herrlichen Schild und seine Rüstung mit Helm schuf. Da verschmolzen in Christians Kopf die Zeiten sozusagen metallisch in eins, und dreitausend Jahre waren ihm, ganz wie seinerzeit dem biblischen Gott, bloß ein Nu. War dieses homerische Erzählen und Schildern denn so viel anders als das, was der große „Egonek" sehr viel später getan hatte und was auch Heinrich Lenz und Christian Rosenow jetzt taten, mit der gleichen Ergriffenheit im Anschauen der Erscheinungen?

Und es ging noch weiter mit den zeitübergreifenden Parallelen. Christian war, auf seine Weise, Ulysses, freilich ein Ulysses zu Lande, und war zugleich und vor allem auch Telemach, ein Daheimgebliebener in Ithaka. Den Vater hatte ihm der Nachkrieg genommen, ihm, der Mutter, der Schwester, und irgendwohin ins ferne Rußland verschlagen, und es war eigenartig, wie dieser entschwundene Vater für Christian in ahnungsvollen Augenblicken gar nicht tot war, ja ganz gewiß noch am Leben sein mußte. Christian hatte dann das sichere Gefühl, daß das nicht anders sein konnte, daß höhere Mächte den entrückten, den für tot nur erklärten Vater irgendwo festhielten und er noch einmal wiederkehren würde, lachend aus ernstem Gesicht: „Da bin ich wieder. Es war eine lange Zeit". Waren denn nicht noch aus dem Ersten Weltkrieg, nach zehn oder zwanzig sibirischen Jahren, Gefangene aus dem einstigen österreichisch-ungarischen Heer nach Siebenbürgen zurückgekehrt? Und war nicht Christians Vater Julius Rosenow ein genialer Ingenieur mit eigenen Erfindungen, auf die diese nach Erdöl und anderen Bodenschätzen grabenden und bohrenden Russen scharf sein mußten wie der Teufel auf die reine Seele?

Irgendwo in einer trans-uralischen Expertenstadt wurde er festgehalten, dieser Vater, und durfte als Entschädigung für seine Trennung von der Familie nun seinen schützenden Arm unsichtbar bis nach Hause ausstrecken. Anders konnte sich Christian nicht erklären, wie es denn kam, daß man ihm, dem Sohn dieses Julius Rosenow, seine gar nicht so wenigen ketzerischen Reden, die er im Unbedacht immer wieder äußerte, ganz zu schweigen von den ihm auf die Stirn geschriebenen klassenfeindlichen Gedanken, so oft und immer wieder ungeahndet durchgehen ließ, wie also links und rechts von ihm die Blitze der neuen Staatsgewalt einschlugen und diesen und jenen vernichtend trafen, nur ihn nicht. Oder erklärte sich das alles einfach damit, daß diese Anton Hofers und Franziskus Barsas ebenfalls alle einmal nach Rußland verschleppt, doch dann auch wieder ins Land zurückgekehrt waren und nun gegenüber dem Sohn des im Donbass verstorbenen Julius Rosenow stillschweigend Nachsicht übten? Das alles war für Christian so erstaunlich wie beunruhigend, so verdächtig wie tröstlich – ein ständiges Wechselbad zwischen Gedanke und Gefühl, zwischen Argwohn und Vertrauensseligkeit.

Der Freund Heinrich Lenz mochte ihn in diesem Glauben allerdings nicht bestärken: „Das sind nur deine Hirngespinste und Wunschträume, sonst nichts. Und daß sie sich immer wieder zu erfüllen scheinen, verdankst du nur einem gnädigen Zufall. Daß das ewig so weitergeht, darauf kannst du dich nicht verlassen. Klopf sicherheitshalber, wie der Rumäne das tut, jeden Tag dreimal auf Holz. Nur das hilft."

So was wollte Christian nie und nimmer wahrhaben: „Höchstens lasse ich noch gelten, daß Gott in dieser Weise über uns waltet", bemerkte er, ganz gegen seine sonst nüchterne Art.

„Natürlich, Gott", spottete Lenz, „das ist nun aber auch wirklich dasselbe wie der Zufall. Den macht doch auch nur Gott und kein anderer."

„Dann also ist Zufall, genaugenommen, kein Zufall, sondern etwas Gelenktes und Gezieltes, etwas ‚Fernhintreffendes' wie Apollos Pfeile bei Homer, und damit wären wir auch wieder weit hinten in der Zeit bei den olympischen Göttern, die sich in ständiger Konkurrenz zueinander mal für diesen, mal für jenen einsetzen – man verliert da leicht die Übersicht, es sei denn, man läßt alles in homerischem Gelächter aufgehen."

Lenz nickte eifrig: „Da sagst du etwas sehr Wahres – mit dem einen und einzigen Gott, den wir doch nun schon länger haben, wurde alles sehr viel einfacher für uns Menschenkinder. Für vieles, ja für das meiste ist er die einzig richtige Adresse. Mutatis mutandis ist das so wie mit den Parteien von früher und der Partei von heute, denke ich mir."

„Denkst du dir, nur hast du dich dabei von deinem schönen ‚Zufall' ganz weit entfernt. Wie kommt es zu dem Zufall? Steckt Gesetzmäßigkeit dahinter, wie hinter den meisten Dingen, oder verdankt der Zufall sich seinerseits einem Zufall, sozusagen also sich selbst?"

Das ging so immer weiter zwischen den beiden hitzköpfigen Philosophen Lenz und Rosenow, das Sophistisieren nahm kein Ende, und wie das in der Philosophie so ist, zuletzt ist wieder alles unklar wie zuvor, und man kann von vorn beginnen.

Im Reich der Konsequenzen und Inkonsequenzen, das doch das Leben nun einmal ist und bleibt, half auch die so wasserklare marxistische Lehre, diese Zwei-mal-zwei-ist-vier-Philosophie, nicht weiter. Man konnte sich zum Beispiel mit ihrer Hilfe nicht erklären, warum, um mit einer scheinbaren Nebensächlichkeit zu beginnen, in der Hauptstadt Jazz-Musik erlaubt, ja fast schon als einzige empfohlen war, in der Provinz aber nur Volksmusikkapellen zum Tanz aufspielen durften. In den Bars und Gaststätten der Landesmetropole wurde ganz wild nach überseeischen Rhythmen getanzt, in den Kulturhäusern draußen im Lande aber nur nach Musik der „Marke Zimbal". Im Haus des Journalistenverbandes tanzten Christian Rosenow und Heinrich Lenz unproletarisch in Rock, Hemd und Krawatte, manchmal sogar mit Fliege unterm Kinn, zu den Klängen der Jazz-Band Ido Kahane, während man im Gemeindesaal von Burgstedt ausschließlich zum Gefiedel und Gedudel sogenannter Folkloremusik herumhopsen durfte.

Die ideologische Schizophrenie ging soweit, daß Heinrich Lenz auf einer Versammlung des Jugendverbandes im Bibliothekssaal des „Neuen Lands" von dem strenge richtenden Sitzungspräsidium, in dem als Gast diesmal auch ein Finsterling vom Rayonskomitee saß, das Schimpfetikett „Samba-Heini" angeheftet bekam, obwohl er diese Art von Tanz gerade nur im Haus des Journalistenverbandes, also an höchst offiziellem Ort, zu praktizieren gelernt hatte. Lenz lachte mit seinen blauen Augen indes über diese öffentliche Brandmarkung, ja, er schien darauf noch richtig stolz zu sein, und auch Christian kniete sich fortan aus solidarischem Protest mit besonderem Eifer in den Knickschritt des Tangos, mit dem er seiner langen Beine wegen besser zurechtkam als mit Heinrich Lenzens Samba.

„Weißt du, Rosenow", sagte Lenz (sie nannten sich nur beim Nachnamen) eines schönen Tages, als er gerade aus der Provinz und von einem Besuch zu Hause im Banat zurück war, „ich glaube, eine Erklärung dafür zu haben, weshalb der liebe Gott seine schützende Hand über uns hält."

„Aha, über ‚uns'! Also jetzt auch über dich – da bin ich aber gespannt."

„Kannst du auch. Mein Vater, der noch zu Königs Zeiten und ein bißchen noch davor, fast also noch zu österreichisch-ungarischen Zeiten, lange Jahre als Dorfnotär gewirkt hat, nennt uns heute, für mich völlig überraschend, ‚der Hauptstadt verwöhnte Kinder'. Was er damit sagen will? Ganz einfach: Es ist der zentralistische Aufbau dieses Landes, anders als der der Habsburger-Monarchie, der alles erklärt: Hier also haben wir die Metropole, dort die Provinz, und je nachdem, wo sich der Mensch befindet, ob hier, ob dort, ist er einmal privilegiert, einmal nicht. Dein Gefühl des Herausgehobenseins, ja des Abgehobenseins, das dich sehr früh in der Hauptstadt beschlich, es hat dich also nicht getrogen. Und es hat weniger mit unserem ‚Neuen Land' zu tun, wie wir vielleicht manchmal dachten, als mit dieser besonderen politischen Geographie."

„Also sind wir nach wie vor, wenn auch auf andere Art, in einem ‚Casablanca'", nahm Christian seine frühere Idee wieder auf.

„So kann man es auch sehen. Falsch ist es nicht. Darauf liefe es letztlich hinaus, meint mein kluger Alter."

„Du hast noch einen ‚klugen Alten', den habe ich nicht mehr", stellte Christian bekümmert fest. „So habe ich also gerade noch ‚Gefühle' in solchen Dingen, aber niemanden, der sie mir deutet und erklärt."

„Mensch, Rosenow, werd mir nur nicht kleinmütig. Es ist doch schon was, und nichts Geringes, wenn man solche Eingebungen hat wie du mit deinem ‚Casablanca'. Daran erkennt man, du bist ein denkender Mensch. Sich das Gefühl zu deuten, ist nur ein zweiter Akt, und nicht einmal der entscheidende. Mein Alter will dich kennenlernen, du mußt, wenn du demnächst ins Banat kommst, unbedingt zu mir nach Hause, zu meinen beiden Alten. Die warten auf dich."

Christian fühlte sich förmlich wachsen bei Heinrich Lenzens Worten und wollte von dessen väterlicher „Staatstheorie" mehr hören. Die frankophilen Rumänen, so Lenz weiter, hätten, als sich, sehr spät, endlich die Möglichkeit einer eigenen Staatsgründung bot, für das französische Modell optiert. Bei der Vereinigung der Fürstentümer unter Alexandru Cuza begann schon der Verfall der einst stolzen moldauischen Hauptstadt Jassy. Heute ist sie gerade nur noch eine Provinzstadt und mehr nicht. Dafür wuchs sich Bukarest zu einem führenden Stadtgebilde aus, das alles an sich riß. Als nach dem Ersten Weltkrieg mit dem Anschluß Siebenbürgens, des Banats, der Bukowina und Bessarabiens das Staatsgebiet Rumäniens sich mehr als verdoppelte, war das nicht nur, wie sicher mancher Rumäne dachte, eine unverhoffte glückhafte Flächenarrondierung, es war auch der Beginn einer sehr problematischen „Einverleibung". Denn eine solche, und nicht etwa eine „Eingliederung", sollte das ganze werden. „Eingliederung" – das wäre überhaupt nicht gegangen, man kann das nur mit Gleichem. Eine Landschaft mit starken, eigenwüchsigen, selbstbewußten Städten wie Großwardein, Klausenburg und Temesvar, wie Hermannstadt und Kronstadt, Czernowitz nicht zu vergessen, alle gewachsen teils noch vor, teils mit dem Aufstieg des multizentrischen Kaiserreichs – man kann so etwas nicht mit Sinn und Gewinn einer mehr aus dem Zufall entstandenen Metropole wie Bukarest unterordnen. Daraus ist nichts geworden, man kann ruhig sagen bis heute nicht, und die ganze Geschichte seither beweist es nur zu deutlich. „Siebenbürgen, Banat und Bukowina", so der abwesende Papa Lenz, „den schönen Zugewinn an Land hat Rumänien bis heute nicht verdaut."

Man könne es auf Schritt und Tritt beobachten. Das Modell der Satrapie, das heißt die von Bukarest aus durch ‚Statthalter' verwalteten neuen Provinzen, hat die Zweiteilung in Metropole und Provinz hervorgebracht, die nichts Gutes gezeugt hat und unter kommunistischem Vorzeichen richtig zum Verhängnis wurde. Dieses neue politische System lebt geradezu vom Zentralismus: Das Zentrum weiß alles besser, es schickt seine Besserwisser hinaus ins Land, die Hauptstadt ist der elitäre Olymp des Staates. Der Übergriff, die Gängelung, die Willkür, die Verachtung der alten Würde von gewachsenen Städten und Provinzen – das ist heute die Realität. Kein Wunder, wenn jedermann ans Licht der Hauptstadt drängt, wo es das alles, so jedenfalls, nicht gibt, wo durch die Nähe der obersten Behörden selbst die allmächtige „Securitate" irgendwie in ihrem Wüten gebremst wird. Es gibt, so die Staatsphilosophie von Lenz senior, nichts, was man in Bukarest nicht erledigen, durchsetzen, erreichen oder in seinem Häusermeer mit Erfolg verstecken und anonymisieren könnte. „Ihr seid", so Papa Lenz zum Schluß und Ende seiner Ausführungen,

„ihr seid, ich sag es noch einmal, ‚der Hauptstadt verwöhnte Kinder'. Euch beiden sei dies auch von Herzen gegönnt."

Christian ging seit diesem Gespräch manches Licht auf. Er begann zu verstehen, wieso alle in die Provinz ausschwärmenden Reporter des „Neuen Lands", nicht etwa hinter vorgehaltener Hand, sondern ganz offen aufgefordert wurden, die „Atmosphäre dort draußen", das heißt vor allem in der deutschen Bevölkerung, zu erkunden, ja sich vor allem um deutsche Angelegenheiten zu kümmern und zum Beispiel Verzögerungen und Behinderungen bei der Rückgabe von Haus und Hof an deutsche Bauern umgehend zu melden, die ein Dekret zur Wiedergutmachung von Nachkriegsunrecht regelte. Chefredakteur Anton Hofer nahm sich persönlich der Sache an, ja machte sie zu seiner eigenen, und in der Abteilung „Briefe und Volkskorrespondenten", die unter seiner Aufsicht stand, waren ein erfahrener Anwalt und dessen Gehilfin den ganzen Tag damit beschäftigt, entsprechende Klagen mit juristischem Nachdruck an die zuständigen Stellen weiterzuleiten oder Recht- und Ratsuchende dahin zu begleiten.

Überhaupt konnte Christian immer wieder beobachten, wie man ihn doch manchmal, ja sehr oft sogar, als eine Art Wundertier ansah, wenn er, vor allem in Dörfern und Kleinstädten, auf Reportage unterwegs war. Da wurde er wie einer beäugt, der direkt vom Olymp herabgestiegen sein mußte und nun weiß der Himmel was herauszufinden versuchte mit seiner bohrenden Fragerei nach diesem und jenem. Er lernte sehr rasch, sich in diplomatisches Schweigen zu hüllen, sich in Anspielungen zu ergehen, bei seinen Gesprächspartnern in den Ortsbehörden mit der Heiterkeit eines Weitgereisten Verunsicherung zu erzeugen. Bald kam er sich vor wie Chlestakow, jener falsche „Revisor" in der Komödie von Nikolai Gogol, Christians neuestem Lieblingsautor, an dessen Erzählung „Der große Krakeel zwischen Iwan Iwanowitsch und Iwan Nikiforowitsch" er größtes Gefallen fand, weil er halt nun einmal so gerne lachte, besessen gerne lachte in diesen Zeiten, in denen es fast nichts zu lachen gab.

*

Das erfuhr er einmal wieder, und es traf ihn wie ein Blitzschlag, während eines Besuchs in Schäßburg, der alten Stadt an der Großen Kokel, aus der sein Vater stammte. Dort, in dem rotgestrichenen großelterlichen Haus der Rosenows, lebte mit seiner kinderreichen Familie Onkel Otto, ein jüngerer Bruder von Christians Vater. Er war unter den Geschwistern der am vielseitigsten begabte, das heißt mit technischen und musischen Anlagen gleicherweise gesegnet. Eine Büste aus mattglänzendem schwarzem Ton, die ihn darstellte, stand in einem der großen hellen Zimmer des Hauses auf einer Biedermeier-Kommode, und geformt hatte sie einst, wohl nach seiner Rückkehr vom Ingenieur-Studium in Deutschland, kein anderer als der Bruder Julius, Christians Vater.

„Dein Vater, der konnte auch so etwas, und er konnte es, wie du siehst, in solcher Vollkommenheit, daß ich mich heute frage, ob sein Aufgehen in einem technischen Beruf nicht mit einem uneingestandenen Verzicht verbunden war, mit dem Verzicht auf ausgelebtes Künstlertum. Und was nun deine eigenen Begabungen angeht, die wohl eher ins Literarische schlagen, so ist die Goethesche ‚Lust zu fabulieren' sicher bei deiner Mutter eher zu finden als bei deinem Vater, die Fähigkeit mimetischer Gestaltung aber doch eher bei ihm. Sie hat, wie du vielleicht nicht weißt, in unserer Familie eine erfreuliche Tradition. Kommst du einmal nach Hermannstadt, so geh unbedingt ins Brukenthal-Museum und sieh dir das Bild „Bauer und Bäurin aus Arkeden" von Karl Ziegler, unserem Vorfahr, an. Er war der berühmteste aus der Schäßburger Linie unserer Familie. Zu Beginn des Jahrhunderts war er Leiter der Zeichen- und Malkurse in Posen, danach Professor an der Kunstakademie in Königsberg, seine Bildnisse und Selbstbildnisse hängen in der Berliner Nationalgalerie und im Museum zu Budapest, auch Altarbilder hat er gemalt, zum Beispiel „Jesus als Kinderfreund" für die Kirche in Groß-Scheuern. Gestorben ist er schon 1935, also Jahre vor dem letzten Krieg, und erspart geblieben ist ihm so der Anblick der sehr bald danach in Deutschland wie in Rumänien an die Macht gekommenen ‚großen Niemande', wie er sie verächtlich zu nennen pflegte."

Es lag plötzlich Bitterkeit in Onkel Ottos Stimme, und Christian sollte den Grund gleich erfahren. Seit wenigen Wochen war er nicht mehr Lehrer an der berühmten Schäßburger „Bergschule", wo er, zusammen mit seiner Frau, lange Jahre, das heißt seit Abschluß ihrer beider Studium in Klausenburg und an der Pariser Sorbonne, Rumänisch und Französisch unterrichtete. In den letzten Jahren hatte er zudem mit seinen Schülern regelmäßig die Landeswettbewerbe im Flugmodellbau gewonnen, wofür man ihm den neugeschaffenen Titel eines „Verdienten Lehrers" zuerkannte. Nein, und jetzt durfte er das alles nicht mehr machen, er durfte zu seiner tiefsten Schmach nur noch in einem Handwerksbetrieb der Stadt Lockenwickler aus Messing an einer Schleifmaschine bearbeiten. Dieser ihm zwangsweise zugewiesene Arbeitsplatz war die Strafe für die Weigerung, ein Spitzel im Dienste des allmächtigen Geheimdienstes „Securitate" zu werden. „Die wollten von mir nicht mehr, nicht weniger, als daß ich für sie im Lehrerzimmer meine Kollegen aushorche und ihnen dann regelmäßig berichte. Stell dir vor – ich sehe also für die so aus, als ob ich so etwas könnte. Was das für Menschenkenner sind! Und als ich ihnen ins Gesicht lachte und sagte, sie sollten das schnell vergessen, so was brächte ich niemals fertig, da grinsten sie zurück und sagten, andere hätten da noch viel mehr fertiggebracht, ich solle mir meine Entscheidung gut überlegen. Eine Weigerung würde für mich jedenfalls die unangenehmsten Folgen haben. Mit diesen ‚unangenehmsten Folgen' lebe ich also jetzt."

Christian verschlug es bei dieser Nachricht den Atem. „Das werde ich, wenn ich wieder in Bukarest bin, sofort der Redaktionsleitung melden", rief er außer sich. „Wir sind direkt aufgefordert, so etwas zu tun."

„Genau das wirst du nicht", unterbrach ihn der Onkel. „Du bringst dich damit selbst in Schwierigkeiten. Ich will gerne glauben, daß ihr aufgefordert seid, Schweinereien in der Provinz höheren Orts zu melden. Das sind aber sicher ‚Schweinereien' der Verwaltung, keine, wie sie hier vorliegt. Mit den Leuten, mit denen ich es zu tun hatte, ist nicht zu spaßen, die kannst du nirgends verklagen, selbst nicht bei deinem obersten Chef Anton Hofer, der Sitz und Stimme in Parlament und Zentralkomitee hat. Der wird hier garantiert nichts ausrichten können, ja, er wird sich so etwas nicht einmal anhören wollen. Die ‚Securitate' ist ein Staat im Staat, keiner kann ihr was. Mit einer Angelegenheit wie meiner verbrennt sich selbst ein Hofer die Finger. Laß es also, bitte, das geht für dich nicht gut aus."

Der Onkel war über diesen Worten sehr ruhig geworden. Und er hatte schon etwas Verklärt-Versöhntes in seinem Gesicht, als er schließlich sagte: „Weißt du, Christian, es hat so sollen sein. Ich habe mich damit abgefunden. Wenn ich früh um sechs, beim Heulen der Werkssirenen der Stadt, aufstehe und mich im Bad vor dem Spiegel rasiere, sage ich mir jedes Mal: ‚Du kannst dir nach wie vor ins Gesicht schauen, das ist unter den Umständen, in denen wir leben, das Entscheidende'."

XI
„Ich bin dann euer Schabbesgoi"
Von den Sowjetmenschen lernen

Der Herbst dieses Jahres, in dem Christians journalistische Karriere so turbulent, so hoffnungsfroh und, wenn er an Onkel Ottos Schicksal dachte, auch so niederschmetternd begonnen hatte, war später in seiner Erinnerung einer der mildesten, ja, gewissermaßen einer der „goldensten". Er meinte, daß das deshalb so gewesen sein müßte, weil er die erste partielle Sonnenfinsternis, die er bewußt erlebte, in dieses Jahres Sommer oder Herbst hineinzuversetzen Grund hatte, freilich nur gerade in seinem Gedächtnis, denn keiner, den er in späteren Jahren hierüber befragte, wußte über den Zeitpunkt des Himmelsereignisses genaueres zu sagen, nur daß diese Sonnenfinsternis stattgefunden hatte, das hatten alle noch in lebhafter Erinnerung. Sie waren an diesem Morgen mit Glasscherben zum Dienst angetreten, die sie mit Kerzenruß geschwärzt und in Zeitungspapier verpackt in ihren Aktentaschen mitgebracht hatten, und nun standen sie, als der sonnenhelle Vormittag sich zu verdunkeln begann, auf der Brezoianu-Straße vor dem Redaktionsgebäude und fühlten, wie ihnen die Kälte langsam in die Kleider kroch.

„Wie die Sonne doch eigentlich alles ist", sagte Vita Zoller, als die vorhin noch strahlend helle Himmelsscheibe nurmehr als schmale Sichel zu sehen war. „Nimmst du sie weg, so wird es nicht nur finster, wie eben jetzt, sondern auch kalt. Wie doch beides zusammengehört, Finsternis und Kälte."

Christian, in seltsam andächtiger Stimmung, setzte hinzu: „So wird es wohl gewesen sein, bevor Gott die Welt erschuf, nämlich an den Tagen vor jenem siebenten, an dem er sich von seinem Werk erholte."

„So wie du, mein Lieber, reden Romantiker", erwiderte Vita, „aber beruhigend ist es schon, daß es euch gibt. Weißt du, an diesen Gott glaube ich längst nicht mehr, spätestens seit ich im Lager, seit ich dort in Auschwitz war. Da verliert man den Glauben an ihn, und was bleibt, das ist höchstens noch der Glaube an den Menschen."

„Der fällt aber vielleicht noch schwerer als der an Gott", warf Christian ein. „Doch kann ich mir denken, wie du's meinst: Der Mensch ist wirklich das einzige, was übrigbleibt, wenn man Gott abzieht."

Das waren für Christian die kühlsten und zugleich wärmsten Worte dieses Herbstes, in dem sich, wie Amateurmeteorologen wissen wollten, ein kalter Winter ankündigte. Der wurde dann aber mehr schneereich als frostig, und Weihnachten stand wieder vor der Tür und damit die Frage, wo man es feiern würde. Eine Fahrt nach Burgstedt kam für Christian heuer, anders als im vergangenen Jahr, nicht in Frage. Aber da war noch Onkel Hellmut, Mutters Bukarester Bruder, in Reichweite, und dort wurde Christian, wie der ihm beizeiten eingeschärft hatte, am Weihnachtsabend unbedingt und dringend erwartet.

Es war dann übrigens interessant zu sehen, wie wenig ernst man die aus Rußland importierte Ersatz-Weihnachtsfeier von „Väterchen Frost" nahm, die an Neujahr in Schulen und Betrieben mehr abgehalten als begangen wurde. Für die meisten Kinder gab es da eine zweite Bescherung, die erste hatte zu Hause, unter dem eigenen Tannenbaum, stattgefunden oder auch in manchen Kirchen, in der katholischen Kathedrale und im evangelischen Gotteshaus in der Strada Luterană, in der Rumäniens erste Königin, Karls I. Gattin Elisabeth, seinerzeit ihr eigenes Gestühl besaß. Und auch in den Schaufenstern der großen Kaufhäuser „väterchenfrostete" es verräterisch früh, nämlich schon Tage vor Weihnachten und mit reich geschmückten Tannenbäumen in der Auslage.

In der Redaktion des „Neuen Lands" stand nun freilich kein Weihnachtsbaum, aber auch keine an ihrer Spitze mit dem Sowjetstern geschmückte Väterchen-Frost-Tanne, da mußte jeder zusehen, wie er sich dieses nun einmal sehr deutsche Fest ausrichtete. Stillschweigend geschah das bei den meisten Redaktionsmitgliedern daheim in den eigenen vier Wänden, man redete darüber so gut wie gar nicht, aber für den Redaktionsdienst am Weihnachtsabend gab's dann doch auch einfallsreiche Lösungen. Da sagte „Papa Goldschmidt", Ilse Goldschmidts Vater, auch er, wie sie, Übersetzer aus dem Rumänischen und Russischen, und Jude, wenn auch kein gläubiger, Jude aus dem fernen, sowjetisch gewordenen und damit auch für ihn untergegangenen Czernowitz – ja, was sagte der, wenn Weihnachten vor der Tür stand und das Fest, wie meistens, auf einen Wochentag fiel? „Kinder", sagte er, „ihr bleibt an diesem Abend schön zu Hause, ich mach den Dienst zusammen mit meiner Ilse, ich bin dann euer ‚Schabbesgoi'." Gegen Papa Goldschmidts trockenen Humor, gegen seine kollegialen Freundlichkeiten gab es keine Widerrede, er hatte etwas Gebieterisches an sich, das sich auch um das allgegenwärtige Denunziantentum nicht scherte, ja, es mit seiner Art des Auftretens zum Verstummen brachte.

Und überhaupt die Goldschmidts! Der Alte war irgendwie schon im Ruhestand und zeigte sich in der Redaktion meist nur, wenn Not am Mann war und seine Tochter es allein nicht schaffte. Beide beherrschten sie das Russische, wobei niemand zu sagen gewußt hätte, wieso und warum gerade diese Sprache, die doch im alten Österreich eine von den wenig gesprochenen war. Von Tochter Ilse, blond, blauäugig wie der Papa, und von einem Fleiß beseelt, der den Blick auf die Uhr nicht kannte – von dieser einzigen Tochter Ilse erzählte man sich die abenteuerlichsten Geschichten. Sie sei, als die Russen zu Kriegsbeginn in Czernowitz einrückten und die Stadt ebenso wie die nördliche Bukowina wider jedes Recht besetzten, beides also den Rumänen, die diese Provinz nach dem Ersten Weltkrieg zugesprochen bekommen hatten, kurzerhand wieder wegnahmen, da sei also Ilse Goldschmidt mit einer jener Kulturbrigaden, die die Sowjets ihren Fronttruppen hinterherschickten, auf und davon gegangen. Einer der singenden, tanzenden, theaterspielenden Offiziere dieser Propagandatrupps soll es Ilse Goldschmidt also angetan haben, und die Welle der Begeisterung für diese Art von musischer Kriegsführung habe sie an der Seite des jungen Mannes fortgetragen. Als der Krieg zu Ende war, schickte man die Kulturtrupps nach getaner Arbeit möglichst weit hinein nach Rußland, damit sie leichter vergessen könnten, was sie in westlicheren Gegenden Europas so alles gesehen und gehört hatten. Und Ilse Goldschmidt, mitgefangen, mitgehangen, war da natürlich mit dabei. Und es soll dann eine gute Weile gedauert haben, bis es Papa Goldschmidt gelang, seine Tochter aus Rußlands Weiten wieder heimzuholen, wohl mit dem einzigen Argument, daß Tochter Ilse ihrer Herkunft nach rumänische Staatsbürgerin war.

Da war sie aber nun doch längst wieder, und vergessen waren die Zeiten ihres Herumirrens auf Kriegspfaden, nur eine große Nachdenklichkeit schien ihr auf die Stirn geschrieben, gepaart mit der Dankbarkeit, dem großen Abenteuer heil entronnen zu sein. Ihre Sehnsucht aber nach dem fernen Rußland, die sie trotz aller überstandenen Mißhelligkeiten zu erfüllen schien, stillte sie durch das Übersetzen aus der Sprache, die ihr das Schicksal neben der Muttersprache Deutsch mitbeschert hatte.

Ilse Goldschmidts übersetzerischer Eifer sollte bald sehr gefragt sein. Das Jahr 1956 brachte aus dem Sowjetreich die aufregendsten Neuigkeiten, und man war gut beraten, sie sich aus russischen Quellen direkt zu holen, wenn man dem einheimischen Presseapparat einen Schritt voraus sein wollte. Chruschtschows Geheimrede auf dem 20. Parteitag der KPdSU zu Stalins Personenkult und anderen seiner Verbrechen war eigentlich schon ein Frühjahrsereignis, ruchbar wurde sie jedoch merkwürdigerweise erst im Sommer durch enthüllende Zitate in der jugoslawischen Presse. Unter diesen Umständen rückte Ilse Goldschmidt zur unentbehrlichen Entzifferin der Kremlkryptographie auf und durfte die Chefredaktion mit ihren Übersetzungen und Textdeutungen entsprechend informieren. Natürlich sickerte das sanft und diskret auch in die restliche Redaktion, und es gab plötzlich sehr viel Wissen in der Welt, über das man sich sozusagen händereibend ausschweigen durfte und das, um Neues und immer wieder Neues ergänzt, einen leicht in zukunftsfrohes Schwärmen geraten lassen konnte.

Herbert Joster, ein anderer Altösterreicher aus Czernowitz und kundiger Deuter auch unauffälligster Zeitzeichen, begann nun in der Redaktion mit einem Male eine besondere Rolle zu spielen. Er übersetzte in der Regel ausschließlich Auslandsnachrichten, seine schnarrende, militärisch klingende Stimme war aus dem dunkeln Verlies, in dem er einer sehr geduldigen Schreibkraft das Agenturmaterial in die Maschine diktierte, durch die stets geöffnete Tür ganze Vormittage lang zu hören. Er befleißigte sich dabei eines sehr fremdwortreichen Stils, wie er bis heute noch in der österreichischen Presse gepflegt wird, und verfügte zudem über das einzige deutsche Wörterbuch in der gesamten Redaktion, von allen liebevoll „Das deutsche *Mort*" genannt.

Der etwas seltsame Titel verdankte sich dem Umstand, daß Richard Pekruns Wörterbuch „Das deutsche Wort", ein verbreitetes Nachschlagewerk der dreißiger Jahre, durch häufigen Gebrauch in einen Zustand versetzt worden war, der dringend eine Neubindung erforderlich machte. Der rumänische Buchbinder, mit der deutschen Frakturschrift nicht vertraut, las „Wort" im Titel als „Mort" und prägte es bronzefarben in den braunen Rücken des neuen Einbandes – kurz, man hatte also seither ein Nachschlagewerk mit einem etwas kuriosen Namen im Hause, und es dauerte schon noch eine gute Weile, bis der Chefstilist des „Neuen Lands", der schon erwähnte Hermann Salomon, eines Tages das privat aus dem westlichen Ausland besorgte große „Deutsche Wörterbuch" von Lutz Mackensen auf seinem Schreibtisch liegen hatte und sein Auge den ganzen Tag wohlgefällig darauf ruhen ließ.

Herbert Joster war ein Mann, dem man alles und nichts glauben konnte, so höchst glaubhaft wie zutiefst unglaublich war manchmal, was er erzählte. Es ließ sich aber auch kein wahrhaft großes Zeitereignis benennen, dessen Zeuge er nicht wenigstens mittelbar gewesen wäre. Ja, man war leicht geneigt zu glauben, ohne Josters Dabeisein könne auf dieser Welt nichts wirklich Bedeutendes passieren. In der Schlacht bei Mărăşeşti, wo die kaiserlich-königlichen Truppen 1917 auf die rumänische Armee trafen, war er als österreichischer Offizier selbstredend dabeigewesen – das zu glauben fiel einem nicht schwer. Daß er aber Ende der zwanziger Jahre einmal mit dem Nachtzug von Danzig nach Berlin fuhr und der zu jener Zeit noch wenig bekannte Adolf Hitler, in seinen Trenchcoat gehüllt, ihm im Abteil leibhaftig gegenübersaß, das war dann schon eine Begegnung, die sich höchstens als „visionäre Retrospektion" erklären ließ, da dieser Hitler laut Joster die ganze nächtliche Fahrt hindurch nichts anderes getan hatte, als mit den Zähnen zu knirschen, bloß weil auf der Bank vis-à-vis ein jüdisches Ehepaar in einem fort seelenruhig Knoblauch kaute. Während und wie Joster das erzählte, „kühl bis ans Herz hinan" wie der unbestechlichste Chronist, konnte man sehr wohl den Eindruck gewinnen, er habe für dieses Hitlersche Zähneknirschen durchaus ein mit- und nachfühlendes Verständnis gehabt. Wenn man sein Erstaunen darüber zu äußern gewagt hätte, wie denn die Vorsehung diesen Hitler stundenlang die Knoblauchattacke habe ertragen lassen ohne den Versuch, wenigstens das Abteil zu wechseln, so wäre Josters Antwort wohl gewesen: „So war er eben, dieser Hitler, ich kann's nicht ändern."

Ein Kauz war er schon, der Herbert Joster, wie Christian sich sagte, aber mit Käuzen oder sogenannten Originalen hatte er es schon in Kronstadt wiederholt zu tun gehabt. Sie wuchsen meist in Städten, mit Vorliebe in Provinzstädten, und entsprangen in der Regel älteren Völkern, wie die Siebenbürger Sachsen nun auch schon eines waren mit ihren achthundert Jahren Geschichte im Gedächtnis, erst recht aber die Juden mit drei- bis viermal soviel.

*

Was Weihnachten angeht, von dem wir uns wegen der Josterschen Denkwürdigkeiten der Weltgeschichte so leichtfertig haben ablenken lassen, so sehen wir Christian an Heiligabend dankbar unter dem Tannenbaum in Onkel Hellmuts Wohnung sitzen und sich über die beiden Dudenbände freuen, das Rechtschreib- und das Stilwörterbuch, die seine Mutter beizeiten durch ihre Kusine Gerda Essler in Köln für ihn hatte besorgen lassen, beide in wunderbar flexible Plastikeinbände gehüllt, der eine rot und der andere blau, wie sie im Lande weit und breit sicher noch niemand besaß. Und der Onkel ließ aus dem „Telefunken"-Radio, das er bei Großvater Lehns Tod geerbt hatte, die Weihnachtsmusik der deutschen BBC-Sendung durch das Zimmer tönen mit Glockengeläute aus deutschen und britischen Landen – oh, es war doch auch in Bukarest schön, dieses für Christian erste Weihnachtsfest in der Fremde, und die bessarabische Tante Alice hatte, schon wegen der sehr verwöhnten, gerade zwei Jahre alt gewordenen Rosemarie Orangen und Schokolade ergattern können, weiß der Himmel wie und wo. Da konnte man es schon auch verschmerzen, daß diese im Mundfunk nun schon ewig lange angekündigten Amerikaner immer noch nicht in Bukarest gelandet waren, weder im Frühjahr noch im Herbst dieses zu Ende gehenden Jahres.

„Dafür gehen die Russen nun alle weg", wußte Tante Alice aus sicherer Quelle zu berichten, denn sie arbeitete in einer dieser sowjetisch-rumänischen Firmen, der Spedition „Sovromtransport", und da saß, wie in allen diesen gemischten Einrichtungen, auch ein russischer Repräsentant, der nun schon seit Wochen unruhig auf seinem Stuhl hin- und herrutschte, weil nach Ablauf der friedensvertraglich vereinbarten zehn Reparationsjahre seine Tage in Rumänien gezählt waren und die Rückkehr in seine Heimat unmittelbar bevorstand. Das wollte er nun aber partout nicht, und so zog er die Russisch sprechende Tante Alice ins Vertrauen, wie er es denn anstellen könnte, etwa durch Heirat mit einer Rumänin, für immer im Gastland zu bleiben.

„Es ist ja nun doch nicht uninteressant", meldete sich Onkel Hellmut mit denkerisch gekrauster Stirn zu Wort, „in was für einer wunderbaren Situation wir uns hier und heute befinden. Da steckt sich einer, der die große Sowjetunion im Ausland vertritt, das bescheidene Ziel, sozusagen das Gefängnis zu wechseln – ja, das Gefängnis zu wechseln, so muß man es wohl sagen! Und der ist dann überglücklich bei dem Gedanken, daß ihm das gelingen könnte. Viel länger nämlich schon als wir hat dieser Iwan Konstantinowitsch Jefremow – so nennt er sich doch – das Denken in Gefängniskategorien üben dürfen. Schon achtunddreißig Jahre, schon also seit die Salve der ‚Aurora' die Große Sozialistische Oktoberrevolution einläutete, hatten diese Sowjetmenschen Zeit, die feinen Unterschiede des Eingesperrtseins zu studieren. Man kann also von ihnen nur lernen – von den Sowjetmenschen lernen heißt unterscheiden lernen", rief Onkel Hellmut übermütig in den kerzenflackernden Christbaum hinein – er hatte, wie meist zur Weihnachtszeit, seine philosophische Stunde. „Sicher rechnet dieser Jefremow insgeheim damit, daß die Amerikaner doch noch nach Rumänien kommen und er sich dann auf der angenehmeren Seite der Geschichte befindet."

„Schon möglich, daß er in die Richtung denkt", meinte nun auch Tante Alice. „Gesagt hat er aber zu mir darüber kein Wort."

„Er wird sich schwer hüten, jemandem so etwas an die Nase zu binden", schloß Onkel Hellmut seine Rede. „Wenn's durchsickert, ist ihm der fernste sibirische Winkel als Aufenthaltsort für den Rest seines Lebens sicher – oder auch noch viel Schlimmeres."

Onkel Hellmut redete sozusagen aus eigener Erfahrung, die er zwar nur indirekt gemacht, die sich aber seinem Gedächtnis deshalb um so tiefer eingeprägt hatte. Gemeint ist die Rußlandverschleppung deutscher Zivilbevölkerung Anfang 1945. Damals lebte er als Junggeselle schon viele Jahre in der Hauptstadt und kannte deren feines Gespür für künftige Entwicklungen zur Genüge, so daß er, von rumänischen Freunden frühzeitig vor den Aushebungen gewarnt, in der Provinz westlich von Bukarest untertauchte und dort so lange ausharrte, bis die Gefahr vorüber war.

Was aber nun den Sowjetmenschen Jefremow betraf, so sollte sich bald herausstellen, daß er seines Weggangs wegen viel zu früh gezittert und gebangt hatte. Die zehn Reparationsjahre wurden nicht, wie er meinte, ab Kriegsende, sondern ab der Ausrufung der Volksrepublik 1948 gezählt.

XII
Heiliger Franziskus inversus / Literarisches Tauwetter
Egilbert Ferkelius gibt sich die Ehre

Das Frühjahr 1956 brachte Überraschungen die Fülle. Als Vorboten einer nachstalinschen Wende waren diese allerdings zunächst überhaupt nicht zu erkennen, so lange, das heißt drei volle Jahre schon wartete man vergeblich, daß sich in dieser Richtung etwas bewegte. Und doch war eine Art „Frühling" in diesem Frühjahr, ein Frühling des politischen Gefühls, den manche, wenn auch nicht genauer bestimmbar, in der Luft zu spüren meinten.

Eines Tages erschien, von Chefredakteur Anton Hofer, wie es hieß, persönlich dahin gesandt, ein blauäugig lächelnder Herr mittleren Alters im Junggesellenheim des „Neuen Lands" und sollte dort einige Tage logieren dürfen. Sanftmütig und sichtbarlich vergnügt blickte er jeden an, und als er dann schon längst über alle Berge war, hörte man, das sei der Baron Wolf von Aigen gewesen, der gerade von seinem Zwangsaufenthalt in der walachischen Steppe nach Hause entlassen worden war, aber auf dem Weg nach dem heimatlichen Hermannstadt, wohl wegen amtlicher Angelegenheiten, in Bukarest Station machte und dabei nicht vergaß, auch an die Tür der als helferisch bekannten Redaktion des „Neuen Lands" zu klopfen.

Dieser Baron von Aigen, Dichter seines Zeichens und sonst eigentlich nicht viel mehr, schien eindeutig ein Frühlingsbote zu sein, denn man erzählte von ihm, er hätte, wohl an der Scheide zwischen Königs Abgang im Jahre 1947 und dem Beginn der Republik im Zeichen von Hammer und Sichel, den illegalen Grenzübergang nach Westen gewagt, mit einem Rucksack voller Manuskripte und natürlich in der ihm eigenen engelfreundlichen Ahnungs- und Orientierungslosigkeit, die immerhin zur Folge hatten, daß die Grenzsoldaten nicht gleich auf ihn schossen, als sie seiner ansichtig wurden, sondern ihn nur gefangennahmen, woran sich dann ein längerer Gefängnisaufenthalt knüpfte mit ausklingendem Zwangsdomizil in der Steppenlandschaft östlich von Bukarest. Dort hatte er gegen Kost und Quartier auf den weitläufigen Weizenfeldern eines Staatsguts einige Jahre lang bloß die Saatkrähen zu vertreiben, also das Amt eines „Vogelscheuchers" zu versehen, von dem witzige Geister behaupteten, er sei ein „heiliger Franziskus inversus", weil doch der andere, der wirkliche Franziskus dafür bekannt gewesen war, Vögel nicht zu vertreiben, sondern um sich zu versammeln.

Nun, gleichviel, flügelfüßig wie der Götterherold Hermes kam der Baron daher, und er kam mit einer schweigsam-beredten Botschaft von Freiheit, hatte etwas Tänzerisches in seinen Bewegungen und in seinem Naturell auch noch etwas von Till Eulenspiegel und dessen Lebensmunterkeit. Dann war er aber, wie gesagt, auch bald auf und davon, und es sollte noch eine Weile dauern, bis ein zweiter aus seiner neunjährigen Gefangenschaft heraus- und herzukam, ja, in die Redaktion herzukam und dort dann Gott sei Dank auch blieb. Es war Georg Hranolka, ein gestandener Journalist aus der vormals sozialdemokratischen Ecke, genauer aus Reschitza im Banat, dem deutsch geprägten Zentrum einer selbstbewußten Arbeiterbewegung. Zu König Carols II. und danach zu Marschall Antonescus Zeiten soll er wegen seiner Ansichten und gedruckten Äußerungen die Bekanntschaft von Gefängnissen schon gemacht haben, aber diese waren natürlich, weder an Jahren noch auch hinsichtlich der Haftbedingungen, gar nichts im Vergleich zu dem, was ihn dann unter dem neuen Regime, das heißt also nach 1947 erwartete.

Weil er sich darüber öffentlich erregt hatte, daß man Deutsche hierzulande nach dem Krieg mir nichts, dir nichts, nur gerade weil sie Deutsche waren, um Grund und Boden, um Hab und Gut brachte und sie dann auch noch nach Rußland zur Zwangsarbeit verschickte, obwohl sie niemandem etwas zuleide getan hatten, allein wegen dieser Unmutsäußerung kam also Georg Hranolka ins Gefängnis, und es spielte keine Rolle, daß er einst ein kämpferischer Sozialist und wegen seiner politischen Gesinnung in Haft gewesen war, er bekam für dieses Aufmucken schwersten Kerker aufgebrummt. Neun Jahre dauerte es, bis er wieder in Freiheit kam, und es wären wohl noch mehr geworden, hätte ihn nicht eine freundliche Fügung des Schicksals aus den Fängen seiner kommunistischen Peiniger befreit.

Wie es dazu gekommen war? Es ging die Kunde, Hranolkas Name sei auf einer Liste ehemaliger Sozialdemokraten der Ostblockländer aufgetaucht, die dem sowjetischen Parteichef Nikita Chruschtschow bei einem Englandbesuch von der Labour-Party zur freundlichen Prüfung ihres Verbleibs überreicht worden war. Daraufhin sei Hranolka sofort aus der Haft entlassen und, als wäre nichts geschehen, in die Reihen der kommunistischen Partei aufgenommen worden. Hranolka ließ kein Sterbenswörtchen über die Hintergründe dieses Aktes unverhoffter Wiedergutmachung verlauten, sondern nahm, mit still-nickendem Wissen im Blick, schließlich die vakant gewordene Stelle des Chefs vom Dienst beim „Neuen Land" ein. Fügsamere, an Geistesgaben weit ärmere einstige Reschitzaer Kampfgefährten wie Anton Hofer oder auch Erich Weiland, ein cholerischer Politruk-Typ und Stalin-Wiedergänger, waren dabei auf den höheren Posten von Chefredakteuren allerdings mit einem Male seine Vorgesetzten.

Nein, eine von Herzen kommende „Wiedergutmachung" war das nun wirklich nicht, eher eine zähneknirschende. Hranolka machte das aber, wie es schien, nichts aus. Bescheiden und zurückhaltend, wie er war und es auch blieb, ging es ihm rein um die Sache. Mit diesem erfahrenen Zeitungsmann kam nun aber journalistischer Geist in die Redaktion des „Neuen Lands". Hranolka wußte etwas von graphischer Gestaltung, wußte noch viel mehr über Literatur, Musik und Kunst, seine ureigensten Gebiete, und was Sprache und Stil betraf, so waren sie ihm die lange geübten Selbstverständlichkeiten seines Berufs. Auch der Umgangston wurde mit Hranolkas Erscheinen kollegialer und intellektueller, kurz, es war plötzlich fast schon angenehm, Zeitung zu machen, wenn man diesen Mann in der Nähe wußte, und die „Stilisten" des Hauses, vor allem Hermann Salomon, Christians heimlicher Protektor, erfuhren bald eine überraschende Aufwertung in der Redaktionshierarchie.

Die durch Hranolkas Präsenz veränderte Atmosphäre im „Neuen Land" muß auch den Chef der Kulturredaktion, Hugo Hüttl, einen Kollegen, der sonst die parteitreu-forschen Töne liebte, dazu angeregt haben, sich durch eine Sonderaktion zu profilieren. Der von den Damen seines Ressorts mit dem flötenden Ausruf seines Vornamens „Huugoo" umschwärmte junge Mann mit dunklem Teint und blauen Augen ging also auf die Suche nach literarischen Manuskripten deutscher Autoren, die in den nun schon gut zehn Nachkriegsjahren in aller Stille für die Schublade gearbeitet hatten, und kam zu dem mutigen Schluß, man könne es mit einem literarischen Preisausschreiben der Zeitung doch wenigstens einmal versuchen. Nicht die schon etablierten literarischen Größen wie Adolf Meschendörfer oder Erwin Wittstock, Alfred Margul Sperber oder Oscar Walter Cisek sollten zum Schreiben ermuntert werden, sondern unverbraucht neue, junge oder auch schon etwas ältere, noch durch keine oder höchstens vereinzelte Veröffentlichungen hervorgetretene Produzenten literarischer Schriften.

Der liebe „Huugoo" schien nun aber eine wirklich rettende Idee gehabt zu haben, noch dazu eine, mit der das verzagte intellektuelle Deutschtum Rumäniens aus der Reserve zu locken war, denn die Einsendungen vor allem von Prosatexten kündeten in ihrer Zahl wie auch in ihrer Qualität von einer stupenden Schreibfreudigkeit und brachten vor allem an Namen die angenehmsten Überraschungen. Sogar ein evangelischer Pfarrer war unter den Einsendern, ja, er war auch noch die Hauptfigur unter ihnen, an Jahren zwar nicht mehr der jüngste, so Mitte vierzig, wohl aber in der Reife seines Erzählens der auffälligste. Früher, also noch vor dem Krieg, war er gelegentlich mit Prosastücken in literarischen Zeitschriften vertreten, obzwar kaum noch jemand eine Erinnerung daran hatte. Sein Name war Andreas Brückner, seine eingesandte Novelle hieß schlicht „Aurikeln", und was daran noch auffiel, war ihr mit Politikferne gepaarter Gegenwartsbezug. Dazu ist freilich auch zu sagen, daß dies für die meisten Einsendungen nicht weniger galt, höchstens waren die aus der Geschichte inspiriert, einem beliebten Tummelplatz von Autoren, die, ähnlich wie der Sowjetrusse Alexej Tolstoj mit seinem Roman „Peter der Erste", die Gegenwart elegant zu umgehen verstanden.

Paul Schumacher, der ein Jahr zuvor mit einem ziemlich frechen, bei Hermannstädter Persönlichkeiten vielfach aneckenden Buch unter dem Titel „Der Teufel und das Klosterfräulein" hervorgetreten war, meldete sich mit einer Frühfassung seines Romans „Fünf Liter Zuika" erneut zu Wort und teilte sich damit bei dem Preisausschreiben mit Brückner den ersten Platz. Ein ihm Ebenbürtiger, Hans Berger, erhielt für seine Novelle „Fürst und Lautenschläger" den zweiten Preis. Christian Rosenow machte diesen sofort als einen Burgstedter aus, weil es nämlich Bergers, wie er wußte, ausschließlich in Burgstedt gab. Dieses Wissen aber nutzte Christian schließlich wenig, denn bei der großen Feier, die das „Neue Land" an einem Samstagabend zu Ehren der Preisträger ausrichtete, in den eigens dafür gemieteten Räumen der Abonnementskantine, war Berger nicht zu erblicken. Da marschierte, von Chefredakteuren und Ressortleitern flankiert, vor allem der erste Preisträger Andreas Brückner wie ein Torero in die Arena, das heißt in das weitläufige Kellerlokal mit Galerie, das früher einmal eine anrüchige Nachtbar gewesen sein soll, und Grünlinge wie Christian kamen nicht einmal in seine Nähe. Dafür war zu hören, der literarische Gottesmann Brückner habe sich in die Redaktionskollegin Trude Kalo, eine einst aus Frankfurt vor Hitler nach Bukarest geflohene Jüdin, buchstäblich verschaut, als er ihr Gesicht mit lutherisch-kennerischem Theologenblick unter den Gastgebern entdeckte und in ihr sogleich eine leibhaftig fortlebende biblische Frauengestalt wiedererkannte, also etwa jene stolze Judith, die Berühmtheit dadurch erlangte, daß sie den Kopf des Holofernes auf dem Silbertablett präsentierte.

Der von Christian eindeutig als Landsmann identifizierte Berger, hörte man, sei von einem großen Gönner, dem in Bukarest lebenden berühmten Romancier Oscar Walter Cisek, zu exklusiv privaten Gesprächen entführt worden und daher verhindert, auf dem Fest zu erscheinen. Nun gut, dafür hatte aber Christian vor dem Fest, das heißt am Nachmittag desselben Tages, immerhin eine höchst interessante Begegnung gehabt, die mit dem hier gefeierten Preisausschreiben ebenfalls in einem direkten Zusammenhang stand. Eine Person, die ihm von Kronstadt her bekannt vorkam, war in Begleitung von Kolleginnen der Kulturredaktion im Floreasca-Strandbad aufgetaucht, wo Christian gerade seinen Körper von der Sommersonne durchglühen ließ, und war ihm erstens als einer der mehreren „Trostpreisträger" des literarischen Wettbewerbs vorgestellt worden, zweitens, von der Damenbegleitung eigens darauf hingewiesen, als ein früherer Mitschüler am Honterus-Gymnasium. Christian konnte sich an das Gesicht des hier sehr exaltiert auftretenden jungen Mannes von

Pausenbegegnungen während der gemeinsamen Schuljahre sehr wohl erinnern, dieser aber, wie sich herausstellte, kaum noch an ihn, den Jüngeren. Der nahm ihm das jedoch überhaupt nicht übel, wie sollte er auch, wo es ihm mit dem Wiedererkennen von Vertretern jüngerer Jahrgänge am Gymnasium selbst nicht anders erging.

Was indes Christian Rosenow an Egilbert Ferkelius, als der sich dieser mit Namen vorstellte, zutiefst mißfiel, war etwas anderes: die Herablassung, mit der er als der Ältere den „jungen Journalisten" glaubte behandeln zu dürfen, dann auch die überhebliche Art, in der er, obwohl nicht danach gefragt, sich über die Unterschiede zwischen literarischem und journalistischem Schreiben ausließ. Die „tägliche Fron des Reagierens auf das schnell vergessene Ereignis", so Ferkelius, könne er überhaupt nicht mit seiner „angeborenen Neigung zur Tiefenschau" vereinbaren, nein, das ginge bei ihm nun einmal nicht. Die „Erhöhung" der Alltagsdinge ins Exemplarische betrachte er als sein ureigenstes Anliegen, nicht das sklavisch ausgeübte Tages-Chronistentum.

Christian gab in Erwiderung dieser, auch mit Rücksicht auf die anwesenden Kolleginnen, ungehörigen Etikettierung freundlich zu bedenken, daß die Zeitung immerhin ein Ort sei, wo das Ereignis sehr prompt zur Darstellung komme, und diesem Ereignis das Exemplarische abzugewinnen, sei dem Journalisten schließlich unbenommen, ein guter Schreiber erkenne und erfasse es mit Leichtigkeit. Deshalb gäbe es schließlich auch guten Journalismus neben schlechter Literatur – selbst ein Hornochs könne so etwas mühelos unterscheiden.

Der „Hornochs" gefiel dem literarischen Jüngling Egilbert Ferkelius nun ganz und gar nicht, er fühle sich durch dieses eindeutig auf ihn zielende Wort „zutiefst in seiner Ehre getroffen", wie er Christian mit sich überschlagender Stimme offenbarte, und dieser, von der Damenbegleitung des „Trostpreisträgers" mit strafenden Blicken bedacht, ließ sich nun, wenn auch widerstrebend, herbei, den Gast zu beschwichtigen, tat dies aber mit unüberhörbarem Spott: Niemals würde er es wagen, einen ehemaligen Mitschüler, noch dazu einen so hochbegabten, mit einem Paarhufer in Zusammenhang zu bringen, das mit dem „Hornochsen" sei ja nun wirklich gar nicht „gemein", sondern nur so „allgemein gemeint" gewesen, wie er wortspielerisch anmerkte. Überraschend schien dies nun aber Egilbert Ferkelius wieder glücklich und versöhnlich zu stimmen, da er aus der gewundenen Rede des enragierten Spitzmauls Rosenow doch so etwas wie ein verkapptes Lob seiner Person glaubte heraushören zu können. Die eben noch sehr angespannte Situation begann sich vollends in Wohlgefallen aufzulösen, als Ferkelius in einem Anfall von Mitteilsamkeit Christian in sein intimstes Vertrauen zog, indem er ihm eröffnete, seine Familie sei eigentlich von Adel, sie entstamme, was man in diesen Zeiten leider nicht laut sagen dürfe, altem siebenbürgisch-ungarischen Magnatentum, er, Christian, habe vielleicht irgendwann schon den Namen derer von Ferkely-Mangalitza gehört, die seien also nicht weniger als seine illustren Verwandten. Christian hatte, wie er freimütig zugab, von dem vornehmen Geschlecht derer von Ferkely-Mangalitza nicht die geringste Kenntnis, ja, außer dem alten „Bauernadel" seiner eigenen Sippe mütterlicherseits war ihm aus der Sphäre der Nobilität so gut wie nichts geläufig, höchstens noch der ihm kürzlich von seinem Zeitungskollegen Franziskus Barsa scherzweise verliehene Titel eines „Lords", mit dem er indes ganz zufrieden sei, wie er Egilbert Ferkelius mit hintergründigem Lächeln verriet.

Man schied denn auch, nachdem man die Fluten des Sees einige Male sozusagen gemeinsam schwimmend durchpflügt, im schönsten Frieden voneinander. Es sollten noch ein paar Jahre vergehen, bis Christian von Egilbert Ferkelius wieder hörte; was ihm an Nachrichten über diesen Menschen dann jedoch zu Ohren kam, war weder erfreulich noch gar „adelig", sondern eher die traurige Verlängerung des einst in dem Bukarester Strandsommergespräch gewonnenen ersten Eindrucks.

Capricho 3

Warten auf Gaudau

Ein Sommerdialog im Bukarester Floreasca-Strandbad

HINTER EINEM GEBÜSCH STEHEN BLEGOMIR UND EXTRAGON, WARTEN, GUCKEN UND REDEN.

EXTRAGON: Jetzt paß auf, Blegomir, da kommt einer von diesen neuen Strandgästen. Der mit der Gummihaut, den meine ich.

BLEGOMIR: Der dort in Damenbegleitung?

EXTRAGON: Ja, der. Die Damen sind vom Cultural Department des „New Land", sie wurden dem Gast wohl als Ehrenjungfern beigegeben.

BLEGOMIR: Na, soll er doch immer kommen. Da zieht Leben ein in die Landschaft.

EXTRAGON: Das denkst du, daß da was einzieht, was nach Leben aussieht. Eher erreicht unser Ohr ein Quiekton, ein Ferkelton – gib acht, jetzt kannst du ihn schon hören. Das ist also Mister Piggyface, Archibald Piggyface, Erzeuger des Quiektons und neuer Star des soeben stattgefundenen Prosapreisausschreibens – was für ein Schreckenswort!

BLEGOMIR: Da hat der mitgemacht?

EXTRAGON: Hat er mitgemacht.

BLEGOMIR: Es ist schon interessant, wie so eine Tageszeitung, wie also das „New Land" sich mit solchen Renommierveranstaltungen in die Lesergunst einzuschleichen versucht. Und der Archibald Piggyface ist also ein Star geworden? Ich glaub's nicht.

EXTRAGON: Was du glaubst, ist unwichtig. Es zählt nur, was ist!

BLEGOMIR: Und wie zum Teufel gibt es für einen Ferkelquiekton aus der Kehle von Archibald Piggyface gleich den Ersten Preis?

EXTRAGON: Doch nicht für den Ferkelquiekton, du Trottel, sondern für eine Geschichte von ihm, und er hat auch keinen Ersten Preis dafür bekommen, sondern nur einen von drei Trostpreisen. Er gebärdet sich nur so, als hätte er den Ersten Preis bekommen.

BLEGOMIR: Das ist, psychologisch gesehen, ein ganz natürlicher, ein kompensatorischer Vorgang. Ich würde es genau so machen: Gib mir einen Trostpreis, und du zwingst mich geradezu, so zu tun, als hätte ich den Ersten Preis bekommen. Der Mensch als solcher ist im allgemeinen dadurch gekennzeichnet, daß er nach Höherem strebt.

EXTRAGON: Dieser Archibald Piggyface, hört man, ist von einer Auffallsucht, von einem Exhibierungsdrang besessen. Schon als Gymnasiast – heute ist er Student am Konservatorium in der Quiektonklasse –, schon als Gymnasiast also hat er diesbezüglich Aufsehen erregt. Eine Dame seines Jahrgangs, nach der er sich in Liebe verzehrte, war nicht bereit, ihm ihre Gunst zu schenken, weil sie seine Ferkelquiektöne schlecht vertrug, was man durchaus verstehen kann. Was macht Piggyface? Er beschließt, seinem Leben ein Ende zu setzen, bewaffnet sich mit Strick und Seife, hinterläßt einen Brief, in dem er erklärt, daß er die Schmach, abgewiesen worden zu sein, nicht länger ertragen könne und deshalb aus diesem Leben scheiden werde, und zwar durch Selbstentleibung mittels Strick am höchsten Baum im Stadtwald. Und niemand solle ihm auf diesem letzten Gang folgen und das unwiderruflich Beschlossene zu vereiteln suchen, sonst könnte er anderen Sinnes werden. Was aber tut seine Schulklasse, als sie vom Abschiedsbrief erfährt? Sie schwärmt sofort aus, durchkämmt den ganzen Stadtwald bis in den letzten Winkel, doch nirgends kann sie einen aufgehängten Piggyface entdecken. Tiefbekümmert gibt sie die Suche auf. Doch anderntags, wer kommt da aus dem Stadtwald wieder hervor, unverrichteter Dinge und etwas verstört – es ist der totgeglaubte, aber noch lebendige Archibald Piggyface. Der besteht dann sein Abitur, beginnt sein Studium am Konservatorium in der Quiektonklasse, die man extra für ihn eingerichtet hat, treibt sich in literarischen Kreisen herum, schreibt kleine Geschichten und bekommt nun also für eine davon gerade einen Trostpreis.

BLEGOMIR: Was ist an alldem so verwerflich? Er hat es sich eben überlegt mit dem Aufknüpfen, was sein gutes Recht ist, denn es war schließlich sein Hals, um den es ging. Und daß er sich das Quieken als Studienfach erkoren hat, finde ich auch in Ordnung, denn die Natur hat ihn nun einmal mit der Gabe des Quiekens ausgestattet, soll er da etwa Nachtigall studieren? Auch das Schreiben von Geschichten ist nicht verboten. Was mich an dieser ganzen Piggyface-Affäre überhaupt stört, ist der Trostpreis, mit dem er abgespeist wurde. Man sollte ihm, auch wenn er es nicht verdient, unbedingt den Hauptpreis geben, dann muß der arme Mensch nicht hier am See in der Badehose herumstehen und so tun, als habe man ihm den Hauptpreis verliehen, dann bräuchte er überhaupt in kein Strandbad zu gehen und sich als erster Sieger aufzuspielen, dann könnte er gleich zu Hause bleiben und neue Geschichten ersinnen und am Konservatorium meinetwegen auch Nachtigall studieren. Oder auch Goldamsel, oder auch Pirol, was dasselbe ist.

EXTRAGON: Wenn ich dich so reden höre, merke ich, was für ein Hornochs du bist. Warum soll denn ein Mensch, wenn ihm partout nur nach Quieken ist, Nachtigall studieren? Oder Goldamsel? Dein Name Blegomir ist gewiß kein Zufall. Andere heißen Staromir, Jaromir, Wladimir, aber keiner außer dir heißt Blegomir.

BLEGOMIR: Jaja, das hat man gern, wenn einer eine eigene Meinung hat, ihn gleich einen Hornochsen zu titulieren und ihm auch noch seinen Namen schlechtzumachen. Was den deinen betrifft, so halte ich ‚Extragon' mindestens für extra blöd – das einmal. Und außerdem kann ich dir von mir aus sagen, daß, ganz im Gegenteil, du ein Hornochs bist. Wie du hier so dämlich herumstehst, wie wir beide hier so herumstehen – worauf, bitteschön, warten wir eigentlich?

EXTRAGON: Auf Gaudau, du Pflaume.

BLEGOMIR: Und wer ist das?

EXTRAGON: Nun, wer ist das?

BLEGOMIR: Je nun, wer ist das?

EXTRAGON: Frag auch ich mich.

BLEGOMIR: Frag ich mich auch.

EXTRAGON: Dann sind wir ja beide wieder einer Meinung.

XIII
Onkel Erwin, der Alleskönner

An Aufbruch und Erwachen lag noch mehr in der Luft in diesem denkwürdigen Jahr, in dem Christian Rosenow zwanzig wurde. Doch nicht sosehr von Osten her wehte da der Wind, wie man vermuten könnte, sondern eindeutig von Westen. Und er tat es auf eine ebenso hoffnungsvolle wie beunruhigende Weise.

Vita Zoller, die Sprachenkundige, beherrschte das Ungarische nicht nur als Idiom, sondern mehr noch als Mentalität, und sie war es auch, die eines Morgens das Zimmer der Reportage-Redaktion betrat, vielsagend den „Ludas Matyi", die ungarische Satirezeitschrift, schwenkend und Christian Rosenow verschwörerisch zu ihrem Schreibtisch heranwinkend. Die Seite, die sie in dem Blatt aufschlug, war von einer Karikatur beherrscht, die so harmlos aussah, daß man sie leicht überblättert hätte, wäre da nicht die etwas längere Bildunterschrift gewesen. Zwei weibliche Personen, mit ihren um die Stirn gewundenen und hinten verknoteten Kopftüchern als eine Art Hausmeistersgattinnen erkennbar, standen da in einem Hinterhof, und die eine verkündete (in Vita Zollers Übersetzung) mit weitgeöffnetem Sprechorgan und rollenden Augen folgendes. „Ja, und mein ältester Sohn, der ist Direktor von einer großen Fabrik, der zweitälteste ist Offizier bei der geheimen Staatspolizei, die Tochter aber, das jüngste meiner lieben drei Kinderlein, hat einen richtigen Professor von der Universität geheiratet – ja, und überhaupt, wenn jetzt nicht so schlechte Zeiten wären, so wär ich eine große Madam."

Vita kicherte los, während sie das übersetzte, Christian überkam, als sie damit fertig war, das seltsame Gefühl einer sozusagen händereibenden Schadenfreude, Nikolaus Reutter, neugierig geworden, trat herzu, warf einen Blick auf das subversive Bildereignis aus Ungarn und ließ, beherrscht wie immer, sein Gesicht zu einer jener Masken erstarren, die man auf Theatervorhängen sieht, über die man aber nicht sagen kann, ob sie Lachen oder Weinen ausdrücken, kurz, es war, als sei hier nach einer langen Anspannung der Seele urplötzlich das erlösende Wort gefallen, und alles würde nun wieder gut und wie vorher, was immer man unter „vorher" auch verstehen wollte.

Erstaunlich war schon, was eine einzige Zeichnung und die wenigen sie begleitenden Worte vermochten, wie ein harmlos daherkommender Scherz urplötzlich so viel aufrührerische Sprengkraft gewinnen konnte, und Christian fragte sich, eingedenk auch der Worte des Egilbert Ferkelius in dem noch nicht lange zurückliegenden Strandgespräch, ob es denn jenseits eines solchen Journalismus (darum handelte es sich hier doch wohl) noch der „literarischen Tiefenschau" bedürfe, um das Exemplarische hervortreten zu lassen. Nein, das alles sprach doch für sich, bezeichnete in dem einen Moment die gesamte Situation – man erkannte überdeutlich, was in dem Nachbarland Ungarn gerade vor sich ging, ja, was diesseits des Eisernen Vorhangs sozusagen über Nacht möglich geworden war.

Zwischen Christian, Vita Zoller und Nikolaus Reutter fielen nicht viele Worte an diesem Sommermorgen in Bukarests Brezoianu-Straße. Das Gefühl, an einem Akt politischer Konterbande teilzuhaben, ohne sich dabei den Gefahren eines Grenzübertritts auszusetzen, war dann aber so berauschend auch wieder nicht. „Die machen etwas dort drüben, und wir sitzen hier in sicherer Entfernung und schauen zu" – das etwa war es, was einem bei den Nachrichten von den Ereignissen in Ungarn durch den Kopf ging.

Heinrich Lenz, der das Ansteckende dieses politischen Westwinds sozusagen aus der Nähe, aus Temesvar, in dessen Umgebung er zu Hause war, erspüren konnte, wenn er sich auch nur für ein paar Tage dort aufhielt, brachte regelmäßig neue und immer erstaunlichere Nachrichten nach Bukarest zurück. In einem nach dem Freiheitsdichter Sandor Petöfi benannten Kreis kamen Budapester Intellektuelle schon eine ganze Weile regelmäßig zu politischen Gesprächen zusammen, und zwar, wie man hörte, mit Duldung und Förderung von ganz oben, Studenten des Polytechnikums verfaßten aufrührerische Resolutionen, Verfemte des Regimes wie Imre Nagy wurden aus dem Gefängnis entlassen und sollten den verfahrenen kommunistischen Karren aus dem Dreck ziehen; die Tage des Generalsekretärs der ungarischen kommunistischen Partei, Mátyás Rákosi, des wohl häßlichsten aller Statthalter von Moskaus Gnaden im gesamten Ostblock, waren offenbar gezählt, ja, und gekommen schien nun auch der Moment, wo Heinrich Lenzens und Christian Rosenows heimlicher Traum, Philologie zu studieren, sich endlich erfüllen sollte.

Sie hatten sich beide am selben Tag zur Aufnahmeprüfung an der Philologischen Fakultät eingeschrieben, einem obligatorischen Examen, das über die Zulassung zu dem auf zwanzig Plätze begrenzten Germanistik-Studienjahrgang entschied. Vier Kandidaten pro Platz waren es diesmal, wie im Fakultätssekretariat zu erfahren war. „Was soll's, wir müssen da hinein, jetzt oder nie", sagten sie sich, mit jedem weiteren Jahr des Fackelns und Zögerns verringerte sich die Chance des Weiterstudierens erfahrungsgemäß um jeweils die Hälfte, und so machte es auf die beiden nicht den geringsten Eindruck, als der stellvertretende Chefredakteur Stein ihnen die Botschaft zukommen ließ, er müsse sie sofort aus dem Dienst entlassen, sobald sie mit dem Studium begännen. „Na, wenn schon", beschieden sie die Überbringerin der Nachricht vom angedrohten Hinausschmiß, eine ihnen wohlgesinnte Kollegin, die ähnliches wie sie vorhatte, „wir sind dann jedenfalls einmal drin, und zum Militär müssen wir auch nicht mehr". Männliche Studierende nahmen, wie man von älteren Jahrgängen wußte, automatisch an einem während des zehnsemestrigen Studiums zu absolvierenden Reserveoffiziers-Lehrgang teil. „Der gute Herr Stein kann uns also den Buckel herunterrutschen und an der bewußten Stelle mit der Zunge bremsen", beendete Heinrich Lenz seine aufmüpfige Rede, der die Ansteckung mit dem Ungarn-Bazillus schon deutlich anzumerken war.

Es kam dann aber nicht ganz so schlimm, wie Chefredakteur Stein orakelt hatte, ja, nur „orakelt", denn die Hinausschmißdrohung hatte er mit dem versöhnlichen Zusatz versehen: „Was reden wir da über ungelegte Eier, vielleicht schaffen die beiden die Aufnahmeprüfung gar nicht, dann bleibt alles beim alten." Nun, „beim alten" blieb es also nicht, die Jungredakteure Lenz und Rosenow kamen beide auf die zwanzig ausgeschriebenen Plätze des Germanistik-Jahrgangs 1956 an der Bukarester Universität und traten im September ihr Studium an, ohne daß sich an ihrer journalistischen Existenz viel geändert hätte. Lenz, der fleißige, beackerte weiter die sozialistische Landwirtschaft, Rosenow, der „müde Lord", kümmerte sich, um nicht allzu viele universitäre Veranstaltungen zu versäumen, fortan mehr um Hauptstadt-Termine. Die zwei Lasten von Studium und Beruf auf die Schultern zu verteilen wurde ihnen außerdem noch dadurch erleichtert, daß das Fakultätsdekanat ein Einsehen hatte und ihnen die ansonsten streng kontrollierte Teilnahme besonders an Seminaren zur Hälfte erließ.

Was sich allerdings im Leben der zwei angehenden Studenten einschneidend ändern sollte, war die Wohnadresse. Im Junggesellenheim gab es kein einziges ruhiges Plätzchen, auf das die beiden sich hätten zurückziehen können, um sich dem Studium zu widmen. So kam ihnen die Übersiedlung einer Redaktionskollegin in die Provinz sehr gelegen. Gegen Zahlung eines gepfefferten Abtrittsgelds wurden Lenz und Rosenow in Bukarests altberühmter Mântuleasa-Straße glückliche Bewohner einer sturmfreien Dachbude, die im Sommer ein Backofen, im Winter eine Gefrierkammer war. Sie durften aus dem Junggesellenheim ihre zwei Eisenbetten in das neue Domizil mitnehmen, viel mehr (außer einem kleinen Tisch mit Stuhl) paßte da auch nicht hinein. Der kleine Kachelofen, der da in einer Ecke stand, wurde gar nicht erst angefeuert, da die beiden Neumieter wegen des Einzugs so spät im Jahr die Holz- und Kohlezuteilung verpaßt hatten und so in Sachen Heizung guter Rat nun teuer war.

Christians Onkel Hellmut Lehn hatte daher die Idee, es mit einer elektrischen Heizung zu versuchen, vielleicht wüßte da der in Bukarest lebende Ruf-Onkel Erwin Krull, ein Schwager von Christians Burgstedter Tante Rosi, einen Ausweg. „Der hat, wie er behauptet", so Onkel Hellmut, „zusammen mit Otto Skorzeny im Kriegsjahr 1943 den Mussolini in einer Luftlandeaktion aus der Gefangenschaft im Gran-Sasso-Gebirge befreit, außerdem ist er jetzt schon länger im Heizungsfach tätig, es sollte mich also wundern, wenn er, bei einer so wunderbaren Alleskönner-Biographie, nicht auch noch Wärme in eure Bude zu zaubern wüßte. Versuch's doch mal bei ihm, ruf ihn doch einfach an."

Das tat Christian denn auch, zumal er von diesem „Onkel" Erwin durch seine Vettern Krull schon viel gehört hatte. So zum Beispiel auch, daß es ein Foto von der Mussolini-Befreiungsaktion gab, auf dem, wie die Krulls mit leuchtenden Augen erzählten, der so berühmte Onkel deutlich zu sehen war, wie er sich da an einer Dachrinne des mit Hilfe von „Fieseler Störchen" aus der Luft geenterten Hotels „Campo Imperatore" herunterlasse, in dem Mussolini gefangen gehalten wurde. Na, bitte, da hätte man also jedenfalls den Beweis. „Tja, Beweis", meinte dazu der scharfdenkende Onkel Hellmut, „man sieht in der Tat eine menschliche Gestalt, sagen wir einen ‚Fallschirmjäger', an der Dachrinne eines größeren Gebäudes heruntergleiten, freilich mit dem Rücken zum Fotografen, doch ob's der Erwin Krull ist, wer kann es wissen, wo doch die Fallschirmjäger von hinten wahrscheinlich alle gleich aussehen."

Da es mit der Heizung in der Dachbude ziemlich pressierte, meldete sich Christian bei „Onkel" Erwin Krull sehr bald zum Besuch an und wurde dort auch gleich wie ein lieber Verwandter aufgenommen. Der „Onkel", im weitläufigen Appartement eines Etagenhauses in der Strada Viitorului residierend, schien sehr darauf bedacht zu sein, bei dem „Neffen" aus der Provinz großen Eindruck zu machen, was ihm auch mühelos gelang. Er empfing ihn in einem Hausmantel aus feinstem bordeauxrotem Samt und ließ ihn in einem tiefen Polstersessel Platz nehmen. Bei der brünetten Dame, die herzueilte und sich als die Frau des Hauses entpuppte (und der Christian, wie es ihm beigebracht worden war, als ein echter Kavalier artig die Hand küßte) bestellte der Onkel das Übliche, das man als Gast in einem besseren Bukarester Haus vorgesetzt bekam: auf einem kleinen Tablett ein Glasschälchen mit Rosenkonfitüre, selbstgemacht, daneben ein Glas Wasser, dem folgte eine Tasse „türkischen" Kaffees mit hellbraunem Schaum obendrauf, alles echt rumänisch, also nicht weniger als typisch balkanisch. „Onkel" Erwin, in seiner äußeren Erscheinung ein blondblauäugiger, wohlgewachsener Pascha-Typ, schien dem staunenden Christian wie aus einem der orientalischen Romane von Karl May entsprungen, ganz wie der abenteuernde Kara Ben Nemsi in den „Schluchten des Balkans" oder dem „Reich des silbernen Löwen". Es war hier, wie es Christian jäh bewußt wurde, übrigens auch das erste Mal, daß er, von der exklusiven deutschen Insel des „Neuen Lands" kommend, ganz in das private Bukarest eintauchte.

Zwischendurch mußte der Onkel während Christians Anwesenheit auch mal ein bißchen telefonieren, mit „seinen Leuten", wie er sagte, denn er stand einer Firma vor, einem Handwerksbetrieb, der Zentralheizungen baute. „Die haben hier wenig Ahnung davon, wie man so etwas macht, deshalb brauchen sie dafür einen Deutschen, wie sie überhaupt der Auffassung sind, daß der liebe Gott sie zwar mit hundert Talenten ausgestattet, doch leider vergessen hat, ihnen gleich auch einen Deutschen beizugeben, der aus diesen Talenten etwas macht, also etwa so, wie ein Dirigent aus einer Ansammlung von Instrumentalisten einen wohltönenden Klangkörper formt."

„Alles, was den Rumänen an Talenten fehlt", fuhr Onkel Krull nach der Unterbrechung eines weiteren Telefonats fort, „ist das organisatorische Vermögen, das aus einem Vielerlei ein funktionierendes Ganzes macht. Die Rumänen – ich mag sie sehr, meine Frau ist selber Rumänin, wie du wohl gemerkt hast – sind ein junges Volk, ein Volk von begabten Individualisten, und sie wissen es daher sehr zu schätzen, wenn ein Deutscher daherkommt und ihre Begabungen zu einer nützlichen Einheit bündelt."

Christian merkte an der zweimaligen Umwälzung des Gedankens vom deutschen Helfertum, wie sehr sich Onkel Erwin in solcher Rolle zu gefallen schien. „Ja, und wie ist das mit den Italienern", beeilte sich der junge Gast nun einzuwerfen, „die sind als Volk etwas älter als die Rumänen vom gleichen romanischen Stamm und trotzdem auch nicht fähig, zum Beispiel einen Mussolini im eigenen Land aus der Gefangenschaft zu befreien, auch die brauchen dazu unbedingt deutsche Fremdhilfe."

Christian hatte fest damit gerechnet, der Onkel würde nun sogleich mit seiner Geschichte von der Duce-Befreiung loslegen, wurde aber in diesem Punkt enttäuscht.

„Tja, ich weiß, wo du hinauswillst, deine Krull-Vettern haben, wie ich merke, geplaudert. Du mußt aber wissen, ich rede über diese Zeit und über dieses Ereignis nicht gern, es könnte doch sein, daß es den neuen Machthabern in unserem Lande zu Ohren kommt, und was dann mit mir geschieht, kann ich nicht wissen: Hacken sie mir den Kopf ab, oder ernennen sie mich zum Chef einer Luftlandebrigade?

Beides wäre mir gleich unangenehm, wie du mir glauben kannst. Besser, du vergißt schnell, was du von dieser Sache gehört hast. Nur soviel noch: Ich war bei dieser Duce-Befreiungsaktion wirklich dabei, wenn ich auch gar nicht der Mann auf dem bewußten Foto bin. Dieses ist, wie ich vermute, aus einem Lehrfilm entnommen. Also, lieber Christian, keinen Mucks von der Sache, zu niemandem, versprich mir das!"

Christian versprach's ehrenwörtlich, wie sich das unter Karl-May-Verschworenen gehörte. Die beiden rauchten noch, zu einem zweiten „Türkischen", eine der flachen, herrlich duftenden „Ada-Kaleh"-Zigaretten aus feinstem Orienttabak, die der Onkel auf dem Couchtisch in einem Messingbehältnis zu freier Bedienung liegen hatte. Beide, „Onkel" wie „Neffe", konnten es dem aufsteigenden blauen Rauch dieser noblen Glimmstengel jedoch nicht ansehen, daß die schöne alte Donauinsel, von der die Zigarette ihren Namen hatte und auf der die türkischen Bewohner schon Jahrhunderte nichts anders taten, als Tabak und Rosen zu züchten und seltene Leckereien zu bereiten, daß also dieser paradiesische Ort mitten im zweitgrößten Strom Europas vierzehn Jahre später unter dessen Wassern verschwinden würde wie einst Atlantis, nur sollte dieser Untergang, anders als der des sagenhaften Eilands, hier nicht von Götter-, sondern von Menschenhand verursacht werden.

Da kam aber auch schon Frau Jeana, Onkel Erwins Gattin, mit dem 2000-Watt-AEG-Radiator herbei, den die Krulls für den wärmebedürftigen Verwandten aus der Provinz vorbereitet hatten. Der ansehnliche Blechkasten mit den vergitterten Glühdrähten hatte ganz die Eigenschaften eines tragbaren Kamins, der, einmal eingeschaltet, Heinrich Lenz und Christian Rosenow nach höchstens zehn Minuten in die wohligste Wärme einzuhüllen vermochte.

XIV
Revolution und Konterrevolution/Echnatons Sonnengesang

Das Hochschuljahr, in dem Heinrich Lenz und Christian Rosenow ihr Studium begannen, wurde gerade in seinem Anfang von schlimmen Ereignissen überschattet. Die beiden Studienanfänger wie auch ihr ganzer Jahrgang erfuhren dies jedoch, da sie nicht unmittelbar Betroffene waren, nur am Rande und mit zeitlicher Verzögerung: In einer Großversammlung des kommunistischen Jugendverbandes, die in der Floreasca-Halle draußen an den Seen stattfand, wurden nach einer Kanonade von Verdammungsreden hoher Funktionäre „aufrührerische Elemente" aus der Universität ausgeschlossen. Wohl in den Studentenheimen hatte sich der regimefeindliche „Aufstand" formiert, jedoch gerade nur die früheren Jahrgänge erfaßt, den jüngsten, in diesem Herbst angetretenen überhaupt nicht.

Christian erreichte die Kunde von all diesen Vorgängen, wie gesagt, auf Umwegen und erst, nachdem sie fast schon vergessen waren. Zwei einstige Klassenkolleginnen vom Honterus-Gymnasium, die ihr Germanistikstudium schon 1954, in Christians Abiturjahr, begonnen hatten und denen er hin und wieder auf seinen Bukarester Wegen begegnet war, gehörten zu den Exmatrikulierten. Sie hatten sich, mit anderen, an einer Aktion beteiligt, von der nachher niemand mit Gewißheit sagen konnte, worin sie bestanden hatte, so früh und von der studentischen Öffentlichkeit unbemerkt war sie dank der „Wachsamkeit unserer Sicherheitsorgane" schon „im Keim erstickt" worden. Klar war nur soviel: Sie hatte etwas mit den Ereignissen in Ungarn zu tun gehabt, anders ließ sie sich nicht erklären.

Dort, in Budapest, überstürzten sich bald die Dinge, wenn auch keiner außerhalb der ungarischen Grenzen so recht wußte, was dort nun oben, was unten, was rechts, was links war. Christian sollte es übrigens auch am eigenen Leib erfahren. Wie in der gesamten rumänischen Presse gab es damals auch in der Redaktion des „Neuen Lands" die hierarchisch gestufte Aufsicht für jede Zeitungsausgabe. Ein sogenannter „Superrevisor", in der Regel ein Mitglied der Chefredaktion, stand dem Aufsichtsapparat vor und las, beginnend mit der ersten umbrochenen Seite, die ganze Ausgabe von A bis Z herunter, sekundiert von einem sogenannten „Politischen Revisor" aus dem Kreis der Ressortleiter sowie von einem in die Redaktion täglich neu entsandten Vertreter der Zensurbehörde, als letztes Glied aber wurde aus den Reihen der Redakteure der sogenannte „Cap limpede", der „klare Kopf", lesend tätig, der seinen Dienst erst nach Mitternacht antrat und ihn bis zum Anfahren der Rotationsmaschine gegen vier Uhr morgens versah.

An einem solchen Morgen Ende Oktober erfuhr Christian von seiner sträflichen „Unwachsamkeit" bei der „Klarkopf"-Lektüre der Zeitung. In einem Agenturbericht aus Budapest war da von „revolutionären Banden" die Rede gewesen, wo doch nur „konterrevolutionäre" gemeint sein konnten. Ja, wer schon hatte damals die feinen Unterschiede des Ablaufs politischer Umwälzungen in der einschlägigen Literatur studiert, begonnen mit den klassischen Schriften zur Französischen Revolution, fortfahrend mit denen des Rauschebarts Karl Marx bis hin zu jenen des Genies mit der glänzenden Stirn und den noch glänzenderen Augen – Wladimir Iljitsch Lenin? Der Tagträumer Christian Rosenow doch wohl nicht. Der „Superrevisor" und der „Politische Revisor", auch der Vertreter der Zensurbehörde, das heißt also Christians hochqualifizierte „Voraus-Leser" allesamt, hatten ebenso wie er Maulaffen feilgehalten. Die ganze Ausgabe des „Neuen Lands" mußte, kaum von der Rotationsmaschine ausgeworfen, wegen dieses einen verunglückten Wortes eingestampft und neu gedruckt werden, und alle Schuldigen, vom obersten bis zum untersten, wurden einmal wegen des entstandenen materiellen Schadens zur Kasse gebeten, abgestuft nach dem Gewicht der Person und der damit zusammenhängenden Schwere der Verfehlung, zum anderen wurde jeder von ihnen auch noch mit einem Eintrag in die Personalakte bedacht.

„Wie kann man nur", zog Heinrich Lenz seinen Budenmitbewohner Christian Rosenow auf, „wie kann man nur ‚Revolution' mit ‚Konterrevolution' verwechseln, wo doch die eine, wie schon der Name sagt, eindeutig das Gegenteil der anderen ist. Rosenow, Rosenow, du machst mir ernstlich Sorgen. Durch solche ‚Elemente' wie dich gehen die mühsam erkämpften Errungenschaften des Sozialismus an einem einzigen Tag den Bach hinunter. Wenn ich bedenke, mit wem ich die Luft dieser Luxusbude teile, so bin ich um den Schlaf gebracht."

„Mein Lieber", so Christians spitzfindige Konterattacke, „du bist ganz im Irrtum, wenn du glaubst, daß es hier um den Unterschied von ‚Revolution' und ‚Konterrevolution' geht. Der wäre sogar unserem Chefredakteur Toni Hofer sofort aufgefallen, erst recht also mir. Hier geht es schlicht und ergreifend um das Erkennen einer Contradictio in adjecto, wenn du weißt, was das ist, nämlich der ‚revolutionären Banden'. Eine Bande, du Klugscheißer, kann niemals ‚revolutionär', sondern ihrem Wesen nach nur ‚konterrevolutionär' sein. Kapierst du das, oder soll ich es dir anhand weiterer Beispiele erläutern?"

„Ei ja, mir dämmert jetzt, wo du das sagst, schon einiges am Erkenntnishorizont", räumte Lenz ein, „du bist ein rasiermesserscharfer Denker, Rosenow, wie du das wieder einmal so fein herauszuarbeiten weißt – Hut ab! Es ist allerhöchste Zeit, daß du dich dem philologischen Studium widmest, das doch irgendwo und irgendwie außer einem ‚philo' auch ein ‚logisches' ist, nicht wahr?"

„Ja, ‚nicht wahr'", setzte Christian die Lenzsche Betrachtung fort, „denn in unserem Beispiel von den ‚revolutionären Banden' hört man es doch geradezu im logischen Gebälk krachen, das ist doch nicht weniger, als wenn *einer einem einen* (du merkst, wie wunderbar ich das unbestimmte Fürwort deklinieren kann), wenn also *einer einem einen* ‚baumlosen Wald' verkaufen oder einen Vortrag über die ‚Sichtbarkeit der Luft' halten wollte. Aber man muß andererseits auch zugeben, daß der Freudsche ‚Versprecher' oder meinetwegen auch ‚Verschreiber' von den ‚revolutionären Banden' ein Körnchen Wahrheit enthält."

„Ja, schon", gab Lenz zu, „nur ist dieser ‚Verschreiber' nicht an das Licht der gedruckten Öffentlichkeit gedrungen – was also reden wir da um den heißen Brei herum! Den Lesern unseres ‚Neuen Lands' nützt es nichts und den ‚Revolutionären' in Ungarn erst recht nicht. Dort knirscht die Logik mit Panzerketten, und die Stricke der Gehenkten gehören zu den besonders reißfesten."

Die beiden Feuerköpfe aus dem Geiste der ungarischen Revolution schliefen in dieser letzten Oktobernacht des Jahres 1956 überhaupt nicht gut. Am nächsten Morgen saßen sie aber in einer ihrer ersten Vorlesungen an der Universität und hörten zu und schrieben mit, ganz als hätte nicht eben der Wind der Zeit ein Stück blutiger Weltgeschichte durch die Unsichtbarkeit der Luft herbeigeweht. Die fernen Schrecken dieses Herbstes, sie zeichneten sich in keinem der Gesichter ab, die da andächtig dem Vortrag des schmächtigen Professors lauschten, der Edgar Papu hieß und vom Gilgamesch-Epos redete, von einer bewegten, in Keilschrift auf Tontafeln festgehaltenen Zeit hinten weit in der Menschheitshistorie, oder auch von Echnatons „Sonnengesang", diesem so gefährlichen, so lange unterdrückten, so ganz vergessenen und so gründlich verkannten Dokument früher Denk- und Dichtungsgeschichte.

„Was ist das für ein feiner und zugleich verquerer Kopf gewesen, dieser Pharao Amenophis IV., der sich Echnaton nannte und der Mann der Nofretete war", fragte Edgar Papu, Professor am berühmten Lehrstuhl für Weltliteratur und vergleichende Literaturwissenschaft an der Bukarester Universität, fragte es in das gerammelt volle Auditorium maximum im vormittäglich durchsonnten Ostflügel des Gebäudes hinein. „Er war ein Einzelner, dieser Echnaton, ein Individualist, einer, der die Sonne, gegen alles tradierte polytheistische Wesen, als monotheistische Gottheit zu begreifen wagte, und er gebrauchte seine Macht als Pharao dazu, seinen neuen Gottheitsbegriff im Staate durchzusetzen – doch was half ihm dies schließlich gegen eine in Traditionsträgheit verharrende Zeit, in der ihm zudem auch noch ein so kurzes Leben beschieden war. Was davon blieb, was uns davon blieb, und das nach Jahrtausenden erfolgreicher Unterdrückung seiner durch einsame Eingebung gewonnenen Wahrheit, das ist dieser herrliche, in unzerstörbarer Schrift festgehaltene ‚Sonnengesang', das ist ein frühes Dokument der Literatur, wie wir es höchstens noch in Mesopotamien wiederfinden, in dem von mir schon erwähnten Gilgamesch-Epos. Hier, meine Lieben, zeigt sich Literatur, zeigt sich Menschendichtung zum erstenmal in ihrer ganzen Macht und Herrlichkeit, zeigt sich also das, worüber wir uns nun eine Zeitlang unterhalten wollen. Ich wünsche sehr, daß ihr einen Begriff davon bekommt, was dieses bis dahin Unerhörte, was also die Literatur war und bis heute unausrottbar geblieben ist."

Professor Papu, den Kopf leicht zurückgeneigt, die aus tiefen Höhlen hervorschauenden dunklen Augen zur Decke des Audimax gerichtet, begann nun aus dem „Sonnengesang" zu zitieren, und es hörte sich, weil er von keinem Blatt ablas, so an, als flössen ihm die Worte von irgendwo weit oben zu, wo Gott Aton leuchtend thronte: „Schön erscheinst du am Saum des Himmels, Sonne lebendige, die du alles Leben zeugst. Du erhebst dich im Osten und erfüllst die Länder alle mit deiner Schönheit. Wie bist du groß und glänzend hoch über allem Land. Gehst du im Westen unter, so versinkt die Welt in Finsternis, in Todesstarre. Die Schläfer drinnen in der Kammer verhüllen ihr Haupt, ein Auge sieht das andere nicht. Zieht man ihnen ihre Habseligkeiten unterm Kopf weg, sie merken's nicht. Am Morgen aber gehst du auf am Himmelssaum und leuchtest als Sonnenball tagsüber, verscheuchst alle Finsternis und verschenkst deine Strahlen überallhin. Alles Vieh ist zufrieden mit seiner Weide, es grünen Bäume und Kräuter. Die Vögel entflattern ihren Nestern, ihre Flügel preisen dich, alles Wild hüpft hin auf seinen Füßen, alles fliegt und flattert, alles lebt, wenn du aufgehst." Hier hielt der Professor inne, blickte, gleichsam aus einer Trance erwachend, in die Runde und setzte hinzu: „Ihr hört, wie es klingt, dieses erste Singen von Menschendichtung."

Was den beiden Neustudenten Lenz und Rosenow ebenso wie ihren Kommilitonen von den anderen Sektionen der Philologischen Fakultät ans Ohr drang, schien ihnen eine ganz neue Sprache zu sein, ein neuer Ton zumindest, und die meisten wollten in des Professors Worten sogar den schnell-beredt-heimlichen Seitenblick hinüber nach Budapest ausgemacht haben, wo der mörderische moskowitische Stumpfsinn gerade im Begriff war, die keimenden Hoffnungen der Ungarn zu zermalmen. „Auch damals mochte es scheinen", so Papu weiter im Text seiner Vorlesung, „daß die Zeit gekommen war, den Geist allein in der Gott-Einheit zu sehen, die Zeit der großen Übereinstimmung in dem Glauben, daß es auch anders ging, ja, daß es nur anders gehen konnte. Der Fall Echnaton, der Fall aller großen Literatur beweist es. Und von nicht geringerem Interesse ist auch, daß die neue Gott-Erkenntnis nicht in Form einer Verkündigung, einer solonischen Gesetzestafel auf uns gekommen ist, sondern als Hymnus."

Lenz und Rosenow gingen etwas benommen, ja verstört aus dem Hause, gingen den „Boulevard Elisabeta", wie sie ihn nannten, hinunter zum Sitz des „Neuen Lands" und machten in einer der vielen Konditoreien an ihrem Weg Station, um je einen „Savarin" zu verzehren, dieses herrlich saftig-flaumige Süßgebäck aus dem feinschmeckerischen Paris, das man hier, anders als bei ihnen zu Hause in Kronstadt oder Temesvar, wo es gänzlich unbekannt war, so gaumenleicht zubereitete. Was alles man in der Hauptstadt an Genüssen für Hirn, Herz und Gaumen kennenlernte, war auch sonst so sehr verschieden von alledem im fernen Kronstadt oder im noch ferneren Temesvar, wo es in der Nähe von Konditoreien, zum Beispiel, so ganz anders, sozusagen noch sehr „österreichisch" roch.

Neid und Mißgunst waren in den Gesichtern mancher Redaktionskollegen von Lenz und Rosenow zu lesen, als die beiden nun täglich, von der nahen Universität kommend wie von einem anderen Planeten, zum Nachmittagsdienst antraten. Und die lieben Kollegen hatten nun auch allen Grund, neidisch und mißgünstig zu sein, denn Lenz und Rosenow saßen derzeit irgendwie am längeren Hebel, standen im Genuß sozusagen einer Außensicht der Dinge und waren darüber hinaus, für Stunden wenigstens, den Schikanen mancher Vorgesetzter entzogen. Das traf besonders auf einen von ihnen zu, den schon erwähnten Choleriker und Stalin-Verschnitt Erich Weiland, den zweiten der Vize-Chefredakteure, der, mit einem untrüglichen Machtinstinkt begabt, sogleich erkannte: „Was lernt, was studiert ihr dort in dieser bourgeoisen Anstalt, der Universität? Doch sicher nicht das Klassenbewußtsein."

„Nein, das sicher nicht", sagten sich Lenz und Rosenow, „und das Gott sei Dank nicht! Aber das ‚Klassenbewußtsein', das lernen wir auch bei dem Widerling Weiland nicht, höchstens lernen wir bei ihm, daß wir zu seiner ‚Klasse' nicht gehören, woraus sich ergibt, daß wir auch sein ‚Bewußtsein' nicht haben können, ‚halten zu Gnaden', wie der Hofmusikus Miller in ‚Kabale und Liebe' das immer so schön höflich ausdrückt. Wir lassen unser Vieh nicht auf derselben Weide grasen, ‚Genosse', wir haben und hören unser Gras ganz anderswo wachsen. Ja, und das wär's dann auch schon für heute, verehrter ‚Genosse' Weiland!" Aber das alles sagten sich Lenz und Rosenow gerade nur im stillen, denn mit einem Repräsentanten der „Securitate" sich anzulegen, wie Weiland einer war, wäre doch sehr „ungesund" gewesen.

Wer sich über den Neubeginn der beiden in universitären Gefilden dann aber unverhohlen freute, das war einmal Vita Zoller, das war, zum anderen, Franziskus Barsa, Rosenows Zweitnamen-Geber, und das war vor allem Hermann Salomon, das leibhaftige Sprachgewissen der Redaktion. Doch auch dem Gesicht Georg Hranolkas, des neuen Chefs vom Dienst und gebrannten Kindes kommunistischer Rechtspflege, war eindeutiges Wohlwollen anzumerken. Und schon gar nicht mehr war in der Redaktion davon die Rede, daß Lenz und Rosenow, einmal an der Universität angekommen, sofort aus ihren Posten bei der Zeitung fliegen würden. Vize-Chefredakteur Stein hüllte sich dieserhalb in verdächtig-verschämtes Schweigen, und erst viel später sollten die beiden „Ausreißer" erfahren, wieso und warum: Ein Ukas der Pressesektion des Zentralkomitees hatte alle Zeitungen just in jenen Tagen ermahnt, für die höhere berufliche Qualifikation ihrer Mitarbeiter zu sorgen, das heißt, sie auf Schulungen zu schicken oder zu Schulabschlüssen anzuhalten. Lenz und Rosenow waren also in kluger Voraussicht künftiger Entwicklungen schon dabei, die neuesten Weisungen der Partei in die Tat umzusetzen.

XV
Domestike sein ist eine Weltsicht

Für Lenz und Rosenow war der Beginn des Universitätsstudiums nicht nur hinsichtlich der beglückend neuen Bildungserlebnisse das Hauptereignis dieses von unangenehmen politischen Entwicklungen eingetrübten Jahres, er war dies auch hinsichtlich der menschlichen Begegnungen. Im selben Jahrgang, ja in derselben Studiengruppe fanden sich die beiden überraschend mit einem Kommilitonen zusammen, der auf einem Umweg zu den Germanisten gestoßen war. Christian konnte sich an sein Gesicht noch lebhaft aus Schulzeiten erinnern. Richard Adelfini hatte drei Klassen vor ihm das Kronstädter Honterus-Gymnasium besucht und mit dem Abitur abgeschlossen, darauf aber, in Verkennung seiner tieferen Anlagen und Neigungen, ein Studium der Elektrotechnik in Bukarest begonnen und schließlich eines Tages feststellen müssen, daß er sich damit auf einem Irrweg befand. So war er also mit der Verspätung von einigen Jahren ins philologische Fach gewechselt, und das nun mit dem Stachel eines Studienabbruchs im Gemüt, dafür aber mit einer geistigen Perspektive vor Augen, die weit entfernt war von der „Langeweile mathematischer Prozesse", unter der er während seines technischen Studiums, wie er mit befreitem Lächeln gestand, so sehr hatte leiden müssen.

„Während dieses Studiums", machte Adelfini seinem Herzen Luft, „war ich unablässig von geistigen Mediokritäten umgeben, die mir aber in mathematischen Dingen zu meiner Schande mindestens ebenbürtig waren, obwohl sie sich dafür kein bißchen anstrengen mußten. Freilich galt das nur für die mathematischen Dinge, sonst für nichts. Da diese aber im Studium beherrschend waren, hatte ich von vornherein den miserabelst denkbaren Stand: Ich mußte mir unentwegt sagen, du kannst unendlich viel mehr als diese in Turnschuhen herumlaufenden Käsfußindianer, doch zählt das hier überhaupt nicht. Deshalb also bin ich jetzt hier bei euch – könnt ihr mich verstehen?"

„Und wie", bemerkte Christian, „und wie wir dich verstehen können, mein Lieber! Das war doch unerträglich, das war doch so, als wenn man sich mit den Fischen im Wasser ständig im Schwimmen messen müßte und dabei alles andere, was man noch kann, überhaupt keine

Rolle spielte. Wie gut hat es doch unsereiner – ich meine damit natürlich vor allem mich selbst –, der nicht mehr vorzuweisen hat als eine leidliche Beherrschung der deutschen Syntax und der damit auch noch seine Brötchen verdient. Und das umgeben von lauter Menschen, die allesamt Prosa schreiben, in Schulaufsätzen, Prüfungsarbeiten, Privatbriefen, Lebensläufen, Tagebüchern und was alles sonst noch. Alle diese Menschen, bitte schön, sind nicht weniger als ‚Prosaisten' und machen aus den hunderttausend Wörtern, die der Duden für jedermann bereithält, eigentlich dasselbe wie wir Schreiber von Beruf, wenn auch nur gerade zu einem anderen Zweck."

Richard Adelfini gefielen Christians Trostworte, als die er sie verstehen mußte, nicht wenig, die Parallelität der Fälle, das heißt seines eigenen und jenes der beiden neuen Kommilitonen, lag auf der Hand, und so freute er sich, auf Anhieb so viel Übereinstimmung feststellen zu können, wo er sich doch auf absolutem Neuland befand und gerade nur durch Instinkt und Gespür, also mehr durch einen Zufall dahin verschlagen worden war.

Trotz seines Namens war Adelfini, wie noch zu sagen ist, ein echtes Kronstädter Kind. Anhand der früheren Namensschreibung „D'Adelfini" zwar als alter lombardischer Adel identifizierbar (von dem der jüngste Sproß freilich nichts wissen wollte), paßte seine italienische Abkunft sehr wohl in das ethnisch bunt gemischte Kronstadt, das in dieser Hinsicht, um es mit einem Bild auszudrücken, zwar so etwas wie eine Bergwiese war, jedoch eine mit vereinzelten Orchideen mitten zwischen Gänseblümchen, Löwenzahn, Enzian und Narzissen, was sie indes gerade so interessant sein ließ.

Adelfini, den Lenz und Rosenow gegen ihre sonstige Gewohnheit nicht beim Nachnamen nannten, sondern, weil das so besonders klang, bei dem italienisierten Vornamen „Ricardo", war eine der erstaunlichsten Erscheinungen in ihrer neuen Entourage. Von einer schlenkernden Steifheit im Umgang mit Kommilitonen und Dozenten, begann sein Charme sich erst beim Reden richtig zu entfalten. Ricardo war ein ausgesprochen rhetorisches Phänomen, in diesem Punkt also wohl am ehesten auf seinen italienischen Ursprung zurückzuführen, von dem dann allerdings sein Äußeres nichts verriet.

Sein bis in die Augenbrauen rötlich-blondes Haar umrahmte ein eckiges Gesicht, aus dem hinter Brillengläsern hellbraune Augen hervorblitzten. Gleichwohl hatte er, was besonders auffiel, nicht die geringsten Schwierigkeiten, sich über komplizierteste Themen mit intellektueller Emphase zu verbreiten und dabei seinen Blick in fernste Fernen zu richten, als ginge ihn das ganze Um-ihn-herum sowie das, worüber er gerade redete, überhaupt nichts an.

Als Rosenow ihn einmal fragte, wie er es denn mit so überzeugender Leichtigkeit schaffe, die verblüffendsten Wendungen des Gedankens über alle Köpfe weg (er redete nur im Stehen) hinzusagen, da belehrte Ricardo ihn mit freundlichster Pädagogik: „Weißt du, Rosenow, das ist für mich sehr einfach und sollte es auch für dich sein. Du mußt dir also nur immer vorstellen, daß alle, die dir da zuhören, ob Studienkollegen oder meinetwegen auch Dozenten, eine zufällige Ansammlung von Dummköpfen sind, die von nichts eine Ahnung haben und froh sein müssen, wenn du das Wort an sie richtest. Du mußt dir immer sagen, die fühlen sich geehrt und beschenkt durch alles, was du in deiner Großmut an sie verschwendest. Das, mein Lieber, ist die richtige Einstellung im Umgang mit Domestiken, die uns so zahlreich umgeben. Und ‚Domestiken'", fuhr er in erklärendem Tone fort, „sind nach meiner Auffassung nicht das, was man mit diesem Wort gemeinhin zu bezeichnen pflegt, also dienende Hausgeister, nein, Domestike sein bezeichnet für mich eine Weltsicht, eine Mentalität, die ohne Ausnahme in allen gesellschaftlichen Schichten anzutreffen ist. Sieh dir zum Beispiel nur diesen unseren lieben Studienkollegen Johann Gomorra an mit seinem blauen Idiotenblick, der wie aus Günthers „Rassenkunde des deutschen Volkes" entsprungen scheint, wie der also diese turnbeschuhten Stinkfüßler vom Jugendverband umtänzelt und umschwänzelt, als möchte er ihnen in einem unbewachten Augenblick in den Hintern kriechen, sieh ihn dir doch nur an, diesen sabbernden Advokatensproß, der uns drei (damit meinte er das Dreigespann Adelfini, Lenz und Rosenow) doch tatsächlich in sein Haus einladen wollte, weil wir halt so sympathische junge Leute sind, wie er seinem Papa wohl erzählt hat. Dieser ‚Domestike' besitzt, wie es für solche Individuen typisch ist, nicht einmal soviel Gespür, daß er wüßte oder auch nur ahnte, er sei selbst ein solcher. Domestikenhirne sind so angelegt, daß sie alles, was sie hören oder lesen, wie ein Schwamm aufsaugen und, wenn man diesen preßt, sofort wieder absondern, und zwar unverändert genau auf Punkt und Komma. Die sind also eine Art Hirnmechaniker, von denen du nicht erwarten kannst, daß sie etwas wirklich begreifen, sie nehmen nur auf und geben wieder ab, unverdaut und unverstanden. So lernen sie für Examina Wort für Wort alles *auswendig*, aber *inwendig* passiert bei ihnen nichts."

„Darüber", so Christian, „habe ich bisher noch niemals nachgedacht, aber mir leuchtet ein, daß es so ist, wie du's sagst. Ich weiß nur, daß ich ein solcher Schwammhirn-Typ sicher nicht bin."

„Das will ich aber auch hoffen", erwiderte Ricardo, „was sage ich, von Anfang an habe ich es gewußt, sozusagen schon gleich bei unserer ersten ,Beriechung'."

Adelfinis Freundschaft war für Lenz und Rosenow von unschätzbarem Wert, nicht nur in ideeller, auch in nüchtern-praktischer Hinsicht. Wie hätten sie es bei ihrer doppelten Belastung mit Beruf und Studium auch schaffen können, über die Runden zu kommen? Für Adelfini war es ein leichtes, überall, bei allen Vorlesungen und Seminaren, mit dabei zu sein, ja, weil er im Studentenheim wohnte, sich auch über alle universitären Nebenaktivitäten auf dem laufenden zu halten. Anzutreffen war er deshalb regelmäßig in der Fakultätsbücherei, in Sonderfällen auch in der Universitätsbibliothek, die sich nur vier Häuserecken weiter gegenüber dem ehemaligen königlichen Stadtschloß befand.

Die Bibliotheksbesuche wußten sich die beiden studierenden Journalisten indes, zumindest wenn es um belletristische Werke ging, durch deren käufliche Erwerbung zu ersparen, das Geld dafür verdienten sie sich ja selbst. Christian Rosenow, ein nicht ungeschickter Bücherjäger im antiquarischen Revier, hatte seine „zweite Universität", als die er die Buchhandlungen und Antiquariate, vor allem die letzteren, gerne bezeichnete, schon früh entdeckt, fast schon als er kaum erst in Bukarest war. Ihnen verdankte er die anregendsten, ja erregendsten Begegnungen, nicht nur mit Büchern, sondern auch mit Menschen. Die beiden Bewohner der Dachbude in der Mântuleasa-Straße konnten auf diese Art sehr bald auf eine eigene kleine Bibliothek der Weltliteratur zurückgreifen und ihre Sonntage, an denen die Universitätsbüchereien in der Regel geschlossen waren, mit Lektüren ausfüllen, die die schöne Behaglichkeit des Privaten besaßen.

Mit Adelfini verband die beiden aber noch eine weitere Interessengemeinschaft, die, mehr stillschweigend als offenbar, für den älteren Studienkollegen von einiger Bedeutung sein sollte. Die drei bildeten nicht nur eine verschworene Gemeinschaft des geistigen Austauschs, sondern auch eine der Beziehungen nach außen. Wo immer er konnte, half Adelfini mit seinem gesammelten Wissen bereitwillig aus und war für Lenz und Rosenow, vor allem vor den Semesterexamina, ein unersetzlicher Nachhilfe-Lehrer. Die beiden wiederum waren für ihn in anderer Hinsicht eine Art schützender Schild. Mit der selbstbewußten Art, mit der Adelfini Dozenten zu behandeln pflegte und Studienkollegen ihre Unterlegenheit fühlen ließ, war er oft genug nahe daran, den Bogen zu überspannen und sich den Groll der politischen Oberkontrolleure am Germanistik-Lehrstuhl zuzuziehen, wäre da nicht sein für jedermann sichtbarer Bund mit den beiden Journalisten gewesen, denen nahezutreten sich keiner der Dozenten so recht traute. Man konnte doch, so deren vorsichtige Überlegung, unmöglich wissen, was die beiden an Universitätsinterna alles an die Öffentlichkeit zu tragen imstande waren. Fühlte sich einer dieser universitären Staubwedel zum Beispiel bei einer Wissenslücke oder, noch peinlicher, bei einem ideologischen Ausrutscher ertappt, dann versuchte er, dies sogleich durch die scherzhafte Standardbemerkung zu überspielen: „Lenz und Rosenow werden dies doch hoffentlich nicht gleich in die Zeitung setzen?"

Die beiden lachten sich eins ob solch naiver Überschätzung ihrer Macht, denn hätten die politischen Gewissensschnüffler unter den Dozenten auch nur im leisesten geahnt, wie argwöhnisch und mißgünstig so mancher in der Redaktion des „Neuen Lands" den beiden studierenden Kollegen begegnete, ja, wie sehr sie bei Leuten wie dem Vize-Chefredakteur Weiland in Verruf waren, so wären sie gewiß auch an der Universität nicht ungeschoren geblieben. Aber die Kommunikationswege zwischen Universität und Zeitung waren sehr weit und verschlungen und zudem von wechselseitiger Unkenntnis der internen Vorgänge getrübt. Der große, wenn auch unsichere Trumpf der beiden war interessanterweise, daß sie auf den zwei Feldern, auf denen sie sich gleichzeitig bewegten, für ihre Umgebung gleicherweise als unsichere Kantonisten galten, und sie wußten sich diese prekäre Sonderstellung auf ihre heiter-unbesorgte Art zunutze zu machen.

Eine der ersten Séancen, die die drei in der radiator-erwärmten winterlichen Dachbude bei heißem Tee und frischem Brot zu Banater Bratwurst aus der Räucherkammer der Eltern Lenz abhielten, war den tieferen Gründen von Professor Edgar Papus Vorlesung über die Anfänge der Weltliteratur gewidmet, also einmal Echnatons „Sonnengesang", dann aber vor allem dem Gilgamesch-Epos. Hier befand man sich an den Quellen der Literatur überhaupt, hier kristallisierte die mündliche Überlieferung von Märchen und Sage in verewigende Schrift. So und nicht anders waren Papus Worte aufzufassen, wie die drei übereinstimmend feststellten. „Das ist sozusagen der Moment, in dem der denkende Mensch aufgefordert ist, andächtig innezuhalten", wie Adelfini es mit rhetorischer Eleganz formulierte. „Dieser Echnaton, bitte schön, hat im Schatten eines pyramidalen Steinhauses über die Hitze der Sonne nachgedacht und ist so zu dem Schluß gekommen, dort oben west ein einiger Gott, der keine anderen Götter neben sich duldet, und glauben könne man in des Gedankens Kühle nur noch an ihn."

„Nur eines, das Professor Papu äußerte", so Christian Rosenows Beitrag zu den Erörterungen, „habe ich nicht ganz begriffen. Er sagte nämlich, wenn ihr euch erinnern wollt, und zwar unter Hinweis auf die ästhetischen Schriften seines ‚verehrten Kollegen und Lehrers Tudor Vianu', die ‚Metapher, meine Lieben, ist die Literatur selbst' – so also habe ich es noch wortwörtlich im Ohr. Nun gut, wie kommt es dann aber, daß ausgerechnet in den frühesten Äußerungen von Literatur, im Gilgamesch-Epos zumal, diese Metapher fast keine Rolle spielt. Es werden dort, zumindest in der Ausgabe, die ich vor einigen Tagen antiquarisch erstanden habe, dem eben frisch erschienenen Bändchen Nr. 203 aus der ‚Insel-Bücherei', Handlungen aufgeführt,

Vorkommnisse geschildert, Taten gerühmt, es wird also referiert, was Gilgamesch und Engidu vor und nach Schließung ihres Freundschaftsbundes machen, man spürt die Reibungen zwischen den beiden, man freut sich, wenn sie zueinander finden, nur vermißt man, besonders in den frühen ‚Tafeln' oder, sagen wir, ‚Kapiteln' jeden Funken einer poetischen Erhöhung, schon gar einen der metaphorischen Spannung, wie sie durch das Hineinziehen des Vergleichsmoments in die Rede entsteht. Höchstens wird Engidu einmal noch ‚Panther der Wüste' genannt. Das ist auch alles an ‚uneigentlichem Reden', das die Metapher bewirkt, die bekanntlich die ‚Poesie selbst' sein soll, obwohl sie zunächst nur eine farbigere Qualität rein von Sprache ist. Man muß sich also schon bis zur zehnten ‚Tafel' vorarbeiten, um auf metaphorische Einsprengsel wie ‚Antlitz der Sonne' oder der ‚Schlaf weht ihn an wie ein Wind' zu stoßen. Und dennoch vermißt man mit der Metapher nicht auch gleich das Poetische in dem Epos. Nur ist dieses hier bloß eine Art von ‚tönendem Bild aus Worten', so könnte man es nennen. Nicht viel anders verhält es sich mit Echnatons ‚Sonnengesang'. Hier regt sich zwar schon häufiger die Metapher, doch tut sie es noch zaghaft. Das ganze ist im Grunde Beschreibung und Beschwörung von Erhabenheiten und deshalb auch poetisch schön, aber man muß schon den 104. Psalm im Alten Testament bemühen, in dem dieser Echnatonsche ‚Sonnengesang', wie man erkannt hat, zu neuem Leben erwacht, um die Metapher sich entfalten zu sehen zu hoher Dichtung."

„Das siehst du richtig, lieber Rosenow, das siehst du durchaus richtig, obwohl mir reichlich kompliziert erscheint, wie du es darstellst. Die frühe mesopotamische und auch ägyptische Poesie, sie leben noch ganz in dem sehr spartanisch betriebenen Wunderwerk, Leben in Sprache umzusetzen, es in Worte zu fassen, es also in etwas ganz Neues zu verwandeln. Das war diesen frühen Dichtern schon genug an Poesie – so scheint es mir wenigstens, so könnte ich es mir erklären. König David greift da schon sozusagen beherzter in die Saiten seiner Harfe, wenn er den 104. Psalm anstimmt."

„O ja", meldete sich der bibelfeste Christian wieder zu Wort, „o ja, dort sind die ‚Herrlichkeiten der Schöpfung' aus der relativen Dürre des Echnatonschen Berichts schon ins Bild aufgestiegen, dort wird der ‚Himmel wie ein Zelt ausgespannt', dort werden ‚die Winde zu Boten' und ‚die lodernden Feuer' zu ‚Dienern', o ja, dort strömt Poesie mit Macht herein in die Weltliteratur, daß man sich direkt dazu angeregt fühlt, ein Gleiches zu tun."

„Ich merke, ich muß dazu nichts mehr sagen", ergriff nun auch Lenz mit leiser Ironie das Wort, „ihr kommt mir in allem zuvor. Ich fühle mich aber wohl dabei, zu wissen, daß andere so selbstverständlich meine eigenen Gedanken denken."

Es wurde oft Mitternacht, wenn sich die drei über literarische Dinge unterhielten, und das Gute, ja Beste daran war: Sie vergaßen darüber die Tristesse, die sich an manchen Tagen wie ein grauer Schleier über das berufliche Tun der beiden Journalisten legte.

Capricho 4

Demetrius Rothenburg

*Ein verhinderter Dichter drängt sich
in unsere Aufmerksamkeit*

Man hätte allen Grund, Demetrius Rothenburg zu verachten. Ich sage „man" und „hätte", weil ich erstens selber so etwas überhaupt nicht vorhabe, zweitens mir im Augenblick auch niemand einfällt, der sich mit solcher Absicht trüge, drittens aber, und das gar nicht zuletzt, vor allem deshalb, weil ich mit diesem Unschuldswörtchen „man" gewisse deutsche feministische Linguistinnen in ihrem sprachschänderischen Tun bremsen bzw. daran hindern möchte, dieses „man" um jeden Preis durch „frau" entweder zu ergänzen oder zu ersetzen.

Das durchaus als krankhaft zu bezeichnende Eingreifen in eine gewachsene Struktur, die die Sprache nun einmal ist, stehe ich nicht an, typisch deutsch zu nennen, da es ja ohne den Hang dieser großen Nation, alles und jedes bürokratisch anzugehen, niemals zu einem solchen Eingreifen kommen würde. Vermag sich jemand einen Engländer vorzustellen, der auf den Gedanken käme, Margaret Thatcher eine „Prime Ministress" zu nennen? Ich jedenfalls nicht. Abgesehen davon würde Frau Thatcher einen, der so etwas täte, auf der Stelle mit ihrer Handtasche zu Boden schlagen.

Mit den deutschen feministischen Linguistinnen verhält es sich nun aber so, daß sie akut an einem Grammatikdefizit leiden und zum Beispiel zwischen Genus und Sexus überhaupt nicht unterscheiden können, daß sie also in ihrer grenzenlosen Einfalt alles, was sich unter Männlichkeitsverdacht stellen läßt, mit einem weiblichen „Schwänzchen" versehen müssen, falls „man" sich so ein Unschuldsneutrum in diesem Zusammenhang überhaupt noch erlauben darf. Es genügt also nicht, einfach nur von „den Wählern", „den Kunden" oder „den Studenten" zu sprechen, wie das schon ewig lange ohne sprachlichen Präzisionsverlust geschieht, nein, es müssen immer auch „die Wählerinnen", „die Kundinnen" oder „die Studentinnen" in das harmlos-neutrale Kollektivum hineingekeilt werden, damit dem deutschen

Bürokratengemüt die Genugtuung der Zweifelsfreiheit widerfährt. Aus diesem feministisch-linguistischen Vorpreschen in die Zonen arbiträren Schaltens und Waltens haben Theologinnen beider in deutschen Landen vertretenen christlichen Großkonfessionen in ihrer offensichtlichen Dümmlichkeit das Recht abgeleitet, uns auch noch den lieben Gott zu feminisieren. Daß so etwas dem Rest der Welt als ausgesprochen äffisch erscheint, stört sie gar nicht, da es ihnen ja an so etwas wie ästhetischem Gespür gebricht bzw. letzteres bei ihnen durch pure Abgeschmacktheit ersetzt ist.

Warum aber, um alles in der Welt, soll nun dieser Demetrius Rothenburg verachtet werden, zumindest von Personen, die sich unter „man" rubrizieren lassen? Demetrius Rothenburg, muß man wissen, hat also gestern oder dieser Tage oder meinetwegen auch in den letzten Wochen, Monaten und Jahren ein Gedicht oder etwas, das er dafür hält, zu Papier gebracht, das manchem in seiner Lächerlichkeit schlichtweg unüberbietbar erscheinen könnte. Dieses Gedicht ist nämlich, wie vorauszuschicken wäre, einmal viel zu lang. Wie lang, wird „man" fragen, und ich sage dazu nur: viel zu lang! Ich könnte allerdings mit Leichtigkeit die wirkliche Länge hinzufügen, da ich sie ja kenne, nämlich: vier Zeilen. Aber genau diese vier Zeilen sind nach Ansicht mancher auch vier Zeilen zu viel, woraus man den Schluß ziehen muß, Demetrius Rothenburg hätte am besten, anstatt dieser vier, überhaupt keine Zeile geschrieben.

Er läßt es sich aber angelegen sein, nicht nur Zeilen vor sich hinzuschreiben, sondern diese auch noch, gegen alle heutigen poetischen Gepflogenheiten, metrisch zu verfassen und natürlich noch jeweils mit einem Reim-Schwänzchen zu versehen. Da ich eine wortspielerische Natur bin, kann ich nicht umhin, diese Rothenburgsche Art von Reimdichtung eine „demetrische" zu nennen, die es ja nun doppelt auch ist. Sehen wir aber am konkreten Beispiel, worum es geht. Hier das Elaborat, das den höchst originellen Titel „Winter" trägt:

> Nie waren Dächer noch so schief,
> Da Sonnen ich vergeblich rief.
> Der Garten ist ein Negativ,
> Die Häuser paffen Mief.

Es fällt sofort auf, daß dieses (de)metrische Reimgebilde, wenn man es zentriert in die Seite setzt, eine stumpfe Keilform erhält, was niemals Zufall sein kann. Hier wird sichtbarlich ein Keil in unser Hirn getrieben, und daß er stumpf ist, macht die Sache nicht angenehmer. Aber lassen wir den graphischen Aspekt beiseite und gehen zur Textdeutung über, die ja an der ganzen Dichtung, wie man weiß, das wichtigste ist, wenn man von der Orthographie einmal absieht, die ja im Deutschen das A und O ist bzw., wie man zu kalauern nicht umhin kann, das „A-O-weia". Obwohl – ja, obwohl in unserem Falle festzustellen wäre, daß die an der deutschen Rechtschreibung durch Augst, Kultus & Konsorten in den letzten Jahren vorgenommene Verhunzungsprozedur (Rothenburg: „Die Reformorthographie ist eine Orthographie von Idioten für Idioten.") den oben zitierten poetischen Erguß überhaupt nicht tangiert. Er bleibt sich in allen heute in Umlauf befindlichen Orthographien gleich. Das wäre daher, um einmal auch etwas Positives über Demetrius Rothenburg zu sagen, ein sehr zu lobender Vorzug seines Werkchens.

Aber wie erging es mir in meiner äußersten Reserviertheit gegenüber diesem „Gedicht", als ich mich daranmachte, es zu analysieren? Es erging mir eigenartig konträr zu meiner ursprünglichen Versuchung, es in Grund und Boden zu stampfen. Denn schon bei der ersten Zeile, also diesem aufreizenden „Nie waren Dächer noch so schief", bemächtigte sich meiner gegen alles innere Sträuben urplötzlich ein sympathetisches Gefühl für den Gegenstand meiner Betrachtung. Wie erklang diese Zeile in meinem Gemüt auf einmal so treuherzigsanft, zugleich aber auch wie ein Aufschrei, so voll also einer kindlichen Unschuld und zugleich auch voll eines unüberhörbaren Vorwurfs?

Bewirkt wird dies eigentlich erst durch die folgende Zeile: „Da Sonnen ich vergeblich rief". Sie erst verleiht dem Vorhergehenden nachträglich die Weihe tragischer Endgültigkeit, die aus diesem emphatischen „nie" zwangsläufig folgt. Es wäre hier auch gleich auf die „kunstvolle Schlichtheit" (ein wunderbares Oxymoron!) der Formulierung hinzuweisen, die erst, man schaue genau hin, durch die pluralischen „Sonnen" so etwas wie eine Wendung ins Poetische erfährt. Diese „Sonnen" erheben durch das Zwingende, mit dem sie auftreten, die Zeile in den Rang hoher Poesie. Man kann das sozusagen „umkehrschlüssig" nachweisen, indem man die pluralischen „Sonnen" durch eine singularische „Sonne" ersetzt. Heraus käme dabei: „Da Sonne ich vergeblich rief." Mein Gott, wie läppisch und nichtssagend das klingt! Wie vermag doch ein einziger Buchstabe, dieses unscheinbare kleine „n" am Wortende, das Läppisch-Nichtssagende ins Himmlische emporzuheben!

Bleiben noch die zwei lapidaren Aussagen der vorletzten und der letzten Verszeile: Die vorletzte Zeile, „Der Garten ist ein Negativ", sollte nun gar nicht überraschen, da so eine winterliche Landschaft ja eindeutig an ein „Negativ" erinnert, und doch ist sie hier das eigentlich Überraschende. Das mag an der Frische der Formulierung liegen oder an sonst einem heimlichen Zauber, der der Rothenburgschen Poesie innezuwohnen scheint – wir können es so genau weder wissen noch sagen. Die letzte Zeile, „Die Häuser paffen Mief", ist nun, zugegebenermaßen, eine sprachliche Frechheit – ja, so wird man nicht umhin können, es auszudrücken. Und doch: Wie sympathisch ist dieser Ausklang und wie im letzten überzeugend und sozusagen aufgekratzt-versöhnlich. In aller Unschuld und doch auch jedem engagierten Ökologen die Röte der Empörung ins Gesicht treibend wird hier der traurige Tatbestand der Luftverschmutzung angesprochen!

Aber in der Tiefe der Dichterseele Demetrius Rothenburgs schlummern noch weitere Juwelen. Er bringt es fertig, in sage und schreibe zwei Zeilen eine Welt einzufangen und in die poetische Gültigkeit, ja Endgültigkeit emporzuheben, so in dem Kürzestgedicht mit dem Titel „Heuschreck":

> Auf Juliwiesen machen Schrecken Heu,
>   das ist dem Bauer Martin neu.

Das Unheimliche dieser Idylle, die ja eine solche nun eigentlich und wirklich ist, wird hier in bloß elf Wörter gefaßt, und das läßt uns höchlich erstaunen, einmal ob der hier waltenden hohen Ökonomie der Sprache, zum anderen aber und vor allem ob des Dämonischen in der Verspieltheit, in die das Gedicht letztwörtlich mündet, indem es diesen „Bauer Martin" nun seinerseits in Erstaunen versetzt.

Der Fundus Rothenburgscher Poesie ist indes damit längst nicht ausgeschöpft. Immer hat nämlich dieser „verhinderte Poet", wie man ihn getrost wird nennen dürfen, in seinem nun schon etwas längeren Leben derlei produziert, jedoch, wie man gleich hinzufügen muß, meist in sozusagen homöopathischer Weise – mal also von diesem ein bißchen, mal von jenem. Hatte er einmal etwas ausprobiert und schien es ihm leidlich gelungen, so mochte er in dieser Richtung nicht mehr weitermachen. Was sollte die Wiederholung? Was diese eitle Repetition des einmal gefundenen Tricks, wie viele Dichter sie dazu nutzen, ganze Berge von Bänden aufzuhäufen? Bei dieser Art von Poesie pflegt man ja schon auf der zweiten Seite einzuschlafen und erst auf der letzten wieder aufzuwachen. So etwas aber war Demetrius Rothenburg in tiefster Seele zuwider.

So kam es denn, daß er in jeder Dichtart gerade nur ein, zwei Beispiele produzierte. Es gibt zwar sage und schreibe drei Naturidyllen von ihm, aber nur eine einzige Ballade. Als er das Limerick für sich als Ausdrucksform entdeckte, fabrizierte er gerade mal zwei davon – „der Rest ist Schweigen", wie er mit Shakespeares Hamlet sinnig formulierte. Auch was das Kapitel „Parodien" angeht, beschränkte er sich auf zwei oder drei Texte.

Wir sprachen vorhin von seiner „Ballade". Sie sei hier nun mitgeteilt. Nicht nur ist sie nämlich eine solche, sie trägt die Gattungsbezeichnung auch noch als Titel:

> Es galoppieren zwölf Kanuten
>
> auf Spachtelhufen falber Stuten
>
> durch bunten Schaum gestauchter Fluten.
>
> Am Ufer stehen bange Maiden,
>
> gehüllt in lange weiße Kleiden
>
> aus Indien- oder Chinaseiden.
>
> Doch ach, wie schicksalvoll die Stunde,
>
> es zog die zwölfe jäh zu Grunde,
>
> von keinem kam mehr eine Kunde.

Man kann ja hier nun sehen, wie er mit derlei klassischen Formen umzugehen pflegte, ja, wie er das ansonsten Weitausholende dieser epischen Gattung zu äußerster Verknappung führte. Jedenfalls wird man nach einer kürzeren Ballade als dieser lange vergeblich Ausschau halten. Und noch manches mehr springt ins Auge: einmal die geradezu barock-vertrackte Bildbehandlung, wie sie besonders in der ersten Strophe in Erscheinung tritt (die Ruder werden zu „Spachtelhufen", die holzfarbenen Kanubäuche zu Flanken „falber Stuten", die Ruderbewegung ist folgerichtig ein „Galoppieren"), zum anderen wiederum die grammatisch anstößige Mehrzahlform „Kleiden" (anstatt „Kleidern"), mit der er sich wohl, den pedantischen Reimer mimend, eine erheiternde Wirkung auf den Leser erhoffte. Nicht zuletzt aber sei auf den diskret parodierenden Zug des Ganzen hingewiesen, diskret, weil ja hier im Grunde höchster Ernst zelebriert wird, wo in einem fort gelacht werden müßte.

Das ist in dem nachfolgenden Gruselgedicht mit dem Titel „Morgen-Grauen" mitnichten so; da vergeht einem das Lachen von vornherein gründlich:

> Früh zwischen drei und vier
> spiel ich ganz schön Klavier,
> meine langen Finger hasten
> über schwarze und weiße Tasten
> früh zwischen drei und vier
> auf diesem Knochenklavier –
> oh weh mir.

Anders ist es mit solchen eigentlich freundlich zu nennenden Wortkunstwerken wie dem nachfolgenden bestellt, das der Dichter, wohl auch in leiser Anspielung auf seinen Namen, „Altes Spiel mit Rot" betitelt:

> Es wundern sich Rhabarberbeete
> der nachbarlichen Möhrenröte.
> Ein Falter setzt sich bunt und lose
> auf Abendblüten einer Rose.
> Oh Möhren-, oh Rhabarbernot,
> oh Falter bunt im Rosenrot.

Mit Leichtigkeit erkennt man hier den emblematischen Ansatz des Poeten, der offenbar immer wieder Vergnügen daran findet, ein klein bißchen, das heißt unaufdringlich, zu barockisieren, was ihm ja, zumindest ins Spöttische gewendet, nicht unbedingt mißlungen ist. Überhaupt reitet ihn der Teufel jedesmal, wenn er parfümierte Dichtungen anderer aufzuspießen beliebt, etwa eine wie diese: „Ich stand einmal auf dem Altan, / da nahte sich auf schwankem Kahn / ein selten schöner Goldfasan." Rothenburg konnte sich bei solch preziösem Gestelze die Bemerkung nicht verkneifen: „Fehlt nur noch des Sängers Leo Slezak berühmtes Wort, gesprochen in Wagners ‚Lohengrin': ‚Wann kommt der nächste Schwan?'"

Wo der Experimentalpoet, allerdings nur vorübergehend, regelrecht in einen schöpferischen Rausch verfiel, das war beim Verfassen solch sprachspielerischer Kaprizen wie die weiter unten mitgeteilte, die den aufschlußreichen Titel „Mittelbrambasischer Opferspruch" trägt:

> Mukaschampa
> lebtu manka
> baldamun in vikulap
> rektovares
> bikatores
> inditiphe phall hinap

Hier dröhnt uns nun freilich das schallende Gelächter Rothenburgs in den Ohren, das er jenem Kollegen aus studentischer Frühzeit hinterhersandte, der nachmals seine ganze poetische Existenz auf diese Art von Dichten gründete und es damit, sehr spät zwar, aber immerhin (und warum auch nicht?), zu höchsten Dichterpreisweihen brachte. Er, Rothenburg, sagte hierzu nur doppelsinnig-bissig: „Nichts ist unmöglich, nur der Adept solcher Poesie ist es."

Blickte Demetrius Rothenburg in vorgerücktem Alter auf sein dichterisches Gesamtwerk, so überzog sich sein Gesicht mit lächelnder Zufriedenheit. Insgesamt waren da höchstens zwei Dutzend Stücke zusammengekommen, die Limericks und die zwei, drei Parodien mitgezählt. Aus jedem Dorf gab's einen Hund, nichts, was sich auch nur zweimal wiederholt hätte, ein Flickenteppich aus lauter

„Pröbchen". Und trotzdem, wie war das alles in sich rund und vollendet, wie war der Kreis möglicher Dichtmanieren bis ins Letzte ausgeschritten. Am Ausgang und Ende dieses wahrlich durch Bescheidung gekennzeichneten poetischen Schaffens stand indes schlicht und schlank seine einzige Elegie mit dem Titel „Trist":

> Sie fallen von uns ab.
> Vor einem Jahr war's der Freund,
> der sich als Richter in Kafkas Prozeß
> entpuppte.
> Gestern dann der kleine Verrat
> des dicken reisenden Herrn,
> der auf Briefe nicht mehr antwortet.
> Heute die kleine Frechheit
> eines eingeborenen Schrats,
> der uns ‚vor allem' Gesundheit wünschte.
> Morgen wird noch die kleine Lüge kommen,
> telefonisch, ‚ach Gottchen,
> wie bin ich untröstlich!'
> So geht der Tag hin,
> so das Jahr.
> An allen Ecken und Enden der Geschichte
> diese schlauen, geschwinden
> Fangmichs.

Fast will es uns scheinen, als sollte von diesem Demetrius Rothenburg gerade nur sein wohltönender Name im Gedächtnis der Nachwelt bleiben.

XVI
Herr Flöte und Frau Holle

Zwischen Universität und Brotberuf ein bißchen hin- und hergerissen fühlten sich Lenz und Rosenow allerdings schon. Obwohl, ja, obwohl man auch sagen muß, daß es zwischen den zwei Bereichen ihres Wirkens auch wechselseitige Befruchtungen und Bestätigungen gab. So hehr und von allem Journalismus abgehoben erschien ihnen die Literatur mit fortschreitendem Studium nun doch auch wieder nicht. Die Berichte der Bibel, begonnen mit dem Schöpfungsbericht, ließen sich sehr wohl auch als frühe journalistische Versuche lesen, freilich als solche von besonderer Art, dito die Epen Homers, die „Argonautika" des Apollonios Rhodios, schon gar was sehr viel später Matthias Claudius oder Johann Peter Hebel, was Kleist, Heine oder Börne in ihren Tages-Werken zu Papier gebracht hatten, und was waren Daniel Defoes „Robinson Crusoe" oder Jonathan Swifts „Gullivers Reisen" denn anderes als Werke eines, sagen wir, „fiktionalen Journalismus"?

Das mit dem „fiktionalen Journalismus", den Christian Rosenow in das Gespräch der drei Freunde mehr aus Originalitätshascherei eingeführt hatte, war nun freilich, wie man der Wahrheit zuliebe einräumen muß, ein besonderer Einfall, der helfen sollte, die Trennung zwischen Journal und Dichtung nicht allzu streng zu sehen. Daß der Zeitungstext eine Eintagsfliege war und nach seinem Selbstverständnis auch nicht mehr sein wollte, setzte ihn gegenüber literarischen Werken nur allzu oft ins Unrecht, denn seine harte Prüfung an der Wirklichkeit ließ den Aufwand, durch den er zustande kam, oft viel größer erscheinen, als jedes literarische Werk ihn erforderte, das ja nur der schweifenden Phantasie entsprungen war und sich daher an nichts zu messen brauchte. Im übrigen aber war das Fiktional-Journalistische nun wahrlich nichts, was aus der Luft gegriffen gewesen wäre, wenn man sich auch nur vor Augen hielt, daß zum Beispiel Leserbriefe, eine für die Zeitung typische Textgattung, häufig reine Journalistenerfindung waren. Christian sollte dies gut gehütete Geheimnis sehr bald an der Wurzel kennenlernen.

Andererseits war es dann aber auch so, daß an der Wahrheit entlangschreiben nicht unbedingt immer erregend und fesselnd, ja, oft langweilig genug war und daß Wortwerke, die allein der Wahrhaftigkeit verpflichtet waren, ganz andere Wirkungen erzielten und dazu auch noch glaubhafter schienen als solche, die aus der puren Wahrheit schöpften. Ein wenig flunkern konnte dem Journalismus also keineswegs schaden, nur lügen und verbiegen sollte er freilich nicht, jedenfalls dort nicht, wo das Faktische beherrschend und ausschlaggebend war. Um dieses Gegensatzpaar „Wahrheit" und „Wahrhaftigkeit" ging es letztlich und im Grunde, obwohl es sich hier, bei Licht besehen, um keinen richtigen Gegensatz handelte, sondern um die beiden Seiten ein und derselben Medaille. Wirklichkeitsbeschreibung ist, genaugenommen, Fotografie, aber Fotografie ist genaugenommen nicht unbedingt Wirklichkeits*beschreibung*, denn was macht sie anderes, als die Wirklichkeit durch Ausschnitt- und Blickwinkelwahl einer bestimmten Vorstellung von Welt unterzuordnen?

Diese und andere Gedanken gingen Christian nicht zufällig durch den Kopf und ließen ihn auch Lenz und Adelfini zum Mitdenken ermuntern. „Was du da um*denkst* und durch*denkst*", ließ sich Adelfini in seiner pointierten Art vernehmen, „das hat schon Hand und Fuß und sollte jeden Schreibenden von Anfang an beschäftigen. Nur, Regeln für das Schreibverhalten lassen sich daraus nicht ableiten, man muß es jeweils dem Gefühl überlassen, wie man etwas macht, und dies ist davon abhängig, ob es für die Zeitung bestimmt ist wie bei euch beiden oder ob es ein rein literarisches Werk werden soll, an dem wir uns hoffentlich alle einmal versuchen werden. Ja, es ist dies eine Frage des Entweder–Oder, der Lateiner sagt dazu kurz wie treffend: Tertium non datur."

Da hatte Adelfini, dieser scharfe Kopf, wieder einmal recht, sagte sich Christian: „Ein Drittes gibt es nicht." Es ist letztlich die Zweckbestimmung eines Schreibwerkes, die über die Zuordnung zu Literatur oder Journalismus entscheidet, und über dessen Rang sagt das überhaupt nichts aus. Wie hatte Christian diesem adelsfimmeligen Großmaul Egilbert Ferkelius vor Monaten im Floreasca-Strandbad doch so goldrichtig Bescheid getan, als er ihm seinen Exklusiv-Anspruch auf „Tiefenschau" im literarischen Werk in der Luft zerfetzte. Es freute ihn heute noch, wenn er daran zurückdachte, schmerzlich empfand er nur eines: daß Lenz und auch Adelfini ihm voraushatten, im Schreiben, wem auch immer es zugedacht war, einen selbstverständlichen Ausdruck ihres Wesens zu sehen, Lenz in seinen mit leichter Hand zu Papier gebrachten Reportagen, Adelfini mit seinen sehr bald, das heißt schon im zweiten Studienjahr und sozusagen aus dem Handgelenk unternommenen Prosaversuchen, die er den beiden Freunden zu deren Erheiterung an Abenden in ihrer Dachbude zum Vortrag brachte.

So kann man es nennen, was er mit seinen Texten tat: sie zum Vortrag bringen. Er las sie, als wären es sozusagen „Leibhaftigkeiten", aus Worten geformte Körper, und sie hatten sehr etwas von ihrem Autor Adelfini, vor allem von dessen schlenkernder Art des körperlichen Sich-Gebens. So mäandrisch kamen diese Texte von „Herrn Flöte und seinen Schneidern" oder vom „Laternenmenschen" daher, so ganz unvorhersagbar in ihrem Gedankenfluß, so ganz den assoziativen Verknüpfungen und deren Überraschungen hingegeben. Zu bewundern war aber vor allem, daß die Natur des Schreibers in diesen Texten so vollendet zum Ausdruck kam und das, was manchem daran vielleicht bizarr erschien, sich letztlich als äußerst natürlich herausstellte.

Christian hatte an Eigenschöpferischem weder Lenz noch Adelfini Ebenbürtiges entgegenzusetzen, er begann, sich seine Durchschnittlichkeit schmerzlich einzugestehen und nach einem Ausweg aus dieser unmöglichen Situation zu suchen. Er dachte zurück an seine frühen Eichendorff- und Heine-Lektüren, an seine Selbstberauschungen an deren Dicht- und Prosawerken, und sein Wunschziel, mit Sprache Musik zu erzeugen, hatte er dabei lange schon und immer noch leuchtend vor Augen, nur erreicht hatte er es bisher auch nicht ansatzweise. Was er journalistisch machte, eignete sich nur in den seltensten Fällen zu solchen Versuchen. Mit den eigenen Gefühlen zu „wortmusizieren" waren Reportage und Bericht nicht gerade die Mittel, dazu mußte man schon nach anderen Formen Ausschau halten.

Vielleicht war es die so leicht gesagte und so schwer getane „allmähliche Verfertigung der Gedanken beim Reden", von der Kleist in einem vielzitierten Aufsatz handelte, vielleicht war es dies, was Christian versuchen sollte, sich zueigen zu machen. Denn möglicherweise war diese „allmähliche Verfertigung der Gedanken beim Reden" unbewußt auch das Schreibrezept Adelfinis. Dieser aber war dann auch, anders als Christian, ein ausgesprochen rednerisches Talent, dem Kleists Erkenntnisse sozusagen auf den Leib geschneidert sein mußten. Was stand, wenn man in Kleists Betrachtung genau hineinlas, doch für ein verräterischer Satz darin: „Ich glaube, daß mancher große Redner, in dem Augenblick, da er den Mund aufmachte, noch nicht wußte, was er sagen würde." Genau so hätte es nun auch Christian gefallen, ohne Plan und ohne irgendwelche Vorkehrungen in das Schreibabenteuer hineinzugehen, ganz anders, als er es im Journalismus täglich erlebte, in dem ein genauer Vorsatz Recherche und Ausführung bestimmte. Ja, sich einfach gehen lassen im Schreiben, darauf bauen, daß bei der nächsten Wegkreuzung, beim nächsten Irrewerden an der Richtigkeit des weiteren Wegverlaufs von irgendwoher ein Zeichen kommt, daß es nun links oder rechts oder geradeaus weiterginge. Das hieß nichts anderes, als auf die Eingebung des Moments zu vertrauen und darauf, daß ein gütiges Künstlerschicksal über einem schwebte und einen zum Ziel hinleitete.

An dem Kleistschen Aufsatz „Über das Marionettentheater", den Christian in Ergänzung des vorigen las, gefiel ihm vor allem das Bild jenes Bären, der die Angriffe seines Fechtmeisters aus der Sicherheit des Instinkts mit der größten Anmut zu parieren wußte, Scheinangriffe aber einfach ignorierte, das heißt mit Regungslosigkeit quittierte. Oder auch jenes Beispiel von dem Jüngling, der sich solange in der natürlichsten Anmut bewegte, bis er sein Bild im Spiegel erblickte und es mit dem Verstand zu analysieren suchte, womit aber dann alle natürlich erzeugte Grazie mit einem Schlag zunichte wurde. Kleists eigene Prosa hatte doch selbst diese Anmut natürlichen Redens, das Stockende und Verhaltende des scheinbaren Nicht-weiter-Wissens, das plötzliche freudige Weiterströmen nach kurzem Verweilen in einer Satzklammer, dann die schließliche Einmündung in ein überraschendes Ende – all das zusammen vereinte sich doch zu nichts anderem als zu Musik. Und so war dies auch, als würde man einem Wasser zusehen, wie es seinen Weg im Fortfließen ganz von alleine findet.

Zu dem Kleistschen Vorgehen fühlte sich Christian nun plötzlich weit mehr hingezogen als zu Eichendorffs Singen der Worte, auch weil vielleicht das Fechten, dieses raffinierte Wechselspiel von Ausfall, Finte und Parade, mit dem Schreiben sehr viel zu tun hatte und Wortfechterei der Degenfechterei so sehr ähnlich war. Vielleicht, ja, vielleicht fanden sich die beiden Weisen des Schilderns und Erzählens, die Eichendorffsche und die Kleistsche, einmal zu einer einzigen zusammen, die dann dem schreibenden Christian Rosenow ganz allein gehörte. So könnte man es machen, so könnte man es zu machen wenigstens versuchen, vielleicht wüchse dann aus der dialektischen Spirale so etwas wie eine schöne Synthese.

Die ersten Stilübungen aus dem Geiste solcher Überlegungen ließen bei Christian nicht lange auf sich warten. Sie waren im Tone edel wie im Bilde munter geformt, so daß Hermann Salomon, der Chefstilist des „Neuen Lands", sich daran weidlich zu ergötzen schien und seinen gläubigen Schüler Rosenow zu immer neuen Taten in dieser Richtung anspornte. Etwas war es aber dann schließlich doch, was Christian an diesen Schreib-Etüden nachdenklich stimmte: Sie gehörten erkennbar zu nichts und niemandem, schon gar nicht standen sie in irgendeinem Zusammenhang mit dem, was die Heger und Pfleger literarischer Produkte in den Zeitschriften- und Verlagsredaktionen von Autoren erwarteten, ja von ihnen verlangten – irgendwelche hübsche Blümelein im goldenen Sonnenschein auf einer Wiese waren das sicher nicht, und was Christians Mentor Hermann Salomon entzückte, das war jenen Literaturaufsehern sicher ein Graus, wenn nicht gar ein Anlaß, die Gesinnung des Schreibers einer näheren Prüfung zu unterziehen.

Das eine Gebilde, das Christian in späteren Jahren aus dem Gedächtnis rekonstruierte, lautete dann etwa so: „Über Nacht sind alle Bäume greis geworden. Auf den Zweigen buckeln Daunenpfühle, die hat Frau Holle dort zum Lüften ausgehängt. Und unterm Dach, wo sommers Schwalben nisten, friert nun das Wasser spitze Keile, die tückisch überm Gehsteig lauern. Der Nebel frißt sich in die Gassen, und abends mühen selbst die Lampen sich vergeblich, ihn zu scheuchen.

Was er, im Bunde mit dem Frost, auf Ast und Zaun so fügt und formt
– die prächtigen Lüster macht ihm keiner nach."

Was sollte man nun mit so etwas anfangen, mit der wortgewordenen
kindlichen Impression eines Menschen, der an einem nebligen Winterabend auf dem Bukarester Boulevard der Republik heimwärtsging?
Und der nichts, aber auch gar nichts von der neuen Lehre des „Sozialistischen Realismus" begriffen und seinem Werkchen inkorporiert
hatte? Das, was er machte, war doch reine Kunst um der Kunst willen
und keinem höheren Zweck geweiht – nicht wahr?

Das fragte sich auch Heinrich Lenz, der sonst schweigsamere von den
dreien, bei einer der folgenden Dachbudenséancen, die in der kalten
Jahreszeit nun häufiger stattfanden. Lenz fragte es sich, indem er, was
er dann und wann gerne tat, durch Frotzelei und spitzen Frohsinn
seine Anteilnahme und sein Einverständnis bekundete. „Meister", begann er seine an Rosenow gerichtete Rede, „Meister, ich muß Euch
arg schelten. Wie kann man einfach so, ja, ganz einfach so, unseren
herrlich-sozialistischen Winter ins Nutzlos-Idyllische verkehren. Wo
ich in meinen unsterblichen Reportagen immerhin noch einen Traktorfahrer auf einem rotlackierten Trecker aus landeseigener Produktion, das heißt aus der einschlägigen Fabrik in Eurem Kronstadt – oh,
pardon: Stalinstadt – wo ich diesen also über die rainlosen Felder unserer so stürmisch wie gedeihlich sich entwickelnden Kollektivwirtschaften und Staatsgüter dahintuckern lasse, da erkühnt Ihr Euch,
schöne Bildchen ohne tieferen Sinn auf Eisblumenfenster zu malen,
mit vielen Adjektiven verziert, ja höchstens noch mit einer Repräsentantin unserer kostbaren Volksdichtung geschmückt, der Frau Holle
nämlich, und nirgends kommt durch Eure winterliche Straßenlandschaft auch nur zufällig ein sozialistischer Schneeräumfahrzeugführer
daher. Was wird die literarische Welt dieser Stadt, was zumal werden
die deutschsprachigen Beobachter der Literaturszene, was das Viergespann bestehend aus dem Barden Franz Johannes Buhlmann, dem
Literatur-Großinquisitor Paul Campolongo, dem Hochschulprofessor
und nachweislichen Besitzer der Sophien-Ausgabe von Goethes Werken Ewald Ruprecht Kümmelkorn sowie der Polit-Poëtesse Gerty
Mißrath, was wird also diese wunderbare Quadriga, die allüberall

dort, wo Dichtung das Licht der Welt zu erblicken droht, nach dem Rechten sieht, was also wird diese wachsame Vierer-Gang, die nun schon länger erfolgreich an den Schattenrissen von Alfred Margul-Sperber und Oscar Walter Cisek laubsägt, was wird sie sagen, wenn Euer zutiefst wirklichkeitsfremdes, reaktionäres Werk ihr unter die Augen kommen sollte, was hoffentlich niemals geschehen wird – ja, das fragen wir uns nun alle miteinander wahrlich auch selbst und rufen Euch dieserhalb beschwörend zu: Gebet Rechenschaft, Meister, gebet getreulich Rechenschaft, der lesende Arbeiter hat einen Anspruch darauf!"

„O ja, was wird die berühmte Viererbande dazu sagen", beeilte sich Rosenow in feierlichem Ton zu replizieren, indem er das in ihm aufsteigende Lachen niederkämpfte, „was werden die drei Hetzhunde und ihre rothaarige Häßlichkeitskönigin Gerty die Hinterletzte zu diesem Gebilde sagen? Ich sage dir, was sie sagen werden: nichts. Wieso nichts? Das werde ich euch erklären. Ich verrate denen doch nicht, daß der Text von mir stammt, ich frage sie im Gegenteil, von wem er denn stammen könnte, dieser Text, nun, von wem? Von Goethe etwa, von Friedrich Engels, von Bertolt Brecht? Oder gar von Heinrich Heine? ‚Na', werde ich weiterfragen, ‚na, was meinen Sie, Sie Alleskenner, Sie Überall-drin-Stecker, wer wagt es, Rittersmann oder Knapp, zu tauchen in diesen Schlund? Na, schießen Sie schon los, ich bin ganz Ohr.' Was, glaubt ihr, werden die darauf antworten? Natürlich nichts, wie ich schon sagte. Denn nichts Genaues wissen sie nicht, und eine Blöße wollen sie sich nicht geben, diese gelehrigen Aftermieter des gottlob und zu Recht bereits verstorbenen Andrej Alexandrowitsch Schdanow."

„Mensch, Rosenow", meldete sich Lenz nun erneut zu Wort, „wie bist du genial, was bist du für ein ausgefuchster Wortfechter, ein Voltaire post mortem in vivo, dein Porträt gehört längst unter diejenigen der Kirchenväter, wie ich mir als katholischer Mittellateiner zu sagen erlauben darf. Oder bist du gar, wie mir jetzt blitzartig einfällt, der wiedererstandene Gilgamesch, du unbesiegbarer Kämpfer für die Unsterblichkeit?"

„Natürlich bin ich das alles und bin noch viel mehr", nahm Rosenow den Flachsefaden wieder auf, „Adelfini, der allwissende, kann es bezeugen."

„Und nicht nur das", bestätigte dieser, ohne eine Miene zu verziehen, „wenn ich mir unseren Rosenow so anschaue, dann kommt mir die Idee, er könnte vielleicht auch der liebe Gott sein, nur wissen wir es nicht."

Das ging bis tief in die Nacht zum Sonntag hinein, was die drei da veranstalteten, es war das große Gelächter junger Leute, die das Gefühl haben, sie hätten das ganze Leben noch vor sich und keiner könnte ihnen was, wenn sie nur immer zusammenhielten.

XVII
Aus Gogols „Mantel" gekrochen

Eines Tages in diesem Winter wurde Christian Rosenow durch ein Angebot überrascht, das ein Redaktionskollege ihm machte, den er bis dahin nur am Rande wahrgenommen hatte. Er hieß Günter Schenk, war ein blond-blauäugiger drahtiger Kerl mit eroberndem Blick und stand einem Ressort vor, das journalistisch wenig in Erscheinung trat: der Abteilung „Briefe und Volkskorrespondenten". Schenk war, wie Christian bald erfahren sollte, ein ausgesprochen organisatorisches Talent, gebot über eine Mannschaft bestehend aus einem Rechtsanwalt, dem alterfahrenen Dr. Israel Bill, dessen Gehilfin Judith Grossmann, einer älteren (männlichen!) Schreibkraft namens Anton Brendl und dem „Postmeister" Fritz Molinar, einem profunden Kenner der Briefmarken und der Kuvertformate sowie des rechten Umgangs mit ihnen, was sich in überzeugender Weise so ausdrückte: Nachdem Molinar mit seinem reichlich fließenden Speichel den gummierten Rand der Verschlußklappe postalischer Behältnisse gründlich angeleckt, das heißt fachgerecht durchfeuchtet hatte, schob er diese mit schnellem Schwung unter sein Gesäß, um dem Klebevorgang durch sein Körpergewicht Nachdruck zu verleihen. Das Resultat war ein Postausgang von bis zu hundert Briefen täglich, an dem sich jedermanns Blick erfreuen konnte.

„Du siehst, lieber Rosenow", sagte Schenk, „wie das hier zugeht und was hier jeder tut und kann; ich aber brauche noch dringend einen Menschen, der Lesen *und* Schreiben gleich gut beherrscht, und wäre daher sehr froh, wenn du dich, nach Beendung deines Volontariats, dazu entschließen könntest, bei mir einzusteigen. Ich würde dafür sorgen, daß du hier nicht mehr als sechs Stunden absitzen mußt und ohne größere Unterbrechungen durch Dienstfahrten oder sonstige Außentermine deinem Studium nachgehen kannst."

Da Christian überhaupt auf kein Ressort festgelegt war, sich höchstens noch mit der Reportage-Redaktion und einigen ihrer Mitarbeiter, besonders mit Vita Zoller und Nikolaus Reutter, verbunden fühlte, kam ihm das Angebot nicht ungelegen. Auch konnte er daraus ersehen, daß man ihm Fähigkeiten zutraute, über die ein Schreibtischredakteur ja wohl verfügen mußte. Die aber hatte er sich während seiner Ressortrotation, als er zeitweilig Franziskus Barsa, dem Redakteur der Provinzberichterstattung, redigierend zur Hand ging, reichlich erworben.

Günter Schenk wußte ihm die Mitarbeit in seinem Ressort auch noch durch anderes schmackhaft zu machen: Er sagte, er habe vor, seinen Laden, zumindest dessen redaktionellen Teil, ganz anders aufzuziehen als bisher, indem zum Beispiel die sogenannten „Volkskorrespondenten", abgekürzt „VKs", in die Arbeit stärker einbezogen würden. Deren Berichte sollten gründlicher ausgewertet, auch in ihrer Form verbessert werden, und das alles sollte in einer wöchentlich erscheinenden Rubrik mit eigenem Profil seinen Niederschlag finden. Was Christian an der Sache am meisten gefiel, war einmal die Selbständigkeit und Exklusivität seines Aufgabenbereichs, dann aber auch der Umstand, daß das Ressort „Leserbriefe und Volkskorrespondenten" in die Zuständigkeit des sehr jovialen Chefredakteurs Anton Hofer fiel, was schließlich auch bedeutete, daß er nicht mehr unter der Fuchtel des ihm gar nicht gewogenen Vize-Chefredakteurs Weiland stand.

Christians Etablierung im neuen Ressort vollzog sich sozusagen gleitend, das heißt, nicht von heute auf morgen, so daß die bis dahin dahinkümmernde und entsprechend unauffällige „Leser-Ecke" eines schönen Tages im Frühjahr 1957 als völlig überraschendes Lektüre-Angebot auf sich aufmerksam machte. Kritisches aus der Leser-Provinz war nun in „spitzigen" Spitzmarken unter dem Titel „Festgenagelt" zusammengefaßt, die Leserbriefe selbst befleißigten sich nunmehr eines Stils, der ohne vorgestanzte Wendungen wie „im Zuge des sozialistischen Wettbewerbs" und „dank der Fürsorge von Partei und Regierung" auskam, und am Fuß der Seite stand regelmäßig eine „Glosse" aus Christians Feder, die, wie es diesem schien, mit „lächelnd-bärbeißigem Humor" von Korrespondenten gemeldete Schildbürgerstreiche aus der Provinz aufspießte. Den Ton dieser Texte hatte sich der Schreiber aus Nikolai Gogols satirischen Schriften herausgehört, zumal aus dessen Geschichten „Die Nase", „Der Mantel" oder „Der große Krakeel zwischen Iwan Iwanowitsch und Iwan Nikiforowitsch", die er in einer antiquarisch erstandenen zweibändigen deutschen Ausgabe „Ausgewählter Werke" mit größtem Vergnügen immer wieder las. So eine Art Gogol hätte er nun auch bald gerne sein wollen, und wenn er in späteren Jahren über seinen Hang zur Satire nachdachte, dann gestand er sich ein, daß auch er, wie Fjodor Dostojewski es einmal rühmend formulierte, schließlich aus nichts anderem als „aus Gogols ‚Mantel' gekrochen" sei, vielleicht aber auch noch aus Jonathan Swifts „Gullivers Reisen" oder aus Miguel de Cervantes' „Don Quijote" und „Exemplarischen Novellen", wie er sich unbescheidenerweise einredete.

Kurz, er meinte nun ernstlich, sich mitten in der besten Spöttergesellschaft zu befinden, was aber dann freilich auch seine Tücken und seine Nachteile hatte. Denn die Wirklichkeit, in der er sich schreibend bewegte, war eine todernste, die Menschen, die sie bevölkerten, schienen in ihrer Mehrheit, ob aus Überzeugung oder aus Angst, von der „Heiligkeit" ihres Tuns durchdrungen, es ging ja um nicht weniger als um den schließlichen Sieg des Kommunismus, wenn dieser sich auch, wie man auf Parteitagen nicht müde wurde zu verkünden, zur Zeit noch in einer frühen Phase seiner Entwicklung befand. Verhöhnen und verdammen durfte man daher höchstens noch in Richtung „kapitalistisches Ausland", anprangern und aufspießen höchstens noch die im fernen wilden Westen beheimateten menschenverachtenden Kapitalisten und Imperialisten, deren Fratzen die Karikaturen-Zeichner so treffend darzustellen wußten, wie sie sich am Anblick des aus Proletarierleibern gepreßten Geldes und Blutes weideten.

Vita Zoller, die das Leben gelehrt hatte, Echtes von Unechtem zu unterscheiden, hatte ein ausgeprägtes Gespür für die Lächerlichkeit ideologischer Verbohrtheiten und Fanatismen. Als in Kino-Wochenschauen, wohl in pädagogischer Absicht, einmal Bilder aus Mao Tsetungs China gezeigt wurden, auf denen Kleinkinder zu sehen waren, die mit Pfeil und Bogen auf das Konterfei des amerikanischen Präsidenten schossen, da war aus ihrem Munde im Tone wissenschaftlicher Analyse zu hören: „Bei unseren ‚Freunden' im Fernen Osten ist die Steinzeit wieder eingekehrt, die Zeit der Jäger und Sammler, da man den Feind noch durch Analogiezauber besiegte, indem man sein Bild mit dem Speer durchbohrte. Wir sollten uns aber – zum Wohle unserer lieben Kinderlein – kein Beispiel an ihnen nehmen, sondern diesbezüglich eher schon die erprobten beziehungsweise gerade aufkeimenden heimischen, das heißt europäischen Traditionen aufgreifen, pflegen und verbreiten."

„Und welche wären das denn nun", fragte Christian, ahnend, wo Vita mit ihren Betrachtungen hinauswollte, „ich habe noch von keiner erprobten Tradition gehört, obwohl ich nun wirklich schon zwei Bücher des berühmten sowjetischen Pädagogen Anton Semjonowitsch Makarenko in der Hand hatte, der sich nach der siegreichen Oktoberrevolution um halbwüchsige Vagabunden so erfolgreich kümmerte."

„Na ja", sinnierte Vita in dem tiefschürfenden Gespräch, das sich hier entspann, laut weiter, „na ja, bei Makarenkos Zöglingen handelte es sich aber eindeutig um Überbleibsel der alten, feudalistisch-kapitalistischen Ordnung, die der sich formierenden sozialistischen Gesellschaft eingegliedert werden sollten, während es sich bei den Kinderlein unserer ‚Freunde' im Reich der Mitte um frisches Menschenmaterial handelt oder, noch besser, um „Menschen*kapital*", wie es Genosse Stalin, als er noch lebte, so unsterblich formuliert hat. ‚*Der Mensch ist das wertvollste Kapital'* – du erinnerst dich sicher noch an diesen stolzen Spruch des großen Lehrmeisters."

„Wie sollte ich nicht", ulkte Christian weiter, „wie sollte ich nicht, wo doch dieser Satz so schöne Früchte gezeigt hat, seit er zum ersten Mal ausgesprochen wurde. Man kann ihn deshalb unseren Kleinkindern nicht früh genug eintrichtern oder, sagen wir besser, ‚einpflanzen', denn sie sollten doch auch früh genug wissen, was sie selber sind: ein Kapital"

„Das geschieht aber bei uns auf andere Art schon längst oder, sagen wir, um bei der Wahrheit zu bleiben, gerade eben erst", bemerkte Vita. „In unserer Hauptstadt Bukarest gibt es einen Kindergarten, in dem die ideologische Schulung schon an Zweijährigen praktiziert wird."

„Und wie geht das zu, muß ich hier gleich zwischenfragen?", stachelte Christian weiter.

„Ich sag's dir. Die setzen in dem Kindergarten mit Erfolg das Spruchband, das Transparent ein, denn sie sagen sich: Warum sollen nur die erwachsenen Erbauer des Sozialismus von allen Hausfassaden verkündet bekommen, wo es langgeht und was gerade Sache ist. Auch unsere Kinderlein haben einen Anspruch darauf, sie sind doch unsere Zukunft, sozusagen unsere Morgenröte. Was taten also diese einfallsreichen Kleinkind-Pädagogen vom hauptstädtischen Kindergarten Nr. 135 oder 153? Sie verfertigten ein schönes großes Transparent, schneeweiße Lettern auf feuerrotem Karton, und befestigten es an der Wand des großen Spielsaals, und als ich sie neulich bei meinem Besuch fragte, ja, wie geht denn das, wie können die Kinder das lesen, wo sie das ABC noch gar nicht kennen, da entgegneten sie: ‚Ganz einfach, wir beschränken uns, wie Sie sehen, auf einige wenige Worte, lesen sie ihnen vor und bleuen sie ihnen ein, und immer wenn sie später dann zu dem Transparent aufblicken, erinnern sie sich mit ihrem scharfen Kindergedächtnis daran, was dort zu lesen steht. Und was steht dort zu lesen? Schlicht und einfach: ‚*Chruschtschow eia! Eisenhower kacka!*' Das versteht jedes Kleinkind auf Anhieb, und das wirkt, das wirkt, können wir Ihnen versichern.'"

Man kann hier deutlich sehen, wie raffiniert Vita und Christian, manchmal auch Nikolaus Reutter, sich über derlei hochinteressante Themen unterhielten, alles bis aufs i-Tüpfelchen wasserdicht durchformuliert, da konnte irgendjemand, auch der hellhörigste Spitzel, gerade herzutreten und ihren Worten lauschen und aus ihnen dabei kein bißchen Spott und Häme heraushören. Im Gegenteil, es mußte ihm gerade so klingen, als unterhielten sich hier ausgefuchste Ideologen, ihrer hohen Verantwortung bewußt, ernsthaft über die letzten Dinge marxistischer Ethik und Moral.

Nach dieser kleinen, durch Vitas Schmunzelgeschichte verursachten Abschweifung kehren wir aber nun wieder dorthin zurück, wo wir stehengeblieben waren, nämlich zu Christian Rosenows neuen gesellschaftskritischen Schreib-Aktivitäten, wie sie sich in seinen satirischen Glossen niederschlugen.

Vorsicht war auf jeden Fall geboten, wenn man Tadelnswertes aus der Provinz aufspießte. Auf den „Informanten" mußte Verlaß sein, und da war es schon nicht unwichtig, daß Ressortleiter Schenk seine „Pappenheimer", das heißt die Volkskorrespondenten oder „Vaukas", alle persönlich kannte, das heißt, über Jahre hinweg auf Herz und Nieren geprüft hatte. Natürlich wurden in den Glossen die Quellen niemals namentlich erwähnt, um so wichtiger war es, daß die Dinge, die man auf die Schippe nahm, hieb- und stichfest dargestellt wurden. Christian tat dies gewöhnlich auf die versöhnlich-humorige Art, wie er sie bei Gogol gelernt hatte, nämlich aus dessen Einsicht: „Das Komische ist überall verborgen, wir sehen es nur nicht, weil wir mitten darin leben." Die Kurzsatiren kamen deshalb bei den Lesern auch bestens an und hatten die schöne Nebenwirkung, daß sie weitere Beobachter der Wirklichkeit zum Schreiben anregten und ermutigten. Ein bißchen subversiv aber müssen diese Stilübungen aus Christians Feder schon gewesen sein, denn als er einmal, weil sein Sprachmentor Hermann Salomon gerade nicht Dienst hatte, zu dem in der „N. L."-Redaktion vielseitig tätigen Joachim Osterlitz ging, um seine Glosse von ihm „gegenlesen" zu lassen, da guckte ihn der stets Krawatte und fein gebügelte Hemden tragende schlanke Herr, ein „halbjüdischer" Flüchtling aus Glogau, mit streng-preußischem Blick an und sagte nach beendeter Lektüre in väterlichem Duz-Ton: „Das ist ganz ordentlich geschrieben, nur, wenn ich so lese, wie und was du schreibst, Christian, so habe ich den leisen Eindruck, du kommst aus *wohlbehüteten* Kreisen."

„Tja, Meister" (das war die von Franziskus Barsa eingeführte Anrede, mit der man den „Genossen" zu umgehen suchte), erwiderte Christian, „das mit dem ‚wohlbehütet' könnte, wie Sie es meinen, schon stimmen, nur gibt mir zu denken, daß Sie es sogleich erkannt haben. Könnte es sein, daß von uns beiden noch einer aus solchen Kreisen kommt?" Das war nun, zugegeben, eine ziemliche Frechheit, was Rosenow sich „Meister" Osterlitz gegenüber herausnahm, und der verzog sein Gesicht denn auch entsprechend zu einem preußisch-säuerlich-wohlwollenden Lächeln – was jedoch die beiden von Stund an, trotz des Altersunterschieds zwischen ihnen, heimlich Freunde sein ließ, zumal Osterlitz zum Abschluß noch einen Satz gesagt hatte, der fast schon nach einer Bitte klang: „Werd mir nur nicht übermütig, mein Lieber."

Unter solchen Auspizien zu arbeiten war für Christian höchst komfortabel, und es machte ihm dabei auch nichts aus, daß sein Name nur noch selten unter größeren Reportage-Beiträgen zu lesen war. Wegen ihres geringeren Umfangs waren seine Glossen meist nur mit dem Kürzel „C. R." gezeichnet, da konnte sich von seinen früheren Lesern bald niemand mehr an ihn erinnern, er versank, wissentlich und willentlich, als Schreiber dieser Zeitung in eine von ihm fast schon als wohlig empfundene Anonymität. Und er hatte, das kam noch hinzu, seine Freude daran, anstatt der eigenen Beiträge nun die Leserbriefe und Korrespondentenberichte „leuchten" zu lassen, indem er ganz hinter sie zurücktrat, sich ganz hinter ihnen verkroch. Er mußte sich eingestehen, daß er das sicher auch deshalb tat, weil ihm die sozialistisch-journalistischen Schreib-Stereotypen, die sich unbewußt sozusagen breit grinsend in alle Artikel drängten, langsam ein Greuel waren. Er wollte sich partout nicht mehr solcher Wendungen bedienen wie: „erklärte mit gutmütigem Schmunzeln der sehr erfahrene und umsichtige Parteisekretär", oder: „giftig räusperte sich im dunkeln Hintergrund des Sitzungssaales der nimmermüde Klassenfeind", oder: „bestätigte mit ernster Miene der Leiter des Kombinats" beziehungsweise „mit leuchtenden Augen die Verantwortliche für Frauenfragen".

Gründlich verleidet wurde Christian das Schreiben noch durch Ermahnungen wie: „Da fehlen doch in Ihrem Beitrag die zwei unabdingbar-wichtigen Worte ‚Partei und Regierung'", „Dieser bourgeoise Stil – wo haben Sie sich den angeeignet, sicher auf Ihrer Universität?", „Und Ihr Hang zu idyllischen Bildern, was hat der mit unserer kämpferischen Wirklichkeit zu tun?"

Heinrich Lenz hatte es da besser in seinem Agrarressort, wo ein als Kenner sowohl der Landwirtschaft als auch des Schreibens darüber, wo also Ewalt Dreyer über Lenzens Tun seine schützende Hand hielt und auch nicht im geringsten an dessen Ansehen kratzen ließ. Eines solchen Schutzes hatte sich Christian als Reporter höchstens kurzzeitig erfreuen dürfen, so in den wenigen Wochen, die er bei Franziskus Barsa volontierte, und so war die ihm von Günter Schenk angebotene Schreibtischarbeit die beste aller Ausweichmöglichkeiten. Ja, um

„Ausweichmöglichkeiten" ging es Christian schließlich und um fast nichts anderes mehr, um eine Überlebensnische während der fünf Studienjahre, die vor ihm lagen.

Es erwies sich als gar nicht so schlecht, was er unter der Anleitung seines neuen Ressortleiters aufbaute. Besonders deutlich zeigte sich dies bei einer Aktion, die ethisch so fragwürdig war, wie sie praktisch durch ihren Erfolg gerechtfertigt wurde. Wieder einmal hatte ein Kongreß der alleinseligmachenden Partei unter anderem eine der gefürchteten „Neugestaltungen der Warenpreise" vorgenommen, die man vor allem als Verteuerung zu spüren bekam. Brot, Fleisch, Milch, Eier, Gemüse wurden preislich angehoben, angeblich um den Landarbeitern ihre Mühen zu versüßen, in Wirklichkeit aber, um überschießende Kaufkraft zu dämpfen und abzuschöpfen. Damit hätte man sich, weil nun dagegen auch nichts auszurichten war, ohne weiteres abfinden können, wäre der Presse nicht die unangenehme Aufgabe zugefallen, das ganze auch noch öffentlich zu beweihräuchern, etwa in der Art: ‚Wie klug, weise und vorausschauend und voller Verständnis für unsere fleißigen Werktätigen in Stadt und Land haben doch Partei und Regierung wieder entschieden, wie können wir froh sein, so umsichtig regiert zu werden.'

Vita Zoller allerdings platzte wieder einmal der Kragen. Sie muckte zwar nur in einer Sitzung der Parteiorganisation, der sie angehörte, dagegen auf, dafür aber in lautester Deutlichkeit. „Nicht genug damit, daß. . ., jetzt müssen wir's auch noch loben, weil es doch auch Warenpreise gibt, die gesenkt wurden. Ich kauf mir also jetzt mit meiner Kathi (das war die Tochter der alleinerziehenden Vita Zoller) ein bißchen weniger Brot, Milch und Fleisch, dafür aber, weil die Dinger gleich um zwanzig Prozent billiger geworden sind, jede Woche mal einen Traktor, einen Mähdrescher oder gar eine Lokomotive. Nein, nein, loben werde ich das also nicht, da müßte ich mich bei jedem Buchstaben, den ich niederschreibe, in Grund und Boden schämen."

Gut, Vita Zoller tut's also nicht, einer aber muß es ja dann doch. Und woher kommt Rettung? Aus Günter Schenks Zauberküche, soll heißen aus der schreibenden, „volkskorrespondierenden" Provinz, die neuerdings Christian Rosenow betreut. Schenk will Chefredakteur

Anton Hofer beweisen, wie er schwierigste und heikelste Probleme sozusagen mit links löst.

Gesagt, getan. „Christian, hier hast du sechs Adressen von Volkskorrespondenten, und in deren Namen schreibst du mir jetzt aus deinem von Einfällen überquellenden Kopf ein paar hübsche Leser-Brieflein zum Thema ‚neue Preise'. Natürlich nur Lobendes, und natürlich so natürlich wie möglich, wie du das so fein kannst. Fang also an, mein Bester, die lieben Kollegen sollen sehen, wie man so was macht, die sollen einmal staunen."

Anfangs, bevor er also merkte, worauf er sich da einließ, dachte sich Christian überhaupt nichts dabei und machte sich deshalb gelassen an die Arbeit. Bedenken kamen ihm dann aber schon bei der Abfassung des ersten „Volkskorrespondenten-Briefs". Er fragte sich, was der Betreffende beim Lesen, also quasi bei der Kenntnisnahme „seines" Briefes wohl empfinden würde. „Kenntnisnahme?", fragte Schenk zurück, „Kenntnisnahme? Du glaubst doch nicht, daß der den Brief zu lesen bekommt, bevor der im Druck erscheint. Schon in zwei Tagen steht er doch in unserer Rubrik. Überraschungen müssen ruckzuck aus dem Ärmel kommen, müssen sozusagen aus der Hüfte geschossen sein, nächste Woche weiß schon niemand mehr, worum es überhaupt ging. Du kannst aber sicher sein, unser Kollege Volkskorrespondent ist mit jedem Wort einverstanden, das du ihm in den Mund oder in die Feder legst, ganz besonders weil er ja einen solchen Brief, wie du ihn verfaßt, doch selbst niemals zustande bringt. Der freut sich wie ein Schneekönig, wenn er ‚seine' Epistel aus ‚deiner' Feder in der Zeitung liest. Keine Sorge, mein Lieber, ich kenne meine Leute."

Ja aber, so Christian weiter mit seinen Zweifeln, ganz im Sinne der Urheber-Ethik sei das nun wahrlich nicht. „Komm mir nicht mit Ethik", beruhigte ihn Schenk, „die Sache ist von vornherein auch diesbezüglich wasserdicht. Nirgendwo läßt sich mit Ethik und Moral etwas verdienen, höchstens noch von der Kirchenkanzel herab."

Was blieb Christian anderes übrig, als all das einzusehen, und seltsamerweise behielt Schenk mit seinen forschen Vor-Einschätzungen recht. Chefredakteur Anton Hofer lobte sehr die „spontane und schnelle Würdigung der Parteibeschlüsse durch die werktätigen Massen", wie sie sich in der Leserrubrik niederschlug, die Volkskorrespondenten erhoben nicht nur keinen Protest gegen die ihnen zugedichteten Meinungsäußerungen, sondern fühlten sich so sehr verstanden, daß sie, quasi als schreibpädagogischen Nebeneffekt, fortan ihre Briefe Christian Rosenows Stil anpaßten, und das bedeutete nicht weniger, als daß sie im Ausdruck sehr viel natürlicher wurden.

XVIII
Sorgen und Likör / Bei Pfarrers: Heiliges und Unheiliges
Begegnung mit dem Zauberer

Was war das wieder für ein Winter, durch den Christian jetzt fuhr, von Bukarest aus nach seinem heimatlichen Burgstedt. Ein bißchen Urlaub oder, besser gesagt, ein paar freie Tage so um Weihnachten und bis ins neue Jahr hinein gab's diesmal auch für ihn wieder. Möglich geworden war das, seit er an seinem neuen Arbeitsplatz die „Leser-Ecke" betreute, von Terminen und Spätdiensten also weitgehend verschont war, dazu noch auf der Universität gerade seine ersten Semesterferien hatte.

Bei dieser neuerlichen Fahrt durchs Gebirge bemerkte er aber auch noch etwas anderes, etwas, das außerhalb des stillen Zaubers dieses Winters lag: Denn nicht nur wegen des reichlich gefallenen Schnees kam ihm die Landschaft seiner Kindheit, der er sich nach längerer Abwesenheit nun wieder näherte, plötzlich fremd vor, nein, sie war ihm, trotz aller bekannten Gesichter, denen er begegnete, tief im Innersten ganz ins Unvertraute entrückt, und er merkte mit einem Mal, wie die gut zwei Jahre, die er nun schon weg war, sich zu einer kleinen Ewigkeit ausgeweitet hatten, ähnlich der endlos sich dehnenden Polsterdecke Schnees, die ihn so freudig-wehmütig anzuschauen und anzusprechen schien: ‚Ja, Christian, du bist doch jetzt so weit fort, auch wenn du gerade hier und ganz nahe bist' – so hörte er es stumm wie im Märchen aus der Weiße reden, die auf den Straßen, den Waldwegen, selbst auf dem völlig zugefrorenen Weidenbach lag. Wenn er da von der Brücke, die den Bach auf dem Weg vom Bahnhof nach Hause überquerte, seinen Lauf aufwärtsblickte, die Uferweiden in Eis gehüllt, sein Wasser zu einer glatten blaugrauen Fläche erstarrt, da sah er sich mit Schlittschuhen zwischen den Ufern hingleiten, mit den Kameraden in langer Querreihe an den Händen gefaßt, sah sich mit ihnen über das seltsam hochgepackt-dicke Eis sirrend dahinfegen, mit wenigen Schwüngen der Beine waren sie bald am oberen Ortsende angekommen, dort, wo man es am Bachufer aus den Hüttendächern der „Ziganie" rauchen sah.

„Du wirst, wenn Weihnachten vorbei ist", sagte die Mutter, „bei Grazers erwartet, und zwar ‚unbedingt' und ‚dringend', wie mir Tante Lilli einschärfte, als sie erfuhr, daß du kommst. Und auch Pfarrers wollen dich sehen, ebenfalls ‚unbedingt' und ‚dringend'. Du siehst, du bist gefragt, und das ganz besonders, seit du in der Hauptstadt lebst."

Dieses Gefühl hatte Christian auch: daß er aus einer weiten Welt draußen in diese kleine andere zurückkehrte, zurückkehrte als eines der „verwöhnten Kinder der Hauptstadt", wie Lenzens Vater die Freunde Heinrich und Christian genannt hatte. Fast wollte es ihm scheinen, als brächte er paradiesischen Glanz in die Provinz, wenn er einmal wieder zu Hause war, man hing ihm förmlich an Lippen und Augen, und er fühlte sich dann ein wenig wie ein Hochstapler, wenn auch ohne das Gefühl einer Schuld. Was konnte er schließlich dafür, daß man ihn gleichsam für ein höheres Wesen hielt, er tat doch wirklich nichts dazu. Immerhin, so war es aber, eindeutig so. Und für Grazers speziell war er vielleicht kein „höheres Wesen", denn die hatten, Tante Lilli und Onkel Ali zumal, schon ein wenig mehr von der Welt gesehen als dieses Bukarest, in Zeiten, da man das noch konnte, da einem bei Grenzübertritten noch kein Loch in den Kopf geschossen wurde. Nein, also sicher kein höheres Wesen sahen die in ihm, höchstens so etwas wie einen bunten Hund.

Und genau so kam er sich auch vor, wie er da am Kaffeetisch saß vor dem Silberbesteck und dem feinen Porzellan aus besseren Zeiten, als Grazers noch richtige „Kapitalisten" waren in ihrem fünf Kilometer von Burgstedt entfernten Weidenbach, bevor sie also 1948, bei der Enteignung, um ihre Kartonagenfabrik gebracht worden waren, dazu um ihr schönes Haus und das Steyr-Coupé in der Garage. Geblieben war ihnen also nur die kleinförmigere, beweglichere Habe, das Kaffeeservice, die Kristallgläser, die Stutzuhr und noch ein paar schöne, feine Teppiche, die sich beim Betreten so weich anfühlten, daß man darin schier versank und ins Straucheln kam. Bei Rektor Starck wohnten sie zur Miete, eigentlich ein Glücksfall, denn die Räume waren für die fünf Familienmitglieder, für Mama Lilli, Papa Ali, zwei Söhne und, altersmäßig zwischen beiden, eine Tochter, waren also für die fünf aus ihrem Nest Vertriebenen fast schon ein ausreichendes Notdomizil bei den schlimmen Zeiten, die man durchlebte.

Und Tante Lilli wollte ja nun von Christian auch wissen, weil er doch frisch auf der Universität war, wie sich das dort anließ. Und natürlich auch von der Zeitung wollte sie hören, da diese Blätter heute doch so ganz anders waren als die früheren. Und da sie an Lebenserfahrung und -klugheit so viel hinzugewonnen hatte in den verflossenen zehn Jahren der Demütigungen aller Art, glaubte sie nun offenbar, einem gegenüber, der wie Christian aus der Höhle des Löwen kam, gleich einräumen zu müssen, der Kommunismus, ja, dieser Kommunismus sei im Grunde doch nichts Schlechtes, nur seine Umsetzung durch die Menschen lasse zu wünschen übrig. Christian, der aus Tante Lillis Worten so etwas wie ein schlechtes Gewissen wegen der früheren Wohlsituiertheit der Familie herauszuhören meinte, erwiderte nun etwas schnell und auch leicht unmutig: „Du hast schon recht, Tante Lilli, der Kommunismus ist gar nichts Schlechtes, er ist nur etwas durch und durch Miserables, wie du einem glauben kannst, der mit ihm, dort in der Hauptstadt, sozusagen Wand an Wand lebt. Was euch betrifft, so habt ihr überhaupt keinen Grund, euch wegen irgend etwas zu entschuldigen, jedenfalls nicht dafür, daß ihr einmal etwas besessen habt, nein, das müßt ihr beileibe nicht. Ganz im Gegenteil müßte man sich bei euch entschuldigen wegen des Unrechts, das euch angetan wurde. Weißt du, was mir ein kluger alter Herr, den ich in der Hauptstadt neulich kennenlernte, zum Thema Kommunismus sagte? ‚Sehen Sie, junger Mann, ich weiß zwar nicht, wie Sie darüber denken, aber meine Erfahrung sagt mir: Wenn die so praktisch veranlagten Amerikaner in den fünfzig Jahren, die der Kommunismus nun schon andauert, ihn bei sich noch nicht eingeführt haben, dann taugt er einfach zu nichts und ist im Grunde nicht nur schlecht, sondern ‚grundschlecht'. Soll heißen", so Christian weiter, „du kannst lauter Heilige in eine Regierung wie die hiesige hineinsetzen, und es wird erst recht nichts Gescheites draus."

Tante Lilli schien ob dieser etwas vorwitzigen Rede Christians doch auch ein Stein vom Herzen zu fallen, sie lachte wieder ihr hintergründiges zahnweißes Lachen aus dem brünetten Gesicht und sagte: „Wer

Sorgen hat, hat auch Likör". In den kleinen Kristallgläsern, die plötzlich auf silbernem Tablett auf der Kaffeetafel zu sehen waren, leuchtete rot der berühmte Weichsellikör aus eigener Zubereitung, mit dem Christian schon sehr früh beim österlichen „Bespritzen" in Burgstedt Bekanntschaft gemacht hatte, was ihn damals, wie er sich erinnerte, von solchen Rundgängen in Gesellschaft des gleichaltrigen Helmar Alsen meist sehr rotbackig und mit verdächtig funkelnden Augen nach Hause zurückkehren ließ.

„Unsere Sorge ist jetzt die Christa", begann Tante Lilli ihr Erkundungsgespräch. „Wir wissen nicht, wie das heute an den Universitäten zugeht. Ob zum Beispiel eine ‚Kapitalistentochter' wie die unsere dort schon wieder eine Chance hat. Mit unserem Ältesten, dem Klaus, hat es seinerzeit nicht geklappt."

Christian wußte nicht zu sagen, was jetzt an der Universität für Aufnahmekriterien galten. Er wußte nur, daß zum Beispiel die Pfarrerssöhne unter seinen ehemaligen Gymnasiumskollegen es an Universitäten gar nicht erst versucht hatten, sondern nach dem Abitur von vornherein an die theologische Fakultät nach Klausenburg gegangen waren. Wer allerdings alles nahm, was sich anbot, ohne nach der „sozialen Herkunft" zu fragen, das war das neugeschaffene „Maxim-Gorki-Institut" in Bukarest, das ganz dem Studium der russischen Sprache und Literatur gewidmet war und im ganzen Land nach Studierwilligen Ausschau hielt. Dorthin wurde man, wie Christian wußte, buchstäblich hingelockt.

Die Begeisterung für russische Sprache und Kultur hielt sich sehr in Grenzen, bei den Rumänen zumal, die mit dem Nachbarn Rußland im Lauf der Geschichte meist schlechte Erfahrungen gemacht hatten. Bliebe also dann für die Christa nur die Theologie übrig, folgerte Tante Lilli sozusagen resignierend-hoffnungsvoll, aber ein etwas ungewöhnliches Studium für eine Frau sei das nun freilich auch. Pfarrer Pelger befürworte einen solchen Schritt sehr, wie von Tante Lilli weiter zu hören war, und was die Bildung betrifft, sei die Theologie sicher weit und breit das wohl beste, was man zur Zeit haben könne.

Gerade so wäre das nun aber auch nicht, warf Christian ein, seine ersten Erfahrungen mit der Universität, vor allem hinsichtlich der allgemeinbildenden Angebote, seien von der erfreulichsten Art. Was indes Tochter Christas Studienabsichten angehe, so könne er trotzdem zu nichts raten, und das eben wegen der völlig undurchsichtigen Aufnahmekriterien an den Hochschulen. Angesichts solcher Überfragtheit meinte nun Onkel Ali (dessen Name übrigens nicht aus der arabischen Sphäre inspiriert war, sondern einfach nur die Koseform des ungarischen „Aladár") zu etwas anderem überleiten zu sollen, und er bat deshalb Christian in das angrenzende Zimmer, wo an einer fensterlosen Wand neun Geweihe von Rehböcken aufgereiht waren, auf die er mit stolzer Handbewegung wies: „Die habe ich alle einmal selbst geschossen, früher, als Menschen wie ich noch Jagdgewehre besitzen durften, und sieh sie dir an, wie herrlich sie da aus der Wand schauen. Kannst du dir vorstellen, wie die einem in solcher Formation plötzlich aus dem Wald entgegenlaufen, alle neune?"

„Ja, Onkel Ali, das kann ich mir lebhaft vorstellen", sagte Christian und merkte, wie während seiner nun folgenden Rede das Willy-Birgel-Gesicht des alten Herrn zunächst ganz blaß, dann aber auch wieder heiter wurde, „das sehe ich lebhaft vor mir, wie sie da herantraben, deine Rehböcke – aber lieber wäre mir, wenn das Politbüro des Zentralkomitees, teuflisch gehörnt, da angenagelt wäre, ich könnte da stundenlang immer nur hinschauen."

Bei Pfarrer Gustav Pelger hatte sich Christian für den nächsten Nachmittag angesagt. Er wurde dort nach inzwischen etabliertem Brauch als der „heimgekehrte verlorene Sohn" empfangen, wie der Herr Pastor ihn biblisch-scherzend zu nennen pflegte, eingedenk der bisherigen Vor- und Zwischengespräche über Christians Ausflug in die große weite Welt jenseits der Karpaten.

Vom Schreiben sei er im letzten Jahr so ziemlich abgekommen, begann Christian seinen Bericht. „Ihr werdet das als fleißige Zeitungsleser sicher bemerkt haben." Ja, schon, nur, bemerkt hätten sie auch die leicht bissige „Schmunzelecke" in der Leser-Rubrik und seien darüber gar nicht traurig gewesen, im Gegenteil: „Das Sticheln liegt dir, und ein Ventil ist das, was du da machst, für unsere Leute allemal, wie wir uns mit meiner Frau sagten. Man merkt daran, daß sich in der verbalen Festgefrorenheit des neuen Zeitungsstils etwas zum

Menschlicheren hinbewegt. Mach nur so weiter, gib aber acht, die merken's bald, wenn du in ihren Augen ‚Defätismus' treibst. Ich sage das aus meiner Erfahrung als Kanzelredner – obwohl, ja, obwohl ich das Glück habe, vom ‚verba volant'-Privileg zu profitieren, im Unterschied zu dir, der du in ‚scripta manent'-Fesseln liegst. Da kann sich der Zensor gelassen zurücklehnen und seine Messer wetzen, von deinen Worten läuft ihm keines weg."

Das Studium, zu dem er sich im letzten Sommer endlich aufgerafft und durchgerungen habe, so Christian, ja, buchstäblich „durchgerungen", weil nämlich in seiner „Firma" dieser Entschluß keineswegs eitel Freude erregte, dieses Studium sei nun wirklich über Erwarten zufriedenstellend, und zwar in vielerlei Hinsicht. Die Lehrer, besonders die in den allgemeinen Fächern wie Weltliteratur oder Sprachwissenschaft, seien von erfreulichster Kompetenz und einige der Kommilitonen von der Germanistik, mit denen er Freundschaft geschlossen habe, außerdem noch wahre Geistesschätze. Man käme sich im Gespräch mit ihnen geradezu gehoben vor, und er, Christian, habe den Eindruck, daß die beiden anderen, nämlich Lenz und Adelfini, genau so empfänden wie er. Das sei eindeutig ein „glückhaftes Dreieck", was sich da zusammengefunden habe, nach außen spitz, nach innen aber in ganzer Breite einander zugewandt.

„Ich höre Poesie aus deinen Worten klingen", sagte Pastor Pelger, „auch ich glaube nun, du sitzt im Wurzelgeflecht der Literatur. Darauf kommt es an, daß man von Anbeginn weiß, worauf man sich einläßt, wenn man ein Studium beginnt. Mir erging es nicht anders, als ich mich seinerzeit für die Theologie entschied, da las ich, und es war wie ein Erwachen, ein grundlegendes Buch, ‚Das Heilige' von Rudolf Otto. Bei ihm findest du gleich am Beginn den Satz: ‚Immerhin ein heilsamer Ansporn, zu bemerken, daß Religion nicht in ihren rationalen Aussagen aufgeht, und das Verhältnis ihrer Momente so ins Reine zu bringen, daß sie sich selber deutlich werde.' Das klingt ein bißchen kantisch hölzern, aber wichtig daran ist die Erkenntnis, daß etwas sich selber deutlich zu werden hat, das heißt seiner selbst bewußt wird, und zwar nicht von außen angegangen mit irgendwelchen Begriffszangen, sondern von innen her verstanden. Das gilt wie für die Religion auch für die Literatur. Man muß einen Begriff von ihnen haben, bevor man sich ihnen nähert, sie in ihren Beispielen betrachtet."

„Das leuchtet mir ein", bekräftigte Christian, „dieses Empfinden hatte ich auch, hatten wir drei alle auch, als ein Professor namens Edgar Papu gleich in seiner ersten Vorlesung vom Gilgamesch-Epos redete und aus Echnatons ‚Sonnengesang' zitierte."

„Ach, Echnaton? Sieh mal an, da kommen Religion und Literatur doch richtig zusammen", warf Pfarrer Pelger schnell ein. „Da wäre ich, als davon die Rede war, gerne dabeigewesen."

„Das glaube ich, nur, freilich, so viele gibt es da auch nicht, die, wie Papu, ohne den berühmten Sammelband ‚Marx und Engels über Literatur' unterm Arm die heiligen Hallen der Dichtung betreten. Da fährt einem schon einmal auch eine liebe Studienkollegin an die Gurgel, wenn man es sich, wie ich neulich in einer Seminararbeit, herausnimmt, Marx' und Engels' Dichterfreund Georg Weerth für keinen großen Poeten zu halten."

„Damit muß man heutzutage überall rechnen. Auch bei mir sitzt im Sonntagsgottesdienst neuerdings einer mit gezücktem Bleistift und Notizblock – freilich fein versteckt im Pultfach der Kirchenbank, für mich aber von der Kanzel gut einsehbar – und schreibt fleißig mit, wenn er meint, ich hätte gerade was Ketzerisches von mir gegeben. Meist lasse ich es darauf ankommen, ja, fordere ihn sogar mit einer Finte heraus, um festzustellen, wie intelligent er ist. Der Schnüffler stammt übrigens nicht von hier, nicht aus unserer Gemeinde, sondern kommt von sonstwo her."

„Es ist schon eigenartig", sagte Christian, „was hier jetzt abläuft, ich meine also nach dem Ungarnaufstand. Einerseits reagieren unsere Oberaufseher geradezu hysterisch, bei uns gab es im Herbst am Beginn des Hochschuljahrs Relegationen, eindeutig im Zusammenhang mit den Ungarnereignissen, andererseits versucht man es aber auf die begütigende Tour."

„Da bin ich aber gespannt", rief der Pastor.

„Es ist schon höchst interessant. Uns Studenten kommt man auf erstaunliche Weise entgegen, ich meine, bis hin zu offensichtlicher Privilegierung. Es heißt, die bewußte ‚Behörde', also die ‚Securitate', dürfe Hochschüler nicht mehr nach Belieben festnehmen, das heißt, sie sich, sagen wir, im Studentenheim greifen und einlochen. Liegt etwas vor, so muß sie im Bereich der Universität, genauer, beim Sitz des Jugendverbandes und im Beisein von dessen Vertretern, ihre Verhöre vornehmen und dann auch sagen, wieso und warum. Ein Weiteres: Wir haben jetzt am Floreasca-See unser eigenes Universitätsstrandbad, in das man mit dem Studentenausweis gratis hineinkann. Und noch eins: Es gibt ab sofort ein Studenten-Kulturhaus draußen in Cotroceni, in der ehemaligen königlichen Residenz, mit Einrichtungen für Fortbildung und Unterhaltung. Wenn das also alles nichts ist!"

„Oho, oho, o ja, o ja", jubelte der Pastor fast, „das hört sich gut an. Nur verstehe ich dann diese ostentative Spitzelei in meinem Gottesdienst nicht."

„Das ist halt das bewährte Rezept von ‚Zuckerbrot und Peitsche' – das eine also glauben tun zu müssen, das andere aber nicht lassen können. Eine verdächtige, eine gefährliche Schizophrenie, und alles andere als beruhigend. Trillert nun schon die Lerche, oder schlägt noch die Nachtigall?"

*

Das war nun wirklich die entscheidende Frage, mit welcher im Gemüt Christian und Pfarrer Pelger nach ihrer Begegnung auseinandergingen. Und beantworten konnte sie niemand, es sei denn die Zeit, „die allmächtige", wie der Pfarrer sie nannte, sie so nannte, weil sie doch von Gott kam, dem „Arbeitgeber" aller geistlichen Herren, wie er sich scherzend ausdrückte.

Solcher Tiefsinn begleitete Christian auch nach Kronstadt, wo er vor seiner Rückfahrt nach Bukarest, am Tag der Ab- und Weiterreise also, noch einen dritten Besuch zu absolvieren hatte, bei den Brüdern Adelfini, die in Kronstadt lebten. Freund Ricardo Adelfini, der seine Semesterferien zu Hause verbrachte, hatte ihn eingeladen, bei ihm vorbeizuschauen, seinen Bruder Peter kennenzulernen und unbedingt auch den „Zauberer". Der „Zauberer" hieß Ferdinand Blawatzky, war ein alter Freund der Familie, von Beruf Techniker in einer Kronstädter Fabrik, von Berufung aber eben Zauberer, das heißt Astrologe, Graphologe und Physiognomiker in einem zwar, hierarchisch aber in dieser Rang- und Reihenfolge, und er hatte, was Christian schon bei dessen Betreten der Adelfinischen Wohnung bemerkte, den sanft-bohrend-dunklen Blick, den man von derlei Repräsentanten der Übersinnlichkeit kennt. Christian, in solchen Sachen spöttischer Skeptiker, ließ das Phänomen auf sich zukommen, ließ also Herrn Blawatzky sein Können entfalten, neugierig darauf, wie der das machte, aber dann war er von der neuen Bekanntschaft unverhofft doch auch sehr angetan, denn nichts schien dieser so sehr zu fehlen wie die befürchtete Aufdringlichkeit. Herr Blawatzky redete über hundert Dinge, hörte aber auch geduldig-gerne zu, wenn Christian oder die Adelfinis etwas sagten, und schied nach einer Stunde des Beisammenseins mit einem rätselvollen Lächeln um Mund und Augen, das soviel bedeuten sollte, wie: ‚Mein Wohlwollen lasse ich hier, mein Geheimnis aber nehme ich mit.'

„So ist er", sagte Ricardo Adelfini, nachdem der Gast gegangen war, „du wirst von dem kein einziges direkt an dich gerichtetes Wort hören. Das läßt er durch uns verkünden. Du bist also, wie nicht anders zu erwarten, eine ‚Ausnahme-Erscheinung', wie Blawatzky sich ausdrückt, und zwar in jeder Hinsicht, das heißt in wechselseitiger Stützung und Bestätigung des astrologischen und des graphologischen Befunds, der physiognomische steht da noch aus, weil er ja bei dir erst ab heute, nach erfolgtem Augenschein, möglich geworden ist."

Adelfini sagte das ohne alle Ironie, er schien sehr überzeugt zu sein von des Zauberers Erkenntnis- und Durchdringungskraft, dazu auch sichtlich stolz, nach zwei Seiten hin stolz, auf den „Zauberer" wie zugleich auch auf den Studienfreund Rosenow. Dieser fühlte sich indes richtig wie ein Luftballon, so wunderbar groß und geschwollen nach außen und so voller Nichts-als-Luft innen, das heißt er empfand sich sozusagen als leibgewordene Aufgeblasenheit. Aber während er mit dem Zug durch den Winter nach Bukarest zurückfuhr, war er dann doch auch bereit, des „Zauberers" Worte wenigstens als eine Art Wechsel auf die Zukunft zu verstehen.

XIX
Manches über Dante/Fete bei Lelia

Was nun rein den germanistischen Teil betraf, so ließ sich das Studium an der Universität für Christian Rosenow und die Freunde ziemlich verwirrend, um nicht zu sagen enttäuschend an. Dort also, dort in den Vorlesungen Professor Papus, der Beginn der Weltliteratur in seiner ganzen Pracht und Großartigkeit, hier aber nun bloß das Wessobrunner Gebet, die Merseburger Zaubersprüche, der Physiologus, die Straßburger Eide oder noch der Deutsche Abrogans, das ganze Gestückel germanischer und deutscher Frühzeit. Da kam schon bei so „halben Sachen" – „halb" nämlich in der Überlieferung des Fragmentarischen – wie dem Hildebrandslied richtig Freude auf. Sah man von den Anonymi, etwa dem Verfasser des Nibelungenlieds, einmal ab, mußte man auf faßbare Persönlichkeiten schon bis zu Walther von der Vogelweide warten, und das alles, bitte schön, zwei-, dreitausend Jahre nach Gilgamesch, Echnaton, Bibel, Homer und Vergil.

Durfte man noch den gotischen Bischof Ulfilas mit seiner Bibelübersetzung für die deutsche Literatur in Anspruch nehmen, durfte man das aus so großer zeitlicher Entfernung zu uns herüberklingende „Atta unsar þu in himina/weihnai namo þein" seines Vaterunsers mit dem geheimnisvoll lispelnden þ(ong)-Laut und der fast schon italienisch anmutenden Vokalität als einem zugehörig betrachten? Oder war man mit diesem Ulfilas am Ende gar schon in einer sozusagen „unterschwelligen" Verbindung, wo doch der Gotenbischof just dort, wo Christian zur Welt gekommen war, einmal christlich missioniert hatte, wenn auch freilich achthundert Jahre bevor die Siebenbürger Sachsen in jene Gegenden einwanderten? Und wie war das mit dem Wort „deïþmo" – „klingt Ihnen das nicht irgendwie bekannt", fragte der Sprachhistoriker Viktor Thieß in einem Seminar von Christians Studiengruppe, „ist es Ihnen in Ihrem Dialekt schon begegnet?" „O ja", rief Christian, hellwach geworden, „das Wort lautet in meinem Burgstedter Dialekt ‚deïßm' und bedeutet ‚Sauerteig'." „Genau das wollte ich hören", frohlockte Herr Thieß, „hier sehen Sie also ein Beispiel dafür, wie Wörter einer Sprache irgendwann einmal in einem Dialekt abgelegt wurden und sich in geographischer Abgespaltenheit bis heute bewahrt und behauptet haben."

Von der Wunderbarkeit der Sprache und der Sprachen waren Christian und seine Freunde spätestens seit diesen Erörterungen im Thießschen Seminar restlos überzeugt, und sie kamen sich seither, zumindest in sprachwissenschaftlicher Hinsicht, richtig als Schatzsucher vor, allein, so aufregend wie hier waren die Dinge in der Literatur dann auch wieder nicht. Wo andere europäische Nationen, wo die Italiener schon einen Dante oder Petrarca, die Franzosen einen Rabelais oder einen François Villon, die Portugiesen einen Camoës, die Spanier einen Cervantes und die Briten ihren Chaucer oder Shakespeare vorzuweisen hatten, da jubelten die Deutschen schon bei Erwähnung eines Bibelübersetzers namens Martin Luther – „wenn auch freilich mit gutem Grund", wie Adelfini bemerkte, „denn was dem einen sin Ul, ist dem andern sin Nachtigall. Was der Luther, was also die ‚wittenbergisch Nachtigall', wie Hans Sachs ihn nannte, gemacht hat, das war nicht mehr und nicht weniger, als das Deutsche erst einmal zu erfinden, dann freilich auch, mit seinem Gott ins Reine zu kommen."

„Na schön, aber Walther von der Vogelweide oder Wolfram von Eschenbach", gab Rosenow zu bedenken, „die waren doch, halten zu Gnaden, auch jemand, und was Witz und Sprachkraft angeht, waren sie den Größen anderer europäischer Nationen doch zumindest ebenbürtig."

„Ja, schon", mischte sich der katholische Heinrich Lenz ein, „doch euer-unser Luther mußte sich ein literaturtaugliches Idiom erst schaffen, weil Walthers und Wolframs Deutsch in seiner damals – nach dem Althochdeutschen – zweiten Häutung sich mit der Auswanderung von euch Siebenbürger Sachsen auf- und davongemacht hatte – aber Spaß beiseite: Für einen Einzelnen genügt es schon, wenn er eine ‚Stradivari' erschafft, auf ihr herumgeigen können die vielen anderen dann mit Leichtigkeit. Und Luther, der hat nun genialerweise so ein Instrument erschaffen."

„Nun ja, meinetwegen, auf deiner ‚Stradivari' kann man aber Wolframs von Eschenbach oder Walthers von der Vogelweide Musik nicht mehr spielen", wandte Rosenow ein, „die muß man als etwas Fremdes mühselig erst beherrschen lernen, so wie man das Wort ‚arebeit' im Nibelungenlied erst verstehen lernen muß, wenn man es nicht einfach für ‚Maloche' halten will – alle Eselsbrücken *sprachrückwärts* sind da endgültig zerbrochen."

„Aber nicht auch *sprachvorwärts*, mein Guter", räsonierte Adelfini, „der Bertolt Brecht, zum Beispiel, gibt zu, daß er sich an Luthers Bibeldeutsch heute noch labt, Marxismus hin, Marxismus her."

Virgil Nemo, ein rumänischer Kommilitone von den Anglisten, der das Deutsche, weil er es bei seiner Banater Oma gelernt hatte, fließend beherrschte, mischte sich überraschend in das Pausengespräch der drei Weisen aus dem Sprachenlande, dem er mit einem verständnisvoll-mitleidigen Lächeln gelauscht hatte, spätestens seit es den hoffnungsvollsten Punkt deutscher Sprache und Literatur berührte.

„Eure Bekümmernis, Freunde, kann ich nicht verstehen, ihr habt doch sehr bald nach eurem Luther diesen phänomenalen Grimmelshausen, der schlägt zwar nicht den ‚Don Quijote' in die Flucht, aber mit dem spanischen ‚Lazarillo de Tormes' kann er es jederzeit aufnehmen, wie ich meine, und wie auch Professor Edgar Papu neulich in seiner Vorlesung über den pikaresken Roman meinte. Und ihr müßt, um ein anderes Beispiel zu bemühen, auch nicht glauben, daß eine Gestalt wie Shakespeare das reine Glück für eine Nationalliteratur ist. Sie wirft ihren Schatten auf die ganze zeitliche Umgebung, verdunkelt das Frühere, in unserem Fall Christopher Marlowe oder Ben Johnson, und läßt auch noch alles Spätere blaß erscheinen. Und gewachsen ist der ‚große Will' doch aus nichts anderem als diesem immerhin sehr erstaunlichen Früheren. Ein Shakespeare, sagen wir's mal so, ist ein Glück und ein Unglück zugleich."

„Nun gut, und wie steht es mit Dante", wollte der durch frische Lektüre erleuchtete Christian Rosenow wissen, „ist der auch so ein großer Überschatter? Und wenn er's denn wäre, so wäre er es wohl zu Recht, denn gewachsen ist er aus nichts als aus sich selbst. Er war und er fühlte sich wohl Gott am nächsten, wenn nicht gar ihm fast gleich."

„Woher willst du das denn wissen?" fragte Adelfini.

„Ich habe seine ‚Göttliche Komödie' gelesen."

„Ach so, wir auch", gab Adelfini zurück.

„Nur wie? Da müßte euch doch aufgefallen sein, daß der gute Alighieri entschieden gottähnlich ist. Keiner vor ihm und keiner nach ihm hat über Inferno, Purgatorio und Paradiso, also über die andere Welt in ihrer Gesamtheit von ganz unten bis ganz oben, so genau Bescheid gewußt wie er, keiner auch über ihre Topographie und innere Ordnung so ptolemäisch umfassend nachgedacht. Keiner war, außer vielleicht die alttestamentlichen Propheten, so eindeutig von Gott beauftragt wie er und keiner wie er mit einem so abgrundtiefen Humor ausgestattet, auch keiner wie er von der tiefernsten Heiligkeit seines Tuns beseelt. Keiner war wie er imstande, einen Vergil für seine Inspektionsgänge durch alle die obengenannten Bereiche so ganz selbstverständlich in seine Dienste zu nehmen. Einerseits gibt er vor, den großen antiken Vorgänger – als solchen betrachtet er Vergil doch wohl – unendlich zu verehren, ihm den ‚schönen Stil' abgeschaut zu haben, andererseits behandelt er ihn aber als eine Art Reisemarschall. So was muß man können. Daraus entsteht einsame Originalität. Wie sagte doch unser guter Edgar Papu im Zusammenhang mit Dantes ‚Komödie': ‚Die großen Werke der Weltliteratur, meine Lieben, sind *Abrechnungen*, manchmal auch bloß *Rechenschaften*, schließlich noch *Beschwörungen* – in dieser Rang- und Reihenfolge'. Nun, die ‚Göttliche Komödie' ist Abrechnung – und wie Dante sie vornimmt, ist unerhört und mit unserem bißchen Verstand nicht zu fassen."

„Wenn man dem Rosenow so zuhört", warf Adelfini ein, „dann braucht man eigentlich Papus Vorlesungen überhaupt nicht mehr, dann kann man sich die ganze Universität sparen."

„Spott nur, spott nur", verteidigte sich Christian, „Tatsache ist, ich denke den Papu weiter fort, und zuzuhören braucht mir dabei niemand."

„Tun wir aber gern", spottete Adelfini, „avanti, avanti, wir wollen unbedingt weiterhören."

„Also, ich sagte, es ist unerhört und nicht zu fassen – was nämlich? Wie Dante seine Hölle ausmalt, wie er mit dem ganzen Geschmeiß seiner Zeitgenossen umspringt, natürlich nur mit den schon verstorbenen, da weiß er millimetergenau, wo im Höllenschlund sie sich gerade aufhalten und was mit ihnen gerade geschieht. Die Martern für sie hat er sich selbst ausgedacht, extra für jeden einzelnen. Sie werden beharkt und gepeitscht, gesotten und gebraten, beschimpft und verflucht. Kein vergangener Verrat, keine Gemeinheit, keine Niedertracht wird verziehen. Und Dante ist überall dabei und zeigt sich quasi entsetzt darüber, wie man mit diesen Seelen umspringt, und zeigt sich auch voller vorgeblicher Anteilnahme, im Grunde aber voller Genugtuung: ‚Tja, so ist das eben, wer hätte gedacht, daß eure Schandtaten einmal so peinlich genau sortiert werden und man euch dafür jeweils passend filetiert, faschiert und paniert'. Er wendet entsetzt sein Antlitz ab und anderen Schinderplätzen zu und kann doch nicht genug von alldem kriegen. Stellt euch vor, es käme heute einer und hielte eine solche danteske Heerschau über die jüngsten Gemeinheiten dieser Welt, die schon etwas zurückliegenden und die eben gerade stattfindenden – wie würden alle zusammenzucken und innehalten, sich bessern und bekehren."

„Hast du eine Ahnung, wie sehr die sich bessern und bekehren würden", rief Adelfini, „hast du eine Ahnung, was unsere heutigen Schweine sich aus solcher Höllenmalerei machen würden! Ich kann es dir sagen: überhaupt nichts. Keiner ist bereit, irgendetwas Geschriebenes auf sich zu beziehen, und wenn es noch so gezielt und handgreiflich auf ihn gemünzt ist. ‚Dantes Höllenbetrieb, Genossen und Genossinnen, betrifft ausschließlich das Italien des 13. Jahrhunderts, da gab es die allererleuchtenden Werke von Marx und Engels noch gar nicht, da hatten unsere Lehrmeister ihr segensreiches Wirken noch nicht entfaltet, und die Völker dieser Erde stocherten noch im Nebel der Unaufgeklärtheit herum."

„Wo der Ricardo recht hat, hat er recht", ulkte Heinrich Lenz weiter, und auch Virgil Nemo nickte amüsiert Zustimmung zu dieser ihn kurios und zugleich angenehm anmutenden Veranstaltung geistiger Regsamkeit.

Als die vier an der Diskussion Beteiligten am Ende der großen Pause schon im Begriff waren auseinanderzugehen, beeilte sich Virgil Nemo, einen Auftrag loszuwerden, dessentwegen er zu den dreien gestoßen war. Er zog Christian Rosenow freundlich-vielsagend beiseite: „Ich habe dir und Lenz etwas auszurichten. Vertreterinnen des schönen Geschlechts aus unserem anglistischen Stall möchten euch beide näher kennenlernen. Ich soll also erkunden, ob ihr bereit wärt, am nächsten Samstag an einer kleinen Fete bei Lelia D. teilzunehmen. Ort der Handlung ist die Schreinerwerkstatt ihres Vaters. Ich und mein Freund Sergej Balack sind zwar auch mit von der Partie, aber die Hauptpersonen bei der ganzen Chose werdet ihr beide sein, sage ich dir im Vertrauen. Und ich sage dir noch eines: Speziell für Lelia D. scheinst *du* mir die Hauptperson zu sein. Sie ist sozusagen deine Beatrice und ich nur ‚Vergil', der Postillion d'amour. Du merkst, wie weltliterarisch es bei uns schon zugeht."

„Diese Lelia kenn ich doch gar nicht, wie kommt die auf mich und Lenz?" fragte Rosenow und spürte plötzlich, wie heftig sein Herz klopfte. Was er da sagte, stimmte indes so nicht ganz: Er hatte bei den Vorlesungen, die es für die fünf fremdsprachlichen Sektionen der Philologie, Deutsch, Englisch, Französisch, Italienisch und Spanisch, als gemeinsame Veranstaltung gab, mit einer durch ihre Weißhäutigkeit und Blondheit auffallenden jungen Dame schon mehrere Male Blicke gewechselt – das hätte die hier gemeinte Lelia durchaus gewesen sein können. Es hatte aber mehr so ein Mustern und Abtasten zwischen ihnen gegeben, wie er sich erinnerte, und gedacht hatte er sich dabei eigentlich gar nichts. Nun bekam dieses kleine Vorgeplänkel durch die von Virgil Nemo überbrachte Botschaft plötzlich eine so überraschende Dimension.

„Weißt du", sagte Nemo, „unsere hauptstädtischen Weiber sind, anders als die euch bekannten in Kronstadt oder Temesvar, sehr wählerische, sehr kapriziöse Geschöpfe, man muß sich da schon vorsehen. Man nehme sich in diesem Zusammenhang unbedingt die Gebrauchsanleitung an öffentlichen Fernsprechern zu Herzen: ‚Erst den Hörer abheben, dann die Münze einwerfen.' Ein sinniger, vor allem aber nützlicher Spruch", bemerkte Nemo mit einem süffisanten Lächeln um sein rundliches Kinn. „Ich sage das, damit ihr beiden Germanen aus des Landes Norden oder Westen nicht überrascht seid davon, wie die Dinge hier so laufen im verwöhnten Süden unseres Landes. Ich soll also heute noch Bescheid sagen, ob ihr kommen wollt oder kommen könnt. Wann und wo ihr hinkommen sollt, erfahrt ihr noch beizeiten."

„Ich denke, wir kommen", sagte Christian schicksalsergeben und zugleich draufgängerisch zu, auch in Lenzens Namen.

Mittlerweile hatte er nicht den geringsten Zweifel mehr, welche von den anglistischen Damen diese geheimnisvolle Lelia war. Nur fiel es ihm, trotz Nemos Versicherungen, schwer zu glauben, daß ausgerechnet er Gegenstand einer solch offenbaren Auserkorenheit sein sollte. Die „schöne Fremde" aus jenem nun schon weit zurückliegenden Burgstedter Sommer kam ihm wieder in den Sinn, und der Gedanke, es könnte sich hier unverhofft eine erloschen geglaubte Sehnsucht erfüllen, ließ ihm das Blut heiß zu Kopf steigen. Nein, nein, so einfach geschehen die Dinge nicht in einem unauffällig dahinfließenden Leben wie dem seinen. Er war, wie er sich eingestand, mitnichten der mädchenberückende Heinrich Lenz, dem alles Weibliche zuflog. Auch konnte er sich nicht erinnern, daß, außer in jenem Sommer mit der „schönen Fremden", irgendwann ein ermunternder oder herausfordernder Blick aus einem weiblichen Auge auf ihn gefallen wäre. Die Zweifel, die ihn befielen, wurden groß und größer, so daß er schließlich an ein Mißverständnis zu glauben bereit war.

Er gestand Lenz seine Seelennöte, der aber mochte sie gar nicht teilen. „Natürlich gehen wir zu der Fete von Lelia D. Und was deinen Unglauben in puncto ‚Auserkorenheit' angeht, so kannst du wissen, daß dein Typ in dieser Weltgegend rar gesät und es deshalb kein Wunder ist, wenn Damen mit dem Gespür für das Besondere den Strahl ihres Auges auf dich richten, um es etwas dantesker auszudrücken."

*

„Komm, wir gehen Sterne schauen", flüsterte Lelia D. Christian ins Ohr, als die Fete, zu der sie eingeladen hatte, schon länger im Gange war und eine Vollmondnacht ihr Silberlicht über den weitläufigen, von jungen Linden und Kastanien umstandenen Hof breitete. Christian glaubte plötzlich zu träumen oder vielleicht eher noch aus der lesenden Versenkung in Eichendorffs „Taugenichts" jäh zur Wirklichkeit erwacht zu sein, und als dann Lelia sich gar bei ihm unterhakte, wußte er endgültig, daß er eigentlich gestorben war und im Begriff, zum Himmel aufzusteigen. So also war das mit den letzten Gängen oder Flügen paradieswärts – alles noch nie dagewesen und doch auch längst gewußt, alles zugleich und in einem.

Aber dann redete Lelia, und es war ihm, als ob er sie schon lange, sozusagen schon immer gekannt hätte, als wären sie beide aus einer langen gemeinsamen Kindheit in die Welt hineingefallen und säßen nun auf dieser Bank, den Mond über ihnen und die Sterne, die Lelia so dringend hatte „schauen gehen" wollen. Denn wie sie das gesagt hatte, so ganz anders als andere Leute, also nicht etwa die „Sterne am Himmel betrachten" oder gar „zählen", nein, sie „schauen gehen" wollte sie, und es war gerade so, als wenn ihr Körper das gesagt hätte, als wenn ihre Gestalt selbst dieses Sprechen gewesen wäre.

„Und weißt du, wo der Große Wagen ist? Du bist soviel größer als ich, du müßtest ihn eigentlich zuerst sehen." Christian schaute nicht in den Himmel hinauf, sondern sah in dem fahlen Licht Lelias Perlenzähne zwischen ihren Lippen lachen, und ihre Augen lachten mit, groß geöffnet wie ganz nahe Sterne, er hätte nicht sagen können, ob amüsiert, ob freudig – das erstere hätte zu Virgil Nemos Mahnung gepaßt, die Münze nicht in den Schlitz zu werfen, bevor der Telefonhörer abgehoben ist, das zweite zu Christians Erwartung, daß Märchen einmal, ja endlich einmal wahr würden.

Er merkte, wie trotz der schon gut zwei Jahre Bukarest sein Rumänisch nicht ausreichte, irgend etwas Kluges, Geistreiches oder auch nur Selbstverständliches zu sagen, er saß nur da, so ganz belemmert wie der ewige Provinzler, steif und schwerzüngig, und neben ihm dieses Frauenbild so selbstgewiß wie die reine Natur. Als ahnte sie, wie ihm zumute war, erzählte sie nun, daß sie so lange hier noch nicht zu Hause wären, sie und ihre Familie, Vater, Mutter und Schwester. Sie seien, als durch Europa der letzte Krieg tobte, aus dem griechischen Mazedonien hierhergezogen, weil es dort für Mazedo-Rumänen wie sie nicht mehr weiterging. Sie seien mit anderen Worten richtige Réfugiés beziehungsweise solche zumindest noch gewesen vor vierzehn, fünfzehn Jahren, als sie mit der geretteten Habe hier in Bukarest ankamen und wieder Fuß faßten.

Christian begriff nun, warum sie so anders war, diese Lelia, blond und weißhäutig und auch in den Gesichtszügen so ganz verschieden von den Mädchen hier. Vielleicht war es auch das, was sie gegenseitig anzog, vielleicht hätte Christian ein wenig Lelias Vater gleichen sollen, der hochgewachsen war wie er, nur freilich, anders als er, ein athletischer Burt-Lancaster-Typ, wenn auch ohne dessen blaue Augen.

‚Du bist richtig ein Auserkorener', jubelte es in ihm, ‚du bist hier, an dem Ort, wo du dich gerade befindest, aus keinem Versehen und keinem Mißverständnis.' Auch das hatte ihm Virgil Nemo eigentlich sehr deutlich gesagt, als er für Lelia den Herold spielte, und nicht nur jene kleine Bissigkeit mit dem Telefonzellen-Sprüchlein.

Nicht mehr lange und sie saßen auf der Bohlenbank unter einer der blühenden Linden dicht beieinander, so daß ihre Körper sich berührten und ihre Gesichter sich so nahe kamen, daß sie ihren Atem spürten und ihre Münder plötzlich zueinander fanden und fortan kein Wort mehr von ihnen zu den Gästen drinnen im erleuchteten Haus und um das Haus herum hinüberdrang. Alles das war nun für Christian auf einmal wieder so tastbar wirklich und handgreiflich irdisch, er war aus den Höhen, in die er eben noch entschwebt war, auf den Boden zurückgefallen, *die Erde hatte ihn wieder* wie Goethes österlichen Faust, und die Worte, die er immer sagen wollte, kamen ihm nun so leicht wieder in den Sinn, nur hatte er sie jetzt gar nicht mehr nötig, denn die Lippen redeten auch ohne sie.

„Was macht ihr beiden dort im Dunkeln?" hörten sie plötzlich Nemos Stimme über den nächtlichen Hof herüberfragen. „Macht ihr Mund-zu-Mund-Beatmung, braucht ihr ärztliche Hilfe?"

„Nein, wir telefonieren!" hörte sich Christian sagen. Mit der wiedergewonnenen Irdischkeit war ihm auch sein Humor zurückgekehrt, und Lelia hatte ein spitzbübisches Lachen im Gesicht, als sie mit ihrem heißen Mund den seinen wieder verschloß.

XX
Zwischen Verona und Helsingör/Osterleuchten/Zahlenspiele

Mancher wird nun dringend wissen wollen, was sich mit Christian und Lelia weiter ereignete, ja, was nach jener rauschhaft schön begonnenen und ebenso zu Ende gegangenen Mond-, Sternen-, Linden- und Kastanienblütennacht im Monat Mai sich als feingewirkt gnädiges Geschick über diese zwei Menschenkinder breitete. Um nun aber Gelüsten dieser Art von vornherein Einhalt zu gebieten, sieht sich der Romanschreiber seinerseits gehalten, den Leser zu der Einsicht zu bringen, daß Christian nicht auf die Welt und in die Hauptstadt gekommen war, um sich an einem bestimmten Punkt seines Lebensweges hoffnungslos in Liebeswirrnisse zu verlieren und daraus dann niemals wieder herauszufinden.

Man kann auch sicher nicht erwarten, daß, um einen Roman zu pfeffern und zu paprizieren oder sonstwie raffiniert zu würzen, nun in allen hauptstädtischen Grünanlagen, vornehmlich im Parcul Ioanid oder in der Grădina Icoanei, Posten aufgestellt würden, mit dem Auftrag, das Geschehen auf den Parkbänken nächtelang zu observieren und zu protokollieren. Damit wäre, muß man hier deutlich sagen, selbst die allgegenwärtige und hervorragend funktionierende Geheimpolizei „Securitate" personell hoffnungslos überfordert gewesen, abgesehen davon, daß von zweisam besetzten Parkbänken ohnehin meist wenig Gefahr für den „vielseitig entwickelten Sozialismus" ausging.

Wir werden uns indes auch nicht dazu verleiten lassen, ältere Romanmuster hier zu neuem Leben zu erwecken, also etwa Geschichten hoffnungsfroh zu beginnen, dann aber nicht zu Ende zu führen beziehungsweise sie durch neubegonnene fortzusetzen, wie das seinerzeit, das heißt vor mehr als zweihundert Jahren, dieser enzyklopädistische Monsieur Denis Diderot in seinem Buch „Jacques der Fatalist und sein Herr" glaubte tun zu müssen, also, um es auf den Punkt zu bringen: den Leser in ein permanentes narratives Wechselbad hinterhältigster Art zu tauchen. Schon gar nicht darf man aber damit rechnen, daß der Verfasser eines Romanwerks wie des vorliegenden immer und überall dort mit dabei ist, wo sich seine Personen und wann auch immer befinden, also, um ein bekanntes Beispiel anzuführen, etwa dort, wo der Erzromancier Thomas Mann in seinem „Zauberberg" Madame Clawdia Chauchat die Tür zum Sanatoriums-Eßsaal jedes Mal, wenn sie diesen betritt, zuknallen und die Frühstücksgäste, zuvörderst den mit einem empfindlichen Gehör ausgestatteten jungen Hamburger Hans Castorp, aus dem morgendlichen Nach-Schlaf aufschrecken läßt.

Sosehr der Romanschreiber versucht sein könnte, den geneigten Leser auf einen seiner weltliterarischen Lektüre-Ausflüge mitzunehmen und mit ihm, sagen wir mal, im dritten Teil von Jonathan Swifts „Gullivers Reisen" Station zu machen, ja, noch präziser, im fünften Kapitel dieses Teils die Akademie von Lagado zu besuchen, sosehr wird er zögern, den arglosen Begleiter auf die Fersen des Kapitäns Gulliver zu setzen, wenn dieser sich dort, wie uns bedeutet wird, der Behandlung eines Darmkatarrhs oder einer Kolik unterziehen möchte – denn wie leicht könnte es bei der dort angewandten Therapiemethode passieren, daß, sobald sich die rücklings in den Patienten eingeblasene Luft explosionsartig nach hinten entlädt, sich ein paar Spritzer in das Gesicht des Betrachters verirren und darauf häßliche Sommersprossen hinterlassen. Die Begier, immer und überall dabeisein zu wollen, wäre damit nur allzu teuer bezahlt.

Bedenken hätte der Autor auch, Leopold Bloom in James Joyces „Ulysses" vom Leser aufs Klo begleiten zu lassen. Wie man's auch nimmt, es ist dies kein zu empfehlender Aufenthaltsort selbst für noch so Neugierige, und zwar nicht etwa deshalb, weil dadurch die Intimität der Defäkation, also die Abgabe überflüssigen Ballastes, gestört sein würde, nein, sondern weil Mister Bloom an diesem Ort, wie man wissen sollte, Zeitschriften las, sich also einem Bildungsakt hingab, sozusagen geistige Nahrung in sich aufnahm. Dann schon lieber würde der Romancier sich von einem seiner Lektoren bei den vielen Besuchen und Begegnungen begleiten lassen, die Fürst Myschkin im „Idioten" von Dostojewski während des ganzen Buchverlaufs unternimmt – hier herrschen nämlich bei aller Verrücktheit und mörderischen Verwirrung immerhin noch durchweg Würde, Sitte und Anstand. Gefährlich würde es allenfalls noch werden, wenn der abenteuerversessene Romanleser partout auf dem Walfangschiff „Pequod" in Melvilles „Moby Dick" anheuern wollte, denn ob und wann man zu solchen Fahrten wie jener des gotteslästerlichen Fischbeinfußes

Kapitän Ahab aufbricht, weiß man für gewöhnlich, *ob und wann* man von ihnen zurückkehrt, jedoch nicht.

Warum erzählt der geschätzte Romanschreiber das alles hier in solcher Breite und Länge, ist ihm der Stoff ausgegangen, fällt ihm nichts mehr ein, oder tut er das alles bloß zur Schonung seiner literarischen Geschöpfe, für die er doch immerhin Verantwortung trägt? Um der Wahrheit die Ehre zu geben: Das letztere ist hier wohl der Fall. Und zwar, weil er nämlich der Meinung ist, daß er selbst ja nun alles über seine Personen wissen darf und soll, der Leser dies aber nicht unbedingt muß. So kann es diesem auch völlig egal sein, ob Lelia und Christian sich in lauschigen Parknächten an den genannten Bukarester Orten menschlichen Lustwandelns ergehen, Lelia ihr Gesicht in Christians Halsmulde vergraben und dieser seine Hand in ihrer weißseidenen Bluse. Sie tun damit nichts anderes, als junge Menschen zwischen Verona und Helsingör auch sonst taten und tun, und erlaubt sollte auch hier sein, was gefällt.

Man könnte, Giovanni Boccaccios „Dekameron" im Kopf, sich auch viel Verweigeneres vorstellen, als hier bisher angedeutet wurde, doch sollte man nichts überstürzen und übertreiben. Die beiden hatten noch einige Jahre der studierenden Nähe zueinander vor sich, die Seen um Bukarest bis hin zu jenem großen Wasser des Lacul Snagov nördlich der Landeskapitale wurden zu sonnigen Ausflugszielen für das gemischte Doppel Lelia–Christian und Lenz plus dunkelhaarig-weißhäutiger Mia, die sich dieser auf einer seiner Fahrten in Kronstadt angelacht hatte, und es gab außer sommerlichen Parkbänken auch noch winterlich gut geheizte Kinos, es gab aber vor allem die sturmfreie Bude der beiden studierenden Herren in der Strada Mântuleasa, nicht sehr kommod zwar, dafür aber immerhin vor neugierigen Blicken gut abgeschirmt.

Vergessen sei aber auch nicht, daß es außer den vor allem in der Erinnerung wunderbaren Alltäglichkeiten liebender Gemüter auch jene einmal im Jahr, einmal in jedem Frühjahr stattfindenden Nächte des orthodoxen Osterfestes gab, die prächtig lichtervollen Auferstehungsmitternächte in dem so kirchenreichen Bukarest. Da war die punktuell erleuchtete Dunkelheit der Straßen so vollkommen, daß der herrschende Sozialismus für Stunden völlig vergessen schien. Kein Spitzel traute sich hervor, um mit dem Finger auf den Gegenstand seiner Observierung zu zeigen oder ihn gar mit einem Judaskuß zu markieren, denn er hätte sich sogleich verdächtig gemacht, seinen angeblichen Spähauftrag dazu zu nutzen, insgeheim eigenen österlichen Gefühlen zu frönen. Und was nun die vier Liebenden anging, so waren diese Osternächte jedes Mal der Augenblick einer Neu-Besiegelung ihres Bundes, soviel Kraft und soviel Hoffnung waren dann in einer einzigen Sekunde versammelt, daß sie bis tief ins Jahr hineinreichten.

Wenn auch weniger für den katholischen Lenz, so war dies alles zumal für den lutherischen Christian so unerhört neu, ja, gewissermaßen so anheimelnd fremd, daß er sich aus alteingepflanzter Scheu nicht wie alle anderen in eine orthodoxe Kirche hineinwagte, um sich von dort mit einer eigenen Kerze selbst ein Osterlicht zu holen. Er ließ Lelia vor- und hineingehen und sich das Licht von ihr herausbringen wie eine Gnadengabe für Abtrünnige vom rechten Glauben. Erst dann reihte er sich in die lichtervermehrende Menge auf den Straßen ein, war ein selbstverständlicher Teil von ihr und trotz seiner aus anderen Quellen gespeisten Gläubigkeit, wie es ihm schien, von ihr in Freuden aufgenommen. Wenn man sich in manchen Jahren an Ostern entschloß, das mitternächtliche Lichter-Entzünden oben auf dem Hügel der Metropolitankirche zu erleben, dann bot sich dem Auge dort ein Bild überquellender österlicher Lebendigkeit. Den Hügel abwärts sich ergießend, dann weiter unten am Platz der Einheit sich abflachend und verbreiternd, sah man den Lichterstrom dahingleiten und unaufhaltsam durch das Labyrinth der Straßen sich verzweigen weit in die uferlos scheinende Stadt. Für Christian war das alles die sinnenlaute Ergänzung seiner weihnachtlichen Ergriffenheit, die zwar auch einen Aufbruch bedeutete, die Geburt von etwas Uralt-Neuem, aber doch mehr einen Aufbruch in Stille und Verhaltenheit des Gemüts. Wie so ganz anders sollte ihm dieses hohe Frühlingsfest Ostern erscheinen mit seiner Gewißheit der Todes-Überwindung, wie war es von einer so ganz anderen Kraft, als er sie bis dahin gekannt und erfahren hatte.

Über solcher Beschwörung sakraler Gefühle hätte der Autor nun fast schon anderes, nicht weniger Wichtiges vergessen: Mit nicht geringer Irritation stellt er nämlich fest, daß es ihm just im zwanzigsten Kapitel eingefallen ist, über seinen Roman, dessen Anlage, Form und Entfaltung mit Blicken rund in die Weltliteratur zu reflektieren, dieses Produkt seines Geistes also sich sozusagen seiner selbst innewerden zu lassen, und schon merkt er im gleichen Atemzug mit tiefstem Unbehagen, wie ihm hier aus der Zahl zwanzig echte Probleme erwachsen. Die Zahl einundzwanzig wäre natürlich für Zwecke der Roman-Selbstreflexion eindeutig vorzuziehen gewesen, weil sie, zum Beispiel, durch drei geteilt eine Sieben ergibt, man es also hier dann durchweg mit heiligen, magischen Ziffern zu tun gehabt hätte – was dagegen fängt man mit einer Zwanzig an? Wodurch anders ist sie in ihrer Eigenschaft als Dividend teilbar als durch zehn oder fünf oder vier oder auch noch zwei – lauter Divisoren von auffälligster Unaufgeregtheit, die es zum Beispiel mit einer Drei oder gar einer Sieben, diesen edelsten aller Primzahlen, niemals aufnehmen können. Allein mit diesen letzten zwei erschafft sich zum Beispiel der große Thomas Mann das magisch-symbolische Gerüst seines „Zauberbergs", das ganze Legionen von Literaturdeutern für Jahre mit Nachdenkstoff versorgt. Was gäbe der Verfasser des „Müden Lords" nicht alles darum, sein Werk am festen Haken einer Sieben zu vertäuen und dadurch die langweilige Dezimalisierung der Welt, wie sein zwanzigstes Kapitel sie nahelegt oder gar erzwingt, ganz zu vergessen!

„Zu spät, zu spät", wird mancher nun schadenfroh ausrufen, oder auch „zu früh, zu früh, du hättest eben das einundzwanzigste Kapitel abwarten sollen, du Tor, du hättest es also noch ein bißchen hinziehen sollen, du Stümper vor dem Herrn". Ja, *hättest, hast* du aber nicht, und jetzt stehst du da und siehst dir das Desaster an, das du dir mit dieser öden Zwanzig selbst bereitet hast. Wie sehr wünschtest du dir jetzt einen Roman, wie ihn die alten Meister durch fleißiges Bosseln zustandebrachten, so schön schaurig-geheimnisvoll, daß hinter jedem Gebüsch tiefgründigste Symbole lauern und, geht man daran vorbei, einem mit gezücktem Pistol entgegenspringen, so daß man sich ihnen mit erhobenen Händen auf der Stelle ergeben muß.

So etwas wünschtest du dir jetzt, Freundchen – aber vorbei ist vorbei, und vertan ist vertan.

XXI
Schildknappen und Schmeißfliegen

Man sollte meinen, daß die doppelte Natur ihres täglichen Tuns Heinrich Lenz und Christian Rosenow in eine privilegierte Lage versetzte. Das traf für die beiden nun auch wirklich zu, denn wer sonst unter den Kommilitonen vermochte Theorie und Praxis des literarischen Ausdrucks oder, anders gesagt, des druckbaren Schreibens so natürlich miteinander zu verbinden wie sie, und wem sonst kam das an der Hochschule Erfahrene und Erlernte in seiner Arbeit so unmittelbar zugute wie ihnen. Für die meisten Mitstudierenden war das in Vorlesungen und Seminaren Gehörte ein Aufnahmeakt ohne die Möglichkeit der Nachprüfung und der Festigung durch Anwendung, denn die freie, das heißt tabufreie Diskussion war nicht gerade herrschende Mode am Bukarester Germanistiklehrstuhl jener Jahre, jedenfalls nicht bei einigen seiner Dozenten.

Das vielbeschworene Kreative, wo war das noch zu finden außer beispielsweise in den Vorlesungen Professor Edgar Papus, der sich um Tabus überhaupt nicht scherte. An seinem Lehrstuhl für Vergleichende und Weltliteratur wehte noch ein anderer Geist, derjenige des Lehrstuhlinhabers Tudor Vianu, an dessen Autorität selbst die treuesten Lakaien des neuen Regimes nicht zu kratzen wagten. Die unfreiwillige Komik eines bösartigen Literatur-Banausentums geisterte durch die Seminare, so, wenn eine Figur wie Heinz Brănescu, der sich in seiner angeborenen Chuzpe für einen Literaturhistoriker hielt, eines Tages in einem Seminar verkündete, die deutschen „Hofdichter", das heißt die im 17. Jahrhundert an Fürstenhöfen tätigen Poeten wie Canitz, Heräus, Neukirch oder Weckherlin, seien allesamt „Spei*ch*ellecker" gewesen, wobei er den „Spei*ch*el" nicht mit einem „ich"-, sondern mit einem wienerischen „ach"-Laut artikulierte, was in diesem Fall etwas sozusagen Guttural-Hechelndes hatte, so ein bißchen wie der Kehle des Conan Doyleschen Hundes von Baskerville entfahren.

Angesichts solcher Manifestationen vulgär-marxistischer Dummheit, die zudem noch mit einem Giftzahn bewehrt war, machte sich Ricardo Adelfini in Gegenwart von Lenz und Rosenow einmal Luft:

„Da kann man sich über die ‚Faust'-Vorlesung des ‚reduzirrten Verbreechers' richtig freuen. Bei aller Steifigkeit seiner Goethe-Verehrung merkt man denn doch, daß er einmal in Tübingen studiert und promoviert hat, während dieser schmierige Köter Heinz Brănescu weiß der Teufel wo zur Schule gegangen ist." Der „reduzirrte Verbreecher" war eine Eigenschöpfung Adelfinis und sollte nur des Lehrstuhlleiters Jean Liveanu etwas seltsame Aussprache persiflieren, der die Gewohnheit hatte, lange Vokale zu kürzen und kurze zu dehnen, dem aber sonst die Ruhe verströmende Bonhomie eines Buddhas eigen war.

Was den „Universitätslektor" Heinz Brănescu betraf (auf der Dozenten-Leiter folgte dem niedersten Grad des „Assistenten" als nächsthöherer der „Lektor"), so gehörte er, wie von Adelfini angedeutet, zu jener Kategorie Lehrkräfte, von der keiner hätte sagen können, sie hätte irgendwann irgendwo irgendeine Ausbildung erfahren, die sie dazu befähigte, irgendwen auch nur gymnasial, geschweige denn universitär zu unterweisen. Hinter vorgehaltener Hand wurde geraunt, auf ihrem Bildungsweg vom Abitur aufwärts hätten die Vertreter dieser Spezies so etwas wie Kollegen oder Kommilitonen nie gehabt, sie seien also bildungsmäßig eine Art herkunftsloser Waisen- und Findelkinder, die fix und fertig als Meister vom Himmel gefallen wären, und zwar direkt auf ihre Arbeitsplätze. Oder, wie Adelfini das wieder einmal so eingängig auf den Punkt zu bringen wußte: „Sofort nach ihrer Geburt sind diese Bastarde in der stets aufnahmebereiten Babyklappe des Klosters ‚Sankt Stasien' deponiert worden, hinter dessen Mauern man sich dann um den Rest kümmerte, das heißt um das Wickeln mit den richtigen Windeln und das Säugen mit der richtigen Milch."

Von Heinz Brănescu war noch einiges mehr zu hören. Zum Germanistiklehrstuhl der Universität Bukarest sollte er sozusagen in einer Sondermission gestoßen sein, als Agent der Geheimpolizei „Securitate", der auf den seinerzeitigen Kathederchef Lothar Wurz angesetzt war, einen ehemaligen Sozialdemokraten, dem das neue Regime nicht mehr so ganz über den Weg traute. Kurz und gut, der liebe alte Ernst Maria Flink, noch vor dem Krieg in Wien zum Doktor phil. promoviert und nun einer der Nachkriegs-„Universitätslektoren" am Wurzschen Lehrstuhl, hatte doppelt Grund, dem Neuankömmling „ein bisserl" auf den Zahn zu fühlen: „Heinz Brănescu ist Ihr Name? Eine interessante Kombination – Heinz und Brănescu. Und welches war dann, wenn ich fragen darf, Ihr Mädchenname, ich meine zu der Zeit, als Sie noch im Flügelkleide in die Knabenschule gingen in unserer lieben alten Stadt Czernowitz oder auch sonstwo?" Ja, da hätte er noch Rottenberg geheißen, gab Brănescu, am empfindlichsten Nerv getroffen, verdattert zu.

‚So, so, also Rottenberg', faßte Dr. Flink für sich, das heißt bloß in seinem Kopf zusammen. ‚Ist also vermutlich ein Neffe oder Großneffe des ehemals berüchtigten Czernowitzer Polizeipräsidenten gleichen Namens, den der Sozialdemokrat Lothar Wurz auf seinen Partei-Versammlungen nach dem Ersten Weltkrieg immer extra laut und höhnisch-freundlich über alle Köpfe hinweg begrüßte, wenn der in der letzten Stuhlreihe, unauffällig, wie er meinte, seinen Beobachtungsposten bezogen hatte. ‚Wie sich die Dinge doch gleichen', so Dr. Flink, ‚über ganze Jahrzehnte hinweg gleichen, und wie sich alles so erfreulich weitervererbt in unseren besseren Familien.'

(Kaum haben wir die schöne Geschichte vom edlen Streitroß Lothar Wurz und der bösen Schmeißfliege Heinz Brănescu, wie sie uns von glaubwürdigen Zeugen referiert wurde, getreulich zu Papier gebracht, lesen wir mit höchlichem Erstaunen in einem Buch voller prominenter Biographien, daß all das so nicht stimmt. Denn gar nicht soll dieser flinke Bursche Heinz Brănescu als lästiges Insekt auf der Kruppe seines Wirts-Tiers zum Germanistik-Lehrstuhl geritten sein, sondern im Gegenteil wären Roß und Reiter von vornherein ein Herz und eine Seele gewesen, also gewissermaßen eine Symbiose von Ritter und Schildknappe. Lothar Wurz habe sich nach dieser Darstellung der Dinge während der Jahre des verdienstvollen Mitregierens auf postmonarchischen Minister- und Funktionärssesseln das Privileg erworben, sich schließlich in einer universitären Sinekure ausruhen zu dürfen, und in der Gestalt des namenshybriden Heinz Brănescu auch gleich seinen Adjutanten mitgebracht. Wie dem auch sei, diese neue Version der zwei akademischen Biographien klingt gar nicht so gut wie die vorige, sie belegt indes eine Gemeinsamkeit: Weder der eine noch der andere Teil dieses Schicksalsgespanns hatte allzu lange an der Brust von Mutter Germanistik genuckelt.)

Über das vor Unterbrechung durch die obige Klammer Gehörte sinnierte Dr. Flink, wie gesagt, so vor sich hin und kam zu dem philosophischen Schluß, daß das mit dem dialektischen Dreischritt selbst noch in diesem menschlichen Bereich hervorragend funktionierte. Auch hier ging nichts verloren zwischen Thesis, Antithesis und Synthesis, es wurde alles nur immer besser, und der Gipfel der Vollkommenheit würde sicher bald erklommen sein, wie diesem bilinguen Heinz Brănescu deutlich anzusehen war. Mit der Frage nach seinem „Mädchennamen" habe er, Dr. Flink, ihn also doppelt genau getroffen, einmal eben im konkret-nominalen Sinne, zum anderen aber, nämlich mit dem „Flügelkleide", auch in bezug auf die verdächtige Art dieses Zeitgenossen, seinen Steiß zu bewegen, so als käme er nicht etwa von keiner, sondern eben von einer anderen als der philologischen Fakultät, was durch sein aufdringlich-dumpfes persönliches Odeur, eine Mischung aus Dr. Dralles Birkenhaarwasser und der Talgabsonderung seines haararmen Skalps, noch betont und bestätigt wurde.

In Dr. Flinks sephardisch-fein geschnittenem und leicht südlich gebräuntem Kopf bohrte der dialektische Spiralgedanke indes weiter, ja, um genau zu sein: tiefer. Wo steht geschrieben, daß der Dreischritt von These, Antithese und Synthese nur in der einen vertikalen Richtung funktioniert, nämlich nur nach oben und nicht auch nach unten? Das war die Erklärung und Lösung für das Phänomen „Heinz Brănescu": daß die Spirale auch kopfstehen konnte und der „Gipfel" sich dann logischerweise im Bodenlosen befinden mußte.

Der Lehrstuhl bestand aber beileibe nicht nur aus Kanaillen wie Heinz Brănescu, obwohl dieser als Karrierehelfer für ähnlich gepolte Geister unter den Studenten, aber auch außerhalb der Universität als ideologischer Einpeitscher und Oberaufseher eine nicht unwichtige Rolle spielte oder noch spielen sollte. Nein, da gab's auch noch richtige Germanisten im Katherderpersonal, Damen wie Frau Grete Klausner, die das Mittelhochdeutsche wie ihre eigene Sprache beherrschte, ältere Herren wie Bruno Gilbert, der es glänzend verstand, die vergleichende Grammatik der germanischen Sprachen als Feuerwerk abzubrennen (ein wahres Kunststück bei der ariden Materie) und dann noch in seinen Phonetik-Seminaren Platens Ballade „Das Grab am Busento" in der Bühnenaussprache nach „Siebs" als rhetorisch-theatralisches Ereignis zu zelebrieren.

Es gab aber auch für die Damen, die nicht nur in den zwei Studiengruppen von Rosenows Jahrgang, sondern auch sonst an der Philologischen Fakultät in der Überzahl waren, kränzchenähnlich-liebenswürdige Veranstaltungen, zum Beispiel mit der physisch zwar sehr, intellektuell aber nun halt ein bißchen weniger attraktiven Dame Serena Beer-Tomaschek. Ja, wie ging das zu in ihren Lyrikseminaren? Zu diesen erschien sie jedesmal mit wohlpräparierten Gedichtinterpretationen, woraufhin in der Regel eine Stunde lang nach dem Kalt-Warm-Heiß-Näherungsprinzip die richtige Sicht, der richtige Sinn oder das richtige Schlüsselwort ermittelt wurden. Während die Damen in den vordersten Bankreihen sich an Frau Beer-Tomascheks Rate- und Findespiel begeistert-beflissen beteiligten, pflegte das Dreigespann Adelfini–Lenz–Rosenow mehr durch taub-blindes Weghören und Wegsehen aufzufallen. Einmal, erinnerte sich Rosenow später, ging es um ein Gedicht des DDR-Poeten Günther Deicke, in dem irgendwelche Kraniche vorbei- und davonflogen und ein kleiner Junge ihnen „ein Wort" hinterherrief.

Und welches war nun dieses Wort? Die Damen in den vordersten Bänken suchten und rieten und erwogen hinauf und hinunter dies und jenes, doch nichts davon entsprach den in mühevoller Heimarbeit ersonnenen interpretatorischen Vorgefaßtheiten Frau Beer-Tomascheks. Die war also weder mit „Ade" noch mit „Auf Wiedersehen" noch mit „Oh, wo zieht ihr denn hin?" oder „Oh, wann kommt ihr wieder?" zufrieden, all das Vorgeschlagene kam in ihrem ausgeklügelten Such- und Findeplan überhaupt nicht vor. So blieb ihr also, am Abgrund der Verzweiflung stehend, nur noch übrig, die „Herren dort hinten" zu fragen, welches denn nun ihre Meinung sei in bezug auf das Wort, das der kleine Junge im Deickeschen Gedicht den Kranichen zu- oder nachruft.

„Herr Rosenow, Sie wissen's?"

Rosenow, aus tiefschürfendem Dreiergespräch in die Wirklichkeit zurückgerissen, wußte es: „Das Wort, das hier gesucht wird, ist eindeutig ‚ciao!'."

Frau Beer-Tomaschek verschlug diese Antwort, obwohl sie dabei ihr bezauberndes Lächeln aufsetzte, sichtbarlich die Sprache, während sich dem Busen der assistierenden Damen ein Aufschrei der Empörung entrang. Doch dann nahte auch schon das Ende der Seminarstunde, und Rosenow rettete sich sozusagen durch ein Spalier tötender Blicke ins Freie.

Ricardo Adelfini sprach in der anschließenden Pause noch ein leicht frivoles Schlußwort. „Die duftigen Blusen von Madame Beer-Tomaschek samt den Äpfelchen darinnen wissen wir aber sehr zu schätzen."

XXII
Poetentreff bei Melchiors

„Einsam unter Dichtern" – ja, das war Christian nun im wahrsten Sinne des Wortes, und er wußte dies sehr bald und mit jedem Tag deutlicher. Lenz, das sagten wir schon, war der begabte Reporter, der Verfasser literarischer Reportagen, auch in Adelfini regte sich, wie schon erwähnt, poetischer Geist, unabhängig *von* oder vielleicht doch verbunden *mit* seinem früh sich entfaltenden rhetorischen Genie, und wenn man sich weiter umschaute unter den Kommilitonen vorausgehender und nachrückender Jahrgänge, konnte einem leicht angst und bange werden – richtig umringt war man da von „ausübenden" Lyrikern und Prosaisten, und Christian kam sich ohne Übertreibung regelrecht als taube Nuß vor und mehr gnadenhalber in den Kreis der Kreativen aufgenommen, vielleicht aber auch gerade nur wegen seiner keck in die Seminarstunden eingestreuten, nicht unwitzigen Anmerkungen und harmlos-launigen Scherze. Damit fühlte er sich allerdings doch eher als eine Art Pausenclown, und in dieser Rolle wiederum gefiel er sich ganz und gar nicht.

Aber dann fragte er sich in nüchterneren Augenblicken, wieso er unbedingt mehr hätte sein sollen als bloß ein geistreichelnder Unterhalter seiner Zeitgenossen – ja, wirklich, und wieso eigentlich? War das nicht genug für eine offenbare Mediokrität im Schöpferischen, als die er sich nun doch zu sehen hatte? Und schließlich, war er denn zur Philologie gekommen, um ein Dichter zu werden, und nicht vielmehr, um zu erfahren, was Literatur sei oder sein sollte? Oder vielleicht gar, um sich als fürsorglicher Betreuer anderer zu betätigen, als uneigennütziger Beförderer fremden Ruhmes? Alles schien, wenn er die nächsten Jahre seines beruflichen und studierenden Daseins vorausschauend betrachtete, in diese Richtung zu weisen. Und wo stand geschrieben, daß man, um sich literarisches Ansehen zu erwerben, damit unbedingt mit zwanzig beginnen müsse und nicht erst mit fünfzig? Andererseits, wer konnte wissen, ob er mit fünfzig noch auf dieser Erde weilen oder gar, ins literaturwissenschaftliche Fach verschlagen, geistig nur vor sich hindämmern würde. Und mußte einer unbedingt ein Belletrist sein, wenn er etwas sein wollte? Konnte er sich nicht solange gedulden, bis irgendwann auch ihm der Knopf von selber aufging? Sieh doch, es gab einen Conrad Ferdinand Meyer, es gab einen Theodor Fontane, die waren beide keine frühreifen Genies, und wie weit hatten sie es in ihrer spät entfalteten Meisterschaft schließlich gebracht? Mußte man partout ein Novalis oder ein Büchner sein und dem frühen Tod dadurch zuvorkommen, daß man sich durch einen genialischen Kraftakt in die Ewigkeit einschrieb? Na also.

In der Parallelgruppe seines Jahrgangs zeichnete sich sehr bald ein blauäugiger Rundkopf und bäuerlicher Pausback durch seine Poesien aus. Er hieß Georg Hoffrich und kam aus Siebenbürgen, der Vater war wohl Vorsitzender einer Kollektivwirtschaft oder doch zumindest jemand im Dorf, der dem studierenden Sohn in Bukarest als wichtiger sozial-politischer Rückhalt dienen konnte. Sehr bald war dieser Hoffrich im Hause des damals schon ziemlich bekannten, nämlich als Dichter bekannten Oskar Melchior als große literarische Hoffnung aufgenommen, wobei über Melchior zu sagen ist, daß er als stark Verspäteter gerade nur ein Jahr vor Christian studierte und ein Verspäteter nur deshalb war, weil er im Jahre 1945 schon das Alter erreicht hatte, das ihn auf die Liste der nach Rußland verschleppten Deutschen geraten und erst nach vier Jahren Zwangsarbeitslager wieder in die siebenbürgische Heimat zurückkehren ließ, genauer nach Hermannstadt.

Im gastlichen Hause Melchiors und seiner Frau, einer Kunsthistorikerin, verkehrte bei Gott nicht jedermann, dahin mußte man schon eingeladen werden, dahinein mußte man schon richtig passen, also literarisch schon etwas vorzuweisen haben, das geeignet war, die Aufmerksamkeit des kunstliebenden Paares auf sich zu ziehen (und das gerade taten Georg Hoffrichs Poesien), beziehungsweise auch nur literaturkritisch oder als sonstwie Kundiger in Erscheinung getreten sein. Zugelassen war wegen seines stupenden Kennertums in Sachen Literatur, seiner auch sonst erstaunlichen universalen Bildung, vor allem aber wegen seines scharfen kritischen Verstandes auch der Christian noch aus gemeinsamer Kronstädter Gymnasiumszeit bekannte Dieter Paul Kärrner, der zwar nur ein Jahr älter war als er, aber, einmal in Bukarest, keine zwei Jahre mit Brotverdienen hatte zubringen müssen. Kärrner hatte auch noch bei Tudor Vianu hören dürfen, dem schon legendären Inhaber des Lehrstuhls für Vergleichende und Weltliteratur, und zählte sich deshalb zu dessen unmittelbaren Schülern.

Die lyrischen Séancen bei Melchiors waren übrigens, wie sich das gehörte, von einer Aura des Sakralen umgeben, sie hatten sozusagen etwas Gottesdienstliches. Da wurden in ein andächtiges Schweigen hinein die Poesien vom Dichter selbst gesprochen, der originale Tonfall war dabei ebenso wichtig, wie es die geschriebenen Worte waren, der Tonfall war als der „lautende" Teil des Ganzen dem Text gleichrangig und ebenbürtig. Es wurde denn auch jedes Gedicht zweimal gelesen, die Wiederholung manchmal in leicht veränderter „Tönung", und ein Muß war danach die verinnerlichende Andacht, in die versenkt man sich als Zuhörer vom Gehörten durchströmen ließ. Ein bedeutungsvolles Nicken oder Kopfschütteln war dann das Urteil, mehr bedurfte es im Kreis von Auguren nicht. Manchmal wurde mit Gedichten von Stefan George oder Josef Weinheber „aus- oder eingeläutet", später auch mit Gottfried Benn, dessen Gedichte Oskar Melchior, ein Entdecker von Geheimtips, in maschinenschriftlich losen Blättern durch die germanistischen Seminare kreisen ließ. Ja, so war das eben *bei* und *mit* Melchiors, ein bißchen weihevoll, aber zugleich auch fürsorglich. Christian sollte es einmal auch selbst an sich erfahren, rein zufällig und zu einem viel späteren Zeitpunkt, als nämlich die Universität schon hinter ihm lag und Hoffrich längst nicht mehr bei Melchiors verkehrte, sondern seiner Gedichte wegen im Gefängnis saß, fallengelassen von Gefährten und Mentoren.

Es war für Christian übrigens kein Trost, daß seine Freunde Lenz und Adelfini bei Melchiors ebenfalls nicht aus und ein gingen. Sie waren beide auch keine Lyriker, das aber mußte man bei Melchiors schon und vor allem sein, wie der von den beiden als solcher instinktiv erkannte Hoffrich es nun einmal war. Als in hohem Maße staunenswert konnte man bezeichnen, was dieser Junge vom Lande mit scheinbar leichter Hand an Versen zu Papier brachte, jedenfalls war das weit entfernt von den Hervorbringungen etablierter Dichter wie Alfred Margul Sperber oder gar von den partei-dithyrambischen Unsäglichkeiten eines Franz Johannes Buhlmann und Ewald Ruprecht Kümmelkorn. Nein, Hoffrichs lyrischer Ton kam von dorther nicht, aber auch nicht von Rilke oder von Brecht, er fand sich aber auf selbstverständlich-eigenständige Weise in Melchiors Poesien wieder – ja, das Geheimnis des intensiven Umgangs der beiden miteinander dürfte dies gewesen sein: Melchior war der städtisch Raffinierte, nach Schillers berühmtem Aufsatz also der „Sentimentalische", Hoffrich indes das „Naturtalent", das heißt nach Schiller also der „Naive".

Christian sah ein, daß ein Ton, wie Hoffrich ihn für sich gefunden hatte und pflegte, sich nicht herbeizwingen ließ, der mußte sich von selber einstellen, aus tiefstem Inneren kommen, er war der Ausdruck von Authentizität. Und Melchior, der poetische Zauberer aus Hermannstadt, hatte das, wie zu vermuten war, präzise erspürt, und noch etwas: Er hatte mit seiner poetischen Witterung auch das Entgegengesetzt-Komplementäre in Hoffrichs Dichten erkannt, von dem ihm daher auch keine Gefahr drohen konnte.

Christian hatte eines Tages den Einfall, Georg Hoffrich zum Gegenstand eines Porträts in seiner Zeitung zu machen. Der Betroffene selbst nahm das sehr dankbar auf, und beim „Neuen Land" hatte man dagegen auch nichts einzuwenden, obwohl das, was Christian mit seinem Kommilitonen vorhatte, nun eindeutig Sache der Kulturredaktion gewesen wäre. Hoffrich bekam also sein lyrisches Porträt in der Zeitung, und es war schon eigenartig, wie das in der germanistischen Sektion der Philologischen Fakultät einschlug. Hoffrich galt, wie vorher schon Adelfini, nunmehr als Schützling der zwei Presseleute Lenz und Rosenow, und solche Typen wie Heinz Brănescu und dessen Apostel unter den Studenten hatten daran sichtbarlich zu schlucken. Das schon allein deshalb, weil das Gedicht, das Rosenow in seinem Porträtbeitrag in vollem Wortlaut zu zitieren nicht vergaß, keineswegs als „positives Beispiel" sozialistischen Dichtens gelten konnte. Es begann nämlich so: „Tickende Uhr / und Ruh, / Gedanken..." Schon in diesen ersten drei Zeilen und fünf Wörtern offenbarte sich in Reinkultur das Enervierend-Reaktionäre, und zu alledem stand es auch noch im Schutze sozusagen der „Unschuldsvermutung", auf die ein literarischer Debütant Anspruch hatte, dazu, und das war der Gipfel der Infamie, war es auch noch geadelt durch seine gedruckte Form.

„Tickende Uhr" – o du Schrecken der Idylle, „und Ruh" – ja, genau das hatte der vorwärtsstürmende sozialistische Aufbau nun dringend nötig, und „Gedanken" – könnte euch so passen, so was zu haben! Und was, zum Teufel, wären das denn für welche? Was *denken* ein angehender, noch studierender Dichter und dessen Unterstützer an der Universität so den lieben langen Tag? Doch sicher nicht die Gedanken des immerwachen Schweißhundes Heinz Brănescu, dieses seismographischen Ertasters unterschwellig-klassenfeindlicher Umtriebe?

Nichts entging Brănescus Aufmerksamkeit, weder frisch aufkeimende literarische Manifestationen noch verborgene Karrieregelüste von Studenten, die deswegen seine Gunst und helfende Nähe suchten. Wie sehr nützlich war doch einer wie Brănescu, ja wie nützlich mußte er sich bei seinen bescheidenen Geistesgaben als Lenker intellektueller Geschicke selbst vorkommen, wenn ihm ein Student seinen Wunsch offenbarte, nach dem Abschlußexamen, das heißt, wenn sich das Zuteilungskarussell einmal zu drehen begann, auf einem sicheren Platz möglichst in der Hauptstadt zu landen. Es war schließlich nicht einerlei, ob man nach beendetem Studium irgendwo draußen im Lande, gar auf einer dörflichen Elementarschule, ein Pöstchen als Deutschlehrer zugewiesen bekam, oder aber doch eine Stelle in einer hauptstädtischen Institution, einem Verlag, einer Zeitung beziehungsweise beim Rundfunk oder gar an der Universität. Hier konnte Freund Brănescu evident weiterhelfen, wie manche Fälle zeigten oder noch zeigen sollten. So einer war zum Beispiel der sehr bald und späterhin unaufhaltsam zu zweifelhafter Berühmtheit aufgestiegene Detlev Klestack, Zeitschriftenredakteur, Essayist, natürlich Dichter, als solcher plagiatorischer Rupfer fremder Federn und schließlich (sehr spät zwar, aber dann doch) Empfänger eines Ehrendoktortitels sozusagen in Würdigung seiner lange durchgehaltenen Unanständigkeit.

Man mußte zwar für all das ein bißchen seine Seele verkaufen, sich zum Beispiel einmal von der eigenen Familie öffentlich lossagen, sich ihrer für jedermann hör- und sichtbar schämen, ja, ein kleinwenig vielleicht auch noch Kommilitonen (das heißt mögliche spätere Konkurrenten) aus dem Weg zu räumen suchen, das aber war mit Unterstützung Heinz Brănescus wahrlich kein Kunststück. Der hatte schließlich den ganzen Apparat seiner Herkunftsfirma „Securitate" im Rücken, da konnte nichts schiefgehen. Klestack begann also sehr früh, schon zirka zwei Jahre vor dem Abschlußexamen, sein Elternhaus zu verleugnen und zu verdammen (ein Hort reaktionärer Bourgeois!) und sich der parteigefälligen Reimerei zuzuwenden. Um sicherzugehen, daß seine Karriere durch nichts gefährdet würde, also etwa durch den bereits erwähnten, ihm in jeder Hinsicht überlegenen Dieter Paul Kärrner, einen Kommilitonen und gefährlichen Rivalen seines Jahrgangs, setzte er alles daran, diesen als möglichen Konkurrenten rechtzeitig auszuschalten, das heißt ihn durch eine, wie ihn dünkte, todsichere politische Intrige noch vor dem Abschlußexamen aus der Universität zu entfernen. Fast wäre ihm das auch gelungen, hätte es nicht einige Dozenten gegeben, so Dr. Ernst Maria Flink und Bruno Gilbert, die Kärrner gewogen waren und Klestacks Torpedierungsaktion durch geschicktes Gegenmanövrieren ins Leere laufen ließen.

XXIII
An Sennhüttenfeuern / Bekannt, verwandt, verzankt

Es war wohl Anfang Juli 1957, die ersten Jahresabschlußprüfungen an der Universität waren bestanden, die Semesterferien hatten begonnen, und aus der östlichen Steppe wälzte sich mit Macht ein heißer Sommer über die Hauptstadt – da kam es Christian, der ja nun nicht unbedingt schreibend tätig sein mußte, sehr gelegen, daß der Kronstädter Lokalkorrespondent Simon Hufnagel die Idee hatte, mit ihm zusammen eine größere Reportage über die Hirten am Königstein zu schreiben, einem Zweitausender mit langgezogenem Rücken und gefährlich steiler Ostflanke ganz in der Nähe des heimatlichen Burgstedts.

„Weißt du, Rosenow", hatte sich Hufnagel bei ihm in Bukarest telefonisch gemeldet, „ich hab ein Thema, wie es dir gefallen wird. Ich bring dich hin, ich kenne mich dort aus, kenne vor allem die Menschen dort, bin dort schon hundertmal gewesen, nur, wenn ich an das Schreiben über all das denke, was es dort zu sehen gibt, so wird mir anders, so wird mir richtig mulmig zumute. Ich sag's dir offen: Du kannst es, ich kann es nicht. Ich brauche deine Schreibe, du kriegst dafür mein Thema."

In solch geheimnistuerisch-schmeichelhafter Weise angesprochen, fühlte sich Christian natürlich an seiner Seele gesalbt. Und da er nun auch schon länger, sozusagen hauptamtlich, in seiner Leser- und Korrespondenten-Rubrik anderer Leute Texte mit den Federn seines Geistes schmückte, fragte er sich, warum er das nicht auch mit dem Einfall eines Kollegen tun sollte. Das war nach den vielen hauptstädtischen Einsätzen nun wirklich einmal etwas völlig anderes, von hohen Häusern, von breiten Boulevards, von quietschenden Straßenbahnen unendlich weit Entferntes. Hoch in die Königstein-Täler reichten Getümmel und Getöse der Städte nicht hinauf, dort begann und öffnete sich, wie er von früheren Wanderungen mit Schulkameraden wußte, eine ganz andere Welt, weitete sich aus engen Tälern himmelwärts, und was die Menschen dort angingen, so schienen sie von einem fremden Planeten zu stammen. Wie still diese Sennhüttenfeuer brannten, merkte man, wenn es dann und wann in den Scheiten knackte, während man, in einen großen Schafspelz gehüllt, den Kopf auf dem prallen Rucksack, in einer herrlichen Fast-schon-Bewußtlosigkeit in den Morgen hineinschlief.

Nach drei Tagen, in denen er und Simon Hufnagel, von Haus zu Haus weitergereicht, die Bala-Sippe in dem nach ihr benannten Tal besuchten, hätte Christian, in einer Aufwallung des Gefühls, dort ewig weiter bleiben wollen, aber dann meldete sich bei Tageslicht sogleich, wie früher schon beim Anblick Burgstedts von der Burg aus, die bange Frage wieder: Gesetzt, es käme dazu – was dann? Kann man, wenn man schon über zwanzig ist, ernstlich über Nacht ein Schafhirt werden, ist so etwas möglich? Einsamkeit will gelernt sein, von frühester Kindheit an, und das, mein Lieber, hast du bei Gott nicht. Ohne diese Einübung in Einsamkeit kommst du hier niemals hinein. Es ist fast wie mit dem Glauben, einmal evangelisch, und du taugst niemals zu einem Orthodoxen, auch nicht, wenn in dir die tiefste Sehnsucht danach brennt.

Um so mehr wurde das, was Christian, wieder zurück in Bukarest, zu Papier brachte, ein schönes Wortereignis, in das er aus kühler Distanz alles hineinlegte, was er mit Simon Hufnagel in den drei Tagen am Königstein erwandert und erfahren hatte. Nur die Antriebe dieses Reportage-Abenteuers blieben in dem Text ausgespart; Christian mochte nicht ergründen und auch nachträglich nicht erfragen, was seinen Kollegen an dieser Berg- und Hirtenwelt faszinierte, was ihn als einen bekennenden, als einen parteitreuen Kommunisten in stiller Leidenschaft für jene Welt einnahm. Einmal allerdings hatte er zu ihm die verräterischen Sätze gesagt: „Diese Hirten lassen sich nicht kollektivieren, wie das mit den Bauern unten in der Ebene geschieht. Ihr Beruf ist die reine Freiheit, und daß man dies höheren Orts erkannt hat, gleich von Anfang erkannt hat im kommunistisch gewordenen Rumänien, das läßt mich, trotz aller Bedenken und Zweifel, die auch ich habe, bei der Stange bleiben. Wie du selber zu diesen Dingen stehst, weiß ich, gerade deshalb wollte ich dich auch als Reportage-Partner."

Christian erwiderte darauf nur: „Das weiß ich an dir zu schätzen. Eine Welt ohne Parteisekretäre kennenzulernen, mein Lieber, das ist schon was, das rechne ich dir hoch an."

„Das will ich aber nicht gehört haben", gab Hufnagel zurück. „Und laß bitte solche Töne auch nicht in unsere Reportage einfließen."

„Keine Sorge, so blöd bin ich nur ganz für mich allein."

Äußerungen, wie Simon Hufnagel sie hier tat, waren Christian nicht neu, sie brachen meist überraschend aus verschlossensten Gemütern hervor und immer nur dann, wenn kein Dritter dabei war. Ihm selbst schien der Drang nach Mitwisserschaft offenbar ins Gesicht geschrieben. Er kostete das Gefühl, ins Vertrauen gezogen zu werden, in eine oft nicht ungefährliche Komplizenschaft, geradezu genüßlich aus, es wurde ihm warm dabei, es war, wenn er's recht bedachte, eine subversive Form des Aufbegehrens gegen den Meinungsterror, der allenthalben herrschte.

Christian hatte längst gelernt, wem man Vertrauen schenken konnte, ein Wort, ein Blick schon genügte, um dies bei anderen auszumachen. Die Heimreise von seinem Reportage-Termin in den Bergen sollte es ihm erneut verdeutlichen. Im Schnellzug nach Bukarest stand er auf dem Korridor am offenen Fenster, als die Fahrt aus Kronstadt hinausging, die kurze Strecke pappelgesäumter Landstraße Richtung Hauptstadt entlang, bis der Zug jäh in die Bergwälder eintauchte und man plötzlich fühlte, daß es aufwärts ging. Ein Mann so um die dreißig, im Wuchs etwas kleiner als Christian, stellte sich neben ihn und schien ihn von der Seite zu beäugen. Christian wandte sich ihm zu, ihre Blicke begegneten sich kurz, doch weiter geschah nichts. Sein Nachbar ließ indes nicht ab, ihn zu mustern, mit einem Blick, der halb aus bohrender Neugier, halb aus einer sanftmütigen Melancholie gemischt schien, ja, genau aus einer solch sonderbaren Mischung bestand dieser Blick. Der Mann fragte plötzlich, fragte auf deutsch, ob Christian vielleicht ein Burgstedter wäre und jetzt vielleicht gar aus jenem Städtchen käme.

Ja, ein Burgstedter, das sei er allerdings und komme auch gerade dorther, erwiderte Christian etwas argwöhnisch ob solcher gezielten Fragerei und fühlte sich sogleich an die Begegnung mit Herrn Liviu Popp vor drei Jahren im selben Mittagszug nach Bukarest erinnert. Und als ob sich nun das damalige Erlebnis haargenau wiederholen müßte, fragte der sich sportlich-locker gebende Herr weiter, ob Christian denn am Ende noch aus der Trues-Sippe stamme, er glaube nämlich in seinem Gesicht sozusagen verwandte Züge zu erkennen. Nun ja, auch das träfe zu, bestätigte Christian mit zunehmender Verdutztheit. Die Spannung, die ob dieses Austauschs von Informationen zwischen den beiden entstanden war, löste sich aber in Wohlgefallen auf, als der Frager ihm eröffnete, wer er selbst sei, nämlich Hans Berger. Auch er stamme aus Burgstedt, lebe aber zur Zeit in Kronstadt, auch er entstamme der Trues-Sippe, obzwar einem anderen Zweig, das heißt, er sei kein Trues „Unter der Linde", sondern einer aus der Unteren Langgasse, und wenn man die genealogischen Verwicklungen weiter verfolge, so käme schließlich heraus, daß man miteinander verwandt sei. Wie habe das doch „unser wohl gemeinsamer Musiklehrer" Victor Behrisch am Honterus-Gymnasium in Kronstadt, dieser mit dem Gastvolk der Siebenbürger Sachsen in kritischer Liebe verbundene Schlesier, doch so überzeitlich treffend formuliert. „In Siebenbürgen ist jeder mit jedem entweder bekannt oder verwandt oder verzankt."

Christian, der nach einigen Minuten erstaunten Verstummens seine Mundfertigkeit wiederlangt hatte, fiel dazu folgendes ein: „Auf uns beide dürfte am ehesten das zweite zutreffen, da wir uns für das dritte noch nicht lange genug kennen." Nun lachte der neue Bekannte und Verwandte Hans Berger, es klang ein wenig wie freudiges Wiehern, und Christian gestand ihm, daß er eigentlich schon vor genau einem Jahr sozusagen indirekt und einseitig seine Bekanntschaft gemacht habe, als nämlich beim Literaturwettbewerb des „Neuen Lands" der mit dem zweiten Platz bedachte Berger auf der Nachfeier, die zu Ehren der Preisträger veranstaltet wurde, nicht erschienen war.

„Ich erinnere mich", sagte Berger, „den Abend hatte ich mit Oscar Walter Cisek privat zugebracht."

Nachdem die beiden herausgefunden hatten, daß sie „zueinander dritte Vettern" waren, ein bei Siebenbürger Sachsen schon ziemlich naher Verwandtschaftsgrad, fand sich für die drei Stunden gemeinsamer Fahrt nach der Hauptstadt reichlich Gesprächsstoff. „Vetter Hans" fuhr also, wie er sagte, nach Bukarest, um beim „Neuen Land" mit Hugo Hüttl, dem Chef der Kulturredaktion, eine länger geplante Zusammenarbeit ausführlicher zu besprechen, es ginge um Reportagen und Essays, die er für die Zeitung schreiben solle, jetzt, wo er durch den Literaturwettbewerb bekannter geworden war und seine beim Preisausschreiben im vergangenen Jahr ausgezeichnete Erzählung „Fürst und Lautenschläger" nun auch in Buchform erscheinen werde. Das klang alles sehr hoffnungsvoll, und im Rückblick geradezu lobenswert erschien es Berger, daß dieser Hugo Hüttl mit seiner Wettbewerbsidee Leute wie ihn aus der schieren Anonymität an die Öffentlichkeit geholt hatte.

Ja, schon, das träfe wirklich zu, sagte Christian, nur dürfe der Vetter nicht glauben, das alles sei rein auf Hüttls Mist gewachsen, immerhin sei dies von der Chefredaktion, speziell von Anton Hofer und Ernst Stein, schon länger verfolgte Zeitungspolitik, man wolle aus den Nachkriegsschatten, in denen alles Deutsche im Lande Jahre lang gehalten worden war, endlich wieder heraus. Das sei selbst höheren Orts wohlmeinend registriert worden, daher auch die soeben erfolgte Neugründung des deutschsprachigen „Volksblatts" in Kronstadt, einer Wochenzeitung des Regionsparteikomitees.

„Dort bin ich, wie ich dir verraten darf, der frischgebackene Feuilletonchef", sagte Berger zu Christians Überraschung. Es sei schon allerhand, begeisterte sich dieser nun, was alles über Nacht aus dem Zwielicht, in das das Land nach dem Ungarnaufstand politisch geraten sei, nun plötzlich zum Vorschein komme.

„Freuen wir uns nicht zu früh", sagte Berger nachdenklich, „wer weiß, was die da oben mit uns letztlich im Sinn haben, ich selbst bin ein vielfach gebranntes Kind dieser wunderbaren Kriegs- und Nachkriegsjahre."

Christian hätte nun gerne gewußt, wieso das und warum, hielt sich aber mit Fragen zurück und erzählte lieber, woher er selber gerade käme – von einem Reportage-Termin in den Bergen, bei den Schafhirten am Königstein, den er zusammen mit einem Kollegen gemacht habe, dem Kronstadt-Korrespondenten des „Neuen Lands" Hufnagel. Bei dem Namen horchte Berger auf. Er hätte nie gedacht, sagte er, daß es diesen parteihörigen Menschen in die Berge zöge, und ausgerechnet zu den Hirten, das sei nun wirklich höchst kurios.

Nun, so Christian, das sei es eben, man könne heutzutage manches nur zur Kenntnis nehmen und sich darüber seine Gedanken machen, schlüssig erklären könne man es sich meistens nicht.

Vetter Berger hatte bei dieser Bemerkung ein Lächeln um den Mund, dann wurde er, indem er sich mit einem schnellen Blick vergewisserte, daß es keinen Lauscher in der Nähe gab, auf die von Christian erwartete Weise mitteilsam. Dort am Königstein und weiter hinaus in den Fogarascher Bergen sei er noch bis vor zehn Jahren, bevor er also seine eben bis jetzt andauernde Karriere als Berufssportler begonnen hätte, ziemlich viel herumgekommen, auf sehr einsamen Gängen für eine bestimmte Sache, über die er nicht sprechen könne. Christian nickte eifrig und zugleich erschrocken, ihm fielen sofort die „Partisanen" ein, von denen er in seiner Gymnasiumszeit soviel gehört hatte, daß indes der Vetter mit ihnen Berührung gehabt haben könnte, das sei, wie er zu diesem sagte, bloß so eine Vermutung. Die solle es auch bleiben, sagte Berger, man lebe schon allein mit dem Wissen um solche Sachen gefährlich. Er spreche darüber mit niemand, selbst mit den allernächsten Verwandten nicht. Um aber auf ein anderes Thema zu kommen, was mache er, Christian, außer für die Zeitung schreiben. Es läge doch nahe, jetzt, wo er doch Literatur studiere, sich auch dichterisch zu versuchen, das sei er sich sozusagen selbst schuldig, nicht wahr?

Zum Schreiben, erklärte Christian, verspüre er, sosehr das den Vetter auch wundern mag, überhaupt keinen Drang, schon gar nicht zum Schreiben mit dem Ziel, etwas zu veröffentlichen. Das scheine ihm fast schon ein gefährliches Geschäft, selbst angesichts der letzten Entwicklungen seit dem Preisausschreiben des „Neuen Lands" im vergangenen Jahr. Er nehme nur zu deutlich die schiefen Visagen wahr, die das Literaturgeschehen beobachteten, er sehe sie, seit er das Studium begonnen habe, nun ganz aus nächster Nähe. Deshalb schreibe er Außerjournalistisches gerade nur für sich selbst, sozusagen zur eigenen Übung, und auch das nicht etwa in Form eines Tagebuchs, danach grapschten die „Hausdurchsucher", wenn sie einmal tätig würden, nämlich zuerst, wie man aus Erfahrung wisse. Kurz, er schreibe deshalb nur so etwas wie „Wort-Etüden", zu seinem eigenen

Vergnügen wie zur Freude seines Sprachmentors bei der Zeitung, des von ihm verehrten Hermann Salomon, der ihn dazu auch immer ermuntere.

„Nun, darauf bin ich aber schon auch neugierig. Wie wäre es, du schicktest mir einiges davon, so zum Ansehen, das ließe sich doch sicher machen", schloß der Vetter, als der Zug in den Bukarester Nordbahnhof eingefahren war und sie sich darauf an der Straßenbahnhaltestelle voneinander verabschiedeten.

XXIV
"Sie sind ein Dichter!"

Mit der Zusendung der Textproben, die er dem Kronstädter „Vetter Berger" versprochen hatte, wartete Christian nicht allzu lange. Von seinen bescheidenen, fast schon lächerlichen Schreibaktivitäten sollte der durch seine preisgekrönte Erzählung „Fürst und Lautenschläger" zu einiger Berühmtheit gelangte Verwandte doch möglichst bald einige Proben kennenlernen.

Für die sich wieder aufrappelnde deutschsprachige Literatur im Lande standen die Zeichen übrigens gerade nicht schlecht, und Christian und sein Freund Lenz hatten für eventuelle eigene Hervorbringungen in dieser Richtung bald auch schon ein Versteck ausgemacht, in dem sich, vor den Blicken unverhoffter Hausbesucher geschützt, mit Leichtigkeit ein gutes Dutzend Schreibhefte unterbringen ließ. Es war dies der zum Heizen nicht benutzte Kachelofen in ihrer Bude, durch dessen Kamin man im Fall des Falles, nämlich bei Gefahr im Verzug, ganze Romane gen Himmel hätte schicken können.

Der fürsorglich-neugierige Vetter auf dem Feuilleton-Chefsessel des Kronstädter „Volksblatts" mußte also sehr bald nach ihrer Begegnung im Zug zwei von Christians kurzen Übungstexten oder „Wort-Etüden", wie dieser sie etwas preziös nannte, auf getrennten Papierbogen in Händen gehalten haben, jedoch war von ihm lange, das heißt über viele Wochen, kein Ton darüber zu hören, weder als Bestätigung des Empfangs der Blätter noch gar als Urteil über sie. Deshalb fiel Christian aus allen Wolken, als Ferdinand Steffel, Archivar und Bibliothekar des „Neuen Lands", eines schönen Wintertags sein Zimmer betrat und, eine Zeitung schwenkend, ausrief: „Sie sind ein Dichter!"

Nun galt dieser schon etwas ältere Herr Steffel in der Redaktion wegen seines ewig sauertöpfischen Gesichtsausdrucks als rechter Griesgram, so daß für Außenstehende die Miene, die er bei seinem Ausruf machte, durchaus auch so hätte ausgelegt werden können, als wären die geäußerten Worte nicht etwa „Sie sind ein Dichter!" gewesen, sondern eher „Sie sind ein Mörder!" Für Eingeweihte indes waren aus dem Tonfall des Gesagten eindeutig Lob und Verehrung herauszuhören, und für Christian, dem Steffel, wie er wußte, sehr zugetan war, besagte dessen mürrisches Lächeln also nicht weniger, als daß große Freude ihn dabei erfüllte. So kompliziert lagen die Dinge manchmal in den menschlichen Beziehungen zu Originalen, wie dieser Archivar Steffel eines war.

Was Christian auf der ihm vors Gesicht gehaltenen Seite des Kronstädter „Volksblatts" mit raschem Blick erfaßte, war ein durch einen Kasten herausgehobenes Prosagedicht unter dem Titel „Winter", das mit den ihm wohlbekannten Worten „Über Nacht sind alle Bäume greis geworden" begann, das also nun tatsächlich ein Kind seines Geistes war, dazu ein ihm kürzlich, wie man sich erinnern wird, von Heinrich Lenz in einer Lachstunde mit Adelfini zerpflückter Text, in dem auch eine Märchenperson namens „Frau Holle" eine Rolle spielte. Gleichsam über Nacht hatte ihn dieser Vetter in Kronstadt zum Dichter erklärt, ohne Vorwarnung, ohne vorher zu erkunden, ob der Verfertiger dieser insgesamt sechs Sätze sich das im geringsten gewünscht hatte.

Tja, da stand er nun also vor diesem Freudenbringer Ferdinand Steffel, entlarvt als heimlicher Poet, der dazu noch in einem Konkurrenzblatt veröffentlichte, und es fiel ihm gar nichts ein zu seiner Verteidigung als: „Dagegen kann man nichts!"

„So ist das also", bestätigte nun auch Steffel in seiner frostigen Freudigkeit, „so ist das, wenn Gott einen liebt." Das klang zwar aus seinem Munde wie ein pythischer Orakelspruch, der als heller Nebel einem dunklen delphischen Erdloch entsteigt, aber Christian fühlte sich gar nicht wohl dabei, sondern, wie schon früher bei verschiedenen Gelegenheiten, ganz wie ein auf frischer Tat ertappter Hochstapler, wie ein groß aufgeblähtes Windei.

Auch was dieser Erstverkündung seines Dichtertums durch Steffel folgte, war nicht dazu angetan, Christian heiterer zu stimmen. Manche Kollegen bei der Zeitung starrten ihn an, als wollten sie sagen: „Soweit ist es mit dir gekommen!" Sein Budenkollege Heinrich Lenz lachte sich eins in Erinnerung an den seinerzeit aus dem „sozialistisch-realistischen Geist" der Viererbande Buhlmann & Campolongo & Kümmelkorn & Mißrath gespenstisch entwickelten „Verriß", und an der Universität warf ihm der Schnüffelköter Heinz Brănescu vielsagend-schräge Blicke zu.

Dann aber gab es zu diesem Publikationsereignis unverhofft auch wohlwollend-freundliche Stimmen, und das nicht nur von Christians Mentor Hermann Salomon. Sie kamen aus der Provinz, sozusagen aus Augurenkreisen, und ihr beflissener Überbringer war kein anderer als der Dichter-Kommilitone Oskar Melchior. Von einem Neujahrsferien-Besuch zu Hause in Hermannstadt wieder zurück in Bukarest, wußte er zu berichten, daß kein Geringerer als Herman Morgenroth, der bekannte Lyrikkenner und -förderer sowie selbst auch Poet, nach der Lektüre von Christians Wortmeldung im „Volksblatt" ausgerufen haben soll: „Ein zündendes Gedicht!" Melchior selbst aber hüllte sein eigenes Urteil in diplomatisches Seidenpapier, indem er zu Christian sagte: „Es ist ein Text von lächelnder Naivität."

Beides hörte sich nun gar nicht so schlecht an, doch Christian konnte mit alldem nichts anfangen, nicht die geringste Freude darüber kam in ihm auf, er fühlte sich sozusagen auf dem Thron einer aus dem Mißverständnis geborenen Zufallsberühmtheit einsam sitzen und hätte bei Gott nicht sagen können, ob er die späte Bekanntschaft Vetter Bergers nun als Gottesgeschenk oder als Schicksalsschlag verbuchen müsse. Was ihn aber wohl am meisten schmerzte, war, daß der Studienfreund Georg Hoffrich, dem er durch das im „Neuen Land" veröffentlichte Autorenporträt zu öffentlicher Beachtung verholfen hatte, zu Christians eigenem Beitrag im „Volksblatt" überhaupt nichts zu sagen hatte, weder Kritisches noch Lobendes. Nur Adelfini hatte eine freundlich-souveräne Meinung zu Christians „publikatorischem Mißgeschick": „Mensch, laß den Kopf nicht hängen, ein Lob von Herman Morgenroth widerfährt nicht jedem. Was auch immer der alte Herr unter einem ‚zündenden Gedicht' verstehen mag, es zählt hundertmal mehr als Oskar Melchiors Schulterklopfen mit der scheinheilig ‚lächelnden Naivität'."

Wer nun aber glaubte, bei Christian wäre damit das Eis in Sachen Lyrik gebrochen gewesen, der irrte sehr. Die Veröffentlichung einer, für ihn jedenfalls, reinen Wortspielerei zur eigenen Erbauung hatte eher die traumatische Folge, sich hinsichtlich weiterer Produktionen dieser Art zunächst einmal völlige Abstinenz aufzuerlegen. Von den hier und dort veröffentlichten Reimereien anderer hielt er ohnehin nicht viel, jedenfalls nicht soviel wie deren ruhmversessene Verfasser.

Ein bißchen lächerlich war das alles schon, was sie da mit entzücktem Aufblick von sich gaben, allein ihr gegenseitiges Anstacheln und Einander-Zunicken, ihre nachträgliche Hineinschau von Tiefsinn in die Texte schweißte sie dann allerdings zu einer verschworenen Gemeinschaft musisch Auserwählter zusammen. Was Christian selbst in den folgenden Jahren an poetischen Fragmenten (es war wirklich alles nur Stückwerk) zu Papier brachte, diente später dem getreuen Schreiber seines Lebensromans dann doch wenigstens zur Abfassung eines leicht bissigen Nebenkapitels, dessen Protagonist mit dem tönenden Namen „Demetrius Rothenburg" ausgestattet wurde.

Aus Christians spontaner Eintagsberühmtheit ließ sich dann allerdings auch lernen, wie geringste Anlässe Folgen größter Tragweite haben können. Vetter Bergers Coup mit der Erhebung von Christians Text zum Gedicht sollte ein Nachspiel haben oder zumindest ein solches mitbewirken. Ein Jahr nach dessen Veröffentlichung im „Volksblatt" wurde Hans Berger von seinem Posten als Feuilletonchef fristlos entlassen. Zu sehr hatte in seinem Ressort der Geist einer von ihm und seinesgleichen als Öffnung und Aufbruch (miß)verstandenen Parteipolitik nach dem Ungarnaufstand geweht, und es mehrten sich die Anzeichen, daß der scheinbar in den letzten zwei Jahren am schlafferen Zügel geführte Geheimdienst „Securitate" wieder dabei war, den Nachweis seiner Unabkömmlichkeit zu führen.

Nach einer Zeit vermeintlichen Innehaltens wurde langsam wieder deutlich, wer im Lande das Sagen hatte und auch (und nicht zuletzt), daß die Tage der Heinz Bränescus keineswegs gezählt waren. Der Terror wurde allerdings subtiler ausgeübt als in den Jahren davor. Es hieß, die „Behörde" dürfe nun ihre Verhaftungen nicht mehr, wie bis dahin, bei Nacht vornehmen, mit vorausgehendem, die Nachbarn erschreckendem lautem Klopfen an Türen und Toren der Opfer, und sie hätte letztere auch sorgfältiger und gezielter als zu statuierende Exempel auszuwählen und die Festnahmen als bedauerliche Notwendigkeit auch zu begründen. Es kamen, wie man sieht, auch auf die Firma Guck & Horch & Greif & Quäl eindeutig schwierigere Zeiten zu.

XXV
Schädlinge im universitären Unterholz

Frühling war's im kommunistischen Jahr zehn, will sagen 1958, der Mai war gekommen, die Bäume schlugen aus, die Linden am Boulevard Bălcescu verströmten schon länger ihren betörenden Duft hinein in die Nächte und Morgenfrühen, und nicht nur das: Wie all die Jahre davor schlug nun wieder auch an der Universität Bukarest, auch an deren Philologischer Fakultät, die *St*unde der *Sch*weinehunde, die *St*unde der großen *St*udentenhatz vor dem *St*aatsexamen im Juni. Die Pfeile waren ge*sp*itzt, die Bogen ge*sch*ultert, die Sandalen fest ge*sch*nürt, die Ab*sch*ußlisten gründlichst ausgearbeitet, noch einmal und noch einmal durchgesehen (und hoffentlich auch voll*st*ändig!), kein bourgeoises oder Bojaren*sch*wein durfte einem jetzt noch durch die Lappen gehen, es war der letzte Augenblick vor der Ab*sch*lußprüfung, der letzte, in dem der früh einge*sch*lichene und fünf Jahre im universitären Unterholz verkrochene Klassenfeind noch abge*sch*ossen werden konnte, ehe er unzurückholbar auf das sozialistische Bildungswesen losgelassen wurde. (Man versäume nicht, an dieser kurzen Beschwörung eines heroisch-erhabenen Augenblicks das stabreimend-gehäufte Auftreten des Zischlauts *sch* zu würdigen!)

Veranstaltet wurde dieser Akt der Selbstreinigung von der Jugendorganisation, die im „Ungarn-Jahr" 1956 neben einigen Rechten auch mehrere Pflichten zugewiesen bekommen hatte. O ja, bei ihr war die Aktion bestens aufgehoben. Vorn am Katheder des Haupthörsaals der Philologie saß schon, mit den Hufen scharrend und in bester Jagdstimmung, das sieghaft in alle Richtungen grinsende Präsidium der Hinausschmißsitzung, und nach hinten amphitheatralisch aufsteigend harrten die akademischen Massen auf das Zeichen zum Beginn. Und schon ging's los nach kurzer Einleitung durch den Präsidiumsvorsitzenden über das Wieso und Warum der Veranstaltung, alphabetisch wurden die listenerfaßten Namen aufgerufen, die Rollen waren sorgfältig verteilt, wer hatte zu diesem, wer zu jenem „Element in unseren Reihen" etwas zu sagen, wer über dessen Würdigkeit oder Unwürdigkeit, der Universität weiter anzugehören. Es gab natürlich auch die Option, spontane Sondervoten abzugeben, nur bitte keine positiven, wo das Negative bereits festgelegt ist, dafür hätte man nun wirklich kein Verständnis und auch keine Zeit.

Natürlich waren Adelfini, Lenz und Rosenow bei diesem wichtigen Universitätsereignis nicht dabei, es betraf sie nicht, es betraf ausschließlich den Abgänger-Jahrgang 1958. Und so erfuhren sie erst aus „Botenberichten" Dritter von der Abschußaktion gegen Dieter Paul Kärrner, die dessen Jahrgangskollege Detlev Klestack eingefädelt, die dieser dann aber der Versammlungsleitung nur mit knapper Not durch ein kläglich-tolpatschiges Manöver schmackhaft zu machen gewußt hatte. Und so war alles abgelaufen: Nachdem er lange genug mit erhobener Hand seine Redeabsicht kundgetan hatte und, da sein Name auf keiner Rednerliste stand, von den Genossen im Präsidium geflissentlich ignoriert worden war, erhob sich der Spontandisputant Klestack plötzlich von seinem Sitz und rief: „Aber da ist noch einer, da ist noch ein Kollege, will sagen ein ‚klassenfeindliches Element', das beseitigt werden muß."

„Setzen Sie sich, Genosse, Sie stehen auf keiner Liste", wies ihn der Präsidiumsvorsitzende zurecht.

„Aber Spontanbeiträge waren doch ausdrücklich erwünscht, wie man mich informiert hat", ließ Klestack nicht locker.

„Spontanbeiträge schon, aber vorher angemeldete, Genosse, Sie können doch hier nicht den Ablauf einer so wichtigen und wohlorganisierten Sitzung stören", wurde Klestack abgewimmelt. Schließlich, nach dem Kopfnicken eines weiteren Präsidiumsmitglieds, gab es dort vorne dann doch ein Einlenken, und Klestack durfte den Namen seines Angriffsziels bekanntgeben: Dieter Paul Kärrner.

„Der ist uns zwar einschlägig nicht bekannt, aber sagen Sie schon, was Sie über ihn zu sagen haben", wurde der Spontanredner beschieden.

„Also, dieser Student Kärrner, den ich und andere nur zu gut kennen, mit dem also hatten wir all die fünf Studienjahre ständig Probleme. Er ist ein eingefleischt bourgeoises Element, das niemals ‚auf der Parteilinie' lag, das reaktionäre Ideen hegt, vertritt und auch zu verbreiten sucht.. . "

„So, so, und warum kommen Sie erst heute damit, haben sie all die Jahre geschlafen und sind eben erst aufgewacht? Und was wollen Sie hier nun eigentlich, Genosse?", unterbrach ihn der Präsidiumsvorsitzende gereizt.

„Aber zu alledem, bitte schön, ist dieser Student Kärrner ein *Narzißt*", spielte Klestack seine letzte Karte aus.

„Aha, also auch noch ein ‚Nazist', will heißen ein ‚Faschist' ist er, je nun, das ist dann aber schon richtig etwas anderes, das ist etwas ganz besonders Schwerwiegendes", wurde man im Präsidium mit einem Male hellhörig, denn von Sigmund Freud und seinem psychoanalytischen „Narzißten" hatte man in Kreisen des Verbandes der Arbeiterjugend noch nie etwas gehört, dafür aber natürlich von „Nazisten", wie die rumänische Entprechung für „Nazis" lautete und wie dieser nunmehr entlarvte Student Kärrner plötzlich einer sein sollte.

So wurde aus der ungeschickt vorgetragenen Denunziation des „Schädlingsbekämpfers" Detlev Klestack einerseits und der tiefen Unbildung des Sitzungspräsidiums andererseits der Strick gedreht, an dem Dieter Paul Kärrner baumeln sollte, und Klestack durfte gleich noch einen vorher präparierten naiven Hornochsen und einen ebensolchen Esel aus seiner Kommilitonen-Entourage als Zeugen der Anklage gegen Kärrner benennen, so daß der Prozeß nun richtig beginnen konnte. Wie dieser ausging, wie Dieter Paul Kärrner schließlich von beherzten Dozenten des Germanistik-Lehrstuhls aus dem Räderwerk der universitären Hinausschmiß-Aktion wieder hervorgezerrt wurde, davon war schon die Rede.

Kurz, der „Teufel", wie Dieter Paul Kärrner von Adelfini, Lenz und Rosenow auch genannt wurde und wie er sich unter Schriftlichem auch selbst gerne unterzeichnete, war also wunderbar errettet worden, und nach einem mit blauem Auge bestandenen Staatsexamen wurde er auch noch von Bruno Gilbert, einem ihm gewogenen Dozenten der Germanistik, in die Redaktion des „Neuen Lands" hineingelobt, so daß er dort nunmehr Tisch an Tisch mit Christians Sprachmentor Hermann Salomon saß und sich mit diesem das Amt des „Stilisten" teilte. Dies war nun aber die reinste Verhöhnung des zu höheren intellektuellen Weihen aufgestiegenen Detlev Klestack. Der war zwar dank der rechtzeitig vorgenommenen Selbstreinigung vom bourgeoisen Schmutz seiner Herkunft und auch dank seinem Kampfbund mit Heinz Brănescu auf einem Redakteurssessel der deutschsprachigen Zeitschrift „Literanova" gelandet, doch, o weh, mit welch einem Stachel im Fleisch: Immer noch befand sich dieser Erzfeind Dieter Paul Kärrner in den Mauern der Hauptstadt, auch er fest im Sattel und daraus nicht wieder auszustechen.

Klestacks Strebertum, muß man sagen, entsprachen aber nicht auch seine intellektuellen Fähigkeiten, von den künstlerischen ganz zu schweigen. Seine Unzulänglichkeit mußte ihm schon früh aufgegangen sein, nämlich in dem Augenblick, da er und Dieter Paul Kärrner sich im selben Jahrgang der Philologie begegneten. Die geistige Überlegenheit dieses Rivalen aus Kronstadt wurde ihm bald bewußt, er studierte ihn aus nächster Nähe, indem er anfangs regen Umgang mit ihm pflegte und seine Gemüts- und Denkart zu ergründen suchte. Viel später dann, als sich die Unvereinbarkeit ihrer Charaktere deutlicher abzuzeichnen begann, schien es Klestack ein Leichtes, den Rivalen bei der „séance finale d'épuration", wie Bruno Gilbert die berüchtigte „Säuberungssitzung" höhnisch nannte, aus der Universität hinauszubefördern. So wenigstens schien es ihm – nur war er eben, ohne es zu wissen, selbst der Narzißt, den er auf Dieter Paul Kärrner projizierte, und alles, was er an Attacken nach außenhin führte, fiel nun als Bumerang auf ihn zurück.

Auch später, als er schon einige Leben zerstört und mehrere Bücher veröffentlicht hatte, wollte sich der Ruhm nicht einstellen. In allem, was er literarisch zustande brachte, zeigte sich das Geborgte und Geklaute, ohne das er nicht auszukommen schien, zeigte sich in dem lächerlichen Glauben, es sei sein Eigentum. Nichts, was aus seiner Feder floß, war so beschaffen, daß es sich einem als in sich schlüssig und geglückt einprägte, alles war so hergeholt langweilig, wie es die menschliche Selbstverliebtheit in allen ihren Formen ist.

Detlev Klestack gehörte aber auch zu jener Sorte Mensch, die glaubt, es sei ihr aufgetragen, über andere zu verfügen, anderer Leute Vorsehung und waltender Gott zu sein, die also ernstlich der Meinung ist, sie dürfe gewissermaßen an deren Lebensrampe stehen und mit dem

Daumen mal nach unten, mal nach oben zeigen. Er tat all das mit erschreckender Ungerührtheit, als dulde sein Tun nicht den geringsten Zweifel. Höchstens noch hatte Klestack Augenblicke, wo er in einer besonderen Art von Selbstgefälligkeit, das heißt mit entwaffnender Offenheit einem Freund gegenüber bekannte: „Weißt du, mein Lieber, ich bin eigentlich ein Schwein."

Das hatte sich zum ersten Mal deutlich in der Vernichtungsaktion gegen Dieter Paul Kärrner gezeigt, nur darf niemand glauben, daß diese Selbsteinschätzung Folgen für Klestacks weiteres Verhalten gehabt hätte. Nein, die „Einsicht des Schweinseins" war nur eine vermeintliche, eine Bestätigung sozusagen seiner „Herrgöttlichkeit" und weiter nichts, höchstens noch Ausdruck seiner grenzenlosen Selbstverliebtheit und ihrer wechselnden Launen. Was sich später in seinen vornehmlich essayistischen Arbeiten niederschlug, das waren die philosophischen Trivialitäten, aus denen sich sein Geist zusammensetzte, war ferner das Sammelsurium von Zitaten aus Werken anderer, mit denen er gerne seine weitreichende Belesenheit zu dokumentieren suchte, indes, auch das Zitieren geschah bei ihm nur so, daß er damit seine Teilhabe an fremdem geistigen Eigentum suggerierte, also in der Art: Der geschätzte Autor denkt hier gerade, was ich schon längst gedacht habe, nur eben niederzuschreiben vergaß. Auffällig war an diesen seinen Schriften aber vor allem eine erstaunliche, mitleiderregende Sprachohnmacht.

Capricho 5

Der ewige Jäger

*Der erstaunliche Lebensweg
eines verhinderten KZ-Apothekers*

Was also wäre aus diesem einst holden Knaben im lockigen Haar geworden, zu dem Christian Rosenow und seine Schäßburger Vettern Meier, der brünette Fritz und der blonde Hans, bewundernd aufblickten, wo sie doch von Gestalt eigentlich auf ihn hinabschauen mußten, so hoch aufgeschossen waren sie alle drei.

Wieso „*wäre*" und nicht „*ist*" geworden? Drum, weil der holde Knabe eben etwas nicht wurde, wozu er eigentlich wegen seiner Anlagen prädestiniert war: ein KZ-Apotheker. Aber mit den geborenen KZ-Apothekern ist das so, daß sie das, wozu sie geboren sind, nur wirklich werden können, wenn Gott, der sie dazu bestimmt hat, in seiner unendlichen Weisheit auch die Orte ihres Wirkens gleich mit einrichten läßt.

Bei Detlev Klestack, wie der Knabe hieß, wären das also die KZs gewesen, doch die existierten, als der Jüngling wegen der Ungnade seiner späten Geburt hätte zum Zuge kommen können, so überhaupt nicht mehr, wie sie zu einschlägiger Entfaltung kz-apothekarischer Talente notwendig gewesen wären. Da gab es also in Europas Osten und Südosten oder auch sonstwo in dieser wunderbaren Welt nur noch die ganz ordinären Lubjanka- und Gulag-Bewahranstalten nach sowjetischem Muster, die Folterkeller, Marterzellen und Quälbaracken. Apotheker hätte man da überhaupt keine brauchen können, ja nicht einmal Ärzte, schon gar nicht Philologen, wie Detlev Klestack nach beendetem Studium einer war. Vorbei also die Zeiten Francisco Goyas, da man die Menschen noch, für jedermann sichtbar, bei Tage auf offener Straße oder gar auf Marktplätzen vor eigens versammelter Gaffermenge abmurkste, und vorbei freilich auch solche Nächte wie die des heiligen Bartholomäus seinerzeit in Paris. Das große Schlachten war längst eine Angelegenheit geworden, die sich abgeschirmt vor den Blicken der restlichen Welt hinter Mauern und Stacheldraht abspielte, sozusagen also in der allergrößten Heimlichkeit und Verschämtheit.

Wohin also mit all den Talenten, die Klestack mitbrachte, wohin mit den hehren Gedanken, die sich hinter seiner hohen, sozusagen Leninschen Stirn und den dazu passenden dschingiskhanischen Augen drängten? Da mußte er schon ein bißchen seinen Blick schweifen lassen, um zu eräugen, wo sich ein für ihn würdiges Betätigungsfeld auftat. Am liebsten hätte er als Student in der Hauptstadt nebenbei auch ein kleines Straflager betrieben, aber die Zeiten, wie gesagt, waren dem nun gar nicht günstig. Er mußte sich mit Bescheidenerem zufriedengeben, also, sagen wir, mit dem Versuch, der Behörde Guck & Horch & Greif & Quäl geeignete Personen zuzuführen beziehungsweise Leute, die ihm zuwider waren, möglichst aus seiner Nähe zu entfernen.

Aber zurück zu den Schäßburger Knabenspielen, in denen sich früh des Lockenhauptes Klestack drängendes Talent zeigte, Menschen ans Leder zu gehen. Die vier also, Detlev Klestack, die Vettern Meier und der in Schäßburg seine Sommerferien verbringende Christian Rosenow, strebten, vom Klestackschen Vaterhause aus, der sogenannten „Steilau" zu, wo jeder alteingesessene Bewohner der Stadt ein Gartengrundstück besaß, meist mit einem Sommerhäuschen drauf. Klestack hatte auf diesem Ausflug die schwarze DJ-Schnürlsamt-Hose an, die ja aus so gutem Stoff geschneidert war, daß es ein Verbrechen gewesen wäre, sie im Nachkriegsjahr 1946 nicht mehr zu tragen, gerade nur weil die Zeiten nicht mehr so ganz danach waren. Das Braunhemd mit Schlips und Schulterriemen hatte Klestack indes vorsichtshalber daheimgelassen, dafür aber sein wie durch ein Wunder nicht beschlagnahmtes Luftgewehr geschultert – ein bißchen weidmännisch, sozusagen ein bißchen nach „fröhlichem Jagen" sollte dieser Gang durchs Revier schon aussehen.

Kurz, die vier kamen etwas schnaufend bei dem auf einem Hang erbauten Klestackschen Gartenhaus an, wo ein weißhaariger älterer Herr, offenbar Klestacks Opa, in einem Korbstuhl saß und die vier mit Handschlag begrüßte. Dann waren sie aber auch schon zu ihren Spielen gnädig entlassen worden und strebten, mit Detlev Klestack an der Spitze, im Gänsemarsch dem Walde zu. Auf einmal, was hörte man da für ein verdächtiges Rascheln im Gebüsch? Schütze Detlev ließ das Luftgewehr von der Schulter gleiten, wog es in der Hand, knickte das Schloß auf und stopfte vorsorglich außer passender Munition gleich auch noch Schrotkörner in den Lauf – man konnte ja nicht wissen, welcher Feind sich wie weiland Ziethen aus dem Busch dem Blicke zeigen würde.

Dann waren es also kleine Zigeuner, die sich da durchs Gesträuch schlugen und nun, erschreckt wie stets, wenn Zigeuner sich ertappt fühlen (was bei solchen Untermenschen eigentlich immer der Fall ist), Reißaus zu nehmen begannen, aber da kannten sie den einstigen DJ-ler Klestack schlecht. Er riß das Luftgewehr an die Backe und feuerte, unter ständigem Nachladen, ins Unterholz, was das Rohr hielt, und es klang dann auch so schrecklich lustig, was von dort an Gejaule ans Ohr des Jägers und seiner drei Trabanten drang, daß der Blindschütze sich bei jedem Treffer laut freute, der Fritz mit seinen traurigen Hängeaugen betreten dreinschaute, der Hans etwas genierlich grinste, der Feriengast Christian Rosenow aber angewidert den Mund verzog.

„Gefällt dir was nicht, mein Lieber?", fragte Klestack den Gast, nachdem die schwarzbraune Gefahr gebannt war, das heißt die Zigeunerjungen, drei an der Zahl, die Flucht ergriffen hatten.

„Ja, mir gefällt was nicht", erwiderte der trotzig.

„Und was ist das, was dir nicht gefällt?"

„Daß du diese braune Brut so einfach laufen läßt, wo sie doch an den Marterpfahl gehört."

„Mach dich hier nicht mausig, mein Lieber, ich weiß schon, wie du's meinst. Doch sind wir hier in unserem Wald, nicht in deinem. Hier sagen *wir*, ob wir martern wollen oder nur ein bißchen ballern. Ist das klar, du Rotznase aus Burzenland?"

„Ja, das ist klar, Herr Ballermann. Ich find den Weg zurück schon allein."

Christian war daraufhin gegangen, und als er sich mit den Vettern zu Hause wiedertraf, da sagten auch sie: „Das war schon richtig, wie du ihm Bescheid gestoßen hast."

1946 war das also gewesen. Zehn Jahre später, wen sah Christian Rosenow da in der Eingangshalle der Universität Bukarest stehen, genauer auf dem ersten Treppenabsatz des Aufgangs zur Philologischen Fakultät, und von seinem etwas erhöhten Standpunkt auf die

Studienneulinge feldherrenmäßig herabblicken? Natürlich, den Klestack sah er, aber Klestack nicht auch ihn. Durch ihn schaute dieser, so von oben herab und natürlich grußlos, gewissermaßen hindurch. Er war aber in Gedanken auch mit anderem beschäftigt, nämlich mit dem Germanistik-Literaturzirkel, und hatte daher mit dem Fakultätsekel Heinz Brănescu, der den Zirkel von seiten des Lehrstuhls offiziell betreute, gerade Hochwichtiges zu bereden. Abgesehen davon mußte man Leute, die man aus zurückliegenden bourgeoisen Zeiten kannte, unter so sehr veränderten Umständen nicht unbedingt gleich wiedererkennen.

Denn die mochten am Ende argwöhnen, er, Klestack, setze hier die lustige Jägerei von damals unter verändertem Vorzeichen fort, also nicht etwa mit kleinen Zigeunern als Ziel, sondern mit sogenannten „Ehemaligen", womit man nun aber bei Klestack schon ganz richtig lag. Denn drei Jahre nach der unverhofften Wiederbegegnung von Rosenow und Klestack in der Eingangshalle der Universität machte letzterer, wie an anderer Stelle ausführlich berichtet, auf einen Kommilitonen Jagd, der die arglose Aufnahmebereitschaft der neuen, sozialistischen Universität dazu mißbraucht hatte, seine klassenfeindlichen Ränke in sie hineinzutragen. So etwas aber durfte nie und nimmer passieren, wie der gewandelte DJ-ler aus Schäßburg sich umsichtiger- und vorausschauenderweise zu Recht sagte. Wo käme man schließlich hin, wenn sich mal dieser, mal jener ins Gehege des ewigen Jägers Klestack hineindrängte?

So hatte dieser also schon früh, das heißt sogleich nach seinem Erscheinen in der Hauptstadt und bestandener Aufnahmeprüfung an der Universität seine deutsche Wirtsfrau ins Visier genommen und ihre obskure Vergangenheit ausgeleuchtet, damit die Behörde, in deren Dienst er sich freiwillig stellte, wegen solcher „Elemente" nicht im dunkeln tappen müsse. Oh, welche Genugtuung bereitete es ihm, mit dem Wissen um die Vergangenheit „bourgeoiser Ehemaligkeiten" sich bei der Schnüffelbehörde Kredit zu verschaffen und dazu dieser armen Schwarte von Vermieterin mit Enthüllungsdrohungen Angst einzujagen! Wie fühlte er sich da gleichsam fingernah am Drücker und damit als unumschränkter Herr über Schicksale!

Wie aber nun der universitäre Weidmann Klestack nicht so ganz erfolgreich war mit seiner politischen Schädlingsbekämpfung unter den

Kommilitonen, sagte er sich, daß im weiteren Verlauf seiner intellektuellen Karriere nun doch endlich Durchschlagendes passieren müsse. So machte er sich ans Gedichte-Schreiben und kroch dabei der Obrigkeit so erfolgreich in den Hintern, daß ein wacher Geist unter den Beobachtern der Szene mokiert anmerkte, der Klestack sei „ein rechter Afterpoet". Das wurde indes an höherer Stelle (und an der bewußten heimlich-unheimlichen nicht minder) wohlgefällig registriert, und Klestack stieg auf poetischem Terrain zu einer echten Autorität auf.

Als der alte Czernowitzer jüdische Dichter Alfred Margul-Sperber einmal bei dem damals schon in der Redaktion der Zeitschrift „Literanova" residierenden Klestack vorbeischaute und darum bat, der liebe Herr Redakteur möge ihm doch ein paar von den mitgebrachten Gedichten veröffentlichen, weil er das Honorargeld so bitter nötig hätte, da zeigte der Literaturgewaltige, kaum hatte Sperber hoffnungsfroh das Zimmer verlassen, seinem zufällig dabeisitzenden Gast, einem ehemaligen Kommilitonen, was eine Harke ist. Er nahm die ihm von Sperber übergebenen Manuskriptblätter, zerriß sie vor den Augen des Kollegen und warf sie in den Papierkorb. „Du siehst, mein Lieber, was ich kann. Und erschiene der liebe Gott persönlich hier in der Redaktion, um mir seine Verslein aufzuschwatzen, ich riefe ihm zu: Scher dich zum Teufel!"

Ein bißchen Pech hatte er mit der Dichterei aber dann doch. Als er eines schönen Tages eins seiner poetischen Gebilde mit ein paar fremden Federn geschmückt, das heißt ganze Strophen aus Gedichten einer sehr bekannten Lyrikerin den eigenen inkorporiert hatte, fiel das einem wachsamen Kenner zeitgenössischer Verskunst sofort auf, und der erhob Protest. Ja, was kann man da machen – gedruckt ist gedruckt. Zu der Peinlichkeit sei es so gekommen: Die Gedichte der Klagenfurter Poetin lagen mit den Klestackschen in trauter Nachbarschaft auf demselben Schreibtisch, und wie der Zufall es wollte, verschränkten und verquickten sie sich symbiotisch so innig miteinander, daß man sich darüber nur wundern konnte. Aber es ließ sich daraus natürlich auch der Schluß ziehen, wie gleich und gleich sich doch gerne gesellt.

Das war aber nun schon zu einer Zeit passiert, da die politischen Gefangenen in Rumänien nach zwanzig Jahren Kommunismus, sofern sie noch lebten, in die Freiheit entlassen und zum Teil auch schon öffentlich „rehabilitiert" worden waren, so um 1968 muß das gewesen sein. Da konnten solche Leute wie Klestack ihre denunziatorischen Talente nicht mehr so richtig entfalten, schon gar nicht aber ihrer alten Leidenschaft der Menschenjagd weiter frönen. Es wurde so richtig stinklangweilig für politisch umtriebige Zeitgenossen wie Klestack, und so zog es diesen eben mit Macht zu neuen Ufern hin.

Da seiner Reisefreiheit, dank dem Ort seines Wirkens in der „Literanova"-Redaktion, so gut wie keine Grenzen gesetzt waren, stattete er dem Westen Deutschlands einen Besuch ab, fand Gefallen an den Zuständen dort, endlich wieder lebendigen Marxismus, das heißt Maoismus, Castrismus, Pol-Pot-Ismus, ja und vor allem auch, was ihm sehr wichtig war, endlich wieder den in seinem zurückgelassenen Vaterland völlig eingeschlafenen Antifaschismus. Da ließ Klestack alles stehen und liegen, Weib und Kind, das privilegierte Literatenamt, und stattete sich zunächst einmal ehemäßig ganz neu aus, ebenso auch berufsmäßig, denn ein Mann mit einer solchen Vielzahl von Tugenden und Talenten tendiert naturgemäß zu absoluter Selbständigkeit, will sagen zur Freiberuflichkeit. Weshalb er sehr bald am neuen Lebensort in einer Veröffentlichung zur Kenntnis gab, er habe sich im Herkunftsland dem Regime gegenüber so lange „in Vertrauensgymnastik" üben müssen, daß es ihn nun begreiflicherweise nach Proben anderer Bewährung gelüste.

Hier nun konnte sich einer wie Klestack aber auch richtig frei entfalten: also einmal sein, wenn auch freigewähltes Emigrantenschicksal in den rührendsten Tönen beklagen, dazu sein zutiefst metaphysisches Leiden am Heimatverlust zur Schau stellen, aber auch, und das ist natürlich nicht unwichtig, die Pein seiner Volkszugehörigkeit und die damit verbundene tiefe Scham psychologisch-philosophisch reflektieren. Was waren, mußte endlich einmal gesagt oder besser noch geschrieben werden, was waren denn seine siebenbürgisch-deutschen Landsleute für schlimm-willige Vollstrecker der Hitlerei gewesen! Und wie gern hatten sie die braunen Klamotten getragen, wie sehr die Angehörigen anderer Völker und Rassen verachtet und gepiesackt! Wie rasend gern, zum Beispiel, auf kleine Zigeunerjungen geschossen, ohne Not und Notwehr. Und überhaupt – man konnte es nicht laut genug sagen –, wie zutiefst reaktionär und in historisch-moralischem Betracht deshalb in hohem Grade strafwürdig waren diese Siebenbürger Sachsen schließlich allesamt!

Je nun, wie man's nimmt, muß man dazu sagen, aber zu loben war an Klestacks Landsleuten dann doch mindestens eines: daß aus ihrer Mitte dieser Mensch mit ausgesprochen messianischen Allüren hervorgegangen war. Das entschädigte zwar nicht für alles, aber für vieles, wenn auch, zum Beispiel, nicht dafür, daß diese deutschen Transsilvanier ihren Landsmann ganz ohne so etwas wie Charakter in die Welt entlassen hatten. Dafür müßten sie, über die oben erwähnten Schandflecke hinaus, extra büßen, auch wenn es für Sühnungen noch so spät geworden war in diesem zu Ende gehenden Mordsjahrhundert.

Tja, da möchte nun mancher liebend gerne hören, was ein überragender Geist wie Klestack zu all den oben aufgezählten Dingen, doch ebenso zu den Nachkriegsverhältnissen in seinem neuen Vaterland nicht nur anzumerken hatte, sondern auch, wie er ihnen zu begegnen gedachte. Psychologisch gebildet und erfahren, wie er nun einmal war, mußte es ihm, um ein Beispiel zu nennen, sehr wohl scheinen, daß dem Grundanliegen deutscher Vergangenheitsbewältigung selbst durch die noch nicht sehr weit zurückliegenden Frankfurter Auschwitz-Prozesse längst nicht Genüge getan worden war. Da mußte unbedingt noch nachgefaßt werden, so bei dem siebenbürgisch-sächsischen Auschwitz-Apotheker Victor C. Den hatte man zwar wegen seiner im KZ verübten Verbrechen 1965 vor dem Frankfurter Schwurgericht schon zu neun Jahren Zuchthaus verurteilt, die hatte der auch schon längst abgesessen, aber da nun der ruhelose Jäger Klestack gerade beutehungrig durch deutsche Jagdgründe pirschte, mußte er unbedingt bei dem ebenso wie er selbst aus Schäßburg stammenden lieben „Onkel" C. vorbeischauen und ihn noch einmal in die Mangel nehmen. Was sagte Klestack mitten in dem langen Gespräch, das er 1978 mit dem Ehepaar C. in Göppingen führte und das nach seiner Behauptung von den beiden Alten als Balsam auf ihrer Seele empfunden wurde, ja, was sagte er wortwörtlich in dem Tonbandprotokoll, das er später veröffentlichte: „Ein Prozeß, das ist ja ganz gut, aber die Dinge, die da geschehen sind, die gehen doch über einen Prozeß und über die Kompetenz eines Gerichts weit, sehr, sehr weit hinaus."

Na also, wenn Klestack das sagt, so wird schon was dran sein. Die Frage ist nur: wie weit hinaus? Das konnte ein deutsches Gericht niemals selbst ermessen, da mußte unbedingt ein mit juristischer und psychologischer Kompetenz ausgestatteter Spezialist wie Klestack sich einschalten, ein abschließendes Wort dazu sagen, zumal er ja, wie man wissen sollte, schon länger beim Jüngsten Gericht staatsanwaltlich zugange, dort also schon so gut wie akkreditiert war. Mit welcher Wonne wühlte er deshalb in den Eingeweiden des Jahrhundertverbrechens, wie fühlte er sich, indem er diesen Monster-Apotheker und seine Frau bis ins kleinste ausquetschte, als so richtig dabeigewesen. In einem unbewachten Augenblick größter seelischer Öffnung ließ er sich sogar zu der Einsicht hinreißen: „... wenn ich älter gewesen wäre, hätte ich die ‚Chance' gehabt, ebenfalls da rein zu kommen, es hätte mir das gleiche passieren können." O ja, die „Chance", die hatte er nun freilich und leider nicht gehabt.

Was läßt sich da jetzt noch machen, o du ewiger Jäger, der du dich wegen deiner späten Geburt nun einmal mit den kleineren „Chancen" hast abfinden müssen? Das Maß an Verruchtheit, das der apothekarische Landsmann C., Gott sei seiner Seele gnädig, so schön vollmachen durfte, du konntest es längst nicht erreichen. Aber so ein klein wenig hast du schon aufgepickt, was dir an Brosamen von der großen Verbrechenstafel zufiel. Stolz kannst du jedenfalls ausrufen: „Ich hab mit dem Teufel gefrühstückt."

Indes, die Zeit scheint gekommen, o du Weidmann und Richter in einer Person, da die Jagd in sich zurückkehrt, da Justitia auch dir mit der Waage winkt. Drum nicht lange gefackelt, fix in den Spiegel geschaut, die eigene Fratze darin erkannt, mit dem Luftgewehr draufgehalten und losgeballert!

Das tut niemandem weh, bloß der Spiegel geht dabei in Stücke.

XXVI
Es lebe der Jugendverband, er weiß nicht, was er tut

Mit dem kommunistischen Jugendverband hatte man im Laufe der Jahre, zumal in den letzten zwei, nicht nur schlechte Erfahrungen gemacht. Der verstand sich zwar, mit eigenen Leitungsgremien und eigenem offiziellem Presseorgan versehen, als Juniorpartner der Mutterpartei, aber nicht als deren blind-gehorsames Beipferd. Also erfüllte er, wie eben gerade an der Universität, nicht nur Aufgaben wie die berüchtigte Hinausschmißaktion vor dem Staatsexamen, sondern erfreute sich darüberhinaus auch gewisser Handlungsfreiheiten. Eine solche war auch die Veranstaltung von Auslandsreisen im Austausch mit „Bruderorganisationen", ein Privileg, das sonst nur Sportclubs oder Gewerkschaften hatten, Privatpersonen höchstens noch als Teilnehmer von Reiseveranstaltungen des staatlichen Touristenamtes, deren Ziele aber ausschließlich kommunistische Bruderländer waren.

Virgil Nemo, mit seinem Studienkollegen Sergej Balack enger befreundet, einem Kind aus der intellektuelleren Funktionärsliga, stand eines Tages auf der Liste einer Studentendelegation, die nach Polen reiste, einem Land, das sich damals, neben Ungarn, seine eigenen „Ketzereien" im Ostblock leistete, ohne dafür auch gleich das Schicksal der aufmüpfigen Magyaren erleiden zu müssen. Das für die rumänischen Gäste Erstaunliche und Unerhörte auf dieser Reise war zum Beispiel, daß man in polnischen Buchhandlungen Bücher aus dem westlichen Ausland zu kaufen bekam, so daß Nemo mit allerhand Literatur im Gepäck heimkehrte, vor allem mit Kunstliteratur, die in einheimischen Buchhandlungen völlig unbekannt war.

Geistige Konterbande sickerte so ausgerechnet durch Vermittlung der kommunistischen Jugendorganisation ins Land und dann gleich auch in die Sphäre junger Studierender, wohingegen zum Beispiel ein Anton Hofer, immerhin nicht nur Chefredakteur der deutschsprachigen Tageszeitung „Neues Land", sondern auch Mitglied des Zentralkomitees der Partei und Parlamentsabgeordneter, in den Genuß bloß von Reisen kam, die er mit offiziellen Delegationen nach dem großen Bruderland Sowjetunion unternahm. Von dort brachte er nach Besichtigung einer einschlägigen Fabrik höchstens noch deren Erzeugnisse im Gepäck mit nach Hause. In seinem Falle, so bei Gelegenheit der letzten Reise, war dies allerdings schwerste Fracht, denn der Betrieb erzeugte emailliertes Blechgeschirr.

„Als nun die Leitung der Fabrik es sich nicht nehmen ließ", so Hofer in seinem Reisebericht vor versammelter Redaktionsmannschaft, „jedem Delegationsmitglied einen kompletten Satz ihrer Produktpalette ins Hotel zu liefern, waren wir rumänischen Delegationsmitglieder doch alle sehr verwundert darüber, unter den Töpfen, Tellern und Kasserollen auch ein Nachtgeschirr zu finden, und richteten an unseren dolmetschenden Begleiter eine entsprechende Frage. ‚Tja', gab dieser zur Antwort, ‚die lieben Genossen und Freunde aus dem verbrüderten Nachbarland mögen Verständnis dafür haben, daß sich unter den Geschenken auch ein solch intimes Gefäß befindet, so sei aber nun einmal die *weite russische Seele*, sie habe für alles Platz, auch für die nächtlichen Nöte des neuen Menschen."

Nach Toni Hofers herzergreifendem Reisebericht mußte das Lästermaul Christian Rosenow dem Kollegen Heinrich Lenz natürlich unbedingt noch seinen Kommentar ins Ohr flüstern: „Diese Sowjetmenschen haben sich den Mann angeschaut und ihm gleich das passende Gefäß in den Geschenksack gesteckt. So ist das eben, wenn man im großen Bruderland mit einem Nachtwächtergesicht wie unser Toni herumläuft, da findet Nikolai Gogol in natura statt, da wird die Satire emaillierte Wirklichkeit. Was, glaubst du, hätte der Seelenspezialist Gogol aus dieser Pißpott-Affäre für eine Geschichte gemacht? Ein Roman wäre draus geworden."

„Das denke ich auch", pflichtete Lenz ihm bei, „das wäre, in die homerische Antike übertragen, auf ein richtiges Epos in Hexametern hinausgelaufen. ‚Nenne mir, Mustopf, den Mann, den vielgewandten, der vielfach / Irrte umher, bis er sie schließlich fand, die richtige Tür, / hinter der er die Fracht losward, die strenggriechend bräunliche, / wie's ihm so scheißfreundlich die Götter hatten beschieden."

„Da sieht man", ließ sich Rosenow weiter gehen, „wie große Dichtung selbst noch in unseren Tagen fortwirkt. Übrigens, auch der Toni Hofer wurde, wie neuerdings zu hören ist, von der Muse geküßt, er soll jetzt, wenn auch mit mancherlei Fremdhilfe, an einem Roman schreiben."

„Na, soll er doch, es wird schon was werden, Probieren geht über Studieren. Wir werden uns sofort auf das Opus stürzen, wenn es einmal da ist. Lernen kann man aus den allerblödesten Sachen."

„Kannst du vielleicht, ich nicht. Wenn ich Blödes lese, fühle ich es gleich unter der Kopfhaut kribbeln, und ich denke: Was diese neunundzwanzig Buchstaben des deutschen Alphabets alles mit sich machen lassen, es ist zum An-die-Decke-Gehen."

Aber Rosenow mußte nun wegen geistiger Anregungen nicht auf das Erscheinen von Anton Hofers Jahrhundert-Roman warten, sondern profitierte von Virgil Nemos polnischen Mitbringseln. Dieser trat ihm nämlich ein 1955 in München erschienenes „Lexikon moderner Kunst" ab, einen Schatz der besonderen Art, selbst noch aus heutiger Sicht, wenn man auf Zeit und Umstände seines Zustandekommens zurückblickt. Wovon allem, was man aus diesem in gelbes Leinen gebundenen Buch erfuhr, hatte man hierzulande bisher nicht das geringste gehört, nichts von Picasso, nichts von Dalí, ja nichts auch von dem Rumänen Constantin Brancusi, dessen „Unendliche Säule", dessen „Tisch des Schweigens", dessen „Tor des Kusses" Christian einst auf einer Reportage-Reise im Stadtpark von Târgu Jiu leise schauernd (es war Winter) seinem Blick eingeprägt hatte. Das war schon richtige Konterbande, womit Virgil Nemo („mit Gomulka infiziert", wie man unter Studenten frotzelte) ins Land zurückgekehrt war, und man konnte dazu mit händereibender Ironie nur ausrufen: ‚Es lebe der Jugendverband, er weiß nicht, was er tut!'

Wie waren sie mit Brancusi umgesprungen, die neuen Kunstvandalen? Als der Bildhauer 1957 in Paris starb und sich herausstellte, daß er sein Atelier testamentarisch dem rumänischen Staat vermacht hatte, da schlugen diese verbohrten Narren doch tatsächlich das Erbe aus, weil es sich doch um eine Hexenküche „dekadenter Kunst" handelte. Erst Jahre später, als Brancusis Hinterlassenschaft längst in französischen Besitz übergegangen war, ertönte das große patriotische Jammergeschrei, und man hätte nun gerne doch alles selbst haben wollen.

Den im Lande Verbliebenen erging es nicht besser als dem Exil-Künstler Brancusi: Was hatte man sich nicht alles an Zurücksetzungen und Gehässigkeiten für einen Expressionisten wie Ion Țuculescu ausgedacht? Erst nach seinem Tod 1962 waren seine Bilder einem größeren Publikum in einem Bildband zugänglich gemacht worden. Eine letzte Ausstellung seiner Werke lag damals schon bald zwei Jahrzehnte zurück, genauer im Jahr 1947, als König Mihai aus dem Land gejagt und Rumänien „Volksrepublik" geworden war. Nicht anders erging es manchem Literaten, so Tudor Arghezi, dem größten Dichter der Rumänen im 20. Jahrhundert, dessen früher Band „Schimmelblumen" von einem literarischen Niemand im Parteiblatt „Scînteia" als „Poesie der Fäulnis" abgetan wurde.

Ganze Abende verbrachten Lenz und Rosenow gebeugt über dieses subversive Lexikon mit den nicht viel mehr als briefmarkengroßen Farbillustrationen. Eine ungeahnt neue, höchstens noch in einem Winkel des Unterbewußtseins glimmende Welt des besonderen Scheins und der besonderen Sicht tat sich ihnen da auf, ja mit „auftun" könnte man wörtlich und sehr konkret bezeichnen, was schockartig über sie hereinbrach. Salvador Dalís „Brennende Giraffe" war für Christian nicht weniger als ein Déja-vu-Erlebnis, denn vor nunmehr über zwei Jahrzehnten hatte sie sich schon einmal seinem Blick gezeigt, vom Fenster der Dachkammer aus, als Rosenows, wie man sich vielleicht erinnert, noch als vollzählige Familie in der Ploieștier Firmenkolonie wohnten und sie in einer Bombennacht des Jahres 1941 weit draußen in der Steppe eine Sonde brennen sahen. Und ebenfalls dort, auf den Bohrfeldern rings um die Raffinerie, wo der Sommer die Steppe sengte, schmolzen in kahler Landschaft auch die Uhren von Dalís „Zerrinnender Zeit". Subversiv waren die Bilder, die einen aus diesem Lexikon anschauten, fast durchweg und hätten eigentlich niemals ins Land hereingelassen werden dürfen. Höchstens noch Pablo Picassos zerstückte Gesichter wären hinzunehmen gewesen, weil doch dieser Spanier nicht nur sein antifaschistisches „Guernica" gemalt hatte, sondern auch die so wunderbare Friedenstaube, zu der die ganze sozialistische Welthemisphäre andächtig aufblickte.

Nein, spurlos ging Virgil Nemos polnische Kunst-Schmuggelware nicht durch Christian Rosenows Gemüt, da war genug visueller Stoff versammelt für die leicht erregbare Phantasie. Vor allem die surrealen Welten, wie sie sich in Paul Delvaux' „Die Hände" oder in Giorgio de Chiricos antikischem Mittagsbild „Rätsel der Ankunft" zeigten, doch auch die heiteren Alpträume Marc Chagalls und die genialen Bizarrerien des Douanier Rousseau hatten es Christian angetan, und nur zu gerne ließ er sich auch in den Sog der atmosphärischen Stimmungen Maurice Utrillos hineinziehen. Da hatte also Rosenows Vorstellungswelt mit einem Mal die geheimnisvolle „Vierte Dimension" für sich erobert, in die er sich aus seinem journalistisch-studentischen Alltag zurückziehen konnte, und es blieb nicht aus, daß sich dies auch in seinen Schreibversuchen niederschlug, ja, er wurde in diesem Punkt richtig wortbrüchig, vor allem gegenüber „Vetter Berger", dem er seinerzeit versichert hatte, er mache um Gottes Willen keine Tagebuchaufzeichnungen, da liefere man sich nun sehenden Auges der überall schnüffelnden „Securitate" sozusagen direkt in die Hände und brauche sich über sein weiteres Schicksal nicht zu beklagen.

Was stand also eines Tages in einem von Christian eigens dafür eröffneten Heft an (freilich völlig harmlosen) Betrachtungen zu lesen, die höchstens noch wegen ihrer ostentativen Flucht aus der Wirklichkeit einem wachsamen Literaturbeobachter hätten unangenehm auffallen können: „Manchmal, beim Gehen auf der Straße, erfaßt mich plötzlich ein merkwürdiges Durchwolktsein, ein Taumeln geht durch den Körper, eine nur Augenblicke während Flüchtigkeit, die mir erst bewußt wird, wenn sie fast schon vorbei ist: Ein Ruck, der Fallschirm hat sich geöffnet, ich bin angeschnallt und falle langsam weiter durchs Leben. Vielleicht gelingt es mir, ein wenig Wachsein in diesen Zustand zu bringen, den ich noch beim Lesen ähnlich fühle, wenn ich mich ganz versenke, gleich unter das erste Wort hinuntergehe und erst hinter dem letzten wieder emportauche, nach schöner Wanderung durch Letterndunkelheiten mit wenig Durchblicken, wie unter Erdschollen. Außerdem bei einigen Musiken, bei Haydn die Euphorie ohne Süße, beim späten Schumann das einfache Spiel. Oder auch bei einigen Bildern: bei Utrillo diese Wolkennachmittage mit den traurigen Sonnen, Schönheiten vor dem Schlafengehen, vor abendlichen Festen; bei Yves Tanguy das freundliche und ferne aquatische Eden."

Was soll man dazu nun sagen? ‚Es ist gut so, mach nur weiter!' oder ‚Paß auf, Feind liest mit!' Oder läßt man sich von Adelfini beruhigen, der meint: „Mensch, das ist was, das bist du, wie du leibst und lebst."

„Und glaubst du, daß jemand sich dafür interessiert, wie ich leibe und lebe?" fragte Rosenow.

„Glaube ich schon", versicherte Adelfini, „man hat Beispiele dafür, wie solche Aufzeichnungen plötzlich ein Eigenleben zu führen beginnen, wie sie sich verselbständigen, wie sie sich schließlich zum Selbstporträt auswachsen. Es gibt immer Leute, die sich in so etwas versenken, die in dem Anderen das Eigene suchen. Sieh dir doch nur Rilkes ‚Aufzeichnungen des Malte Laurids Brigge' an, da geht es rein um diese Dinge, um die Poetisierung der Welt, einer bestimmten Welt. Du hast hier genau diesen Ton getroffen, mein Lieber, ich schwör's dir, ich weiß, wovon ich rede."

„Ja doch, du redest von dir", wußte Rosenow nur zu genau.

„So ist es: von mir! Mein ‚Herr Flöte und seine Schneider' ist aus derselben Wurzel gewachsen. Das ging mir alles so mühelos von der Hand, eigentlich eher noch in die Hand, wie ein Diktat von irgendwo, wie Rilke es andeutet, wenn er von der Entstehung seiner ‚Duineser Elegien' spricht."

„Nun bleib mal auf dem Teppich mit deinem Rilke, sonst fliege ich auf dem meinen noch auf und davon oder, besser noch, nach Schloß Duino, dann wirst du erst Gesänge hören, dann wirst du hören, was und wie die Himmel singen."

Man kann sich in solche Zustände hineinsteigern, wie Adelfini und Rosenow sie hier herbeiredeten, es ist nur so, daß davon schließlich meist ein schaler Geschmack im Mund zurückbleibt wie von Zuckerwatte, wenn der Rocken zu Ende geleckt ist.

XXVII
Antiquarische Pirschgänge/Noch ein Vetter dritten Grades

Der Büchernarrheit, wir erwähnten es, war Christian Rosenow früh verfallen, eigentlich schon bald nachdem er in der Hauptstadt Fuß gefaßt hatte. Sie sollte zugleich die kostspieligste Leidenschaft werden, die ihn jemals befiel. Seine antiquarischen Gänge erstreckten sich auf die drei, vier Läden im Stadtzentrum, die auch deutschsprachige Bücher führten, die hatte er sehr bald ausgespäht und beehrte sie regelmäßig zweimal die Woche mit seinem Besuch, das heißt an den Tagen, an denen sie mit neuer Ware beliefert wurden. Die Folge davon war, daß sich auf einem improvisierten Wandregal in der Dachbude, die er sich mit Heinrich Lenz teilte, bald eine nicht unansehnliche Bibliothek der Weltliteratur zusammenfand. Die antiquarischen Interessen waren aber auch das, was ihn von seinen Studienfreunden Lenz und Adelfini deutlich unterschied. Sie überließen ihm gerne dieses Feld, zumal von der reichen Beute, die Rosenow nach Hause brachte, regelmäßig auch für sie etwas abfiel.

Im antiquarischen Revier stößt man sehr bald auf Gleichgesinnte, wie wir sie nun einmal sehr allgemein nennen wollen. Bei nicht wenigen unter ihnen handelt es sich indes auch um Konkurrenten, um Rivalen aus den unterschiedlichsten Antrieben, wie man hinzufügen muß, denn nicht alle, die sich auf die „Spur der Buchstaben" setzen, gehören zu den reinen Idealisten. Es gibt sie immer und überall, diese Wegelagerer-Typen, die schließlich mit ihrer antiquarischen Beute zu Hause einen privaten Nebenhandel aufmachen, ja, die damit sogar ihren Lebensunterhalt bestreiten. Gottlob sind aber die Bücherjäger in ihrer Mehrheit von Rosenows Geiste oder auch, in heilsam-befruchtender Reziprozität, er von ihrem Geiste einer.

Im „bouquinistischen Bereich" kam Rosenow also hauptsächlich mit einschlägig Betroffenen zusammen, zu denen zunächst Dieter Paul Kärrner zählte, derselbe Kärrner, dem, wie man sich erinnern wird, ein Individuum namens Detlev Klestack an der Universität den Garaus zu machen versucht hatte, der aber dann, diesem zum Trotz, auf einen „Stilisten"-Sessel beim „Neuen Land" zu sitzen kam. In derselben „Stilabteilung" der Redaktion nahm dann aber sehr bald, wenn auch freilich durch andere Umstände dahin verschlagen, ein von allen Musen geküßter Büchermensch aus Instinkt und Passion seinen Platz ein, der für Christian Rosenow ewig unvergessene Leo Goldhahn, ein Czernowitzer Kind mit höchst auffälligem Bücherschicksal. Das ist hier nicht nur so hingesagt, denn *habent sua fata libelli* – auf wen hätte dieser lateinische Spruch denn mehr zugetroffen als auf ihn und sein eigenes Schicksal?

Leo Goldhahn lebte nur „in Büchern", ja, er bestand fast nur daraus und sah mit seinem haarlosen Schädel und den etwas abstehenden Ohren einem aufgeschlagenen Buch irgendwie ähnlich. Dem schönen Geschlecht war er dabei sehr zugetan und dieses auch ihm, doch nicht etwa wegen seiner Schönheit, nein, eindeutig wegen deren durchgeistigtem Gegenteil, das seine äußere Erscheinung prägte. Zu Büchern hatte er ein eher liebendes als besitzendes Verhältnis, er trennte sich gewissermaßen leicht von ihnen, ließ also an seinen Lesegenüssen gerne auch andere teilhaben. Es flogen ihm deshalb, weil Gott dem Gebenden gerne gibt, auch immer neue Bücher zu, und das schon seit seinen frühesten Tagen.

Als Christian ihn kennenlernte (das war, als Vize-Chefredakteur Ernst Stein ihn an Land zog, weil Goldhahn beim Rundfunk, wo er bis dahin tätig gewesen war, wegen seines Ausreiseantrags nicht mehr arbeiten durfte), da lagen diese „frühesten Tage" schon fünfzehn Jahre zurück. Mit diebischer Freude erzählte er, wie die Russen, als sie im Hin und Her des Krieges vorübergehend Czernowitz einnahmen, ihn als antiquarischen Bücherzensor einsetzten. Damit hatten sie einen echten Bock zum Gärtner gemacht, denn Leo Goldhahn fiel es überhaupt nicht ein, irgendetwas zu zensieren, sondern brachte möglichst alles unter die Leute, was er antiquarisch akquirierte und danach auch fleißig lektorierte, zusammen mit seiner damaligen Frau, von der er zu berichten wußte, daß sie in dem Buchladen, in dem sie beide arbeiteten, fast nie von Angesicht zu sehen war, sondern sich dem Blick der eintretenden Kunden höchstens als über ein Buch gebeugter Kopf hinter dem Tresen präsentierte. Man nahm also von Madame Goldhahn gerade nur den Haarscheitel wahr. Fragte nun jemand nach einem Titel, so erhob sich diese dauerlesende Person gar nicht erst von ihrem Schemel, ja blickte nicht einmal auf, sondern sagte aus der Tiefe ihres weltabgewandten Tuns: „Haben wir nicht!"

Als Goldhahn zur „Stilabteilung" stieß, war seine Frau längst von ihm geschieden und dazu noch ausgewandert, irgendwohin ins Gelobte Land oder über den Großen Teich, und er mithin allein und auf sich gestellt, aber doch auch immer auf den Koffern sitzend. So sah es in dem Zimmer, das er bewohnte, immer ein bißchen nach Bahnhof aus, eine Liege in einer Ecke des großen hellen Raumes und rings auf dem teppichlosen Parkettboden die Bücher in Stapeln aufgebaut.

Als Dieter Paul Kärrner einmal meinte, er müßte Stefan Georges Werke unbedingt alle haben, in der Gesamtausgabe der „Blätter für die Kunst", da wußte Goldhahn, wo die wahrscheinlich zu bekommen wären, bei Dr. Morowitz nämlich, der, wie Goldhahn, aus der Bukowina stammte und ebenfalls schon länger auf seine Ausreise wartete. Aus dem in Aussicht genommenen Kauf, bei dessen Verhandlung auch Rosenow dabei sein durfte, wurde nichts, denn Dr. Morowitz wußte sehr wohl, von welch einem Schatz er sich da trennen würde, und der Preis, den Kärrner dafür hätte zahlen sollen, überstieg seine finanziellen Möglichkeiten ganz und gar. Sei's drum, wenigstens gesehen hatte man die achtzehn Bände Stefan George dann doch, wie sie aus nachtblauem Leder mit goldenen Lettern funkelten.

Mit Leo Goldhahn als kundigem Begleiter kam man aber in Bukarests ebenso großer wie geheimnisvoller Bücherwelt auch sonst herum, wenn man sich seiner Führung anvertraute. Bei Zalujetzkis, einer verwitweten Arztgattin und ihrem Sohn, war der Ausreiseantrag günstig beschieden worden und der Einkäufer des Zentralantiquariats auch schon an Ort und Stelle gewesen, so daß Christian, von Goldhahn dort noch rasch eingeführt, einiges Bescheideneres aus der an Kostbarkeiten reichen Bibliothek des verstorbenen Dr. Zalujetzki ergattern konnte, so unter anderem René Fülöp-Millers „Macht und Geheimnis der Jesuiten", ein Kultbuch des Sohnes Dany, von dem dieser sich nun mit wehmütigem Blick zu trennen anschickte. Dabei äußerte er zu dem neuen Buch-Besitzer Christian die in dessen weiterem Leben noch lange nachwirkenden Worte: „Wissen Sie, ich verdanke diesem Buch zumindest zweierlei: einmal die Erkenntnis, daß ein Orden von strenger organisatorischer Observanz und ebenso strenger geistiger Disziplin, wie es die Jesuiten sind, eigentlich alles erreichen kann, was menschenmöglich ist, zweitens aber noch eine weitere Einsicht oder nennen wir es vielleicht auch nützliche Erfindung: die berühmte ‚reservatio mentalis', den Vorbehalt im Geiste, der die ‚läßliche Sünde', auch ein jesuitischer Einfall, akzeptabel, also irgendwie zu etwas Ehrenhaftem machen soll. Sie werden sehen, wie überaus wichtig die ‚reservatio mentalis' für das Überleben in schlimmen Zeiten ist."

„Ei ja, der Dany", so Goldhahn, als sie schon aus dem Hause waren, „der hat seine Gescheitheit von der jüdischen ‚Mamen' geerbt, weniger von dem christlichen Papa, der, ich habe ihn noch gekannt, allerdings ein hervorragender Mediziner und ein gütiger Mensch war."

Aber Schätze wie die hier sich auflösende Zalujetzkische Bibliothek gab es in der großen Stadt auch sonst noch zu betrachten oder zumindest zur Lektüre auszuleihen, wenn man mit „Leo Pfadfinder" unterwegs war, wie Christian den neuen Duz-Freund Goldhahn auch nannte. Bei Dr. Klaus Kessel, einem Arzt, der seinen Beruf an der Bukarester Hochschule für Körperkultur und Sport ausübte, als Dozent für Anatomie und Physiologie, saß man in hohen Ledersesseln vor bücherblinkenden Regalen, aber auch vor Wänden, die mit einer für Christian völlig neuen Gattung bildender Kunst geschmückt waren, mit Hinterglas-Ikonen, einem Produkt orthodox-volkstümlicher Sakralmalerei, von dem Dr. Kessel mit amüsiert-nachsichtigem Lächeln zu erzählen wußte, er würde wegen seiner Sammelwut auf dem Felde dieser „Kunstmonstrositäten" von seinen rumänischen Freunden teils ausgelacht, teils bemitleidet. Wie könne man auf nicht unschwierigen, ermüdenden Fußwanderungen durch die Dörfer um Bukarest und der weiteren Umgebung nur soviel häßliches Zeug zusammentragen, das diese Hinterglas-Ikonen nun einmal seien. Man möge schon verzeihen, kein vernünftiger, mit einem Minimum an ästhetischem Gespür ausgestatteter Mensch würde so etwas tun außer diesem evangelisch-deutschen Kunstkauz Dr. Kessel, mit dem man gerade nur noch deshalb im Gespräch bleibe, weil er der Gatte einer hochgeschätzten Künstlerin sei, der an der Bukarester Philharmonie tätigen Mezzosopranistin Martha Kessel.

Christian Rosenow lernte im Hause Dr. Kessel aber auch einen neuen Verwandten kennen, das heißt einen weiteren „Vetter dritten Grades" (den ersten hatte er, wie man weiß, in Hans Berger gefunden), als welcher sich der einen herrlichen „türkischen Kaffee" zubereitende Gastgeber bald entpuppte. Das trug sich so zu: Dr. Kessel erwähnte so nebenbei, im Hermannstädter Brukenthal-Museum hingen Gemälde eines berühmten Urahns von ihm, des siebenbürgischen Malers Karl Ziegler, auf den der Schäßburger Onkel Otto seinen Neffen Christian seinerzeit hingewiesen hatte. „Der ist", wandte dieser nun ein, „genauso auch mein Urahn, verehrter Herr Kessel, ein echter Urgroßonkel, wie ich behaupten darf."

„Soso, wie klein doch die Welt ist", bemerkte nun Dr. Kessel nachdenklich und zugleich auch, wie es Christian schien, mit sichtlicher Zufriedenheit, „wir wollen aber trotz dieser verwandtschaftlichen und miteinander konkurrierenden Verflechtungen doch sicher Freunde werden und bleiben, nicht wahr? Ich freue mich, in dir – ich darf doch ‚du' zu dir sagen? – einen Verwandten mehr zu haben, dank unserem Freund Leo Goldhahn, wie ich dankbar feststellen muß", fügte er mit ironisch-blinzelndem Brillenblick und hörbar ratschendem „r" in der Stimme hinzu. „Du mußt also fortan regelmäßig zu uns kommen, du wirst es nicht bereuen, denn bei uns gehen die interessantesten Leute ein und aus, und Bücher kannst du bei mir auch ausleihen, du siehst ja, was uns da alles aus den Regalen anschaut, da gibt es einiges, was einem die Zeit auf erlesenste Weise nicht lang werden läßt, und wenn ich ‚lang' sage, so denke ich nicht an Stunden, sondern an Jahre."

„O ja", wandte sich nun auch Leo Goldhahn an Rosenow, „dein neu entdeckter ‚Dritt-Cousin', mußt du wissen, ist ein ausgefuchster Obskurantist. Du kannst dich mit ihm über die Geheimnisse der Weltkarte des Piri Reïs unterhalten, darüber, wie dieser türkische Admiral im Jahre 1513 an Informationen über den Verlauf der Ostküste Südamerikas gelangte, dann auch über das altindianische ‚Popol Vuh', über das afrikanische Atlantis des Leo Frobenius, natürlich auch über die Alexandrinische Bibliothek, über den sibirischen Schamanismus und den Golem des Rabbi Löw von Prag, ganz zu schweigen von Karl Christoph Schmieders „Geschichte der Alchemie" oder gar der schrecklich-germanischen ‚Ura Linda Chronik' – es gibt nichts zwischen Himmel und Erde, zumal auch in der Vierten Dimension, was der Doktor Kessel, ein echter Faust unserer Tage, nicht durchaus studiert hätte mit heißem Bemühen."

„Glaub dem Mephisto Goldhahn kein Wort", erwiderte Vetter Kessel mit wohlgefällig-strengem Blick, „er übertreibt, verdreht und lügt, wenn er den Mund auftut, und spielt sich dabei auch noch als Menschenkenner auf. Vertrauen kannst du ihm ausschließlich in Büchersachen, da steckt er, wie ich bezeugen kann, wirklich drin."

So einer war der Freund Goldhahn also, und er blieb Christian ein solcher bis zu seiner bald genehmigten Ausreise in den Westen, genauer gesagt zunächst zu einem Onkel nach Wien, schließlich nach Hamburg, und blieb es darüber hinaus noch Jahre, bis eine schlimme Krankheit seinem Leben überraschend ein Ende setzte. Vorher war er aber noch einmal in Bukarest gewesen, mit einem Haufen antiquarischer Bücher im Gepäck und dem Versprechen beim Abschied: „Kinder, ich hol euch bald nach. Ich verdiene dort, wo ich jetzt lebe, mit Übersetzen eine Menge Geld und kaufe euch damit von hier heraus. So was geht, ich habe damit Erfahrung."

Mit „euch", wie noch zu sagen ist, war nicht Christian allein gemeint, sondern auch die mit ihm gerade frisch verheiratete Lotte Natalie.

XXVIII
Der Schriftstellerprozeß

Das Jahr 1959, in dem der selbsternannte Spontan-Säuberer Detlev Klestack, wie man sich erinnern wird, seinen ersten großen Coup landete, das heißt seine universitäre Hinausschmißaktion gegen Dieter Paul Kärrner über die Bühne gehen ließ, war mit diesem Akt längst nicht zu Ende, sondern hatte damit erst richtig begonnen: Seine Vorboten hatten sich, wenn auch als solche nicht sogleich erkennbar, allerdings schon ein Jahr zuvor gezeigt. Zugetragen hatte sich im weiten Wirkungskreis der allgegenwärtigen Geheimpolizei „Securitate", die nach Jahren verdächtigen Stillhaltens sich wieder bemerkbar zu machen begann, noch mancherlei, so daß sich Klestacks letztlich ins Leere gelaufene Privatteufelei im Rückblick nicht zufällig gerade zu diesem Zeitpunkt ereignet haben kann: Sie gehörte, wie sich heute sagen läßt, in den größeren Zusammenhang einer Terror-Großaktion der Behörde mit weitreichenden Folgen.

Mancher wird in diesem Punkt zu Behutsamkeit raten und vorschnelles Urteil einer Aufklärung für wenig dienlich halten, denn auch der mit Heinz Brănescu verbündete Klestack mußte schließlich kein in die Aktion Eingeweihter gewesen sein, ja hätte dies auch schlecht sein können, da die Behörde wohl keinen ins Vertrauen zog, der ihr nur in locker-freiwilliger Verbindung zu Diensten war. Indes, so wird man weiterfragen dürfen, wie kam es, daß Klestack, ausgerechnet als die Uhr der bevorstehenden Prozeßinszenierungen schon tickte, von sich aus und in gleicher Stoßrichtung tätig wurde? War es Zufall, daß er die Gelegenheit der alljährlichen Säuberungsaktionen des Jugendverbandes dazu nutzte, mit seinem langjährigen Widersacher Dieter Paul Kärrner abzurechnen? Wer hatte ihn dazu ermutigt, sich einzuschalten, wo ihm ursprünglich keine Rolle zugedacht war? War es sein ideologisch-strategischer Berater Heinz Brănescu, der ihm den Wink gab? Hic Rhodus, hic salta! Es sind dies zwar alles nur Fragen, aber man wird sie stellen müssen, wenn man in die Wirrnisse dieser Monate und Jahre Licht bringen will.

Doch über dieses ominöse Jahr, ja, auch über die folgenden zwei, 1960 und 1961, läßt sich wenig Schlüssiges und Zuverlässiges sagen, wenn man allein auf die Erinnerung angewiesen ist. Ohnehin kann man über diese Zeit höchstens in Andeutungen reden, und auch diese betreffen dann mehr das Atmosphärische als das Faktische. Es war, wie man es nennen könnte, eine vom Gerücht beherrschte, „echolose" Zeit, und der öffentliche Frieden, der sie begleitete, auf eine hinterhältige Art trügerisch. Urplötzlich verstummten Stimmen aus dem Freundes-, Bekannten- oder Kollegenkreis. Eben noch war Hans Berger, der „Dritt-Vetter" in Kronstadt, für Christian Rosenow eine Gewißheit gewesen, eben noch gab es ihn, beruhigend und Hoffnungen beflügelnd, wirklich und wahrhaftig, eben noch hatte er ohne viel Redens Christian über Nacht sozusagen zum Dichter gemacht, mit einer von dessen harmlosen Stilübungen, die von irgendwelchen „greisgewordenen" Bäumen handelte, und auf einmal war von ihm nichts mehr zu hören, war er im Kreis der Gewußtheiten und Gewißheiten ausgelöscht und verstummt.

Nein, nein, so war es aber doch nicht ganz gewesen, denn Anfang September 1958 schon war im „Neuen Land" ein Verriß des Berger-Buches „Die Abenteuer des Japps" erschienen, ein kritisches Sowohl-als-auch-Geschwafel des berüchtigten Heinz Brănescu, wie man es aus dieser Ecke kannte. Also einerseits, war darin lesen, sei der Autor des Buches zwar „außerordentlich begabt", andererseits jedoch lasse er zur Lösung des Konflikts zwischen zwei sportlich wetteifernden Schulklassen, um den es hier ging, keinen, sagen wir, verständnisvoll moderierenden Parteisekretär oder auch nur von der marxistischen Lehre inspirierten Schulleiter tätig werden, und das war ja nun doch in hohem Maße verdächtig. Als erste Konsequenz von Brănescus kritischem Beitrag wurde Berger, immerhin Preisträger des Literaturwettbewerbs des „Neuen Lands" von 1956, zum Jahresende 1958 aus der Redaktion des Kronstädter „Volksblatts" ausgeschlossen.

Um Ordnung in den Ablauf der Ereignisse zu bringen, um Klarheit darüber zu bekommen, wieso dieser Hans Berger sich Monate später mit anderen vier Schriftstellern aus vier räumlich weit auseinanderliegenden Städten und Orten zu einem Prozeß-Bündel zusammengeschnürt wiederfand, angeklagt gemeinsamer subversiver, staatsfeindlicher Aktionen, dazu, wie gesagt, reicht die Erinnerung nicht aus, dazu ist man heute, ein halbes Jahrhundert später, auf die Prozeßdokumente aus den Geheimarchiven der einst allmächtigen Behörde angewiesen, Dokumente, die erst vierzig Jahre danach mühevoll-langsam zugänglich geworden und heute in einem Buch vereinigt sind.

Wie anders ließe sich die Ungeheuerlichkeit des Geschehens darstellen als mit ihrer Hilfe? Wundern kann man sich dabei aber doch, wie sehr sich die Verfertiger dieser schriftlichen Zeugen auf die Unentdeckbarkeit ihres Tuns verlassen, in welcher Sicherheit sie sich gewiegt haben. Und all das in so kurzem zeitlichem Abstand zu den aufsehenerregenden Prozessen unmittelbar nach dem Krieg, in Nürnberg und anderswo, deren schauerliche Dokumente man den durch die ruhmreiche Rote Armee „befreiten" Menschen im Lande in Kinofilmen und Bilddokumentationen nicht oft genug zeigen konnte.

Und was hatten sie genützt, diese abschreckenden Beispiele aus der jüngsten Geschichte? Was sollten sie und wem etwas sagen? Seht, seht, wozu Menschen fähig sind, seht, seht, wie Menschen mit Menschen umgehen! Oder war es anders gemeint: Jetzt paßt mal auf, ihr noch Lebenden, das alles kann auch euch passieren, wenn ihr nicht folgsam seid, wenn ihr den Ruf der Partei nicht hören wollt.

Das abschreckende Beispiel in der Geschichte, gibt es das? Für Leute, die das historische Geschick in sich verkörpert fühlen, für Leute, die man sehr allgemein als Menschen-Vernichter im Selbstauftrag bezeichnen kann und die das Jahrhundert so auffällig zahlreich hervorgebracht hat, für solche Leute gibt es das mahnende Menetekel nicht. Nie werden sie an sich selbst irre, ob Klein- oder Groß-Menschenjäger, ob Möchte-gern-Halbgötter wie Detlev Klestack oder in Glassärgen aufbewahrte Neo-Pharaonen wie Lenin, sie stehen außerhalb der öffentlichen Moral. Doch haben sie im Grunde alle etwas von jenem deutschen Serienmörder der zwanziger Jahre, von Fritz Haarmann, der sich, mit sich selbst im reinen, in rührender Schlichtheit den „Totmacher" nannte. Fühlte sich dieses Mördergemüt am Ende als das irdische Gegenstück zum biblischen Schöpfergott, zum „Lebenmacher"? Oder gefiel er sich lediglich in der Rolle des entmythisierten Wiedergängers, der die Sonne nicht mehr zu scheuen brauchte, der sein Gelüst auch am hellichten Tag befriedigen durfte? Ach ja doch, dieser Dracula – wie fühlen sich manche Zeitgenossen so verräterisch zu ihm hingezogen! Und erschiene er ihnen in noch so veränderter Gestalt, als Dr. Frankensteins Gruselgeschöpf oder gar als transsilvanischer KZ-Apotheker, sie erkennen ihn instinktiv als ihren Blutsbruder wieder.

Ende Juli 1958 war Andreas Brückner, Hauptpreisträger in dem zwei Jahre zurückliegenden Literaturwettbewerb des „Neuen Lands", auf seiner Pfarre in Pretai, einem Dorf nahe Mediasch, verhaftet worden. Verdächtige Individuen hatten sich in seinen sonntäglichen Gottesdiensten die Wochen davor immer wieder gezeigt. Ende September desselben Jahres schlug auch dem als Schriftsteller längst etablierten, zu jener Zeit als Hochschullehrer in Klausenburg wirkenden Georg Scherf die Stunde. Für seine Festnahme wurde er übrigens von dort unter einem Vorwand nach Kronstadt gelockt. Im selben Monat war als Dritter der Kronstädter evangelische Pfarrer Harald Siegbert an der Reihe. Als nächster wurde Ende April 1959 der kurz zuvor als Feuilleton-Chef des Kronstädter „Volksblatts" gefeuerte Hans Berger verhaftet. Vorausgegangen war seiner Festnahme eine wochenlange Observierung: Es mußte eine gewisse Zeit verstreichen von der Entlassung Bergers als Redakteur einer Parteizeitung, wie das „Volksblatt" eine war, bis zum geplanten Zugriff der politischen Polizei. Im Mai desselben Jahres klopften schließlich ein paar Herren von der Behörde auch an Wolf von Aigens Hermannstädter Wohnungstür und forderten ihn mit grinsender Höflichkeit auf, ihnen unter Mitnahme von ein paar Toilettensachen zu dem draußen wartenden Wagen zu folgen.

Nahezu ein Jahr hatte also die Sammelaktion für jene groteske Inszenierung gedauert, die als „Schriftstellerprozeß" in die kommunistische Justizgeschichte Rumäniens einging, und derjenige, der der Behörde half, all die erwähnten Namen unter einen Hut zu bringen, war kein anderer als der Klausenburger Hydrologie-Student, Literaturzirkel-Gründer und politisch-wichtigtuerische Wirrkopf Egilbert Ferkelius, den Christian Rosenow von einer denkwürdigen Begegnung im Floreasca-Strandbad im Sommer 1956 her kannte. Er war es schließlich, der durch seinen exaltierten politischen Aktivismus und selbstdarstellerischen Geltungsdrang, gepaart mit der Oberschlauheit eines Gemütsdefekten, sich sclbst zu einem erpreßbaren Hauptzeugen der „Securitate" im sogenannten Schriftstellerprozeß machte und drei Dutzend Menschen, die er auf seinen vielfältigen literarischen Fahrten durchs Land kennengelernt hatte, in den Strudel seiner gefährlichen Umtriebigkeit hineinriß. Ohne seine beflissenen Dienste, die er über das Maß eigener Erpreßbarkeit hinaus der Behörde leistete, hätte es den „Schriftstellerprozeß" in der Form, in der er ablief, niemals gegeben und damit, als späte Folge, auch nicht die Charakterlumpereien von Ferkelius' Romanen, mit denen er, als der kommunistische Spuk auch in Rumänien zu Ende war, das deutsche Publikum und die deutsche Literaturkritik als „Fontane Siebenbürgens", als der ach so pittoreske evangelische „Pastor mit dem roten Schal" zu beglücken begann.

Daß es sich hier um einen Prozeß handelte, der zu einer großen, landesweiten Terroraktion der Geheimpolizei gehörte und ausschließlich dazu diente, Angst und Schrecken zu verbreiten, das sollte sich erst ein Jahrzehnt später zeigen, das heißt so um 1968, da er, von derselben Justizbehörde neu aufgerollt, als durch haltlose, lügnerische Anschuldigungen zustande gekommen hingestellt wurde – ein ungeheuerlicher Vorgang, der sich einfach nur dem Umstand verdankte, daß der neu aufgestiegene Parteidiktator Nicolae Ceauşescu sich seines Rivalen im Kampf um die Macht, des Innenministers Alexandru Drăghici, entledigen wollte, in dessen Verantwortung der „Securitate"-Terror jener Jahre gestanden hatte.

„Zeitzeugen" dieser Gerichtsinszenierung gab es in des Wortes eigentlicher Bedeutung nicht. Der Schriftstellerprozeß, ein Parallelvorgang zu einigen anderen ähnlich motivierten Aktionen der Terrorjustiz, fand unter größter Geheimhaltung statt, die fünf Akteure des „staatsfeindlichen Komplotts" wurden erst im Gerichtssaal so richtig miteinander bekannt, wußten also erst nachträglich, daß sie in ein und demselben Boot saßen. Die Anschuldigungen waren an Lächerlichkeit nicht zu überbieten, sie betrafen, wohl mit der einzigen Ausnahme von Hans Bergers 1956 herausgekommenem Buch „Fürst und Lautenschläger", noch nicht publizierte Schriften der Angeklagten oder deren private Äußerungen über die Rolle von Literatur, nur gab es bei aller Lächerlichkeit freilich nichts zu lachen, denn hier sollten Vertreter der geistigen Elite kaputtgemacht werden, sie wollte man treffen und demütigen in ihrer für das regierende Gesindel irritierenden „Ungreifbarkeit". Um eine solche handelte es sich hier und nicht entfernt um irgendwelche Verschwörungen gegen die Staatsordnung, deren man damals höchstens noch die kollektivierungsunwilligen Bauern des Landes bezichtigen konnte.

Um aber nun den Vorwurf organisierter Aufsässigkeit überhaupt erst erheben zu können, bedurfte es unbedingt eines Gedankenrechercheurs, wie er sich in Egilbert Ferkelius dar- und anbot, und als diese Quelle einmal angezapft war, gab es kein Halten mehr. Ferkelius schüttete all sein Wissen aus, gleichviel, ob er danach gefragt wurde, und schonte dabei selbst seine Allernächsten nicht: Die Allmachtgefühle, die ihm dieses Wissen gab – die Experimentierer der Behörde hatten sie sofort als solche erkannt und machten sie sich zunutze. Noch heute, da Gott ihn nach langer Irrfahrt unter den Fittichen der Kirche hat Zuflucht finden lassen, spielt er mit den Kugeln des Rechenbretts und murmelt vor sich hin: „Ich hatte die Wahl, meine hundert studentischen Literaturzirkel-Mitglieder in Klausenburg zu schonen oder meine fünf Schriftstellerfreunde. Ich tat das erstere, rettete also die hundert mit Hilfe der fünf." Mit solchen Milchmädchenrechnungen für Dumme und Naive geht er nun schon seit Jahren in deutschen Landen hausieren und erspart sich so die einem Gottesmann gut zu Gesicht stehende Bitte um Verzeihung.

Deshalb muß man es ihm wohl deutlicher zurufen: daß die Behörde, die er einst beflissen bediente, niemals seine hundert Zirkelmitglieder gebraucht hat, dafür aber ganz sicher die von ihm ans Messer gelieferten fünf Schriftstellerkollegen. Es ging ihr, wie er endlich wissen und unter seinem Leservolk verbreiten sollte, gerade nur um das Exempel, und wirken sollte dieses ohne viel Aufhebens, allein durch die bloße Andeutung, durch das Gerücht. Mit einer Winzigkeit, richtig gestreut, lassen sich die allergrößten Wirkungen erzielen. Der schlimmste Schrecken, o „Pastor mit dem roten Schal", kommt aus dem Unscheinbaren und Ungewissen. Auch Gott, der Arbeitgeber aller Theologen, zeigt sich, wie man schon länger weiß, am deutlichsten im Zwie- und Dämmerlicht.

XXIX
Die Sau mit den sieben Ferkeln/Stalins Hasengleichnis

Der „Schriftstellerprozeß" sollte eine Mahnung sein, eine Lektion für alle Nichtbeteiligten und Nichtbetroffenen, ganz wie der ein Jahr zuvor ebenfalls in Kronstadt stattgefundene „Schwarze-Kirche-Prozeß" und einige weitere, die diesem folgten. Seine menschlichen „Exempel" zeichneten sich dadurch aus, daß sie exponierter und bekannter waren, mit literarischen Werken hervorgetreten oder auch nur Gegenstand des öffentlichen Gesprächs. Was die Behörde sich als exemplarisch ausgedacht hatte, wirkte jedoch über Kronstadt weit hinaus, wirkte hinüber nach Bukarest, wirkte hinein auch in die Redaktion der deutschen Tageszeitung „Neues Land", die eindeutig ein „Kollateralopfer" zu beklagen hatte, wie man das heute nennen würde: Es hieß Hugo Hüttl und war Leiter der Kulturredaktion.

Von besten Absichten getragen und dann auch allseits mit Lob für seine Aktion bedacht, hatte Hüttl 1956 jenen Literaturwettbewerb der Zeitung geplant und ausgeführt, der Hoffnung unter der deutschen Bevölkerung wecken und so etwas wie wiederkehrende Normalität ankündigen sollte. Nur hatte dieser Wettbewerb, womit niemand rechnete und auch niemand hätte rechnen können, neben Hoffnungen ach so Verderbliches zutage gefördert. Literatur produzierende Klassen- und Regimefeinde hatte er aus ihrer bisherigen Anonymität hervortreten lassen und gleich auch noch mit Lorbeer bekränzt. Schlimmeres konnte einem Jungkommunisten wie Hüttl nicht unterlaufen.

Der Hauptpreisträger dieses Wettbewerbs, Andreas Brückner, war zwar mit seinem vielgelobten und ideologisch unbedenklichen Buch „Aurikeln" bekannt geworden, aber was hatte er bei einem Hermannstädter Treffen deutscher Literaten und Künstler in privatem Kreise nicht alles an zukunftsfrohen Ketzereien geäußert? Und natürlich hatte dieser schriftstellernde Pfarrer Brückner auch gleich noch ein paar gefährliche Manuskripte in seiner Munitionskiste, so eines mit dem Heiterkeit erregenden Titel „Die Sau mit den sieben Ferkeln", von dessen Existenz man aber erst bei Gelegenheit des „Schriftstellerprozesses" erfuhr, für welchen es der Privatrechercheur Egilbert Ferkelius pflichtschuldigst an die Behörde gemeldet hatte. Aber nicht genug mit Andreas Brückner, der beim Prozeß leugnete, mit der „Sau und ihren sieben Ferkeln" die große Sowjetunion und ihre Satelliten gemeint zu haben, nein, da war auch noch dieser Hans Berger, ein weiterer Preisträger des Literaturwettbewerbs, der wiederum sein Kuckucksei, die Erzählung „Fürst und Lautenschläger", schon zwei Jahre vor dem Prozeß in ein Verlagsnest gelegt und dem „Trüffelschwein" Egilbert Ferkelius in einem offenherzigen Augenblick zudem verraten hatte, wie das mit dem „Fürsten" und dem „Lautenschläger" zu verstehen sei. Nicht zuletzt aber hatte auch der im selben Wettbewerb mit einem Trostpreis bedachte Egilbert Ferkelius sich mit seinem Klausenburger Studenten-Literaturzirkel als ahnungsloser Wolkenreiter in die Zone gefährlicher Auffälligkeiten begeben, aus der er sich nur noch durch umfassenden Verrat an allen, die er kannte, wieder herauszukaufen vermochte.

All das sickerte nur langsam in die Redaktion des „Neuen Lands" und wurde dort auch nur hinter vorgehaltener Hand kolportiert, denn sosehr der Prozeß selbst als Mahnung an andere gedacht war, sosehr war allen Mitwissern striktes Stillschweigen über alle mit ihm zusammenhängenden Vorgänge auferlegt worden. Höchstens noch die Höhe der Strafe für die fünf Verurteilten war durchgesickert, insgesamt sollten es nahezu hundert Jahre Gefängnis und Straflager sein. Die Familien der Betroffenen wie auch die als Zeugen in den Prozeß einbezogenen Freunde hatten bei Strafe zu schweigen. Das galt übrigens auch für offizielle Prozeß-Beobachter wie zum Beispiel einen vom Gericht angeforderten Vertreter des Kronstädter „Volksblatts" (bei dem Hans Berger tätig gewesen war) oder den vom Bukarester „Neuen Land" eigens nach Kronstadt entsandten Franziskus Barsa. Von keinem der beiden war über die Beobachtungen bei der Gerichtsverhandlung jemals ein Sterbenswörtchen zu hören. Erst viele Jahre später sollte einer von ihnen gestehen, daß sie zwar beim Prozeß die ganze Zeit über nebeneinandersaßen, ja der eine, Franziskus Barsa, bei dem anderen, Alfred Radmacher, während dieser ganzen Zeit sogar auch noch logierte, daß aber selbst zwischen ihnen über das Gehörte und Gesehene nie ein Wort fiel.

Nicht zu übersehen, doch für jedermann mit dem Prozeß in Zusammenhang zu bringen war die Absetzung Hugo Hüttls als Chef der Kulturredaktion des „Neuen Lands". Sie verlief indes so geräuschlos, als wäre sie ein routinemäßiger Wechsel in der Ressortleitung, war aber dann schließlich doch von jedermann als Strafaktion zu erkennen: Hier also hatte einer das Gebot der Wachsamkeit gegenüber dem Klassenfeind mißachtet, in sträflicher Arglosigkeit „gefährliche Elemente" in das literarische Leben eindringen lassen, die, wie man nun deutlich sehen konnte, an andere, an sicherere Orte gehörten, zum Beispiel in die Zwangsarbeitslager der Dobrudscha. Und was macht man mit einem, der in einer so wichtigen Frage des ideologischen Kampfes versagt, der falsche Weichen gestellt hatte wie dieser Hugo Hüttl? Da er ansonsten ein zuverlässiger, verdienstvoller, auch scharfzüngiger Kämpfer des siegreich voranschreitenden Sozialismus war, wurde er, denn Strafe mußte ja nun sein, zum Chef eines eigens für ihn erfundenen Ressorts, der Abteilung „Ideologie und Propaganda", befördert und an seine nun verwaiste Stelle ein Redaktionskollege gesetzt, Hans Lipphardt, ein Absolvent der Bukarester Poetenschule „Mihai Eminescu". Dieser „Genosse Hans", wie Chefredakteur Anton Hofer ihn in der Schlichtheit seines nomenklatorischen Gemüts nannte, war ein ziemlich origineller Kopf, neben sonstigen Geistesgaben im Besitze eines schlitzohrigen Humors, im Unterschied zu seinem Vorgänger Hugo Hüttl dazu ein Mensch mit eindeutig belletristischen Neigungen, der sich später einmal mit den Geschichten vom Landkind Andresi Weißkircher einen Namen machte, einer Gestalt, mit der er die sozialistische Wirklichkeit ironisch-selbstironisch zu umschiffen wußte. Christian Rosenow sollte in seinem späteren Leben, in seiner nachmaligen Eigenschaft als Verlagslektor, mit ihm übrigens noch öfters befaßt sein.

Aber einstweilen, das heißt noch einige Jahre bevor er sich schriftstellerisch zu betätigen begann, machte sich Lipphardt als ein auch der Obrigkeit nicht unangenehm auffallender Eulenspiegel bemerkbar. So erinnerte er eines Tages in einer Redaktionskonferenz, die unter anderem der Wachsamkeit gegenüber dem Klassenfeind gewidmet war, an das tiefsinnige Gleichnis des großen Lehrmeisters Stalin, in dem dieser den Klassenfeind mit einem Hasen verglich, der auf einem von Wasser umfluteten Hügel steht. Je höher das Wasser steigt, das heißt je sieghafter der Sozialismus an Boden gewinnt, desto unruhiger wird der feige Hase auf dem umbrandeten Hügel und läuft verzweifelt hin und her. Dieses Beispiel aus der angewandten marxistischen Lehre hatte etwas Entwaffnendes: Einmal stammte es von einer allerhöchsten Autorität, war also schon deswegen in keiner Weise anfechtbar, zum anderen war es aber doch auch zugleich auf hinterhältige Art nachdenklich stimmend, so daß man seinen Darbringer auch bei allergrößtem Wohlwollen unter den Verdacht der Subversivität stellen mußte. Denn erregte dieser Hase in seiner schreckhaften Lächerlichkeit nicht das Mitleid des Betrachters, mußte man ihm nicht zu Hilfe eilen und sich schützend vor ihn stellen, wo doch die Übermacht des Elements ihn ohne Not bedrängte? Und waren diese eben in die Versenkung verschwundenen Schriftsteller vom Kronstädter Prozeß nicht auch bloß solch „feige Hasen" gewesen wie jener im Stalinschen Gleichnis? Hatten sie überhaupt irgendjemandem oder irgendeiner Sache Schaden zugefügt? Das mußte man sich nun ernsthaft fragen. Wenn man wiederum in die Köpfe von Lenz und Rosenow hätte hineinleuchten können, so wäre man mit ihnen sicher zu dem Schluß gelangt, das Stalinsche Gleichnis wäre nur in seiner Umkehrung richtig zu verstehen: Die kommunistischen Herrscher des Landes hätten es danach seit dem Ungarn-Aufstand selbst mit der Angst zu tun bekommen und führten nun als eingeschüchterte Langohren auf dem von den aufgebrachten Massen umbrandeten Hügel wilde Tänze auf.

An mancher marxistischen Seele in der Redaktion des „Neuen Lands" begann also der Zweifel zu nagen, jedoch nicht auch an der Seele der Sicherheitsorgane. Das Jahr 1959 war mit den hauptsächlich auf Deutsche zielenden Prozessen nicht zu Ende. Die durch sie verbreitete Furcht schwappte nach Bukarest hinüber, und ihre Wirkung zeigte sich nicht nur in der erwähnten „Strafmaßnahme" gegen den Kulturchef des „Neuen Lands", Hugo Hüttl. Es zitterten noch eine gute Weile auch andere mit, die an einer schon zwei Jahre zurückliegenden denkwürdigen Begegnung deutscher Künstler im Haus der Hermannstädter Dichterin Astrid Conradt-Wiesenmüller teilgenommen hatten. Von hier war eigentlich alles ausgegangen, wenn es auch noch einige Zeit dauern sollte, bis unter dem Brennglas der „Securitate" aus dem dort stattgefundenen harmlosen Gedankenaustausch eine staatsfeindliche Verschwörung wurde. Auffällig war indes, daß schließlich alle in Bukarest ansässigen Teilnehmer an der Begegnung bis zuletzt ungeschoren blieben. Man erklärte sich das so, daß sie von der Lebenssphäre der zu treffenden Deutschen, das heißt von den siebenbürgischen Städten Kronstadt, Hermannstadt und Klausenburg, räumlich zu weit entfernt waren, als daß man sie dort, jenseits der Karpaten, als abschreckende Beispiele hätte vorführen können.

Ging es bei all diesen Aktionen der Geheimpolizei hauptsächlich um die „Beruhigung" der deutschen und ungarischen Intelligenz nach dem niedergeschlagenen Aufstand in Budapest, um die Prävention einer vom Regime befürchteten Erhebung, so im übrigen Land, vor allem in Bukarest, darum, westliche Öffnungen und Orientierungen der rumänischen Geistigkeit im Keime zu ersticken. Virgil Nemo, Christian Rosenows und Heinrich Lenzens rumänischer Kommilitone von der Anglistik, erschien eines Tages zum gewohnten Gespräch in der großen Pause mit Zeichen sichtlicher Verstörung. „Was bei euch in Kronstadt schon länger passiert", begann er, „das ist jetzt auch hier in Bukarest angekommen. Zwei meiner rumänischen Literaten-Freunde sind gestern von der Behörde verhaftet worden. Außerdem – doch bitte kein Wort darüber, zu niemandem: Auch unser Weltliteratur-Professor Edgar Papu wurde vor einigen Tagen festgenommen."

„Die Schweine schlagen um sich", platzte es aus Christian Rosenow. Das war aber mit lächelnder Miene sozusagen „beiseite" gesprochen, um eventuelle Beobachter der Szene von Virgil Nemos besorgtem Gesicht abzulenken.

„Ja", bestätigte der mit wiedergewonnener Schärfe in der Stimme, „das ist der Denkzettel für Papus Aktivitäten in seinem Weltliteratur-Zirkel."

„Aha", bemerkte Adelfini mit dem Aufblick spontaner Erleuchtung, „das war es also, was unser Intelligenz-Huhn Serena Beer-Tomaschek meinte, als sie spitzmäulig von ‚Professor Papus neuerdings an den Tag gelegter Haltung' sprach?"

„Du sagst es, genau das war es, was sie meinte", stimmte Nemo ihm zu. „Hätte man solche Kollegen wie Madame Beer-Tomaschek nicht schon längst, man müßte sie sich schleunigst anschaffen."

XXX
Aufklärung über Franz-Joseph-Land

Dr. Israel Bill und Dr. Alexander Sutschevan kannten sich schon ewig lange und sahen sich daher regelmäßig in angeregter Freundesrunde. Beide waren sie ehemalige Czernowitzer, beide hatten sie noch zu Zeiten der k. und k. Monarchie in Wien studiert und daselbst auch ihren Doctor iuris gemacht. Freund „Alex" Sutschevan befand sich nach ministerialer Nachkriegskarriere nun schon länger im Ruhestand, Freund Israel Bill, etwas jünger, war beim „Neuen Land" noch vollberuflich als Anwalt für „äußere Angelegenheiten" in der Abteilung Briefe und Volkskorrespondenten tätig, wo, wie man sich erinnert, Christian Rosenow auf einem stillen, mit seinem Studium verträglichen Schreibtischposten saß, vom Ressortleiter Günter Schenk kurz zuvor in diesen Hafen gelotst.

Die Freundschaft der beiden Altjuristen Sutschevan und Bill sollte für Christian insoweit Bedeutung gewinnen, als er ihrer Initiative und Bemühung seine erste eigene Bukarester Wohnung zu verdanken hatte. Das kam so: Alex Sutschevan bewohnte mit seiner Frau Rella ein größeres Appartement sozusagen an Bukarests elegantester Meile, in einer Seitenstraße des Boulevards Bălcescu, genauer in der Strada Anastase Simu, just gegenüber dem gleichnamigen Museum, fünfzig Schritt vom Konzerthaus „Athenäum" entfernt, zweihundert Schritt vom einstigen königlichen Stadtschloß, jeweils hundert Schritt von den Prestigehotels „Athenée Palace" und „Ambasador", kurz also dort, wo sich die rumänische Hauptstadt am modernsten und nobelsten darstellte.

Sutschevans verfügten über das Vierzimmer-Appartement indes nicht zur Gänze, sondern hatten wegen der Nachkriegswohnungsnot einen der Räume an einen Untermieter abgeben müssen. Dieser nun, ein Mensch aus dem Veterinärswesen, kam wegen Betrügereien bei Viehtransporten eines Tages ins Kittchen und verlor so automatisch seine Wohnung. Alex Sutschevan mußte nun zu Recht befürchten, daß ihm vom Wohnungsamt ein neuer Mieter in das freigewordene Zimmer hineingesetzt würde, weshalb er sich an seinen Freund Dr. Bill wandte, in der Hoffnung, daß dieser es, mit der Zeitung im Rücken und der in Behördengängen erfahrenen Judith Grossmann an der Hand, mühelos schaffen würde, ihm einen Mieter aus dem Kollegenkreis zu besorgen. Der aufmerksame Leser hat's erraten: Kein anderer sollte das nun werden als Christian Rosenow. Und so kam es dann auch, Christian, das „Montagsglückskind", wie Onkel Hellmut ihn seinerzeit genannt hatte, erhielt im Rennen um das freigewordene Zimmer nach langem Hin und Her den Zuschlag und wurde vom Anwalt seines verknasteten Vormieters dann auch noch freundlichst gebeten, dessen Wohnungseinrichtung doch bitte weiter beherbergen zu wollen. Nichts lieber als das, wurde er von Christians Obermieter Sutschevan beschieden, der ins leergewordene Zimmer einziehende Herr Journalist sei nämlich glücklicherweise noch nicht im Besitze eines eigenen Haushalts und nehme daher das vom Herrn Viehhändler zurückgelassene Meublement gerne in vorläufigen Gebrauch.

Man kann sicher nachfühlen, wie Christian durch den Wohnungswechsel leicht in eine Art Rausch geriet, ja, wie er in den ersten Tagen beim Erwachen regelmäßig den Eindruck hatte, dieses Erwachen stünde erst noch bevor, und er habe bloß in einem Traum die Augen geöffnet. Erst wenn er, am Fenster stehend, sich den Schlaf aus den Lidern rieb und im Hof des gegenüberliegenden Simu-Museums die Riesenlinde ihr Geäst ins Blaue recken sah, fand er langsam in die Wirklichkeit zurück. O ja, so mußte Goethe sich vorgekommen sein, als er während seines Italienaufenthalts aus dem Fenster des römischen Domizils beim Malerfreund Tischbein hinausschaute in die südlich schmeichelnde Luft der Riesenstadt. Das gab es, wenn auch in zeitlich und räumlich großen Abständen, also öfter, was der italienreisende Ausreißer Goethe in kreatürlich-reiner Freude genoß und nun nicht weniger auch dieser Glückspilz Christian.

Der Willkomm in der Strada Simu bedeutete indes auch den Abschied von der mit Lenz gemeinsam bewohnten Dachbude in der Altbukarester Strada Mântuleasa, doch Lenz mochte nicht gern allein sein und ließ nach Rosenows Auszug Ricardo Adelfini bei sich einziehen, zu dessen großen Freude, wie man sagen muß, denn da konnte er das Studentenheim mit seinen zahllosen Unzuträglichkeiten getrost hinter sich lassen. Die drei Freunde logierten nun alle in der Nähe der großen zentralen Boulevards der Hauptstadt, die, von Norden und Osten kommend, sich im rechten Winkel bei der Universität trafen, und Lenz' und Rosenows Dienststelle befand sich, wie man weiß, auch nicht weit von der Universität entfernt, so daß das Dreigestirn der Freunde auch topographisch im glücklichsten Bei- und Zueinander blieb, was ihm das Gefühl gab, nicht weniger als privilegiert zu sein.

In Rosenows Leben traten aber auch noch andere Veränderungen ein, die mit seiner Unabhängigkeit, ja mit dem noch ungewohnten Auf-sich-selbst-gestellt-Sein zu tun hatten. Es war jene zugleich Mut und Angst einflößende Versuchung und Nähe des Abenteuers, das er nun allein zu bestehen hatte, ohne Lenz an seiner Seite. Er hatte nun jenes Gefühl, das ihn noch bei seinen späteren Fahrten ans Meer regelmäßig beschlich, das Gefühl eines lockenden, ihm zugleich aber auch Bangigkeit verursachenden Sogs, dem er sich schutzlos ausgesetzt sah. Um so mehr schätzte er darum die Nähe seiner fast elterlich um ihn bemühten Wohnungsnachbarn Sutschevan.

Mit ihnen erlebte er die nun schon weit zurückliegende und, wie ihn dünkte, schmerzlich vermißte Bürgerlichkeit ihres früheren Lebens noch einmal wieder. Die rundlich-weißhäutige Frau Rella, eine ehedem geschätzte Sängerin auf Czernowitzer Amateurbühnen und dazu nicht unbegabte Pianistin, wußte es den beiden Männern im gemeinsamen Appartement gemütlich zu machen. An Sonntagvormittagen saßen diese in dem großen, mit Möbeln und Teppichen aus Sutschevanschem Besitz eingerichteten Vorzimmer und tranken aus goldumrandeten Tassen ihren Mokka mit braunem Schaum beim blauen Rauch guter Zigaretten. Was hatte Alex Sutschevan dabei nicht alles zu erzählen aus Zeiten, die man in Christians Alter nur vom Hörensagen kannte. Daß er als Student in Wien sich sein Studiengeld als Parlamentsstenograph verdiente, das war eins, daß er aber aus den Sitzungen des Hohen Hauses, an denen er hörend und sehend teilnahm, etwas für sein Leben und seine Weltsicht Bedeutsames lernte, Haltung und Anstand guten Regierens in seinen Geist eingepflanzt bekam, das war das andere.

„Wissen Sie, Herr Rosenow, das waren jene Zeiten, als ein Innenminister, wegen irgendeines Vorfalls im Gendarmerieposten einer galizischen Stadt interpelliert, noch in derselben Sitzung seinen Rücktritt erklärte. Stellen Sie sich so etwas in unserer heutigen Großen Nationalversammlung vor. Da recken sich bei Abstimmungen wie auf Kommando alle Hände empor, vielleicht bei manchem Abgeordneten vor lauter Begeisterung auch noch beide Hände auf einmal, und keine Hand weiß, worüber sie abstimmt. Von Interpellationen hat man in diesem höchsten gesetzgebenden Organ nie etwas gehört, nicht einmal von Debatten über eine Gesetzesvorlage. Und diese regierenden Oberhalunken haben die Stirn, sich über die kaiserlich-königliche Monarchie Altösterreichs den Mund zu zerreißen, als wäre sie bloß eine in Goldglanz gehüllte Staatsinszenierung gewesen. Die sind so schrecklich dumm, so primitiv und so ignorant, daß sie alles, was vor ihnen war, mit ihrem eigenen jämmerlichen Tun für vergleichbar halten."

„Alex, Alex, du bist wieder beim Politisieren und redest dich um Kopf und Kragen", ließ sich Frau Rella durch die offene Tür aus dem durch eine Glaswand getrennten Nebenzimmer vernehmen.

„Beruhige dich, meine Liebe, ich erzähle Herrn Rosenow ja gerade nur ein bißchen was von Franz-Joseph-Land, das ist eine Inselgruppe im Nordpolarmeer."

„Diese Inselgruppe kenn ich gut, die liegt aber mehr bei Wien und gehört noch nicht zum Weltreich der Russen", replizierte Frau Rella.

„Ich hätte nicht gedacht, daß du das so genau weißt", ulkte Alex weiter. „Ich stelle fest, der Herr Rosenow kann bei uns noch manches lernen."

Solche Kaspereien spielten sich zwischen Sutschevans öfters ab, zu Christians heimlicher Freude.

Und Neues erfahren konnte man noch und noch bei diesen Menschen aus einer Welt, der auch seine Eltern entstammten. Glanz und Ruhm „Franz-Joseph-Lands" zeigten sich immer wieder dann, wenn Sutschevans ihre kleinen Empfänge für alte Freunde gaben. Da wurde die Falt-Glaswand zwischen dem gemeinsam genutzten Vor- und dem Wohnzimmer der Sutschevans ganz geöffnet, die Suite der Räumlichkeiten erstrahlte bei Festbeleuchtung in ihrer alten Pracht, und natürlich war Christian über die abendliche Veranstaltung schon vorher informiert und gleich auch dazugebeten worden. Zwei Bekannte Christians waren mit dabei, Dr. Bill, sein Redaktionskollege, dazu Herr Möchner von der Buchhaltung des „Neuen Lands", ein guter Tenor und Verfasser heiterer Gedichte, dann natürlich noch andere, ihm unbekannte ältere Herrschaften, von denen ihm später nur noch der Konsul Luttinger in Erinnerung blieb, wohl wegen des „Konsuls", den es damals in ausgeübter Funktion ja nicht mehr gab, sondern nur noch als verschollenen Titel.

Als Christian, vom Dienst oder von einer Vorlesung heimkommend, erstmals zu dieser Abendgesellschaft stieß, stellte Alex Sutschevan ihn den Damen und Herren zur Erheiterung des jungen Mannes nicht etwa als „Zeitungsredakteur" oder „Germanistikstudent" Rosenow vor, sondern als „Sohn des Ingenieurs Rosenow", der in russischer Deportation ums Leben gekommen war. Von diesem Tage an wußte Christian, daß man im alten wie wohl auch im neuen, nachmonarchischen Österreich, wollte man dort etwas gelten, wenn nicht Graf oder Baron, so zumindest Doktor oder Ingenieur sein mußte, sicher aber kein Journalist oder Student.

Das störte ihn alles nicht, ja er fand es sehr in Ordnung, daß diese alte Welt sich ihr Selbstbewußtsein bewahrt hatte und es noch ins Grab mit sich nahm.

XXXI
Die heilsame Perversion des Denkens

Die Welt, in die Christian mit dem Umzug in die Simu-Straße geraten war, gab ihm das Gefühl, auf wundersame Weise wieder heimgekehrt zu sein. Die Welt der Sutschevans war auch die Welt seiner Eltern und Großeltern gewesen, und nach ihren Gesetzen hatte eine ganze Provinz des heutigen Rumänien, nämlich Siebenbürgen, jahrhundertelang gelebt. Für Sutschevans war sie eine zwar untergegangene, aber in der Erinnerung nichtsdestoweniger lebendige, ja als Kontrast zur Gegenwart eine auch noch sehr virulente Welt.

Daß er sich durch ihre sozusagen vergegenwärtigende Rückeroberung in eine gefährliche Zone begeben hatte, merkte Christian aber erst spätestens bei der Jahresabschlußprüfung in „Wissenschaftlichem Sozialismus", wie das zwei Semester lang in Vorlesungen dargebotene und in Seminaren vertiefte obligatorische Lehrfach hieß. Es war die einzige Prüfung, in der Christian jemals durchgefallen war, nach immerhin fünfzehn Schul- und Studienjahren, dazu noch als einziger seines Germanistikjahrgangs. Die Situation wurde ihm, wie man sich denken kann, nicht nur höchst peinlich, sie erregte in ihm deutlich ein so noch nicht gekanntes Gefühl der Bedrohung.

Worum war es bei dieser Prüfung gegangen, worin hatte er versagt? Die selbstverständlichsten und für jedermann leicht begreifbaren Dinge der marxistischen Lehre hatte Christian, wie es schien, so ganz und gar nicht begriffen. Auf beschämende Art fremd geblieben war ihm zum Beispiel, daß die hohe Wissenschaft des Marxismus-Leninismus in ihrer Anwendung auf die Gesellschaft durch zwei sogenannte „Grundgesetze" des Sozialismus gekennzeichnet war, von denen eines sich als die „größtmögliche Befriedigung der Bedürfnisse der werktätigen Massen" artikulierte? In Christians Kopf paßte vermutlich nicht hinein, daß eine *Zielsetzung* der angewandten marxistischen Lehre, um die es bei dieser „größtmöglichen Befriedigung" schließlich ging, nun ausgerechnet ein „Gesetz", ja sogar ein „Grundgesetz" sein sollte? Und wieso gab es deren nur gerade zwei und nicht mindestens drei, wo doch die Dreizahl von Hause aus immerhin etwas Ehernes, Heiliges, ja eben „Grundgesetzliches" in sich barg? Mit einer solch zweiflerisch-subversiven Frage im Hinterkopf sollte man prüfende Dozenten der alleinseligmachenden Philosophie, wie Sandor Teleki einer war, nicht in Verlegenheit bringen, sonst war man ruckzuck durchs Examen gesaust und durfte bis zur Nachprüfung im Herbst, das heißt den lieben langen Sommer lang, in Büßerhaltung einmal die Woche in Telekis Konsultationsstunde am Philosophie-Lehrstuhl der Universität erscheinen und reuiges Interesse für den Gegenstand zeigen.

„So ist das nun einmal, wenn man die simpelsten Dinge nicht kapiert", kommentierte Ricardo Adelfini in seiner liebenswürdig-sarkastischen Art Christians „Durchfall-Ereignis". „Unser Lieblingskommilitone Johann Gomorra erfaßt mit seinem geschwinden Domestikenkopf auf Anhieb, was ein ‚Grundgesetz des Sozialismus' ist und schleimt sich damit problemlos durchs Examen, nicht aber Christian Rosenow mit seinem eindeutig falsch gepolten Denkapparat. Dabei sollte das selbst in solche Hirne wie deines zumindest durch den Hintereingang Zutritt haben. Du mußt dir nur immer sagen, daß die kleinste Mistkugel, die der Skarabäus vor sich her rollt, mit der marxistisch-sozialistischen Brille betrachtet zu einem großen Misthaufen, also, sagen wir mal, mindestens zu einem sogenannten ‚Grundgesetz' wird. Darauf kommt einer auch selbst, wenn er sich die domestikalische Denkmethode zueigen macht. Also gilt für einen wie dich: Sag auf Befragen, in unserem Falle beim Examen, immer das Gegenteil von dem, was du wirklich von einer Sache denkst. Hältst du etwas für ‚Mist', so sagst du, es ist ein ‚Goldklumpen'. Auf diese Art schlägst du dich mit Leichtigkeit durchs dichteste Gestrüpp der wissenschaftlich-sozialistischen Lehre und erwirbst dir Ruhm, Preis und Bestnoten. Überhaupt sollte man sich in unseren Tagen unbedingt die Perversion des Denkens zum Prinzip machen. Du wirst staunen, was die intellektuelle Niedertracht bei dozierenden und regierenden Zeitgenossen für eine Rolle spielt. Sie fühlen sich immer gleich verstanden, wo du meinst, du hättest sie bloß durchschaut."

Nach dieser Adelfinischen Geistesauffrischung fühlte sich Christian richtig als tumber Tor dastehen und fragte: „Konkret, mein Teurer, wie komme ich aus dem Schwitzkasten wieder heraus?"

„Da du dir nicht merken kannst, was du nicht begreifst, mußt du halt auf die oben beschriebene Art das Begreifen erst einmal lernen. Du wirst sehen, es geht. Die Memoriermethode des alles aufsaugenden Schwamms, die Gott unserem Kommilitonen Johann Gomorra eingepflanzt hat, ist Geistern wie dir nun einmal verschlossen."

Nach solch freundlicher Belehrung fühlte sich Christian wieder auf den rechten Weg gebracht. Er probte einen Sommer lang die heilsame „Perversion des Denkens" und merkte bald, wie leicht ihm dabei wurde. Dazu hatte er noch Spaß daran, das Ganze richtig als Spiel zu betreiben, ohne jede innere Anteilnahme, aus kühlster Distanz. Adelfini, das mußte man ihm lassen, hatte pädagogisches Genie. Dieses sollte sich im weiteren noch oftmals an Christian Rosenow und auch an Heinrich Lenz bewähren, meist vor Examina, vor denen Adelfini in einigen wenigen Nachhilfestunden Wunder des Verstehens und Behaltens an den beiden Journalisten vollbrachte, die wegen ihrer Doppelbeschäftigung die nötige Zeit für Stoffvertiefungen niemals hätten aufbringen können.

Etwas aber vermochte selbst Adelfinis studiose Hebammenkunst nicht zu leisten: den „Professor" Teleki, für welch-solchen sich dieser gerne hielt, im Hinblick auf Rosenows Nachprüfung günstig stimmen. Das mußte dieser ganz alleine schaffen, und er merkte mit Sorge, wie selbst nach der fünften Konsultationsstunde die hämische Säuerlichkeit aus dieser professoralen Fratze nicht weichen wollte. Hinzu kam, daß ein Studentenheim-Bewohner aus einem jüngeren Germanistik-Jahrgang sich als psychologischer Rechercheur betätigte, im Noten-Aushang in der Uni-Eingangshalle Rosenows Examensdurchfall durch ein „Ungenügend" bei dessen Namen bestätigt fand und nun überall verbreitete, dieser wünschte sich nichts sehnlicher, als die Peinlichkeit seines Versagens nicht zu den Ohren seiner Vorgesetzten bei der Zeitung dringen zu lassen. Wieso wildfremde Individuen sich plötzlich um sein universitäres Heil kümmerten, verwunderte Christian denn doch etwas, und es bereitete ihm daher auch richtig Spaß, den aus Kronstadt stammenden Befindlichkeitsschnüffler, der wegen der Länge seiner Extremitäten den Spitznamen „Tentakelmensch" trug, wissen zu lassen, daß seine „Peinlichkeitsvermutung" durch

Christians Selbstanzeige bei seinen Oberen gegenstandslos geworden sei.

„Es ist beunruhigend, wie das Intriganten- und Denunzianten-Unkraut im Revier zu wuchern beginnt", bemerkte Heinrich Lenz zu dem Vorfall. „Diesen Kretin namens ‚Tentakelmensch' muß man sich merken. So was hat's jedenfalls in all den Jahren, die ich bei der Zeitung bin, dort selbst damals nicht gegeben, als noch der ‚Genosse Weiland' als Möchte-gern-Stalin die Redaktion systematisch schikanierte. Hier vermehrt sich die Brut, die Dieter Paul Kärrners Privatteufel Detlev Klestack mit seiner Hinausschmiß-Attacke in Mode gebracht hat."

„Das ist aber eine ganz neue Art, Denunziation zu betreiben", stellte Christian Rosenow fest. „Der Klestack machte das noch im Frontalangriff am hellichten Tag vor aller Leute Augen und Ohren. Dieses Mehlgesicht aus Kronstadt hingegen streut eine bloße Vermutung als Gerücht und überläßt es dem Zufall, ob es irgendwo ankommt. Klappt es, gut, klappt es nicht, auch gut, aber in keinem der Fälle kann man ihm irgendetwas vorwerfen, er hat ja nur ein bißchen laut vor sich hin gemutmaßt, nicht mehr. Denunzieren kann man so etwas allen Ernstes nicht nennen."

„Doch, doch", so Lenz, „und wie man es kann! Merkst du nicht, wie hier das Denunzieren zu einem öffentlichen Akt wird, zu einer Art Sport? Einer denkt laut nach, die anderen hören's und sagen's weiter, es ist ja nur Spiel, nicht wahr? Und hast du nicht gesehen, bist du schon ein freiwilliger Helfer der Schnüffelbehörde. Wer den Stein ins Wasser geworfen hat, weiß nachher niemand. Was steckt hier anderes dahinter als bodenlose Perfidie!"

„Den ‚Tentakelmenschen' kenn ich aus dem Studentenheim schon etwas länger", warf Adelfini beschwichtigend ein. „Er scheint mir eher ein kindisch-unschuldiges Gemüt denn ein Intrigant und Denunziant zu sein."

„Um so schlimmer", ereiferte sich Lenz, „um so schlimmer, wenn einer heutzutage nicht weiß, was er mit Gerüchtestreuen anrichtet. Wenn ihm nach Scherzen ist, soll er's doch mit sich selbst und nicht mit anderen."

Christian lernte aus der ganzen Affäre eines: daß die Beschränkung des Umgangs auf eine Handvoll zuverlässiger Freunde noch kein sicherer Schutz ist, daß jeder Dahergelaufene, in welcher Absicht auch immer, einen mühelos an die Öffentlichkeit zerren und mit einem Schicksal spielen kann.

Aber nun die gute Nachricht: Christian Rosenow kam bei der Nachprüfung im Herbst mit einem blauen Auge davon, das heißt mit einem „Genügend". Dies verdankte sich dem Umstand, daß „Professor" Teleki, als Christian seinen Prüfungszettel gezogen hatte, überraschend aus dem Zimmer ging und seinen Assistenten weitermachen ließ.

Der Adelfinische Kommentar lautete: „Diese Zecke im Barte des Propheten Marx wollte dich nur bis ans Ende demütigen: ‚Wenn schon Gnade, dann sicher nicht durch mich. Und wenn du auch hier durchfällst, hast du es dir doppelt verdient.'"

„Und markiert ist man mit einem ‚Genügend' sowieso", ergänzte Rosenow. „Man geht ins Staatsexamen jedenfalls mit einem Brandmal."

XXXII
Liebe, in den Sand geschrieben

Christian fand es nicht der Mühe wert, in der nun folgenden Sache eine Klärung herbeizuführen. Es wäre ihm ein leichtes gewesen, es zu tun, aber auf welches Ziel hin hätte er es sollen? Lelia, seine blonde Geliebte seit jener romantischen Mondnacht im Mai vor drei Jahren, war ihm in diesem zweifach heißen Sommer abhanden gekommen. Zweifach heiß war dieser Sommer erstens, weil er ein echter Bukarester Sommer war, zweitens, weil Christian wegen der bevorstehenden Nachprüfung in „Wissenschaftlichem Sozialismus" ohnehin wie auf Kohlen saß.

Die Sommerferien verbrachte Lelia mit Mutter und Schwester in einem Kurbad im Alt-Tal, welches Tal die Kleine von der Großen Walachei trennt. Für Bukarester gehörte es sich, wegen der in der Stadt herrschenden unerträglichen Sommerhitze für ein paar Wochen kühlere, schattigere Landesgegenden aufzusuchen, und wenn sich das mit einer Trink- oder Badekur verbinden ließ wie im Kurbad Govora im Südkarpatenvorland, so war auch für das Wohl rheumageschädigter älterer Knochen gesorgt. Zu den etwas Begüterteren mußte man freilich gehören, wollte man sich den Luxus eines längeren Sommeraufenthalts an einem solchen Ort leisten. Lelias Vater, Inhaber einer Schreinerwerkstatt, gehörte immerhin dazu.

Ausgemacht war zwischen Lelia und Christian, daß sie in den zwei Ferienmonaten (die für den berufstätigen Christian freilich keine solchen waren) einander schreiben wollten, und daß letzterer, wenn möglich, das heißt mit einer Dienstreise verbunden, in dem Badeort Präsenz zeigen sollte. Das war nun alles wunderschön gedacht und mit leichtem Sinn geplant, nur vergingen die Tage so schnell und der Bahnkilometer zwischen den beiden waren so viele, daß aus Christians Badbesuch nichts wurde und aus dem einander zugesagten Briefkontakt nicht mehr als ein mit bangem Warten erfülltes Schweigen. Lelias versprochener Brief mit der Urlaubsadresse kam nicht, so daß an Christians kurzes Vorbeischauen in ihrem Ferienort schon deshalb nicht zu denken war.

Wie doch die Tage sehnsuchtssteigernd und dann auch wieder sehnsuchtsmindernd vergingen, dachte Christian in kurzen Momenten der Besinnung, während das insgeheim befürchtete Ungemach sozusagen unterirdisch heranrollte. Als dann die Katastrophe unleugbar eingetroffen war, hatte sich in Christian schon jene Dumpfheit breitgemacht, die den Betroffenen unbeschadet auch Schlimmstes überstehen läßt.

Das Wintersemester hatte schon begonnen, Christian, wir wissen es bereits, war dank glücklich bestandener Nachprüfung in „Wissenschaftlichem Sozialismus" weiter studierend dabei, aber dieses vorletzte, neunte Semester war an der Philologischen Fakultät zugleich auch dasjenige mit den wenigsten gemeinsamen Vorlesungen für alle Sprachsektionen, hauptsächlich war es dem obligatorischen pädagogischen Praktikum an Gymnasien gewidmet, dazu der Vorbereitung der Staatsarbeit für das Abschlußexamen im Juni. Man sah sich also ohnehin kaum noch mit den Kollegen von den anderen Abteilungen der Philologie, man mußte einander schon zu Hause aufsuchen, hatte man sich etwas zu sagen. Christian klopfte einmal mittags bei Lelia an, doch nur der Hausgeist öffnete und meldete, die Herrschaften seien aus dem Ferienort noch nicht zurück, sondern alle durch eine plötzliche Erkrankung von Madame dort festgehalten worden, jedoch würden sie, wie auch immer, mit Sicherheit in den nächsten Tagen zurückerwartet.

Eines Tages fand Christian beim Nachhausekommen Post von Lelia vor, abgegeben bei Sutschevans. „Ihre schöne Blonde war da und hat bei Ihnen geläutet. Da sie Sie nicht antraf, bat sie um Bleistift und Papier, sie wolle Ihnen eine Nachricht hinterlassen. Da, in dem Umschlag, ist es, das Blatt, hoffentlich mit Erfreulichem."

Das war es indes nun gerade nicht. „Warum bist Du den ganzen Sommer kein einziges Mal in Govora erschienen, warum hast Du kein einziges Mal geschrieben, nicht wenigstens auf meinen Brief geantwortet?" „Ja, warum? Weil ich von Dir keinen Brief (mit der Adresse!) bekommen habe", schrieb Christian in einer Karte, die Lelia über die damals noch funktionierende „Loco"-Post am selben Tage erhalten haben mußte.

Eine Antwort auf die Karte kam nicht. Als Christian in einer der raren letzten Vorlesungen dieses Schlußsemesters Lelia wiedersah, saß sie bald erbleichend, bald errötend in der anderen Saalhälfte zwischen Kolleginnen und blickte ab und zu herüber zu ihm, doch ohne ihn zu fixieren, eher haarscharf an ihm vorbei zum Fenster hinausschauend. In der Pause überkam sie eine plötzliche Munterkeit, die aber wohl nur das Peinliche der Situation überspielen sollte. Daran gewöhnt, Tröstungen aus der Literatur zu beziehen oder sie auch nur in Worte zu fassen, schrieb er an Lelia auf einen Bogen Papier aus dem Kollegheft nur die Worte: „Unsere Liebe, sie war in den Sand geschrieben, und ein Wind ging drüber hin." Das zu einem Umschlag gefaltete Blatt schickte er per Kollegenpost durch die Bankreihen an sie. Keine der Damen, durch deren Hände das Blatt ging (Christian beobachtete es genau), riskierte einen Blick in den verschlossenen Inhalt, nachträglich mochten sie aber schon gewußt oder wenigstens geahnt haben, was der „Laufzettel" enthielt, zumal von Lelia auf demselben Weg eine Antwort an Christian kam: „Ja, in den Sand meiner Seele ist unsere Liebe geschrieben, und kein Wind reicht da hinein."

So weit, so schön. Was Christian in den nun folgenden Wochen und Monaten von Lelias Tun und Befinden zu Ohren kam, hätte er nachher im Einzelnen niemand Bestimmtem mehr zuordnen können. Von Kollegen und Kolleginnen der Anglistik zumal kam wohl das meiste, vielleicht aber auch später von dem Freund Virgil Nemo in der Zeit, als beide nach bestandenem Staatsexamen für zwei Monate nach Karansebesch gingen, zu ihrer ersten praktischen Übung im obligatorischen Reserveoffizierslehrgang.

Es waren jedenfalls, wie man sich denken kann, keine heiteren Tage für Christian, und die „Tröstungen", die auf die Lücke in seinem Liebesleben aufmerksam gewordene Kommilitoninnen ihm nun vermehrt angedeihen ließen, stimmten ihn nur noch trauriger, zumal wenn sie mit hintersinnigen Neuigkeiten aus Lelias Sphäre begleitet waren. Da sei also, wie durchgesickert war, ein literarischer Mensch gesetzteren Alters eines Tages im Urlaubsort Govora erschienen, habe Lelias Mama jeden Tag mit einem Strauß Rosen beglückt, habe um die Hand ihrer Tochter angehalten und versichert, er gedenke seinem

Leben ein Ende zu setzen, würde sein Antrag ungünstig beschieden. Er betrachte sich, was Madame unbedingt wissen müsse, als die Echtgestalt einer literarischen Kunstfigur, des allseits bekannten Herrn Spinell aus Thomas Manns Novelle „Tristan", und nicht zufällig trage auch er den Namen eines Edelsteins. Christian konnte sich später nicht mehr genau entsinnen, ob das Mineral nun der Granat war oder der Beryll oder der Achat oder gar der Karneol, wie es nahegelegen hätte bei dem später sich herausstellenden Hang dieses Herrn zu ästhetisierender Fleischbeschau.

Lelias Mama wußte zwar mit dem Thomas Mannschen Spinell nichts anzufangen, aber von dem Autor Mann hatte sie schon irgendwann gehört, und daß nun dieser edelstein-benamte Rosenkavalier mit dem großen Schriftsteller und Literaturnobelpreisträger in einer Irgendwie-Verwandtschaft verbunden war, machte auf sie schon Eindruck. Kurz, der „Herr Edelstein" erreichte es, Lelia „heimzuführen", aber nur im konkreten Sinne des Wortes, das heißt er ergriff von ihr Besitz, indem er sie in seine Wohnung aufnahm und auf eine Eheschließung verzichtete. Dafür ließ er, wie Leute mit Einblick in diese neue Häuslichkeit zu berichten wußten, seine Erwerbung auf einem hohen Stuhle thronen und die mit gleichgesinnten Freunden abgehaltenen literarischen Séancen sozusagen von ihr präsidieren. Sie durfte, von ihrem erhöhten Sitz aus, das von den Gästen zum Vortrag Gebrachte benoten. Dann und wann jedoch, wenn ihrem Herrn und Meister danach war, beliebte er, sie auch weniger geistig vorzuführen, indem er ihr Dekolleté öffnete, ihre Brüste entblößte und ausrief: „Seht, seht, ist sie nicht die Schönste?"

Wie ging es aber nun weiter mit der zwischen Lelia und Christian einst so romantisch begonnenen Geschichte? Eines Abends, als Christian heimkam, erwartete ihn Lelia an der Hauspforte. Sie gingen hinauf in seine Wohnung, aßen und tranken noch etwas und legten sich, als wäre nichts gewesen, ins Bett zueinander. Um Mitternacht wollte Lelia dringend heim, legte beim Abschied beide Arme um ihn und sagte unter Küssen und Tränen. „Ich wollte dich noch einmal so haben wie die schönen Jahre davor, so rein und klar und betörend wie in jener Frühlingsnacht mit den Sternen über uns. Als Ikone wollte ich dich mitnehmen in mein weiteres Leben, von dem ich nicht weiß, wie es sein wird. Mach's gut, Liebster, und verzeih mir alles, verzeih mir vor allem, daß ich noch einmal zu dir gekommen bin als nicht mehr dieselbe."

Ja, als „Nicht-mehr-Dieselbe", klang es in Christian fort, nachdem sie sich getrennt hatten, und nun war auf einmal er die „Ikone" für sie und nicht mehr sie für ihn, wie er es die ganze Zeit gefühlt, es ihr aber nie gesagt hatte.

Er hatte sie noch durch die Nacht begleitet, heimwärts, wie er anfangs dachte, doch an der Grădina Icoanei, dem nun schon herbstlich gefärbten Park ihrer ersten Begegnungen, war sie plötzlich nach links abgebogen in Richtung Dacia-Boulevard. Vor der Eingangstreppe eines Hochhauses machte sie halt. Sie sagte nichts, und er fragte nichts, er wußte nun Bescheid. Es gab noch einen langen letzten Kuß, dann ging sie, ohne sich noch einmal umzudrehen, die Stufen hinauf.

Neun Monate später, es war nach dem Staatsexamen und Christian von der Militärübung in Karansebesch wieder zurück, erfuhr er, daß Lelia nach Frankreich ausgewandert war. Wieso nach Frankreich? Und mit dem „Edelstein"? Ja, auch mit dem. Ein französischer Filmregisseur hatte Lelia bei einem Rumänienbesuch kennengelernt, sich in sie verliebt und sie gebeten, seine Frau zu werden. Die Auswanderungsformalitäten wolle er selbst erledigen. Lelias Noch-Besitzer erhob darauf Protest. Er sei erst dann bereit, Lelia herzugeben, wenn der Franzose auch für ihn bei den Behörden die Ausreise erwirke. Den Gefallen müsse er ihm schon tun, wenn er Lelia haben wolle.

So flogen sie also zu dritt davon in die Urheimat der Ménage à trois.

XXXIII
Chruschtschows UNO-Schuhanschlag

Irgendwann im schönrunden Jahr 1960 bereitete uns der „Drachentöter" Nikita Chruschtschow wieder einmal große Freude. Nicht nur hatte er uns durch sein fruchtbares Wirken seit dem relativ frühen Ableben seines Ziehvaters Stalin von dessen drückendem Schatten befreit, er war auch schon längst im Begriff, dem Sozialismus die Welt in ihrer Gesamtheit zu erobern.

Zu diesem Behuf hielt er es für angebracht, den Vereinigten Staaten von Amerika einen Besuch abzustatten und den Leuten dort Bescheid zu tun, das heißt zum Beispiel in der UNO, genauer in deren 15. Vollversammlung, einmal kräftig auf den Tisch zu hauen. Das tat er, wie es sich für einen Sowjetmenschen gehört, indes nicht, wie andere Benutzer von Tischen, mit der Faust, sondern mit einem der eigens zu diesem Zweck ausgezogenen Schuhe. Ei, wie köstlich amüsierte man sich im ganzen sozialistischen Lager bei der Nachricht von dieser Großtat, wie war man richtig stolz auf diesen Führer der halben Welt, wie gern wäre man in dem erhabenen Augenblick des Zuschlagens jener selbst gewesen, so ganz ein stolzgeschwellter Bizeps im Dienste des siegreichen Weltkommunismus, so ganz einer, der die westlichen Imperialisten endlich das Fürchten lehrte.

Unbedingt ein solcher gewesen wäre auch der „Kader-Joschka". Josef Klauth lautete eigentlich der Name des blau-funkeläugigen Chefs der Personalabteilung des „Neuen Lands". Hatte der vorwärtsstürmende Sozialismus ihn vor nicht allzulanger Zeit aus seinem bescheidenen Dasein gerissen und mit einem Partei-Büchlein versehen, so die allweise Natur leider nicht auch mit den nötigen Geistesgaben. Das führte dazu, daß am Tag, als die Nachricht von Genossen Nikita Chruschtschows UNO-Schuhanschlag durch die Korridore des „Neuen Lands" eilte, Kader-Joschka auch in die Abteilung Briefe und Volkskorrespondenten hineinschaute, um von dem Ereignis Meldung zu machen, genauer um dessen Wirkung auf bourgeoise Elemente zu prüfen, wie Christian Rosenow bekanntlich eines war.

Da hatte er sich in der Tat gleich den richtigen ausgewählt, denn Rosenow legte, wie von Kader-Joschka erwartet, keineswegs Entzücken an den Tag, sondern eher so etwas wie Unmut, was er wie folgt ausdrückte: „Wenn einer auf dem Gymnasium in Kronstadt oder im Silentium des dortigen Şaguna-Internats mit dem Schuh auf die Bank geschlagen hätte, so wäre er für mindestens drei Tage von der Schule geschmissen und dazu mit einem Ungenügend in Betragen bestraft worden."

Die Reaktion des gymnasialen Klassenfeinds Rosenow gefiel dem Kader-Joschka mitnichten. Er werde, wie er blau-drohenden Blicks bemerkte, dem Genossen Weiland (dem heimlich-offenbaren Geheimdienst-Repräsentanten im „Neuen Land") umgehend Meldung erstatten über diese eindeutig feindselige Kritik an Genossen Nikita Chruschtschows UNO-Aktion.

Um spitzfindige Paraden nie verlegen, sah sich Rosenow gegenüber dem Kader-Joschka zu der Präzisierung veranlaßt, er habe niemals an Genossen Nikita Chruschtschows UNO-Aktion Kritik geübt, sondern lediglich die Folgen beschrieben, die eine ähnliche Attacke auf die Schulbänke im Kronstädter Honterus-Gymnasium gehabt hätte. Was ihn, Rosenow, anginge, so hätte er selbstverständlich ebenfalls mit dem Schuh auf die Bank gehauen, hätte man ihn nach New York zu den Vereinten Nationen entsandt. Befinde man sich nämlich in feindlicher Umgebung, wie dies bei dem Genossen Nikita Chruschtschow vor der UNO-Vollversammlung der Fall war, dann vergesse man leicht alle seine guten Manieren, sofern man solche habe.

Das leuchtete auch dem Kader-Joschka schließlich ein, obwohl er diesem hinterhältigen Rosenow nicht über den Weg traute, zumal der einem immer wieder durch nachgeschobene Nebensätze sozusagen Widerhaken unter die Haut trieb. Und man muß hier auch der Wahrheit zuliebe einräumen, daß der Kader-Joschka zu Recht solchen Argwohn hegte. Denn kaum hatte er die Tür hinter sich geschlossen, bemerkte Rosenow zu seinem Freund, Gönner und Ressortleiter Günter Schenk: „Wenn der Kader-Joschka sein Zimmer auch nur für kurze

Zeit verläßt, müßte er unbedingt ein Schild an die Tür hängen mit der Aufschrift: ‚Wegen Dummheit geschlossen'."

„Schon gut, schon gut, mein Lieber, nur sag's nicht so laut und nicht für alle Ohren", beschwichtigte ihn Schenk. „Selbst so harmlos scheinende Köter wie der Kader-Joschka können sich in gefährliche Wadenbeißer verwandeln."

Die durchdringende Intelligenz hatte aber nicht nur in Kader-Joschkas Kopf eine ständige Heimstatt gefunden, sie hatte in der Redaktion des „Neuen Lands" auch noch von anderen Hirnen Besitz ergriffen, so von demjenigen des an sich gütigen und menschenfreundlichen Chefredakteurs Anton Hofer, eines Schutzherrn von Rosenows Ressortleiter Günter Schenk und mithin auch Christian Rosenows.

Das zeigte sich im Frühjahr 1961 bei Gelegenheit eines anderen denkwürdigen und für den Triumph des Sozialismus so wichtigen Ereignisses, des Aufstiegs von Jurij Gagarin in den Weltraum am 12. April. Wie schimmerte das Blau-Auge Kader-Joschkas wieder so wäßrig, als hätte er eben gerade eine ganze Flasche „Moskowskaja Wodka" heruntergegurgelt, ja, wie kam sich bald jeder zweite Zeitgenosse vor, als hätte er just eine Schlacht gewonnen und könne sich nun auf dem Feldherrnhügel gelassen zurücklümmeln und mit dem Fernrohr die Walstatt beschauen. Karl Marx war sozusagen am Ziel seiner Menschheitsträume angekommen, und an diesem Helden Jurij Gagarin erwies sich wieder einmal unzweideutig die Überlegenheit seiner Lehre.

Das „Neue Land" werde, zusammen mit den „übrigen Zentralpressen", wie Hofer sich in seiner präzisen Art ausdrückte, diesem Eroberer des Weltraums einen würdigen Platz in der Zeitung einräumen – gäbe es denn, fragte er in die Zwölf-Uhr-Blattbesprechungsrunde, gäbe es da auch ein Bild, das dem lesenden Arbeiter vor Augen führe, wie der Sowjetheld aussehe? Ja doch, sicher gäbe es das, die sowjetische Presseagentur TASS habe es pünktlich geliefert.

Aber o weh, was sahen da Chefredakteur Hofers freundliche Äuglein? Den Helden Jurij Gagarin mit Frau und Kind sahen sie beim Frühstück im Freien sitzen, nur hatte der zwar unten eine Hose an, doch oben auf der Heldenbrust gar nichts, das heißt die bloße Haut. Solche Nacktheit, so Hofer, könne man dem lesenden Volk nicht zumuten, schon gar nicht, wenn es sich um die eines Helden handelte. Der Fritz Bachmüller, Zeichner und Retuscheur des Blattes, müsse unbedingt her und ihm etwas anziehen, also mindestens „ein Leibl", ein Unterhemd. So kam es, daß das „Neue Land" den weltweit ersten Kosmonauten anderntags in einem von Fritz Bachmüller aus Zinkweiß geschneiderten „Leibl" präsentierte, während Anton Hofers „übrige Zentralpressen" ihn mit original nackter Brust abbildeten.

Der Anton Hofersche Sieg der sozialistischen Wohlanständigkeit hatte indes nur auf dem Papier stattgefunden, nicht auch in der journalistischen Realität des „Neuen Lands". So sittsam ging es im selben Frühjahr 1961 nämlich nicht zu, als Günter Schenk, Christian Rosenows Chef und Protektor, mittels einer Intrige des Genossen Weiland unter fadenscheinigsten Begründungen seines Postens enthoben und gleich auch aus der Redaktion des „Neuen Lands" gejagt wurde. Zu sehr hatte er sich in Anton Hofers Gnadensonne gebadet und Mut zur Eigenständigkeit gezeigt, zu sehr Genossen Weilands Personalplänen im Wege gestanden. Von heut auf morgen bekam Rosenow eine weibliche Person aus Weilands Clique vor die Nase gesetzt, frisch aus der Schmiede der Parteihochschule gekommen und in Hugo Hüttls Phantasieressort „Ideologie und Propaganda" schon durch totales Schreibversagen aufgefallen. Von Stund an gab es für Rosenow an seinem Arbeitsplatz nichts zu lachen, und so hatte er es eilig, möglichst bald in andere redaktionelle Gewässer zu wechseln.

Sein „Sprachmeister" Hermann Salomon, einst vor Hitler aus Breslau nach „Casablanca"-Bukarest geflohen, stand kurz vor dem Ruhestand und hatte vor, sich „repatriieren" zu lassen, das heißt sich ins westliche Deutschland abzusetzen. In der „Stilabteilung" zeichnete sich also eine Vakanz ab, und dieses Ressort unterstand nicht dem „Genossen Weiland", sondern dem Chef vom Dienst Georg Hranolka, von dem bereits berichtet wurde, daß er, als renitenter Sozialdemokrat für Jahre in kommunistische Kerkerhaft geraten, auf Grund einer von der englischen Laborparty Chruschtschow überreichten Liste unverhofft in die Freiheit entlassen worden war.

Georg Hranolka hatte auf Rosenow schon länger ein Auge geworfen und wäre sehr froh gewesen, hätte der, zusammen mit dem schon zwei Jahre „beim Stil" sitzenden Dieter Paul Kärrner, den Laden übernommen, zumal sich noch ein zweiter Weggang ankündigte durch die bevorstehende Ausreise Leo Goldhahns, des dem Leser schon bekannten „Pfadfinders" auf Christian Rosenows antiquarischen Pirschgängen.

XXXIV
„Vater Jongleur kommt nicht zurück"

Sehr viel später, das heißt erst ganze acht Jahre danach, sollte Christian mit höchster Eindringlichkeit bewußt werden, was in dieser Zeit der Terrorprozesse, 1958, 1959, 1960, eigentlich passiert war – so taub war angesichts der Ereignisse damals das Gefühl geworden, so erschreckend groß die Ungerührtheit, mit der man die Dinge hinnahm. Man hatte sich daran gewöhnt, alles, was um einen herum geschah, als Naturereignis über sich ergehen zu lassen, wie Regen, der aus der Wolke fällt, wie die Meereswoge, die über den Sand mahlt, unbekümmert um den Schrei des Ertrinkenden. Nur eines fraß sich sehr wach ins Bewußtsein: die Erkenntnis, daß der Einschlag in nächster Nähe nicht einem selbst galt.

Jene „höchste Eindringlichkeit" war in einem Gedicht eingefangen, auf das Christian sehr viel später, im Tauwetterjahr 1968, beim Blättern in einem soeben erschienenen Band von Marin Sorescu stieß, um dessen lyrisches Werk er sich fortan übersetzerisch bemühen sollte und mit dem ihn dann auch eine langjährige enge Freundschaft verband. Dieses Gedicht hieß „Kugeln und Reifen" und begann so: „Der Zirkusjongleur ist mein Vater, / er wurde dringend in die Nacht gerufen / und ließ mich zurück / an seiner Statt." Nach einigem Zwischenhin ging es so aus: „Das Spiel ist unterhaltsam, / schon beherrsche ich leidlich / meine Welt aus Kugeln und Reifen, / doch sieh, es ist spät, / und Vater Jongleur / kommt nicht zurück."

Ein „dringend in die Nacht" Gerufener „kommt nicht zurück". So war es auch mit Nikolaus Reutter, dem Redaktionskollegen aus Christian Rosenows früher Volontariatszeit. Allerdings wußte man es erst, als alles schon endgültig war und nicht mehr zu ändern. Auf Reportagen-Dienstfahrt in die Moldau nach Jassy geschickt, irgendwann im Oktober 1960, kam Reutter dort nie an. Aber zurück in die Redaktion kam er auch nicht wieder. Dahin kam, je später es wurde, sein alter Vater, einmal, zweimal, um zu fragen, wo der Sohn geblieben sei. Dessen Ressortchef wußte keine Antwort, obwohl er Reutter doch dahin entsandt hatte. Indes ahnte er vielleicht auch nicht, daß er nicht bloß einen Routineauftrag der Chefredaktion ausgeführt hatte. Von dort aber, von dem unerklärten, aber unzweifelhaften Repräsentanten der Sicherheitsbehörde im „Neuen Land", von Erich Weiland, mußte die Anregung zu dieser Fahrt wohl gekommen sein.

Vita Zoller, die Auschwitz überlebt hatte, die darum desto mehr ein Mensch mit Herz geblieben war, mochte nicht länger zusehen, wie man Nikolaus Reutters Vater die verzweifelten Fragen nach dem Verbleib des Sohnes mit Achselzucken beantwortete. Sie verlor die Beherrschung und lief zu Vize-Chefredakteur Ernst Stein: „Es darf doch nicht wahr sein, daß wir mit anderen nun genau das machen, was man seinerzeit mit uns gemacht hat. Sagen Sie dem alten Mann doch endlich, wo sein Sohn geblieben ist." Darauf Ernst Stein: „Vita, fragen Sie nicht, was ich Ihnen nicht beantworten kann. Und fragen Sie es nirgendwo sonst ein zweites Mal, es könnte Ihnen dasselbe passieren wie Nikolaus Reutter."

Eine solche Antwort hatte Vita Zoller nicht erwartet, nicht von Ernst Stein, nicht von demselben Ernst Stein, der Jahre zuvor, unter Marschall Antonescu, als Jungkommunist selbst in Haft gewesen war, dann aber, in schon kommunistischen Zeiten, wegen angeblichen Verrats an einem einstigen Zellengenossen seine Parteimitgliedschaft zwecks weiterer Klärung jahrelang hatte ruhen lassen müssen. Kein Wunder daher, daß er Angst vor den eigenen Genossen hatte, daß er wegen eines Tintenflecks in seinem Parteibuch sich im Falle Nikolaus Reutters zu Reaktionen hinreißen ließ, die so sehr an Pontius Pilatus erinnerten.

Was man über Nikolaus Reutters Schicksal im Lauf der Zeit erfuhr, war folgendes: Natürlich kam er in Jassy, wohin man ihn auf Reportage geschickt hatte, niemals an, selbst in den Nachtzug dahin war er niemals eingestiegen. Noch vor dessen Abfahrt vom Bukarester Nordbahnhof war die Reise für ihn zu Ende. Zwei Gestalten in Zivil forderten Reutter auf, sie zum Wagen zu begleiten, der am Seiteneingang des Bahnhofs wartete. Der Zugriff auf Reutters Frau erfolgte nicht sogleich, sondern erst Tage später, so daß man sich daheim lange nicht erklären konnte, was geschehen war, und Vater Reutter seine Erkundigungsgänge unternahm.

Zum Prozeß gegen Reutters kam es im Jahr darauf, im größeren Zusammenhang des Verfahrens „Bistritzer Hochzeit", in dem beide mit anderen Beteiligten zu Haftstrafen zwischen zehn und fünfzehn Jahren verurteilt wurden. Es ging um Kontakte zu einem ehemaligen Schulfreund, der, aus Westdeutschland kommend, im Firmenauftrag Industrieanlagen in Rumänien baute. An ihn sollten die Betroffenen Staatsgeheimnisse verraten haben.

Christian Rosenow konnte sich beim besten Willen nicht vorstellen, daß der hochintelligente und daher übervorsichtige Redaktionskollege Reutter sich auch nur entfernt in landesverräterische Aktionen hatte hineinziehen lassen, zumal es für ihn, selbst als Journalisten, einen Zugang zu Staatsgeheimnissen nicht gab. Da war, wie schon im Kronstädter Schriftstellerprozeß ein Jahr zuvor, in ausgeklügelter Intrigenkunst ein Netz geknüpft worden, in das buchstäblich jeder paßte, und aus dem man, einmal hineingeraten, nur noch als „Volksfeind" oder „Staatsfeind" wieder herauskam. Darin hatte es die seit dem Ungarnaufstand zunehmend hysterisierte Sicherheitsbehörde zu höchster Perfektion gebracht: zu beweisen, was niemals war oder auch nur hätte sein können. Im nachhinein läßt sich indes vielleicht sagen, daß 1961 ein Gipfel erreicht und das Jahr der Amnestierung aller politischen Gefangenen, 1964, in fühlbare Nähe gerückt war.

Dieses Jahr 1961 aber war noch nicht zu Ende. Im Mai, kurz vor dem Abschluß-Examen des Philologie-Jahrgangs 1956, wurde Rosenows Kommilitone Georg Hoffrich zunächst mit Hausarrest belegt und schließlich in Haft genommen. Für ihn galt übrigens, was den Fall zunächst harmlos erscheinen ließ, die nach dem Ungarnaufstand eingeführte „Zugriffsregelung" für Studenten. Es war der Behörde nicht erlaubt, Hochschüler in Haft zu nehmen, ohne daß diese vorher beim Sitz des Jugendverbandes im Beisein von Vertretern dieser Organisation vernommen worden wären. Hoffrich war, als er noch im Studentenheim wohnte, zusammen mit anderen Kollegen ausgespitzelt und der „Securitate" wegen Äußerungen „nationalistischen Inhalts" gemeldet worden. Außerdem war von ihm bekannt, daß er im Kreise des schon erwähnten Oskar Melchior verkehrte, auf den die Behörde schon länger ein Auge gehabt haben muß.

Christian Rosenow hielt sich gerade im Sekretariat der Philologie auf, um sein Notenbüchlein abzuholen, als Hoffrich mit Siegermiene den Schalterraum betrat. Er kam unmittelbar von dem „Gespräch" mit Vertretern der „Securitate", das, wie vorgesehen und angekündigt, beim Sitz des Jugendverbandes in der Universität stattgefunden hatte. Hoffrich, mit Stolz in der Stimme, zu Rosenow: „Denen habe ich einmal meine Meinung gesagt. Als das nicht unfreundliche, ja lockere Gespräch zu Ende war, habe ich mir erlaubt, es zu charakterisieren: Meine Herren, Sie stellen Fragen wie schlecht ausgebildete Agenten der einstigen ‚Sigurantza'. Darauf haben die Leutchen nur gegrinst und die beiden Kollegen vom Jugendverband betreten dreingeschaut. Nun denn", sagte er abschließend, „das hätten wir also hinter uns."

Rosenow empfand nach Hoffrichs triumphierendem Bericht größte Genugtuung. So konnte also ein Mensch mit „gesunder sozialer Herkunft" es sich herausnehmen (Hoffrichs Vater war Vorsitzender einer Kollektivwirtschaft, wie Rosenow aus dem Porträt wußte, das er dem Kommilitonen seinerzeit im „Neuen Land" gewidmet hatte), mit Repräsentanten der Schnüffelbörde umzuspringen. Konnte er das wirklich, das heißt also ungestraft, oder bildete er es sich nur ein? Es hieß nun abwarten, was dieses Verhör-Gespräch für Folgen haben würde. Wenn sich die Sache damit erledigt hätte – schön wär's gewesen.

Dem war aber nicht so. Was folgte, schien zunächst auf Harmlosigkeit hinzudeuten, auf ein Katz-und-Maus-Spiel, in dem die Behörde gerade nur ein bißchen schmollte, Hoffrich mit Hausarrest belegte und ihn sich für weitere Untersuchungen zur Verfügung halten ließ. Über die jüngsten Entwicklungen informierte Hoffrichs neuer Zimmergenosse die Kollegen (die beiden wohnten seit einiger Zeit nicht mehr im Studentenheim, sondern „privat"), es war der dem Leser bereits bekannte „Tentakelmensch", Kommilitone eines jüngeren Jahrgangs und neben seinem Studium ebenfalls mit Dichten befaßt.

Zu denken aber gab dann wiederum, daß Hoffrich zur Abschlußfeier seines Germanistik-Jahrgangs nicht erschien, welche Abschlußfeier tradionell in der Dienstwohnung des meist schon in die Ferien abgereisten DDR-Gastlektors stattfand. Hoffrich habe weiter Hausarrest, wurde mitgeteilt. So schlimm hörte sich das nun auch nicht an, denn wollte die Behörde ernst machen, so fackelte sie nicht lange, sondern nahm den Betroffenen kurzerhand in Gewahrsam.

Erst der näherrückende Termin des Staatsexamens sollte die traurige Gewißheit bringen, daß Hoffrich endgültig in die Prozeßmühle der Sicherheitsorgane geraten und ihm von außen nicht mehr zu helfen war. Hauptanklagepunkt schien zu sein, daß Hoffrich nicht nur durch Äußerungen „nationalistischer Tendenz", sondern auch durch Gedichte entsprechenden Inhalts auffällig geworden war. Ein studentischer Schnüffler habe das der Behörde gemeldet, die Anzeige bezog sich jedoch auf die Zeit, da Hoffrich noch im Studentenheim wohnte. Woher hatte der Denunziant, ein mit aller Welt befreundeter Banater Serbe, wissen können, was in Hoffrichs Gedichten stand? Deutsch konnte er nachweislich nicht. Oder war die Behörde wegen anderweitig getaner Äußerungen auf Hoffrich aufmerksam geworden und suchte nun, um ihren Informanten zu schützen, in Hoffrichs handschriftlich kursierenden Poesien krampfhaft nach Belegen für die Anklage? Niemand konnte sich auf alldies einen Reim machen. Rosenow, der Hoffrichs Auftreten beim ersten Verhör aus dessen Schilderung kannte, war überzeugt, daß die „Securitate" mit den beschlagnahmten Gedichten nichts gegen ihn in der Hand hatte, sondern ihm nur übelnahm, daß er sie in dem Verhörgespräch mit „Agenten der einstigen Sigurantza" verglichen hatte.

Zu Verhören vorgeladen wurden in dem nun anrollenden Verfahren vor allem Personen, die im Hause Oskar Melchiors an literarischen Séancen teilgenommen hatten, in denen Hoffrich der gefeierte Jungpoet war, also einmal Melchior selbst, dann auch Dieter Paul Kärrner. Von ersterem war später zu hören, daß er in Hoffrichs Prozeß überhaupt nicht in Erscheinung getreten war. Dazu paßte, daß drei Jahre später, 1964, als Hoffrich durch die allgemeine Amnestie für politische Gefangene überraschend in Freiheit kam, zwar Dieter Paul Kärrner ihn an seinem neuen Wohnort in Siebenbürgen besuchte und sich wegen der seinerzeit gemachten Zeugenaussagen rechtfertigte, ein Oskar Melchior dies jedoch nicht für nötig hielt. Ein Kenner der Beziehung zwischen Melchior und Hoffrich, die wohl eine von den heikleren war, sagte dazu sibyllinisch: „Merkwürden Melchior muß so etwas nicht. Ein wahrer Dichter steht über diesen Dingen."

Auch Christian Rosenow war im Besitze einiger handschriftlicher Blätter Hoffrichscher Poesien, die der Studienkollege ihm einst bei der Abfassung seines Zeitungsporträts geschenkt hatte. Da er nicht wissen konnte, was hier letztlich gespielt wurde und was Hoffrich in den Verhören an Namen von Empfängern seiner Gedichte preisgeben würde, hielt er es für ratsam, sie zu vernichten. Ricardo Adelfini, ebenfalls im Besitze Hoffrichscher Poesie-Blätter, verfiel auf eine konservierende Form ihrer Rettung. Er vertraute sie einer Flasche an, die er gut verkorkt auf der „Zinne", Kronstadts Hausberg, neben einem Baum vergrub. Als er einige Zeit später – Hoffrich saß da schon im Gefängnis – nach der „Flaschenpost" sehen wollte, war sie dort nicht mehr zu finden.

Georg Hoffrich setzte seinem Leben 1969, als er längst wieder in Freiheit war (doch „in Freiheit" wohl nur gerade äußerlich, nicht auch mit der Seele), überraschend ein Ende. Mit ihm trug man eine Hoffnung südostdeutscher Poesie zu Grabe. Was nach ihm aus der Ecke kam, erreichte seine Höhe nicht, auch nicht seine Tiefe.

XXXV
Hermann der Cherusker, das germanische Gegenstück zum Dakerkönig Decebal

Den Sommer dieses Abschlußjahres verbrachte Christian Rosenow, wie vorgesehen, beim Militär. Die Infanterie-Kaserne im Banater Karansebesch stand zu dieser Zeit leer, die Mannschaften waren zum Ernte-Einsatz ausgerückt, in die „Großen Agrarmanöver", wie die hier, nach bestandenem Staatsexamen, nun einquartierten Bukarester Reserveoffiziersschüler übermütig höhnten. Da war also einmal die ganze Philologische Fakultät versammelt. Hinzu kam der Abschlußjahrgang des Bukarester Konservatoriums, der, um den Sommer nicht sang- und klanglos verstreichen zu lassen, mit sämtlichen transportablen Musikinstrumenten angerückt war. Es fehlten nicht die Herren Biologen der Universität, auch nicht die Abgänger des Instituts für Wirtschaftswissenschaften. Bis dahin also nichts Neues. Wen man aber hier noch kennenlernte, das waren, zur Verblüffung der Herren Philologen, die Vertreter der Slawistik, von deren Existenz man fünf Studienjahre nichts gehört hatte, war man ihnen nicht zufällig im Studentenheim begegnet. Es handelte sich hauptsächlich um Banater Serben. Christian Rosenow und Virgil Nemo wurden erst auf sie aufmerksam, als sie erfuhren, daß einer unter ihnen, ein sich bieder gebender Fleischberg namens Birta, der Denunziant Georg Hoffrichs gewesen war, der, wie man sich erinnert, im Frühsommer dieses Jahres in die Prozeßmühlen der „Securitate" geriet.

Von den Germanisten war Christian Rosenow beinahe der einzige Vertreter, „beinahe", denn da gab es ja auch noch diesen schrecklichen Johann Gomorra mit seinem germanisch geformten Schädel, an dessen Front die ewig gebleckten Zähne sehr an das Grinsen eines Skeletts in Uniform erinnerten. Lenz und Adelfini, die beiden Freunde, mußten bei diesem postuniversitären Komiß wegen Altersüberschreitung nicht dabeisein. Dafür hatte ein gnädig gestimmter Kriegsgott Christian Rosenow und den Freund Virgil Nemo von den Anglisten einander militärisch zugesellt, so daß die beiden hoffen konnten, ihre zweimonatige Kasernierung seelisch heil zu überstehen.

Ernst Jüngers Tagebuch „Gärten und Straßen" hatte Christian mit Bedacht eingesteckt, dazu Lichtenbergs Aphorismen, Herodots Historien und Mark Aurels Selbstbetrachtungen, letztere in den braun und hellblau gebundenen alten Reclam-Ausgaben, lauter Sachen also, die man sich bei dem bißchen Freizeit, die einem hier gegönnt war, klein portioniert zu Gemüte führen konnte. Natürlich mußte man solche Geistesschätze in der Tiefe des Koffers vergraben, denn allein schon die Reclam-Bände wären den Herren Korporalen, ja vielleicht sogar dem Herrn Leutnant und Zugführer in dieser Lehrveranstaltung wohl wegen der fremdartigen Frakturschrift als verdächtige Dokumente aufgefallen, ganz sicher aber Ernst Jüngers Tagebücher aus dem Frankreich-Feldzug 1940 als hochgradig wehrkraftzersetzende Schrift.

Das philologisch-biologisch-ökonomisch-musikalische Absolventen-Aufgebot aus der Hauptstadt hatte insgesamt höchstens Kompaniestärke, die Blöcke der Kaserne durchwehte der Wind der Abwesenheit ihrer eigentlichen Bewohner, das zum Drill der Bukarester Eierköpfe abkommandierte Personal beschränkte sich auf zwei Dutzend meist niederer Chargen, wenn man vom durchweg weiblichen Saisonpersonal der Kantine absah.

Die Landschaft außerhalb des Kasernenzauns schien für Kriegsspiele bestens geeignet, wie die beiden Jüngerianer Rosenow und Nemo gleich zu Beginn voreilig feststellten, als man mit den universitären Offiziersaspiranten noch schonend umging. Nach einem Gewaltmarsch in praller Mittagssonne, den der Herr Leutnant den Weicheiern aus der Hauptstadt glaubte verordnen zu müssen, sank die Sympathie der beiden Philologen für die ländliche Militäridylle auf Null. Nemo war aus dem Marschier-Abenteuer mit einer schlimm aufgeschürften Ferse hervorgegangen und beschloß darauf, den Sanitätsblock bis ans Ende der zweimonatigen Veranstaltung nicht mehr zu verlassen. Rosenow und der Biologe Florin Cucu leisteten ihm anfangs Gesellschaft, auch sie hatte die Karansebescher Sonne zumindest am Kopfe getroffen, so daß sie sich abends mit Schwindel und Fieber in die Bettenstation einweisen ließen.

Am nächsten Tag, als der durch den Sonnenstich hervorgerufene Temperaturanstieg völlig abgeklungen war, ließ sich Florin Cucu im Hinblick auf eine Aufenthaltsverlängerung Probates einfallen: Man hole also, sobald der Sanitäter den Krankensaal verlassen hat, das Thermometer unter der Achsel hervor, halte eine brennende Zigarette an das Quecksilber, und schon steigt das Fieber in schwindelnde Höhen. Das Meßinstrument zwischen Daumen und Zeigefinger der rechten Hand geklemmt, lasse man es ein paarmal auf die Handfläche der linken niederprallen, und schon sackt die hochgeschossene Quecksilbersäule auf den gewünschten Temperaturstrich ab.

Bei Christian Rosenow und Florin Cucu funktionierte diese Fieber-Erzeugungsmethode einige Tage ganz gut, dann wurden die beiden aber, als vom Sonnenstich endgültig genesen, zurück in die Freiheit des Drills entlassen. Wer allerdings in der Krankenstation blieb, war Virgil Nemo. So gründlich behandelte er seine Ferse alle Tage, daß sie zu schwären nicht aufhörte. Geholfen wurde ihm dabei, wie sich mit der Zeit herausstellte, von dem Krankenpfleger der Station, freilich nicht ganz uneigennützig, denn Virgil Nemo durfte diesem verständnisvollen Menschen als Gegenleistung täglich eine Stunde Englisch-Unterricht erteilen.

„Ihr werdet mit meinem militärischen Rat und Beistand, zumindest im bevorstehenden Dritten Weltkrieg, nicht rechnen können. Ich halte hier die Heimatfront", bemerkte Nemo süffisant.

Dazu Rosenow: „Dann werden wir diesen Weltkrieg verlieren, mein Guter, und das wäre schade bei den Perspektiven, die sich da weltweit auftun. Ich denke vor allem an eine Stoßtruppaktion in westlicher Richtung, wie unser großes Vorbild Ernst Jünger sie zu seiner Zeit unternahm. Mit unserer alsbaldigen Gefangensetzung durch den überrumpelten Feind wäre da sicher zu rechnen."

„Das könnte euch so passen", schaltete sich Florin Cucu ein, „und wir müssen inzwischen zusehen, wie ihr gar nicht mehr zurückkommt von eurer Mission. Was sagen wir da unseren Obermachern beim Morgenappell, wenn sie eure Namen rufen und fragen: ‚Wo sind die großen Krieger Nemo und Rosenow geblieben?' Was antworten wir ihnen da? ‚Wir müssen warten, bis sie sich, so oder so, zurückmelden, per Post also oder in Person. Vielleicht sind sie hinter die feindlichen Linien gesickert und haben dort die Front ins Wanken gebracht. Das alles werden wir unseren Obermachern zu bedenken geben und dem Tag eurer Rückkehr entgegenharren. Spaß beiseite, ich werde euch zu keinem Stoßtrupp-Unternehmen die Erlaubnis erteilen. Schon euer Gesichtsausdruck verrät mir, daß ihr nicht gedenkt, in euer geliebtes Vaterland zurückzukehren."

„Wo der Cucu recht hat, hat er recht", sagte Nemo, „ich selbst komme mir ja schon lange verdächtig vor, ich würde mir nicht über den Weg trauen, wenn ich du wäre und schon gar nicht, wenn ich ich wäre, da ich mich ja kenne. Ein Element wie ich, das gerade in einem Prozeß gegen einen ‚ästhetischen Verbrecher' wie Ion Nego hätte aussagen sollen, aber dann für ihn aussagte, so einer gehört selbst vor ein Militärgericht und müßte schon wegen seines subversiven Gesichtsausdrucks sofort eingelocht werden, für mindestens fünf Jahre, denke ich, denn für Gesichtsausdrücke ist das sicher angemessen. Damit wäre folgendes erreicht: So einer kommt niemals zum Militär, schon gar nicht zu einem ‚Auslandseinsatz', wie er diesem Ernst Jünger widerfuhr – ich lese gerade ‚Gärten und Straßen', sein Tagebuch vom Beginn des letzten Krieges, das der Rosenow nicht zufällig in seinem Tornister mit sich herumschleppt. Der Kriegsgott Mars, kann man diesem Buch entnehmen, ist ein Schicksalsgott, der den Krieg sozusagen als Charakterprüfung versteht und nicht fragt: cui bono?"

Virgil Nemo hatte bei dieser langen Rede hörbar Bitterkeit in der Stimme. Kurz vor diesem Militäreinsatz war er als Zeuge im Prozeß gegen den Literaturkritiker Ion Nego geladen gewesen, eine seltsame Veranstaltung, in der der Angeklagte tatsächlich als „literarischer Verbrecher" am Pranger stand und man sich deshalb auch nicht einfallen ließ, die Anklage auf „Landesverrat" lauten zu lassen. Überhaupt war es ja ein Merkmal aller politischen Terrorprozesse der letzten Jahre, daß sie vor Militärgerichten stattfanden, egal, worum es ging. Ins Zivile paßte die Mißachtung herrschender ästhetischer Gesetze überhaupt nicht, der Verstoß gegen sie war nicht mehr, nicht weniger als Krieg und gehörte daher vor eine uniformierte Instanz, so lächerlich sich diese in Kunstdingen auch gebärden mochte. Für einen wie Ion

Nego, einen Literaten durch und durch, das heißt von bis dahin unbekannter Originalität der Ansichten und Einfälle, hatte eine Justiz mit Achselstücken kein Sensorium.

Virgil Nemo, dem die verpaßte Uniform ohnehin nicht gut zu Gesicht stand, mochte diese vor allem aus den erwähnten Gründen nicht leiden. So tat er alles, um sie nicht wieder anziehen, das heißt, sie nicht gegen den im Krankenblock zu tragenden Schlafanzug tauschen zu müssen. Seine Fersenwunde pflegte er, wie gesagt, so vorbildlich, daß er nach mehrwöchiger evidenter Nichtgenesung vorzeitig nach Hause entlassen werden mußte.

Doch bis es soweit war, besuchte Rosenow den „unheilbar kranken" Patienten Nemo täglich am Ort seiner Leiden. Vor allem interessierte sich der für Neuigkeiten von der Drillfront. Er wollte genau wissen, was ihm an Erfreulichem entgangen und an Unerfreulichem erspart geblieben war. Von letzterem gab es zumindest eines, über das zu berichten Rosenow für angebracht hielt.

„Unsere serbischen Brüder machen sich unangenehm bemerkbar", begann er.

„Du meinst den Hoffrich-Denunzianten Birta?", wollte Nemo wissen.

„Nein, den nicht. Der hat sich zur Küchenaufsicht abkommandieren lassen. Dort bewacht er wohl unter anderem die Salami-Stangen, mit denen man die Offiziersschüler täglich verwöhnen würde, hätten die Dinger nicht schon vorher unter den Schürzen des diebischen Personals die Kaserne verlassen."

Nein, zu erzählen gab es anderes: Die übrigen drei serbischen Landsleute Birtas bekommen also von daheim regelmäßig Freßpakete, und abends sieht man sie nun öfters mit den zwei Korporalen von Rosenows Zug zusammensitzen und sich mit ihnen an den heimatlichen Bratwürsten erfreuen. Daran hätte sich nun keiner gestoßen, wären die Fraternisierungen zwischen den zwei Ausbildern und den serbischen Offizierseleven nicht noch ein Stück weitergegangen.

Gestern, fuhr Rosenow fort, passierte folgendes: Die Korporale haben keine Lust zum Kommandieren, sitzen im Schatten eines Haselstrauchs und beauftragen den serbischen Freßkumpan Krstić (der

Name klingt wie Schmirgelpapier), die Gruppe zu drillen. Krstić, zum Führer avanciert, läßt seine Gruppe also gleich einen Hügel hinaufrobben, hat aber das Pech, während dieser Übung neben dem linken Flügelmann Rosenow einherzuschreiten, worauf dieser ihn, gegen alle guten Sitten, ein Arschloch nennt und ihn mit der üblichen rumänischen Redewendung auch noch in den Schoß seiner Mutter retourschickt. Das jagt dem Krstić das Blut zu Kopf. Er rennt zu dem Korporal, der ihm das Kommando übertragen hat, und beklagt sich bitter über den Offizierseleven Rosenow. Der Korporal, in seiner Mittagsruhe gestört, eilt herbei, um Ordnung zu schaffen. Er läßt die Gruppe, Krstić und Rosenow Seite an Seite, zur Strafe nochmals denselben Hang aufwärtsrobben. Rosenow, vom Teufel geritten, schickt das ‚Arschloch' Krstić aus bequemer Hördistanz gleich ein zweites Mal dorthin zurück, von wo aus es das Licht der Welt erblickt hat. Das erbost den Krstić dermaßen, daß er in einem Wutanfall den Kopf dreimal gegen einen Stein prallen läßt und daraufhin bewußtlos liegenbleibt. Einen aus der Feldflasche angefeuchteten Fußlappen um die lädierte Stirn gewickelt, wird er von zwei Sanitätern auf einer Trage in die nahe Kaserne zum Krankenblock gebracht.

„So, lieber Nemo, das war alles. Der Offizierseleve Krstić kann übrigens ab sofort im Krankenzimmer nebenan besichtigt werden. Ich will von dir hören: Wie habe ich das gemacht?"

Nemo: „Du weißt gar nicht, was du für ein ganz Großer bist. Ich werde, sobald der fette Chef der Regimentsversorgung von Temesvar wieder einmal bei uns vorbeischaut, vors Karree treten und Meldung erstatten: ‚Mon général, ich möchte Sie pflichtschuldigst darüber informieren, daß in unseren Reihen eben gerade eine Heldentat vollbracht wurde. Der Reserveoffiziersschüler Rosenow von der Bukarester Philologie, an Verwegenheit nur noch mit Hermann dem Cherusker zu vergleichen, hat, ohne einen Schuß abzugeben, allein durch die Magie wohlgezielter Worte, ein feindliches Element zur Strecke gebracht und in den Staub gezwungen. So etwas ist hier noch nie vorgekommen. Ich beantrage deshalb die Verleihung einer Nahkampfmedaille an den genannten Eleven für seine beispiellose Tapferkeit vor dem Feind.'"

„Kommandeur Nemo", bemerkte Rosenow, „wie ich den General kenne, wird er fragen, wer Hermann der Cherusker ist."

„Eleve Rosenow, ich werde es ihm erklären: ‚Hermann der Cherusker, mon général, ist das germanische Gegenstück zu unserem Dakerkönig Decebal'. ‚Soso', wird er sagen, ‚das war mir nicht bekannt'."

Drauf Rosenow: „Kommandeur Nemo, unter diesen Umständen nehme ich das Tapferkeitsblech natürlich an."

Nemo: „Das erfreut mich zutiefst. Weggetreten, Eleve!"

Christian Rosenow indes blieb die Zeit in Karansebesch, alles in allem, auch als eine der schöneren Tage im Gedächtnis. Die erlittenen Unzuträglichkeiten dieser zwei Monate lösten sich danach in den Rauch heilsamer Verklärung auf. Mit Florin Cucu an der Seite nahm er, wie er sich später erinnerte, noch an einer Nachtübung teil, ungefähr dem schönsten, was einem beim Militär widerfahren kann, wenn die Luft mild ist, der Himmel bestirnt und das Gebüsch, hinter dem man auf den Feind lauert, von blätterraschelnder Schwärze.

Sie unternahmen auch Streifzüge durch Obstanlagen mit schwer behangenen Pflaumenbäumen, durch Gemüsegärten mit herrlich duftenden, goldüberpuderten Strauchtomaten, durch menschenleer-dürre Gegenden mit Ziehbrunnen, aus denen sich das kälteste Wasser schöpfen ließ. Es war, wie Christian erst sehr viel später bewußt wurde, Heinrich Lenzens Banater Landschaft, die er bisher nur aus Beschreibungen des Freundes kannte, obwohl sie hier freilich aus der flachen Heide an die Grenze zum Bergland versetzt erschien, in schon hügelige Gegenden.

Es gab aber während dieser zwei Monate Militär nicht nur Sonntage mit Ausgang, es gab auch meist noch gut eine Stunde Freizeit am Tag, in der Christians Gedanken über den Kasernenzaun hinausschweiften. Er schrieb Briefe. Noch nie war ihm bei dieser selten geübten Tätigkeit so feierlich zumute gewesen. Das hatte seinen Grund darin, daß das Ziel der Briefe eine Dame war, der Antrieb des Schreibens aber eine bis dahin nicht gekannte Sehnsucht, die ihn bedrückte und zugleich beglückte und die mit jedem Tag zuzunehmen schien. Sonderbarerweise, muß man sagen, denn so alt war die innigere Verbindung zu der Adressatin gar nicht. Das Versprechen indes, ihr zu schreiben, erwies sich als vorausgeahntes, sich nun erfüllendes Glück.

Es war alles so seltsam mit dieser neuen Liebe, die auf jene zu der blonden Lelia folgte. Seltsam vor allem deshalb, weil es diese Liebe ja längst hätte geben können. Sie kannten sich doch schon so lange, genaugenommen seit dem Tag, als Christian Rosenow in die Redaktion des „Neuen Lands" kam. Da arbeitete Lotte Natalie bereits als Redakteurin in der außenpolitischen Abteilung, war aber noch verheiratet, in einer Ehe, die ein paar Jahre zuvor aus Not, nicht aus Zuneigung geschlossen und dann auch sehr bald gelöst worden war.

Was Christian Rosenow bei den gelegentlichen Begegnungen gleich zu Beginn an ihr auffiel, war ein Phänomen femininer Ästhetik, wie man es überspitzt nennen könnte. Die pure Weiblichkeit in Gestalt und Haltung stand ihm da plötzlich gegenüber, und so bescheiden Christians Erfahrungen mit dem anderen Geschlecht waren, so genau wußte er, wie eine Frau, wie seine Frau auszusehen habe. Das hatte mit Schönheit im landläufigen Sinne, mit gefälliger Ebenmäßigkeit der Gesichtszüge, nichts zu tun. Was Christian an Frauen indes überhaupt nicht leiden konnte, das waren „Salami-Beine", wie sie in Herrenkreisen undelikat genannt wurden, das heißt also Schenkel von auffälliger Ungeformtheit.

Wegen solcher Rigorosität, ja Rücksichtslosigkeit ästhetischen Taxierens machte sich Christian selbst manchmal Vorwürfe: Wie kam einer, der doch kein Ausbund von Männlichkeit war, kein Athlet und kein Adonis, wie kam ein solcher dazu, an das andere Geschlecht so hohe Ansprüche zu stellen, wo nahm er soviel kritische Maßlosigkeit her? Durfte man eine Schreiterin auf „Salami-Beinen" für ihr Gehwerkzeug verantwortlich machen? War sie bei dessen Zustandekommen mitgestaltend dabeigewesen? Jedoch, so Christian, auch er könne doch nichts für seine Aversion gegen einen anatomischen Makel, auch ihm sei die schließlich angeboren.

Kurz, die Wohlgestalt von Lotte Natalies Beinen offenbarte sich Christian eigentlich mehr zufällig, als er einmal hinter ihr die Treppe zur Redaktion hinaufging. Aber das hatte noch lange keine Annäherung zwischen den beiden zur Folge gehabt, sondern wurde nur irgendwo im Gedächtnis wertfrei registriert.

Keine Erinnerung aber hatte Christian später an eine angeblich verabredete Begegnung mit der Dame, als diese sich in Kronstadt Prüfungen für das nachzuholende Abitur unterzog und er gerade seinen Sommerurlaub im nahen Burgstedt verbrachte. Da sollte also Christian, wie Lotte Natalie sich genau erinnerte, versprochen haben, sie bei ihrer Zimmerwirtin in Kronstadt zu besuchen, nur erschienen sei er dort niemals. Kein Wunder, wo ein solches Besuchsversprechen überhaupt keine Spur in seinem Gedächtnis hinterlassen hatte.

Wann hatten die beiden beschlossen, während Christians Militäreinsatz miteinander zu korrespondieren? Christians Briefen, die Lotte Natalie sorgfältig aufbewahrte, war diesbezüglich nichts zu entnehmen. Zur Vereinbarung eines Briefkontakts kam es aber vermutlich bei einer der Begegnungen im Wellenbad des „Lido"-Hotels, wo Redakteure des „Neuen Lands" an Sommernachmittagen häufig anzutreffen waren. Da hatten sie einander wohl zum ersten Mal im Badedreß gesehen. Und dort und damals dürfte ihnen auch klargeworden sein, daß sie beide ungebunden und allein waren, Christian kurz vor dem Abschluß-Examen an der Universität und Lotte Natalie mittendrin im selben Studium, doch mit zwei Jahren Abstand zu Christian.

Als sie sich im September nach Christians Heimkehr vom Militär wiedersahen, war zwischen ihnen außer Briefen nichts ausgetauscht worden, nicht einmal ein Kuß. Rein nur in Worte gefaßt und in der Entfernung voneinander hatte zwischen ihnen die Liebe begonnen.

XXXVI
Bergwanderung zweisam

Anfang Oktober 1961 stand Christian Rosenow auf demselben Perron des Kronstädter Hauptbahnhofs wie sieben Jahre zuvor, nur erwartete er jetzt, anders als damals, keinen Zug von Westen her, der ihn über die Karpaten südwärts nach Bukarest bringen, sondern einen von ebendort einfahrenden Zug, mit dem das „Licht in der Ferne" seiner Karansebescher Briefe ankommen sollte. Wie sehr sich doch die Lebensdinge glichen, selbst wenn sie zeitlich voneinander entfernt waren, nur gerade ihre Vorzeichen, in unserem Fall ihre Richtungen, änderten sich.

Jahre danach hätten die beiden nicht mehr sagen können, was sie bewogen hatte, ihre erste Begegnung nach dem Karansebescher Korrespondenz-Vorspiel in Christians heimischer Bergwelt stattfinden zu lassen und nicht, was nahegelegen hätte, in seiner vor neugierigen Blicken gut abgeschirmten Bukarester Wohnung. Es war aber alles, was nach Christians Rückkehr vom Militär zwischen den beiden vorging, so sehr vom Gefühl bestimmt, daß nachträglich über die Beweggründe, selbst mit kühlem Verstand, Klarheit nicht zu gewinnen war.

Höchstens hätte man noch meinen können, Christian wollte durch seine Einladung in die Berge einer Banalisierung des Moments vorbeugen, denn in Bukarest wären Zeugen der Begegnung bloß Hochhäuser gewesen, nicht steinerne Bergriesen. Aber solch inszenatorische Hintergedanken waren Christian zu jener Zeit so fremd wie – muß man leider sagen – das Theater, das er im Gegensatz zum Film für eine Einrichtung der Verkünstelung und Affektiertheit hielt.

Sie umarmten sich nicht einmal, als Lotte Natalie mit leichtem Gepäck aus dem Zug stieg. Christian griff sich lediglich ihre Reisetasche, und sie gingen fast wie Leute, die sich, was auf dasselbe hinauslief, eben kennengelernt hatten oder auch schon längst kannten, zu dem Bahnsteig, an dem der Lokalzug nach Burgstedt für gewöhnlich wartete.

Das Städtchen war in herbstlich-goldenes Nachtmittagslicht getaucht, als sie, dort angekommen, die Kirchgasse hinaufgingen. Was sich ihren Blicken darbot, war seltsam zauberisch verfremdet, als träte es eben aus einer Idylle hervor. Entsprechend schien die Zeit darin stillzustehen, als Mutter und Schwester wie in einem Genrebild den Gast freundlich-verwundert begrüßten. Vetter Rüdiger aber, der Jüngste aus dem Haus der Krulls, in dem auch Rosenows wohnten, machte der zwar eher reisemäßig, aber für seine Begriffe doch sehr elegant gekleideten Dame aus der Hauptstadt seine jungenhaft-freundliche Aufwartung. Allgemein war in den Gesichtern ein skeptisches und zugleich wohlgefälliges Staunen zu beobachten, muß man der Wahrheit zuliebe sagen, aber es betraf dann doch jemanden, der bei Rosenows und Krulls die folgenden Jahre als neueste Verwandte ein- und ausgehen sollte.

Lotte Natalie war nur für zwei Tage gekommen und nur für ihn. Das war ihr nicht zuviel gewesen, sie fand es in Ordnung, daß sie vor einer festeren Verbindung, die sich hier möglicherweise anbahnte, Christians Verwandte kennenlernen sollte, dazu den Ort seiner Kindheit. Den kannte sie allerdings schon, wie sie gleich zu Beginn erklärte. Vor Jahren hatte sie, von einer Klassenkameradin eingeladen, zwei Wochen in Burgstedt verbracht, in Frau Wabers zu jener Zeit sehr beliebter und vielfrequentierter Ferienkolonie. Und wie ihr jetzt gerade einfalle, flocht sie irgendwann ins Gespräch, war der Geistliche, den sie damals beim sonntäglichen Kirchgang von der Kanzel hatte predigen hören, wohl Franz Lehn, Christians Großvater, gewesen. Von nun an hatten alle, trotz einiger noch verbliebener Fremdheit, das Gefühl, einander um einen entscheidenden Schritt nähergekommen zu sein.

Als Christian spät abends in seinem Zimmer allein zu Bett lag, schoß es ihm jäh durch den Kopf, Lotte Natalie könnte am Ende gar jene schöne Fremde seiner Knabenjahre gewesen sein, die, man erinnert sich, so duftig-leicht an ihm vorbeigeschritten war, als er einmal vor dem Haustor stand und auf einen Spielkameraden wartete. Durchaus hätte sie die sein können, denn sie war doch einige Jahre älter als Christian und paßte schon deshalb ziemlich genau ins Bild der „schönen Fremden" von damals.

„So schließen sich seltsam die Kreise", sinnierte Christian, immer noch der alte Eichendorff-Romantiker, bevor er, ganz von Glück erfüllt, einschlief.

Der Tag darauf, ein 9. Oktober, war in Christians Planung für den Gang in die Berge bestimmt. Der Butschetsch stand, vom Hochparterre des Hauses über Burgstedts Dächer hinweg gut einsehbar, nicht wie sonst zu so früher Stunde in Dunst gehüllt, sondern in der föhnigen Luft, in die die Landschaft heute getaucht war, ganz wie durch ein Brennglas nahegerückt, so daß Christian, wie auch sonst bei diesem Anblick, ein angenehmes Erschrecken durchfuhr. Entsprechend begleitete ihn an diesem Morgen schon vom Moment des Aufbruchs an eine leichte Bangigkeit, doch war er sehr darauf bedacht, sich das nicht anmerken zu lassen. Er würde heute, wie niemals bisher, richtiggehend ein Bergführer sein mit voller Verantwortung für das sichere Geleit eines Steppenkindes, wie die in Bessarabien geborene und dort aufgewachsene Lotte Natalie eines war. Die aber, von der Bergkulisse anscheinend überhaupt nicht beeindruckt, zeigte sich unbeschwert und ganz auf ihn vertrauend, was wiederum Christian Mut fassen, ihn sogar zum Scherzen aufgelegt sein ließ. Bei näherem Sichprüfen allerdings kam ihm das alles dann doch eher wie Pfeifen im Walde vor.

Sie hatten, südwärts wandernd, den rumänischen Ortsteil hinter sich gelassen, zuletzt, an Burgstedts äußerstem Rand auch die „Ziganie" mit den dicht am Weidenbach erbauten Hütten ohne Kamin. Von der Morgensonne aus wolkenlosem Himmel rosig angeleuchtet, stand nun der Felsenklotz des Butschetsch greifbar nahe vor ihnen, so hoch aufgetürmt nahe, daß Lotte Natalie in ergriffenem Staunen ausrief: „Da möchte man sich hinknien und nur immer hinschauen in alle Ewigkeit." Christian fühlte sich erröten und irgendwie zugleich ertappt, denn genau auf diesen Eindruck hatte er hinausgewollt, als er sie nach Burgstedt einlud. Dann mochte er aber doch nicht so feierlich vollziehen, was sie und wie sie es gerade gesagt hatte, sondern meinte nur leicht ironisch, wie einer, der hier zu Hause war: „Zum Hinknien ist es etwas staubig auf dieser Straße nach Kaltenbach, das ist eine bekannte Rast am Fahrweg ins Prahova-Tal. Ich denke, wir setzen uns vielleicht doch lieber auf den Kilometerstein dort drüben, der ist breit genug für zwei so Schlanke wie wir."

Nun saßen sie da und waren sich plötzlich so nahe. Christian legte, damit sie nicht von der glatten Kuppe des Steins abrutschte, den Arm um sie, da fanden ihre Lippen sich zu ihrem ersten Kuß zusammen. Der wollte fast nicht enden, so versunken waren die beiden ineinander wie zugleich in die Gegenwart des morgendlichen Gebirgs im Sonnenglanz, das so groß, fast schon heilig vor dieser Szene stand.

„Weißt du", begann Christian nach einer Zeit stummen Hingegebenseins, „auch mir geht es, selbst nach vielen Jahren der Gewöhnung, ähnlich wie dir: Es ist alles so unwirklich, so geträumt, so aus einer fernen Zeit in die Gegenwart geholt, was einem hier, im Anblick der Berge, widerfährt, man könnte auch meinen: ganz wie aus dem Märchen. Manche exaltierten Gemüter glauben angesichts einer solchen Landschaft zu wissen, daß diese zu ihnen nicht weniger als spreche, daß sie sich ihnen durch ihre Details kundtue, sich richtig in Sätzen und Sinnfiguren mitteile, ja, Kuchen, sie schweigt vielmehr, die Worte reden nur immer wir in sie hinein und nicht sie aus sich heraus."

„Du sagst das, als wäre, was wir hier wahrnehmen, was wir tasten und riechen, so etwas wie Gestalt gewordener Gedanke, oder gar von Gott höchstselbst geformte Kunst. Ja, Kunst ist es aber schon, wovor wir stehen", sagte Lotte Natalie, aus der kreatürlichen Versonnenheit dieser sich sanft entfaltenden Liebe herausgerissen, in der sie gerne weitergeblieben wäre, wie man aus einem Schlaf, der in-sich-geborgen schön war, nicht erwachen möchte.

„Da ist was dran", räumte Christian ein, „denn natürlich ist das Kunst, wovor wir stehen, und kann nur eine solche sein. Bis auf die Straßen, die die Landschaft durchziehen, bis auf die Stromleitung dort drüben, die sich vom Kraftwerk am Fuß des Gebirgs hierher spannt und weiter hinaus, ist alles Schöpfung, und wessen sonst als Gottes, obwohl das nun auch wieder ziemlich hinein- oder draufgedacht ist. Aber wenn man's philosophisch nimmt, sind Gott und Schöpfung schließlich eins, diese also nicht das Werk des anderen."

„Das geht mir zu weit", sagte Lotte Natalie und glitt vom Kilometerstein, „sollten wir nicht auch selbst ein bißchen göttlich sein und eins mit allem, was uns umgibt?"

„O ja, das sollten wir. Bevor wir aber weitergehen, möchte ich, daß wir uns küssen wie vorhin", sagte Christian und schloß sie in seine Arme.

Dann gingen sie aber nicht mehr die Straße nach Kaltenbach weiter, sondern bogen ostwärts zum Öden Weg ab, den die Burgstedter, zu deren weitreichender Gemarkung er gehörte, „Idwig" nennen.

Einen „Idwig" hätten ganz allein die Burgstedter, den gäbe es, auch nicht in irgendeiner Abwandlung, weit und breit kein zweites Mal, erläuterte Christian. Dort, südwärts, wo der Butschetsch so hoch und, ja, auch so schweigsam stünde, fuhr Christian fort, sei die Welt gewissermaßen zu Ende, dort hinaufzusteigen sei nicht jedermanns Sache, da poche es einem Stadtmenschen bald so laut in den Schläfen wie ein Hammerwerk, daß er nicht wisse, wie ihm geschieht. „Dort wollen wir also nicht hin, auch nicht auf die niedrigeren Stufen, den Diham oder den Hohen Rong, die dem Butschetsch nordwärts vorgelagert sind. So dachte ich mir, wenn's also nur ein Tag sein soll, den wir uns schenken, daß wir den Öden Weg als Einstieg nehmen. Hier kenne ich mich aus, hier zeigt sich Burgstedt in seiner landschaftlichen Besonderheit, hier ist sozusagen seine Geheimkammer, nicht zu hoch, gerade nur einige hundert Meter unter der Nord-Süd-Wasserscheide der Karpaten. Einst ging hier das österreichisch-ungarische Kaiser- und Königreich zu Ende, und begann, südwärts nach der Donau hin sich verlierend, die Walachei. Bis hierher durften selbst die Hohenzollern-Sigmaringer Könige Altrumäniens, von ihrem Sommersitz Sinaia aus, nicht vordringen, und jagen durften sie hier erst viel später, erst nach dem Weltkrieg 1918, als Siebenbürgen rumänisch geworden war."

„Eine echte Märchenlandschaft ist das ganze noch dazu, ich sag das nicht so obenhin, wie du gleich merken wirst", fuhr Christian fort. „Wir kommen jetzt an einen Bach, kurz vor der hohen Klamm des Öden Wegs, da haben wir als Kinder ganze Tage damit verbracht, die schönen farbigen Kiesel in seinem Bett zu bestaunen, die wir natürlich für Edelsteine hielten. Sie schimmerten gelb und grün und rot, und niemand konnte erklären, wie sie entstanden waren, die zauberischen blassen Farben, und wieso keiner diesen Schatz bisher entdeckt und an sich genommen hatte." Unter dem kristallklaren Geplätscher des Bächleins ohne Namen zog sich das Edelsteinpflaster bergaufwärts, höchstens noch wurde es nach der Quelle hin in den Farben etwas gedämpfter – doch auch die Quelle, wo lag sie versteckt und wer hatte sie je gesehen? „Das einzige, was uns Kinder an den Kieseln störte, war der leicht fischige Geruch, der von ihnen aufstieg, wenn sie später zu Hause im Einmachglas lagen."

Lotte Natalie konnte sich nun davon überzeugen, daß all das, was Christian erzählte, keine kindlichen Phantasien waren, denn der kleine Bach floß auch heute noch über seine bunten Kiesel hin, niemand schien sich, früher nicht und auch jetzt nicht, um ihn zu scheren. Und so blieb es dann auch weiterhin, als sie, von niemandes Blicken verfolgt, in die Ödweg-Klamm hineinschritten, einen an den Felswänden markierten Weg entlang, und es schummrig-dunkel wurde wie in einem himmelhohen Kirchenschiff. Da schaute Lotte Natalie, den Kopf in den Nacken geworfen, mit fast schon frommem Blick aufwärts, wo sich in hundert Metern Höhe gerade nur ein blauer Streifen Himmel zeigte.

„Hier geht abrupt, ja, richtig wie abgebrochen, kann man sagen, ein Berg zu Ende, das ist der von Kronstadt sich herziehende Schuler, und der Ödweg-Bach hat da die Grenze gegraben, die Kronstadt von Burgstedt trennt, denn alles, was jenseits der Klamm liegt, bis hinauf zu der zweitausendfünfhundert Meter hohen Omu-Spitze auf dem Butschetsch, ist von jeher Burgstedter Besitz gewesen. So großartig waren wir, und sind es vielleicht bis heute noch, so auf eigene Weise gleich im Rang mit Kronstadts alter Hochnäsigkeit."

Nun ging Lotte Natalie plötzlich ein Licht auf, warum sie seinerzeit als Schülerin gerade nach Burgstedt in die Sommerfrische gekommen war, nicht in das stolze, unnahbare Kronstadt. Und weshalb überhaupt Erholungsuchende Burgstedt vor Kronstadt den Vorzug gaben. Dieses Burgstedt und dieser Christian waren in der schönen Landschaft gewiß das Besondere, und das Schicksal hatte sicher nicht geschlafen, als es Lotte Natalie, nun ein zweites Mal, hierher kommen ließ. Da fiel ihr ein Gedicht ein, das sie in ihrer frühen Schulzeit hatte auswendig lernen müssen, es war Adolf Meschendörfers „Siebenbürgi-

sche Elegie": „Anders rauschen die Brunnen, anders rinnt hier die Zeit, / Früh faßt den staunenden Knaben Schauder der Ewigkeit. . ."
„Selbstverständlich kenne ich die", rief Christian, als Lotte Natalie die Zeilen aus ihrem, wie sich noch öfters zeigen sollte, erstaunlichen Gedächtnis zitierte, „selbstverständlich kenne ich Meschendörfers ,Elegie', wer kennt sie nicht? Was mich an ihr stört, ist allein der Titel: ,Siebenbürgisch' sollte es da nicht heißen, das ist mir zu staatstragend weit gefaßt, ,Burzenländer Elegie' würde auf dieses von Bergen umgebene Stück Land viel eher passen."

Dann hatte sich die Ödweg-Klamm bald aufgetan, die beiden wanderten nun durch eine lichte Landschaft, eine sanft ansteigend sich öffnende Bergwiese, an deren noch fernem oberen Rand der Wald begann, Föhren, Lärchen und Erlen im Gemisch. „Warum sie von den Burgstedtern ,Flachswiese' genannt wurde, weiß heute niemand mehr. Eine saftige Hutweide ist sie heute, und von dem blauen Enzian, der hier den Sommer über blüht, siehst du jetzt nur gerade noch ein paar Exemplare." Christian war wieder eifrig am Erklären, er hatte sich so, als Landschaftsenthusiasten, noch nicht gekannt, und da fiel ihm gleich noch ein, daß hier der Burgstedter „Onkel" Rick Berger vor Jahren, es war noch in den Dreißigern, also zu Königs Zeiten, den berühmten blonden Karpatenbären geschossen hatte. Es war auf einer Treibjagd, für die Onkel Rick nur ein „Rand-Los" gezogen hatte, weshalb er nun meinte, er könne, während die anderen, Jäger, Treiber und Hunde, den Bären jagten, sich ein bißchen aufs Ohr legen und seinen zwölfjährigen Sohn Hans Wache halten lassen.

Lange wachte der aber nicht, denn kaum hatte sich der Jagdlärm waldaufwärts verzogen, was lief da mit wütendem Schnauben auf den jungen Wächter zu? Ein merkwürdig hellhaariges Zottelungetüm. Der Knabe Hans schrie den Vater wach, der hatte die Flinte griffbereit und schoß. Das war's dann auch schon gewesen. Die Jagd wurde abgeblasen, es gab nur noch das allgemeine Staunen der Jagdgesellschaft über den blonden Bären, den einzigen, von dem man hierorts je gehört hatte, ein seltenes Naturspiel fürwahr, denn bis dahin war Ursus in diesen Gegenden, soweit zur Strecke gebracht, nur in braunem Pelz erschienen. Kein Wunder, wenn der damals gerade wieder regierende

König Carol II., selbst ein großer Nimrod vor dem Herrn, sein monarchisches Auge auf den Burgstedter Studienrat Berger richtete und diesen zu einer Audienz auf Schloß Pelesch in Sinaia einlud.

Christian prunkte also vor Lotte Natalie mit seinem anekdotischen Wissen und hätte wohl, um den Weg kurzweiliger zu gestalten, noch weiteres aus seinem Fundus aufgetischt, da fiel sein Blick auf ein helles Gewächs am Waldrand – eine silberstämmige hohe Birke mit goldblättrigen Hängezweigen wie Blondhaar. So etwas hatte er, obwohl sonst in heimatlichen Gefilden von Wundern zahlreich umgeben, noch nie gesehen. „Sieh mal, ein Baum von Silber und Gold", rief er, „das ist ja nun wirklich wie aus dem Bilderbuch." Dann lagen sie beide auf ihren Windjacken im bleichen Schatten der Birke, es war Mittag und die Sonne an ihrem höchsten Punkt. Und heiß wurde es ihnen nicht nur vom Geblende des Mittagslichts, sondern auch vom Ungestüm der Küsse. Ganz so war ihnen, als bissen sie beide in denselben paradiesischen Apfel, ein Gefühl so süß und feucht und unsagbar schön. Und am Himmel über ihnen kein einziges Wölkchen.

Erst gegen Abend, sie ließen sich Zeit auf der letzten Wegstrecke, dem langen Aufstieg durch den kühlen Wald, erreichten sie ihr Ziel, die Szekleralm-Hütte. Die Sonne war schon hinter den Hohenstein gesunken, der massig-bläuliche Butschetsch im Süden von ihr rot angestrahlt, mit feurigem Geflacker über der Kammlinie.

Der Hüttenwart schien allein zu sein, ohne Frau oder sonstige Hilfe, die Herberge stand leer, es war Montag, die Bukarester Wochenendgäste waren längst wieder nach Predeal abgestiegen und heimgefahren. So war er doch etwas überrascht, von der anderen, der „Abendseite" seines Berges Gäste auftauchen zu sehen. „Sie können die Hütte allein für sich haben", lächelte er, mit diesem unverhofften Ausklang des Tages zufrieden, und fragte verschwörerisch-verschmitzt: „Und was darf es sein zum Nachtessen für so hungrige Leute wie Sie?"

Christian meinte, für „so hungrige Leute" – er verstand sehr wohl, wie es gemeint war – sei Maisbrei mit Tannenrinden-Käse, Sauerrahm und Dickmilch doch vielleicht das beste.

„Jawohl, das gibt es hier bei uns immer. Sie können es sich, während ich es zubereite, in dem kleinsten Mehrbettzimmer bequem machen".

Das taten sie und schauten danach noch eine Zeitlang von der Aussichtsterrasse in die abendliche Bergwelt, während an dem plötzlich sehr rasch sich verdunkelnden Himmel die Sterne nah und groß aufleuchteten und, wie es ihnen schien, auch so traulich zu blinzeln begannen wie gute, alte Bekannte.

„Es ist die Zeit der Sternschnuppen", erklärte der Wirt, als er zum Essen rufen kam, „man darf sich was wünschen, wenn man sie über den Himmel ‚spritzen' sieht."

„Das werden wir", bestätigte Christian mit eifrigem Kopfnicken, „das werden wir, wo doch das Schicksal hier so nah über den Köpfen vorbeirauscht."

Sie lagen ihre erste Nacht beisammen in dem breiten Bett, aus dessen dunkeln Decken sich im Mondlicht ihre Körper dann und wann weißlich schimmernd lösten. Vom Tagesmarsch müde, waren sie doch hellwach und blieben es, wieder und wieder zueinander hingezogen, bis es zu tagen begann und sie schließlich erschöpft in ihre neue Seligkeit sanken. Wann sie eingeschlafen waren, wußten sie nachher nicht mehr. Als sie erwachten, beide zugleich, stand die Sonne hoch am Himmel über der Szekleralm.

Es war alles so schön wie einsam an diesem Vormittag und außerdem, stellten sie fest, wie nur für sie allein gemacht, die dunkeln Tannen, die herbstlich sich verfärbenden Erlen, die leicht dahingilbende Wiese mit draufgestreuten späten Enzianen. Hoch war es hier ja noch gar nicht, vielleicht etwas über tausend Meter, das heißt einige Baumlängen über der Wasserscheide der Karpatenflüsse, für Steppenkinder wie Lotte Natalie aber, meinte Christian, zunächst eigentlich gerade genug an Gebirge. „Irgendwann, im nächsten Jahr um diese Zeit, denke ich, würde ich mich mit dir weiter hinauftrauen, sagen wir zur Omu-Hütte im Butschetsch. Von dort sieht die Tausend-Meter-Welt hier unten wie Bilder aus dem Spielzeugland aus."

„Ja, da gehen wir hin, du großer Bergführer", neckte Lotte Natalie und zog, auf ihren Zehenspitzen, seinen Kopf zu sich herunter und seinen Mund zu ihrem.

Am Nachmittag wanderten sie den kurzen Weg hinunter zur Bahnstation Predeal. Lotte Natalie fuhr mit dem Nachmittagszug heim nach Bukarest, Christian für die restlichen Urlaubstage in die Gegenrichtung, nach Burgstedt.

Sie sahen sich, etwas blaß und mitgenommen von den paar Tagen Sehnsucht nach einander, vielleicht auch von zweifelnder Sorge um einander, in der Redaktion des „Neuen Lands" wieder. Lotte Natalie hatte wohl in der Zeit des Getrenntseins geplaudert. Vita Zoller raunte, als sie die beiden auf dem Korridor beisammen sah: „Kinder, wie freue ich mich für euch."

XXXVII
Diogenes Laërtios oder Wie man sich Feinde macht

Die Freude über Lotte Natalies und Christians gemeinsames Glück beschränkte sich nicht auf Vita Zoller. Sie war, wie sich zeigen sollte, verbreiteter, als beide hoffen durften, ja, sie schien sich sogar noch zu summieren, indem sich in der Redaktion die Geneigtheiten zu dem einen jeweils auch auf den anderen übertrugen. Dafür trat aber auch die Scheelsucht deutlicher hervor, die manche befallen zu haben schien angesichts so vieler offenbarer Sympathie für die beiden.

Genaugenommen profitierte Christian von Lotte Natalies älterer Beliebtheit unter den Kollegen. Vom Sonntagskind, das Lotte Natalie von Geburt war, fielen auf das Montagskind Christian sozusagen wärmende Strahlen, und der Romantiker Rosenow, dessen Aufmerksamkeit nichts Symbolisches entging, erkannte nachträglich in der herbstlichen Birke ihrer Bergwanderung die schöne Verbindung von Gold und Silber in ihrem Doppelglück.

Sosehr man hier von Vereinigung reden durfte, sosehr entsprachen ihr im Umkreis der beiden andererseits Trennungen, für Lotte Natalie auch innerhalb der engeren Familie. Mutter und Halbbruder waren noch nicht lange nach Leipzig übergesiedelt, zu dem Mann und dem Vater, den der Krieg dahin verschlagen hatte, so daß Lotte Natalie, mittendrin im Studium, nun schon gut ein Jahr auf sich gestellt war und daher die neue Zweisamkeit mit Christian als eine sich abzeichnende schönere Zukunft empfand.

Und überhaupt Zukunft: Für Christian wäre sie, nach Beendung des Studiums, nicht weniger als eine große Leere gewesen. So stellte sie sich dem Blick nach vorne dar, beruflich zumindest. Nach dem erzwungenen Abgang seines Ressortleiters Schenk und der Neubesetzung der Stelle mit einer Kreatur des „Genossen Weiland" hielt es ihn an seinem Arbeitsplatz nicht länger: Geradezu als Verräter wäre er sich sonst vorkommen, als Komplize in einer Aktion privater Niedertracht, die sich den Anstrich gab, rein dienstlich zu sein.

Daß er aber nun ein Hochschuldiplom in der Tasche hatte, gab ihm wiederum eine Festigkeit im Auftreten, die dem cholerischen Weiland, seinem neuen Über-Chef, ein Ärgernis war. Auf einen Wechsel Christians zur „Stilabteilung" angesprochen, die zu Georg Hranolkas Redaktionsbereich gehörte, reagierte Weiland mit zornrotem Kopf und bedrohlich hervortretenden Augen. Er fand es unerhört, daß jemand sich seiner, wie er meinte, „väterlichen" Obhut, das heißt seinem Schikanierbereich, zu entziehen suchte. Allenfalls er selbst durfte so etwas in die Wege leiten. Dies war übrigens, um einer seiner Kreaturen gefällig zu sein, mit Lotte Natalie bereits geschehen. Sie mußte, da Weilands neuer, vor noch nicht langer Zeit zum „Neuen Land" gestoßener Protegé Herbert Schwarz für ein anderes Ressort nicht in Frage kam, ihren Stuhl in der außenpolitischen Redaktion räumen. Begründet wurde dies damit, daß sie doch neuerdings „Verwandte im Ausland" habe und deswegen für die Außenpolitik sowieso nicht mehr in Frage käme. Der Wechsel war ihr nun aber sogar recht, denn für ihre neue Beschäftigung in der Redaktion Jugend und Frauen hatte sie sicher mehr Sinn und Neigung. Außerdem war sie dort dem direkten Zugriff Weilands, eines Hassers aller Studierten und von ihm Emanzipierten, nicht mehr ausgesetzt, sondern befand sich in der freundlicheren Hut von Vize-Chefredakteur Stein.

Anders als die beiden es sich vorgestellt hatten, nämlich vereint stärker zu sein denn als Einzelne, sahen sie sich nun, ganz im Gegenteil, einer neuen, doppelten Angreifbarkeit ausgesetzt. „Abschluß" und „Neubeginn", die mehr Klarheit in Lotte Natalies und Christians Leben hätten bringen sollen, riefen in ihrer Umgebung eher Verwirrung und Feindseligkeit hervor. Während seiner sich länger hinziehenden, schließlich aber erfolgreichen Bemühung, von der Abteilung Briefe und Volkskorrespondenten weg- und in der „Stilabteilung" unterzukommen, verließ Christian nie das Gefühl trister Zukunftslosigkeit. Was durfte ein sogenannter „Stilist" in einer Zeitungsredaktion auf längere Sicht erwarten? Ein allgemein beliebter, mit Dankbarkeit überschütteter Sprachberater seiner schreibenden Kollegen zu sein? Und was, wenn diese eines Tages, nach anderen Eignungskriterien ausgesucht und eingestellt, einer solchen Schreibhilfe nicht mehr bedurften?

Christian fühlte mit einem Mal überdeutlich, daß er mit diesem Aufstieg beruflich in eine Sackgasse geraten war. Da er aber, wegen der unangenehmen politischen Zwänge, auf keinen Fall wieder schreibend tätig sein wollte, fügte er sich in sein Schicksal. Was sein Lehrer Hermann Salomon jahrelang gemacht hatte, freilich unter ganz anderen Bedingungen, das würde auch für ihn irgendwie weitergehen. Außerdem stand er, selbst nach dem Abgang Salomons und dem kurzen Gastspiel des Freundes Leo Goldhahn in der „Stilabteilung", auf keinem einsamen Posten, denn da gab es ja noch Dieter Paul Kärrner, der hier nun schon einige Jahre zur Sprachtrimmer-Gilde gehörte.

Einerseits war man in diesem Metier eine Art Diener seiner „schöpferischen" Kollegen, ein beflissener Eckermannn, andererseits war man diesen Kollegen, wie Christian sich hochmütig sagte, auch irgendwie übergestellt – sie hatten einen dringend nötig, ihr sprachliches Können reichte für ihr Schreiben nicht aus, und das sprachliche Können nicht allein, auch ihr Wissen nicht. Die „bourgeoise Bildungsanstalt Bukarester Universität", die Leuten wie Weiland schon immer ein Dorn im Auge war, erwies sich, zumindest im Vergleich mit anderen Hochschulen der sozialistischen Welthemisphäre, als Hort geistiger Überlegenheit. Das sollte sich nach Christians Wechsel zur Stilabteilung sehr bald an einem Vorfall zeigen.

Hugo Hüttl, der das Privileg genossen hatte, in Leipzig fernzustudieren, suchte sein dort erworbenes philosophisches Wissen in die essayistischen Beiträge seines Phantasieressorts „Ideologie und Propaganda" einzubringen und legte dem frischgebackenen „Stilisten" Christian Rosenow eines Tages die neueste Frucht seines Geistes auf den Tisch. Der las darin etwas über zwei altgriechische Philosophen namens Diogenes und Laërtios und fragte Hüttl nach beendeter Lektüre, wer die beiden denn nun wären, Philosophen dieses Namens seien ihm, zumindest in dieser Paarung, nicht begegnet.

Hüttl: Doch, sicher, die gebe es, aus den in Leipzig sporadisch besuchten Vorlesungen und Seminaren habe er die in seinem gut funktionierenden Gedächtnis und dazu in seinen Notizheften mit nach Hause gebracht.

„Dann aber", so Rosenow mit pädagogischer Hinterlist, „müßte man auch bei Pontius Pilatus unbedingt von zwei Personen ausgehen."

Hüttl: „Wie kommen Sie darauf? Pontius Pilatus ist der Doppelname ein und derselben Person."

Rosenow: „Wieso aber gibt es dann die Redewendung, man laufe von Pontius zu Pilatus? Ist das nun eine Art höherer Witz?"

Hüttl: „Ja, sicher, nichts anderes."

Rosenow: „Dann aber sind auch Diogenes und Laërtios nur ‚höherer Witz', frisch importiert aus Leipzig."

Hüttl: „Sie machen sich über mich lustig."

Rosenow: „Aber keineswegs. An der Universität Bukarest werden Ihre vermeintlichen zwei Griechen als eine einzige Person namens Diogenes Laërtios gelehrt, Verfasser einer antiken ‚Philosophiegeschichte' übrigens."

Hüttl: „So, so."

Rosenow: „Ja, so, so."

Das war's also gewesen, mehr nicht.

„Du bist im Begriff, dir unter deinen Kollegen Feinde zu machen", warnte der bei diesem Gespräch anwesende Freund Leo Goldhahn, nachdem Hüttl das Zimmer verlassen hatte.

„Die habe ich aber schon längst", rief Rosenow übermütig. „Der Hugo Hüttl muß mir ja seine Texte nicht zur Durchsicht vorlegen. Der ist doch sozusagen schreibsouverän, erstens wegen seiner Ressortleiterposition, zweitens noch wegen seiner Leipziger Studiertheit."

Goldhahn: „Der Rumäne würde dazu sagen: In dein Maul sollte man nicht fallen. Heil kommt man da nicht wieder heraus."

Rosenow: „Mag sein. Bei mir wird man halt ein bißchen gehäckselt. Schuld daran ist auch, daß ich neuerdings Karl Kraus lese. Marcel Spahn, ein ehemaliger Korrektoratskollege, hat mir die ‚Fackel'-Hefte geschenkt, die er seinerzeit aus Wien herübergerettet hat, etwa drei Dutzend. Nach der Lektüre fühlt man sich jedesmal scharf wie ein Rasiermesser."

Abschied und Neubeginn beherrschten Christians erstes nachuniversitäres Jahr. Zwar blieb ihm der Freund und Kollege Heinrich Lenz erhalten, dafür hatte es Richard Adelfini, während der Studienjahre der Dritte im Bunde, bedauerlicherweise vorgezogen, bei der Stellenzuteilung die Provinz zu wählen, und war nun, wie Christian bei Gelegenheit eines Besuchs feststellen mußte, kein sehr glücklicher Deutschlehrer in einer siebenbürgischen Gemeinde, neun Kilometer von der nächsten Bahnstation entfernt, also irgendwo hinter Gottes Angesicht.

„Du lebst hier wie Robinson auf seiner pazifischen Insel. Außer Sonne und Wind und ringsum Meer scheint es da nicht viel zu geben die ganze Woche lang zwischen Montag und Sonntag", konstatierte Christian.

„Immerhin", entgegnete Ricardo doppelsinnig, „gibt es da aber noch den Freitag."

„Ich werde allen Schiffen, die dein Eiland streifen, Bücherpakete für dich mitgeben", versprach Christian beim Abschied. „Du sollst mir geistig nicht verkommen, so ganz ohne Gesprächspartner, wie du da lebst."

Dafür sorgte er dann auch getreulich, wie er überhaupt sehr viel teilnehmender wurde unter Lotte Natalies Einfluß. Ja, er merkte, wie er, früher oft engherzig-reserviert, in ihrer nun ständigen Nähe sozusagen ein besserer Mensch wurde. Wo sie Hilfsbedürftigkeit auch nur leise vermutete, sprang Lotte Natalie jedem selbstverständlich bei, wie sie auch ihr Letztes bedenkenlos herzugeben bereit war. Einen sich seiner Umgebung helferisch so weit öffnenden Menschen wie sie hatte Christian noch nie um sich gehabt. Hier war er ihm aber nun endlich begegnet und erwies sich zudem, mit allem Früheren verglichen, auch noch als die große Liebe, wie ihm täglich bewußter wurde. Mit heimlicher Freude stellte er fest, daß auch er im Innersten gar nicht anders war, nur bestärkt hatte ihn darin bisher niemand. Und noch etwas ging ihm auf: Wie sehr Lotte Natalie in dieser Hinsicht Vita Zoller ähnelte. Nicht zufällig waren die beiden schon lange ein Herz und eine Seele.

Für Christian, aber auch für Lotte Natalie, begann eine richtig neue Zeit jedoch erst, als die beiden zusammenzogen. Sie hatten bis dahin abwechselnd mal in Christians Wohnung bei Sutschevans „gehaust", mal in der Appartementshälfte, die Lotte Natalie nach der Scheidung ihrer Ehe zugesprochen worden war. Als Christian den Sutschevans eröffnete, daß er sein Zimmer in der Simu-Straße aufgeben müsse, wolle er in Lotte Natalies Wohnung einziehen, waren sie untröstlich.

„Mit wem reden wir dann noch beim Sonntagvormittagskaffee über unser geliebtes ‚Franz-Joseph-Land', mit dem neuen Mieter doch wohl nicht?", fragte Frau Rella mit Trauer in der Stimme. „Der Alex, der Sie ganz in sein Herz geschlossen hat, wird nur schwer darüber hinwegkommen."

Für Christian war das also ein weiterer Abschied in diesem letzten Jahr, dazu der schmerzlichste. Anders indes als für Sutschevans war er für ihn mit einem Neubeginn verbunden, der ihn so sehr beflügelte und freudig stimmte, daß er den Anblick der schönen Linde vor seinem Fenster in der Simu-Straße bald nicht mehr vermißte.

Capricho 6

Idiosýnkrates oder Über die Richtigkeit der Namen

Der platonische Dialog „Kratylos" hilft aus Bezeichnungsschwierigkeiten

HERMOGENES: O Sokrates, unser Kratylos behauptet, für jedes Ding gebe es eine richtige, aus der Natur dieses Dinges selbst hervorgegangene Bezeichnung, und nicht das sei als wahrer Name anzuerkennen, was einige nach Übereinkunft als Bezeichnung für das Ding anwenden, indem sie willkürlich einen Brocken ihres eigenen Lautvorrats als Ausdruck für die Sache wählen, sondern es gebe eine natürliche Richtigkeit der Namen, die für jedermann, für Hellenen und Barbaren, für Kundige und Banausen, die gleiche sei.

ROTHYLOS: Nun denn, so wäre ich dafür, daß der mißgrifflich, d. h. unter dem Zwang falscher Umdeutung, zustande gekommene Name „Kärrner" für „Fuhrmann" viel eher noch durch „Fährmann" zu ersetzen wäre, oder wenn wir allen Ernstes, wie Kratylos das wünscht, das zur Person Passendste zu wählen hätten, dann vielleicht sogar doch „Idiosýnkrates", was die Gemüts- und Denkart des hier in Frage Stehenden am genauesten träfe und dazu, was nicht unwichtig ist, dem Namen des Sokrates auch klanglich am nächsten käme. Nimmt man indes, was sich platterdings anbietet, die Übersetzung des griechischen „armatelates" ($\alpha\rho\mu\alpha\tau\eta\lambda\alpha\tau\eta\varsigma$), d. h. „Fuhrmann", und setzt an ihre Stelle diejenige für „porthmeus" ($\pi o\rho\delta\mu\epsilon\upsilon\varsigma$), d. h. „Fährmann", so hat man gerade nur das „Kutschieren" zu Lande gegen das „Navigieren" zu Wasser ausgetauscht, eine einfallslose Lösung und sicherlich keine aus der Natur des zu bezeichnenden Gegenstandes abgeleitete. Es wäre, o Kratylos, gewiß nicht in deinem Sinne, letzteres zu tun, und auch der verehrungswürdige Sokrates, unser aller Denkmeister, würde dem sicher beipflichten.

SOKRATES: O ja doch, Rothylos, zumal wenn es zuträfe, daß der hier zu Bezeichnende oder zu Benamende in der Tat „idiosynkrátisch" veranlagt ist, so wäre auch ich selbstredend für die Lösung „Idiosýnkrates".

ROTHYLOS: Ei doch, o Meister, „idiosynkrátisch", das ist dieser „Fuhrmann" nun allemal, ich kenne ihn schon länger.

SOKRATES: Nun, wohlan, so verfahret also in diesem Sinne, wenn euch Besseres nicht einfällt.

KRATYLOS: Oh, auch ich, Rothylos, auch ich schließe mich ganz unseres Meisters Meinung und der deinen an.

ROTHYLOS: Ja was denn, o Sokrates, was denn meint Ihr mit „Besseres", wo doch „Idiosýnkrates" aus der Natur des Betroffenen so klar und unmißverständlich hervorgeht? Sollen wir hier am Ende die Eitelkeiten der Person bedienen und deren Benamungswünsche bedenkenlos uns zueigen machen? Also etwa in dem vorliegenden Falle den Namen „Turmhahn" einsetzen, den die in Frage stehende Person sich vom Cleversulzbacher Kirchendach in ihre Namensurkunde herunterwünscht, nur weil dieser „Turmhahn" sich an „Fuhrmann" so verdächtig-assonantisch heranlautet? Wo aber auch kämen wir hin, wenn jeder eines besonderen Namens Begierige sich diesen selbst aussuchte, ohne Wissen um die eigene Natur, aus der der Name ja erst hervorgehen soll?

KRATYLOS: Wie recht Rothylos doch hat, o Sokrates, wir sollten seine Argumente keinesfalls beiseite tun, sondern nach Kräften unterstützen. Denn auch die Begründung verfängt nicht, daß dieser Cleversulzbacher „Turmhahn" von einem getreuen Übersetzer hellenischer Poesie in einem Gedicht besungen wurde, von dem Cleversulzbacher Christianos-Priester Moerikos.

SOKRATES: Aha, so was hat der also auch gemacht, der Moerikos, aus der Verskunst unserer Altvorderen in das Neogermanische übertragen?

KRATYLOS: O ja, das hat er, aus den Homerischen Hymnen zumal, aber auch aus Kallinos und Tyrtaios, schließlich aus Theognis, dann aber vor allem aus Anakreon.

SOKRATES: Und dieser Christianos-Priester Moerikos hat also den Turmhahn auf seinem Cleversulzbacher Kirchendach besungen – das ist eine neue Art von Götzendienst, interessant, interessant, kann ich dazu nur sagen.

ROTHYLOS: Ja, schon, aber er hat's sehr geistvoll getan, in einer etwas länglicheren Idylle, und seine lesende Nachwelt – er ist nämlich schon länger tot – mag ihn, und nicht nur wegen dieses Gedichtes, also sehr.

SOKRATES: Bist du, Rothylos, dann also der Meinung, daß wir dem „Fuhrmann" Geheißenen als Neunamen den „Turmhahn" zuweisen sollten?

ROTHYLOS: Nein, o Meister, mitnichten will ich so etwas. Ich sagte ja schon, wo kämen wir hin, wenn nun jeder Krethi oder Plethi daherkommen und seine Ansprüche auf diesen oder jenen Namen anmelden würde, wie zum Beispiel der „Fuhrmann" auf den „Turmhahn". Das kann, beim Zeus, nicht gut gehen. Ich wäre also schon der Meinung, daß Namen jeweils von anderen vergeben werden sollten, nicht vom Betroffenen selber. Denn nur die anderen vermögen die Natur des Namensaspiranten zu erkennen, der Aspirant selbst aber nicht. Drum wäre ich hinsichtlich des „Fuhrmann" nach wie vor der Meinung, er möge doch passend zu seiner Natur „Idiosýnkrates" genannt werden, was ihm sicher zukäme und auch gut zu Gesicht stünde.

SOKRATES: So machen wir's, Rothylos, so machen wir's, beim Zeus und allen neun Musen, seinen lieben Töchterlein. Und wir dulden da auch keine Widerrede. Soll dieser „Fuhrmann" zusehen, wo er mit seinem „Turmhahn" bleibt.

ROTHYLOS: Ich danke dir, o Göttlicher, daß du mich nicht allein im Regen stehen läßt. Und ich danke auch dem Kratylos, daß er das Gespräch über das onomastische Wesen in Gang gebracht hat.

KRATYLOS: O du mein lieber Rothylos, du weißt gar nicht, wie gerne ich mit meiner Namensfindungstheorie die Leute ärgere. Ein bißchen Zoff und Zores sollte immer sein, wenn der Geist denn nicht in ewigen Schlaf sinken soll.

HERMOGENES: Ich schließe mich dem allen an, Freunde. Auch mir scheint „Idiosýnkrates" ein herrlicher Name für einen, der ein solcher ist. Das ist Natur pur, wie ich mir zu reimen erlaube.

XXXVIII
Dieter Paul Kärrner, das Universalgenie

Wie recht hatte doch der Freund Leo Goldhahn mit der Feststellung, Christian mache sich in seinem neuen Amt als „Sprachwart" leichtfertig Feinde unter den Kollegen. Die Karl-Kraus-Lektüre mag daran, wie er selbst meinte, ihren Anteil gehabt haben, der Hauptimpuls aber kam doch eher von anderswo: von Dieter Paul Kärrner.

Niemand in der ganzen Redaktion des „Neuen Lands" hätte gewagt, Kärrners geistige Fähigkeiten, dazu seine stilistische Kompetenz, in Zweifel zu ziehen, dafür hing ihm aber der Ruf nach, ein rankünöser Piesacker zu sein. Darin lag seine Schwäche und Angreifbarkeit. Bei den einen rief diese Seite seines Wesens Unmut hervor bis hin zur Empörung, bei den anderen ließ sie, im Gegenteil, die Verehrung ins Unermeßliche wachsen, bei den dritten schließlich, so bei Franziskus Barsa, Christians Zweitnamengeber, führte es dazu, daß sie ihre Spottlust an ihm ausließen. Von Barsa bekam Kärrner eines Tages den Spitznamen „Fiffi" verpaßt, womit landesüblich ein bissiger Köter gemeint war. Bei Kärrner indes gab sich dieser nicht, was nahegelegen hätte, durch so etwas wie Gekläffe zu erkennen, sondern eher durch eine Art hechelndes Gewieher, das bei ihm das Lachen ersetzte.

Christian, wie viele andere, hatte Kärrners verletzende Ausfälle oft an sich selbst erfahren, er war aber einsichtig und gutmütig genug, sie ihm nachzusehen. Das geschah nicht allein um des lieben Friedens willen, den Leute bewahren sollten, die, wie die beiden, sich in eine Arbeit teilten, hier die eines „Stilisten", sondern vor allem wegen des geistigen Beschenktseins, das ihm von Kärrners Seite reichlich zuteil wurde.

Geist besaß Kärrner jedenfalls in solchem Maße, daß er ihn sozusagen mit vollen Händen austeilen konnte, ohne dafür die geringste Gegenleistung zu erwarten. Seine Hilfsbereitschaft, einmal zugestanden, kannte keine Grenzen, sie sprudelte als nie versiegender Quell. Leicht hätte man ihm deshalb das göttliche Attribut des Füllhorns zuerkennen können, wäre da nicht, bis es daraus richtig quoll, das bei Kärrner meist mephistophelisch-böse Vorspiel der Annäherung gewesen.

Für Adelfini, Lenz und Rosenow, die sich zu Kärrners Freunden zählen durften, blieb er „der Teufel", wie er sich selbst gerne nannte und sogar unterzeichnete. Denn Humor besaß er zuweilen auch, das heißt wenn ihm gerade danach war, und Eitelkeit war ihm nicht fremd. Das Gestrenge an Kärrner ließen sich die Freunde gefallen, das Zuchtmeisterliche hatte hier, im Kontrast zu den Unliebsamkeiten des menschlichen Umfelds, seinen Sinn und seine wohltuenden Folgen.

In Kärrners Nähe und im Lichtschein seiner Zugeneigtheit fühlte man sich ein bißchen wie in einem balkanisch getönten Stefan-George-Kreis, in dem die geistige Führung natürlich exklusiv ihm oblag. Wer sich außerhalb des Kreises noch seiner Aufmerksamkeit oder gar Sympathie erfreuen durfte, darüber brauchte er niemand Rechenschaft abzulegen, das war ganz Sache seines Beliebens. Von seiner Teilnahme an Oskar Melchiors poetischen Séancen, besonders in der Zeit, da Georg Hoffrich noch geistiges Ziehkind der Melchiors war, ließ er nicht ab, selbst als sich dort, nach Hoffrichs Inhaftierung, der Verdacht auf menschlichen Verrat nicht mehr wegreden ließ.

Über Charakterschwächen zu urteilen maßte Kärrner sich nicht an, dort zumindest nicht, wo er, anders als zum Beispiel der unglückliche Hoffrich, nicht direkt betroffen war. Sehr wunderte sich Christian Rosenow zum Beispiel über die Nachsicht, die Kärrner für Melchiors Kumpanei mit Detlev Klestack zeigte, dem Erzfeind aus Studienjahren. Stand Melchiors Künstlertum bei Kärrner so hoch im Kurs, daß er ihm diese Hundsfötterei als läßliche Extravaganz durchgehen ließ? War er hier wirklich bereit, seinen geistigen Führungsanspruch aufzugeben? Nein, sagte sich Rosenow, Kärrner war in diesem Punkt, wie sich noch öfters zeigen sollte, so hoffnungslos weltfremd und leichtgläubig, daß es manchmal ein Jammer war, es mit anzusehen. Merkte er denn nicht, daß er es bei Melchior mit einem kühlen Rechner zu tun hatte, daß er von diesem einfach nur gebraucht, um nicht zu sagen mißbraucht wurde, als moralisches Alibi oder auch nur als Bestätigung von dessen Auserkorenheit in der Sphäre der Poesie?

Eine Kapazität war Kärrner, wie sich Christian sagte, ganz sicher in geistigen Dingen, nicht aber auch in der nüchternen Beurteilung von Realitäten. Er hingegen schien der Meinung zu sein, die Überlegenheit seines Intellekts müsse ihre Entprechung selbstredend in einer profunden Kenntnis des Allzumenschlichen haben. In diesem Punkt lag ihm dann auch sehr daran, sich seines sonst zur Schau getragenen misanthropischen Habitus zu entledigen und die Fahne der bedingungslosen Nächstenliebe zu schwenken. Nur zeigte sich immer wieder, wenn auch ohne die Folge von Einsicht und Umkehr, daß Kärrner der Menschenkenner nicht war, für den er sich selber offensichtlich hielt.

Darauf angesprochen gab er, kokettierend, auch gerne zu, kein forschender Geist vom Schlage des Doktor Faust zu sein, sondern mehr ein Don Quijote. Das war er nun aber wirklich, ein ständig mit irgendwelchen Windmühlen im Streit liegender Hidalgo, und Rosenow, wohl der treueste und anhänglichste seiner Freunde, sah sich oft in die Rolle des Sancho Pansa gedrängt, was ihm überhaupt nicht gefiel, denn er war zwar, wie der scharfsinnige Intuitionist Franziskus Barsa früh erkannt hatte, doch eher so etwas wie ein „müder Lord", sicher aber kein dummwitziger Schildknappe auf eselischem Reittier. Weshalb er, in Nachahmung Kärrners, das neue Amt des „Sprachwarts" zwar ebenfalls dazu nutzte, sich unter den Kollegen Respekt zu verschaffen, dies aber durch einen milderen Umgang mit ihnen erreichte. Das fiel ihm nicht schwer, da er doch selbst, anders als Kärrner, aus der schreibenden Gilde an seine neue Stelle gekommen war.

Mit Kärrner verband ihn von dem Augenblick an, da er sich, im Turnus von Früh- und Spätschicht, die Stilistenarbeit mit ihm teilte, eine besondere Freundschaft. Sie sahen sich an ihren freien Tagen häufiger privat, meist in Kärrners Ein-Zimmer-Wohnung nahe dem Stadtpark Cişmigiu, deren Wände mit japanischen Farbholzschnitten geschmückt waren und deren Einbauregale mit einer teuer erstandenen Nietzsche-Gesamtausgabe, mit kostbar gebundenen französischen Klassikern, mit Einzelbänden der Werke Stefan Georges und dann auch noch mit mancher antiquarischen Trouvaille prunkten. Wenn Kärrner, in Weihestimmung, George zu „intonieren" begann – so nur kann man das bezeichnen – , dann saß man buchstäblich auf dessen „Teppich des Lebens" mit den Beschwörungen fremdvertrauter Bilder oder auch in dessen kleingeschriebenem „totgesagten park", den Rosenow sich dann heimlich, ganz nur für sich als den Ort seiner Liebesbegegnungen mit Lelia, als die Grădina Icoanei, vorstellte. Kurz, es waren dies die Stunden der Flucht aus der Alltagswirklichkeit in die Sphäre musischer Schwelgereien, wie Christian sie früher einmal nur noch beim Orgelspiel seines Schulfreundes Dieter Barth in der Kronstädter Bartholomäus-Kirche erfahren hatte. Alles war da vergessen, alle Gefahren und Bedrohungen der letzten Jahre, wenn man sich in Nietzsches „Geburt der Tragödie aus dem Geiste der Musik" versenkte und zu ahnen begann, was alles es auf dieser Welt noch an Erfahrenswertem gab.

Und wenn, vom Anbeginn der engeren Beziehung zu Kärrner, auch Lotte Natalie mit dazukam, so war es ein Fest zu dritt, das sich im Laufe der Jahre endlos wiederholen sollte. Was waren das aber auch, in der Rückschau, für Stunden sublimster Entzückungen und Räusche in den Nischen des sozialistischen Gefängnisses, in dem zu leben man gezwungen war!

Aber das nicht allein zeichnete Dieter Paul Kärrner aus: Bildung in einer Dichte zu besitzen, die es zugleich an Weite nicht fehlen ließ. Mit bewundernswerter Leichtigkeit nahm er komplizierteste Texte in sich auf, Sprachen machte er sich spielend zueigen, Kunstäußerungen der verschiedensten Epochen und Stile waren ihm vom ersten Augenblick an vertraut, Musik diente ihm als ständiges Mittel subtilster Exaltation. Ein Instrument spielte er zwar nicht, dennoch war er in der Lage, Noten wie Texte zu lesen.

Mit anderen Worten, Kärrner war ein Ausbund an Intellekt und Belesenheit und hatte, wovon mancher profitierte, doch auch etwas Bescheiden-Sokratisches an sich, „bescheiden" und „sokratisch" insoweit, als er nichts, aber auch gar nichts als das letzte Wort in einer Sache betrachtete, als nicht mehr auflösbares Verdikt: Es bereitete ihm sichtlich Vergnügen, die Hebammenkunst an Menschen auszuüben, die mit Geistigem schwanger gingen, und sie dann mit den Vorläufigkeiten ihrer Erkenntnisse sich selbst zu überlassen.

Wegen seiner Verbundenheit mit Dieter Paul Kärrner wurde Christian Rosenow teils beneidet, teils bemitleidet. Nicht jedem war es vergönnt, sich in Kärrners Gewogenheit zu sonnen, doch auch nicht jedem, seine Kaprizen und Launen zu erdulden. „Wie erträgst du soviel Arroganz und Intoleranz?" wurde er häufig gefragt. „Das kann auf die Dauer nicht gut gehen."

Es ging aber, wie die Zahl der Jahre zeigte, die Rosenow und Kärrner als Freunde miteinander zubrachten. Häufig durfte Christian Mittler zwischen Kärrner und seiner Umgebung sein und war damit auch für andere der einzige Interpret von Kärrners Persönlichkeit.

Das ließ Kärrner sich gerne gefallen und hatte so mit den Ärgernissen des Alltags nur wenig Berührung, immer gab es doch den Rosenow als Puffer zwischen ihm und den anderen. Das nahm manchmal komische Züge an. Ilse Goldschmidt, die fleißige Übersetzerin aus dem Russischen und Rumänischen, der Christian seit seinem Amtsantritt als Stilist im selben Zimmer gegenübersaß, wollte eines Tages so ganz beiläufig von ihm wissen, was Kärrner denn für ein Landsmann sei.

„Siebenbürger Sachse aus Kronstadt", war Christians Antwort, „und Sproß einer alteingesessen-angesehenen Familie, sozusagen also zum dortigen ‚Patriziat' gehörig."

„Ei was, und ich dachte schon, der wäre was anderes, der würde also herkunftsmäßig eher in meine Richtung schlagen, bei soviel Bildungskanonentum, gepaart mit Arroganz", bemerkte „Ilse", wie Christian die neue Kollegin beim Vornamen siezte.

Kärrner brach in sein hechelndes Gelächter aus, als Christian ihm von dem Gespräch berichtete, und gestand, daß er sich geschmeichelt, ja sogar geadelt fühle, wenn man in ihm außer einem Sonderling auch noch einen Juden erblicke. „Das paßt mir also durchaus, ich sehe mich verstanden."

XXXIX
Der Schikaneur

Sosehr Christian Rosenow sich geborgen fühlte, seit er in seiner Stilisteneigenschaft zu Georg Hranolkas Chef-vom-Dienst-Bereich gehörte, so wenig konnte er in seiner neuen Position eine solche mit Zukunft erkennen. Die Arbeitsgemeinschaft mit Dieter Paul Kärrner war dabei sicher so etwas wie ein grundsolides Provisorium, rechnete man die Lebensgemeinschaft mit Lotte Natalie dazu, mehr aber auch nicht.

Wie gefährdet Lotte Natalies und Christians schöne Zweisamkeit war, sollte sich sehr bald zeigen. Der alte Groll des „Genossen Weiland" gegen alles, was sich seinem Einflußbereich entzog, stellte sich nur schlafend, mit seinem bösen Erwachen konnte man jederzeit rechnen. Es kam dann auch alles irgendwie harmlos-lächerlich daher, wie so oft bei bedrohlichen Spielen.

Den Sturz in Weilands Ungnade hatten die beiden Judith Grossmann zu verdanken, einer Kollegin Christians aus der Zeit, als er in der Abteilung Leserbriefe arbeitete. Auf deren Gewogenheit meinten die beiden blind vertrauen zu können. Im Hause Grossmann häufiger zu Gast, lernten sie dort die attraktive Witwe Georgescu kennen, eine Dame deutscher Abstammung, die den Namen des verstorbenen Gatten trug und mit der minderjährigen Tochter sozusagen Tür an Tür mit Judith Grossmann wohnte. Durch deren Einfädelungskünste kam Frau Georgescu indes eines Tages mit keinem geringeren als Weiland menschlich zusammen, und dieser erfuhr nun aus dem Munde seiner neuen Bekanntschaft, daß er im Hause Grossmann wiederholt Gegenstand des Gesprächs gewesen sei.

Ein „Genosse Weiland" explodiert auf der Stelle, wenn ihm zu Ohren kommt, daß er in seiner Redaktion den Ruf auch nur eines „strengen Patrons" genießt, und wünscht deshalb sofort zu erfahren, wer es gewagt hat, der Witwe Georgescu Auskünfte über ihn zu geben. Ei doch, bei der Frau Nachbarin Grossmann wäre sein Name öfters gefallen. So, so, bei der Frau Nachbarin Grossmann! Dieses Geständnis der Witwe Georgescu hatte bei Weiland die Folge, daß er sich entblößt und „ausgetragen", ja richtig als das Opfer eines Verrats größeren

Ausmaßes vorkam und deswegen die Kollegin Grossmann schnellstens zum Verhör einbestellte, das um so mehr, als in diesem Zusammenhang unbedingt noch zu wissen ist, daß die Grossmann den hypochondrischen Angsthasen Weiland auf allen seinen Gängen zu begleiten und ihm, besonders bei schmerzhaften medizinischen Terminen, so beim Zahnarzt, Mut zu machen hatte.

Den Zorn Weilands fürchtend und damit zugleich den Verlust ihrer Existenz beim „Neuen Land", beeilte sich Judith Grossmann, alle Schuld von sich zu weisen und die Informiertheit der Witwe Georgescu über Weilands Person Lotte Natalie und Christian in die Schuhe zu schieben. Sosehr das nun alles an den Haaren herbeigezogen war, sosehr verfing es bei dem „Genossen Weiland". Die zwei „Verleumder" hatten in der Redaktion des „Neuen Lands" nun nichts mehr zu lachen, und das besonders von dem Augenblick an, da Weiland die Witwe Georgescu überraschend als seine Gattin heimführte.

Die Maßnahmen, die Weiland gegen die beiden ergriff, entfalteten ihre Wirkung aber nicht sofort, sondern als wohlpräparierte Zeitbomben erst bei passender Gelegenheit. Die erste ergab sich sehr bald, im Herbst 1963 nach Lotte Natalies Staatexamen. Niemand beim „Neuen Land" hätte es für möglich gehalten, daß nach vierzehn Jahren Zugehörigkeit zur Redaktion, noch dazu nach Erlangung eines akademischen Grades, jemandem eröffnet würde, er könne nun nicht mehr als Redakteur weiterarbeiten, sondern höchstens noch als Korrektor. Weilands Hand in dieser Sache war leicht zu erkennen, seine Allmacht in der Redaktion wieder einmal bewiesen. Unumschränkt durfte er, mit Hilfe von Kader-Joschkas dummer Beflissenheit und Anton Hofers Naivität, über Schicksale bestimmen. Als Lotte Natalie die Frage stellte, wieso, was für sie galt, denn nicht auch für den Redaktionskollegen und Weiland-Schützling Herbert Schwarz gelte, wo der doch im selben Jahr und an derselben Fakultät sein Studium beendet habe, da wurde ihr geantwortet, Herbert Schwarz sei eben ein anderer Fall.

Man schien fest damit zu rechnen, Lotte Natalie würde die Demütigung nicht hinnehmen und die Redaktion verlassen wollen. Vorgesorgt hatte Weiland auch für diesen Fall. Als sie ihren Dienst quittierte, was sie eigentlich nach geltendem Arbeitsrecht gar nicht hätte dürfen, trat Teil zwei von Weilands Maßnahmenplan in Kraft.

Vom Leiter des Germanistik-Lehrstuhls hinverwiesen, sprach Lotte Natalie beim staatlichen Lehrbuchverlag vor. Dort wurde ihr versichert, auf Grund von Professor Liveanus Empfehlung würde man sie selbstverständlich sofort einstellen. Zwei Tage später jedoch erhielt sie den überraschenden Bescheid, eine Anstellung sei nicht möglich. Wieso das? Je nun, weil's halt nicht ginge. Das wiederholte sich haargenau bei einem zweiten Anstellungsversuch, bei der Deutschen Inlandsredaktion des Rumänischen Rundfunks. Auch hier hatte man, wie man ihr versicherte, auf eine solch qualifizierte Person schon länger gewartet. Zwei Tage später jedoch hieß es, „leider, leider" sei eine Anstellung nicht möglich: Wieso das? Weil's halt nicht ginge. Der dritte Akt der Stellensuche spielte sich bei der Außenhandelskammer ab, freilich mit anderem Ausgang. Auch hier lautete der Bescheid zwar „Geht nicht", begleitet war er aber nicht von bedauerndem Achselzucken, sondern vom Kommentar eines aufgebrachten Personalchefs: Wie könne ein „Element mit solcher Personalbeschreibung" wie Lotte Natalie sich vorstellen, in einer Institution zu arbeiten, die, wie die Handelskammer, Beziehungen zum Ausland pflege?

Nun war klar, wo der Hund begraben lag: in der Kaderakte.

Lotte Natalie, nicht faul, läuft also zu Chefredakteur Anton Hofer. Der fällt aus allen Wolken: „Oje, oje, ist das ‚provisorische Papier' des Genossen Weiland in der Kaderakte dringeblieben? Wir müssen *sich*, liebe Genossin, sehr entschuldigen, hier wurde wenn nicht ‚leichtsinnig', so doch ‚leichtfertig' gehandelt. Das Papier nehmen wir also gleich wieder heraus aus der Akte, nicht wahr?"

Leo Goldhahn, der auf den Ausreisekoffern saß und bei Christian und Lotte Natalie die Kartoffelsuppe mitlöffelte, die der Alleinverdiener Christian neuerdings für zwei Stellenlose zu finanzieren hatte, amüsierte sich bei Lotte Natalies Bericht über die Begegnung mit Anton Hofer: „Dieser Stiefbruder im Geiste, dieser ausgemachte Schafskopf ist genaugenommen ein Sprachgenie. Mit schlafwandlerischer Sicherheit schafft er es, durch falschen Gebrauch eines Reflexivums quasi sich selbst (‚wir müssen *sich*'), eigentlich aber einen anderen, den Kotzbrocken Weiland, zu meinen. Ganz besonders hat es aber die feine Unterscheidung zwischen ‚leichtsinnig' und ‚leichtfertig' in sich. Damit gelingt es ihm, sozusagen den Teufel durch Beelzebub zu exkulpieren. Der Mann hat Genie, das muß man ihm lassen. Auf seinen Roman, an dem er, wie man erzählt, zur Zeit arbeitet oder arbeiten läßt, darf man gespannt sein."

Die Einlösung von Anton Hofers Versprechen, Lotte Natalies Kaderakte zu bereinigen, hatte die erfreuliche Folge, daß die Deutsche Redaktion des Rundfunks die eben noch abgelehnte Bewerberin im zweiten Anlauf sofort einstellte. Der lange Arm des Genossen Weiland vermochte es also doch nicht, Karrieren mißliebiger Personen für alle Zeit zu beenden.

„Freut euch nicht zu früh", unkte Leo Goldhahn, „Christian könnte auch noch drankommen. Der Securitate-Mann Weiland ist nicht nur wegen seines langen Arms bekannt, sondern auch wegen seines langen Atems. Niederlagen hinzunehmen ist er nicht gewohnt, auf einen Nachschlag müßt ihr euch gefaßt machen."

Leo Goldhahn sollte mit seiner Einschätzung rechtbehalten. Keine zwei Jahre später holte Weiland erneut aus. Daß daraus auch diesmal ein Schlag ins Wasser wurde, bestätigte indes Christian in dem Gefühl, es ginge nun doch langsam abwärts mit der Allmacht des Geheimdienstes und seiner kleinen Stalins, von denen Weiland so lange einer war.

Man sagt von manchen Ehen, sie seien im Himmel geschlossen. Weilands Verbindung mit der Witwe Georgescu gehörte nicht dazu, man konnte von ihr ohne weiteres sagen, sie sei eher in der Hölle gestiftet. Sie währte auch nur so lange, bis Weiland es sich eines Tages einfallen ließ, den ehelichen Beischlaf auf die minderjährige Stieftochter auszudehnen. Das bekam ihm nun aber doch schlecht, denn die Tochter entdeckte sich der Mutter, und die drohte mit einer Anzeige, sollte der Herr Gemahl nicht sofort seine Sachen packen und aus der gemeinsamen Wohnung verschwinden. Tja, gegen die Verfolgung von Offizialdelikten wie Kindesmißbrauch ließ sich selbst mit geheimdienstlichen Mitteln nichts ausrichten. So trollte sich der große Weiland denn auch eilends und kehrte niemals wieder.

Vorgreifend läßt sich hier noch anmerken, daß dies erst der Beginn von Weilands Abstieg war.

Capricho 7

Valentin

Vor Hitler fliehen und Stalin in die Arme laufen

Valentin Vulpescu, der „gute Faufau", war eine späte Entdeckung Christian Rosenows. Eigentlich verdankte er sie Lotte Natalie. Die war viel früher als er zum „Neuen Land" gestoßen und hatte dort den Figurenreigen des Anfangs in seiner ganzen Buntheit kennengelernt.

Valentin gehörte dazu. Christian machte aber seine Bekanntschaft erst, als Valentin längst nicht mehr in Bukarest lebte, wohin er einst, Anfang der Dreißiger, vor Hitler geflohen war. Geflohen – weswegen?

Valentins Nachnamen war zwar echt rumänisch, sein Träger aber wurde in Deutschland, in Karlsruhe, geboren und verbrachte die Kindheit in Frankfurt. Die Eltern allerdings, der Vater Ingenieur, waren einst aus Rumänien dorthin gekommen, hatten ursprünglich vielleicht „Fuchs" geheißen und sich, um im Rumänien der Jahrhundertwende Fuß zu fassen, ihren Namen in „Vulpescu" geändert. Das hatte aber in einer Zeit, in der die Einbürgerungspolitik des noch jungen Königreichs gar nicht judenfreundlich war, wenig geholfen.

So waren Vulpescus in das damals sehr viel liberalere Deutschland ausgewandert. Freilich konnten sie weder wissen noch ahnen, daß irgendwann Hitler erscheinen und darüber bestimmen würde, wer im Deutschen Reich leben durfte.

Valentin wächst also in Deutschland auf, durchläuft die Schulen bis zum Abitur, hat aber, als Kind aus wohlsituiertem Hause, in den Jahren nach dem Ersten Weltkrieg dann plötzlich das Gefühl, er müsse etwas für die Benachteiligten und Unterdrückten tun, und meint, dies am besten als Mitglied der KPD zu können.

Ein Wolkenreiter war er, wie man sieht, schon früh, neigte indes als überzeugter Atheist zu der Ansicht, die Weltgeschicke würden neuerdings von einer irdischen Instanz, der russischen Oktoberrevolution, gelenkt. Da irrte er freilich, denn Hitler kam, und plötzlich schienen nicht mehr Marx, Engels, Lenin im Weltenolymp zu sitzen und über Menschheitsverbesserer wie Valentin ihre segnende Hand zu halten, sondern vielleicht doch eher wieder der Gott seiner Väter, der den Valentin, wie sich immer wieder zeigen sollte, wegen des guten Gemüts, das ihn auszeichnete, aus seiner Gunst noch nicht entlassen hatte.

Ihm verdankte Valentin sicher auch die Eingebung, nach Rumänien, dem Herkunftsland seiner Eltern, zu gehen, wohin Hitlers Arm damals noch nicht reichte. Als der Siebenundzwanzigjährige in dem Lande eintraf, war dort jedenfalls vom Walten des Führers noch nichts zu merken. Allerdings wurden in den „karlistischen" Jahren, also während der Königsdiktatur Carols II., erst recht aber während Marschall Antonescus Herrschaft, Kommunisten in Rumänien nicht gerade sehr gemocht, und Valentin Vulpescu war ja nun erklärtermaßen einer. Deshalb internierte man ihn zusammen mit solchen Leuten wie Gheorghe Gheorghiu-Dej und Nicolae Ceauşescu, den nachmaligen Führern des kommunistischen Rumäniens, kurzerhand im Lager Târgu Jiu.

Dreißig Jahre später, das heißt schon unter Ceauşescus Präsidentschaft, brüllte Valentin Vulpescu in einer Bukarester Straßenbahn dem jungen Freund Christian Rosenow ins Ohr: „Ceauşescu, ja, den kenne ich, den kenne ich gut, das war im Lager Târgu Jiu so ein kleines Männle, das immer Küchendienst hatte."

„Du mußt schon etwas lauter schreien", flüsterte Christian dem Freund Valentin ins Ohr, „damit die ganze Straßenbahn es hört und wir dann vielleicht beide nach Târgu Jiu ins Lager kommen."

Aus dieser Szene läßt sich ersehen, daß Valentin der festen Überzeugung war, die Wahrheit könne man jederzeit und jedenorts in die Welt hinausposaunen. Dies war wohl auch der Grund, weshalb man ihn in Târgu Jiu nicht länger halten wollte, sondern, weil er nicht verschwieg, außer Kommunist auch noch Jude zu sein, ihn in das rumänische Deportiertenlager Wapniarka in Transnistrien abschob. Als robuste Natur, die er war, überstand er diese Hölle und kam bei Kriegsende im Herbst 1944 frei und nach Bukarest. Hier befand er sich nun doch in relativer Sicherheit, wenn auch freilich in einer Noch-Monarchie, die es nicht mehr lange bleiben sollte. Drei Jahre später, nach handstreichartiger Vertreibung des Königs, hatte Stalin das Land seinem Machtbereich endgültig einverleibt.

1949, als in Bukarest die deutschsprachige Tageszeitung „Neues Land" gegründet wurde, war Vulpescu ihr erster Kulturchef. Er pflegte seine Artikel, wie Lotte Natalie sich erinnerte, in die Schreibmaschine zu diktieren, dabei im Zimmer auf und ab zu gehen und sich an der in Deutschland erworbenen Eloquenz seiner Rede durch lautes Sprechen zu erfreuen. Natürlich war er in diesem Punkt einheimischen Deutsch-Schreibern weit überlegen und hielt sich darauf auch einiges zugute.

Seine mit nonchalanter Selbstverständlichkeit zur Schau getragene, immerhin aber echte Besserwisserei ging solchen Typen wie dem Neu-Kommunisten Erich Weiland stark auf die Nerven. Der nutzte seine Stellung als Vize-Chefredakteur, im „Neuen Land" den Stalin zu spielen, das heißt auf allen herumzureiten, die nicht über ihm standen. Das aber ging nun dem Valentin wider den Strich. Eines Tages meinte er dem Genossen Weiland sagen zu müssen: „Wärst du nicht Sohn einer jüdischen Mutter, so wärst du bestimmt Leiter eines KZs geworden." Das erregte in der halbjüdisch gespaltenen Seele Weilands tödlichen Zorn. An seine leibliche Mutter mochte der von einer sehr geliebten nichtjüdischen Stiefmutter Großgezogene nicht erinnert werden. Deshalb trachtete er von Stund an, den Valentin aus der Redaktion des „Neuen Lands" hinauszubefördern.

Für Valentin war die Vertreibung von der deutschsprachigen Insel „Neues Land" fatal. In der rumänischen Presse-Agentur, wohin er auf Weilands Betreiben abgeschoben wurde, war es aus mit seiner journalistischen Selbständigkeit. Hier war er nur noch ein deutsches Rädchen in einem vielsprachigen Apparat, ein Irgendjemand, ja, schlimmer noch, ein Niemand. Dazu eckte er mit seiner nicht nachlassenden Wahrheitsliebe auch hier immer wieder an. Kurz, es kam die Zeit, da er, nach dem Krieg mit einer aus Berlin stammenden Emigrantin verheiratet, nun meinte, sich nach Deutschland repatriieren lassen zu sollen. Doch von Deutschlands gab es damals zwei. Und für welches von beiden entscheidet sich ein braver Kommunist, der Valentin in seinem Herzen, das heißt in der reinen Form, noch immer war? Natürlich, er geht nach Ost-Berlin.

Soweit, so gut. Als jedoch der einst naziverfolgte Journalist dort bei einer Ost-Berliner Zeitung unterkam, führte seine wahrheitssüchtige

Querdenkerei auch hier zu Konflikten mit den Kollegen. Die Folge war, daß man sich bald in beiderseitigem Einvernehmen trennte.

Jahre später, als Christian Rosenow und Lotte Natalie den „guten Faufau" in Ost-Berlin besuchten, lebte der zwar schon mit einer Nazi-Verfolgten-Rente in einer Art Ruhestand, hatte sich aber einer neuen Aufgabe verschrieben: der Eindeutschung rumänischer Literatur. Als Übersetzer war er sehr gefragt, sowohl bei den einschlägigen DDR-Verlagen als auch bei den Autoren in Rumänien. Die alte Liebe zu diesem Land war in der geistig tristen DDR sein ganzer Trost. Wie freute er sich, wenn die von ihm ins Deutsche gebrachte rumänische Literaturprominenz ihn ins Land seines langen politischen Exils einlud, und wie freute er sich auch, wenn Rosenows, Christian und Lotte Natalie, auf ihren Reisen zu den Leipziger Verwandten bei Vulpescus in Niederschönhausen Zwischenstation machten. „Ich bin so glücklich, wenn ihr mal wieder da seid", sagte er dann mit tränenschimmerndem Blick. „Die sind hier so stur, daß man es fast nicht aushält."

„Valentin", redete Käthe, seine zweite Frau, auf ihn ein, „setz dich doch mal hin, wir müssen heute unbedingt die ‚Rottenknechte' sehen. Es gehört sich so."

Die „Rottenknechte" waren ein Fünfteiler im DDR-Fernsehen und, wie Rosenows fanden, gar kein so schlechter Film. Doch Valentin mochte lieber mit seinen Gästen in einem anderen Zimmer sitzen und die Käthe ihre „Rottenknechte" sich allein ansehen lassen. „Kinder, ich bin zwar in Deutschland geboren, aber so sehr bin ich nun doch kein Deutscher, daß ich wie die hier immer etwas müssen müßte. Irgendwo bin ich dann doch Jude."

„Ja, lieber Valentin", sagte Christian, „das sollst du auch sein, nur mußt du wissen, du bist der dümmste von allen, die ich kenne."

„Wie kommst du darauf? Kennst du denn so viele?"

„Genug, um das sagen zu können, mit aller gebotenen Frechheit."

„O ja, frech, das bist du. Gerade das aber schätze ich an dir, ich war es lange genug auch selbst. Erklären mußt du mir aber doch, wieso ich für dich der dümmste Jude bin?"

„Ich erkläre es dir in einem Satz: Wenn man in Karlsruhe geboren ist, läßt man sich nicht von Rumänien nach Ost-Berlin repatriieren."

„Ja, mein Lieber, da ist was dran."

Nun gab er zwar zu, das einzusehen, doch was macht einer, der schon über die sechzig ist und im anderen Deutschland keinen mehr kennt? Er nutzt die Reisefreiheit, die er in der DDR persönlich immerhin hat und fährt mal dahin, mal dorthin, nach Bukarest am häufigsten.

Auch in Israel hat er noch Verwandte, eine Kusine, die ihn dorthin einlädt. In Ost-Berlin gibt's aber keine diplomatische Vertretung dieses Landes. Da ruft er den Christian Rosenow in Bukarest an und bittet ihn, zur dortigen israelischen Botschaft zu gehen und ihm ein Einreisevisum zu besorgen. Treffe er dann mit Interflug in Bukarest ein, um die ElAl-Maschine nach Jerusalem zu nehmen, solle er es ihm doch bitte zum Flughafen bringen.

Das macht der Rosenow sofort. Er springt über die Erdhaufen auf der aus Sicherheitsgründen ewig aufgerissenen Straße vor der israelischen Botschaft und sagt dem Konsul, nachdem die Stahltür sich für ihn endlich aufgetan hat, sein Begehr. Der, ein ehemaliger Österreicher, ist von Christians Mut, die Hindernisgräben vor dem Haus zu überwinden, zwar sehr angetan, aber so, wie der Valentin sich das mit dem Visum vorstelle, liefe die Sache nicht. Da werde schon ein Angestellter der Botschaft es ihm zum Flughafen bringen müssen.

Christian meldet Freund Valentin nach Ost-Berlin telefonisch Vollzug. Mit dem Visum klappt es wie geplant, doch man sieht sich erst, als Valentin aus Israel wieder in Bukarest zurück ist und dort dann ein paar Tage Station macht.

Beim Einchecken zum Weiterflug nach Ost-Berlin fragt der rumänische Zöllner den Transitpassagier Valentin: „Domnule, ce aveți acolo în valiză, transportați arme?" Nichts habe er im Koffer, und ganz sicher keine Waffen. „Dann öffnen Sie mal." Der Zöllner zieht ein Paket hervor, es ist ein komplettes Tafelbesteck. „Wieso nichts? Löffel, Gabeln und, bitteschön, auch noch Messer – ist das nichts?" Ja, das hätten ihm Freunde in Jerusalem für Freunde in Ost-Berlin mitgegeben, aber was in dem Paket drin ist, das hätte er natürlich nicht gefragt. Wie käme er auch dazu?

Ja, wie käme er dazu? Ein Gentleman, ein Freund, der Freunden blind vertraut, fragt so etwas nicht.

So einer war also Valentin. Und geheilt war er in seinen letzten Jahren (es waren mindestens noch gut ein Dutzend) von allen schönen Lehren der Marx-Engels-Lenin-Stalin. Stillschweigend hatte er sich mit dem biblischen Gott arrangiert, dem einzigen, auf den Verlaß war, wie des „guten Faufau" ganzes Leben schließlich zeigte. Es war ein solches in Aufrichtigkeit, und an Valentins Beispiel konnte man sehen, wie gelebte Unschuld in einem durch und durch verlogenen Jahrhundert nicht unbedingt zu einem schlimmen Ende führen muß.

XL
Allgemeine Amnestie/Kleine Bombe als Aprilscherz

Das Jahr 1963 ging mit einem Ereignis zu Ende, das auf Lotte Natalies und Christians Beziehung den i-Punkt setzte: Die beiden wurden auch standesamtlich ein Paar. Im Jahr darauf, schon am Beginn, erhielt Freund Leo Goldhahn nach langem Warten endlich die Ausreisegenehmigung. Es wurde ein Abschied zwischen Frohlocken und Wehklagen. Aus Hamburg, dem Endziel seiner Reise in die Freiheit, sollten indes bald beruhigende Nachrichten kommen.

Mit Büchern aus Goldhahns Sammlung war Christian bei dessen Weggang schon reichlich bedacht worden, von Goethes Werken in der großen Bongschen Ausgabe angefangen bis hin zu Musils „Mann ohne Eigenschaften". Für viele Lesejahre war damit vorgesorgt. Nun kamen aber, finanziert aus Einkünften, die Leo, wie er wissen ließ, mit Übersetzungen ins Rumänische erzielte, auch noch paketweise antiquarische Bücher per Post an Christians Haustür. Die Zensur schien sich erstaunlich gelockert zu haben. Selbst einen vierbändigen Gottfried Benn ließ sie passieren, unerhört, wenn man sich in Gedanken auch nur um einige Jahre zurückversetzte, in die Zeit, da Oskar Melchior diesen Dichter im germanistischen Seminar auf maschinegeschriebenen Blättern kursieren ließ, eine Aktion nicht ohne Risiko.

In den höheren politischen Etagen schien sich neuer Geist zu regen, deutlich neigten sich die Zeiten stalinistischen Terrors dem Ende zu. War nicht schon im Jahr davor die Erzählung eines russischen Autors namens Alexander Solschenizyn erschienen, betitelt „Ein Tag im Leben des Iwan Denissowitsch", welcher Tag zum allgemeinen Erstaunen der eines Lagerhäftlings war? Ilse Goldschmidt, Christians neues Schreibtisch-Vis-à-vis, durfte den Text sogleich aus dem Russischen ins Deutsche übertragen, freilich nur für den Hausgebrauch, das heißt für ein paar Auserkorene auf der Chefebene. Man traute seinen Augen nicht, vor allem aber traute man nicht dem Frieden, der nun ausgerechnet von Moskau, also von dort kam, woher man ihn am wenigsten erwartete. Und was noch auffiel: Entlassung in die Freiheit schloß hier, wie sich am Beispiel Solschenizyn zeigte, die Möglichkeit ein, sich über Erlittenes öffentlich zu äußern.

Der Zeichen und Wunder geschahen bald noch mehr. Im Herbst, als Lotte Natalie und Christian einmal nach Dienstschluß die Flaniermeile „Am Roßschweif" entlanggingen – so hieß im Volksmund die Zeile gegenüber der Universität, vor dem Reiterstandbild Michaels des Tapfern –, da kam ihnen Nikolaus Reutter entgegen, leibhaftig und nicht in Ketten, gerade aber aus dem Gefängnis entlassen.

„So sieht man sich wieder", rief Nicki mit unverhohlener Freude. „Und daß ihr euch traut, mir auf offener Straße die Hand zu geben, das haut mich schier um. Ich bin schon Kollegen vom ‚Neuen Land' begegnet, die, als sie mich erblickten, entsetzt wegsahen, als sei ihnen ein Geist erschienen."

„Das waren sicher nur die ‚Sekretängs', wie unser Übersetzerkollege Roxin sie verächtlich nennt", entgegnete Christian. Gemeint waren die „technischen Sekretäre", die für den Druck der Zeitung verantwortlich waren und noch immer in der Furcht vor dem ‚Genossen Weiland' lebten, seit der Zeit, als der in ihrem Ressort noch die Peitsche schwang.

Nikolaus Reutter hatte gute Gründe, sich über den „Mut" der Rosenows zu wundern. Der allerdings war für sie gerade nur eine Selbstverständlichkeit. So großzügig die allgemeine Amnestie für politische Gefangene zu sein schien – es war nicht die erste, doch die umfassendste seit Beginn der kommunistischen Ära –, so wenig war darin auch nur der leiseste Hauch von Versöhnung und Wiedergutmachung zu spüren. Entlassen waren die Tausende politischer Gefangener bloß auf Bewährung, auf Widerruf. Die geringste Äußerung über das im Gefängnis Erlebte genügte, um gleich dahin zurückgeschickt zu werden. So konnte man, wie bei der Begegnung von Rosenows mit Reutter, einander mit zwar wissendem Blick gegenüberstehen, doch nicht erwarten, daß über die Vorfälle zwischen Prozeß und Entlassung ein Wort fiel. Wie doch ganz anders schien das, siehe Solschenizyn, in Rußland zu sein.

Zu denken war auch längst nicht an sogenannte Rehabilitierungen, im Falle Nikolaus Reutters also an eine Rückkehr zum alten Arbeitsplatz. Die Demütigungen und Schikanen hörten nicht auf, ganz besonders bei solchen Entlassenen, die sich während der Haftzeit als renitent erwiesen hatten. Reutter mußte, wie Rosenows sich sagten, zu den letzteren gehört haben, denn über all die Jahre bis zu seiner schließlichen Ausreise nach Westdeutschland gab es für ihn keine Anstellung von einiger Dauer.

‚Drittvetter' Hans Berger in Kronstadt, der im Schriftstellerprozeß von 1959 zu fünfzehn Jahren verurteilt worden war, hatte es nach der Entlassung, wie Christian um vier Ecken erfuhr, mit viel Glück zum Posten eines Cellisten an der städtischen Oper gebracht. Georg Scherf, ein weiteres Opfer desselben Prozesses, hatte nicht einmal soviel erreicht. Für den zerbrechlichen ehemaligen Klausenburger Hochschullehrer gab es als zugewiesene Beschäftigung nur die Knochenarbeit an der Flußregulierung im Tömöschtal nahe Kronstadt. Georg Hoffrich wiederum, Rosenows einstiger Kommilitone, durfte lange Zeit das Abschlußexamen nicht nachholen und, als er dies dann endlich doch schaffte, nicht im Unterrichtswesen tätig sein. Die große Amnestie war also nicht mehr als der Erlaß weiterer Strafverbüßung, und es sollte noch gut vier Jahre dauern, bis die Prozeßinszenierungen vom Ende der fünfziger und Anfang der sechziger Jahre rückwirkend als solche bezeichnet und die zahllosen Opfer wieder in ihre Rechte eingesetzt wurden.

Bei all dieser Halbheit politischer Lockerung war hier und dort zuweilen doch auch ein neuer Wind zu spüren, wenn auch nicht unbedingt im Umgang mit Menschen. Eines Tages hatte Christian ein traumatisch zu nennendes Erlebnis, einen Zusammenstoß mit Weiland. Dieser war überraschend im Zimmer des technischen Sekretariats erschienen, wo sich wohl irgendjemand über Christian Rosenow beschwert hatte, worauf er den sofort herbeizitieren ließ. Vor aller Augen und Ohren entlud sich in einem Tobsuchtsanfall Weilands aufgestauter Groll gegen Rosenows, von welchen beiden Lotte Natalie nun schon längst beim Rundfunk tätig war, und spitzte sich bedrohlich auf eine Handgreiflichkeit zu. Christian, anfangs blaß vor Staunen und von Schreck gelähmt, faßte sich jedoch schnell und stand dem rabiaten Weiland schließlich mit kühl abwehrendem Blick gegenüber. Einer, der die Szene beobachtet hatte, sagte nachher: „Das war aber knapp. Der war schon im Begriff, dir eine zu knallen, dann hat er es sich plötzlich überlegt." Dieses Gefühl, gestand Christian, hätte auch er deutlich gehabt, im Moment des bevorstehenden Angriffs aber plötzlich auch die Gewißheit, er würde, komme, was wolle, auf jeden Fall zurückschlagen. Das mochte Weiland als typischer Machtmensch mit seinem Gespür für drohende Gefahren blitzschnell erfaßt und die Folgen bedacht haben. Vor Publikum von einem untergebenen Redaktionsmitglied abgewatscht zu werden, wäre für ihn jedenfalls eine tödliche Niederlage gewesen, nicht weniger war aber auch sein offenbarer Rückzieher genaugenommen eine Schmach, das Eingeständnis, nicht mehr zu können, wie er wollte.

Den Moment der Vergeltung für die gezeigte Schwäche hielt Weiland eines Tages für gekommen. In der anstehenden Sache trat er aber nicht selber in Erscheinung, sondern hielt sich ostentativ zurück: Er ließ Chefredakteur Anton Hofer für sich agieren, dessen mephistophelischer Einbläser er ja schon immer war. Das kam so: Rosenow, seiner Stilistenrolle schon länger überdrüssig, meinte Licht am Horizont zu erblicken, als er eines Tages darauf angesprochen wurde, ob er einem Berufswechsel nicht abgeneigt wäre. Im deutschsprachigen Lektorat des Juventus-Verlags, eines Hauses für Jugend- und Kinderliteratur, war eine Vakanz eingetreten, man suchte nach dem geeigneten Nachfolger auf dem Posten eines Lektors. Das schien Christian ein deutlicher Wink des Schicksals zu sein, denn einmal war „Stilist", wie er sich schon länger sagte, weniger ein Beruf als gerade noch ein Amt, zum anderen konnte man einen solchen Beruf, wäre es denn überhaupt einer, besser dort ausüben, wo er dringend gebraucht wurde, das heißt in einem Buchverlag. Dann war auch noch der Kollege und Freund Dieter Paul Kärrner seinerseits auf dem Sprung in ein anderes, gleichfalls editorisches Metier. Nicht zuletzt wäre man im Falle eines Wechsels mit einem Schlag den penetrant-politischen Journalismus losgewesen und den Privatteufel Weiland sowieso.

Das alles bedenkend, fackelte Christian nicht lange und tat den ersten Schwimmzug aus dem deutschen Aquarium „Neues Land" hinaus ins offene Meer, in welchem man zwar weniger behütet, dafür aber auch weniger beengt war, sich sozusagen auf schwankender Welle bewegte. Der Schritt aus dem Vertrauten ins Ungewohnte schien nun aber in Christian doch ein wenig Angst auszulösen, andererseits indes, wie jeder Aufbruch, auch wiederum Hoffnungen zu wecken. Seine Gefühle waren geteilt und gemischt, als er, nach einem günstig verlaufenen Vorgespräch im Juventus-Verlag, bei Chefredakeur Anton Hofer anklopfte, um den sogenannten „Transfer", die arbeitsrechtlich geregelte Versetzung, zu beantragen, die für Personalveränderungen vorgeschrieben war.

Hofer befand sich gerade auf einer Dienstreise. Wieder zurück, mochte er, ganz gegen seine Gewohnheit, Rosenow zu keinem Gespräch empfangen: Man hatte ihm offenbar schon hinterbracht, worum es ging, und leicht zu erraten war, wer dahinter steckte. Weiland hatte sich, anders als bei Lotte Natalie, welcher er eine Anstellung außerhalb des „Neuen Lands" durch entsprechende Präparierung der Personalakte verbaute, für Christian eine neue Schikane ausgedacht. Durch Verweigerung des „Transfers" sollte er an das „Neue Land" gekettet bleiben. Ein entsprechender Antrag des „Juventus"-Personalchefs wurde mit der Begründung abgewiesen, Christian sei für das „Neue Land" unverzichtbar, die Zeitung habe ihn schließlich seinerzeit „in der Provinz rekrutiert", ihn zum Journalisten ausgebildet und schließlich auch noch zum Studium entsandt. Einen Mitarbeiter, in den man soviel investiert habe, könne man nicht einfach gehen lassen.

„Das sind natürlich lauter Lügen, angefangen von der angeblichen ‚Rekrutierung' bis hin zur ‚Studiumsentsendung'", kommentierte Christian für den „Juventus"-Personalchef den Brief des „Neuen Lands". Das einzige, was stimme, sei die Ausbildung zum Journalisten. Mit zehn Jahren Zugehörigkeit zur Zeitung jedoch sei auch die längst abgegolten, der Entlassung aus der ‚Leibeigenschaft' stünde somit nichts mehr im Wege, außer vielleicht der „liebe Genosse Weiland", ein besonderer Freund und Gönner.

„Was ist mit diesem Weiland", wollte der Personalchef wissen, „mag der Sie nicht, wo Sie doch, wie man dem Brief Ihres Arbeitgebers entnehmen kann, ein so wertvoller Mitarbeiter sind und so unverzichtbar für die Zeitung?"

„Unverzichtbar aber nur, weil mich der ‚Genosse Weiland', wenn ich zu Ihnen komme, nicht mehr schikanieren kann."

„Ach, so ist das? Nun, dann wollen wir mal: Heute haben wir also den zwanzigsten März – am ersten April sind Sie, und das ist kein Scherz, bei uns angestellt, Transfer hin, Transfer her. Nach den Bestimmungen des gerade verabschiedeten neuen Arbeitsgesetzbuchs brauchen Sie den nicht mehr. Mit der ‚Leibeigenschaft' für Angestellte, wie Sie das nennen, ist es vorbei. Sie verlieren mit dem transferlosen Wechsel Urlaubstage im laufenden Jahr und den Treue-Anteil am Lohn, das ist alles."

Christian freute sich jetzt schon auf die Bombe, die am 1. April in der Zwölf-Uhr-Blattbesprechung des „Neuen Lands" platzen würde.

Und so kam es dann auch. Der von Christian vorab informierte Chef des Agrarressorts, Ewalt Dreyer, meldete sich gleich am Beginn der Sitzung zu Wort: „Unser Kollege Rosenow ist ab heute Lektor im Juventus-Verlag."

„Wieso Lektor", fragte Anton Hofer konsterniert, „wieso konnte man den dort anstellen, wo ich ihm doch den ‚Transfer' nicht genehmigt habe?"

„Den braucht er aber gar nicht, das neue Arbeitsgesetzbuch sieht das ausdrücklich so vor", belehrte ihn Dreyer. „Sie müßten es wissen, wo Sie doch in der Großen Nationalversammlung dafür gestimmt haben."

„Ja, da haben wir *sich* alle nichts dabei gedacht", gestand Hofer unter Zuhilfenahme seines berühmten Originalreflexivums in völliger Unschuld.

„Ein echter Nachtwächter, dieser Toni Hofer", bemerkte Heinrich Lenz trocken, als Dreyer von der Sitzung kam und berichtete.

XLI
Gepolsterte Türen/Die „Sekretängs" grüßen nicht mehr
Alpenheinzi in Haferlschuhen

Man sollte meinen, mit Christians Eintauchen ins Meer beruflicher Möglichkeiten hätte sich ihm ein heimlicher Wunsch erfüllt. Einerseits war dem nun tatsächlich so, andererseits aber hatte der Wechsel vom deutschen Aquarium „Neues Land" in die Freiheit des Ungewohnten doch auch etwas Abenteuerliches an sich. Beim „Neuen Land" wiegte man sich allgemein in dem Glauben, daß man hoffnungslos verloren sei, wenn man aus dem vertrauten Milieu einmal herausträte. Keiner nähme draußen Rücksicht auf Empfindlichkeiten einer Sprachinsel. Im Falle Christians trat nun aber das Gegenteil davon ein. Die deutschsprachige Redaktion im Juventus-Verlag stand, ebenso wie das „Neue Land", unter so etwas wie Minoritätenschutz und genoß, verglichen mit anderen Lektoraten des Hauses, eine schonende, wenn nicht gar Vorzugsbehandlung. Die protektionistische Hut, in der man sich fühlen durfte, drückte sich auch darin aus, daß der Verlagsleiter George Marinescu, der mit gutem Grund als „Herr" zu bezeichnen war, „seine Deutschen" ins Herz geschlossen hatte.

Nachträglich erfuhr Christian Rosenow, daß seine Anstellung im Verlag gar nicht so glatt verlaufen war, wie ihm während der Verhandlungen mit dem Personalchef geschienen hatte. Von Weiland angestachelt, hatte Anton Hofer nicht nur den Antrag des Verlags, Rosenow freizugeben, brieflich abgelehnt, sondern auch anderweitig versucht, dessen Anstellung zu verhindern. Ewalt Dreyer, der Christian gewogene Agrarressort-Chef des „Neuen Lands", hatte diesen wissen lassen, in seiner Angelegenheit liefe da noch einiges nebenher. Er selbst sei unfreiwillig Zeuge eines Telefongesprächs geworden, das Anton Hofer mit der Pressesektion beim ZK führte. Darin sei eindeutig von Rosenow die Rede gewesen, von seinem Versuch, sich vom „Neuen Land" abzusetzen. „Zeuge eines Gesprächs" war vielleicht zuviel gesagt, denn Dreyer konnte nur den Hoferschen Teil der telefonischen Unterredung mitverfolgen, mußte sich also aus Hofers Reaktionen zusammenreimen, was am anderen Ende der Leitung gesprochen wurde.

Daß er überhaupt mitbekam, worum es ging, verdankte sich einer höchst lächerlichen Einrichtung. Vom Antichambre, in dem tagsüber die Sekretärin und abends gelegentlich der Politische Revisor der aktuellen Zeitungsausgabe, hier diesmal also Dreyer saß, war Anton Hofers Zimmer durch eine dick gepolsterte Tür abgeschirmt. „Abgeschirmt" war hier nun aber maßlos übertrieben, denn bei aller Polsterung der Tür erhob sich deren Unterkante gut zwei Finger breit über den Parkettboden, so daß Anton Hofers vertrauliche Reden bequem herausdringen konnten.

Der Gesprächspartner in der ZK-Pressesektion schien Hofer hinsichtlich der Möglichkeiten, Rosenow am Weggang zu hindern, gar nicht ermutigt, sondern, im Gegenteil, ihm die Schwierigkeiten eines solchen Versuchs auseinandergesetzt zu haben. Schließlich sei, so Mithörer Dreyer, die Rede darauf gekommen, ob Hofer den „Juventus"-Verlagschef Marinescu persönlich kenne. Wenn ja oder wie auch immer, solle er ihn doch auf Rosenow direkt ansprechen und versuchen, ihn zum Verzicht auf dessen Anstellung zu bewegen. Soweit Ewalt Dreyers Lauschbericht.

Der zweite Teil der geradezu kriminalistisch anmutenden Geschichte betrifft den Versuch des Ungeschicklichkeitskünstlers Hofer, die mit der Pressesektion ausgeheckte Quertreiberei ins Werk zu setzen. Eines Tages also klingelt im Sekretariat von „Juventus"-Direktor Marinescu das Telefon, ein Chefredakteur Hofer wünsche ihn zu sprechen. Marinescu, vom Personalchef vorab informiert, läßt sich durch die Sekretärin verleugnen: Der Chef befinde sich gerade nicht im Hause. Wer ihn denn vertrete? Frau Moreanu. Diese, vom Direktor instruiert, gibt, als Hofer sich bei ihr meldet, ihrem Bedauern Ausdruck, in der Sache nichts tun zu können, in Personalangelegenheiten behalte sich der Direktor die Entscheidung vor.

Solcherart ausgetrixt, gibt Hofer schließlich auf. Was folgt, ist schon gesagt.

Doch ungestraft soll nicht davonkommen, wer dem Chefredakteur Hofer oder, genauer, dem „Genossen Weiland" eine solche Blamage bereitet hat. Man schickt deshalb dem abtrünnigen Rosenow zunächst ein paar konjunktivische Drohungen hinterher. Als erster tut's Weilands getreuer Hofhund Hugo Hüttl, der nicht vergessen hat, daß Rosenow ihn seinerzeit in Sachen Diogenes Laërtios beschämte. Spione hinterbringen dem Abtrünnigen, Hüttl habe sich zu der Angelegenheit wie folgt geäußert: „Leute wie Rosenow, die dem ‚Neuen Land' den Rücken kehren, gehören eingesperrt." Rosenow, nicht auf den Mund gefallen, läßt ihm ausrichten: Leuten, die das Maul so weit aufreißen wie Hugo Hüttl, gehört in den Hals gereihert. So nämlich drückten sich zu einem solchen Fall die heimatlichen Burgstedter aus.

Das hatte so gut gesessen, daß Wortattacken aus der Redaktion des „Neuen Lands" fortan unterblieben, nicht jedoch solche anderer Art. Die wurden jedoch unauffälliger und subtiler geführt und waren nur von Christian Rosenow als solche registrierbar: Ehemalige Kollegen, vornehmlich einige der schon an anderer Stelle erwähnten „Sekretängs", wandten sich ostentativ ab, wenn sie Rosenow auf der Straße begegneten. Der durfte sich also nun ebenso als Ziel koordinierter Feindseligkeiten fühlen wie der durch die Amnestie aus politischer Haft entlassene Nikolaus Reutter. Wie sich zeigte, befehligte Weiland nach wie vor eine Rotte willfähriger Lakaien, nur begannen seine Aktionen merklich einfallsloser und stumpfer zu werden.

Die inszenierte Ächtung durch Kollegen kostete Rosenow ein Lachen. Andere, ihm gewogene Redaktionsmitarbeiter grüßten ihn dafür um so freundlicher. Sofern sie zur literarischen Schreibergilde gehörten, kamen sie nun mit ihren Manuskripten zu „Juventus" gelaufen. Bald jeder wollte nur noch hier verlegt werden. Franziskus Barsa, Hans Lipphardt, Franz Hein, schon gar Heinrich Lenz, der älteste unter den Journalisten-Freunden, sahen mit Rosenow neue Hoffnung im Verlagswesen Einzug halten. Da war nun plötzlich einer, den sie gut kannten, den sie als redaktionellen Kopf schätzten, zudem einer aus ihrer Sphäre. Das war nicht unwichtig, denn irgendwie neu war dieses Verlagswesen schon, verglichen mit allem Früheren, und erst recht für Deutschschreibende.

Einen richtigen Buchverlag hatten die Deutschen in Rumänien, auch in Österreich-Ungarn, früher nicht gehabt, höchstens ein paar angesehene Verlagsdruckereien, die sporadisch auftretende Autoren von historischen oder schöngeistigen Werken beziehungsweise Herausgeber von Zeitschriften editorisch betreuten. Wer mehr haben wollte als das, Werbung zumal und die Verbindung zum Buchhandel, der mußte sich nach einem Verleger in Deutschland, Österreich oder der Schweiz umsehen. Insofern war die Aufnahme von Literatur der Minderheiten ins rumänische Verlagswesen schon technisch und organisatorisch von Vorteil. Nebenher zeigte sich, daß eine Einrichtung, gibt es sie einmal, gleich auch ihre Nutzer anzieht beziehungsweise sie erst hervorruft und, so wie hier, auf das literarische Leben impulsgebend wirkt.

Christian Rosenow betrat also mit dem Schritt zu „Juventus" in zweifacher Hinsicht Neuland, indem er einmal von der Zeitung zum Buch wechselte, zum anderen, von einer deutschen Sprachinsel kommend, in die rumänische Kultur eintauchte, die Deutsches bereitwillig aufnahm.

Hedwiga Hauer, die Lektoratsleiterin und neue Chefin Rosenows, früher selbst beim „Neuen Land" tätig, rieb sich wegen der Autoren-Neuzugänge die Hände, und Ruth Lensay, die zweite Lektorin, die sich für Rosenow, zumal sie sich mit Lotte Natalie aus gemeinsamer Schulzeit kannten, sehr eingesetzt hatte, freute sich über die personelle Veränderung im Lektorat nicht minder.

Der deutsche Autorenkreis bei „Juventus" erweiterte sich aber zusehends nicht nur um Schreiber unter Rosenows ehemaligen Kollegen. Auch vom konkurrierenden Literaturverlag lief mancher zu „Juventus" über, so der inzwischen längst zur lyrischen Prominenz gehörende Oskar Melchior mit seinem zweiten Band Gedichte. Ja, und wen noch sah man eines schönen Tages das deutsche Lektorat betreten, getrieben von geheimdienstlicher Neugier, vielleicht aber auch in entsprechendem Auftrag der Behörde, der er inoffiziell weiter angehörte, und gehüllt natürlich in seine habituelle Duftwolke aus Dr. Dralles Birkenhaarwasser mit dem beigemischten Talg-Odeur seines schütter bewachsenen Skalps? Ein lieber alter Bekannter war es, der Schnüffelköter Heinz Brănescu, Dozent am Germanistiklehrstuhl der Bukarester Philology. Und weil der Sommer wieder einmal so heiß war in der Hauptstadt, tänzelte er auffällig sparsam bekleidet, das heißt nur in krachlederner Hose, grünen Kniestrümpfen und rot-weiß-kariertem Hemd, zur Tür herein, so daß Rosenow angesichts einer solch köstlichen, für Bukarester Verhältnisse jedoch eher bizarren

Kostümierung spontan ausrief: „Ein schmucker Bursche, flink und gewandt..."

Worauf Brănescu säuerlich lächelte und weiter sein Parfüm verströmend kleinlaut erklärte, er hätte nur einmal nachsehen wollen, wie die Dinge bei „Juventus" neuerdings so laufen.

„Ja, wie sollten sie denn laufen, die Dinge?", fuhr Rosenow fort zu provozieren. „Wie man doch sehen kann, in Haferlschuhen und mit Edelweiß vorn am Hosenträger-Brussteg. Fehlt noch der Jagerhut mit Gamsbart, und schon kann's abgehen nach Tirol. Wundern tät's mich da nicht, wann Sie gleich zu jodeln anfangen, Sie Alpenheinzi, Sie!"

Nun blieb auch Brănescu nichts anderes übrig als zu lachen, was man bei solchen Zeitgenossen so unter Lachen versteht. Doch dann hielt er es bald nicht länger aus in solcher Einkreisung aus Spott und Häme. Mit seinem schweren Schuhwerk trabte er davon und ward fortan hierorts nicht mehr gesehen.

„Wie du den nicht ungefährlichen Kerl auf den Arm nimmst", meinte Lektoratschefin Hedwiga Hauer sagen zu müssen, „hast du nicht Angst, daß er zurückschlägt?"

„Offen zugeschlagen hat dieser Heimtücker noch nie. Ich kenne ihn ganz aus der Nähe, aus fünf Jahren Universität. Ausschließen kannst du zwar nicht, daß er dir eins auswischt, doch ist eher unwahrscheinlich, daß er's tut. Ich fühle seit kurzem deutlich, und weiß nicht recht warum, daß die Zeit dieser Leute vorbei ist, Brănescus Zeit ebenso wie die Weilands. Es war doch deutlich zu sehen, wie er förmlich mit eingezogenem Schwanz davontrottete. Je forscher man solche Typen angeht, desto kleinmütiger werden sie. Es ist auch so: Seit ich vom ‚Neuen Land' weg und bei euch bin, habe ich absolut keine Angst mehr. Das ‚Neue Land'", sinnierte Christian weiter, „ist ein Reservat mit eigenen, sonderbaren Gesetzen. Unvorstellbar, daß zum Beispiel der Verlagsdirektor Marinescu hier plötzlich zur Tür hereinkommt und mich, wie neulich Weiland, wegen nichts und wieder nichts zusammenbrüllt, ja fast auch noch die Hand gegen mich erhebt. Wo sonst noch gibt es so etwas außer in Weilands Revier?"

XLII
Melchiors Aufstieg in den Ruhm und Umstieg aus dem Sichersten ins Tausendste

Ein Buchverlag ist schon ein ziemlich anderer Apparat als eine Zeitungsredaktion. Allein schon sein Produkt ist ein gänzlich anderes, handlicher Papierblock zwischen zwei Deckeln, aufschlagbar, aufstellbar, ganz auf Dauer angelegt, im Gegensatz zu jenem großen Lappen Billigpapier, der sich „Journal" nennt und sein tiefempfundenes Ungenügen, seinen Selbstzweifel galgenhumorig überspielt: *Hast du mit der Zeitung Kummer? Morgen kommt die nächste Nummer.* Der sich, wie man sehen kann, von vornherein als Eintagsfliege versteht, als eine Währung, deren Kurs heute so hoch ist wie morgen gleich Null. Und dessen selbstgefertigte Texte sich täglich neu bewähren und empfehlen müssen, einmal als Produkt, dann auch noch als dessen Reklame.

So ist es: Die Zeitung kam erst in die Welt, als das Buch gleichsam schon uralt war. Wie ganz anders als Journalisten sind deshalb Büchermacher, diese Verwalter und Verbreiter von Texten, die nicht die eigenen sind. Das Problem der Identifikation mit dem Produkt gibt es für sie nicht. In keiner Zeile, die sie ans Licht bringen, müssen sie selbst drinstecken. Zum Leuchten gebracht werden durch sie lediglich Schriftprodukte anderer.

Was Büchermacher tun, hatte Christian Rosenow schon die meiste Zeit beim „Neuen Land" getan, weshalb er im neidlosen Herausstellen fremden Geistesguts schon reichlich Übung besaß. Wie glänzt man mit dem eigenen Wort? Die Frage stellt sich für einen Büchermacher nie. Auch nicht die folgende journalistentypische Frage: Wie vergißt du über Nacht, was du gestern nicht ohne Mühe zu Papier gebracht hast, und richtest den Blick sogleich auf ein Nächstes, das wiederum in Vergessenheit sinkt, kaum daß es da ist. Findet hier, wie Rosenow sich sagte, nicht unentwegt frustrierende Verschwendung statt? War das eigentliche Gesetz der Presse demnach nicht ein ständig sich wiederholendes Vertagen, ein unablässiges Schwinden des Bodens, auf dem man stand?

Solcher Philosophie des Alltäglichen widmete Christian Rosenow nicht viel Zeit. Er lernte ein ganz neues Völkchen von Geistesarbeitern kennen, aufgeweckt, uneitel, aus Überzeugung einer Sache verschrieben, und doch alles Leute, die sich an ihrem Tun freuten, sich an ihm aufrichteten, und nur manchmal, in lichteren Momenten, beiläufig die Kategorie eigenes Buch andachten, den Moment, wo etwas rund und reif wurde mit dem Blick auf Ewigkeit.

Aber bis dahin war es ein längerer Weg, bis dahin hatte man sich mit einer besonderen Spezies Mensch vertraut zu machen und diese verstehen zu lernen: mit dem Künstler. Man konnte, und das war eindeutig von Vorteil für die eigene Entwicklung, sich aus der Nähe anschauen, wie dieser Künstler funktionierte, wie also sein Werk wurde. Und man konnte dabei gleichsam von innen her verfolgen, wie Eitelkeit sich gebärdete, wie sie sich lächerlich machte. Es war schon nicht unwichtig, möglichst früh zu erfahren, wie man ihr aus dem Weg ging, wenn dereinst für einen selbst der Fall eintrat.

Das alles konnte Rosenow bei seiner ersten Amtshandlung als Lektor mit amüsierter Kühle studieren. Der ehemalige Kommilitone Oskar Melchior brachte sein neuestes Manuskript zu „Juventus", einen Band Gedichte. (Sein erster Lyriktitel war 1964 im Literaturverlag erschienen.) Zur Seite hatte er dabei Frau Roswith, Kunsthistorikerin und Graphikerin, und Christian Rosenow durfte Melchiors neues Buch nun als sein Gesellenstück in Arbeit nehmen, weil er doch, wie seine neuen Kollegen meinten, von Lyrik einiges verstand.

Bevor man sich auf den Inhalt, hier auf die Gedichte, einläßt, die man ja noch gar nicht kennt, empfiehlt es sich, über die Buchgestaltung zu reden, zumal wenn eine gelernte Graphikerin, hier also Melchiors Frau, zugegen ist. Nun, wie soll's aussehen, das Buch? Christian kam sich bei der Erörterung der Frage ein bißchen wie ein Maßschneider vor, der Kundenwünsche für den zu bauenden Anzug entgegennimmt. Also „schmal" soll der Band sein, oder genauer „schlank", und schlicht soll er auch heißen, bloß „Gedichte". Da braucht es keine Bildchen auf dem Umschlag, wie Frau Roswith sie vorsorglich in einer Mappe mitgebracht hat, also keine Ablenkungen dieser Art. Der zugezogene Verlagsgraphiker, Christians neuer Kollege und Freund

Stan Done, ein witziges Spitzgesicht, erkennt sofort, worum es geht, und welchem Künstlerkollegen man eine solche Übung in Schlichtheit anvertrauen kann. Soweit das Äußere von Rosenows erstem Lektoratsprojekt, das seine Wirkung allerdings von innen her zu entfalten hatte, von Oskar Melchiors wohlgefügten Poesien.

Wohlgefügt waren sie, die neuesten poetischen Hervorbringungen Melchiors, sowohl was die einzelnen Gedichte anging als auch ihre Zusammenstellung im Band. Kein Wort zuviel gab's da an Zeitgeist-Zugeständnissen, keine müßigen Signale an die Meinungsmacher in Sachen Dichtung. Auch kein vergewissernder Seitenblick auf einschlägig bekannte deutschsprachige Literaturaufseher wie Paul Campolongo und Franz Johannes Buhlmann, die in den letzten Jahren keine Gelegenheit ausließen, zwei literarisch Etablierte, den Dichter Alfred Margul Sperber und den Romancier Oscar Walter Cisek, mit denunziatorischen Gehässigkeiten zu überziehen. Melchior war da ganz anders, geschult in ideologischen Finessen, bewundernswert souverän und kompromißlos in seiner Zielstrebigkeit, auch erinnerte bei ihm nichts mehr daran, daß aus dem Dichterkreis, dessen Haupt er war, noch vor vier Jahren Georg Hoffrich als „nationalistischer Volksfeind" vor Gericht und ins Gefängnis kam.

Offenbar hatte Melchior ein untrügliches Gespür für das momentan Machbare und war, ebenso wie Christian Rosenow an seinem neuen Arbeitsplatz, der stillschweigenden Ansicht, daß andere Zeiten unaufhaltsam nahten oder gar schon eingetroffen waren. Hier spürte Rosenow Übereinstimmung mit einem, dem er, zumal seit Hoffrichs Fall in die Netze der „Securitate", doch einigermaßen reserviert gegenüberstand, dem er wegen seiner offensichtlichen Packelei mit dem skrupellosen Streber Detlef Klestack sogar mißtraute. War es denn so, daß seismographisch veranlagte Menschen, um einander näherzukommen, sich nicht unbedingt mögen mußten, weil es hier nicht mehr darum ging, ob die Chemie zwischen ihnen stimmte, sondern doch wohl eher die Physik?

Und hier nun dies: Der sorgsam aufgebaute Band Melchiorscher Gedichte begann zwar mit einigen Versen, die auf die neuen Realitäten anspielten, aber nur so ungefähr und allgemein, dann ging es auch schon los mit den Eindeutig-Zweideutigkeiten, mit verspielten Variationen über Natur und Gesellschaft, mit Geschichten aus dem Weinberg, von Acker und Wiese, aber wie persönlich war das alles und doch auch wie hintergründig! Im Gedicht „Brautbett" hatte man anfangs kurz den Eindruck, hier solle, wie vom großen Bertolt Brecht vorgemacht, sozialistisch-tätiges Leben geschildert werden, doch nichts, überhaupt nichts gab's bei Melchior von Kolchosen, nichts von einer „Erziehung der Hirse" und von Väterchen „Josef Stalin", der mit Brechtscher Penetranz zu „Mitschurins Schülern sprach", nein, weit entfernt von solch kriecherischem Poetisieren war Melchior, rein um die idyllische Schilderung des Hanfbrechens war es ihm zu tun, ohne die ratgebende Präsenz der Partei.

Und das war's dann auch schon. Denn mehr war im Fortschreiten der Manuskriptlektüre nicht zu erfahren von eingängiger Beschwörung menschlicher Arbeit. Doch irgendwann und immer wieder tauchte, vom Sakralen ins Weltliche gewendet, das Motiv der Ikone auf, kam es zu Gängen durch „Straßen und Parks" mit der hinterhältigen Frage, wo Kain denn heute schlafe. „Oh, und irgendwo ahmt ein einsames Bein / dumpf meine Denkpausen nach" – ja, ein bißchen surrealistisch ist man auch, und kein Wunder ist's, wenn das Gedicht „Wer auf den Wellen geht" (war hier am Ende die Kurzwelle gemeint, die ewig gestörte, beim Empfang westlicher Rundfunksender?), wenn es also wie folgt ausläuft: „Ich kann das Gedicht nicht mehr tragen. / Nagle mich, Schlaf, an die Stadt." Der Dichter als Wellengänger, der in zeitlicher Ferne, zurück- oder vorausliegend, die Kreuzigung spürt – subtile Christologie in so unchristlichen Zeiten! Und gleich darauf der unmißverständliche „Sturz des Eichbaums", schön ins Geschehen professioneller Waldarbeit verpackt: Man merkt zwar nur zu deutlich, worum es hier geht, doch nirgendwo kann einer seine Spitzhacke zwischen die Verszeilen keilen und ausrufen: Jetzt hab ich dich, du poetischer Heimtücker.

Solche Gedichte wie „Der Sturz des Eichbaums" hätten noch vor vier Jahren geradewegs ins Gefängnis geführt, wie man am Beispiel Hoffrich hatte sehen können. Im Jahre 1965 allerdings nicht mehr. Irgendetwas war in der Zwischenzeit passiert, jenseits aller Amnestie für politische Gefangene. Und Melchior? Lehnte er sich nur auf Verdacht, das heißt also auf Gedeih und Verderb so sehr aus dem Fenster und nicht doch auf Wissen gestützt oder zumindest auf ein sicheres Gefühl? Hatte er die Dicke des Eises, auf dem er wandelte, vorsorglich geprüft? Oder besaß er auf dem Posten eines Rundfunkredakteurs, den er nach Beendung seines Studiums nun schon fünf Jahre bekleidete, die besseren Antennen für Erkundungen im politischen Äther? Lauter Fragen, die Christian Rosenow zwar beschäftigten, die er aber niemals an Melchior gerichtet hätte. So etwas war nicht üblich in einer Situation des beredten Schweigens, in der man sich nun schon ewig lange befand.

Der Melchiorsche Band erschien zum Jahreswechsel 1965/1966, unbeanstandet von der immerwachen Zensur. Und es ging noch weiter voran auf der Erfolgsbahn, fast schon, könnte man sagen, triumphal, denn dem Dichter Oskar Melchior wurde für diesen Band 1967 der Lyrikpreis des Schriftstellerverbandes verliehen, die höchste literarische Auszeichnung des Landes. Für deren Zuerkennung hätte nun freilich auch die Jury einen Preis verdient. Sie war für ein Werk eingetreten, das so gar nicht den Maßgaben des Sozialistischen Realismus entsprach, das sich aber auch sonst an nichts anlehnte – es rilkte nicht, es bennte nicht, es brechtelte schon gar nicht, es war reiner, eigenständiger, originaler Oskar Melchior, im Range gleich den lyrischen Größen der damals immerhin vier „Deutsch-Länder". So deutlich und bestimmt kann man das noch heute sagen, um so mehr, als Melchiors Band „Gedichte" ein auch vom Autor selbst nie mehr erreichter Gipfel war. Sosehr stieg er damit zu hohen Ehren auf, daß er 1968 als Mitglied einer Delegation benannt wurde, die den Partei- und Staatschef Ceaușescu bei einem seiner Arbeitsbesuche begleiten sollte.

Melchior leistete sich den Affront einer Ablehnung, da er den Paß für eine Reise nach Österreich in der Tasche und die Koffer schon gepackt hatte. Von dieser Reise kehrte er nicht wieder. Zurück ließ er den Ruhm, seine Frau Roswith und enttäuschte Förderer seiner Dichtkunst.

„Der Vagant", ein Gedicht in dem preisgekrönten Buch, sollte für seinen weiteren Werdegang programmatisch werden. Darin heißt es: „Er liebte den Plüsch der ersten Klasse nicht. / Er ging durch den Büffelstaub oder flog mit dem Löwenzahn / tandaradei, tandaradei."

Als sie sich ein Jahrzehnt später wiedersahen, die einander doch zugetanen Nicht-Freunde Oskar Melchior und Christian Rosenow, hatte jener längst, schon im Jahr nach seiner Flucht aus Rumänien, eine völlig neue Poetenkarriere begonnen mit dem Band „Vom Sichersten ins Tausendste", was vielleicht besagen sollte, daß er die „Securitate"-Sicherheit hinter sich gelassen und sich ins Tausendste westlicher Leichtigkeit hineinbegeben hatte. Mit sicherem Gespür hatte er erkannt, daß in seiner neuen Heimat mit Dichten in der alten Manier nichts zu erreichen war. Alles sollte ihm fortan „tandaradei" sein oder doch nicht viel mehr.

In seiner pointierten Art faßte Rosenow „Ossi" Melchiors ominöse Wandlung später in dem Titel eines Aufsatzes zusammen, den er allerdings nie schrieb: *Auf Holzwegen hinein in den Wirrwald oder Wie aus einem Wort-Hexenmeister ein ebensolcher Meisterhäcksler wird.*

XLIII
Eisenjahre – Gallenjahre / Schau dreimal hin,
ehe du etwas zu wissen meinst

Das alles ist nun aber doch weit vorgegriffen und dient mehr einer momentanen Ortsbestimmung als fortschreitendem Biographisieren. Zwischen Oskar Melchior und Christian Rosenow sollte es in den auf die „Gedichte" folgenden Jahren noch weitere, für beide folgenreiche Begegnungen geben. Melchior war neben allem anderen nämlich auch noch Übersetzer aus der rumänischen Literatur, aus Prosa und Dichtung gleicherweise.

Was Melchior aus solcher Beschäftigung lernte? Nach allem, was für ihn ausschlaggebend gewesen sein dürfte, vielleicht doch einmal dies: daß Übersetzen aus einer anderen Sprache die beste Schulung, ja die beste Selbstvergewisserung in Sachen des eigenen Idioms ist. Wie erklärte es sich sonst, daß Goethe, daß Schiller, daß Tieck oder A. W. Schlegel, daß viel später dann Rilke oder George sich neue poetische Welten übersetzend erschlossen? Hier bewies auch Melchior Instinkt. Ihm ging es, wie man annehmen muß, um die Eröffnung neuer Dimensionen durch Vermittlung des eingedeutschten Fremden.

Es war aber noch eines, was Melchior, und ihm nicht allein, wichtig zu sein schien: die Erkenntnis, daß Klassizität ein Feind aller schöpferischen Unruhe ist und, einmal erreicht, in der großen Langeweile endet. Hier konnte das Übersetzen aus einem anderen Idiom in das eigene Erstarrungen auflösen helfen. Unausgesprochen war man sich an der Literaturfront darin jedenfalls einig. In der Furcht vor Erstarrung lebte mit Sicherheit auch Melchior, über alles liebte er deswegen Avantgarde. Die sollte ihm, wie wir nun schon wissen, auch reichlich zuteil werden, obzwar er es dann doch zu mehr als gehobener poetischer Clownerie nicht brachte, sosehr seine Deuter, Förderer und Lober dies nachträglich bestreiten. Auch Clownerie, konsequent betrieben, neigt dazu, in Klassizität zu gerinnen, und als dies bei Melchior in einem doch schon etwas vorgerückten Alter eingetreten war, wurde ihm schließlich, wenn auch zu Recht, der höchste deutsche Literaturlorbeer aufs Haupt gedrückt, und zwar so, daß er unter dessen Last zu Boden ging. Es war mit ihm wie in Mihai Eminescus Gedicht

„Der Stern": Als das menschliche Auge diesen am Himmel erblickte, gab es ihn an seinem Ort längst nicht mehr.

Zu dem Zeitpunkt, da er den aus jahrelanger Ausgrenzung und Ächtung wieder ans Licht der Öffentlichkeit gezogenen Dichter und Philosophen Lucian Blaga für „Juventus" übersetzte, zunächst dessen Gedichte, dann auch die Memoiren der frühen Jahre, hatte Melchior schon einiges an Übertragungen aus dem Rumänischen vorzuweisen, aus Mihai Eminescu, George Coşbuc, Panait Istrati, Tudor Arghezi, hatte in der Aneignung und Anverwandlung von Fremdem also schon reichlich Erfahrung gesammelt.

Mit einigem Erschrecken stellte Rosenow als Lektor der Blaga-Übertragung dann doch fest, daß Melchior, ähnlich anderen Siebenbürger Geistesgrößen, die sich der Ehrensache Übersetzung verschrieben, die Landessprache, zumal in ihrer literarischen Ausprägung, zwar schätzte, ja sogar liebte, sie aber bei weitem nicht genug beherrschte. Nebensächlich war das durchaus nicht, denn solches Ungenügen brachte die komischsten und zugleich bedenklichsten Mißverständnisse hervor. Das galt für nahezu alle in Melchiors Lage und aus seiner Herkunftssphäre, für ihn also nicht einmal in besonderer Weise. Alle meinten sie, das Rumänische beherrsche man doch selbstverständlich, das könne man im Schlaf, spreche und übe es doch tagtäglich. Solche eingebildete Sicherheit im Umgang mit einer fremden Sprache stand indes ihrer tieferen Kenntnis eher im Wege.

Da machte Melchior aus „ani de fiere" in einem Gedicht Lucian Blagas kurzerhand „Eisenjahre", wo es doch um bittere, um „Gallenjahre" ging. Und Mihai Eminescus Schwester, die in George Călinescus Biographie nach Wien aufbrach, angeblich, wie der prominente Übersetzer Harald Krass meinte, „um sich zu suchen", wollte sich dort gerade nur „untersuchen" lassen. Ein Experte für alles und jedes wie Detlev Klestack, der den aufstrebenden Dichter Marin Sorescu unbedingt auch selbst übersetzen mußte, nachdem Christian Rosenow dies schon getan hatte, ließ in einer seiner Übertragungen den Regen, der im rumänischen Original „vom Horizont her" kommt, „aus den Falten der Erde" zum Himmel aufsteigen, wohl weil ihm das rumänische „dungă" bloß als „Bügelfalte" geläufig war, nicht auch als Streifen oder Rand, hier als Horizontlinie.

Angesichts solch dilettantischer Möchte-gern-Übersetzerei sagten sich Rosenow und der Freund Dieter Paul Kärrner, ein nun wirklicher und wahrer Sprachenkenner, daß nicht nur der Gebrauch von Fremdwörtern Glückssache ist, sondern überhaupt auch der von Fremdsprachen. Und wenn sie auf die stetig wachsende Zahl von Übersetzungen aus der Feder einheimisch-deutscher Bemühter genauer hinblickten, so packte sie, ob der tollen Einfälle, die das Unverständnis da so reichlich gebar, zuweilen das kalte Grausen vor all den Mißgriffen aus Ahnungslosigkeit, vor soviel leichtfertiger Literaturzerstörung.

Da war es um einschlägige Hervorbringungen der Czenowitzer Literaten wie Alfred Margul Sperber und Paul Celan, Alfred Kyttner und Immanuel Glass doch ganz anders bestellt. Bei ihnen hatte man den Eindruck, daß sie Sprachen, selbstverständlich auch das Rumänische, wirklich beherrschten. Kärrner zu Rosenow: „Hier kannst du sehen, was die überkommene jüdische Offenheit für Fremdes letztlich bedeutet. Wer schon dreitausend Jahre durch die Geschichte geht, kommt niemals in die Versuchung, ein ‚x' für ein ‚u' zu halten. So was passiert bei Gott nur unsereinem."

Kärrner und Rosenow wußten sich hier auf der sicheren Seite. Bei dem einen, Kärrner, war es die phänomenale Durchdringung alles Sprachlichen aus Intellekt und Instinkt, die ihn befähigte, aus der eigenen Sprache selbst ins Rumänische zu übersetzen, ohne daß ihm, wie Kenner bezeugten, der kleinste Fehler unterlief. Das wiederum hätte Rosenow sich nicht getraut. Sein Bemühen galt hauptsächlich der Übertragung rumänischer Dichtung ins Deutsche, und seine Rezepte für translatorische Genauigkeit waren einfach nur: Schau dreimal hin, bevor du etwas zu wissen meinst. Oder: Trau deiner Sprachkenntnis nicht, sie ist Glatteis. Lerne erst, dich darauf zu bewegen. Oder: Wenn sie richtig gemacht ist, liest man die Übersetzung als Original. Jenseits solcher nützlicher Maximen gelangte Rosenow, nachdem er sich im Übersetzen schon einige Zeit geübt hatte, zu der Einsicht: „Wie leicht lernt man dabei so nebenher, wo Kunst anfängt."

Das war nun vielleicht ein bißchen hochgemut gedacht, von der Realität aber doch nicht so weit entfernt. Seine Nachdichtungen aus Marin Sorescus Lyrik, die er im zweiten Jahr bei „Juventus" in Angriff nahm, sollten ein Durchbruch werden, und zwar insoweit, als dabei Zoltan Ferenczy, Großmeister des Übersetzens aus mindestens sieben Sprachen in mindestens drei andere, von seinem Denkmalsockel gestürzt wurde.

Der täglich zwei Päckchen Zigaretten paffende und unaufhörlich hustende ehemalige k. u. k. Kavallerie-Offizier Ferenczy beherrschte das Feld, zumindest wenn es um Dichtung ging, schon seit Jahren unumschränkt. Aus seinem Arbeitszimmer in Temesvar, in dem auf vier großen Schreibtischen, wie er dem „jungen Herrn Kollegen" Rosenow einmal verriet, Bücher und Papiere schier deckenhoch sich türmten, gingen jährlich bändeweise Übersetzungen vor allem aus den Sprachen Griechisch, Latein, Chinesisch, Englisch und Rumänisch ins Ungarische und Deutsche hervor, dazu noch Übertragungen aus den letzten beiden Sprachen jeweils in die andere. Es war also eine richtige translatorische Fabrik, was der alte Herr da betrieb, und entsprechend war es dann auch eine echte Katastrophe, als er den jährlich ausgeschriebenen Übersetzerpreis des Schriftstellerverbandes, auf den er so gut wie abonniert war, nicht erhielt. Dieser wurde von einer Jury, die den großen Ferenczy mit den Jahren sattbekommen hatte, 1968 Rosenows Sorescu-Übertragungen zugesprochen. Zum erstenmal ging Ferenczy nun leer aus, eine folgenreiche Betriebsstörung im jährlichen Preisverteilungskarussell. Die Hand mit im Spiel hatte dabei als Juror Arnold Hauer, einst Kollege Christian Rosenows beim „Neuen Land", nun schon länger stellvertretender Chefredakteur der deutschsprachigen Verbandszeitschrift „Literanova", dazu Ehegatte von Rosenows Lektoratschefin Hedwiga Hauer.

Soviel Aufstieg hatte sich Rosenow nach seinem so unerfreulichen Abgang vom „Neuen Land" nicht erhofft, auch nicht erwartet, daß ihm Anerkennung auf dem Feld der Literatur nun ausgerechnet über die doch sekundäre Schaffensform des Übersetzens zuteil würde, sozusagen über die Hintertreppe. Unzufrieden stimmte ihn dabei, daß er sich in den nun folgenden Jahren, wie schon in den letzten beim „Neuen Land", in einer Mentorensituation befand, umgeben von lauter Echt-Kreativen, von Poeten, Prosaisten, Essayisten, die ihm teils ein bißchen mitleidig, teils nur genierlich begegneten, teils aber auch, wo die Intelligenz nicht hinreichte, wie einem, dem nun einmal das Los einer dienenden Rolle zugefallen war.

XLIV
Celan und seine Bukarester Freunde / Jour fixe im Café Capşa

Das war nun aber wirklich der Sprung mittenhinein in die Literatur, was Christian Rosenow sozusagen täglich neu erlebte, seit er bei „Juventus" am Schreibtisch saß. In der Rückschau wurde ihm klarer, wie sehr er beim „Neuen Land", zumal in den letzten Jahren, auf verlorenem Posten gestanden hatte. Soviel Aufbruch wie im ersten Verlagsjahr hatte er nie im Innersten sich regen gefühlt, wenigstens nicht in beruflicher Hinsicht, nur gerade noch im privaten Leben seit der Verbindung mit Lotte Natalie.

Dieter Paul Kärrner war etwa zur gleichen Zeit ebenfalls ins editorische Fach gewechselt, als Lektor im neugeschaffenen Verlag für Weltliteratur, der im Zuge politischer Neuorientierung aus dem obsolet gewordenen Verlag „Das russische Buch" hervorgegangen war. Die Freunde sahen sich nun fast täglich, denn zwischen Kärrners neuem Arbeitsplatz und der Wohnung der Rosenows lag gerade nur eine Straßenecke und von dort bis zum Sitz von „Juventus" nahe dem Universitätsplatz waren es nur fünf Minuten Fußweg.

Den Stechuhr-Betrieb gab es in den Verlagen längst nicht mehr, da war Heimarbeit gewissermaßen schon Tradition und der über die Jahre immer wieder aufgeflammte Streit um „ore cur sau ore cap", um die von einem Redakteur zu leistenden „Gesäß- oder Kopfstunden", zugunsten der letzteren entschieden. Die griffige rumänische Formulierung betraf die Zeit, die ein Lektor mit der Arbeit am Manuskript zu verbringen hatte, egal, ob im Verlag, ob in den eigenen vier Wänden oder sonst an einem Ort angenehmeren Aufenthalts. Man konnte also Gespräche mit Autoren ungestört entweder bei sich oder bei ihnen zu Hause oder auch im zentral gelegenen Café Capşa führen, fern aller Büro-Galeerenarbeit, wie es sie allenthalben noch gab. Heimarbeit war, kurzgesagt, die freiheitliche Antwort der Büchermacher auf das Tun ihrer Kundschaft, der unabhängig Schaffenden, der Kreativen aller Art.

Nicht weit von Rosenows Arbeitsplatz und Wohnung logierte ein damals schon etwas älterer, als Dichter aber doch ewigjunger Herr, bei dem Christian noch von Leo Goldhahn, dem nach Hamburg ausgewanderten Freund, eingeführt worden war. Er hieß Alfred Kyttner, war ein literarisches Urgestein aus Czernowitz, Freund Alfred Margul Sperbers, Freund, über Grenzen hinweg, auch des damals längst in Paris lebenden, sehr berühmten Paul Celan, vornehmlich aber Freund aller dichtenden Menschen. Er selbst war ein solcher par excellence und jedem einschlägig wachen Geist treu zugetan in natürlichster Selbstlosigkeit.

Bis zu Kyttners Wohnung hatte Christian nur gerade fünfhundert Schritte zu gehen. Nach Überwindung einer Etagentreppe stand der Mann ihm gegenüber, mit festem Händedruck, kahler Stirn und leuchtendem Auge, eine kräftige Gestalt zwischen Büchertürmen, die sich über zwei Zimmer und einen mit Nachbarn gemeinsam genutzten Korridor verteilten und wohl um die 15000 Bände in sich bargen, eher mehr als weniger, fast aber schon soviel, wie die berühmte, von Christian nur ein einziges Mal betretene Bibliothek Alfred Margul Sperbers enthielt, des Übervaters aller Czernowitzer Literaten. Kyttners Büchertürme waren durch hölzerne Gestelle zusammengehalten und getragen, so daß sie, wenn ein Band aus ihrem Fundament herausgezogen wurde, nicht gleich in sich zusammenfielen.

Da saß man nun mit diesem weißzahnig lachenden Menschen in einem wahren Bücherlabyrinth und redete sich an der von ihm ozeanisch ausgebreiteten Weltlyrik heiß, aus welcher selbst Entlegenstes seiner Aufmerksamkeit nicht entging, ja seiner Anteilnahme gewiß war, in der jedoch, und das war auffällig, das eigene Werk nur die geringste Rolle spielte. Über sich selbst sprach er kaum jemals, man mußte ihn danach schon ausdrücklich fragen. Rangebenen schien es im uferlosen lyrischen Meer für Kyttner nicht zu geben. Alles war ihm anscheinend gleich wertvoll und verdiente uneingeschränkt Beachtung.

Dieses unstrukturierte poetische Weltreich Kyttners störte Christian Rosenow nun aber doch ein wenig. Gern hätte er, schon um der besseren Übersicht willen, sich ein bißchen Stufung im Betrachten des Phänomens gewünscht oder doch zumindest Präferenzen erkennen mögen. Gerade hierüber schwieg Kyttner sich nun aber gründlich aus.

Höchstens noch war ihm beiläufig zu entlocken, wie er über den alten Freund Paul Celan dachte. Diesem gegenüber zeigte Kyttner unverkennbar eine gewisse Zurückhaltung. Über das Warum und Wieso erging er sich jedoch höchstens in Andeutungen.

Alles in allem wollte es Rosenow scheinen, daß Kyttner am Dichten dieses immerhin anerkannt Großen einmal der Hang zur Verrätselung störte, das ostentative Vorpreschen ins Reich der Unverbindlichkeiten, dann aber auch die anscheinend unbekümmerte Art, sich fremder Ideen und Motive zu bedienen. Celans poetischer Kosmos stellte sich Kyttner mehr als Exerzierfeld für forschende und exegierende Germanisten dar denn als Andachtsort für lyrisch Normalgläubige. Hier mochte er eher auf der Seite von Immanuel Glass stehen, diesem Bukarester Freund Celans und auch seiner selbst.

Glass, im Aussehen Celan sehr ähnlich, war in der gemeinsamen Czernowitzer und eine Weile auch noch in der Bukarester Zeit dessen konkurrierender Widerpart, doch anders als jener von ehrgeizloser Bescheidenheit bis hin zur Selbstauslöschung. Im Kreis der gemeinsamen Freunde hörte man raunen, Paul Celan komme genaugenommen von Immanuel Glass her, und in dessen Werk sei das meiste schon vorgeprägt, was sich bei Celan später so üppig entfaltete. Glass, verstieg man sich weiter in parteinehmende Spekulation, sei der ursprünglichere, der echtere, der eigentlichere Celan. Dessen undurchdringliche Dunkelheiten und deutungsresistente Hermetismen seien Ab- und Irrwege weg von den einst ungeschiedenen poetischen Gemeinsamkeiten der beiden Jugendfreunde, sie öffneten, und dies war wohl das schlimmste, der interpretatorischen Beliebigkeit Tür und Tor.

Irgendwie hatte man den Eindruck, daß sich die poetischen Wege zwischen Kyttner und Glass einerseits und Celan andererseits durch ihre unterschiedlichen Lebenswege getrennt hatten. Kyttner und Glass gehörten zu den Czernowitzern, die 1942 in die Konzentrationslager am Bug deportiert wurden, während Celan, von den Eltern dazu überredet, in Czernowitz unterzutauchen, sie ohne seinen Beistand in ihr Verderben gehen ließ. Das Bewußtsein dieser untilgbaren Schuld, so Kyttners Deutung, habe Celan schließlich in den Freitod getrieben.

In der Absolutheit seines Denkens und Dichtens, zu welcher er sehr neigte, wäre ihm Poesie selbst in ihren höchsten Steigerungen niemals Versöhnung gewesen im Streit der Gefühle. Hier verließ Kyttners Celan-Porträt eindeutig die Psychologie und suchte die Erklärung sozusagen in der Metaphysik, wie Rosenow meinte. Für ihn eine etwas verstörende Erfahrung, was das Verhältnis zwischen musischen Menschen betraf.

Was nun aber die Beziehung zwischen Paul Celan und Immanuel Glass und die Antriebe ihres Dichtens anging, so waren sie für Rosenow gerade nur atmosphärisch zu erfassen. Denn selbst bei dem später von Glass initiierten und über die Jahre fortgeführten Jour fixe im Café Capşa, dessen Teilnehmerkreis sich auf Kyttner und die Rosenows beschränkte, gelegentlich erweitert um Christians Verlagskollegin Herta Spohn, selbst in diesem engen Kreis von Menschen also, die sich mochten, verstanden und vertrauten, war von eigenem poetischen Tun niemals die Rede und schon gar nicht davon, was man über Freunde und Kollegen dachte. Wer im Gespräch aus Versehen diese Sphäre streifte, den lenkte Glass auf seine freundlich-unaufdringliche Art schnellstens von ihr weg. Wie man über Geld nicht redet, wenn man beruflich damit befaßt ist, so nicht über Poesie, wenn man sie selbst praktiziert.

So war es hoher Kunst der Überzeugung zu verdanken, was Kyttner bei dem Freund Glass erreichte, nämlich die Gedichte ausgehändigt zu bekommen, die nach seinem frühen Band „Kariera am Bug", also in den Jahrzehnten nach 1945, entstanden waren, und sie Rosenow kurzerhand zur Veröffentlichung zu übergeben. Der schmale Band mit dem Titel „Der Nobiskrug", dessen Gedichte beharrlich verändert, verdichtet, auf ihre ewige Dauer hin vervollkommnet worden waren, ohne daß der Autor selbst je Abschluß und Ende fand, kamen zumeist aus den Dunkelheiten der Geschichte, vornehmlich aus dem von Glass so geliebten deutschen Mittelalter, Dunkelheiten, die für ihn jedoch reine Helligkeiten waren, jedenfalls nichts, was irgend der Interpretation bedurft hätte, weil doch alles seine Erklärung in sich trug. Glass stand noch immer fest an dem Ort, von dem aus Celan seinen eigenen Weg gegangen war bis zu dem Aquis submersus in der Seine.

Im Gedicht „Schwanengesang" ist Glass' Anschauung vom Dichten wie nirgend sonst in seinem schmalen Werk eingefangen. Die zwei Strophen lauten: „Im Pfadlosen der Liebe rode / Ich deine Lichtung, Niemandslied, / Ich wühle nicht im Müll der Mode / Im Rätsel, das ich längst erriet. // Verstrickt im Garn des Ganzgeringen, / Umfange ich Unendlichkeit, / Und stammle als ein Schwanensingen / Im Spruch des Seins die Silbe Zeit." In zwei Dutzend Wörtern ist hier eine ganze Welt beschworen. Die Ergriffenheit von menschlicher Größe, die Glass auszeichnete, man sah sie ihm nicht an, man konnte sie nur aus seinem vermuteten Tun und seinem offenbaren Leben folgern.

Immanuel Glass hatte in der langen Zeit, in der Tudor Arghezi, der größte Dichter der Rumänen im zwanzigsten Jahrhundert, vom kommunistischen Regime geächtet war, diesem durch häufige Besuche in seinem Refugium „Mărțișor" bei Bukarest treu zur Seite gestanden. In diesen Jahren übersetzte Glass Goethes „Faust" ins Rumänische, eine in jeder Hinsicht erstaunliche Leistung, die er aber, an Bescheidenheit nicht mehr zu überbieten, hinter dem Pseudonym Ion Iordan versteckte. Aus dem Rumänischen übertrug er neben anderem Mihai Eminescus berühmtes Gedicht „Mai am un singur dor", „Ich hab noch ein Verlangen". Er übertrug es nicht nur, er lebte ihm oder, genauer, starb ihm sogar nach. Seine Asche wünschte er sich, angelehnt an dieses Gedicht, ins Meer gestreut. Hier also ereignete sich, anders als in seinem Dichten, endlich die große Geste. Als zivile Person begnügte sich Glass mit dem Posten eines Archivars bei einer angesehenen rumänischen Tageszeitung, der „România Liberă". Das war für ihn ein reiner Brotberuf, doch sicherte er ihm zugleich seine Unabhängigkeit als Dichter.

Als Rosenow viele Jahre später, da Glass längst tot und sein Staub wunschgemäß dem Schwarzen Meer übergeben war, ein frühes Foto dieses so gründlich Verkannten in einem Buch entdeckte, rührte ihn der ins Unendliche gerichtete Blick seiner dunkeln Augen so sehr, daß ihn, wie nur selten in seinem Leben, das eigenartige Gefühl einer großen Welttraurigkeit überkam.

Was die beiden, man kann schon sagen väterlichen Freunde Kyttner und Glass ihm an Anerkennung unter anderem zuteil werden ließen, das war nicht weniger als die Ehrung mit dem sonderbaren Titel „Voltaire von Burgstedt". Die Nachricht davon erreichte ihn aber nur auf Umwegen und zunächst ohne Nennung der Stifter. Was ihn daran vor allem freute, war die Würdigung seiner spitzen Zunge, zu jener Zeit wohl das einzige, wessen er sich rühmen durfte.

„Sie sind unser Chefpolemiker und -satiriker, wie wir meinen", erklärte Kyttner ihm dazu irgendwann später, „eine seltene Erscheinung in tristen Zeiten. Und das sind Sie, lieber Rosenow, obwohl Sie doch nur wenig in dieser Richtung produziert haben. Sie sind es einfach schon durch die paar im Umlauf befindlichen Gedankensplitter eines ‚Sozialphysiognomikers' von Geburt, wie man das nennen möchte."

Es passierte Christian hier zum zweiten Mal, daß er für etwas gewürdigt wurde, wozu man ihn gerade nur für fähig hielt. Er fand es dennoch amüsant und einem „Chefsatiriker" für durchaus angemessen, daß hier reiner Virtualität, strenggenommen also Nullität so hohes Lob gezollt wurde. Das erste Mal war's in Kronstadt bei den Brüdern Adelfini gewesen, als der „Zauberer" Ferdinand Blawatzky, gestützt auf seinen graphologisch-physiognomischen Befund, in Rosenow einen herausragenden Menschen zu erkennen meinte.

XLV
Jedem Generalissimus seinen Journalissimus

O ja, herausragend, das war er zu seiner Verwunderung immer mehr, wenn auch nicht unbedingt auf einem Feld, auf dem er sich gerne hätte ergehen mögen: der schriftstellerischen Eigenkreation. Da fiel ihm, obwohl ständig umgeben von ermunternden Beispielen aus Dichtung und Prosa, buchstäblich nichts ein. Es war wie verhext: Die langgeübte Enthaltsamkeit im eigenen Schreiben, in der er sich während der elf Zeitungsjahre doch ganz wohl gefühlt hatte, schien jeden Drang nach literarischer Betätigung in ihm abgetötet zu haben.

Man muß aber schon auch sagen, daß es Rosenow im Grunde an Mut gebrach, sich literarisch aus dem Fenster zu lehnen. Es nötigte jedenfalls Respekt ab, mit welchem Schneid ein von sich selbst überzeugter Literat wie Oskar Melchior einen Band von nach wie vor nicht ungefährlichen Gedichten an die Öffentlichkeit brachte. In Rosenows Augen war dies nun zwar bewunderns- und darum auch förderswertes Draufgängertum, für ihn aber noch kein hinreichender Grund, es damit auch selbst zu versuchen.

Ein bißchen feige, sagte sich Rosenow, ist man schon, wo es um die eigene Haut geht. Deshalb hatte er für sich entschieden, aus der offensichtlichen Blockade mit Hilfe der literarischen Übersetzung herauszukommen. Hier hatte man es immerhin mit Gewagtheiten zu tun, die schon den Segen der Zensur hatten, und konnte sich darin sozusagen gefahrlos sonnen. Ja, nicht einmal in eine verlegerische Verantwortung mußte man dabei treten. Mit zwei Dutzend Probeübersetzungen aus Marin Sorescus frisch erschienenem Gedichtband suchte man also die Kollegen vom Literaturverlag auf, die im editorischen Lotsendienst schon langjährige Erfahrung hatten, und kam von dort mit einem fix und fertigen Buchvertrag nach Hause.

Das war nun wirklich die komfortabelste Form, ins literarische Leben einzusteigen, und risikolos war sie obendrein. Was es brachte, mit fremden, lies von Rumänisch auf Deutsch umgefärbten Federn vors Publikum zu treten, ist schon gesagt: Rosenow erhielt für seinen Band Sorescu-Gedichte mit dem verspielten Titel „Kugeln und Reifen" nicht nur ein ansehnliches Übersetzerhonorar, sondern gleich auch noch den nicht ungering dotierten Übersetzerpreis des Schriftstellerverbandes, ganz zu schweigen davon, daß ihm der von einer großen Leserschar umjubelte Dichter selbst fortan freundschaftlich zugetan war. Wer konnte da noch ernstlich behaupten, das sei alles nichts?

Die Nebeneffekte einer solchen Buchpublikation lassen sich zwar nicht voraussehen, sie sind aber zahlreicher und erfreulicher, als man denkt. „Wer Dichtung übersetzt wie Sie, mein lieber Rosenow, der ist selbst ein Dichter oder darf sich einen solchen nennen", äußerte sich dazu Alfred Kyttner in seiner jovialen Art. „Sie müssen wissen, daß solche Übertragungen oder, besser noch, Nachdichtungen immer einen neuen Ton in die Poesie bringen, in unserem Falle in die deutsche. Sie können das anhand eines bekannten Beispiels aus der Literaturgeschichte deutlich sehen: Brecht hat beim Schreiben an seiner ‚Dreigroschenoper' den François-Villon-Baladenton dringend gebraucht, sich den aber nicht aus dem französischen Original selbst erschlossen, sondern über den Umweg der Übersetzung von K. L. Ammer, eines als Dichter kaum hervorgetretenen Autors der zwanziger Jahre. Was nun uns betrifft, höre ich jetzt schon bei einigen Jungpoeten den von Ihnen ins Deutsche gebrachten Sorescu-Ton deutlich durchklingen. Widersprechen Sie mir da bitte nicht, ich habe ein feines Ohr für solch gewichtige Kleinigkeiten."

Das hörte Rosenow zwar nicht ohne Genugtuung, nahm dabei aber auch einen wenig erwünschten Nebeneffekt wahr: Mancher von den fast schon täglich hervortretenden Jungpoeten glaubte nun offenbar, Sorescu auch für sich selbst übersetzend entdecken zu müssen, weil das so kinderleicht zu sein schien. Freilich nur schien, denn keiner von ihnen ahnte, daß Rosenow es bei einigen Gedichten bis auf fünfzehn Übersetzungsversionen gebracht hatte, bevor er sagen konnte: Jetzt hat's geklickt. Erfreulicher und überzeugender war dann doch die von Alfred Kyttner konstatierte Einverwandlung des Sorescu-Tons in den Hervorbringungen mancher Jungpoeten. Rosenow machte hier jedenfalls die neue Erfahrung, daß es in der Dichtung so etwas wie eine unterschwellige „Transsubstantiation" gab.

Nachahmendes Tun, das die Übersetzung vor allem und hauptsächlich ist, machte sich indes auch in anderen Bereichen der Literatur bemerkbar, mit denen sich Rosenow lektorierend befaßte. Sozusagen über Nacht, geradezu explosionsartig, trat eine neue Literatenklasse, die Kurzprosa-Autoren, auf den Plan, so als ob einer vom anderen sich angesteckt hätte. Ansätze dazu hatte es bei den Deutschschreibenden schon einmal gegeben, als der damalige Kulturchef des „Neuen Lands", Hugo Hüttl, 1956 einen Literaturwettbewerb der Zeitung ausschrieb. Nur, wie hatte das schließlich geendet? In einem Kronstädter Monsterprozeß, der 1959 um fünf willkürlich zusammengelesene deutsche Schriftsteller und Dichter inszeniert wurde. Danach traute sich kaum noch jemand, mit Prosa hervorzutreten, trotz so leuchtender Beispiele, wie sie damals entdeckerisch gelesen und herumgereicht wurden, Ernest Hemingway oder, in Deutschland, Wolfgang Borchert und der frühe Heinrich Böll.

Nach Jahren schien nun wieder Liberalität in der Luft zu liegen. Als Neuling im Verlagswesen, der sich durchaus auch als Anreger verstand, meinte Rosenow ob des massiven Eintritts der Kurzprosaisten in die Literatur einiges auf sein Konto schreiben zu dürfen. Hans Lipphardt, Journalistenkollege vom „Neuen Land", derzeit dort Kulturchef, scherte sich den Teufel um Weilands konzertierte Rosenow-Ächtung, sondern kam mit seinen Short Stories aus erinnerter Kindheit 1966 zu „Juventus". Im Jahr darauf brachte er eine Sammlung höchst witziger Kultursatiren ins Haus und weitere zwei Jahre später eine Fortsetzung seiner Dorfgeschichten, in denen die Gestalt eines Andresi Weißkircher schon deutlichere Konturen angenommen hatte. Dieser war so ein Mischwesen aus tumbem Tor und Till Eulenspiegel, in welchem sich alles mögliche unterbringen ließ, von liebenswerten ländlichen Harmlosigkeiten bis hin zu tabuisierten rumäniendeutschen Kriegs- und Nachkriegsthemen.

Franz Hein, 1956 schon einmal erfolgreich beim Preisausschreiben des „Neuen Lands", kam nach zwei Bänden, die er im Literaturverlag veröffentlicht hatte, mit neuen Texten zu „Juventus". Heinrich Lenz, der alte Freund, legte seine Banater Geschichten in Rosenows Hände, und über kurz debütierte auch Arnold Hauer, ehemals Rosenows Kollege beim „Neuen Land", nun aber schon länger Vize-Chefredakteur der Zeitschrift „Literanova", als Prosa-Autor ebenfalls bei „Juventus". Der Jugendbuchverlag war also nun die neue erste Adresse für Kurzprosa-Schreiber. Im übrigen, einen solchen Schaffenseifer hatte es, soweit man auch zurückblickte, in der rumäniendeutschen Literaturlandschaft nicht gegeben, zumindest nicht auf dem Prosasektor.

Es kam aber in Rosenows ersten Verlagsjahren auch einiges zusammen, was auf den ersten Blick nicht unbedingt als zueinandergehörig zu erkennen war. Hedwiga Hauer, die Lektoratschefin, brachte eines Tages westliche Presse-Lektüre in die Redaktion. Den „Spiegel" hatte Rosenow schon lange nicht in Händen gehabt, zum letzten Mal bei seinem kurzen Gastspiel in der außenpolitischen Redaktion während der Volontariatszeit beim „Neuen Land."

Und was konnte man nun darin lesen – an nachrichtlichen Neuigkeiten nicht sosehr als vielmehr an solchen der Schreibmanier? Durchweg anonymisierter Journalismus war das zunächst einmal. Kein einziger Beitrag, mit Ausnahme solcher des Herausgebers Augstein, war namentlich gezeichnet, alles auf den später so berühmt gewordenen „Spiegel"-Stil getrimmt, von eigens dafür eingesetzten Sprachexperten, wie man hörte. Da mußte Rosenow als einstiger „Neues Land"-Stilist sich gleich angesprochen fühlen: So etwas gab es also auch sonst noch in der Zunft deutschsprachiger Skribenten, und zu solch hohem Ansehen konnte es stilles Sprachwirken ohne Autorschaftsansprüche schließlich bringen!

Was aber Rosenow an den „Spiegel"-Berichten noch weiter auffiel, war die Fortsetzung sprachlicher Stilisierung und Pointierung ins Faktische. Man merkte das erst, wenn die Berichte von Bekanntem, von politischen Themen des Landes handelten, vom Tun und Sagen führender Persönlichkeiten aus dem Partei- und Staatsapparat. Der namenlose, rein dem journalistischen Dienst verpflichtete „Spiegel"-Reporter ließ sie wie Figuren eines Welttheaters auftreten, das heißt sich als solche äußern und gebärden, man hatte den Eindruck, hier agiere nichts Geringeres als das shakespearesche Personal von Königen und Herzögen in staatstragender Mission – es war also richtig zum Lachen, wenn man wußte, welches Ansehen im Volke ein Minister mit dem suggestiven Namen „Cioară", zu deutsch „Krähe", genoß, der nun hier, einer Pressemeldung zufolge und weil Vögel das so an sich haben, gerade „auf dem Luftwege", auf den Fittichen nicht eines „avions", eines „Flugzeugs" also, sondern einer „aeronava", eines „Luftschiffs", aus dem Ausland zurückgekehrt war, wo er hochwichtige Gespräche geführt und hochbedeutende Verträge geschlossen hatte. Hier konnte man merken, wie Journalismus (was sonst nur für das Feuilleton galt) seine Rolle offenbar darin erblickte, auf Glatzen Locken zu drehen, mit anderen Worten Wirklichkeit ins Überwirkliche aufzublasen. Zugeben mußte man indes schon: Solcher Journalismus streifte in seinem Anspruch eindeutig die Grenzen der Literatur. Oder wie der „Chefpolemiker" Rosenow in vertrautem Kreise höhnte: „Jedem Generalissimus seinen Journalissimus."

Hier dämmerte die Zeit herauf, da man an fast jedem Fernsehabend den im westlichen Ausland so beliebten Staatspräsidenten und obersten Befehlshaber der Armee namens Nicolae Ceaușescu auf seiner „aeronava prezidențială" einschweben oder entschweben sah.

XLVI
Ein sozialistischer Messias/Die Ufologen strömen herbei

Über Nacht können alte Sprüche erfreuliche Bedeutung gewinnen: Wenn zwei sich streiten, freut sich der Dritte. Die Binsenweisheit gilt aber nur dort, wo es den Dritten gibt. Hier gab es ihn, und er war ausnahmsweise keine Person, sondern gleich eine ganze Nation.

Als Gheorghe Gheorghiu-Dej, der Führer des kommunistischen Rumäniens, „von uns ging" (wie Genosse Stalin das so schön ausdrückte, als Genosse Lenin 1924 das Zeitliche segnete), da schrieb man den 19. März 1965. Den Tag darauf erhielt Christian Rosenow die Zusage, am 1. April im Juventus-Verlag antreten zu dürfen. Der von seinen Untertanen so sehr geliebte Führer Gheorghiu-Dej also ging und der von seinen Vorgesetzten gar nicht geliebte Rosenow kam, doch zuvor war auch er gegangen – weg vom „Neuen Land". Mit der Freude des Dritten zwischen zwei sich Streitenden verhielt es sich so: Sie stellte sich erst allmählich ein, es sollte Jahre dauern, bis man den Grund dafür begriffen hatte.

Gheorghiu-Dejs Erbe war, kurz gesagt, einmal die Abwendung Rumäniens von Moskau, zum anderen die Öffnung nach Westen und Öffnung überhaupt. Zugleich aber hinterließ er zwei Paladine: Alexandru Drăghici, langjähriger Innenminister, damit „Securitate"-Chef, damit erfahrenster Oberschlächter des Regimes, und Nicolae Ceaușescu, ein echtes Fuchsgesicht, zuständig mehr fürs Ideologische, dann noch für die Armee und, dank der textilen Begabung von Ehefrau Elena, allgemein auch für das Strippenziehen in Personalfragen. Bei der Übernahme der Macht im Lande war einer von beiden zuviel. Nur welcher?

Während Rosenow und Millionen anderer wie er nach sechzehn Jahren kommunistischen Terrors sich den aufkommenden Frühlingswind um die Ohren fächeln ließen, ereigneten sich, von außen kaum als solche wahrgenommen, in den höheren Etagen der Landespolitik existenzielle Dramen. Der eine, Drăghici, ließ längst nicht mehr einsperren, sondern gerade nur noch die 1964 von Gheorghiu-Dej aus dem rumänischen Gulag in die Freiheit entlassenen politischen Häftlinge schikanieren, der andere aber, Ceaușescu, war fest entschlossen, der erste Mann im Staate zu werden, und mußte deshalb den Rivalen Drăghici aus dem Rennen werfen. Diesen als den Urheber aller Greueltaten des Justizterrors der letzten zwölf Jahre vorzuführen, sozusagen als den Bluthund der Ära Gheorghiu-Dej, war nicht schwer. Bald war es damit soweit. Umgeben von Generälen der Armee trat Ceaușescu eines Tages vor eine ad hoc einberufene Versammlung von Securitate-Obristen und rief diesen, als sie, solchermaßen bedrängt, ihrem Unmut Luft zu machen begannen, laut zu: „Keinen Mucks mehr, oder ich dünne euch aus."

Die Herrschaften mit den kühlblauen Kragenspiegeln an der Khaki-Uniform merkten spätestens jetzt, was es geschlagen hatte: Ihr allgewaltiger Chef Drăghici, jahrelang unangefochtenes Oberhaupt eines Staates im Staate, war nicht mehr in der Lage, ihnen zu helfen, sondern stand angesichts der Attacken Ceaușescus selbst mit dem Rücken zur Wand. Als jener die letzte Trumpfkarte aus dem Ärmel zog und öffentlich drohte, ihm wegen seiner Untaten als Innenminister den Prozeß zu machen, gab Drăghici auf.

Nicu, der Retter, war nun also da, und alles Volk jubelte ihm zu. Als er im Herbst 1968 vom Balkon des ZK-Gebäudes vor versammeltem Volk den Einmarsch der Warschauer-Pakt-Truppen in die Tschechoslowakei verdammte, gab es keinen Zweifel mehr: Leibhaftig stand dort oben der sozialistische Messias.

Rosenow und Lotte Natalie machten gerade Urlaub in Burgstedt und hörten sich die Übertragung des angekündigten Großauftritts im Radio an. Mehr als stille Genugtuung empfanden sie dabei nicht. Die Verzückungen, die das Ereignis allenthalben zu erregen schien, beobachtete Christian mit der Gelassenheit des „müden Lords", als den ihn Franziskus Barsa einst beim „Neuen Land" identifiziert hatte. In Bukarest zurück, bekamen Rosenows anderntags frühen Besuch von Dieter Paul Kärrner. „Ihr habt was verpaßt. Dort auf dem Platz der Republik war die Menge bei Ceaușescus Auftritt regelrecht elektrisiert. Der Moment ist gekommen, wo wir mit Weiland abrechnen. Wie gehen wir die Sache an?"

„Tja, wie gehen wir sie an? Wir rennen halt sofort zu ihm und teilen ihm mit: ‚Genosse, Ihre Uhr ist abgelaufen. Jetzt sind Sie dran. Packen Sie Ihre Siebensachen und folgen Sie uns unauffällig!' Das wird Eindruck auf ihn machen. Der scheißt sich glatt in die Hosen."

„Denke ich auch", nickte Kärrner mit siegesgewiß geblähten Backen.

„Ja, denkste, daß der sich in die Hosen macht. Ich sag dir was anderes: Dem kommst du nicht bei. Wie stellst du dir das vor mit der Abrechnung? Vor welchen Richter willst du ihn zerren? Vor einen wie er selbst? Andere, mein Lieber, gibt es nicht. Schlag dir das aus dem Kopf, daraus wird nichts. Der Weiland wird zwar stiller werden, auch freundlicher zu dir und mir und Lotte Natalie, aber sonst wird ihm nichts passieren. Nicht einmal seinen Stuhl beim ‚Neuen Land' wird dieser verdiente Mensch räumen müssen. Begreif doch: Du hast keine Rolle in dem Spiel, das hier abläuft. Gefragt ist da keiner wie du oder ich. In welcher Eigenschaft willst du wegen diesem Weiland zu wem gehen? Als Kläger in einem Prozeß? Den Prozeß gibt es nicht. Wenn du von den Niederträchtigkeiten der letzten zwanzig Jahre auch nur ein bißchen was begriffen hast, müßtest du merken, daß hier bloß ein Apparat sich selbst reinigt. Machen wir uns nichts vor: Das hier ist kein Volksaufstand, da wird nur die oberste Etage des Hauses einmal gelüftet. Da werden alte Rechnungen beglichen. Das machen die alles selber. Wenn du da hineinzureden versuchst, lachen sie dich aus."

Das alles sagte Rosenow mit kühlster Erregtheit. So sehr war er gegenüber Kärrner noch nie aus sich herausgekommen, und so lange Reden hatte er nie gehalten.

„Machen wir dann also nichts mit Weiland?" fragte Kärrner enttäuscht.

„Nichts. Der wird höchstens, von niemandem gestoßen, selbst fleißig Kreide fressen und dich mit sanfter Stimme grüßen und dir versichern, daß er dich immer schon geschätzt, ja richtig gemocht hat, nur zeigen hätte er's halt nicht so dürfen."

Bei einer Tasse heißem Türkischen kühlte sich der leicht entflammbare Dieter Paul Kärrner bald auf herbstliche Temperaturen ab. Ein bißchen, lachte es in Rosenow, ist er wie dieser Leo Naphtha in Thomas Manns „Zauberberg", erfüllt von so etwas wie scharfsinniger Naivität, so könnte man es nennen.

„Nichtsdestoweniger scheint mir unsere Zeit auf andere Art dann doch gekommen", sagte Rosenow versöhnlich zum Abschied. „Nutzen wir sie, vergessen wir diesen Gräßling Weiland."

Das taten sie dann auch: Sie nutzten die Zeit eines nicht sehr langen Scheinfrühlings, der zu Ende ging, als der Apparat sich von innen her neu organisiert und jeder seinen Platz darin gefunden hatte, mit Ceauşescu als Bezugspunkt, das heißt entweder auf seiner Seite oder von ihm in die Ecke gestellt, oder auch, was noch möglich war, in den stillen Gewässern politischer Indifferenz seine Runden drehend. Dort war es vordergründig niemals aufregend, nur gerade in geistigen Dingen sehr bewegt.

Für Dr. Klaus Kessel traf das in besonderer Weise zu. Bei dem Glasikonen-Sammler und Schäßburger „Drittvetter", den Christian seinerzeit durch den Freund Leo Goldhahn kennengelernt hatte, gingen, vornehmlich wegen seiner Frau Martha, einer hochangesehenen Konzertsängerin, nicht nur künstlerisch Prominente ein und aus, sondern auch gelehrte Obskurantisten und Welträtsellöser aller Art.

Ein nicht mehr ganz junger Historiker, der im Hermannstädter Stadtarchiv verschollene Schriften des frühesten europäischen Raketenkonstrukteurs Conrad Haas entdeckt hatte, saß, als Christian in dem Haus, das Kessels neuerdings in der Strada Izvor bewohnten, einmal vorbeischaute, in einem der Ledersessel von Vetter Klausens Arbeitskeller und dozierte über die Inthronisation Stefans des Großen auf dem moldauischen Fürstenstuhl, die, man höre und staune, just nach den Investiturregeln des Deutschen Ordens abgelaufen sei. Ja, und was die deutsche Hanse betreffe, so sei ihre Geschichte so voller Rätsel und Geheimnisse wie gerade nur noch die der ägyptischen Pharaonen und ihrer Pyramiden. Dagegen sei jene der Phönizier oder Venezianer von einer geradezu langweiligen Transparenz.

Auch französische Ufologen und Erforscher extraterrestrischer Erdvisiten machten, die westliche Öffnung des Landes nutzend, bei Kessel Station und ließen sich von dem bergkundigen Doctor medicinae an verdächtige Orte in den Karpaten geleiten, wo Außerirdische ihre

Kuckuckseier, das heißt ihre Steinfiguren abgelegt und ihre Felsritzzeichnungen angebracht hatten. Ebenfalls aus Frankreich herbeigeeilte Erkunder der Vierten Dimension vermuteten in der weitläufigen Bibliothek des polyhistorischen Doktors nicht nur die entlegensten Geheimschriften der Alchemie, sondern auch solche kaum entschlüsselbare Werke wie die niederländische „Ura Linda Chronik".

Was letztere betraf, lagen sie aber falsch. Da mußte sich der Dr. Kessel an den antiquarisch viel herumgekommenen „Drittvetter" Rosenow wenden, der ein Exemplar dieses seltenen Werkes sein eigen nannte. Als das schließlich dem Vetter Klaus ausgeliehene Buch lange nicht an seinen Besitzer zurückkam und Christian, zusehends unruhiger geworden, sich fast schon jede Woche nach seinem Verbleib erkundigte, stellte sich heraus, daß der genial-sorglose Kessel es nach Frankreich weiterverliehen hatte, es von dort aber auch ehebaldigst zurückerwartete. Von daher kam es auch eines Tages wieder, jedoch, oje, wie sah es aus? Ein Stapel fliegender Blätter, in den originalen Leinendeckel nur locker eingelegt. Was war passiert? Die cleveren französischen Ufologen hatten das Buch zwecks fotomechanischer Reproduktion auseinandergenommen, doch verabsäumt, es in seinen ursprünglichen Zustand zurückzuversetzen. So ist das eben, wenn man, ohne es zu wissen, mit der halben Welt forschender Geister in Verbindung steht.

Aber Kessel wußte Christian für seine lange Geduld und seinen Entbehrungsschmerz auch zu entschädigen. Der durfte deshalb, solange er nur wollte, sämtliche „Bastei"-Bücher, die der Vetter über die Jahre gehortet hatte, durchstudieren. Das war eine Reihe, die sich mit den Rätseln, Geheimnissen und magischen Plätzen dieser Welt und anderer untergegangenen Universen beschäftigte und in der blätternd man sozusagen von einem in kosmischen Höhen dahinfliegenden Teppich aus betrachten konnte, was die Welt da unten im Innersten zusammenhält. Man kam sich nicht weniger als faustisch vor, wenn man sich längere Zeit in den Sog dieser bibliophilen Raritäten hineinziehen ließ, doch fühlte man dann um so schmerzlicher den Ruck beim Aufgehen des Fallschirms, der einen auf den Boden der Wirklichkeit zurückbrachte.

Was Rosenow und Dr. Kessel sowie dessen befreundete Gralssucher und forschende Änigmatiker in diesen Jahren beschäftigte, war nichts Verbotenes oder gerade noch Erlaubtes mehr, sondern, im Gegenteil, von ganz oben gebilligtes Suchen nach fremden Welten und verschütteten Vergangenheiten, wie es merkwürdigerweise im Westen und Osten zugleich betrieben wurde, in einer die Realität des Kalten Kriegs verdrängenden Übereinstimmung.

Die Ufologie war nur eine der Stoßrichtungen solcher Erkundungen. Nachrichten über geistgelenkte Atom-U-Boote der zwei rivalisierenden Weltmächte passierten mühelos die Zensur. In Rußland, erfuhr man, würden Astralleiber medialer Menschen röntgenologisch untersucht. PSI, das Kürzel für Parapsychologie, spitzte bald jedermanns Mund. Die wissenschaftlich-phantastische Literatur drang mit Macht in ideologiefreie Zonen vor, und von der Geschichte an den Rand gedrängte Nationen wie die Rumänen entdeckten sich plötzlich als späte Nachfahren geheimnisvoller europäischer Urvölker wie der Thraker.

Selbst in der Literatur schien mit einem Mal alles Mögliche möglich, bisher bei Strafe Verbotenes erlaubt, ja erwünscht zu sein. Nicht nur William Faulkner, Ezra Pound oder Jorge Luis Borges waren bald allseits verehrte Magier des Wortes, auch auf Ernst Jünger, mit den „Marmorklippen" und „Gläsernen Bienen" frisch ins Rumänische übertragen, stürzte man sich ebenso selbstverständlich wie auf Sartre und Camus. Die „Zauberberge" gehörten nicht mehr dem humanistischen Weltgewissen Thomas Mann allein. Kafka, über Jahrzehnte verpönt, war plötzlich die große Offenbarung einer Literatur, die sich dem lange verleugneten Unheimlichen öffnete.

XLVII
‚Six apparitions de Dubček sur une gouttière'

Was in solcher Atmosphäre des Alles-ist-möglich aus lange verschlossenen Schubladen zum Vorschein kam, war schon zum Staunen. Dr. Ernst Maria Flink, Dozent am Germanistik-Lehrstuhl der Universität Bukarest und seinerzeit Betreuer von Christian Rosenows Staatsarbeit, brachte eines Tages ein paar handgeschriebene Hefte ins deutsche „Juventus"-Lektorat.

„Lieber Herr Rosenow, ich vertraue Ihnen zur Lektüre die literarische Hinterlassenschaft meines Bruders Robert an. Es sind Erzählungen und Romane, die er schrieb, als er sich nach langer Wanderung durch halb Europa schließlich als sehr gesuchter und geachteter Psychiater in Bukarest niedergelassen hatte. Er verfaßte sie in seinen Mußestunden, ganz nur für sich und nicht mit Blick auf eine Veröffentlichung. Wie Sie feststellen werden, sind sie aus dem Geiste Kafkas, nicht aber unbedingt aus dessen Werk inspiriert. Das kannte er übrigens nur flüchtig. Die Last seines Lebens und seines Berufs hatte er eines Tages nicht mehr tragen können, er nahm sich 1945, als der Krieg bei uns schon zu Ende war, das Leben. Seine Schriften bewahre ich seit jener Zeit, habe sie aber, wegen der politischen Umstände, nie zu veröffentlichen gewagt. Jetzt habe ich das Gefühl, ihre Zeit ist gekommen."

Sein Gefühl trog nicht. Robert Flinks literarische Hinterlassenschaft lag bald gedruckt vor und erlebte ein paar Jahre später auch noch eine Wiener Edition. Betreut hatte sie ein wacher Beobachter alles dessen, was exilierte und vergessene „alte Österreicher" wie der Bukowiner Robert Flink in den Wirren von Krieg und Nachkrieg, vor allem aber während der Hitlerjahre, hervorgebracht hatten. Dieser Wiederentdecker und freundliche Heger verschütteter Schätze hieß Wolfgang Kraus und stand der Österreichischen Gesellschaft für Literatur in Wien vor, einer von ihm selbst gegründeten Einrichtung. Einen kundigeren, uneigennützigeren und unbestechlicheren Förderer west-östlicher Beziehungen im Auf und Ab der Tauwetterzeiten hat es nicht gegeben. Vor allem keinen, der sich in den Mentalitäten des Ostblocks so gut auskannte wie er und der sich von Kulturoffiziellen in den Ostblockländern, die er immer wieder besuchte, nichts vormachen ließ. An ihm konnte man sehen, wie die Räson eines alten multiethnischen Reiches, hier dasjenige Habsburgs, selbst nach dessen Untergang in einigen seiner späten Repräsentanten noch lebendig geblieben war.

Sosehr Christian Rosenow die Öffnungen und Lockerungen der Jahre vor und nach 1968 mit einer Art pragmatischer Dankbarkeit genoß, so wenig war er bereit, sich in die Euphorie eines quasi zum Menschlichen hin verwässerten Sozialismus hineinziehen zu lassen, wie dies seit Ceauşescus berühmter Balkonrede für manchen Intellektuellen zur Versuchung geworden war, mit solch naiven Begründungen wie: „Anderes ist nicht möglich in der augenblicklichen Konstellation der Mächte. Man muß schon mit Peking packeln, will man mit Moskau brechen. Und den ganzen Marxismus über Bord werfen geht auch nicht, da marschieren sofort die Warschauer-Pakt-Genossen ein." Wie lautete der neueste diesbezügliche Treppenwitz? „Machst du Besuch bei Freunden, fahr mit dem Panzer vor."

Rumänien war also über Nacht zur lustigsten Baracke „im Lager" geworden, nur war dieses Lager sehr viel anders als dasjenige Wallensteins, in dem der Herzog von Friedland doch wenigstens seine Pappenheimer zu kennen behauptete. Im „sozialistischen Lager" hingegen tat man gut daran, niemanden zu kennen, schon gar nicht, sich zu jemandem zu bekennen. Aus einem Gruppenbild des vor dem ZK-Gebäude aufgestellten tschechoslowakischen Politbüros hatten die Genossen nach Ende des Prager Frühlings doch tatsächlich den Alexander Dubček herausschneiden lassen. Da der Schnitt senkrecht durchs ganze Bild ging, paßten oben am Gebäude die Enden der unterbrochenen Dachrinne nicht mehr zusammen. Frage an Radio Eriwan: „Kann durch eine Dachrinne wie auf beiliegendem Foto noch Wasser fließen?" Antwort: „Im Prinzip schon, nur eben nicht waagerecht, sondern rumsbums in die Tiefe, wie an den Niagarafällen."

„Könnte ja sein", bemerkte ein kunstliebender Scherzbold aus Rosenows Bukarester Freundeskreis, als er diesen „Radio-Eriwa(h)n-Witz" hörte, „könnte durchaus sein, daß in einem solchen Fall der Kopf von Dubček auf der Dachrinne erscheint, so wie der des russischen Revolutionsgenies Wladimir Iljitsch auf Salvador Dalís Bild

‚Six apparitions de Lénine sur un piano'. Unter einem entsprechend präparierten und angepaßten Bild müßte dann allerdings stehen: ‚Six apparitions de Dubček sur une gouttière', unbedingt noch mit dem Copyright-Zusatz: ‚Réphotographié, avec quelques modifications, par Milan Ch.' Dann wäre es korrekt. Dieser Milan Ch. nämlich ist nicht nur ein Connaisseur speziell des Prager Frühlings, sondern auch generell der bildenden Kunst, wie ich zuverlässig weiß, und überhaupt so etwas wie das photographische Auge Gottes."

So heiter ging es manchmal zu, wenn sich die von den kommunistischen Fesseln befreiten Geistesproletarier aus Rosenows Entourage im Restaurant „Berlin" bei Berliner Fleischsalat und Radeberger Bier unterhielten. Eine Sorglosigkeit war eingerissen, wie man sie nicht für möglich gehalten hätte in den Jahren davor. Man konnte bei offenem Fenster Radio Free Europe in rumänischer Sprache hören, ohne daß die Firma Guck & Horch & Greif & Quäl des Securitate-Chefs Alexandru Drăghici einschritt. Auch an den Schalterfenstern des Paßamts erschienen über Nacht neue, überaus freundliche Gesichter, so daß Lotte Natalie, deren Antrag auf Verwandtenbesuch in Leipzig noch vor zwei Jahren mit bösem Beamtenknurren abgelehnt worden war, es damit erneut versuchte und gleich auch noch den Ehemann Christian mit dazunahm. „Kommen Sie aber vielleicht doch lieber morgen früh wieder, heute, Sie sehen es ja", lächelte das Schalter-Fräulein, „ist hier der Teufel los."

Richtig herzerwärmend hörten sich die Bescheide der Paßbehörde neuerdings an, man munkelte sogar, der von einer fast schon gefährlichen Kühnheit befallene Ceaușescu hätte verlauten lassen, jeder Staatsbürger solle fortan seinen Reisepaß bei sich tragen, um ihn bei der Hand zu haben, wenn der Russe morgen einmarschiert. Dann könne er aus dem sicheren Ausland um so eifriger für die Rettung der Nation agieren.

Nun ja, so was ließ man sich gerne gefallen, und so mancher regimegeschädigte oder auch nur lange Jahre als Bourgeois geschmähte Zeitgenosse bekannte leuchtenden oder gar tränenden Auges, daß man einem solchen Sozialismus getrost beitreten könne. Nur Rosenow, der Theaterszenen am liebsten aus der Kulisse verfolgte, war bei aller um sich greifenden Begeisterung nicht bereit, da mitzumachen. Irgendwie fühlte er sich ausgeschlossen, das Naturell eines „Müden Lords", das man ihm nachsagte, machte ihn begeisterungsunfähig. Oder war es gar ein heimliches, uneingestandenes Seelengebrechen, die Gefühlskälte, die ihn in seiner Reserve verharren ließ? ‚Sollen die nur machen, ich kann ja später, wenn ich dafür reif bin, hinzukommen. Es läuft mir doch nichts davon.' Nicht einmal die unverhoffte Ehre, die ihm mit der Beförderung zum Leiter des deutschen Lektorats im 1969 gegründeten Nationalitätenverlag Helikon widerfuhr, ließ ihn in seiner Zurückhaltung und Skepsis wankend werden.

‚Heute verkünden sie', sagte er sich, ‚die Mitgliedschaft in der Partei spiele keine Rolle mehr, man wünsche sich nur die richtige Person auf den richtigen Platz, morgen kommen sie und sagen, es sei höchste Zeit, in den Club einzutreten', wie Rosenow das verächtlich nannte. „Wenn schon irgendwo aufgenommen werden", sagte er beim Jour fixe zu seinen Beichtvätern Kyttner und Glass, „dann doch bitte gleich im House of Lords, das wäre selbst für einen seiner ‚müden' Vertreter das angemessenste".

„Natürlich wäre es das", ging Kyttner auf den Scherz ein, „doch sollten die Briten unbedingt noch ein bisserl Geduld haben, wir brauchen Sie jetzt dringender in der deutschen Redaktion bei ‚Helikon'. Lassen Sie sich, Mylord, bitte dazu herab. Die schreibende Welt wird's Ihnen danken."

Bei soviel guter Laune um ihn herum wichen langsam die „nagenden Zweifel aus seiner Seele", wie Rosenow ironisch zur Kenntnis gab. Hinzu kam, daß sein neuer Direktor, ein ungarischer Gentleman namens Géza Dénes, ihn im übertragenen Sinne in die Arme schloß: „Rosenow, das müssen Sie machen und kein anderer, Sie können das, Sie machen das mit links. Ich habe von Ihnen vieles gehört und nur Gutes, Schönes, Lobendes. Ich würde mich freuen, wenn Sie sich unter diesen sehr veränderten Umständen, die jetzt auch im Verlagswesen eingetreten sind, speziell um das Deutsche kümmern wollten. Ich weiß mich da mit meiner Stellvertreterin Hedwiga Hauer einig. Sie schätzt sie sehr."

Das hörte sich nicht anders an als wie aus Freundesmund, als wie von Kyttner und Glass gesagt, nur eben kam es hier von neutraler, von offizieller Seite und eindeutig aus größtem Wohlwollen. Das war nun schon sehr bemerkenswert und, wie Christian sich sagte, möglicherweise auch nicht ungefährlich, denn wie leicht geriet man da in Zonen, aus denen es kein Zurück gab, wenn alles einmal kippte. So tief hinein ins Unwiderrufliche wollte er nicht. Da hielt er es mit dem listenreichen Bertolt Brecht, der in einer der „Geschichten vom Herrn Keuner" bekennt, er sei für die Gerechtigkeit und schätze deshalb Wohnungen, die mehr als einen Ausgang haben. Was Christian anging, wollte er aber wiederum nicht als einer erscheinen, dessen Zögern und Sich-Bedenken man als Ziererei hätte auslegen können. Von Eitelkeiten wußte er sich frei.

Der Beginn bei „Helikon" war noch mit weiteren Veränderungen verbunden. Die schöne territoriale Autonomie der bisherigen Verlage, die in meist alten, repräsentativen Häusern, in Gebäuden ehemaliger Versicherungen oder einstigen Aristokratenschlößchen, verstreut über das Zentrum der Stadt, untergebracht waren, ging mit den durch Teilung entstandenen Neuverlagen zu Ende. Alles mußte nun in das Riesen-Pressehaus draußen an den Seen umziehen, den einzigen rumänischen Bau im stalinschen Zuckerbäckerstil, der nun nicht mehr allein die großen Zeitungen und die dazugehörige Großdruckerei beherbergte, sondern auch das Kulturministerium mit all seinen Einrichtungen. Aus dem Juventus-Verlag gingen ein Kinder- und ein Jugendbuchverlag hervor mit eigenem Namen und Profil. Die Minderheitenredaktionen der Häuser „Juventus" und Literaturverlag waren nun unter „Helikon" zusammengefaßt. Christian saß plötzlich mit den Kollegen vom Literaturverlag unter einem Dach und in denselben vier Wänden, hatte aber dabei auch das beruhigende Gefühl, daß sie ihn als ihren neuen Chef akzeptierten. Schließlich war man miteinander schon länger bekannt, Christians preisgekrönte Übersetzungen aus Marin Sorescu waren doch von ihnen herausgebracht worden.

Mit einem Mal war viel Bewegung in der Kulturlandschaft. Es gab nicht nur einen Nationalitätenverlag, sondern, über Nacht ins Leben gerufen, ungarische und deutsche Sendungen im rasch sich entwickelnden rumänischen Fernsehen. Und, ach, welche Ironie: Die von Erich Weiland krampfhaft zusammengehaltene Redaktion des „Neuen Lands", lange Jahre Christians Berufsheimat, begann sich weiter aufzulösen. Franziskus Barsa, Christians früherer Kollege sowie Zweitnamengeber, dazu Buchautor, wechselte als sogenannter „consilier", als Rat, ins Kulturministerium, Hans Lipphardt, N. L.-Kulturchef und einer der von Christian an Land gezogenen „Juventus"-Autoren, wurde Leiter der Deutschen Sendung beim Fernsehen. Rosenow war nun längst nicht mehr der einsame Abtrünnige, dem man vor kurzem noch Drohungen hinterherschickte, als er dem „Neuen Land" Lebewohl sagte. Chefredakteur Anton Hofer, der grundgütige – man traf sich nolens volens am Fahrstuhl des gemeinsamen Domizils Pressehaus – drückte Christian eines sonnigen Montagmorgens freudig die Hand und behauptete, er sei stolz, einen ehemaligen Mitarbeiter in so gehobener und angesehener Position wiederzusehen. Die technischen „Sekretängs" vom „Neuen Land", die Christian, sooft sie ihm begegneten, durch ostentatives Wegsehen straften, staunten nicht schlecht über die Freundlichkeit, mit der ihr oberster Kriegsherr Rosenow begrüßte, und zeigten dem einstigen Ausreißer ihre strahlendsten Gesichter, als wäre er ihr wiedergefundener liebster Bruder.

„Soweit wären wir nun also wieder", erzählte er Lotte Natalie von den wundersamen Begebnissen am neuen Arbeitsplatz, „fehlt nur noch, daß der Weiland uns auf offener Straße in seine väterlichen Arme schließt und dir vielleicht auch noch die Hand küßt."

Das wäre nun doch beinahe passiert. Als Christian und Lotte Natalie in dem nun folgenden Sommer einmal im Floreasca-Strandbad auf der Suche nach einem Liegeplatz dahinschlenderten, kam Weiland, wie stets umgeben von Gefolge, ebenfalls des Weges und rief beim Anblick der beiden: „Ach, da kommt uns doch tatsächlich unser liebes Lottchen mit dem lieben Christian Rosenow entgegen! Was ist das für ein schöner Tag heute, nicht wahr? Und seit wann haben wir uns nicht mehr gesehen?"

„Ei ja doch, seit wann?", fragte Christian höhnisch zurück. „Vielleicht am Ende gar seit dem letzten Mal?"

So ist das, wenn eine alte Meuchelfirma wie die „Securitate" sich über Nacht wandelt, da erkennt man vor lauter Mähmäh-Geschrei die alten Wölfe nicht wieder.

„Der Racheengel Dieter Paul Kärrner müßte jetzt hier sein", sagte Christian zu Lotte Natalie im Weitergehen, „dem würde der Weiland, wie es aussieht, gleich die Backe hinhalten."

„Das könnte leicht passieren", stimmte ihm Lotte Natalie zu, „nur, was macht dann Dieter Paul? Klatscht er ihm eine?"

„Eher, denke ich, tritt bei ihm so etwas ein wie Beißhemmung. So nennt man das christliche Verzeihen bei den Hunden."

XLVIII
Egilbert Ferkelius' Eintritt in die Literatur als Romanfigur „Pirol"

Es war für Christian eine Zeit und ein Gefühl, als wären ihm über Nacht Flügel gewachsen. So leicht und glatt liefen die Dinge dahin, doch auch, wie sich bald zeigen sollte, auf bedenkliche Weise nervenzehrend.

Mit den altbekannten neuen Kollegen verstand er sich auf Anhieb, sie schienen mit der Lösung, ihn zum Chef zu bekommen, wie gesagt nicht unzufrieden. Das meinte er nun doch zuverlässig zu spüren und trachtete, ihnen mit so etwas wie kameradschaftlicher Selbstverständlichkeit zu begegnen, das heißt, sich nicht als ein Hans im Glück aufzuführen, dem eine höhere Macht Zügel in die Hand gelegt hatte, um andere zu kutschieren. Wie hätte er auch einen Titel, der ihm unverhofft und unerträumt zugefallen war, als durch Verdienst erworben auffassen können. Das hätte seinem Wesen so gar nicht entsprochen. Deshalb verstand er sich von vornherein bloß als Teil eines Kollegiums, in dem von Befehlen und Gehorchen nicht entfernt die Rede sein konnte.

Ältere Erfahrung in Lektoratsdingen, wie die Kollegen vom Literaturverlag sie mitbrachten, kam hier zusammen mit dem Initiativgeist eines Quer- und Späteinsteigers, der Rosenow nun einmal war. Und was lief dieser durch Neuorganisation gerade im Hergebrachten durch und durch verjüngten Redaktionsmannschaft nicht alles zu. Es war, als hätte allein schon die Kunde von ihrer Entstehung Kräfte entfesselt, die lange in Erwartung hatten ausharren müssen. Die kurze Prosa, Rosenows eigenste Domäne, boomte, wie gesagt. Nicht weniger als zehn Autoren kamen in den folgenden Jahren zu den bisher fünf hinzu und erschienen oft mit zwei, drei Titeln in einer auch graphisch ansprechend gestalteten Taschenbuchreihe. Es war wie ein literarisches Wunder, was sich hier ereignete, verglichen mit allem, was vorher war.

Dazu kam, daß die aus dem Juventus-Verlag übernommene „Kleine Schulbücherei", eine deutsche Klassikerreihe mit Kommentar, in den „Helikon-Schulausgaben" ein neues Gesicht und einen professionelleren Erläuterungsapparat erhielt, daß die zaghaft angestoßene Reihe „Ferienbuch" sich die Aufnahme eines Autors erlaubte, den die DDR in ihrer ideologischen Verbohrtheit gerade nur museal zu pflegen wagte, nämlich Karl Mays. Vom „Schatz im Silbersee" bestellte der Buchhandel, der die Auflagenhöhen letztlich bestimmte, gleich zehntausend Exemplare, eine für rumäniendeutsche Verhältnisse geradezu gigantische Menge. Die deutschsprachige Lyrik blühte allenthalben zwischen Temesvar und Kronstadt, und die neue rumänische Dichtung erreichte in frischen Übersetzungen nun sehr viel häufiger auch das deutschsprachige Ausland.

Es war eine „Irrsinnszeit", die mit dem Jahr 1968 angebrochen war, und zwar in jeder Hinsicht. So wenigstens bezeichnete sie ein gebranntes Kind der Terrorjahre, Rosenows einstiger Kronstädter Lehrer Georg Scherf, der, wie man sich erinnern wird, in dem berüchtigten Kronstädter Schriftstellerprozeß mit anderen vier deutschen Autoren, zu denen auch Rosenows „Drittvetter" Hans Berger gehörte, zu zwanzig Jahren Gefängnis verurteilt worden war. Fünf Jahre nach der großen Amnestie von 1964, einer Periode fortgesetzter Ächtung, schien nun auch seine Zeit gekommen. Der Schandprozeß von Kronstadt wurde neu aufgerollt und vom selben Gericht aus dem Geist Ceauşescuscher Securitate-Bekämpfung rückwirkend als lügnerische Justizinszenierung verdammt, die im Land verbliebenen Autoren, so Georg Scherf und Wolf von Aigen, wurden öffentlich rehabilitiert und sogar für erlittenes Haftunrecht entschädigt, ein unerhörter Vorgang. Nur waren, wegen der Länge der Zeit, die nach der Amnestie ohne jede Aussicht auf Wiedergutmachung verstrichen war, Andreas Brückner und Hans Berger, letzterer mit der Nachhilfe von Günter Grass, außer Landes gegangen, so daß die Segnungen der Rehabilitation sie nicht mehr erreichten.

Berauschend war das Fazit dieser Öffnung allerdings nun wieder auch nicht, zumindest nicht, was den Niederschlag der Terrorjahre in der Literatur betraf. Über die Gefängniszeit durfte nun zwar geredet werden, doch gerade nur in Andeutungen. Solschenizyns „Ein Tag im Leben des Iwan Denissowitsch" fand in Rumänien keine Nachahmung. Als ein Autor wie Paul Goma unter Mißachtung der neuen verlagspolitischen Spielregeln versuchte, in der Schilderung des Hafterlebnisses deutlicher zu werden, ging das für ihn nicht gut aus. Er wurde, zumal als sich Radio Free Europe seiner Sache annahm, kurzerhand des Landes verwiesen. Das hatte damit zu tun, daß im Kampf der Rivalen Drăghici und Ceaușescu der siegreiche Letztere an den Grausamkeiten des Justizterrors zurückliegender Jahre nicht unbeteiligt, also keineswegs der Engel der Gerechtigkeit gewesen war, als den er sich gerne dargestellt sah.

Sosehr Ceaușescu nach der Rede gegen den Pakttruppen-Einmarsch in Prag die Herzen zuflogen, sowenig war damit zu rechnen, daß Anspielungen auf seine Mitverantwortung für vergangene Untaten des Regimes ungestraft bleiben würden. Er war kein Alexander Dubček, dem die Humanisierung des Sozialismus als Ziel politischen Wirkens vorschwebte, sondern, wie mit den Jahren augenfälliger wurde, einer, der sich wegen seiner sehr erfolgreichen und ungestraft bleibenden Keckheiten gegenüber Moskau bald für den großen Auserwählten hielt, den das Geschick oder aus der Tiefe der Zeit vielleicht sogar der dakische Gott Zalmoxis zum späten Retter der Nation erkoren hatte. Manche Kenner der politischen Szene verstiegen sich später zu der Deutung, Ceaușescu habe sich ernstlich für eine Reinkarnation Vlad des Pfählers gehalten, eines Fürsten, den er, wie man sich erzählte, sehr verehrte und der den ominösen Zunamen „Draculea" trug. Ein bißchen streng, ein bißchen schaurig, im Rücken „Lady Macbeth" Elena, sein dumm-böses Hausgespenst, so hätte er in die Geschichte eingehen mögen. Nur reichte die Substanz, die der Schusterjunge aus Scornicești mitbrachte, lange nicht für solch angemaßte Größe.

Aber was soll's, das böse Ende des Möchte-gern-Giganten, den die gekrönten und ungekrönten Häupter dieser Welt lange Zeit fleißig hofierten, lag noch in weiter Ferne, und Rosenow und seinesgleichen konnten es sich daher im Genuß seiner momentanen Nützlichkeit gutgehen lassen. Ein rumänischer Freund, auf die sonderbare Erscheinung des Partei- und Staatschefs angesprochen, zumal auf die völlige Abwesenheit der typisch rumänischen Eloquenz bei diesem Vielredner, äußerte dazu: „Mein Lieber, es kann uns doch egal sein, wie der Hofhund aussieht, der uns die Russen vom Leibe hält, wenn er nur in die richtige Richtung bellt und mit dem gewünschten Effekt. Daß unser Nicu dies ein bißchen heiser und stotternd tut, nun ja, es soll doch nur die Moskowiter beeindrucken, und das scheint's zu tun."

„Nur, abgesehen vom Bellen", gab Rosenow zu bedenken, „ist er auch noch ein rechter Hampelmann und damit als Rumäne eindeutig fehlgeprägt. Das sollte dich schon ein bissel stören".

„Du meinst, weil er neuerdings mit einem Zepter aus massivem Gold in der Rechten und einer trikoloren Schärpe um die Schulter sein Präsidentenamt zelebriert? Kennst du den Kindersingsang ‚Are Nicuşor o tobă, bum, bum, bum'? Der sagt doch schon alles über den Fall."

Dieses „Hat Klein-Nicu eine Trommel, bumm, bumm, bumm" klang ja nun auch dem Satiriker Rosenow lustig im Ohr. Nur sollte sich bald zeigen, daß dem Phänomen „Nicuşor" mit solcherart Verniedlichung nicht beizukommen war. „Lächerlichkeit ist wirklich kein Grund, den Mann für harmlos zu erklären", wandte Rosenow im Fortgang des Gesprächs ein. „Es sollte dir doch einer noch in Erinnerung sein, der mit den komischsten Gestikulationen die Weltarena betrat – wie ging es mit ihm aus? Wenn mein Vater heute im Donbass begraben liegt, so läßt sich dazu nur sagen, am Beginn dieses Opfergangs stand eine Karikatur, der man ihre spätere Fürchterlichkeit nicht ansah."

„Du könntest recht haben, Rosenow, nur ist unser Nicu, verglichen mit dem Jahrhundertmonster Hitler, ein kleiner Pinscher."

Es war vielleicht das Zusammentreffen von politischem Größenwahn und politischer Liberalität, was denkende Menschen im rumänischen Jahr 1970 achselzuckend zur Tagesordnung übergehen ließ. Auf der standen, wie angedeutet, einige angenehme Aufregungen. Rosenows Freund Adelfini war zu diesem Zeitpunkt aus seiner Selbstverbannung in ein dörfliches Lehramt längst von dort wieder ausgebrochen und hatte bei dem deutschsprachigen „Volksblatt" in Kronstadt die journalistische Laufbahn eingeschlagen. Da konnte ihm Rosenow, einmal bei „Helikon" in Chefposition, das Aufbruchsignal für „Herrn Flöte und seine Schneider" geben, seine kleine Sammlung kurzer Prosa aus studentischer Zeit. „Das geht jetzt alles, wie ich spätestens heute weiß, siehe Melchiors Poesien-Band, siehe Georg Scherfs neuer Roman, der gerade auf meinem Schreibtisch liegt, siehe auch meine

Übersetzungen aus Marin Sorescus Lyrik. Da ist nicht mehr nur Augenzwinkern, da wird sie handgreiflich, die neu eingerissene Libertät. Im Kontext der neuesten Erlaubtheiten gehört der ‚Flöte' vielleicht noch zum Harmlosesten."

An Adelfinis „Herrn Flöte" war weniger der Inhalt das Aufregende als vielmehr die Form. An seiner Prosa, an der vor zehn Jahren, als sie entstand, das scheinbar Ungelenke das Irritierende war, konnte man jetzt, in zeitlichem Abstand, deutlich sehen, wie gar nicht erst der Vorgang, das Ereignis hier Gegenstand des Textes, sondern der Text selbst Vorgang und Ereignis war, anders gesagt, wie Sprache plötzlich greifbar körperlich wurde. In ihr lag nun also die Erregung, nicht außerhalb ihrer. Sprache beschrieb diese nicht, sondern war sie selbst. Kurz, bei Adelfini war Sprache das Ereignis, nicht das, was sie beschrieb. Sprache als pure Leibhaftigkeit, ja als Kreatürlichkeit, in all ihrer Unschuld und damit auch Anmut. Es war schon eigenartig, was hier vorging, es widersprach jedenfalls aller bisherigen Erfahrung Rosenows mit Literatur. Wollte man zu einer studentischen Lektüre zurückkehren, zu Kleists Aufsatz „Über das Marionettentheater", so las man diesen nun nicht mehr mit dem unbestimmten Gefühl von etwas Neuem, man las ihn als eine ästhetische Offenbarung.

Anders bei Franziskus Barsa, der nach mehreren literarischen Versuchen der letzten Jahre, darunter zwei Romanen und einem Band Erzählungen, nun mit kurzer Prosa zu Rosenow kam, einer zwar nicht unbedingt neuen Art des Schreibens, aber einer, die hier zur Vollkommenheit gebracht war. Die Sammlung filigraner Miniaturen wollte Barsa nicht als kurze Prosa bezeichnet wissen, sondern als „Situationen". Diese lebten vom seismographischen Notat feinster verborgener Regungen namenloser Personen. Über Ursprung und Antrieb dieser Regungen ließ sich aus Barsas Texten allerdings nichts entnehmen, so minimalistisch und durchweg erklärungskarg war diese Prosa, deren unerhört neue Wirkung sich einem deshalb auch nicht auf Anhieb erschloß. Sie war sozusagen nur einfach da. An ihr zeigte sich, wie durch diszipliniertes Hineinhorchen in die Person Prosa als sprachliches Gespinst geradezu von selbst entsteht.

Was wiederum Georg Scherf und seinen neuen Roman „Spiegelkammer" betraf, so hatte man hier ein Beispiel subtilster Oberflächenbeschreibung in Händen, facettierte Phänomenologie. Das Trauma einer fünfjährigen Haftzeit, täglicher Tortur in Gefängniszellen und Lagerbaracken, aufgehoben in einer verspiegelten Multiplikation der Figuren, mal Paul, mal Paolo, mal Pablo. Aber wer war er nun eigentlich dieser Ein-und-Derselbe mit den verschieden-gleichen Namen? Natürlich, ein Mörder war er. Was hätte er auch anderes sein können als ein Gemeinverbrecher, wo es den politischen Gefangenen auf höchsten Befehl überhaupt nicht geben durfte? Abgemildert war er dann freilich in einen Totschläger rein aus Versehen, mit allem, was mit ihm und um ihn herum passierte. Sogar ein Mensch namens Pirol tauchte da auf, ein Sänger, ein Freund, der gesungen, der also Verrat geübt hatte. Aber ein bißchen bizarr war das mit ihm schon, denn wo anders als in politischen Prozessen gab es den Verräter noch?

Hier nun begann die endlose Verrätselung des Scherfschen Romans, eingefangen in tausend Gaukelbilder eines Geschehens in Spiegeln. War das nun die antike „Katoptromantie", die hier neu auflebte, die Wahrsagerei aus dem Spekulum, dem Spiegel, das „Spekulieren" also in seiner urspünglichen Bedeutung? Ja, und wer war nun dieser Pirol schließlich doch, der den Paul, Paolo, Pablo ans Messer lieferte und, nachdem der hinter Gittern war, sich mit Gemeinheiten an dessen Frau heranmachte? War es am Ende, war es in Wahrheit der bekannte Judas Egilbert Ferkelius? Das wollte Rosenow nun doch genauer wissen, weniger als Lektor denn als Mensch. „Das könnte er schon sein, oder aber auch nicht", antwortete der neue Duzfreund Georg Scherf dem fragenden Lektor Rosenow, der dann schloß: „Alles klar, o du aller Sprachen offenbarer Meister, besonders aber der Geheimsprachen heimlicher Magister. Mehr will ich ja von dir nicht wissen, als du überhaupt sagen darfst, und auch dieses Wenige nur gerade für irgendwann später, sozusagen für die Nachwelt."

Ein schöner Satz stand da noch mitten im XXI. Kapitel des Romans, gewidmet dem einstigen jugendlichen Freund und späteren Verderber. Der befand sich, wie hier erläuternd vorauszuschicken ist, gerade in einer Seelenklempnerei und wurde dort von einem Bruder des Klosters St. Stasien aufgesucht. „Auch zu Pirol", so Scherf mit hintersinnig-sanftem Spott, „kamen die seltsamsten Leute mit den seltsamsten Anliegen. Von den Zeitungen, vom Film, vom Rundfunk, Mädchen wollten Autogramme, Anfänger einen Rat, auch der Postbote hatte einmal gestanden, daß er schreibe, und Christus selbst ließ sich von Pirol die Beistriche in die neue Übersetzung des Neuen Testaments setzen. . ., nicht zu reden von dem Streit, der zwischen Ist und Bedeutet in seiner Brust immer noch im Gange war. . ." Schließlich am Kapitelende noch dies: „Aber es verlautete, daß er in gehobenen Stunden vom Ethos des Verrats zu sprechen liebte." O ja, Humor hatte dieser Georg Scherf soviel wie alle homerischen Götter zusammen.

So redeten also Rosenow und Scherf miteinander, während sie den Roman „Spiegelkammer" drehten und wendeten, auf seine Hohlräume abklopften, sich in ihm nach Verzichtbarem oder Erweiterbarem umsahen. Es war ein schönes Arbeiten am Werk eines wahren Könners, der mit der Sprache spielte, als bestünde sie aus lauter Flaumfedern, so leicht fiel ihm alles Sagen. Das Leben, das eigene und das der anderen, das seines streifte, ereignete sich in diesem Roman als ein endlos facettiertes, verspiegeltes Geschehen. Andere, die das Buch nachher, die es sehr viel später lasen, erklärten, die Lektüre sei ihnen wie ein Gang durch Luft vorgekommen, so schön weich und widerstandslos sei sie ihnen erschienen. Ach, dieser Georg Scherf war ein Sprachvirtuose, wie es keinen gab unter Rosenows bisherigen Lektüren – warum nur blieb sein Werk so wirkungsarm und folgenlos? Das fragte sich Rosenow in den Jahren danach immer wieder, und eine Antwort darauf fand er nicht.

Tatsache aber bleibt, daß am Beginn seiner Lektoratsverantwortung im Helikon-Verlag drei Autoren standen, die für jeden lesenden Menschen das höchste an Schreibkunst sein mußten und bei denen sich die Frage nach den Folgen, weil sie völlig nebensächlich war, niemals stellte.

XLIX
Hypochondrischer Herbst

Es war der Winter seines Mißbefindens, der Rosenows unverhofftem Aufstieg zu einiger Berühmtheit auf dem Fuße folgte. So viele Auf- und Anbrüche hatte er sein Lebtag nicht gehabt, nicht jedenfalls in solcher Häufung und Intensität.

Wie Röntgenaufnahmen von Lektoren-Innenleben nichts über deren Nervenzustand aussagen, so verrieten auch die Blutwerte, die Rosenow sich durch Vermittlung befreundeter Ärzte im hauptstädtischen Elitekrankenhaus Fundeni machen ließ, nichts über alles Sonstige im unüberschaubar weiten Feld der Physiologie.

Die aber schien nun doch empfindlich gestört. Rosenows Schlaf, schon immer ein diffiziles Kapitel, sich herziehend von Burgstedter Zeiten, da der Knabe, von der Mutter längst in Morpheus' Armen vermutet, mit der Taschenlampe unter der Bettdecke Karl-May-Romane las, dieser notorisch löchrige Schlaf also war im letzten Jahr schon einmal merklich schlechter geworden. Abgenommen hatte auch der Appetit, trotz aller kulinarischen Herrlichkeiten, die ein nach allen Seiten, vor allem nach Westen sich öffnender Lebensmittelmarkt dem durch sozialistische Eintöpfigkeit lange unterforderten Magen neuerdings bescherte. Was halfen das englische Luncheon-Meat, was der in kleinen Holzsärglein verkaufte französische Brie-Käse, was der in pikante Kräutersoße eingeblechte jugoslawische Fisch, was das bulgarische Sesam-Halwa in den goldenen Dosen, was das Budweiser Bier, was die dänischen Fiske-Bollers oder die amerikanischen Erdnüsse und Cornflakes, was half das alles gegen das beunruhigende Schwinden des Körpergewichts? Zu sehr und zu oft hatte Rosenow mit alten und neuen Freunden und Kollegen den Übersetzerpreis des Schriftstellerverbandes gefeiert und begossen, zu sehr seine Zeit in die Entwicklung neuer Buchreihen und die Lektorierung gewichtiger Romane investiert, nur allzu sehr also die Zügel seines schöpferischen Furors schießen lassen und dabei die Peitsche geschwungen.

Nun war mindestens eine der Geschichten unerfreuliche Wirklichkeit geworden, die er ein Jahr zuvor, am Beginn sozialistischen Frühlingserwachens, mit leichter Hand verfaßt und in der Zeitschrift „Literanova" veröffentlicht hatte: der Titel lautete, sozusagen prophetisch, „Hypochondrischer Herbst". Es war ein Text aus dem Geist der symbolträchtigen Geschichten eines Jorge Luis Borges oder auch aus demjenigen früherer Lektüren, so von Ernst Jüngers Traumnotaten im „Abenteuerlichen Herzen".

Wenig halfen gegen Rosenows Angeschlagenheit selbst die würdigend-lobenden Worte des Klausenburger Junggermanisten Peter Masson, der mit ihm und dem ebenfalls bei „Literanova" vorabgedruckten Richard Adelfini den Surrealismus in die rumäniendeutsche Literatur Einzug halten sah. Rosenow fiel trotz solcher seelisch aufbauenden Worte sichtbarlich vom Fleisch. Lotte Natalie bestand deshalb darauf, dringend ärztlichen Rat einzuholen. Privat konsultiert, vertrat der Fundeni-Internist Dr. Kristescu die beruhigende Auffassung, schon einige kräftige Rindertsteaks würden alles wieder in Ordnung bringen. Dem stand nun aber entgegen, daß just in diesem Jahr 1970 schlimme Flutkatastrophen den Rinderbestand des Landes empfindlich dezimiert hatten und die Besorgung der Rindersteaks daher zum Problem geworden war. Hier zeigte sich wieder einmal, wie der liebe Gott, nach wie vor alleiniger Gebieter über die Meteorologie, gegenüber atheistischen Regimen nachtragend war, selbst wenn diese sich, wie im Falle Rumäniens, schon einem Sozialismus lockererer Observanz zugewandt hatten.

Frau Serena Beer-Tomaschek, einst Rosenows Hochschullehrerin und, seit Lotte Natalie neben ihrer Verlagsarbeit noch im universitären Fach Deutsch als Fremdsprache tätig war, auch deren Kollegin am Germanistiklehrstuhl, empfahl im Hinblick auf die baldige Genesung des vormaligen Studenten als flankierende Diätmaßnahme zur Steak-Therapie unbedingt noch Rotwein. Den lieferte sie als großzügige Schenkerin gleich selbst: „Jeden Tag ein Gläschen vor den Mahlzeiten. Du wirst sehen, mein Kind, wie dein Mann wieder rote Backen bekommt."

Denkste, daß dieser Nikotinkonsument so etwas bekam. Aber es gab dann doch Hoffnung auf Wandel. Wegen festgestellter Unregelmäßigkeiten beim Paßamt erhielten Rosenows die für einen weiteren

Leipziger Verwandtenbesuch beantragten Reisedokumente nicht mehr rechtzeitig zum geplanten Spätsommerurlaub und beschlossen daher, diese Visite auf Weihnachten zu verschieben. Zugleich, sagten sie sich, kriegt man dann bei Mami Seifert in Leipzigs Hoferstraße die hierzulande raren, in der einschlägig gut versorgten DDR problemlos beschaffbaren Rindersteaks auf den Teller, und der Christian kommt aus seinem Ernährungsloch schnell wieder heraus.

Tja, nochmals denkste. Der Mann nahm trotz schönster DDR-deutscher, von Schwiegermama köstlich zubereiteter Rindersteaks kein einziges Gramm zu. Anruf deshalb beim „guten Faufau", bei Valentin Vulpescu in Berlin, den man vor dem Rückflug nach Bukarest ohnehin zu besuchen vorhatte.

„Du alter Hypochonder kennst doch sicher in eurem Ost-Berlin die größten Ärzte, in der Charité, in Berlin-Buch oder in sonstigen medizinischen Etablissements, wo eure von Krankheit gottseidank nicht verschonten Großkopferten sich revitalisieren lassen."

„Ja, kenn ich. Kommt nur mal, ihr beiden, wir fahren dann nach Buch, dort hab ich einen großen Professor an der Hand."

Der schaut sich Rosenows mitgebrachte Röntgenaufnahmen vom Bukarester Elitekrankenhaus Fundeni näher an und sagt: „Krebs haben Sie nicht. Aber der Dünndarm, sehen Sie mal, ist total kaputt, das heißt innen auf ganzer Strecke glattgescheuert. So erklärt sich Ihr Gewichtsverlust. Mal sehen, was sich da machen läßt. Ich rufe bei unserem Freund Vulpescu an, sobald ich eine Lösung für Sie habe."

Keine zwei Tage später hatte er sie. Der Gastroenterologe Professor Cousin von der Charité leitete nebenher die Forschungsklinik für Ernährungskrankheiten der Akademie der Wissenschaften in Potsdam-Rehbrücke und hatte, weil kein Fettwanst an Weihnachten oder Neujahr sich zum Abspecken in eine Klinik einschließen läßt, gerade noch ein Bett für den Ausländer Rosenow frei. Der wurde auch gleich nach allen Regeln forschungsmedizinischer Kunst auseinandergenommen und mit den Produkten einer der Klinik angeschlossenen Anstalt für Nahrungsforschung, das heißt mit Spezialbackwaren, Haferflocken und sonstigem Körnerzeug gepäppelt, so daß, wenn auch

Hähne bei solch cerealischer Kost das Eierlegen lernen könnten, Rosenow hier sicher bald zu Neste gekommen wäre. Doch nichts regte sich, trotz aufmerksamster Vorzugsbehandlung, diesbezüglich und auch sonst bei ihm, und das allmorgendliche Besteigen der Klinikwaage brachte nur Enttäuschungen.

Der Professor indes hatte ihn so sehr ins Herz geschlossen, daß er, neugierig auf den ausländischen Gast mit deutschsprachiger Eloquenz, ihn außerhalb der täglichen Visiten gerne zu Privatgesprächen in sein Arbeitszimmer lud. Hier nun ergab sich die Frage, wo in Siebenbürgen Rosenow denn zur Schule gegangen sei, etwa in Klausenburg? „Nein, dort nicht, sondern in Kronstadt." „Ich frage das deshalb", so der Professor, „weil ich wöchentlich mit einem guten alten Freund hausmusiziere, der, als ich ihm von Ihnen erzählte, hellhörig wurde. Er habe einen Bruder, sagte er, der in Klausenburg Musiklehrer sei." „So, so, und wie ist sein Name?" „Behrisch". „Ach was, das muß der aus Schlesien stammende und in Siebenbürgen weithin berühmte Victor Behrisch sein, der war aber nicht in Klausenburg, sondern am Honterus-Gymnasium in Kronstadt seinerzeit mein hochverehrter Musiklehrer." „Das ist doch...", verschlug es Professor Cousin die Sprache, und „Wie klein die Welt ist!" rief er aus. „Sie sind, Herr Rosenow, am nächsten Mittwoch, unserem Hausmusiktag, bei mir zu Gast, Sie und Behrisch müssen sich unbedingt kennenlernen."

Gesagt, doch nicht getan. Denn inzwischen war Lotte Natalie, weil ein längeres Fernbleiben von ihrem Dienst nicht gut zu rechtfertigen war, nach Bukarest zurückgeflogen und hatte, weil in Rehbrücke während zweier Wochen in Sachen Genesung nichts Entscheidendes passiert war, einen Platz im Bukarester Parhon-Institut, einer ersten Adresse in der Endokrinologie, zugesichert bekommen und Christian wissen lassen, daß er dringend zurückerwartet werde.

So also wurde die Welt, die der freundliche Professor Cousin für klein erachtete, über Nacht wieder größer, und was zusammenkommen sollte, Freund Behrisch und Patient Rosenow, wurde nicht einmal mehr flüchtig miteinander bekannt.

Mit einem so dünnen Nervenkostüm, wie Rosenow es hatte, als er auf der Suche nach Rindersteaks ins östliche Deutschland aufbrach, sollte man auf lange Reisen nicht gehen, lautete der Befund im Parhon-Institut nach weiteren Wochen Klinikaufenthalt. Da wird alles nur noch schlimmer. Man solle sich das merken für spätere Male.

Wie hätte man aber auch wissen können, daß bei Rosenows alarmierendem Gewichtsverlust gerade nur die Nerven im Spiel waren. Im Röntgenbild war davon nichts zu sehen, wie überhaupt das ganze Röntgenwesen letzten Endes Kaffeesatzguckerei ist: Der eine glaubt, er sähe etwas, der andere sieht mehr als etwas, der dritte denkt sich nur manches, der vierte nicht einmal das.

Es dauerte noch gut ein Jahr, bis Rosenow von Freunden bei Begegnungen auf der Straße wiedererkannt wurde. So lange blieb er ein bloßer Schatten seiner selbst.

Ein bißchen änderte sich das Leben der Rosenows dann freilich auf andere Weise. Sie legten sich, was sie bis dahin aus Furcht vor zeitfressender Ablenkung vermieden hatten, einen Fernseher zu. Ein Nebeneffekt dieser Anschaffung war, daß den überzeugten Zeitung-Nichtlesern, die ihre Informationen exklusiv aus ausländischen Rundfunksendungen bezogen, vom Bildschirm nun täglich existenzerhellende Wirklichkeit ins Wohnzimmer flutete. Außer dem durchweg erfreulichen Filmangebot der „Telekinemathek" sahen sie nun nolens volens täglich die Auftritte der Herrscherfamilie Ceaușescu über den Bildschirm flimmern und konnten sich dabei vor allem ihre physiognomischen Gedanken machen.

L
Wozu Enzyklopädien gut sind/Hymne auf einen Vogel

„Hallo, Christian, ich möchte mit versammelter deutscher Helikon-Redaktion auch in diesem Jahr euren Verlagsplan bei mir vorstellen", meldete sich Hans Lipphardt, Chef der neuen, wöchentlich ausgestrahlten deutschen Sendung im Rumänischen Fernsehen, telefonisch bei Rosenow.

„Große Ehre", spöttelte Rosenow.

„Kannst du laut sagen. So einfach ist es damit nämlich nicht mehr wie noch vor einem Jahr. Wir dürfen Sendungen ‚mit Gefrieß' nur sparsam einsetzen. Wink von ganz oben, du verstehst."

„Wegen der ‚obersten Visage', denke ich mal."

„Das hab ich nicht gehört. Hoffentlich auch nicht die Damen von der Telefonzentrale, bei mir, bei euch."

„Alles klar, alles klar wie Braga", beruhigte ihn Rosenow – „Braga" war das Bukarester Sommer-Erfrischungsgetränk aus vergorener Weizenkleie, stark trüb, doch zehnmal besser schmeckend, als es aussah – und fuhr dann fort: „Wenn du meinst, kommen wir alle maskiert in deine Sendung, mit Ausnahme vielleicht von Chefin Hedwiga Hauer, die von der allerhöchsten Madam sehr gemocht wird."

„Das Thema können wir ja im Senderaum zu Ende blödeln", schloß Lipphardt leicht ungehalten. „Den genauen Termin erfahrt ihr noch. Seid bitte eine Stunde früher da."

Es war schon nicht uninteressant, was man da von einem Menschen mit Einblick in die höheren Sphären unterderhand erfuhr. Im übrigen deckte es sich mit dem, was man von der visuellen Zensur im Pressebüro des Zentralkomitees auch sonst hörte. Dort hatte eine Expertengruppe dafür zu sorgen, daß Fotos von Ceaușescu erst nach sorgsamster Prüfung für die Veröffentlichung freigegeben wurden. Das war bei einem Gesicht, das hauptsächlich aus unvorteilhaften Blickwinkeln bestand, verteufelt schwierig. Jedenfalls sah dieses Gesicht immer so aus, als guckte es aus der Reiterattrappe beim Jahrmarktsfotografen hervor. Dort mußte man nur den Kopf durchstecken, und schon war man Napoleon Bonaparte in der Schlacht bei Waterloo.

Wie Lipphardt den einstigen N. L.-Kollegen Rosenow aufklärte, galt für das Fernsehen allerdings eine andere Regelung. Kein Gesicht durfte dort mehr als einmal die Woche auf dem Bildschirm erscheinen. Vom täglich gezeigten *Obersten Antlitz* sollte der Blick tunlichst nicht abgelenkt werden. Jetzt ging Rosenow ein Licht darüber auf, warum der Moderator einer beliebten Wissenschaftssendung, ein vornehm gekleideter Herr namens Bacalu, jedesmal fast schon ängstlich hinter seine Gäste zurücktrat und in der Tiefe des Studioraums zu verschwinden suchte.

„Es ist vorgekommen", erzählte Lipphardt, „daß Sendungen mit zu häufig gezeigtem ‚Gefrieß' auf höhere Anweisung kurzerhand eingestellt wurden."

„Versteh ich eigentlich nicht, daß so ein Hingucker, wie es unser Präsident von Natur ist, sich vor anderen ‚Gefrießern' fürchten muß. Mindestens also, wenn er mit Ihrer Lieblichkeit, der Gemahlin Helene, zusammen auftritt, schaut doch kein Schwein mehr sonstwohin."

„Aus deiner Sicht mag das alles lustig sein, im Fernsehgeschäft ist es tödlicher Ernst, geschätzter Voltaire von Burgstedt."

Irgendwie schien Lipphardt recht zu haben, denn eines Tages, es war wohl 1972, passierte es, daß der Präsident sich von dem besonders jenseits der Landesgrenzen beliebten Außenminister Corneliu Mănescu ausgestochen fühlte, als der, mit seiner attraktiven Gattin, bei einer Staatsvisite zusammen mit dem Präsidentenpaar dem Flugzeug entstieg und die Aufmerksamkeit des Empfangskomitees sich ausschließlich auf ihn konzentrierte. Das geschah nur ein einziges Mal, denn danach war der präsentable oberste Diplomat die längste Zeit Außenminister gewesen.

Im selben Jahr erschien nach unendlich langer Wartezeit eine Neuauflage des „Micul Dicționar Enciclopedic", eines beliebten einbändigen Nachschlagewerks nach dem Muster des „Petit Larousse", und auch da gab es einiges zu bestaunen. Darin war der Name des Außenministers Mănescu, immerhin eines Altkommunisten, nicht mehr zu finden, dafür aber der Name Ceaușescu gleich dreifach vertreten: einmal als der Präsident höchstselbst, dann als dessen Gattin Elena und, da aller guten Dinge drei sind, auch noch als Radu Ceaușescu, einen angeblich um die Achtundvierziger Revolution verdienten Bojaren, von dessen Existenz bis dahin noch kein Nachschlagewerk Notiz genommen hatte und der hier offenbar nur dazu diente, eine adlige Abkunft des ‚Conducătors' anzudeuten.

Die Aufmachung dieser enzyklopädischen Kuriosität war denn auch entsprechend. Dem präsidialen Gattenpaar war in dem Lexikon eine Doppelseite mit Text und Bild gewidmet, und zwar so, daß Leben und Taten der Hauptfigur Nicolae C. vier Spalten fast ganz füllten, nur „fast", weil die letzte Spalte auf einem kleinen Textpodest ruhte, das den Lebensweg der weltberühmten Wissenschaftlerin Elena C. vierzehnzeilig umriß. Der erwähnte Achtundvierziger-Bojar Radu C. erfuhr auf der Anschlußseite gerade nur eine vierzeilige Würdigung.

„Selten so gelacht", begann Rosenow dem Freund Dieter Paul Kärrner seine neueste Buchakquisition vorzustellen. „Wenn ich auf meine schon ziemlich respektable Sammlung von Lexika schaue, dann freut mich eins besonders: daß die sechste Auflage von ‚Meyers Großem Konversationslexikon' in zwanzig Bänden schon seit zehn Jahren abgeschlossen war, als unser präsidialer Nicușor Ceaușescu 1919 in der Wiege zu lallen begann."

Kärrner, der Rosenow zweifellos schätzte, doch wegen dessen nicht nachlassender Lexikomanie dann auch bemitleidete, wenn nicht gar verachtete, kommentierte das so: „Wenn man sich, bei allem Respekt für Denis Diderot, auf Enzyklopädien einläßt, so verdient man es nicht besser als du mit deinem neuen Ceaușescu-Dictionnaire encyclopédique. Wie sagte doch der große Karl Kraus, dieser Lexikon-Verächter und Brockhaus-Schlechtmacher: ‚Ich sah im Traum ein Konversationslexikon auf einen Polyhistor zugehen und ihn aufschlagen' oder so ähnlich."

„Oder so ähnlich", echote Rosenow. „Da kannst du sehen, wie Polyhistoren deines Schlages, die den Wissensspeicher in ihrer Hirnschale für ausreichend halten, leicht ins Schwimmen kommen. Diese ‚Oder so ähnlich'-Zitate sind die Münzen, die Geistesfürsten wie du großartig unters Volk streuen, selbstverliebt und verächtlich, muß man wohl sagen, denn im Grunde kommt das alles nur aus dem mangelnden Respekt vor fremdem Geistesgut. Mir ist es wichtig, genau zu wissen, wie unser Conducător sich ausgedrückt hat. Hat er nun ‚poporul român' gesagt oder ‚popoul român', als er vom rumänischen Volk sprach oder zu sprechen meinte, aber von seiner genial verdrehten Zunge anstatt des ‚Populus' dann doch eher der ‚Podex' hervorkam. Das ist, wie du zugeben mußt, nicht ein und dasselbe. Ich bin sehr für Richtigkeit und Genauigkeit, deshalb bin ich für Lexika, in unserem Falle auch gegen den sehr verehrten Karl Kraus."

„Ich bin beileibe nicht dagegen, sondern sogar dafür, wenn auch nicht gleich für Lexika in jedermanns Hand", druckste Kärrner, den Einsichtigen mimend, herum, doch mit der gefürchteten Kralle im Anschlag: „Es ist halt das Problem zwischen Faust und Famulus Wagner, zwischen steiler Flamme und rußender Funzel."

„Du kannst es in noch so tolle Bilder fassen", gab Rosenow zurück, „auf Lexika lasse ich nichts kommen. Sie sind unter Umständen, wie wir sie hier und heute haben, richtig subversive Ware. Warum, meinst du, findet man sie in keinem öffentlichen Antiquariat, sondern nur in solchen, in die man mit Sondergenehmigung hineinkommt? Doch nur, weil sie Wissen in einer nicht genehmen Sicht vermitteln, also sagen wir: in einer rein bourgeoisen. Wenn die Alexandrinische Bibliothek noch fortexistiert, dann sicher nicht in solch elitären Behältnissen wie deinem oder Karl Krausens Kopf, sondern allein nur in solchen prosaischen Vielbändern wie Meyer, Brockhaus, Larousse oder der Britannica. Da hat Wissen keinen Geruch von irgendwas oder irgendwem, sondern liegt da, nüchtern und nichts anderes wollend, als das Nachdenken anzuregen."

„Das mit der Alexandrinischen Bibliothek", ereiferte sich nun Kärrner, „ist mir eindeutig zu hoch gegriffen. Das kann man so nicht vergleichen."

„Doch, doch, man kann's. Man kann es ohne weiteres. Es klingt zwar sehr erhaben, wenn man hört, da habe sich einer mit zwölf Papyrusrollen in einen Bibliothekssaal einschließen lassen, o ja, das klingt fast schon nach sakraler Handlung, nach Geistesandacht, aber bequemer und auch umfassender hat man's dann doch mit dem Lexikon. Es ist überschaubarer, durch jedermann zu erwerben, in den eigenen vier Wänden unterzubringen, mit einem Wort sehr ‚demokratisch' im Umgang, und elitär wird es gerade nur in der Art des Gebrauchs, den man von ihm macht. Da wollte ich also hinaus, du Hohepriester und Pharisäer in einem", schloß Rosenow, befreit und zugleich ermüdet von so vielem Plädieren.

Lotte Natalie hatte gegen Christians Lexikomanie weniger spirituelle Bedenken als praktisch-materielle. „Wozu brauchst du soviele Enzyklopädien und jetzt auch noch zu allen anderen, zu den mittleren und Großlexika, den Volksbrockhaus in einem Band? Geht das nicht schon zu weit und ein bissel auch ins Geld?"

„Erstens kann man diesen kleinsten Brockhaus überallhin mitnehmen, das ist die Alexandrinische Bibliothek im Manteltaschenformat. Zweitens läßt sich so ein Nachschlagewerk wie der Volksbrockhaus auch wieder zu Geld machen."

„Wie das?" fragte Lotte Natalie, neugierig geworden.

Rosenow führte ihr das sehr bald vor, indem er aus drei Stichwörtern des Volksbrockhaus, die unter dem Buchstaben „R" einander benachbart waren, einen kleinen Text verfaßte, nicht länger als eine halbe Seite, und ihm auch einen hübschen Titel gab: „Hymne auf einen Vogel". Das aus den drei Stichwortkeimen gewachsene Gebilde erschien sehr bald darauf in der Zeitschrift „Literanova" und wurde mit einem nicht geringen Stückhonorar bedacht. Hier ist es: „Ein Regenpfeifer wohnt in Regensburg, die Donau kommt dort, unermüdlicher Danubius, stadtvorbei, Burgen beschauend. Regenpfeifer in Regensburg, auf einem Baum, einem Zweig, er ist nämlich ein Sumpfvogel, und er pfeift, es pfeifen manche in den Sümpfen, bevor sie versinken, um wiederzukommen zu ihrer Zeit als reines Naphtha. Pfeift also den Regen herbei, pfeift die Wolken an den Himmel, denn zwar ist er ewig vergrämt, aber er ist auch gut, und dieser Himmel über Regensburg, sehr fremd, sehr weit, mit merkwürdiger Sonne, dieser Himmel mit seiner Sonne, sage ich, kann einem nicht gefallen, wenn man hier nicht zu Hause ist. So pfeift er, denn sein Herz ist gut, und mancher ist hier nicht zu Haus, er weiß das. Und es prallt dann plötzlich senkrecht der Regen auf die waagrechte Donau, Kamm aus Wasser, den Himmel kämmend, den längst nicht mehr besonnten, denn er pfiff, denn er pfiff sie herbei, die Wolken, und es regnet, o Shakespeare, o ihr kalaharischen Gemüter, es regnet, nur der Vogel, Vogel pfeift nicht mehr, der Regen verdirbt ihm die Resonanz des Gefieders, ihm, der ihn rief, und aus Zimmern bricht es jetzt und aus allen Kirchen hell, überall entzünden sich die Lichter, durch die Fenster blitzt es gelb ins Aschengefieder des Abends, und Max, Max regt sich an der Orgel, Maxe regen sich an allen Orgeln, in Sankt Emmeram, Sankt Peter, Sankt Jakob, immer reger."

Man kann hier also sehen, wie aus Regenpfeifer, Regensburg und Max Reger, fast also schon aus nichts, ein Etwas entsteht, das so übel nicht aussieht, weil es halt so heiter wie verrückt ist und musikalisch sowieso. Hier ließ sich Rosenow also gehen, was gar nicht seine Art war, aber er wollte Lotte Natalie doch auch die ästhetische Produktivität von Lexika beweisen neben all ihrer geist-erhellenden Nützlichkeit.

Als er Paul Schumacher, dem bei „Literanova" für die Prosa zuständigen Redakteur und darüberhinaus Verfasser vielgelobter Bücher, seine „Hymne auf einen Vogel" zusammen mit anderen Texten zur Veröffentlichung übergab und der sie, ob ihrer Kürze, auch sogleich las, da hörte er aus seinem Munde das Urteil: „Interessant, interessant, das alles bring ich in den nächsten Nummern der Zeitschrift. Im übrigen: Aus jedem Ihrer Texte, Kollege Rosenow, hätte ich jeweils einen Roman gemacht."

Drauf Rosenow: „Das glaube ich Ihnen aufs Wort. Das ist es ja, was uns beide unterscheidet."

Capricho 8

Die Geburt des Eleven Benis aus dem Geiste des Je m'en fiche

Rede des Präsidenten der Strenggeheimen Akademie zur Inauguration des Eleven Benis

Sehr verehrte Herrschaften beiderlei Geschlechts, hochmögenden Geistes Kinder!

Wir sind hier beisammen, um eine Geburt anzuzeigen und zu feiern, die Geburt des Eleven Benis. Es stellt sich gleich die Frage: Wie kann einer eben erst geboren sein, wenn er schon ein Eleve ist? Ich will es Ihnen erklären: Geboren ist er für uns nicht als physische Person, sondern gerade nur als Eleve mit dem Namen Benis. Und geboren ist er eben gerade nicht aus einer Mutter, sondern aus einem Geist: dem Geist des *Je m'en fiche*. Was heißt *Je m'en fiche*? Es heißt in der Sprache eines Voltaire, eines Balzac, sämtlicher Könige Frankreichs und aller Clochards von Paris ganz einfach und schlicht: Das ist mir scheißegal! Oder: Das geht mir am A...vorbei! Aus solchem Geist ist der Eleve Benis geboren.

Wo wir jetzt über die Umstände seiner Geburt unterrichtet sind und auch darüber, wes Geistes Kind er ist, kommen wir zu seinem Namen: Benis. Erinnert er Sie an irgend etwas? Nein? Mich erinnert er nicht nur an irgend etwas, sondern er läßt geradezu eine Gedächtniskeule auf mein Haupt niedersausen und alle Glocken darin erklingen. Man muß also nur an der Namensinitiale den unteren Bauch wegschneiden, und schon kommt man der Sache näher.

Der so veränderte Benis ist ja, wie Sie alle wissen, göttlicher Abkunft. Priapus, der römische Gott der Fruchtbarkeit, trug ihn wie einen Spieß vor sich her, mit ihm über das Feld weisend, das er hölzern bewachte. Die größten Dichter der Römer, von welch letzteren ja hier die meisten abstammen, mit Ausnahme derer, die sich mehr von den Dakern herleiten, die großen Poeten Roms also haben den Priapus mit seinem Utensil besungen, Horaz, Catull, Martial, es kann also nichts Verächtliches an ihm gewesen sein. Und da unser verehrter

Eleve seinen Ursprung ebenfalls auf diese unsere Vorfahren zurückführt, kann man von ihm mit Fug und Recht behaupten, er sei von besten Eltern.

Der Eleve Benis hat demnach eine weit zurückzuverfolgende Herkunft, die, wie wir gesehen haben, ins Mythische tief hineinreicht, aber er ist als unser Zeitgenosse durchaus von dieser Welt. Er hat Familie, er hat Vater, Mutter, Bruder, Schwester, er besitzt außerdem einen klaren, fast möchte man sagen durchdringenden Verstand, dazu einen ausgeprägten Mutterwitz, er hat einen geraden, aufrechten Charakter und nichts übrig für Getue und Geschnörkel im Umgang mit anderen.

Es muß indes in Anbetracht all dieser Qualitäten ein bißchen verwundern, daß er in seiner schulischen Laufbahn ein notorischer Repetent ist. Er begründete das einmal auf Befragen eines seiner Pädagogen so: Der Lehrstoff einer jeden Klasse, die zu besuchen ihm bisher vergönnt war, sei so vielgestaltig, so anregend und so vertiefenswürdig gewesen, daß er sich hätte zu kurz gekommen fühlen müssen, hätte er der Klasse schon nach einem Schuljahr für immer den Rücken gekehrt. Um dem vorzubeugen, lasse er sich mit Vorbedacht mal in dieser, mal in jener Disziplin durchsausen, was zwangsläufig die Repetition der Klasse zur Folge habe.

Das alles ist sehr einleuchtend, und man kann den Eleven wegen dieser Methode der Stoffvertiefung, wegen seines studierenden Verweilens und Beharrens eigentlich nur bewundern, auch wenn klar ist, daß er so für sieben Klassen Volksschule vierzehn Jahre braucht, also sozusagen erst im Abiturientenalter zu einem ersten Abschluß gelangt.

Meine sehr verehrten Herrschaften, ich wünsche mir von Ihnen erhöhte Aufmerksamkeit, wenn Ihnen der Eleve Benis einmal als Inkarnation der Volksweisheit entgegentritt, als Produzent von Witz, Anekdote oder anderen humorigen Hervorbringungen aus dem Geiste des *Je m'en fiche*. Hören Sie bitte genau hin und lassen Sie sich nicht dadurch beirren, daß in dieser Gestalt der Hofnarr aus monarchischen Zeiten fröhliche Urständ zu feiern scheint, denn, wahrhaftig, er scheint nicht nur, er ist auch ein solcher.

Ich erhebe mein Glas auf den heute umständehalber abwesenden Eleven Benis und erwarte, daß Sie es mir gleichtun.

(Der Präsident der Strenggeheimen Akademie nach erfolgtem Umtrunk:)

Hochverehrte Kollegen,

da wir nun die Inaugurationsweihen an unserem neuen Mitglied, dem Eleven Benis, vorgenommen haben, bitte ich unseren Magister ludi und Bruder im Geiste Prof. Dr. Vincentius Gaudeamus, die Früchte seiner folkloristischen Sammelarbeit exempli gratia vorzutragen. Lieber Kollege Gaudeamus, hiemit sei Ihnen das Wort erteilt.

(Prof. Dr. Vincentius Gaudeamus bringt aus seinen Papieren die folgenden Exempla aus der Gedanken- und Gefühlswelt des Eleven Benis zu Gehör:)

Benis 1.0

Die frühesten auf uns gekommenen Geistesregungen des Eleven Benis...

Fragt die Lehrerin: „Sag mal, Benis, wie viele Gebote gibt es?" „Zehn, Frau Lehrerin." „Richtig. Was passiert aber, wenn man gegen eines von ihnen verstößt?" „Dann sind es nur noch neun."

Fragt die Lehrerin: „Benis, wie heißt das Tier, vor dem selbst der Löwe Angst hat?" „Das Tier heißt ‚Löwin', Frau Lehrerin."

Frage des Eleven Benis an seinen Vater: „Papa, hast du nicht mal erzählt, sie hätten dich von der Schule geschmissen?" Der Vater: „Ja, das stimmt. Aber warum fragst du?" „Ich frage, weil die Geschichte sich nämlich wiederholt."

Benis 1.1

In der Pause nimmt die Lehrerin den Eleven Benis beiseite. „Benis, du solltest als Ältester der Klasse anderen ein Vorbild sein, aber schon seit Tagen läufst du mit zerknitterter Schuluniform herum. Könnte deine Mutter die nicht mal bügeln?" „Doch. Ich sag's ihr." Am nächsten Tag erscheint der Eleve Benis wieder in zerknitterter Schuluniform. Die Lehrerin: „Benis, wir hatten gestern was ausgemacht wegen der Uniform. Hast du deiner Mutter nichts gesagt?" „Doch. Es hat aber nicht hingehauen. Erst hat sie den Radiostecker in die

Steckdose gesteckt, da hörte man unseren Conducător eine Rede bellen. Dann hat sie den Fernsehstecker in die Steckdose gesteckt, da hörte man unseren Conducător immer noch seine Rede bellen. Drauf hat sie gesagt: ‚Das Bügeleisen wird nicht mehr angeschlossen, der ist imstande und bellt auch noch daraus.'"

Benis 1.2

Der Eleve Benis wird für außerordentliche schulische Leistungen ausgezeichnet: Er darf mit Präsident Nicolae Ceaușescu und dessen Gattin Elena an einem Inspektionsflug mit dem Hubschrauber teilnehmen. Gattin Elena guckt durchs Hubschrauberfenster in die Tiefe: „Nicu, die langen Streifen, die sich dort unten hinziehen, sind das die Flüsse unseres teuren Vaterlandes?" Nicu: „Nein, Elena, die langen Streifen dort unten sind die Straßen unseres teuren Vaterlandes." Elena: „Bist du sicher?" Nicu: „Fragen wir unseren Gast: Eleve Benis, was sind die langen Streifen dort unten, Flüsse oder Straßen?" Eleve Benis: „Die langen Streifen dort unten sind Menschenschlangen vor den Geschäften."

Benis 1.3

Die Lehrerin fragt den Eleven Benis, warum er gestern nicht in der Schule gewesen ist. „Frau Lehrerin, wir haben an diesem Tag unsere geliebte Großmutter zu Grabe getragen, dabei konnte ich schlecht fehlen." Die Lehrerin: „Komisch, als ich gestern früh an eurem Haus vorbeiging, da stand deine geliebte Großmutter in voller Größe am offenen Fenster." Eleve Benis: „Schon möglich, wir haben sie, weil Rentenzahltag war, dort schnell noch mal aufgestellt, damit der Geldpostbote sie sehen kann."

Benis 1.4

Der Eleve Benis läutet an einer Haustür, auf deren Namensschild „Dr. Popescu" steht. Dr. Popescu öffnet und fragt: „Sie wünschen?" Benis: „Herr Doktor, mir tut die linke Hinterbacke weh." Dr. Popescu: „Bedaure, ich habe bloß die Rechte studiert." Benis: „Oh, entschuldigen Sie, ich wußte nicht, daß es Spezialisten jeweils für die rechte und die linke Backe gibt."

Benis 1.5

Dem Eleven Benis wurde eines Tages die etwas heikle Frage gestellt, welchen von beiden, ob Nicolae oder Elena Ceaușescu, er als intelligenter einschätze. Benis: „Das hält sich ungefähr die Waage. Mit Lesen steht es bei ihm schlecht, bei ihr aber auch nicht gerade zum besten, mit Schreiben wiederum liegt es bei ihr im argen und bei ihm sozusagen nicht im ‚grünen Bereich'. Mit den vier Grundrechenarten haben sie sich beide schon immer schwergetan, und auch mit dem Kleinen Einmaleins standen sie mehr oder weniger auf Kriegsfuß. Was beiden jedoch gemeinsam ist: Sie begreifen schwer, vergessen aber leicht. Man kann indes von ihnen durchaus sagen, daß sie einander hervorragend ergänzen.

Benis 1.6

Der Eleve Benis wird in der Chemiestunde gefragt, für welche ihrer zahllosen Erfindungen Elena Ceaușescu den Doctor honoris causa der Universität Teheran bekommen habe. Benis: „Für die Erfindung des ‚Kozwei', denke ich." Der Lehrer: „Was heißt hier ‚Kozwei', das gibt es gar nicht, es muß ‚CO_2' heißen." Benis: „Das schon, doch hat sie dieses nicht erfunden, sondern nur das andere."

Benis 1.7

Der Vater des Eleven Benis ist gestorben. Da der Sohn so berühmt ist, soll der Vater entsprechend würdig beigesetzt werden. Er wird in einen Glassarg gebettet und für Kondolenzbesuche zu Hause in einem Nebenzimmer aufgebahrt. Ein Freund der Familie erscheint, will den alten Benis noch einmal sehen, geht ins Nebenzimmer, kommt aufgeregt zurück und sagt: „Mensch, Benis, dein Vater lebt noch." „Ach wo, der ist tot. Wie kommst du darauf?" „Ich hab ihn mir in dem Glassarg von allen Seiten angesehen, er schneidet fortwährend die fürchterlichsten Grimassen." „Beruhige dich, mein Lieber, der Sarg ist aus Mediascher Glas, das verzerrt halt ein bißchen."

Benis 1.8

Der Eleve Benis und sein Bruder teilen sich eine Wohnung. An der Haustür ist folgendes zu lesen: „Für den Eleven Benis läuten Sie einmal, für den Bruder Benis ein andermal."

Benis 1.9

Ein Freund will vom Eleven Benis wissen, wieso dessen Fräulein Schwester in letzter Zeit so häufig in Gesellschaft schwarzafrikanischer Studenten zu sehen ist. „Das", so Benis, „hat seine Gründe: Meine Schwester studiert Völkerkunde, ein Studium, das sich nur durch intensive Feldforschung ernsthaft betreiben läßt. Da das vor Ort, also in Afrika, wegen der großen Distanz zum Forschungsfeld ein bißchen schwierig ist, nutzt sie die Anwesenheit der von unserem Conducător zahlreich ins Land geholten afrikanischen Studenten, um wenigstens den Individualteil ihrer Studien voranzubringen." „Das", so der Freund, „ist ja nun wirklich eine geniale Lösung. Allein, was macht ihr, wenn Schwesterlein im Zuge der Feldforschung in gesegnete Umstände kommt und ein Bébé zur Welt bringt?" Benis: „Da gibt es zwei Optionen: Entweder der Conducător nimmt den Balg auf eine seiner afrikanischen Reisen mit und läßt ihn dort auswildern, oder er ernennt ihn zum zweiundzwanzigmillionsten Bürger unseres Landes und übernimmt dann gleich auch die Patenschaft."

LI
Das Doppelgesicht politischer Öffnung
Der Volkswitz schärft die Messer

Wer nun meint, bei Christian Rosenow einen Durchbruch im Kreativen wahrgenommen zu haben, der irrt sich. Nach dem siebten seiner kleinen Texte, der „Vier Reiter" betitelt war und die Situation, in der er und seine deutschen Landsleute sich befanden, in ein parabolisches Bild brachte, fiel ihm buchstäblich nichts mehr ein. Er hatte sich in insgesamt vielleicht fünfzehn Typoskriptseiten ausgeschrieben. Zwar kaute er noch über zwei, drei weiteren Themen an seinem Bleistift, doch als die Graphitseele des Schreibgriffels schon dunkel aus der Holzummantelung glänzte (klingt das nicht wie der Abschluß des biblischen Schöpfungsberichts?), waren es nicht mehr als Entwürfe geworden. Es erging ihm da nicht anders als mit seinen lyrischen und epischen Dichtungsversuchen überhaupt, von denen er, schien einer ihm gelungen, keinen zweiten mehr unternahm. Die Aussicht, weiteres zu produzieren, wozu ihm doch wenigstens neue Ideen zu Hilfe kamen, reizte ihn so wenig, daß er ohne das geringste Gefühl des Bedauerns alle Experimente kurzerhand einstellte.

Beifall widerfuhr ihm höchstens noch als Kopfnicken Paul Schumachers, der bei der deutschsprachigen Zeitschrift „Literanova", wie gesagt, die Prosa-Beiträge betreute. Von Dieter Paul Kärrner, dem Mentor und Anreger, war allenfalls ein mitleidiges Gähnen zu erwarten, und das selbst noch dort, wo Rosenow meinte, hier hätte er nun doch etwas Brauchbares geschaffen. Kärrner wandte sich mit Eifer anderen zu, so rumänischen Autoren, die einst seine Studienkollegen gewesen oder jetzt solche im Verlag geworden waren, höchstens noch schenkte er dem gemeinsamen Freund Richard Adelfini und dessen Prosa-Erstlingen einige Aufmerksamkeit, doch auch das nur mit leicht verzogenen Mundwinkeln, was man nun sehr verschieden deuten konnte: entweder als Zustimmung mit Vorbehalt oder als stillschweigendes Eingeständnis seines kritischen Versagens, seiner Unsicherheit im Urteil.

Festlegungen in ästhetischen Fragen schienen ihm desto mehr zuwider, je näher ihm die Erzeuger der Texte menschlich standen. Nur so konnte sich Rosenow Kärrners Haltung erklären: Wußte er sich mit anderen Kritikern einer Meinung, wie im Falle von Georg Hoffrichs Gedichten seinerzeit mit Oskar Melchior, so neuerdings bei Dumitru Țepeneag, einem früheren Kommilitonen, der als Begründer des rumänischen Oneirismus galt, mit seinen und dessen Freunden. Hier kannte er kein Schwanken im Urteil und wurde richtig zu einem bekennerischen Apostel. Daß Rosenow, und nicht nur er, sondern in gewissem Sinne auch Adelfini, sich in derselben Sphäre wie Țepeneag bewegte und der Traum in der Literatur ihm fast schon das wichtigste schöpferische Movens war, schien Kärrner wenig zu interessieren, ihm höchstens noch ein „Aha, kenn ich schon von anderen" zu entlocken.

„‚Da stehen wir also mit unseren Christbaumerln', sagte der Mann aus dem Bayerischen Wald, ‚und keiner will sie haben'", spottete Franziskus Barsa, als Rosenow ihm einmal seine literarischen Nöte beichtete, fuhr dann aber mit ernster Miene fort: „Du kannst es mir glauben: Als ich deine ‚Vier Reiter' neulich las und auch deine ‚Alte Chronik', da lief es mir kalt und heiß über den Rücken. Das sollte dir genügen. *Was* du, *ob* du weitermachst, liegt einzig bei dir. Nur du kannst es tun. Erwarte aber keinen Beifall, keine Zustimmung, besonders nicht von Freunden, die kennen keine Rücksicht."

Das schien Rosenow noch lange kein Anstoß zu sein, literarisch weiterzumachen. Er hielt es da lieber mit dem Freund Immanuel Glass, der das Dichten im stillen Kämmerlein pflegte und seinen Lebensunterhalt als Zeitungsarchivar, vielleicht noch als Übersetzer bestritt. Da konnte einem keinesfalls passieren, was einem befreundeten Maler, Rosenows Burzenländer Landsmann Reinhard Schühlein, widerfahren war. Eines Tages rief ihn ein Künstlerkollege an: „Mensch, bist du wahnsinnig, dem Conducător so in den Arsch zu kriechen? Das hätte ich von dir nicht gedacht." Worum ging es? In der Parteizeitung „Scînteia" war, von Reinhard Schühlein unterzeichnet, ein Loblied auf Ceaușescu erschienen, das er niemals geschrieben und für das er auch niemals sein Einverständnis gegeben hatte. „Das", so Schühlein zu Rosenow während eines Besuchs in dessen Atelier, bei dem er eine hübsche Bleistiftzeichnung mit dem Titel „Spatzen" erwarb, „das passiert einem, wenn man, wie anscheinend nun auch ich, etabliert ist und außerdem einem Künstlerverband angehört. Da druckt so ein Zeitungsmensch eine Meinung von dir ab, von der du nie auch nur geträumt hast. Du kannst dich reihum bei allen entschuldigen und beteuern, daß du es nicht warst, keiner glaubt's dir. Das ist die Macht des Wortes, sobald es an die Öffentlichkeit tritt. Dagegen sind die Pinseleien eines Malers die reine Hilflosigkeit."

Soweit wollte es Rosenow, der auf Grund seiner Übersetzungen gerade erst Mitglied des Schriftstellerverbandes geworden war, nicht kommen lassen. „Deshalb schreibe ich kein Wort mehr und lasse auch nichts mehr drucken, außer Übersetzungen", sagte er zu Immanuel Glass, seinem neuen Mentor in Sachen Kunst- und Berufsausübung. „Mit Nachdichtungen sitzt man, wenn auch freilich nur als eine Art literarischer Schildknappe, immerhin fest im Sattel, und keiner kann kommen und, weil man doch nun etabliert sei, einen dazu auffordern, dem Diktator öffentlich zu huldigen. Hatte sich nicht seinerzeit, noch vor vier Jahren, der Dichter Oskar Melchior, als ihm die Ehre widerfuhr, bei einem Arbeitsbesuch des Staatslenkers in dessen Suite mitzureisen, einfach aus dem Staub gemacht, das heißt, die neue Reisefreiheit nutzend, sich ins Ausland abgesetzt?

Flucht aus Protest – das kam nun auch sonst und aus ganz anderen Gründen immer häufiger vor. 1970 war die Kollegin und Freundin der Rosenows Vita Zoller, inzwischen mit einem angesehenen Chirurgen in zweiter Ehe verheiratet, nach Israel ausgewandert. Warum so plötzlich, fast über Nacht? Karl Georg Mitescu, ihr Mann, hätte nach Jahren erfolgreicher Berufsausübung als Arzt seine Vaterstadt Bukarest auf höhere, gesundheitsministerielle Weisung verlassen und in der nördlichsten Provinz des Landes, in der Maramuresch, seine Karriere fortsetzen sollen. Wie sich bald erwies, ging es hier bloß darum, Arztstellen in Bukarest freizubekommen für Söhne und Töchter der Parteiprominenz, die gerade ihr Elitestudium Medizin erfolgreich abgeschlossen hatten und nun gerne in Papas und Mamas Nähe ins Berufsleben einzusteigen wünschten.

„Wenn das hier neuerdings so läuft", sagte Dr. Karl Georg Mitescu zu seiner Frau Vita, „dann sollten wir vielleicht ein bisserl weiterfahren, und zwar nicht in die gewünschte Richtung, sondern in eine ganz andere." Sie fuhren dann auch nicht nach Rumäniens Norden, sondern flogen, nach schnell und bereitwillig erteilter Ausreise-Erlaubnis, in südöstliche Richtung und ließen sich in der schönen Stadt Haifa nieder.

Der Freundeskreis wurde merklich schütterer. Bald hörte man von diesem, bald von jenem, er sei von einer Reise ins Ausland nicht mehr zurückgekehrt. Die Regel war es nicht. Es gab überzeugte Dableiber, so Heinrich Lenz, der von einem Besuch in Westdeutschland selbstverständlich wieder zurückkehrte. „Ich mag dort nicht leben, zu Hause bin ich hier".

Mit Adelfini war das anders. Da ließen zwei westdeutsche Tanten ein hübsches Sümmchen springen, um die Brüder Richard und Peter nach Erlangen zu holen, und weil solche Lösegelder, wie zu hören war, auf des Staatspräsidenten Schweizer Privatkonto flossen, durfte Richard Adelfini vom Kronstädter „Volksblatt" auch nicht entlassen werden, zum größten Kummer von Chefredakteur Burger, der hier gerne ein Exempel statuiert gesehen hätte.

Das waren die frühen Äußerungen eines zuerst nur sporadischen, bald aber in Schwung kommenden Menschenhandels, den der geldgeile Staatspräsident zu betreiben anfing. Befördert wurde der Ausreisedrang der Rumäniendeutschen nach Westen durch eine weitere Maßnahme mit fatalen Folgen: Eines Tages erging das Verbot, die deutschen Namen von Städten in Siebenbürgen und dem Banat offiziell weiter zu gebrauchen. Die „Hermannstädter Zeitung" mußte in „Die Woche" umbenannt werden, von Hermannstadt sprach man fortan in lächerlichster Verrenkung nur noch von der „Stadt am Zibin", entsprechend wurde Kronstadt zur „Stadt unter der Zinne". Herbeigeeilte Vertreter der Deutschen, ZK-Mitglieder, Chefredakteure deutschsprachiger Zeitungen, Schriftsteller und sonstige Kulturprominenz, verlangten dringend eine persönliche Aussprache mit dem Partei- und Staatsführer, wurden aber nur von dessen engsten Lakaien zum Gespräch empfangen, so von einem, dem der Volksmund den liebevollen Namen „Gottvater Popescu" verliehen hatte.

Hier zeigte sich das Doppelgesicht der Ceaușescuschen Öffnung und Liberalisierung: Einerseits gab es als deutliches Zugeständnis an die Minderheiten die Gründung des Nationalitätenverlags „Helikon", die Einführung ungarischer und deutscher Sendungen im Rumänischen Fernsehen, dazu allgemein die Lockerung der Zensur in Literatur und Kunst, nicht zu vergessen die relative Reisefreiheit, andererseits machte sich ein krasser Nationalismus bemerkbar, wie er sich zunächst in dem erwähnten Verbot deutscher und auch ungarischer Städtenamen niederschlug.

Damit nicht genug, erschien ein junger Dichter namens Adrian Păunescu auf dem Plan, weniger unbegabt als vor allem charakterlos, der, umgeben von begeisterter Jugend, an symbolträchtigen Orten rumänischer Vergangenheit Fernsehmessen bei Fackelschein zelebrierte und sie darin gipfeln ließ, dem Staatspräsidenten und seiner Gattin durch die Mattscheibe byzantinisch zu huldigen, sie in höchste Himmelsregionen hinaufzuloben, und das alles vor versammelter Fernsehnation und unter stillschweigendem Ausschluß all derer, die sich der Herkunft aus dakisch-römischen Wurzeln nicht rühmen durften, das heißt also: aller nationalen Minderheiten. An diesem Punkt nahm das Verhängnis Ceaușescu erst richtig seinen Lauf.

Die nationalistischen Dreistigkeiten eines Adrian Păunescu erhielten indes umgehend ihre Quittung. Der Volkswitz schärfte seine Messer, und am Tag nach der ersten Fernseh-Urvätermesse erfolgte schon der erste Streich in Form einer Quasi-Annonce an der Tauschbörse: „Biete Mihai Eminescu, in Leder gebunden, gegen Adrian Păunescu, egal wie gebunden." Sarkastischer ging es, schon wegen des Tauschobjekts „Eminescu", gar nicht mehr. Dazu ließ sich „egal wie gebunden" in der rumänischen Originalversion nicht anders verstehen als das Anziehen einer Zwangsjacke.

Vita Zoller und Dr. Mitescu hatten also früh erkannt, wo das alles hinauswollte, und die Konsequenzen gezogen. Nur hatten sie auch, anders als die deutschen Freunde und Kollegen, den jungen Staat Israel im Rücken, der ihnen die Ausreise erleichterte, das heißt schon eine gute Weile für jeden jüdischen Ausreisewilligen ein Kopfgeld an den rumänische Staat zu zahlen bereit war.

Der Volkswitz trieb immer neue Blüten, es gab fast keinen Tag, an dem man in den Morgenstunden des Dienstbeginns keine Anekdötchen mit Nicolae und Elena zu hören bekam. Als Folge davon wurde ein Gesetz erlassen, das die Verbreitung von Witzen über den Diktator unter Strafe stellte. Doch half das nichts, die Witzquelle sprudelte munter fort, und keiner kam je dahinter, wo die Erreger dieser täglichen Erheiterungen sich verbargen.

Als Ceaușescu 1971 von einem Besuch in China zurückkehrte und die Vision eines rumänischen Staates der Blauen Ameisen seinen Geist heimsuchte, ließ er, dem Vorbild des Großen gelben Bruders Mao folgend, eine Kulturrevolution ausrufen. Keiner, selbst im Partei- und Staatsapparat nicht, wollte glauben, daß all das todernst und nicht als Zugeständnis an den neuen Bündnisfreund im Fernen Osten gemeint war, und da konnte es nicht ausbleiben, daß die Witzkultur sich ihre eigene Gestalt erschuf: „Elevul Bulă" wurde geboren, etwa als „Eleve Benis" ins Deutsche übersetzbar, und da gab's kein Halten mehr in der Witzeproduktion. Nichts wurde von des Eleven Kommentaren verschont, man hatte bald den Eindruck, er logiere im Haus der Ceaușescus und speise an deren Tafel, so genau wußte er über die Feinheiten im öffentlichen und privaten Leben des Staatslenkers Bescheid.

Das mag an der ungewollten Freimütigkeit der Ceaușescus gelegen haben. Hedwiga Hauer, Vizechefin im Verlag „Helikon", erfreute sich der besonderen Gunst von Madame, seit sie bei westdeutschen Staatsbesuchen an deren Seite die Rolle des blauäugig-deutschen Vorzeige-Landeskindes spielen durfte. Als Tafelnachbarin von Helene bei anfallenden Gastgelagen wurde sie von dieser einmal sogar aufgefordert, unterm Tisch höchstdero Waden abzutasten und das Vorhandensein von Krampfadern zu bestätigen. Mehr durch die Hintertür war von der Ceaușescuschen Büglerin, einer siebenbürgisch-sächsischen Repräsentantin des Hauspersonals, zu erfahren, bei ihren Herrschaften dürfe die Bettwäsche nach dem Plätten nicht gefaltet, sondern nur gerollt werden, um zu verhindern, daß die Bügelkanten sich ins Fleisch der hohen Schläfer eingrüben. Ja, und die Badewanne von Frau Helene, wurde weiter berichtet, sei nicht etwa aus emailliertem Gußeisen geformt, sondern aus Muranoglas, so daß Nicus Auge schon beim morgendlichen Bad durch den Anblick der Wohlgestalt seiner Gattin erfreut würde, welche ansonsten, zum Beispiel bei Biennalen des Künstlerverbandes, dem Betrachter bloß als duftig bekleidete Märchenfee aus großformatigen Gemälden entgegentrat.

LII
Ein Wiener Kulturdiplomat/Aufbruch der Intellektuellen

Rosenows waren es schon zufrieden, alle zwei Jahre in die DDR zu Lotte Natalies dort lebender „Halbfamilie" fahren zu dürfen. Da war aber auch alles so gründlich eingezäunt und eingemauert, daß an ein Entrinnen westwärts selbst von Leuten aus dem „Abweichlerland" Rumänien nicht zu denken war. Und eine regulär beantragte Westreise kam für sie schon deshalb nicht in Frage, weil sie das dafür nötige Pfand nicht vorzuweisen hatten, nämlich ein Kind, das man, sozusagen als Rückkehrgarantie, im Lande zurückließ.

Zwei Schwangerschaften hatte Lotte Natalie in den ersten Jahren ihres Zusammenseins verloren, die zweite mit fatalen Folgen: Gerade noch ihre Gesundheit als Frau war danach mit knapper Not wiederherstellbar gewesen, ihre Gebärfähigkeit nicht mehr. Unter dem vergeblichen Sehnen nach dem Kind litt sie noch Jahre, bis sich die beiden schließlich damit abfanden, fortan jeweils einander Kind zu sein, wie sie sich wehmütig sagten, ein schwacher Trost, so heilsam er für ihre Verbindung auch sein mochte.

Aber auch Kinder waren bald nicht mehr sichere Pfänder für die Gewährung von Reiseerlaubnissen. Langsam setzte sich beim Paßamt die Einsicht durch, daß dem Drang nach Freiheit durch nichts mehr Einhalt zu gebieten war, auch nicht durch drohende Familientrennungen über Jahre. Die wurden fast schon leichten Herzens in Kauf genommen. Nur war man gut beraten, das Wegbleiben mit einer privaten Reise zu verbinden, für dienstliche gab es im Fluchtfall ein böses Prozeßnachspiel, wie es der Familie von Rosenows Schwester nicht erspart blieb. Ihr Mann, von einer Dienstreise nach Wien nicht zurückgekehrt, wurde in einem Strafprozeß vor dem Bukarester Militärtribunal in Abwesenheit zu drei Jahren Haft und der Pfändung seines Anteils am Familienbesitz verurteilt. Erst nach fünf Jahren Trennung und Überweisung eines hohen Lösegelds auf ein Schweizer Sonderkonto galt das Vergehen des „Landesverrats" als gesühnt, und der Familienvater durfte Frau und Kinder in München wieder in die Arme schließen.

Rosenows erste Westreise hatte Alfred Kyttner, der Dichter aus dem Kreis von Alfred Margul Sperber, Immanuel Glass und Paul Celan, eingefädelt. Als „alter Kakanier", wie er sich nach Robert Musils „Mann ohne Eigenschaften" gerne nannte, war er Gast der Österreichischen Gesellschaft für Literatur gewesen, eingeladen von deren Gründer, Wolfgang Kraus. Dieser wiederum machte darauf in Rumänien Visite und hielt dort nach Kandidaten für das Gästeprogramm seiner Gesellschaft Ausschau.

„Unbedingt müssen Sie Christian Rosenow kennenlernen, lieber Doktor", schärfte Kyttner Wolfgang Kraus gleich am ersten Tag von dessen Bukarester Aufenthalt ein. „Bestehen Sie darauf, wenn Sie den Helikon-Verlag besuchen – und das werden Sie wohl –, daß Rosenow beim Gespräch, das Sie dort haben werden, mit dabei ist. Es könnte nämlich sein, daß man ihn, wie in solchen Fällen schon passiert, von Ihnen fernhält."

Kraus, ein hellwacher Kopf und gewieft in Fragen des Ostblockprotokolls, lernt also Rosenow beim Helikon-Gespräch kennen und richtet nach Ende der Begegnung mit Direktoren und Lektoren die Frage an ihn, ob er denn schon einmal im Westen gewesen sei. Nein, das nicht. „Hm, dann sage ich also jetzt nur auf Wiedersehen. Und auf hoffentlich recht bald." Dabei hatte Kraus, wie Rosenow Lotte Natalie und Freund Kyttner nachher berichtete, geheimnisvoll hinter seiner Brille hervorgelächelt. Denken konnte man sich bei solchen Worten einiges, an Konkretes zu glauben hatte man sich längst abgewöhnt. Und mit dem „recht bald" hätte Kraus schließlich auch meinen können, daß er selbst bald wiederzukommen gedenke. „Nein, nein", korrigierte Kyttner, „Kraus ist keiner, der so daherredet. Sie werden sehen."

Es waren keine drei Monate vergangen, da kam Rosenows Einladung nach Wien, nicht von Kraus direkt, sondern über drei verschiedene Kanäle und fast am gleichen Tag: über das Kulturministerium, dem die Verlage unterstanden, über den Schriftstellerverband, dem Rosenow angehörte, und dann noch auf dem Umweg über das Außenministerium, ausgehend wohl von der rumänischen Botschaft in Wien. Dreifach verankert hatte der listenreiche Wolfgang Kraus seine Einladungsaktion. Da wollte sich jede der einbezogenen Adressen als Vollstreckerin des Wunsches aus Österreich beflissen zeigen.

Garanten für die Würdigkeit Rosenows, die Reise anzutreten, gab es fast ebensoviele wie Einladungsübermittler. Der Schriftstellerverband ließ wissen, daß er die Sache natürlich unterstütze und auch die Reiseformalitäten erledigen wolle. Rosenows Direktor Géza Dénes erhielt vom Kulturministerium einen gleichgestimmten Anruf, selbst Ministerialrat Franziskus Barsa, Rosenows einstiger Zeitungskollege und aktueller Buchautor, bekam Wind von dem Vorgang und bestätigte telefonisch: „Meinen Segen hast du selbstverständlich, da du ja, wie ich dich kenne, sicher zurückkommst."

Garanten schienen sehr wohl nötig zu sein, denn über eine Wiener Einladung von Wolfgang Kraus hatte sich schließlich vor nicht allzulanger Zeit Oskar Melchior, der Poet mit dem politischen Riecher, in den Westen abgesetzt, „aus dem Sichersten ins Tausendste", wie er seinen ersten westdeutschen, bei Suhrkamp erschienenen Gedichtband sinnig betitelte. Verlagsdirektor Dénes war denn auch sofort Feuer und Flamme, zumal sich, o Sonderbarkeit, ein Vertreter der Paßbehörde bei ihm gemeldet hatte, der Rosenow im Hinblick auf die Reise in Augenschein zu nehmen wünschte. Er stellte im Beisein des Direktors einige Fragen, die von genauer Kenntnis der Personalakte Rosenows zeugten, verabschiedete sich dann aber mit einem Nicken, das wohlwollende Prüfung des Reiseantrags anzukündigen schien.

Ende Mai 1973 war es soweit: Rosenow bestieg den Zug nach Wien mit vor-ausgelöster Karte für die Hin- und Rückreise, einschließlich einer Österreich-Rundfahrt, dazu mit einer Bangigkeit, die sich erst legte, nachdem der Zug den Budapester Bahnhof Richtung Westen verlassen hatte. Da stand er mit einem Mal auf dem Hauptbahnhof Wiens, jener Stadt, von der aus jahrhundertelang ein Riesenreich, zu dem auch sein Siebenbürgen gehörte, regiert worden war. Ein Doktor Haider war ihn abholen gekommen und brachte ihn mit seinem Wagen zuerst ins „Pfeilheim", das heißt ins Studentenheim in der Pfeilgasse, wo Wolfgang Kraus, der Allesbesorger, für seine Gäste aus West und Ost ein ständiges Gratislogis eingerichtet hatte, danach ging's hinaus aus der Josefstadt und mittenhinein ins Herz der Metropole, wo im Palais Wilczek in der Herrengasse 5 die Kraussche Literaturgesellschaft residierte.

„Lange nicht gesehen, da sind Sie aber nun, lieber Herr Rosenow, ich freue mich, daß es geklappt hat", begann Kraus das Gespräch, betont nüchtern, doch von seinem hintergründigen Lächeln begleitet, daß es fast aussah, als hätte er zum Zustandekommen dieser Reise nicht eben viel beigetragen. Und der Gast aus Rumänien kam sich wieder einmal als ein Windei vor, als einer, der aus Versehen hier saß. Es sollte noch einiger Gespräche bedürfen, bis Rosenow Krausens Rolle als Brückenbauer zwischen Ost und West halbwegs begriffen hatte.

Denn was da alles, seit es die „Literaturgesellschaft" gab, seit 1961 also, an europäischer Intelligenz auf Grund individueller Einladungen oder solcher zu Tagungen und Symposien im Palais Palffy zusammengekommen war, an Emigranten aus dem von Hitler dem Reich einverleibten Österreich, an solchen aus dem aufständischen Ungarn des Jahres 1956 und aus der 1968 von Warschauer Pakttruppen besetzten Tschechoslowakei, an Vertretern der Inneren Emigration Polens, Rußlands, Rumäniens und Bulgariens, alles das ging mit den Jahren in die Hunderte, und einfacher wäre es sicher gewesen, aufzuzählen, wer aus der europäischen Kulturprominenz den Weg nach Wien zu Wolfgang Krausens Veranstaltungen noch nicht gefunden hatte. Hier wurde das nachhabsburgische Österreich wieder, was das habsburgische politisch einst gewesen war, ein länderumspannendes europäisches Großreich, diesmal nun aber eines der Geistigkeit.

„Der fünfte Stand. Aufbruch der Intellektuellen in West und Ost" lautete der Titel des 1966 erschienenen Buches von Wolfgang Kraus, das mit analytischer Schärfe ein Kulturphänomen der Zeit nach dem letzten Weltkrieg erkannte und definierte, den geistigen Menschen als grenzübergreifend neuen, von Kraus so genannten Fünften Stand. Da der soziologisch gebildete, die Gesellschaftsstruktur der Neuzeit als bekannt voraussetzende Autor sich in seinem Buch hierzu detailliert nicht äußerte, mußte man sich diesen Fünften Stand zu den vier historischen also hinzudenken, zu Feudaladel, Klerus, Bürgertum und Industrieproletariat. Nach Krausens hochgemuter Auffassung war man daher, zählte man sich zu den Intellektuellen, nicht einfach nur

Bürger eines politisch so oder so verfaßten Staates, sondern Vertreter eines echten Standes, dessen Hauptmerkmal die Internationalität war.

Da der neue Stand allein schon dieser Eigenschaft wegen schlecht zähmbar, für Machterhalt und Fortschritt des weltweit etablierten Kommunismus aber unabdingbar war, stellte sich für Kraus die Frage, wie sich das Selbstbewußtsein des neuen Gesellschaftsstatus der Intellektuellen in eine wohltätig-lenkende und in solcher Rolle anerkannte und respektierte Macht verwandeln ließe. Diese Erkenntnis schlug sich für ihn in einer Praxis der Kulturbeziehungen nieder, wie er sie in seiner Literaturgesellschaft übte und wie die Machthaber des kommunistischen Ostblocks sie zu akzeptieren hatten, wollten sie sich selbst und ihrer Sache nicht schaden.

Fingerspitzengefühl, genaue Kenntnis der Realitäten, Verständnis für die Sensibilitäten künstlerischer und wissenschaftlicher Persönlichkeiten – das alles vereinigte sich in diesem Soziologen und Philosophen Wolfgang Kraus aus Wien. Durch ihn war die Vision eines geistigen „Pan-Europa" lebendige Praxis geworden. In geradezu hartnäckiger Reisetätigkeit wußte er den im englischen Exil lebenden Elias Canetti wieder zu einem bekennenden Österreicher zu machen, auch den in Paris niedergelassenen Manès Sperber für Wien zurückzugewinnen, verstand er es schließlich auch, dem ebenfalls in Paris ansässigen rumänischen Philosophen Emil Cioran eine deutsche Stimme zu geben, indem er einige seiner Werke im Wiener Europa-Verlag herausbrachte, oder dem Science-Fiction-Autor Stanislaw Lem in Krakau durch Wiener Einladungen das Gefühl der Vereinsamung zu nehmen – wo beginnt man, wo hört man auf, wenn man das genial bewegte Wiener Kulturkarussell des Dr. Wolfgang Kraus in seinen Dimensionen auch nur einigermaßen erfassen will?

Auch ein Ort der Zuflucht war Krausens „Gesellschaft" nebenbei. 1968, nach dem abrupten Ende des Prager Frühlings, läutete einer seiner Repräsentanten, der fluchterfahrene Literaturwissenschaftler und Diplomat Eduard Goldstücker, mit einem Köfferchen Habseligkeiten an der Pforte des Palais Wilczek und bat um vorübergehendes Obdach.

Daß der Beweger Kraus dann auch noch die Zeit fand, solchen unbeschriebenen Blättern wie dem Bukarester Christian Rosenow, Verlagslektor und sonst nicht viel mehr, seine Aufmerksamkeit zu widmen, das war nun doch das Frappierendste an diesem Kulturphilosophen und Kulturdiplomaten in einer Person. Er lud Rosenow nicht nur ins Café Landtmann zu lockerem Gespräch über dies und jenes ein, sondern auch, als Rosenow ihm von der geplanten Österreich-Rundreise erzählte, für zwei Tage in sein privates Feriendomizil im Salzkammergut. Dann vermittelte er ihm noch Gespräche mit den Leitern des Wiener Zsolnay Verlags und des Salzburger Verlags Otto Müller, ließ ihm Karten für das Thomas Bernhardsche „Fest für Boris" im Akademietheater besorgen und legte ihm zum Abschied noch einen dicken Packen Bücher aus dem Geschenkevorrat des Palais Wilczek in den Aktenkoffer, nachdem er ihm schon vorher einen Gutschein, einzulösen in einer x-beliebigen Buchhandlung, in die Hand gedrückt hatte – ja, für wen tat er das alles, für wen überhaupt hielt er diesen Intellektuellen ohne besondere Eigenschaften namens Rosenow, am Ende gar für einen Tresor geistiger Kapitalanlagen, für ein sich nur seinem perspektivischen Blick enthüllendes Zukunftsversprechen?

Die Antwort ist jetzt, wo dieser allzu früh dahingegangene Wolfgang Kraus in einem Ehrengrab auf dem Wiener Zentralfriedhof ruht, eigentlich sehr einfach: Er war der geborene Freund und als solcher, mit einem untrüglichen Instinkt begabt, ein apostolischer Menschenfischer extra biblam, der bei aller Bewegtheit seines Lebens die Geduld aufbrachte, seine Ahnungen und Erwartungen sich erfüllen zu sehen. Selbst was Rosenow betraf, schon gar all die anderen, die über die Jahrzehnte die Schwelle seiner „Gesellschaft" betraten, sollte sich seine Idee vom Intellektuellen als Stand bewahrheiten. Als der Eiserne Vorhang sich lüftete und die Mauern fielen, mußte es die von ihm ins Leben gerufene Helfer-Institution „Literatur-Gesellschaft" nicht mehr geben.

LIII
Fünfte deutsche Literatur / Schon vorbeigeschaut: Ovid, Bischof Ulfilas, Martin Opitz

Als Rosenows sich nach Christians dreiwöchiger Abwesenheit auf dem Bukarester Nordbahnhof wieder in die Arme schlossen, da wurde ihnen schmerzlich bewußt, welches Maß an Neugewöhnung selbst nach so kurzen Trennungen nötig war.

Christian fühlte sich nun zwar in dem einen Punkt bestätigt und beruhigt: Er war ein Wolfgang Krausscher „Intellektueller". Und nicht allein das. Es störte ihn nicht mehr oder, antiquierter ausgedrückt, es focht ihn nicht mehr an, zur Kategorie der sogenannten Kreativen, vor allem der ausübenden Lyriker, nicht zu gehören. Er war mit einem Mal ein von sich selbst sehr viel überzeugterer Verlagslektor und meinte, sich als solcher ernst und wichtig nehmen zu dürfen. Als zum Fünften Stand gehörig, gelangte er bald zu der Einsicht, auf seinem Posten irgendwie auch dem Phänomen „Fünfte deutsche Literatur" gegenüber in der Verantwortung zu stehen. Den Begriff hatte er nicht selbst in die Welt gebracht, das hatten andere getan, rührige Entdecker aus dem teilnehmend deutschsprachigen Ausland einschließlich der DDR.

Es kamen vermehrt Emissäre aus dem europäischen Westen ins Land, die das neue deutsche Literaturwunder persönlich in Augenschein zu nehmen wünschten. Dabei ging es gar nicht zuerst um die Bekanntschaft mit den in Rumänien verbliebenen Vertretern der Bukowiner Dichtung, die die Germanistik über Grenzen hinweg nostalgisch schon länger beschäftigte. Nein, es ging dezidiert um die „Fünfte deutsche Literatur" insgesamt, die es bis dahin so nicht gegeben hatte, so selbstverständlich-lebendig jedenfalls nicht und – vor allem – auch nicht an Zahl der Autoren. Es schrieb nun wirklich bald jeder Deutsche im Lande, Gedichte vor allem, auch kurze Prosa, weniger Romane, dazu fehlte es wohl in erster Linie an Puste, dann aber auch an dem Mut, sich auf politische Unwägbarkeiten längerer Epochen einzulassen, wie sie die Großform des Romans mit sich bringt. Dieses Terrain besetzten immer noch die erfahrenen Alten, Oscar Walter Cisek, Erwin Wittstock und Georg Scherf, neuerdings vielleicht noch

Paul Schumacher, der um „Fünf Liter Zuika" herum ein richtiges Epos aufbaute, welches wegen der siebenbürgischen Anmutung von Schumachers Schreibstil allerdings etwas Betulich-Ermüdendes an sich hatte.

Im Hause der „Helikon"-Vizechefin Hedwiga Hauer schrieb, um mit den Exempeln fortzufahren, nicht allein ihr Mann Arnold gut lesbare Geschichten, die er dann gerne in Rosenows Lektorenhände legte, sondern auch sie selbst, vor allem Kinderbücher in fabulöser Wald- und Wiesenverkleidung, dann aber bald auch noch eine der studierenden Töchter, so daß Rolf Frieder Marmontel, ein Mitglied von Rosenows Lektorat und selbst praktizierender Lyriker von einigem Format, sich zu der höhnischen Bemerkung hinreißen ließ: „Im Hause Hauer schreiben gerade nur die zwei Dackel noch nicht."

Das Sonderbare war, daß Rosenow sich am Zustandekommen dieser Fünften deutschen Literatur, bestehend aus zwei Dutzend Lyrikern und mindestens ebensovielen Prosaisten, nicht ganz unschuldig fühlte. Zwar hatte er diese Literatur nicht durch eigene Werke mitgeschaffen oder auch nur ein klein bißchen bereichert, allein aber schon Ermunterung, Hege und Pflege, wie sie ein Verlagslektor täglich praktiziert, reichten aus, das Gefühl des „Mitverschuldens" zu begründen.

Hatte er nicht, ohne viel darüber nachzudenken, früh erkannt, schon also in den ersten Verlagsjahren bei „Juventus", daß sich hier auf dem Gebiet der Kurzen Prosa Beispielloses ereignete, daß die Autoren wie Pilze nach dem Regen aus dem Boden schossen, einer erstaunlicher als der andere? Das fand dann im Lauf von vielleicht zehn Jahren in nicht weniger als fünfundzwanzig Titeln seinen Niederschlag, so daß der rührige Hans Lipphardt, Chef der Deutschen Sendung im Rumänischen Fernsehen und selbst Autor, eine umfängliche Prosa-Anthologie zusammenstellen konnte, die durchaus herzeigbar war: „Worte unterm Regenbogen" hieß das in kurzem Abstand wiederaufgelegte Werk, das sich offenbar größerer Nachfrage erfreute und in dem, Rosenow staunte darüber nicht schlecht, auch einige von seinen insgesamt sieben Stücken vertreten waren, „nicht aus Höflichkeit", wie Lipphardt ihm glaubhaft versicherte. Für Christian hatte das nur den Schönheitsfehler, daß der Leser von diesen paar Werklein auf ein größeres Œuvre schließen mußte, das es in Wirklichkeit nicht gab und nach Christians stillem Gelöbnis, kreativ Zurückhaltung zu üben, auch nicht geben sollte.

Ein aus Deutschlands Westen herkommender Junggermanist namens Heinrich Stühler reiste durch Rumänien, von welchem Land ihm zu Ohren gekommen war, es tue sich dort einiges in puncto deutschem Schrifttum. Eines Tages beehrte er mit seinem Besuch auch Rosenow im Helikon-Verlag. Da erwies sich also nun ein übriges Mal die tiefere Bedeutung der Fünfzahl, wie sie sich schon im Krausschen Fünften Stand offenbart hatte, hier nur eben in dem nicht uninteressanten Phänomen einer Nachgeburt deutscher Literatur: der rumäniendeutschen als hinzugekommen zur bundesrepublikanischen, zu der sich als autonom verstehenden DDRschen, zu der österreichischen und der schweizerdeutschen.

Nachdem dieser Heinrich Stühler sich Rosenow gegenüber nun als begeisterter Erforscher südostdeutschen Schrifttums zu erkennen gegeben hatte, erlaubte sich der ironisch aufgelegte Herr Lektor, sozusagen von Germanist zu Germanist oder, wenn man will, auch von Intellektuellem zu Intellektuellem, die Bemerkung, man befinde sich hier, auf heute rumänischem Boden, schließlich in einer Kulturzone ältester Tradition. Schon der Bischof Ulfilas, Übersetzer der Gotenbibel, habe sich in diesem Südostwinkel Europas missionierend umgetan, immerhin schon vor sechzehnhundert Jahren. Und vor mehr als dreihundert Jahren sei Martin Opitz, deutscher Poet und Poetologe, im transsilvanischen Weißenburg/Alba Iulia lehrend und dichtend zugange gewesen, ganz zu schweigen von noch älterem, allerdings weiter östlich zu verortendem Geschehen, nämlich dem Zwangsaufenthalt des römischen Dichters Publius Ovidius Naso in Tomis, dem heutigen Konstanza an der Küste des Schwarzen Meeres. Hier dichtete der von Kaiser Augustus aus Rom Verbannte seine heimweherfüllten „Tristia", hier auch seine „Epistulae ex Ponto".

„Sie merken, Herr Kollege", so Rosenow zu dem Gast, „in dieser Ecke des Kontinents war schon immer was los, lange bevor Ihr erklärter Gewährsmann, der Spätgermanist Detlev Klestack, wie Sie sagen, Ihnen etwas über diese Fünfte deutsche Literatur zuflüsterte.

Derselbe gelehrte Mensch Klestack, der schon seit Jahren nicht mehr in unserer Mitte weilt, aber dafür ferndiagnostisch eine Fünfte deutsche Literatur in Rumänien festgestellt haben möchte, vertrat vor zehn Jahren, als er noch das literarische Feld bei ‚Literanova' beackerte, interessanterweise die Ansicht, er selbst sei beileibe kein deutscher, sondern ‚ein rumänischer Dichter deutscher Sprache'. So wandelt sich mit den zeitlichen und räumlichen Entfernungen bei Herrn Klestack die notorische Verlassenheit von allen guten Geistern."

„Sie haben, stelle ich fest, von Detlev Klestack nicht die beste Meinung, Herr Rosenow", resümierte der Gast.

„Doch, doch, ich habe die beste, die man von ihm haben kann, und ich will Ihnen das auch erklären: Klestack ist der ideenreichste Mensch, den ich kenne, nur ist es mit ihm freilich so, daß keine der Ideen, die er propagiert, seine eigene ist. Liest oder hört man von Klestack etwas, so ergeht es einem wie Louis de Funès, dem Meister der erhellenden Grimasse, in jenem Film, in dem er Restaurants und Gastwirtschaften für seinen gastronomischen Führer testet. Da sitzt er also am Tisch vor einer eben aufgetragenen Speise und sagt in seiner unwirsch-grunzenden Art: ‚Kommt mir so bekannt vor, schmeckt wie schon mal gegessen'. Dieses Gefühl hat man bei Klestack regelmäßig, daß, was er da auftischt, schon von anderen gegessen worden ist. Was natürlich nicht heißt, daß es die Fünfte deutsche Literatur nicht gibt. Sie verbirgt sich allerdings hinter anderen Namen als dem von Detlev Klestack."

„Wie Sie das sagen, leuchtet es mir ein", bekannte nun der Gast, und sie schieden in Frieden von einander. Nach Jahren sollte Rosenow eine späte Frucht dieser Begegnung in einem Buch entdecken, das Heinrich Stühler als Ernte seiner Reise zur Fünften deutschen Literatur in einem westdeutschen Wissenschaftsverlag mit reichem Kommentar herausbrachte. Es hieß „Nachrichten aus Rumänien" und enthielt unter anderen Texten auch Rosenows „Alte Chronik".

Maßgeblich an der Zubereitung der Fünften deutschen Literatur war indes eine andere Persönlichkeit beteiligt, nämlich Paulchen Schumacher, wie Nahestehende ihn liebevoll nannten. Er war, wie schon erwähnt, „Literanova"-Redakteur und kämpfte als solcher vornehmlich an der Prosa-Front. Im westlichen Ausland war er wiederholt gewesen, in der Schweiz, in Österreich vor allem, wo er, in Graz, seinen Großroman „Fünf Liter Zuika" in zweiter Auflage untergebracht hatte, auch kannte er als überzeugter und erklärter Marxist die Literatur der DDR zumindest in ihren Rumänien zugeneigten Repräsentanten, kurz, er war eine nicht zu übersehende Erscheinung, von der „Literanova"-Chefredakteur Emmerich Steffel auf Befragen in seiner vertrackten Art sagte: „Der Paul Schumacher ist heute noch nicht in der Redaktion erschienen, der kommt erst gegen elf, geht aber dafür schon um zehn."

Als Paul Schumacher von uns schied, das heißt 1972 von einer Reise in die Bundesrepublik definitiv nicht zurückkehrte, da hatte er schon einige Male von sich reden gemacht, nicht allein mit seinem Chef d'œuvre „Fünf Liter Zuika", sondern auch dadurch, daß er vor seinem Wechsel auf die andere Seite des Eisernen Vorhangs die später so berühmt gewordene „Aktionistengruppe Banat" als deren Pate aus der Taufe hob und dann auch noch den Besuch von Ernst Jünger in Rumänien, den ein schlecht beratener Schriftstellerverband unvorsichtigerweise einzuladen im Begriff war, kurzerhand verhinderte. An weiteren Großtaten dieses Poltergeistes sei noch angeführt, daß er, bevor er über die Landesgrenze ging, in der Bukarester Tageszeitung „Neues Land" eine Artikelserie veröffentlichte, in der er sich für den Sozialistischen Realismus stark machte, was zur Folge hatte, daß rumänische Schriftstellerkollegen entsetzt ausriefen: „Ist dieser Mensch übergeschnappt, daß er die längst im Orkus versenkte Schreibmethoden-Leiche wieder ans Licht holt? Dem hat doch jemand ins Gehirn gereihert."

Bevor Paule Schumacher vierzig Jahre später in Berlin das Zeitliche segnete, sühnte er schnell noch den Mißgriff, der „Aktionistengruppe Banat" einst Geltung verschafft zu haben, indem er deren Chefideologen Ernesto Weichner wegen einer Hinterfotzigkeit anthologischer Art öffentlich ohrfeigte. Entgegen der Absprache mit Schumacher hatte der die Sondernummer, die eine angesehene Zeitschrift der rumäniendeutschen Literatur widmete, mit einer Textauswahl versehen, die gerade nur umfaßte, was Weichner für Literatur hielt, nämlich außer den unsterblichen Werken der „Aktionistengruppe Banat" noch die einiger weniger Ferner-liefen-Autoren. Nach Schumachers Verständnis war dies des Guten eindeutig zuviel und des Schlechten nicht minder.

Seither läßt den in solchen Sachen äußerst pingeligen Christian Rosenow der Gedanke nicht los, Paul Schumachers Hauptwerk seien nicht die „Fünf Liter Zuika", sondern die „Zwei Ohrfeigen", die er dem ungetreuen Freund Ernesto Weichner verpaßte.

Capricho 9

Über den sich ausbreitenden Agrammatismus

Das neu gegründete „Literarische Duett", bestehend aus Peter Masson und Christian Rosenow, stürzt sich auf Lieschen Müller

Die in Kennerkreisen als hochkarätig eingestuften Literaturkritiker Peter Masson (München) und Christian Rosenow (Heidelberg) haben sich zu einem „Literarischen Duett" zusammengefunden. Sie nahmen sich vor, in Sitzungen von zirka einer halben Stunde höchstens jeweils einen Autor gesamtwerklich durchzuhecheln, dafür aber nach dem Niedergehen des virtuellen Vorhangs keine Frage mehr offenzulassen, so daß Bertolt Brechts berühmter Spruch, den Kritiker-Gottvater Raoul Mahlstein-Mitzki regelmäßig am Ende seiner legendären Vierer-Veranstaltung feierlich zitierte, sich von selbst erübrigt. Die Beschränkung dieser als nichtöffentlich gedachten Diskussionsrunde auf zwei Personen hatte den tieferen Sinn, eine Repräsentantin der holden Weiblichkeit, wie sie in dem vom genannten RMM geleiteten „Quartett" in der Person von Sieglinde Gabler lange wirkte, ab initio aus der Sache herauszuhalten. Wozu – wie das weise Volk der Dako-Römer es so plastisch ausdrückt – sich Stroh auf dem Kopf anzünden, wenn man dort keine Kälte verspürt? Dieser erhabenste Teil des menschlichen Körpers läßt sich schließlich auch zu anderem verwenden, zum Denken beispielsweise.

PETER MASSON: Sehr verehrter Herr Magister Rosenow, ich freue mich, zusammen mit Ihnen heute sozusagen eine neue Institution ins Leben rufen und einweihen zu dürfen: das „Literarische Duett". Sie sind, wie ich mir zu sagen erlaube, weit und breit der tollste Kunstrichter, den man sich denken kann.

CHRISTIAN ROSENOW: Oje, Sie übertreiben maßlos, hochverehrter Herr Doktor Masson, das muß ich, mit Verlaub sowie der Wahrheit zuliebe, gleich eingangs bemerken. Der tollste Kritiker weit und breit sind vielmehr Sie.

MASSON: Um des lieben Friedens willen, der unser gedeihliches Tun adeln soll, möchte ich Ihre Behauptung diesmal unwidersprochen lassen und gleich zur Sache kommen. Wir hatten uns darauf geeinigt, uns heute eine Autorin vorzunehmen, die einst aus der südosteuropäischen Kälte in die laue Luft der deutschen Lande übersiedelte und auf den Namen Lieschen Müller hört.

ROSENOW: Ja, genau das wollen wir: uns der auf der Berühmtheitsleiter unaufhaltsam emporkraxelnden Frau Müller widmen, die überdies, was wir hier nicht verschweigen wollen, pikanterweise jahrelang Gegenstand Ihrer persönlichen Verehrung gewesen ist, lieber Herr Doktor. Um sozusagen gleich einen Stein des Anstoßes ins Wasser zu werfen, will ich vorausschicken, daß ich Frau Müller für eine von der deutschen Literaturkritik als solche noch nicht erkannte Agrammatin halte.

MASSON: Das ist, mit Verlaub, eine ungeheuerliche Etikettierung, verehrter Herr Magister. Sie vergessen sich. Sie vergessen, daß Lieschen Müller in der literarischen Welt als Ikone allermodernsten Prosaschaffens gilt, daß sie von den angesehensten Verlagen gedruckt und mit den bedeutendsten Preisen ausgezeichnet wurde.

ROSENOW: Mag sein, in Deutschland ist ja nichts unmöglich. Das schafft aber den nachweislichen agrammatischen Grundkonflikt, in dem sich diese Autorin mit der deutschen Sprache befindet, nicht aus der Welt.

MASSON: Was verstehen Sie, wenn ich fragen darf, unter einem „agrammatischen Grundkonflikt"?

ROSENOW: Ich will es Ihnen anders sagen, etwas drastischer und deutlicher: Frau Müller beherrscht die Sprache nicht, in der sie ihre Bücher verfaßt. Ich werde es Ihnen an Beispielen erläutern.

MASSON: Da bin ich aber gespannt.

ROSENOW: Dürfen Sie auch. Hier also nun einige der berühmten Sätze Lieschen Müllers, die man als witzig bezeichnen könnte, hätte Witzigkeit auch nur entfernt in der Absicht der Autorin gelegen. Das nun folgende Zitat hat übrigens ein Vertreter von Frau Müllers Fan-Gemeinde aus deren Romanwerk „Scherzbier" entnommen, und zwar nicht etwa, wie man vermuten könnte, mit dem Ziel, die Urheberin bloßzustellen, sondern, im Gegenteil, um ihre geistige und sprachliche Durchdringungskraft zu demonstrieren. Das erste Zitat lautet: „Wenn einer mit dem Tod bedient war, rückten sie nach. Was wußten die Milch des Nebels davon, die Kreise der Luft, oder die Biegung der Schienen. Ein Tod so billig wie ein Loch in der Tasche: Man steckte die Hand hinein, und der ganze Körper wurde mitgezogen." Wenn man das liest, so denkt man sofort an den „Schlesischen Schwan" Friederike Kempner, diese Dichterin des 19. Jahrhunderts, aus deren Feder soviel unfreiwillige Komik geflossen ist, daß ganze nachgeborene Generationen sich daran delektiert haben. Nur ist hier freilich zu sagen, daß die berühmt-berüchtigte Witzigkeit der Kempner bei Lieschen Müller in den schwafelnden Schwachsinn von heute übertragen ist.

MASSON: Anhand Ihres Beispiels beginne auch ich langsam zu erkennen oder meinetwegen auch nur erst zu erahnen, daß diese Autorin durch Impräzision, ja, durch Impräzision, also durch ein gestalterisches Unvermögen, den Leser in ihre Prosa buchstäblich ‚hineinstrudelt' und ihm zugleich das Gefühl gibt, er verstehe, was sie sage. Bei Lichte besehen ist das hier aus Lieschen Müller Zitierte in der Tat Schwachsinn, grammatisch-logisch, in der Abfolge der Sinn-Elemente wie auch in seiner Bildlichkeit.

ROSENOW: O ja, Sie haben das richtig erkannt. Was zum Beispiel will die Wendung „Wenn einer mit dem Tod bedient war" denn besagen? Die Autorin ist, stelle ich mir vor, bei ihrem Heimischwerden auf deutschem Boden eines Tages auf die für sie neue Wendung „ich bin damit bedient" gestoßen, die ihr so ausnehmend gut gefiel, daß sie meinte, warum denn nicht gleich auch mal mit dem Tod „bedient" sein. Das hat zwar bisher noch keiner so gesagt, aber wir biegen uns das schon so zurecht, daß der überrumpelte Leser es schließlich hin- und annimmt. Man kann hier also mit Staunen beobachten, wie sprachgestalterisches Versagen als sprachkönnerische Originalität auftritt. Nein, daß „einer mit dem Tod bedient" ist, hat sich außer Lieschen Müller bei Gott noch niemand einfallen lassen. Was dem Kopf dieser Autorin auch sonst noch entspringt, das bringt sie jedenfalls mit unnachahmlicher Nonchalance zu Papier, so als wäre es nicht weniger als das Produkt göttlicher Eingebung, an dem nachträglich etwas zu ändern deshalb einer Blasphemie gleichkäme. Es wundert nur, daß noch keinem die Absurdität dieses Satzes und ungezählter ähnlicher Wortgebilde in den Werken dieser Autorin aufgefallen ist: „Ein Tod so billig wie ein Loch in der Tasche." Man muß sich das auf der Zunge zergehen lassen. Was kann an einem „Loch in der Tasche" denn „billig" sein? Aber hat sie das nun einmal so wunderbar-schockant zu Papier gebracht, fährt sie in ihrem Gedanken-Irrgang frohgemut fort und behauptet: „Man steckte die Hand hinein (nämlich in das Loch in der Tasche), und der ganze Körper wurde mitgezogen." Na bitte, abstruser geht's schon gar nicht mehr. Kann sich einer vorstellen, daß ein Tod „billig" ist, so „billig" wie ein „Loch in der Tasche", durch das man, steckt man die Hand hinein, mit dem ganzen Körper hindurchgezogen wird? Ist das nicht reinster Bla-bla-Ismus, was uns da als Literatur aufgetischt wird? Ist das nicht textgewordene Chuzpe, eine Art trompe-l'oreille für dumme Leute?

MASSON: In der Tat, so ist es.

ROSENOW: Ja, und was wissen denn „die Milch des Nebels" (ei der Daus, wie subtil das metaphorisiert ist), was „die Kreise der Luft" (es wird immer toller), was „die Biegung der Schienen" (jetzt sind wir schon im Himmel der Poesie angekommen), was also wissen diese drei unbelebten Dinge davon, wie so sehr lebendig es in Lieschen Müllers Kopf zugeht?

MASSON: Herr Magister Rosenow, Sie ereifern sich, Sie geraten in Rage, das wird Ihrer Gesundheit nicht zuträglich sein. Ich sehe mit Entsetzen, daß Sie im Begriff sind, diese Autorin schon mit Hilfe eines einzigen Zitats richtiggehend breitzuwalzen, so daß man sie vom Boden der Tatsachen nur mit Mühe wieder wird abkratzen können. O weh, o weh, soweit ist es nun mit ihr doch gekommen!

ROSENOW: Ja, soweit, sehr verehrter Herr Doktor, ist es mit ihr gekommen. Eigentlich war es das aber doch eher gleich von Anfang an. Hätten Sie und andere Experten für Literatur nicht so lange tatenlos zugesehen, wie wortgewordener Bockmist hier schon jahrelang als Feingebäck verkauft wird, so müßten wir Lieschen Müller hier und heute nicht als Lichtgestalt ertragen, als die sie in der Literaturszene nun schon länger herumgereicht wird. Ein Wort von Ihnen, zur rechten Zeit ausgesprochen, hätte den Siegeszug dieser agrammatischen Sprachakrobatin stoppen können. Dieses Wort jedoch ist meines Wissens niemals gefallen.

MASSON: Sie merken mir meine Zerknirschung an, Herr Magister. Ich kann zu meiner Verteidigung nur anführen, daß ich beileibe nicht der einzige war, der, wie Sie sagen, „tatenlos zugesehen" hat, und ich war auch gottlob nicht der erste. Der Einzug dieser Autorin in die Ruhmeshalle ist eher schleichend vor sich gegangen, und an seinem Anfang standen, wie man dazusagen muß, einige ihrer Texte aus der Dorfsphäre, die sehr verheißungsvoll klangen.

ROSENOW: Die habe auch ich gelesen. Sie meinen doch sicher jene frühen Texte, die sozusagen aus der Dackelperspektive geschrieben sind, aus der Sicht des kleinen Mädchens, das sich am Knie des Vaters festhält. Da hatte man in der Tat den Eindruck, hier würde quasi auf Millimeterpapier in nicht ungeglückter Weise etwas eindrücklich Erfahrenes geschildert. Die Katastrophe begann erst, als Lieschen Müller sich anschickte, das Schreibmuster dieser frühen Versuche auf die Erwachsenensphäre zu übertragen. Hier funktionierte es nicht mehr. So kam es zu den Endlos-Peinlichkeiten ihrer sogenannten Romane. Da reihte sich ein unmöglicher Satz an den anderen. Man muß, um das Ganze als Mumpitz zu entlarven, gar nicht erst auf die Suche nach Beispielen gehen, dazu taugt ein Satz so gut wie der andere. Der Mumpitz findet als Kontinuum statt, die Autorin gibt sich das Ansehen, als sei sie bloß mit der Niederschrift eines „automatischen Diktats" befaßt, als sei sie nur die Verkünderin musischer Eingebung. Und die Selbstsicherheit wuchs in diesem sonderbaren Tun mit jedem weiteren Text, den man ihr, in Buch- oder in Artikelform, bereitwillig druckte. Die Seltsamkeiten des Stils wurden ihr als läßlicher Exotismus, bedingt durch ihre besondere geographische Herkunft, ausgelegt. „Ja", sagte man sich, „so schreibt man eben in jenen Gegenden ‚hinten weit in der Türkei' (oder beinah schon dort), wo das Deutsche halt ein bißchen weniger bei sich zu Hause ist."

MASSON: So ähnlich wird es sich zugetragen haben, denke ich auch. Aber wir sollten es uns doch nicht so leicht machen, mit einem einzigen Zitat die ganze Person zu ruinieren.

ROSENOW: Was heißt hier „ruinieren"! Sie glauben doch nicht, daß man Lieschen Müller so mir nichts, dir nichts ruinieren kann. Die Dame ist gegen Attacken auf ihr Künstlertum resistent. Einmal in den Sattel gehoben, einmal auf eine kosmische Umlaufbahn katapultiert, und sie ist von dort nicht wieder herunterzukriegen. Was die deutsche Literaturszene, was das deutsche Feuilleton, was also F. C. Belius, was Rolf Karamelis in den ersten Wochen, Monaten und Jahren des Hierseins von Lieschen Müller festgezurrt haben, das bleibt. Und was nun das „einzige Zitat" betrifft, mit dem sie hier angeblich fertiggemacht wurde, so kann ich Sie versichern, verehrter Doktor, daß sich weiteres Belegmaterial für unsere Agrammatismus-These so reichlich finden läßt wie Sand am Meer. Hier also gleich ein nächstes Zitat, geschöpft aus derselben unverdächtigen Quelle, lies aus der Blütenlese des erwähnten Müller-Fans: „Sie sahen in der mißglückten Flucht einen gewöhnlichen Wunsch, der mal den einen, mal den anderen in den Tod riß." Eine „mißglückte Flucht", wollen wir festhalten, ist also einmal „ein gewöhnlicher Wunsch" – warum auch nicht? Und dieser „gewöhnliche Wunsch" hat die merkwürdige Eigenschaft, „mal den einen, mal den anderen in den Tod" zu reißen. Diese Erkenntnis scheint aus Zeiten zu stammen, da Wünschen noch half, oder wie sehen Sie das, Herr Doktor?

MASSON: Auch ich sehe nur zu deutlich, wie sich regelrecht Abgründe auftun, wo diese Autorin ihren sprachästhetischen Blick schweifen läßt.

ROSENOW: Abgründe, so kann man es nennen. Ich will, um hier nicht als kleinkarierter Wortklauber zu erscheinen, gleich mit einem weiteren Beispiel aufwarten, das ich in dem bereits zitierten Romanwerk „Scherzbier" gefunden habe, und zwar nicht etwa nach langer Suche, nein, sondern als ich das Buch an einer x-beliebigen Stelle aufschlug. Allermiserabelster Schulaufsatz, denkt man, ein Text, der zerbröselt, noch während er entsteht, nichts, aber auch gar nichts von „allermodernstem Prosaschaffen", durch das diese Autorin sich angeblich auszeichnet. Soviel an Unsäglichkeit ist mir in meinem langjährigen Umgang mit Geschriebenem noch nicht vorgekommen. Hier also das Exempel: „Ich ging quer durch das Gras auf dem Weg, den ich beim Kommen zertreten hatte. Malven aus lauter lila Fingerhüten, Königskerzen griffen in die Luft. Ackerwinden rochen süß in den Abend, oder war es meine Angst. Jeder Grashalm stach an den Waden. Dann piepste ein verirrtes, junges Huhn im Weg und verließ ihn, als meine Schuhe kamen." Da hat also die unglückliche Person, von der hier die Rede ist, „beim Kommen" einen Weg „zertreten". Was wollte die Dichterin Müller uns durch diesen Satz mitteilen? Daß es ihr unmöglich ist, einfachste Dinge sprachlich auszudrücken, sie auch nur halbwegs genau zu bezeichnen? Sie gebrauchten vorhin, Herr Doktor, das Wort „Impräzision". Das trifft genau den Sachverhalt. Dieser „zertretene Weg" ist vielleicht ein *Trampelpfad*, aber wenn es ein solcher ist, dann sollte man ihn auch so nennen. Und weiter unten – „roch" da nicht noch eine „Angst" „in den Abend"? Was soll das nun wieder? Wie schafft es die Angst, „in den Abend" zu „riechen"? Und stach nun „jeder Grashalm" *„an den Waden"* oder vielleicht doch eher *in die*? Das ist hier die Frage. Dann „piepste" ein verirrtes Huhn „im Weg". Wieso „piepste" es *„im Weg"* und nicht *auf dem Weg*? Hat es nicht vielmehr „im Weg" gestanden? Und wieso „verließ" es diesen Weg, „als meine Schuhe kamen"? Und woher kamen die Schuhe, frisch aus dem Schuhgeschäft, am Ende gar direkt aus der Schuhfabrik? Oder waren die Schuhe, die da „kamen", etwa dieselben Treter, mit denen die Unglücksperson vorhin eben noch den Weg „zertreten" hatte? Das möchte man nun doch endlich wissen und nicht länger mit diesem Rätsel weiterleben. Man hat wahrlich den Eindruck, daß hier eine arme Irre Worte daherredet, die ihr so beiläufig durch den Kopf gehen. Die Prosawerke Lieschen Müllers dürfte man dem Leser jedenfalls nicht so einfach in die Hand drücken, man müßte ihm das darin enthaltene Krumm- und Dummgerede unbedingt noch extra erklären.

MASSON: Aber Lieschen Müllers Werk verdankt sich, wie ich hier gleich anmerken möchte, nur rein äußerlich dem ungehemmten Wuchern ihrer Bildlichkeit sowie ihrer Bezeichnungsschwäche. Das alles sprudelt doch eigentlich aus einer anderen Quelle als der Sprache, nämlich aus der existenziellen Angst vor dem Geheimdienst, der sich an die Fersen aller ihrer Figuren heftet.

ROSENOW: Zugegeben, wäre der Geheimdienst in Lieschen Müllers südosteuropäischem Leben nicht so sehr präsent gewesen, diese verhinderte Lyrikerin hätte keinen einzigen ihrer Romane geschrieben, weder „Scherzbier" noch den früheren – wie heißt er gleich?

MASSON: Ich eile Ihnen zu Hilfe: „Der Fuchs war immer schon sein Schießgewehr."

ROSENOW: Ja, genau, den meinte ich. Was den Geheimdienst betrifft, er durchwirkt das Leben unserer Autorin ganz und gar. Das stellte einst auch ein neutraler Beobachter des Auftretens dieser

Dame im Westen, ein ehemaliger deutscher Botschafter in dem Land, aus dem die Müllerin kommt, in einer großen Frankfurter Zeitung fest, und zwar bei Gelegenheit einer bestimmten Affäre, die sich in Rom zugetragen hat. In seiner Wortmeldung kam der auch als Schriftsteller wohlbekannte Botschafter zu dem interessanten Schluß, daß der geheimdienstliche Geist bei Lieschen Müller sozusagen zur zweiten Natur geworden ist.

MASSON: Ungeheuerlich, was Sie da wieder sagen. Wo gab es denn diese „Affäre"? Meinen Sie Lieschen Müllers römischen Aufenthalt als Stipendiatin der Villa Maxima?

ROSENOW: Exakt den meine ich. Da rutschte doch die Poetin richtig auf einem Hundekot aus, den ein Vierbeiner aus der Meute der Villa-Maxima-Direktorin Nebel auf den Parkalleen der Villa abgesetzt hatte, rutschte aus bei einem ihrer Spaziergänge, bei dem sie den Blick himmelwärts und nicht bodenwärts gerichtet hielt, und fertig war der Skandal. Die Villen-Direktorin wurde sofort beim Außenamt in Bonn verklagt, die erboste Autorin kannte da keine Gnade, unbedingt mußte sie ihrem durch jahrelange Geheimdienst-Berührung verinnerlichten Denunziationsdrang nachgeben. Man kann daraus ersehen, daß der Geist der Geheimdienste, selbst wenn diese einmal gestorben sind, in den Seelen ihrer Opfer fortspukt.

MASSON: Sehr wahr, sehr wahr, wenn ich es auch nicht gerne höre, verehrter Magister. Lassen wir es damit genug sein.

ROSENOW: Nicht bevor ich noch ein Letztes losgeworden bin: Könnte man dieser Autorin, in Anbetracht ihrer akuten sprachlichen Krämpfe, nicht diskret suggerieren, sie solle sich der *nonverbalen* Behandlung ihrer Themen zuwenden?

MASSON: Sie werden lachen, das tut sie gewissermaßen schon. Zumindest weisen ihre letzten Hervorbringungen in diese Richtung. Sie klebt, wie man das von Erpresserbriefen kennt, Collagen aus Buchstaben und Piktogrammen zusammen. Das ist ein vielversprechender Anfang, und am Ende solcher Bemühungen könnte der völlige Verzicht auf Sprache stehen. Das würde Sie, Herr Magister, wie ich Sie kenne, mit dieser Autorin sicher versöhnen.

ROSENOW: O ja.

*

Das Gespräch zwischen den Literaturkritikern Peter Masson (München) und Christian Rosenow (Heidelberg), geführt im Jahre des Heils 2006 bei Gelegenheit der Erstsitzung ihres „Literarischen Duetts", bekommt auf allgemeinen Wunsch einen Nachtrag.

Am 8. Oktober 2009, um 13.15 Uhr, ruft der verehrte Doktor Masson bei dem nicht mehr ganz so verehrten Magister Rosenow an: „Ich höre soeben im Rundfunk, daß unser Lieschen Müller die höchste literarische Auszeichnung bekommen soll. Der Herold der Königlichen Akademie Schwedens, Nils Holgersson, hat es soeben verkündet. Was sagt der Herr Magister nun dazu?"

ROSENOW: Der Herr Magister sagt dazu erst einmal nichts, weil es ihm, wie der Herr Doktor bemerkt haben wird, die Sprache verschlagen hat. Dann denkt er kurz nach und sagt folgendes: Es war höchste Zeit, daß *Klein Zaches genannt Zinnober* nach fast schon zweihundert Jahren einer schmachvollen literarischen Existenz die verdiente Salbung erhält. Sein geistiger Vater E. T. A. Hoffmann, wird erzählt, habe sich wegen dieser seiner so stiefmütterlich behandelten Kunstfigur in Grund und Boden, will sagen ins Grab geschämt und würde sich darin nun vor lauter Dankbarkeit mit dem Gesicht nach oben drehen und seine groß-schönen Augen aufschlagen, wenn er die wunderbare Nachricht vernehmen könnte. Es gibt also noch einen Gott der – wenn auch späten – Gerechtigkeit.

MASSON: Verehrter Magister, wie kommen Sie auf die Idee, daß hier E. T. A. Hoffmanns berühmter Wechselbalg Klein Zaches dekoriert werden soll, der seinen schönen Beinamen bekanntlich von den drei zinnoberroten Haaren herhat, die ihm die Fee Rosabelverde spendete?

ROSENOW: Einfach durch Bildassoziation kam mir die Idee. Ich erinnere mich noch lebhaft, Lieschen Müller vor Jahren, als sie frisch aus Südosteuropa zugezogen war, in einer Talksendung mit zinnoberrotem Irokesenkamm gesichtet zu haben. Da rief ich, zu Lotte Natalies großem Erschrecken, aus: „Sieh mal, Klein Zaches im Zweiten Deutschen Fernsehen!" Ich ahnte damals nicht, daß es sich bei der Tele-Vision, die ich da hatte, um das später so berühmt gewordene Lieschen Müller handelte. Und noch etwas ließ mich, als Sie,

Herr Doktor, heute mittag anriefen, sofort an Klein Zaches denken: nämlich daß auch dieser, wie Lieschen Müller, in allen Salons glänzte, daß alle sofort seinem Zauberschein verfielen und er schließlich gegen alles Verdienst den höchsten Staatsorden in einer Sonderanfertigung erhielt.

MASSON: Nachtigall, ick hör dir trapsen.

ROSENOW: Icke och. Aber Spaß beiseite: Mich persönlich freut besonders, daß es Schweden waren, die herausfanden, wer im weiten Bereich der Germanophonie unter Einsatz hochartifizieller agrammatischer Mittel Werke geschaffen hat, die die größte Aufmerksamkeit auf sich ziehen. Und weil der vorhin erwähnte gerechte Gott die Standhaften liebt und ich einer von diesen zu sein mir einbilde, füge ich noch folgendes hinzu: *Lieschen Müller kann zwar jetzt Nobelpreis, aber Deutsch kann sie immer noch nicht*.

MASSON: Oje, oje, wie kann man gegen eine Armada von Experten, die Lieschen Müllers letztes und für die Preisverleihung, wie man hört, ausschlaggebendes Buch „Odemwippe" allesamt ein Meisterwerk nennen, wie kann man gegen diese Übermacht bei seiner kleinlichen Miesmeinung bleiben. Das nenne ich, halten zu Gnaden, Verstocktheit im höchsten Grade.

ROSENOW: Nun denn, so nennen und halten Sie es, wie Sie wollen. Auch Sie werden aber nie herauskriegen, was „Odemwippe" bedeutet. Zu dem Kreis von Leuten, die hierzu etwas zu sagen wüßten, gehört auf keinen Fall Lieschen Müller selbst, immerhin die Erzeugerin der „Odemwippe", dafür aber meine Wenigkeit.

MASSON: So, so, nur Sie wissen da Bescheid.

ROSENOW: Kennen Sie sonst noch jemand, Ihre geschätzte Person eingeschlossen?

MASSON: Wenn ich ehrlich bin, nein.

ROSENOW: Sie sehen, vor Lieschen Müllers kecken Wort-Erfindungen streckt jeder normale Geist die Waffen. Wer erklärt uns also die „Odemwippe"? Wer läßt uns begreifen, was sie bedeutet?

MASSON: Sie müssen das anders sehen. Die „Odemwippe" hat, wie uns Lieschen Müller zu verstehen gibt, nicht sie selbst erfunden, sondern ihr Gewährsmann Oskar Melchior, der allzu früh dahingegangene Sprachmagier und Büchnerpreisträger. Wo die Müllerin jetzt sozusagen seine *literarische Witwe* ist und sie als solche sein geistiges Vermächtnis hütet und verwaltet, sind wir gezwungen, es ihr zu glauben. Auch der „Hungerengel", der in dem Werk „Odemwippe" immer wieder vorkommt, ist, wie sie beteuert, aus des Meisters Pflanzgärtlein hervorgegangen.

ROSENOW: Wer kann das wissen und überprüfen, wo der Meister nun schon länger tot ist. Mir kommen die beiden hier in Rede stehenden Wortschöpfungen jedenfalls vor, als seien sie exklusiv dem Geiste Lieschen Müllers entsprungen, so sehr entbehren sie, typisch Müller, jedweder Logik und Schlüssigkeit. „Odemwippe" scheint mir außerdem verdächtig von Paul Celans „Atemwende" abgekupfert, einer Metapher, der man allerdings mangelnde Bezeichnungsgenauigkeit partout nicht nachsagen kann. Die „Odemwippe" wiederum, was könnte sie letztlich bedeuten außer einer reinen Abstrusität? Wie „wippt" oder „schaukelt" sich ein „Odem" oder „Atem"? Das eben ist das große Geheimnis Müllerscher Metaphernbastelei: Die Autorin schraubt zwei Wörter zusammen, die zwar ein drittes ergeben, aber keines mit ergründbarem Sinn. Die Titelprägung „Odemwippe" kommt gegenteiligen Beteuerungen zum Trotz zweifellos aus Lieschen Müllers Wortfabrik. Ebenso dieser „Hungerengel", den die Autorin, um kuriose Erfindungen nie verlegen, ihrem Romanhelden offenbar nur zugedichtet hat, obzwar man zunächst vielleicht glauben könnte, er verdanke sich, so, wie er im Buch durch ein Extrakapitel eingeführt wird, auch ein bißchen Melchiors spielerischem Dichtprinzip. Hier erhebt sich überhaupt die Frage, inwieweit oder, besser, in welchem Umfang das Meisterwerk „Odemwippe" auf Oskar Melchiors Beitrag zurückgeht.

MASSON: Eine berechtigte Frage, der ich mich voll und ganz anschließe, obwohl Lieschen Müller im Nachwort zu dem Buch erklärt, sie hätte das Gesamtwerk aus Notaten Melchiorscher Berichte über seine Deportation nach Rußland ganz allein erarbeitet. Das „Wir", die ursprünglich doppelte Autorschaft also, habe sie nämlich ein Jahr nach des Meisters Ableben „verabschiedet".

ROSENOW: O ja, das „Wir" hat Lieschen Müller „verabschiedet"! Wie zartfühlend das klingt. „Verabschiedet" werden gewöhnlich Staatsgäste, langjährige Mitarbeiter in den Ruhestand oder auch Gesetze im Parlament. Lieschen Müller meinte wohl, sie hätte *sich vom Wir* „*verabschiedet*".

MASSON: Natürlich, das meinte sie.

ROSENOW: Sie sehen, Herr Doktor, wie schon aus solchen Feinheiten des Stils das Migrationshintergründige bei Lieschen Müller hervorscheint. Ich habe das, wie Sie sich vielleicht erinnern, in unserem ersten „Duett"-Gespräch großmütig als „läßlichen Exotismus" bezeichnet.

MASSON: Ja, das haben Sie, das haben Sie in Ihrer süffisanten Aversion gegenüber dieser Autorin, deren Sprachbehandlung übrigens, wie man an der öffentlichen Akzeptanz sehen kann, sich Respekt und Anerkennung verschafft hat bis hinauf nach Stockholm.

ROSENOW: Ach ja, dort oben in Skandinavien ist das Sprachsensorium besonders fein ausgebildet. Dort weiß man, wie das Deutsche zu lauten hat. Gibt Ihnen in diesem Zusammenhang nicht zu denken, daß die Jury der höchsten deutschen Literaturauszeichnung, des Büchner-Preises, seit dessen Vergabe an Oskar Melchior 2006 offenbar niemals erwogen hat, auch seine literarische Partnerin damit zu ehren?

MASSON: Aus Ihren Worten tönt Kritik in alle Richtungen. Sie scheinen selbst nach dem Stockholmer Schiedsspruch von Frau Müller keine gute Meinung zu haben.

ROSENOW: Wie kommen Sie darauf? Ich habe von Frau Müller die beste Meinung, die man von ihr haben kann, wenn diese auch, zugegeben, schlecht genug ist. Das liegt daran, daß die Grammatik der deutschen Sprache in den Denkapparat dieser Autorin noch nicht Eingang gefunden hat. Wie denn auch, wo dieser nach eigenen Gesetzen funktioniert. Die Wendungen, zu denen sich bei Lieschen Müller die Wörter verbinden, die Zusammensetzungen, in die sie eingehen, verdanken sich vor allem dem Drang ihrer Erzeugerin, um jeden Preis aufzufallen und sich in Szene zu setzen.

MASSON: Oje, oje, muß ich wieder ausrufen. Es gibt aber doch auch Leute, die sich in diesem letzten Müller-Buch schon etwas umgetan und dabei festgestellt haben, daß das von Ihnen seinerzeit bei Lieschen Müller diagnostizierte Agrammatische hier deutlich zurückgedrängt ist, verglichen mit Werken wie „Scherzbier", das, wie wir gesehen haben, sprachliche Schrecklichkeiten in Fülle enthält. Könnte es sein, daß Oskar Melchiors ordnender Geist sich an dem Buch massiv betätigt hat und die von manchen festgestellte Sprachbereinigung also auf ihn zurückgeht?

ROSENOW: Zu wünschen gewesen wäre das schon. Doch ist diese „Zurückdrängung des Agrammatischen" in Frau Müllers letztem Werk bloß ein Gerücht. Wenn ich schon auf den ersten Seiten lese: „Der Herbst machte dem Park ein Ende", so reicht mir dieser Tiefenblick ins Naturgeschehen für alle drei übrigen Jahreszeiten. Und nicht besser wird es mit: „Das Schweigen im Nacken ist etwas anderes als das Schweigen im Mund". Da erkenne ich keineswegs Oskar Melchior wieder, sondern nur Lieschen Müller in der uranfänglichen Verschrobenheit ihres Denkens. Siehe in diesem Zusammenhang auch das folgende, leeres Stroh dreschende Sprachbonbon: „Außer fürs Wegfahren und gegen die Kälte wussten wir nicht, wofür wir packen. Das Richtige hat man nicht, man improvisiert. Das Falsche wird zum Notwendigen. Das Notwendige ist dann das einzig Richtige, nur weil man es hat." So großspurig-dummes Zeug soll also Oskar Melchior im Angesicht seiner Deportation gedacht haben? Und dieses im Buch hundertfach sich wiederholende Müllersche Springen aus der Vergangenheit („*wussten* wir nicht") in die Gegenwart („wofür wir *packen*") – also bitte: Der gelernte Germanist Melchior wußte sicher noch etwas von der logischen Zeitenfolge, der Consecutio temporum, im deutschen Satz. Und so verdreht war sein Hirn nicht, daß das „Falsche" ihm zum „Notwendigen" wurde. Ein weiteres Beispiel für den Tiefsinn Müllerscher Weltbetrachtung: Dem in die Deportation aufbrechenden Melchior wollte jeder etwas geben, „das vielleicht etwas nützt, wenn es auch nichts hilft" – ei ja, wie fein Lieschen Müller den Unterschied zwischen „nützen" und „helfen" herausarbeitet! Man könnte sonst meinen, beide besagten hier ein und dasselbe. Wenn etwas nützt, so hilft es auch, und umgekehrt. Was also, Herr Doktor, soll das wichtigtuerische Dummgeschwätz? Oder: „In einem Viehwaggon schrumpft die Eigenart. Man ist mehr zwischen anderen vorhanden als bei sich selbst" – verstehe das, wer kann. In solchen Sätzen wird nicht nur Lieschen Müllers Hang zu sprachlogischem Murks deutlich, sondern auch ihre rücksichtslose

Art, ihn anderen in den Mund zu legen. Ausgeprägt ist bei dieser Autorin überhaupt die Kunst, andere für ihren Ungeist zu vereinnahmen. Das geht soweit, daß Menschen, auf deren Sprachkompetenz ich jeden Eid geschworen hätte, Lieschen Müllers neueste stilistische Grauslichkeiten plötzlich schick finden. Und die nicht allein, sondern auch solche Müllersche Kreationen wie „Handuhr" (siehe „Odemwippe"), die, aus dem rumänischen „ceas de mână" übersetzt, dem wehrlosen Melchior angedichtet wird. Gemeint ist hier natürlich die deutsche „Armbanduhr".

MASSON: Frau Müllers Eigenarten sollte man wenigstens zu respektieren versuchen.

ROSENOW: Nein, wirklich, „Eigenarten" nennen Sie das? Lieschen Müllers sattsam bekannte Unarten sind das, Auswüchse ihres Migrantendeutsch, das sich hier ungeniert als Normalität aufspielt. Respektieren würde ich solche „Eigenarten" natürlich auch, gesetzt, die Autorin beschränkte sie auf ihr eigenes Werk und nötigte sie nicht anderen auf, wie in unserem Falle post mortem Oskar Melchior.

MASSON: Im übrigen, erinnern wir uns: Ein Gemeinschaftswerk Lieschen Müller/Oskar Melchior war angesagt, erarbeitet in beider engstem Zusammenwirken. Melchior hatte vor, auf der Frankfurter Buchmesse 2006 erste Proben daraus öffentlich zu lesen, starb jedoch überraschend, ehe es dazu kam. Nun, drei Jahre später, ist auf dem Umschlag dieses Werkes mit ursprünglich doppelter Autorschaft ein einziger Name zu finden: Lieschen Müller. Der zweite Autor, Oskar Melchior, erscheint unter verändertem Namen nur noch als Ich-Erzähler des Romans. Melchiors für Frankfurt angekündigte Lesung müßte aber doch eigene oder auch gemeinsame Text-Ausarbeitungen zur Grundlage gehabt haben. Wo sind die geblieben?

ROSENOW: Das fragt man sich allerdings schon. Andererseits sind Melchiors eigene Beiträge zu dem Buch leicht als solche erkennbar, da zum Beispiel, wo es um Details aus dem Lagerleben geht wie das heimliche Süppchenkochen, die Besuche beim Lagerfrisör und dergleichen mehr. Da wird wohltuend nüchtern und entsprechend wirkungsvoll referiert, da redet die Autorin offenbar mit Melchiors eigener Stimme. Schlimm wird es dort, wo Eckermann, mutatis mutandis, unbedingt Goethe sein möchte. Da wird also zunächst, wie

Melchior das so gut konnte, das Wort spielerisch hin- und hergewendet wie in dem Kapitel über den „Hungerengel", doch sehr bald merkt man, daß alles nur schlechter Abklatsch des Originals ist. Sie wollen, Herr Doktor, um es nicht selber tun zu müssen, mich nun fragen lassen, ob hier also nicht ein ursprünglicher Ko-Autor über den Tisch gezogen, sozusagen „atem-verschaukelt" wurde? O ja, das wurde er. Von Anfang an ist da alles unverkennbar durch Lieschen Müllers Fleischwolf gedreht, so daß insoweit zutrifft, was sie im Nachwort zu dem Buch behauptet, nämlich dieses allein geschrieben zu haben. Man könnte sonst leicht auf den Gedanken kommen, Lieschen Müllers eigene Beiträge seien vornehmlich ihre gefürchteten Poetisierungen gewesen, so die Titelmetapher „Odemwippe", so solch wunderbare Vergleiche wie „am Himmel steht ein Mond wie ein Glas kalte Milch" oder „er schaukelte sein Augenweiß wie zwei geschälte Eier" oder so gespenstische Bildbeschwörungen wie „das Licht schaut sich im Mund selber an". Das alles ist Lieschen Müller in Reinkultur und erinnert sehr an die „Kreise der Luft", über die wir schon im Romanwerk „Scherzbier" staunen durften.

MASSON: Es gibt aber auch nichts, was Sie an dieser Autorin nicht zu stören scheint.

ROSENOW: Von Stören kann hier nicht die Rede sein. Im Gegenteil, es paßt doch alles haargenau zu dieser Künstlerin. Man fühlt sich beim Lesen von Neuprägungen aus ihrer Stanze wie etwa „Herzschaufel" direkt aufgefordert, noch Tolleres dieser Art zu erfinden. Vielleicht bisher so unbekanntes Werkzeug wie „Nieren-Spaten" oder „Leber-Harke"?

MASSON: Nun gehen Sie aber doch zu weit, Herr Magister. Sie zweifeln mit anderen Worten an der auf Melchior bezogenen Treuhandschaft Frau Müllers.

ROSENOW: Nein, das sicher nicht. Ich vermute sogar, daß Lieschen Müllers bizarres Sprachgespür in der schöpferischen Zweisamkeit, die die beiden zuletzt verband, allmählich auch von Oskar Melchiors Geist Besitz ergriffen hat. Bleiben aber dann doch noch die typisch Müllerschen Wortschocker, mit denen sich diese Sprachvirtuosin Zugang zu den Leserhirnen verschafft. Hier, wenn Sie mögen, gleich noch zwei Stilblüten aus dem Meisterwerk „Odemwippe": „Seit der Heimkehr aus dem Lager ist die schlaflose Nacht ein Koffer aus schwarzer Haut." Da schon gruselt's einen. Aber erst hier: „Vielleicht mussten wir gegen die weiße Nische stundenlang stillstehen. Die Knochen wurden sperrig wie Eisen. Wenn das Fleisch am Körper verschwunden ist, wird einem das Tragen der Knochen zur Last, es zieht dich in den Boden hinein." Solch eine Beschwörung traumatisierter Anatomie hat man sich immer gewünscht, Herr Doktor, gar eine von solch vollendeter Anschaulichkeit. Dort also, wo *Gestaltung* nottun würde, nüchtern-genauer Bericht über Zustände und Vorgänge, meint Lieschen Müller dies mit verbalen Kraßheiten und (siehe „Koffer aus schwarzer Haut") mit lustvoll eingesetzter Metaphorik aus dem Schindermilieu hinzukriegen. In die Geschichte der Literatur wird diese Autorin einmal als deren kuriosester Betriebsunfall eingehen. Wo gab es noch in deren Verlauf eine solche Mischung aus Geltungsdrang und Stümperei, wo noch eine solche Ansammlung infantilen Kitsches?

MASSON: Sie sind ein unerträglicher Verhöhner, Herr Magister.

ROSENOW: Und Sie, Herr Doktor, sitzen im falschen Zug. Wer hier nämlich wen verhöhnt, ist niemand anders als Lieschen Müller sich selbst. Wer so dummes Zeug zu Papier bringt, braucht für den Spott nicht zu sorgen. Zur Veranschaulichung hier gleich noch ein paar Beispiele aus dem Jahrhundertwerk „Odemwippe": „Unterm Kinn stieg mir der Kehlkopf auf und ab, als hätte ich meinen Ellbogen geschluckt." Was geht hier vor? Nimmt unsere Nobelistin sich selbst auf den Arm, oder tut sie es nur mit dem toten Oskar Melchior alias Leo Auberg? Der muß jedenfalls in seiner russischen Lagerzeit einen ganz schön dicken Hals gehabt haben, wenn sogar sein Ellbogen darin spazieren fahren konnte. Hier entfesselt sich der schlechte Geschmack dieser Autorin in Form eines sadistischen Humors, der sich auf seine Originalität auch noch etwas einbildet. Nicht besser wird es mit: „...wir trugen einen so hohen Gaumen, dass sich beim Gehen das Echo der Schritte im Mund überschlug". Dazu folgendes: Auch wenn man einen noch so hohen Gaumen sein eigen nennt, bleibt einem hier sicher einmal die Spucke weg. Der absolute Gipfel von Bildmachtergreifung ist aber mit solchen Sätzen erreicht: „Wenn man den Hunger nicht mehr aushält, zieht es im Gaumen, als wäre einem eine frische Hasenhaut zum Trocknen hinters Gesicht gespannt." Eine frische Hasenhaut zum Trocknen hinters Gesicht zu spannen, ist entweder nur eins von Lieschen Müllers beliebten Abdeckerspäßchen oder vielleicht dann doch Ausdruck einer Geistesgestörtheit. Es würde mich allerdings wundern, wenn Oskar Melchior an einer solchen gelitten haben sollte. Davon abgesehen, stellt sich hier die Frage, wie denn jemand, der vorgibt, an den Leiden der geschundenen Kreatur weltweit Anteil zu nehmen, so ganz locker vom Hocker und ohne zwingenden Grund laufend Bilder aus der Folterkammer bemüht. Und was sagt man zu folgender Feststellung: „Ich bin eingesperrt in den Geschmack des Essens, wenn ich esse." Daß Oskar Melchior seinem geliebten Lieschen Müller so Tiefgründiges in die Feder diktiert hat, kann ich nicht glauben. Ganz verwirrt müßte er aber gewesen sein, als ihm folgender Satz unterlief: "...und dachte, wie hellrot Karlis Blut ist, wie Siegellack, gottseidank aus der Ader, nicht aus der Vene." Sind „Ader" und „Vene" nun zwei verschiedene Dinge? Doch wohl nur im Kopf unseres literarischen Wunderkindes, das „Ader" schrieb, doch „Arterie" meinte und den Unsinn dann schnell noch Freund Melchior unter die Weste jubelte.

MASSON: Wie es aussieht, Herr Magister, muß ich mich jetzt wohl geschlagen geben. Vielleicht aber sollten Sie doch auch eine Neuigkeit erwähnen: Eine ganze Nation hat mit hunderttausendfachem Griff in die Buchhandlungsregale entschieden, daß Lieschen Müllers „Odemwippe" ein literarisches Meisterwerk ist. So viele Leute können niemals irren.

ROSENOW: Und ob sie können, verehrter Doktor. Noch in trauriger Erinnerung ist uns ein Beispiel aus der Geschichte des vorigen Jahrhunderts, bei dem nicht Hunderttausende, sondern Millionen sich irrten, und mit was für Folgen! Wie sagte doch einst ein berühmter Kultusminister im baden-württembergischen Landtag zu Stuttgart: „Über Kunst, meine Damen und Herren, wird nicht abgestimmt."

MASSON: Herr Magister, ich muß schon sagen, es ist schwer, Ihnen beizukommen.

ROSENOW: Vielleicht tröstet es Sie, wenn ich Ihnen gestehe, daß es mir in diesem Punkt nicht anders ergeht als Ihnen. Ich vermag mir selbst kaum jemals beizukommen. Und was die Begeisterung der lesenden Nation für Lieschen Müllers literarische Werke betrifft, so kann ich Ihnen den Grund hierfür verraten: *Die Leute glauben, Literatur beginne dort, wo das Verstehen aufhört.*

LIV
Auf allen Zweigen des Staatsbaums: Verwandte
Des Geheimdiensts langer Arm

Daß mit dem Erscheinen Nicolae Ceaușescus auf der politischen Weltbühne, zumindest für die Rumänen, ein neues Zeitalter angebrochen sei, wie mancher Exaltierte selbst unter den Freunden wissen wollte, einem solchen Unsinn wäre Christian Rosenow selbst in seinen wirrsten Träumen niemals aufgesessen. In der Sonne dieses Emporkömmlings, der durch eine Art „draufgängerischer Kurzsicht" seine Ziele erreichte, badeten sich denn auch meist Naivlinge, aber auch diese nur für kurze Zeit. Richtig Getreue über längere Wegstrecken hatte dieser von Mißgunst und Argwohn ewig Geplagte niemals gehabt.

Bei den Anwärtern auf seine Gewogenheit wechselten sich Gnade und Ungnade so rasch ab, daß von ihnen Stetigkeit im Herrschaftssystem nicht zu erwarten war. Um diese zu sichern, war der Conducător genötigt, Schlüsselämter in seinem Reich mit Familienmitgliedern zu besetzen, eigenen und solchen seiner Frau. Wie Beobachter der Szene herausfanden, dürfte deren Zahl so etwa bei sechzig bis siebzig gelegen haben. Die saßen dann auch meist unauffällig-friedvoll auf verschiedenen Zweigen und Ästen des Staatsbaumes, als stellvertretende Agrar- oder Verteidigungsminister, als Ministerialräte oder Erste Sekretäre diplomatischer Vertretungen, also durchweg in Vize-Positionen, die von den häufigen Revirements, die das Herrscherpaar vornahm, deshalb auch nie betroffen waren. Durch Intelligenz fiel keiner von ihnen je auf, die Geistesgaben waren wohl deshalb so dünn unter sie verteilt, weil sowohl das „Karpatengenie" – so ließ sich der Genosse Präsident gerne titulieren – wie auch seine Frau Elena, Chemikerin ihres Zeichens und als solche vielbelachte Erfinderin des bis dahin unbekannten Stoffes „Kozwei", sie ganz für sich verbraucht hatten. (Was das „Kozwei" betrifft, sei hier angemerkt, daß es sich bloß um Frau Elenas analphabetische Aussprache von CO_2 handelt.)

Bezogen auf Ceaușescus Drang, den Staatsapparat dauernd aufzumischen, lieferte der Volkshumor sogleich den passenden Witz: Ein Bäuerlein trottet mit einem scheinbar leeren Sack über die Calea Victoriei, die Hauptstraße Bukarests, bleibt ab und zu stehen, läßt den Sack von der Schulter gleiten und schüttelt ihn kräftig. Ein wachsamer Milizmann beobachtet eine Weile den seltsamen Menschen und spricht ihn an: „He, Freundchen, was treibst du da? Du schüttelst in einem fort den Sack, ist da was drin?" „Ja, Herr." „Und was, wenn man fragen darf?" „Mäuse, Herr." „Mäuse? Und wozu mußt du die schütteln?" „Ganz einfach, wenn ich sie nicht durcheinanderwirble, rotten sie sich gegen mich zusammen."

Das Stellvertretertum von Ceauşescus Verwandten im Staatsapparat hatte seine Erklärung darin, daß das ständig in Bewegung gehaltene Personalkarussell verläßliche Fixpunkte brauchte. Die Onkel und Tanten, Vettern und Basen, Neffen und Nichten erfüllten gerade nur die Funktion einer familiären Kontrollpräsenz, sie saßen im ruhigen Auge des Taifuns, einerseits also mitten im Getriebe, andererseits den zentrifugalen Kräften der Karussellbewegung niemals ausgesetzt.

Schlimm wurde es immer nur für solche, die dank bestimmter Fähigkeiten in die Nähe des Herrscherpaares rückten. Da konnte es für sie schon nach kurzer Zeit so heiß werden wie für den Ikarus der Sage bei seinen Flügen sonnenwärts. In solche Erhöhungen waren die Abstürze schon einprogrammiert. Heute noch ein weltweit angesehener, UNO-vorsitzwürdiger Außenminister wie der erwähnte Corneliu Mănescu, morgen nur noch Botschafter des Landes in Paris. Oder: Gestern dringend gebrauchter und erfolgreicher Chef verschiedenster Gremien, Verwaltungen und Ministerien, wie der einst so dynamische Jungkommunist Virgil Trofin, morgen schon zum Häuptling einer hauptstadtfernen Satrapie degradiert und schließlich, in seinen letzten Jahren, zum Leiter eines Staatsguts im hintersten Winkel der Dobrudscha abgesunken. Oder auch: Wie erging's diesem durchtriebensten aller Schlaufüchse im Dunstkreis des Conducators, dem in Moskau ausgebildeten Ion Iliescu? Eben noch spielte er fröhlich Tennis mit dem Boß, und nach einem etwas zu festen Ballaufschlag fand er sich mir nichts, dir nichts auf dem Sessel eines Chefs der Wasserwirtschaft wieder. Dann allerdings widerfuhr ihm noch spätes Glück: Nachdem sein Wohl- und Übeltäter, zusammen mit Madame Elena, ein Jahrzehn später in die Gewehrläufe des Exekutionskommandos geschaut hatte, schlug die Stunde des Gedemütigten – er wurde, wie sein großes Vorbild, selbst Staatspräsident und inszenierte als solcher sogleich die berühmte „Mineuriade", das heißt, er ließ Tausende Schiltal-Kumpel nach Bukarest karren und sie mit Knüppeln und Eisenstangen auf rebellierende Studenten losgehen. Gelernt ist gelernt. Beim Einsatz von Schlägern für seine Zwecke übertraf Iliescu allerdings selbst noch seinen Meister.

Die vorsorglichen Ab- und Wegsprünge aus gefährlichen Höhen und ebensolchen Nähen zum Diktator waren an der Tagesordnung. Apparatinternes Wissen war plötzlich wieder gefragt. Am Beginn von Ceaușescus Karriere als Staats- und Parteichef zu Recht mit Lob für ihn nicht geizend, sah sich Radio Free Europe in München nach langer Ächtung sowie Störung seiner Sendungen durch Brummstationen plötzlich wieder in die frühere Position zurückversetzt und attackierte das Regime mit Kritik. Ceaușescus Reaktion ließ nicht auf sich warten. Drei Direktoren der rumänischen Abteilung des Senders starben im Lauf der Jahre an seltsamen Krebsformen, in mindestens einem der Fälle vom rumänischen Geheimdienst ausdrücklich als Strafe angedroht, einer der scharfzüngigsten Redakteure wurde von bezahlten Killern niedergestochen und kam nur knapp mit dem Leben davon, schließlich wurde noch der international agierende Terrorist Carlos, genannt der Schakal, im Auftrag Ceaușescus tätig und jagte 1981 für eine Million Dollar Gebäudeteile des Senders in die Luft. Ungeniert wurde hier der im Lande selbst mehr durch Verbreitung von Angst als durch Handgreiflichkeiten ausgeübte Terror über die Grenzen getragen.

Wer Ceaușescu reizte, lebte also gefährlich. Ein Historiker der kommunistischen Partei Rumäniens namens Victor Frunză, der in langjähriger Archivrecherche sich mit seinem Gegenstand kritisch auseinandersetzte, erkannte die Brisanz seines Werkes, schrieb es in Kleinstbuchstaben auf Zigarettenpapier und ging damit außer Landes. In Paris, wo er seine Arbeit einem bekannten Verlag anbot, ließ er sich auch gleich zu seinem Thema interviewen und gab, über sein Buch hinausgehend, noch weitere ketzerische Gedanken zu Protokoll, kehrte dann aber, weil er meinte, er habe doch nichts als die Wahrheit gesagt, ins Land zurück. Sofort begann das Kesseltreiben gegen ihn, sein Haus wurde von Securitate-Autos rund um die Uhr belagert. Schließlich zwang man ihn, mit Frau und Sohn auszureisen, nicht, wohin er hätte wollen, nach Paris, sondern wohin ihn die „Securitate" gewiesen hatte, nach Dänemark, nach Arhus. Der rumänische Geheimdienst war also schon in der Lage, Zwangsaufenthaltsorte selbst jenseits der Grenzen selbst zu bestimmen.

Rosenows wurden, da sie mit Frunzăs befreundet waren, Zeugen der psychischen Zermürbung, die der Ausweisung vorausging. Zeugen wurden sie auch in einem weiteren Fall von, allerdings freiwilligem, Verlassen des Landes. Der Freund und Nachbar Petru Popescu, erfolgreicher Romancier und große Hoffnung der jungen rumänischen Literatur, heute, nach Jahrzehnten, angesehener Filmemacher in Hollywood, geriet 1974 in allzu große Nähe zur Ceaușescu-Familie, erkannte die damit verbundene Gefahr fast schon zu spät, schaffte es aber, nach Ablehnung eines Ausreisevisums und darauf beantragter Privataudienz beim Staatschef, einer Einladung der Universität Iowa doch noch Folge zu leisten. Wäre ihm das nicht gelungen, so wäre er, was er nach Lage der Dinge befürchten mußte, Schwiegersohn des Staatschefs, das heißt Gatte von dessen Tochter Zoia geworden und damit wohl à la longue Autor von Heldenepen zu dessen Ruhm. Es war aber, wie Popescu später bekannte, auch diese Zoia selbst gewesen, die ihn ermahnte, sich aus Verstrickungen zu lösen, die ihn die Freiheit als Künstler gekostet hätten.

„Selbstausweisungen" gab es auch sonst noch, sie häuften sich an Rosenows früherer Arbeitsstätte, der Redaktion des „Neuen Lands", in existenzgefährdendem Ausmaß. Die Leute begannen buchstäblich davonzulaufen, so daß an Rosenows Ohr eines Tages die Botschaft seines alten Intimfeindes Hugo Hüttl drang, er möge doch zu seiner alten Zeitung zurückkehren, er könne dort sofort die Stelle des Feuilletonchefs einnehmen. Mit einem Mal wieder mit Altvertrautem konfrontiert, sozusagen erneut zwischen Diogenes und Laërtios, Pontius und Pilatus sowie Skylla und Charybdis eingeklemmt, erwachte in Rosenow der alte Geist des Widerspruchs: Er ließ „Freund" Hüttl wissen, er pflege einmal verlassene Tatorte kein zweites Mal zu betreten. Er wolle aber doch, im Gedenken an einstige Zwietracht, über deren zerklüftete Gefilde noch einmal hinwegfliegen und, über Hüttls Haupt angekommen, einen feuchten Gruß auf dieses niedergehen lassen. Wenn es Hüttl dann noch, wie früher schon einmal, einfiele, Rosenow müsse deswegen unbedingt eingesperrt werden, so wolle er dagegen keinesfalls Einspruch erheben, denn hier läge dann eindeutig Strafwürdiges vor.

Ein tragischer Vorfall wohl unbeabsichtigter Landesflucht und so nicht vorgesehener Heimkehr ereignete sich dann freilich in diesen Jahren auch noch. Erich Weiland, langjähriger Lenker menschlicher Geschicke in der Redaktion des „Neuen Lands", einschließlich dessen beider Rosenows, war also, wie bereits angedeutet, längst ein Zahmer geworden. Nachdem ihm die seinerzeit angetraute Frau Georgescu aus schon erwähnten Gründen den Laufpaß gegeben hatte, war er schließlich eine dritte Ehe eingegangen und wollte nun der neuen Gattin auf einer Nostalgie-Tour die Schweiz, seinen früheren Aufenthaltsort in diplomatischen Diensten, vorführen. Das traf aber mit einer gerade verfügten allgemeinen Reisesperre für rumänische Staatsbürger zusammen, so daß Weiland, schon im Besitz der Pässe, sich kurzerhand entschied, vorzeitig loszufahren, nicht bedenkend, daß die abgeschlossenen Auslandsversicherungen erst später in Kraft treten würden. Kurz, es kam, wie der Teufel es so wollte, auf einer Schweizer Landstraße zur Kollision mit einem entgegenkommenden Lastwagen, bei der der chauffierende Weiland einen so schweren Unfall erlitt, daß er in einem Krankenhaus nach mehrtägigem Koma verschied. Tragisch aber war dieser Unfall vor allem deshalb, weil die Witwe des Verstorbenen nicht nur mit dessen Asche, sondern auch mit einem Berg von Schulden ins Land zurückkehrte, die sich im Schweizer Krankenhaus wegen des aufgetanen Versicherungslochs angehäuft hatten.

Gemunkelt wurde aber auch, der Unfall sei nicht unbedingt einem Versagen des Fahrers zuzuschreiben gewesen, sondern vielmehr der geheimdienstlich angesägten Lenkung von Weilands Wagen, wodurch eine eventuell vorgehabte Flucht verhindert werden sollte. Wie dem auch sei, der Geheimdienst hat sich, getreu seinem Gesetz der Verschwiegenheit, hierzu niemals geäußert, so daß man höchstens aus der Ablehnung der Kostenübernahme durch den Staat für Krankenhaus und Überführung einen solchen Schluß ziehen konnte.

Was man aber mit Sicherheit sagen kann: Der Arm der Firma war weltumspannend lang, und ihr Schatten begleitete selbst treueste Mitstreiter, zu welchen Weiland bekanntlich gehörte, bis tief in die neutrale Schweiz hinein. Friede sei heute deshalb ihrer und ihrer Leute Asche, sofern sie wirklich tot sind.

LV
Jonas im Walmaul/Teufels Wiedergängertum in pfäffischer Gestalt: Ferkelius inquiriert

Christian Rosenow, und er nicht allein, auch Dieter Paul Kärrner und seine rumänischen Freunde, hatten in den Jahren der Öffnung um 1968 das Gefühl, in einem politischen Zwielicht zu leben. Diesen Zustand genauer zu definieren, vermochten sie nicht, wie es ja überhaupt unmöglich ist, Zeiten des Übergangs aus diesen selbst auch nur einigermaßen genau zu erklären. Das wäre auf pure Indiziendeuterei hinausgelaufen, auf die sterilste Form des Begreifens. Einerseits konnte man über diese Zeit nicht sagen, die Freiheiten des Schreibens würden wieder abgeschafft, andererseits spürte man doch, wie eine in den letzten Jahren milder gestimmte Zensur wieder Flagge zu zeigen anfing.

„Solche Zeiten habe ich, hat meine Generation wiederholt erlebt", sagte Alfred Kyttner dazu, „sie sind die schlechtesten nicht, wenn auch oft verunsichernd in einem gefährlichen Maße. ‚Nichts Genaues weiß man nicht'. Es ist nur freilich so, daß die, die über uns thronen, selbst auch nicht wissen, was so läuft draußen in der Welt. Das macht die Sache noch irritierender. Auch sie nämlich agieren nicht mehr, sie reagieren nur noch. Das Gefühl der Beunruhigung ist also doch schon weit oben angesiedelt, es beginnt nicht erst bei uns, hier unten, wo die ‚schweren Ruder der Schiffe streifen', wie Hofmannsthal es in einem Gedicht ausdrückt. Dazu läßt sich nur sagen: Nutzen wir die Freiheiten, wo wir sie noch haben. Daß es solche mit Vorbehalt und auf Widerruf sind – wir können es nicht ändern."

Und so ging das nun schon eine gute Weile: Dieter Paul Kärrner rief bei Rosenow an, zu der Zeit, als der noch bei „Juventus" war, also um 1968: „Geh mal in das nächste Kino, das ist gleich um die Ecke von dir, genau vis-à-vis vom Krankenhaus Colțea. Da rollt ein Film, ‚Die Rekonstruktion', von dem jungen Regisseur Lucian Pintilie. Lauf also gleich mal hin, man hört, der Streifen wird demnächst wieder eingezogen."

Rosenow marschierte gleich los, und auch ihm schien es nach Besichtigung des Films, als würde bald Schluß sein mit solcherart Freimütigkeiten. Nicht weniger war da zu sehen als der szenische Nachvollzug eines Ortstermins, eine Tat-Rekonstruktion. Zwei Burschen werden von allmächtigen Milizionären hangauf, hangab gehetzt, sie müssen zeigen, wie sie es gemacht haben, irgendetwas Jugendkriminelles – so genau war es nicht zu erfahren. Die zwei jungen Männer werden zwecks „Rekonstruktion" dazu angehalten, so zu agieren wie bei der Tatbegehung, sie müssen aufeinander losprügeln, müssen sich gegenseitig immer wieder einen Hang hinunterstoßen, sie dürfen nicht nachlassen in ihrem zerstörerischen Eifer, noch einmal und noch einmal – genau wie beim Drehen eines Films folgt Klappe auf Klappe mit dem Ziel darstellerischer Perfektion.

Der Regisseur Pintilie führte hier sozusagen vor, wie ein Film gedreht wird, zeigte aber in Wirklichkeit, wie die Staatsmacht mit Menschen umspringt. Einer von den beiden Burschen liegt zuletzt leblos am Fuß des Hanges, so gründlich hat der andere in künstlich aufgegeilter Wut zugeschlagen, so endgültig-tödlich war die x-te, die letzten Klappe.

Das also war der Film, den Rosenow unbedingt noch sehen mußte vor der Absetzung. Diese erfolgte zwei Tage später, und über den Regisseur war zu hören, man habe ihm, da er doch so begabt sei, zur besseren Entfaltung seiner Fähigkeiten vorgeschlagen, nach Frankreich zu gehen. Und was macht der gute Mann? Einerseits freut er sich, daß er mit staatlicher Erlaubnis, ja Empfehlung, in die Freiheit darf, andererseits ist ihm klar, daß man ihn, zumindest vorübergehend, loshaben will. Das also war der Geist der angebrochenen neuen Zeit: Man brachte einen, der Nichtgeheures produzierte, nicht gleich hinter Gitter wie früher, man verbot ihm auch nichts, man schickte ihn nur in so etwas wie eine Auslandsquarantäne, in ein kreatives Exil.

Ähnliches widerfuhr auch Rosenows Freund Marin Sorescu, seit er dessen Gedichte mit dem Band „Kugeln und Reifen" ins Deutsche gebracht hatte. Eines Tages lud Sorescu Rosenow zusammen mit Lotte Natalie ins Kleine Theater auf der Kinozeile des Boulevards „6. März" ein, da sollte, wenn im Kulturministerium in letzter Minute nichts anderes beschlossen wurde, sein Stück „Jonas" zur Uraufführung kommen. Ja, es sollte auch noch Prominenz, segnend oder verdammend, im Zuschauersaal anwesend sein, etwa „Gottvater Popescu", des Conducătors erster Vollstrecker in Sachen Kultur.

Natürlich fiel dem nicht ein, dort zu erscheinen. Denn redete da nicht ein von dem bekannten literarischen Heimtücker Marin Sorescu zu neuem Leben erweckter biblischer Prophet namens Jonas in dialogisierendem Monolog über eine Stunde lang ganz allein vor sich hin, redete über dies und jenes, zwielichtig wie die Zeiten draußen, wie die Wirklichkeit außerhalb des Theaters, redete auch mit dem Aquarium, das da zu seiner Rechten stand, redete mit den lebendig sich bewegenden Wasserwesen darin, redete dabei meist aus dem Maul des Walfisches heraus, der ihn in der Bibel auf Gottes Geheiß verschlungen hatte und der ihn nun, zumindest während zweien der vier Bilder, aus denen das Stück bestand, in seinem Bauch gefangen hielt. Unter anderem stellte dieser neue Jonas fest: „Was haben wir für ein reiches Meer!" Und jeder wußte, wie es gemeint war: Die hohen Töne wurden da verhöhnt, die man draußen in der wirklichen Welt als Ausrufe sozialistischen Besitzerstolzes täglich zu hören bekam.

Aber sonst sagte dieser heutig-neue Jonas eigentlich nichts, obwohl er in einem fort etwas redete, es waren dies aber nur philosophische Nadelstiche, nur in die Haut getriebene Widerhaken eines netzeauswerfenden, manchmal auch angelnden Meeresbewohners namens Jonas. Und zuletzt, als ihm das ganze Reden, das Hinein-in-den-Bauch und Heraus-aus-dem-Bauch zu dumm geworden waren, zuletzt also, im vierten Bild, nimmt er sich plötzlich das Leben. So also ist das mit dem Reden über die Ersten Dinge, über das Fischen zum Beispiel, und mit dem Reden über die Letzten Dinge, über Gott zum Beispiel. Da weiß auch „Gottvater Popescu", des Diktators Kulturwart, nicht mehr, was er dazu sagen soll. Eigentlich müßte er das Stück „Jonas" verbieten, aber das würde sein Autor dann gegen ihn ausspielen. Deshalb läßt er das Damoklesschwert eines eventuellen Verbots über dem Kleinen Theater schweben, das ist die Tötung des Stückes in Raten. Er tut dabei so, als gönnte er diesem Marin Sorescu die hohen Buchauflagen im Inland und die Theatertriumphe im Ausland, und läßt auch sonst dessen „Trojanische Pferde" gewähren, die Christian Rosenow später, 1975, zum Titel eines zweiten Bands eingedeutschter Sorescu-Lyrik gewählt hat. Das Gedicht, dem er die hier eigenwillig aufgefaßten antiken Rosse entnahm, hieß schlicht „Troja", war so kurz wie skurril, so unschuldig wie subversiv, daß man nicht umhin kann, es hier und heute ganz zu zitieren: „Wir sind umstellt von Trojanischen Pferden, / in denen stumm die Krieger kauern, / wenn's Nacht wird, öffnen sie die Luke / und lassen sich an Stricken runter. // Den Flaschen, Kleidern und Gemälden, / die arglos wir ins Haus uns brachten, / entsteigt der Feind in hellen Scharen, / und das Kommando hat ein Stuhl."

Und welcher Stuhl ist das nun? Der Thronsessel, auf dem der Conducător mit trikolorer Schärpe und funkelnagelneuem Zepter mit Goldknauf bei Staatsakten Platz nimmt, vielleicht, so hätte er es sicher gern, als wiedererstandener Dakerkönig Burebista, als Burebista der Zweite, oder gar als Vlad Dracul redivivus, als der Vater Vlad des Pfählers? Dem kommt er sicher am nächsten. Dreimal darf man hineinraten, was aus dem Gedicht von selbst niemals herauskommt, weil Marin Sorescu alles Explizite pedantisch vermeidet. Es war damit fast wie mit dem „Hexeneinmaleins" in Goethes „Faust", über das sich schon so viele vergeblich den Kopf zerbrochen haben. „Nichts Genaues weiß man nicht", wie Freund Kyttner dazu sinnig sagte.

Sie suchen alle das Weite, wenn die Gefängistore ein bißchen aufgehen. Virgil Nemo, Rosenows Studienfreund an der Universität und militärischer Leidensgefährte in Karansebesch, arbeitete nach dem Staatsexamen ein paar Jahre als Redakteur bei der Wochenzeitung „Contemporanul", dann holten ihn seine ehemaligen Lehrer an den Anglistik-Lehrstuhl, zwischendurch durfte er zu Studienaufenthalten nach England und in die Vereinigten Staaten, 1974 verließ er mit Frau und Kleinkind endgültig das Land und gelangte über Berkeley und Cincinnati schließlich an die Katholische Universität Washington, wo er es bald zum Ordentlichen Professor und Leiter des Komparatistik-Programms brachte. Seine Heimat sollte er erst nach Ceaușescus Sturz wieder besuchen.

Nemo war nicht der einzige Fall von entschlossener Selbstexilierung unter Rosenows rumänischen Freunden, nicht der einzige, der des Conducătors faulem Frieden nicht traute. Dessen frühe Heilsversprechen erwiesen sich nach und nach als hohles Gerede. Es bedurfte einer gewissen Zähigkeit, gepaart mit unbeirrtem Glauben an die Machbarkeit des Guten-Wahren, wie sie Marin Sorescu auszeichneten, um als geistiger Mensch im quasi dissident-sozialistischen Rumänien existieren zu können.

Von einem bestimmten Augenblick glaubte auch Rosenow an gar nichts mehr außer an die Fortexistenz der alten Geheimpolizei in neuer Verkleidung, damit im Zusammenhang aber auch noch an das Wiedergängertum des Teufels in pfäffischer Gestalt. Eines Tages bekam er Post aus Siebenbürgen. Von wem? Von Egilbert Ferkelius, einer Bekanntschaft aus Kronstädter Honterusschulzeiten sowie von einer seltsamen Begegnung im Floreasca-Strandbad 1956, als dieser Mensch ihm vertraulich enthüllte, er sei sozusagen adliger Abkunft, ein Seitensproß des transsilvanischen Magnatengeschlechts derer von Ferkely-Mangalitza. Nun ja, das waren damals noch Zeiten einer jedermann zugestandenen Unschuldsvermutung, will man es etwas juristischer ausdrücken. Denn was danach kam, der Kronstädter Schriftstellerprozeß des Jahres 1959, in dem Ferkelius als Kronzeuge der Anklage auftrat, war der Offenbarungseid siebenbürgisch-sächsischer Treu und Redlichkeit, der Totalverlust all dessen, was man unter Gesicht und Rückgrat versteht.

In den fünfzehn Jahren, die seither verflossen waren, hatte man von diesem Gentleman nicht viel gehört, außer vielleicht einer verrätselten Anmerkung in Georg Scherfs Roman „Spiegelkammer", den Rosenow 1971 auf seinen Lektorentisch bei „Helikon" bekam. Da hieß es über Ferkelius, hier genannt „Pirol", daß er „in gehobenen Stunden vom Ethos des Verrats zu sprechen liebte". Ja, das glaubte man gerne, nach allem, was über ihn an Gerüchten umging. Dazu gehörte, daß er das einst abgebrochene Studium der Theologie wieder aufgenommen hatte und vielleicht schon im Begriff war, den Ornat eines evangelischen Pastors überzuziehen.

Der Brief, der an Rosenow gerichtet war, enthielt denn auch Erstaunliches. Zunächst tat Ferkelius darin kund, daß er beauftragt sei (von wem, verschwieg er), den dichterischen Nachlaß Georg Hoffrichs, eines einstigen Kommilitonen Rosenows, herausgeberisch zu betreuen. Er müsse aber zuvor unbedingt wissen, ob Rosenow auch würdig sei, diesen Nachlaß in seine verlegerischen Hände gelegt zu bekommen. Wie also habe er allgemein-menschlich zu Hoffrich gestanden, welche Rolle habe er 1961 in dessen politischem Prozeß gespielt, habe es intime Beziehungen zu Hoffrichs damaliger Braut und jetziger Witwe gegeben?

Rosenow, schon durch mancherlei Abgefeimtheiten gegangen, fühlte beim Lesen von Ferkelius' Brief buchstäblich die Sinne schwinden. Wer richtete hier Fragen an ihn, und worauf waren diese gerichtet? War hier, in evangelisch-kirchlichem Gewand, die Inquisition wieder tätig, und in wessen Auftrag? Doch wohl im Selbstauftrag, sagte sich Rosenow nach einigem Nachdenken, denn daß die Geheimpolizei, selbst in Ceauşescuscher Einfärbung, einen Altdenunzianten von erwiesener Erfolglosigkeit wieder in ihre Dienste nahm, konnte man sich auch in den kühnsten Phantasiesprüngen nicht gut vorstellen. Es mußte sich also wohl um das Nachwirken von einmal Verinnerlichtem handeln, was Ferkelius hier in gewohnter Wolkenreiterei glaubte ausleben zu dürfen. Und hatte er den Auftrag, Hoffrichs Nachlaß herauszugeben, nun wirklich von der Witwe des Dichters erhalten? Diese hätte ihm doch dabei sicher nicht verheimlicht, daß Rosenow mit Hoffrichs Prozeß nichts zu tun und zu ihr selbst auch niemals in irgendeiner Beziehung gestanden hatte.

Was war dieser Ferkelius-Brief nun doch? Am Ende eine neue Form des Agierens von Ceauşescus gewandeltem Geheimdienst? Glaubte Ferkelius, sein Ruf sei, nach erfolgtem Unterschlüpfen unter die Fittiche der Kirche, soweit wiederhergestellt, daß er es sich erlauben durfte, andere ethisch-moralisch zu inquirieren? Die Fragen ließen Rosenow, den schlechten Schläfer, nun erst recht nicht schlafen, und was ihn dabei schmerzte, war, daß die vielleicht gerade möglich gewordene Veröffentlichung der dichterischen Hinterlassenschaft eines Studienkollegen wegen der Tölpelei eines „Gemütsdefekten", wie wir ihn nennen wollen, zumindest vorläufig ins Wasser fiel.

LVI
„Drittvetter" Bergers geheime Mission

Anfang 1975 war bei „Helikon" eines Tages überraschender Besuch angesagt. Rosenows „Drittvetter" Hans Berger, im berüchtigten Kronstädter Schriftstellerprozeß 1959 zu fünfzehn Jahren Gefängnis verurteilt, 1964 durch die allgemeine Amnestie für politische Gefangene freigekommen und 1968 durch Vermittlung von Günter Grass in die Bundesrepublik ausgereist, kam als offizieller Gast Rumäniens erstmals wieder in seine alte Heimat. Als Empfehlung hatte er ein von ihm verfaßtes und 1968 in der Bundesrepublik erschienenes Rumänienbuch im Gepäck, das Hedwiga Hauer, „Helikon"-Vizechefin, aber auch sonst auf verschiedenen Stühlen rumäniendeutscher Repräsentanz sitzend, jedenfalls sehr lobte. Entsprechend freundlich war Bergers Empfang im Helikon-Verlag, bei dem auch Rosenow dabeisein durfte.

Dem schaute der heimgekehrte „Drittvetter" zwar freundlich nickend, vielleicht sogar ein wenig konspirativ in die Augen, doch worum es bei seinem von den rumänischen Gastgebern aufmerksam inszenierten Besuch wirklich ging, das war, bei der Flüchtigkeit der Begegnung, von ihm nicht zu erfahren. Auch die sich für vielseitig kundig haltende Hedwiga Hauer wußte über Gründe und Hintergründe von Bergers unverhofftem Erscheinen nichts zu sagen, obwohl sich auch bei ihr wenigstens forschende Neugier hätte regen, das heißt durch Nachfragen sich hätte äußern müssen. Dem war nun aber gar nicht so, und Rosenow, in höhere Staatsaffären auch sonst nicht eingeweiht, fing an, sich seinen eigenen Reim darauf zu machen, ließ es aber schließlich dabei bewenden, daß sich irgendwann alles aufklären würde, was Berger hinter seiner Stirn verbarg.

Merkwürdig war Monate später dann aber doch, daß dieselbe Hedwiga Hauer, die so voll des Lobes für Berger gewesen war, plötzlich dessen schnöde Undankbarkeit zu beklagen begann, die sich Wochen nach dem Besuch überraschend gezeigt hätte. Niedergeschlagen habe sie sich, wie Hedwiga Hauer andeutete, in einem kritischen Artikel der in München erscheinenden Zeitung der Föderation der Siebenbürger Sachsen, deren Chefredakteur Hans Berger war.

Es ist, aus heutiger Sicht, doch eigenartig, in welchem Wissensdunkel die Repräsentanten der Deutschen in Rumänen gehalten wurden, wenn es, wie hier, um ihre ureigensten Angelegenheiten ging. Denn wie Berger dem „Drittvetter" Rosenow post actum, das heißt dreieinhalb Jahrzehnte später versicherte, sei es bei seiner Rumänienreise schlicht darum gegangen, für die Auswanderung der Rumäniendeutschen in die Bundesrepublik erhöhte und verläßliche Monatsquoten auszuhandeln. Dies sei der Auftrag von Bergers strenggeheimer Mission gewesen, in Absprache übrigens mit den siebenbürgisch-sächsischen Auslandsvereinen in Europa und Übersee sowie mit Hans-Dietrich Genscher, der bis kurz davor noch, unter Willy Brandt, in Bonn Innenminister gewesen, jetzt aber, unter Helmut Schmidts Kanzlerschaft, Außenminister geworden war. An der Wende von Brandt zu Schmidt und im Moment von Genschers Umstieg vom Ministerium des Inneren zu dem des Äußeren, in einer höchst interessanten Zeitfuge also, hatte sich Bergers diplomatische Nacht-und-Nebel-Aktion ereignet.

Eindeutig trug sie die Handschrift Genschers, dieser Sphinx deutscher Geheimdiplomatie, und spielte sich auch in keiner offiziellen, sondern höchstens offiziösen Zone ab: Bergers Verhandlungspartner in dieser Angelegenheit war die „Asociația România", vertreten durch einen angesehenen Professor namens Cândea, eine Vereinigung übrigens, deren Aufgabe die Repatriierung rückkehrwilliger Exilrumänen war und nicht der Export von Landeskindern. „Wir legen Wert darauf", habe Cândea nach Abschluß der Verhandlungen zu Berger gesagt, „daß die Vertreter der Deutschen im Lande über unsere Abmachungen nichts erfahren."

Nachträglich läßt sich darüber streiten, was für die rumänische Seite an den Verhandlungen das wichtigste war: deren Vertraulichkeit oder deren Unverbindlichkeit. Da sie sich gegenseitig nicht ausschließen, sollte man meinen, beides zusammen. Daß auf Bergers Absprachen mit Professor Cândea nichts passierte und Berger deshalb gezwungen war, mit dieser Angelegenheit an die Öffentlichkeit zu gehen, trug ihm den Vorwurf des Undanks ein, brachte ihm aber, wie sich drei

Jahre später erweisen sollte, dann doch die Genugtuung eines schließlichen Erfolgs.

Die Zweigesichtigkeit dieser Affäre zeigte sich auch in der Haltung der bundesdeutschen Botschaft, die es seit 1971, neben der schon länger existierenden Vertretung der DDR, in Bukarest gab. Die Botschaft, aus einer ursprünglichen Wirtschaftsvertretung hervorgegangen, bekam denn auch gleich ein Urgestein deutscher Diplomatie, den damals schon auf drei Kontinenten herumgekommenen Erwin Wickert, zu ihrem Chef. Der illustre Doktor der Philosophie und Autor von Romanen und dramatischen Werken hat sehr viel später, erst sieben Jahre vor seinem Tod, unter anderem seine rumänische Zeit ausführlich in dem Memoirenband „Die glücklichen Augen" geschildert. Die „glücklichen Augen" Lynkeus' des Türmers aus Goethes „Faust" dürften indes nicht unbedingt allem gegolten haben, was Wickert sehend erlebte, und sicher nicht den verschiedenen Begegnungen mit Ceauşescu, dieser ausgemachten „Sekkatur", wie Italiener, Rumänen und auch Österreicher einen Quäl- und Plagegeist nennen.

Wickert schien mit rumänischen Intellektuellen sehr viel mehr befaßt zu sein als mit Belangen der Rumäniendeutschen. Diese hat er, wie seinem Memoirenband zu entnehmen ist, wohl mehr punktuell und individuell in seine humanitären Bemühungen einbezogen. So war auch Rosenow zu einigen freundlichen Empfängen der Botschaft eingeladen, natürlich zusammen mit anderen. Fehlen durften bei solchen Veranstaltungen zum Beispiel nicht die unvermeidlichen Aufpasser der rumäniendeutschen Szene. Sich sozusagen seelsorgerisch um die Rumäniendeutschen zu kümmern, hätte aber selbst diesen Kenner der mancherlei Exotismen zwischen Amerika, Europa und Fernem Osten überfordert, und dies schon gar unter den Bedingungen eines Byzantinismus, dem Wickert im Rumänien Ceauşescus erstmals begegnete. Da kam ihm eine neuere Gepflogenheit deutscher Diplomatie sehr zupaß, nämlich die, Deutsch-Deutsches (dazu gehörte nun wohl auch das Rumäniendeutsche) als innere Angelegenheit zu behandeln. Genscher, fast bruchlos Innen- und Außenminister in einer Person, in seiner letzteren Eigenschaft zudem Wickerts Chef, behandelte das einmal in Angriff genommene Thema, die für Klarsichtige unumgänglich gewordene Auswanderung der Rumäniendeutschen in die Bundesrepublik, weiterhin als innerdeutsche Angelegenheit und ersparte seinem Rumäniendiplomaten manche Enttäuschung, indem er Emissären in offiziösem Auftrag wie Hans Berger seinen Segen mit auf den Weg gab.

Der Durchbruch bei der Aussiedlung der Rumäniendeutschen in die Bundesrepublik wurde drei Jahre nach Hans Bergers diplomatischer Reise erreicht. Voraus ging ihm auf deutscher Seite die Einsicht, daß eine geregelte, quotierte Auswanderung ohne finanzielle Zugeständnisse an die rumänische Seite nicht möglich war. Wickert schreibt in seinen Memoiren, daß ihn die rumänischen Begehrlichkeiten, festgemacht an Entschädigungsphantasien aller Art, so angewidert hätten, daß er nicht umhin konnte, darauf undiplomatisch-schroff zu reagieren. Wie glücklich schätzte er sich deshalb, nach fünf Jahren Rumänien zum Ausklang seiner Diplomatenlaufbahn nochmals nach China gehen zu können, diesmal als Botschafter.

Zwei Jahre nach seinem Weggang, 1978, war es mit der Übereinkunft über die Auswanderung der Rumäniendeutschen soweit. Sie war, wie Wickert in seinen Memoiren festhält, mit Zahlungen der Bundesrepublik an Rumänien verbunden. Die Auswanderer wurden nach Beruf und Ausbildung taxiert. Für den „Normalfall" kassierte der Menschenhändler Ceaușescu zwar bloß DM 1800, für einen Techniker oder Facharbeiter schon etwas mehr, nämlich DM 2900, für einen Studenten aber schon das Dreifache.

Bundeskanzler Helmut Schmidt, auf dem Rückflug von einem Besuch bei dem Freund Anwar el Sadat in Kairo, machte Anfang Januar 1978 vierundzwanzig Stunden Zwischenstation in Bukarest und unterzeichnete mit Nicolae Ceaușescu eine Abmachung über die quotierte und finanziell entsprechend honorierte Auswanderung Rumäniendeutscher in den folgenden zehn Jahren. Nach dieser ersten Begegnung mit dem Conducător soll er zu seinem persönlichen Referenten, Sell, gesagt haben: „Ich brauche eine Flasche Cognac, oder ich kotze."

So wenigstens weiß es Hans Berger aus seiner Erinnerung zu erzählen.

LVII
Das Land braucht Ameisen, nicht Grillen
Ost-Achtundsechziger auf Westreise

Es dauerte unendlich lange, bis vier Mitglieder des rumänischen Schriftstellerverbandes 1975 den Rumänien-Besuch einer Gruppe westdeutscher Autoren erwidern durften, der bald schon zwei Jahre zurücklag. Dies hatte seinen Grund darin, daß der Umgangston zwischen Verband und Obrigkeit seit Beginn von Ceauşescus Kulturrevolution rauher geworden war. Keinem aus der schreibenden Gilde, ja keinem auch unter den leitenden Figuren des Kulturministeriums, wollte es in den Kopf, daß der weise Führer von Partei und Staat es mit der 1971 eingeleiteten Revolution nach Maos Muster ernst meinte. „Wir müssen nur so tun, als ob", hieß es, „damit der Große gelbe Bruder in Fernost uns bei der Auflehnung gegen Moskau weiter den Rücken steift."

Mit „so tun, als ob" die Erwartungen der Obrigkeit zu erfüllen, war natürlich ein naiver Glaube. Dieser ging es, wie sich langsam herausstellte, um weit mehr. Was sie vor allem störte, war die früher einmal erlangte Unabhängigkeit des Schriftstellerverbandes, nicht zuletzt seine finanzielle Autonomie. An der wurde schon länger herumgekratzt. Über die Gelder, die der Verband einnahm und verwaltete, hätte der Conducător gerne selber verfügt und sie nach eigenem Gutdünken verteilt.

Zum Eklat war es gekommen, als der Partei- und Staatschef in einer ad hoc einberufenen Verbandsversammlung von Auserwählten persönlich erschien und einer der anwesenden Autoren es sich herausnahm, seinem Unmut über die Begehrlichkeiten des Staates Luft zu machen: „Der gute Hirte, Genosse Präsident, schert seine Schafe, er häutet sie nicht."

Das hätte der brave Mann besser lassen sollen gegenüber einer Person, die sich längst für gottähnlich hielt. Denn von Stund an waren alle Kulturbeauftragten im Staats- und Parteiapparat dazu angehalten, den Schriftstellerverband von innen her aufzuweichen. Das fiel schon deshalb nicht schwer, als die ausgesandten Kaputtmacher selbst alle schreibend tätig und daher auch Verbandsmitglieder waren. Am liebsten hätte Ceaușescu natürlich einen Verband gehabt, der dem Kulturministerium unterstellt und an dessen Finanztropf gehängt war. So wäre es auch ein leichtes gewesen, das schon länger aus der Mode gekommene Auftragswerk zu neuem Leben zu erwecken – Roman, lyrische Dichtung oder Drama, von bekannten Lobhudlern im Rahmen verbandsfinanzierter Aufenthalte direkt an den Brennpunkten von Industrie und Landwirtschaft erarbeitet und mit Sonderhonoraren vergütet. Dem stand freilich entgegen, daß die Autoren eine nun schon länger genossene Schaffensfreiheit ungern aufgeben mochten. Wie auch immer, ein auf Zack gebrachter Schriftstellerverband wäre sehr nach dem Geschmack des obersten Gebieters gewesen.

Einfacher hatte man es jedenfalls mit Institutionen wie Theater, Film, Rundfunk und Fernsehen, da ließ sich schon wegen deren finanzieller Abhängigkeit so wunderbar hineinregieren. Geht also der Direktor des Nationaltheaters, der Star-Schauspieler Radu Beligan, in Audienz zum Genossen Präsidenten, betritt dessen Riesenarbeitszimmer, das sich seit Benito Mussolinis Tagen auch bei kommunistischen Herrschern als Imponierkulisse längst bewährt hat, nähert sich zaghaft dem offenbar tief in Gedanken versunkenen und nicht aufblickenwollenden Conducător, wird mit geistesabwesender Handbewegung zum Sitzen aufgefordert, eine Zeitlang regungslos angehört (es geht offenbar ums schnöde Geld fürs Nationaltheater) und dann mit einem kurzen Wink wieder entlassen. Während also der wahrlich nicht unbedeutende Theatermann respektvoll, das heißt mit möglichst wenig Rückenansicht, halb also rückwärtsschreitend, sich dem Ausgang nähert, entweichen dem Sprechorgan des Partei- und Staatsführers folgende, dem Audienzgast hinterhereilende Worte: „Das Land, Genosse Theaterdirektor, braucht Ameisen, nicht Grillen." Gemeint waren freilich die Blauen Ameisen, die der Präsident während seines Besuchs beim großen Bruder Mao kennengelernt hatte und als welche er sich seither auch seine Rumänen innigst wünschte.

So wenigstens wurde es kolportiert, und da von nichts bekanntlich nichts kommt, wie schon die alten Römer wußten, spätestens aber der schon etwas senile König Lear es gegenüber seiner Tochter Cordelia formuliert, darf man getrost glauben, daß der Staatsschauspieler den ganzen Vorfall nicht erfunden hat. Vor allem spricht die Wahl des Gleichnisses von der Grille und der Ameise für die Authentizität der geschilderten Szene, denn über diese Lesebuchfabel hinaus dürfte Ceauşescus Kenntnis der Literatur nicht gereicht haben. Obzwar nun freilich auch das Gerücht umging, der „Titan der Titanen" – wie Adrian Păunescu, der bekannte Veranstalter nationalistischer Urvätermessen, ihn gerne nannte – schreibe längst auch selber Gedichte. Sogar für die Nationalhymne hatte dieser heimliche Musensohn einen neuen Text verfaßt. Der erschien dann auch im Zentralorgan der Partei mit allseits belachter Holprigkeit des Rhythmus, das heißt mit falschbetonter Silbe ausgerechnet dort, wo es um Erhabenstes ging. Da hieß es also in wunderbar akzentuiertem trochäischem Galopp: „străbunîí popórulúi", deutsch in etwa: „die Urahnen des Volkés".

Derlei Verrenktheiten paßten natürlich sehr zu diesem späten Cäsaren, der sie deshalb auch gerne der Nation, an deren Spitze ihn das Schicksal gestellt hatte, in Fleisch und Blut hätte übergehen lassen mögen. Es war ihm nur, wie sich sehr viel später zeigen sollte, leider entgangen, daß seine Rumänen, diese einstigen Schafhirten und damit Individualisten aus Tradition, sich als Ameisen so gar nicht eignen wollten. Im Erdulden groß und dann auch in dem Glauben befangen, Maisbrei, die rumänische Nationalspeise, könne niemals explodieren, ertrugen sie brav und fast schon ewig lange die bösartige Komik ihres obersten Kriegsherrn, bis es endlich soweit war, daß er die verdiente Kugel bekam.

Noch aber lebte man in Ceauşescus schikanösen Zeiten, und das hatte für die erwähnte Schriftstellerdelegation, zu der „auf Deutschposten" auch das Verbandsmitglied Rosenow gehörte, die unangenehme Folge, daß für ihren Gegenbesuch in der Bundesrepublik die Reisepapiere trotz intensivster Verbandsnachhilfe nicht und nicht ausgefertigt werden wollten. Hier zeigte sich, wie wichtig es war, daß das seinerzeitige Versprechen Ceauşescus, jeder Rumäne solle seinen Paß bei sich tragen dürfen, niemals eingelöst wurde. So hatte man mit dem Paßamt ein Mittel in Händen, stolze Verbände wie den der Schriftsteller gefügig zu machen.

Irgendwann hatte die Herumdruckserei jedoch ein Ende, und die auserwählten vier durften ihre Reise antreten: Rosenow mit Ioan Grigorescu, einem weitgereisten Reporter für Presse, Film, Fernsehen und Autor intelligenter Reisebücher, sowie mit den Dichtern Gheorghe Tomozei und Matei Gavril. Mindestens zwei von den vieren, Grigorescu und Tomozei, hatten auch im Verband etwas zu sagen, waren aber erfahren genug, dessen Problem mit dem Staatschef durch Beredtheit der Blicke und Mienen zu umschweigen.

Die Reise, die zunächst mit dem Flugzeug nach Frankfurt führte, von dort nach München, dem Hauptziel und Standort des Südost-Instituts, wurde denn auch eine Lektion in Freiheit selbst für solche Globetrotter wie Ioan Grigorescu. Der war schon mindestens einmal in diesem Teil Deutschlands gewesen und schüttelte den kahlen Kopf über soviel Achtundsechzigerei nach soviel verstrichenen Jahren seit ihren Anfängen. Verewigt hatte sie sich in farbigen, meist flammendroten Pinseleien an alten Universitätsmauern wie denen in Heidelberg, die so auffallsüchtig wie einfallslos waren. „Es ist Wahnsinn, was sich hier selbst feiert, indem es Infantilitäten als Menetekel hinmalt", sagte er irgendwann in seinem erstaunten Gleichmut: „Wenn man keine echten Probleme hat, sucht man sich welche. Die Achtundsechziger sind jedenfalls das Problem, das sie sich mit sich selbst erschaffen haben. Im übrigen: Wir sind ja auch nicht weniger als Achtundsechziger, nur freilich nach einem anderen, einem östlicheren Kalender."

Was man hier an Graffiti sah, hatte in der Tat etwas Gespenstisches, denn es entsprach ihnen nichts im lebendigen Alltag. Demonstrationen gibt es an keinem Ort der Welt rund um die Uhr, und findet eine statt, so sind immer nur wenige dabei, gemessen an der Gesamtbevölkerung, und was innerhalb der Universitätsmauern geschieht, entzieht sich den meisten Blicken sowieso. „Ich bilde mir ein", sagte Rosenow beim Gang durch Heidelbergs Hauptstraße in einer plötzlichen Anwandlung, „daß der schale Nachgeschmack von Revolutionen, der bei der Französischen 1789 zum ersten Mal aufgetreten sein dürfte, sich danach nur noch in tristesten Ernüchterungen niedergeschlagen hat wie dieser hier. Das dampfende Blut revolutionärer Urformen ist hier zu schnelltrocknender roter Farbe aus Spraydosen sublimiert. Was man aus Freiheit nicht alles machen kann."

„Du bist ein echtdeutscher Philosoph, Rosenow", bemerkte Grigorescu spöttisch, „und ich kann mir sehr gut vorstellen, daß man sich in eine Freiheit, wie sie sich hier überall zeigt, nicht unbedingt verlieben möchte. Man muß aber auch sehen: Wenn man so durch diesen westlichen Teil Deutschlands reist, von München die Landkarte hinauf nach Göttingen, vom Hausbesuch bei Herbert Rosendorfer in München mit dem Zug den Rhein entlang, am Loreleyfelsen vorbei zum Empfang im Arbeitszimmer von Professor Hans Mommsen in Bochum – fährt man da nicht dauernd durch einen Garten, zumindest wenn man unsere traurige Steppenlandschaft um Bukarest als Kontrast vor Augen hat? Es hat schon etwas Paradiesisches, was sich die Menschen hier eingerichtet und nach den Zerstörungen durch den Krieg wieder neu geschaffen haben. Um so bedrückender ist diese laute Wichtigtuerei der Studentenbewegung, auch wenn ich ihre Impulse noch verstehen kann."

„Die heilende Kraft der Idylle", meldete sich nun auch Tomozei zu Wort, ein feinsinniger Lyriker und Essayist, dazu Übersetzer von Shakespeares Sonetten ins Rumänische, „ich glaube an sie, wenn ich in Tübingen vor dem Hölderlin-Turm stehe. Oder von der Schloßterrasse in Heidelberg auf Stadt und Neckar hinunterblicke. Oder in Schwetzingen den Garten vor dem Schloß bis hin zum See überschaue. Mein Gott, es wird ja noch tausend andere Anblicke dieser Art auf der Welt geben, aber schon mit denen hier hat man für ein ganzes Leben genug. Man findet solche Winkel, natürlich ganz anders in Art und Stil, auch in unserem Alt-Bukarest, schließlich aber, lieber Rosenow, sicherlich in eurem siebenbürgischen Schäßburg."

Ach ja, von dieser Reise kamen alle wieder nach Bukarest zurück und sahen sich freudig grüßend dann und wann wieder. Bei der ersten Wiederbegegnung mit Ioan Grigorescu sagte dieser in seiner lachenden Art: „Weißt du, Rosenow, ich war felsenfest überzeugt, nach allem, was wir dort in Deutschland gesehen haben, nach der Einladung bei deinen Heidelberger Verwandten zumal, daß du abspringst nach Ende unserer Reise und wir nur noch zu dritt nach Hause zurückfliegen."

„Nun ja", sagte Rosenow, „da siehst du, wie man sich täuschen kann. Es widerstrebt mir eben, mich durch die Hintertür zu verabschieden, wo ich doch immer durch die Vordertür ein- und ausgegangen bin."

Lotte Natalie verriet Christian auch die tieferen Gründe seiner selbstverständlichen Rückkehr. „Man trifft in München den Schwager Ulf Scheser drei Jahre nach seinem Wegbleiben wieder, man trifft noch Helmar Alsen, den Burgstedter Schulfreund, der sich auf einer Ungarnreise nach Deutschland abgesetzt hat. Worüber reden sie miteinander, während man ihnen verwundert zuhört? Über Geld und Steuern."

„Alles", fuhr Christian fort, „ist dort so neu und ungewohnt, da hilft auch das bißchen Deutschlanderfahrung von unseren DDR-Reisen nicht weiter. Dort hat man noch mehr von dem vertrauten Deutschland der Bücher und Lieder wiedergefunden, mit denen man aufgewachsen ist. In Deutschlands Westen hingegen ist alles so ohne Schwere, daß man immer meint, auf Wolken zu gehen. Man bekommt, was ganz absurd klingt, Angst vor soviel plötzlicher Freiheit und möchte sich diese höchstens für gelegentliche Besuche gefallen lassen, als Leihgabe für begrenzte Zeit. In solche Freiheit", sagte Christian abschließend, „geht man denn auch eher gestoßen als gezogen."

LVIII
Bukarester Erdbeben / Madame Elena läßt angeknackste Kirchen nachbehandeln

„Es kommt Furchtbares über uns, Frau Rosenow, ein Unheil wie keines bisher". Die Nachbarin Penescu in dem Mehrparteienhaus, in dem Rosenows ein Zweizimmer-Appartement bewohnten, sagte dies mit Entsetzen im Blick an einem sonnigen Herbsttag des Jahres 1976 zu Lotte Natalie. Die Frau war am Bukarester Agronomie-Institut tätig, hatte dort mit Landschaftsforschern Umgang und war außerdem, wie sie erzählte, in einer Art „transzendentaler Gemeinde" aktiv, wie es sie in den Jahren der Öffnung nach 1968 erlaubterweise gab.

Einen etwas verwirrten Eindruck machte die Frau schon immer. „Wie die stelle ich mir ein spiritistisches Medium vor", meinte Christian spöttisch. Das rumänische „Vine ceva groaznic peste noi" klang denn auch viel schlimmer als „Es kommt Furchtbares über uns", und Rosenows hatten nun Gelegenheit, darüber nachzudenken, was dieses Furchtbare denn sein könnte. Würden die Russen einmarschieren, würde der geliebte Partei- und Staatschef mit seinem Flugzeug abstürzen, würde die Sintflut, wie 1970 beinahe schon, wiederkehren, oder stand am Ende eine Attacke der Außerirdischen bevor? Es gibt nichts Schlimmeres als angekündigte Untergänge, über deren Art, Richtung und Zeitpunkt man nichts Genaues weiß.

Rosenow las nun öfter in der Johannes-Apokalypse, aber einschlägigen Erkenntnisgewinn konnte er daraus nicht ziehen, ganz im Gegenteil: Dürers „Apokalyptische Reiter", die er, ein Geschenk von Dieter Paul Kärrner, über dem Schreibtisch hängen hatte und die ihm seinerzeit auch als Vorlage für seine Kurzgeschichte „Vier Reiter" dienten, schienen ihm weniger dazu geeignet, auf die katastrophische Wirklichkeit einzustimmen, als vielmehr das von Frau Penescu vorausgefühlte „Furchtbare" zu ästhetisieren. Irgendwie fühlte sich Christian an Burgstedter Zeiten erinnert, als eines Tages die Madonna dort in den Fenstern mehrerer Gebäude, so der Deutschen Schule und des Postamts, erschien und einen Auflauf kreischender Dorfweiber erregte.

Den Conducător, eine nun wirklich schon alltägliche Gottesgeißel, strich Christian bald von der Liste zu erwartender Katastrophen, denn er erinnerte sich, daß dessen „aeronavă prezidenţială", dessen „präsidiales Luftschiff", eine speziell auf ihn zugeschnittene Tupolew-Propellermaschine war, die als besonders absturzsicher galt. Mit einer Wiederkehr der Hochwasser von 1970 und 1975 war vielleicht zu rechnen, doch nicht vor 1980. Legte man nämlich einen statistisch ermittelten Fünfjahresrhythmus zugrunde, so stand die nächste Sintflut jedenfalls nicht unmittelbar bevor. Abgesehen davon durfte sich selbst ein erklärt atheistisches Land wie das kommunistische Rumänien die Geduld und Gnade Gottes erhoffen. Was nun gar die außerirdische Attacke anging, so war sie doch eher im Bereich der Unwahrscheinlichkeiten anzusiedeln, denn weltweit war bisher nirgendwo eine solche gemeldet worden.

Für das Eintreffen von Frau Penescus Voraussage sah Christian kaum noch andere Möglichkeiten, da er aber fest an die Allgegenwart des Ominösen glaubte, fiel ihm schließlich ein, es könnte vielleicht die Reise nach Wien, zu der ihn Wolfgang Kraus mit Marin Sorescu eingeladen hatte, unter keinem guten Stern stehen.

Geplant war sie für Anfang März 1977 und ging dann auch ganz zügig vonstatten. Rosenow und Sorescu, in einem gemeinsamen Schlafwagencoupé untergebracht, kamen sich als Freunde näher, Sorescu wirkte befreiter als sonst und verriet Christian auch den Grund dafür: Daheim in seinen vier Wänden (er hatte vor Jahren ein Haus in der Bukarester Altstadt erworben) fühle er sich ständig beobachtet, das heißt belauscht, er und seine Frau hätten das untrügliche Gefühl, daß irgendwo hinter Tapeten, Schränken, Fensterrahmen, sicher aber im Fernsprecher, Mikrophone lauerten. Diese Angst sei ihm hier im Schlafwagen genommen, und wenn man zwei Staatsgrenzen überschritten habe, die rumänisch-ungarische und die ungarisch-österreichische, dann fühle man sich schon wie in Abrahams Schoß.

Dem konnte Rosenow nur zustimmen. Zwar schloß er aus, daß seine eigene Wohnung geheimdienstlich verwanzt sei, weil er nämlich bei weitem nicht prominent genug wäre und seinen Freundeskreis zudem eingeschränkt hielte, in einem Mehrparteienhaus aber, und in einem solchen wohne er, gebe es immer einen Schnüffler. Das sei in der Regel der Hausmeister, in seinem Fall die Hausmeisterin, deren Sohn sich übrigens der Zugehörigkeit zur Behörde rühme, für die er ja auch in einem Nobelhotel als Elektriker tätig sei. Jedenfalls habe er deshalb, wie er sich in einer Mieterversammlung brüstete, ein waches Auge auf die Familie Penescu, deren männlicher Teil täglich bei offenem Fenster Radio Free Europe höre. Dies nun wiederum auch zum Ärger von Frau Nicoleta Stoian im Stock darüber, deren Mann die Uniform eines Justizoberen trug und von dem die Schwiegermutter stolz erzählte: „Mein Schwiegersohn hat in Moskau studiert, an der Lomonossow-Universität, und als er dort sein Abschlußexamen bestanden hat, ist der Rektor auf ihn zugekommen, hat ihn umarmt, auf beide Backen geküßt und gesagt: Genosse Stoian, Sie haben das Examen *mit Brioche* bestanden." Damit meinte sie zwar „brioso" oder „con brio", aber das französische Gebäck Brioche, in jeder Bukarester Konditorei zu finden, war ihr halt bildungsmäßig geläufiger.

So einer also war dieser Colonel Stoian im Haus der Rosenows. Da er sich als ein wichtiges Werkzeug des Staates verstand, ließ er eines Tages, als Herr Penescu wieder einmal das Freie Europa bei offenem Fenster hörte, die Frau Colonel ihm dies telefonisch vorhielt, Penescu aber darauf beharrte, alles hören zu dürfen, was durch den Äther in seine Wohnung käme – da also ließ der Colonel diesen Herrn Penescu von der Polizei abholen und ihn in eine psychiatrische Klinik einweisen. Das war die neue Art, mißliebige Personen, so auch Krakeeler und Unruhestifter wie Penescu, ruhigzustellen.

Sorescu lachte sein ernstes Lachen über Christians Erzählung und sagte: „Wie ich das alles kenne! Diese uniformierte Bande! Die Bande in Zivil ist aber fast noch schlimmer. Es ist, als ob die Uniform bei ihren Trägern doch noch einen gewissen Anstand erzwingt."

Da sei was dran, entgegnete Rosenow, das zivile Inkognito verpflichte eben zu nichts.

In dieser Art ging das Gespräch zwischen beiden bis nach Wien. Dort trafen sie am 2. März ein und hatten am nächsten Tag schon eine Lesung im Palais Palffy. Der Saal war gerammelt voll, alles, was in Wien rumänisch sprach, hatte sich eingefunden, darüber hinaus waren aber in verblüffend großer Zahl auch sonstige Literaturinteressierte erschienen. Sorescu las seine Gedichte im Original, für den Vortrag von Rosenows Übersetzung hatte Wolfgang Kraus einen Burgschauspieler engagiert, und als dieser zuletzt den hinterlistigsten Text, harmlos „Studie" betitelt, mit der Unschuldsmiene eines mimischen Könners rezitierte, brandete Beifall im Saale auf. „Ich kam mir schon lange verdächtig vor" – so beginnt es. Das referierende lyrische Ich heftet sich an seine eigenen Fersen und „beschattet sich unauffällig den ganzen Tag", konstatiert, daß es „weit gefährlicher" sei, als es dachte, guckt nach rechts und links, als fotografierte es fortwährend „Gebäude, Menschen, Telegrafenstangen", verändert dabei, um nicht erkannt zu werden, ständig seinen „Seelenausdruck", seilt sich sogar an eigens mitgeführter Leine in seinen Freudschen Traumschlaf hinunter und füllt schließlich „die Karteikarte" aus. Es war zum Totlachen, was da mit trockenstem Humor an unsinnigster Geheimnishuberei dargeboten wurde. Die Sprengkraft von Dichtung, hier war sie nun fast schon mit Händen zu greifen.

Der nächste Tag, ein 4. März, verstrich über größeren und kleineren Freuden von Wiener Begegnungen, und nichtsahnend ging man, in der Professorenwohnung des Studentenheims in der Josefstädter Pfeilgasse, sehr spät zu Bett. Am Morgen dann die Nachricht, die der Euphorie der beiden Bukarester Poeten ein Ende setzte. Den Abend davor, etwa um neun, hatte ein Erdbeben der Stärke 7,2 auf der Richterskala die rumänische Hauptstadt erschüttert, Häuserblocks umgelegt oder durch Implosion in sich zusammensinken lassen. Es gab Hunderte Tote und Verschüttete, Tausende Verstörte und Verängstigte. Das alles aber erfuhren die zwei reisenden Poeten erst viel später, nachdem sie den Wien-Besuch abgebrochen und den nächsten Zug heimwärts bestiegen hatten.

Bis zum Nachmittag des 5. März hatte es telefonisch kein Durchkommen nach Bukarest gegeben, sooft man auch an der Wählscheibe drehte. Erst ein Anruf bei Freunden in Graz führte zum Erfolg: Diese konnten von dort aus Bukarest telefonisch erreichen und erste Informationen nach Wien weitergeben. Lotte Natalie war am Leben, ebenso Sorescus Frau. Doch im Hause Rosenow saß die inzwischen aus Leipzig eingetroffene Schwiegermutter, dazu der ahnungslos-unfreiwillige „Katastrophentourist" Valentin Vulpescu aus Ost-Berlin, zwar nicht im Dunkeln, dafür aber in spätwinterlicher Kälte, da die Gasleitungen aus Sicherheitsgründen sämtlich abgestellt waren.

Das von Frau Penescu präkognizierte Furchtbare war nun also eingetroffen, auf eine Art, an die keiner gedacht hatte. Später war zu hören, Forscher des Bukarester Agronomie-Instituts seien schon länger im Vrancea-Gebirge, dem klassischen Erdbeben-Epizentrum des Landes, unterwegs gewesen, mit dabei Frau Penescu. Waren bei dieser Gelegenheit Erdstrahlen aus seismischen Tiefen aufgestiegen und dieser Frau mit dem Zweiten Gesicht ins Innerste gedrungen? Hatten sie Vorerschütterungen in ihrem Gemüt bewirkt und sie ausrufen lassen, Furchtbares werde kommen? Wer hätte hierüber Zuverlässiges sagen können? Wohl niemand.

Lotte Natalie hatte ihre Mutter und Valentin Vulpescu mit dem nächsten Flugzeug schnell wieder nach Hause befördert. Sie saß, in den Wintermantel gehüllt, in der kalten Wohnung, hatte die Scherben des beim Beben umgefallenen Geschirrschranks in einen Eimer gefüllt und sich nachts den Kater Pussu ins Bett geholt. Christians Bücherregale waren umgestürzt, Dieter Paul Kärrner war noch in der Erdbebennacht vorbeigekommen, um nachzusehen, was passiert sei, und hatte geholfen, die Bibliothek wieder in Ordnung zu bringen. Er wußte da noch nicht, daß sein Freund und Schreibtisch-Gegenüber, der Literaturkritiker Mihai Petroveanu, in der Erdbebennacht mit anderen Freunden und Kollegen, die zusammen das jüdische Purimfest feierten, umgekommen war. Das sollte sein Gemüt derart verstören, daß er, trotz eindringlichen Zuredens von Kollegen, seinen Dienst bei der Zeitschrift „Rumänische Revue" niemals wieder aufnahm.

Es herrschte Elend in der Riesenstadt Bukarest. Aus den Schuttbergen Dutzender zusammengestürzter Hochhäuser blickten einen nicht nur Eisenbetten, Kühlschränke und sonstiger Hausrat gespenstisch an, hier und dort hörte man aus ihnen auch noch Telefone unaufhörlich läuten, fühllose Zeugen einstiger Lebendigkeit.

Schreckensanekdoten waren im Umlauf. Eine davon betraf den Milizmann, der in der Erdbebennacht vor der Agentur der israelischen

Fluggesellschaft ElAl in der Strada Batiştei Wache schob. Plötzlich sah er das gegenüberliegende Hotel Intercontinental mit seinen vierundzwanzig Stockwerken auf sich zukommen. Er soll auf der Stelle den Verstand verloren haben.

Kleinste Geräusche und Erschütterungen durch vorbeifahrende Laster oder Busse lösten Schocks bei Menschen aus, die sonst gute Nerven hatten. Als es einmal an Christian Rosenows Arbeitsplatz im „Scînteia"-Haus in der Wand krachte, stürmte aus einer benachbarten Zeitschriftredaktion ein Kollege ins Zimmer und schrie: „Seid ihr wahnsinnig, an die Wand zu klopfen? Bei uns liegen die Nerven blank."

„Auch bei uns liegen sie blank", erwiderte Christian, „hier klopft aber kein Mensch an die Wand, und wahnsinnig seid ihr selbst. Was da in der Wand kracht, sind berstende Ziegel. Die tun genau das, was die Erdplatten in Bebenzonen tun, sie leiten aufgestauten Druck ab."

„Danke für die Belehrung, Sie Klugmann. Darauf wäre ich nie gekommen", zischte der Beschwerdeführer, „so lernt man sich kennen."

O ja, so lernt man sich kennen, so lernt man überhaupt manches und manchen besser kennen, auch den eigenen Staatschef. Für den war mit dem fatalen Bukarester Erdstoß der große Augenblick gekommen. Plötzlich standen die Kräfte der Natur in seinen Diensten. Was diesen Provinzmenschen schon lange ärgerte, das alte Bukarest mit seinen lauschigen Winkeln, war über Nacht in seiner Substanz angeknackst und rief nun geradezu nach der Abrißbirne. Madame Elena ließ ihrem Haß auf Sakrales freien Lauf und ermunterte die Bausanierer, die Baggerschaufeln fleißiger in Kirchengemäuer stoßen zu lassen, jetzt sei dazu die Gelegenheit. Von den über hundert orthodoxen Gotteshäusern der Stadt würden ohnehin mehr als genug übrigbleiben.

Über den Erdbebenschutt, über die von Rissen durchzogenen Häusermauern der Stadt hinweg hatte der Conducător die Vision einer neuen Kapitale. An fast schon jedem Fernsehabend sah man ihn, umringt von Experten, vor architektonischen Kleinmodellen Bukarests stehen und mit dem Zeigefinger seine berüchtigten „wertvollen Hinweise" geben.

Der damals schon 77jährige Charles Francis Richter, Erfinder der nach ihm benannten Skala zur Erfassung von Erdbebenintensitäten, unkte aus Amerika fleißig Szenarios schlimmer Nachbeben nach Rumänien herüber. Die wohlgemeinten Warnungen waren dann aber doch eher Wasser auf die Mühlen Ceaușescus, des künftigen Erbauers von Megalopolis in der walachischen Steppe.

LIX
Der große Exodus rollt an

Christian Rosenow fühlte sich fast schon wie ein Verräter, weil er in Bukarests schlimmster Nacht seit Menschengedenken, eingeschlossen also den letzten Krieg, nicht dabei gewesen war. Von Lotte Natalie mußte er sich immer wieder anhören, er könne da überhaupt nicht mitreden, denn was damals, am Abend des 4. März 1977, im Gemüt einer Millionenmetropole wie Bukarest vorgegangen sei, das ließe sich mit Worten nicht ausdrücken. Man könne es nur verstehen, wenn man nicht, wie er, tausend Kilometer weiter westwärts die Bilder der schönen Stadt Wien in seine Seele hätte fließen lassen, sondern stattdessen die tausend Schrecken jener Schicksalsnacht. Gegen soviel große Worte war mit Argumenten schlecht anzukämpfen.

Ihre Wohnung in der Strada Alexandru Sahia mußten Rosenows übrigens für zwei Wochen räumen, denn so lange gab es dort weder fließend Wasser noch Strom, noch Heizung. Gerade nur das Telefon und dessen immer wiederkehrendes ostentatives Läuten erinnerten an die flüchtigen Bewohner eines späten Herculaneum, wenn auch hier mit der Hoffnung auf eine Rückkehr irgendwann. Mit ein paar Habseligkeiten und dem Stubenkater Pussu im Körbchen zogen Rosenows also für diese Zeit zu Freunden, die in der Nähe des Stadtparks Cişmigiu über ein eigenes Haus mit genügend Wohnraum selbst für vorübergehend Obdachlose verfügten.

Aufgenommern wurden sie hier mit aristokratischer Großzügigkeit in die Familie von Christians Lektoratskollegin Erika Constantin. Da hatte selbst der Kater Pussu beinahe schon sein eigenes Zimmer und wurde ob seines schwarz-weißen Felles im Yin&Yang-Muster von allen Hausbewohnern hofiert und verwöhnt. Fast also fühlte man sich bei Constantins wie in einem außerstädtischen Refugium jener Zeiten, da noch die Pest Europas Metropolen gelegentlich heimsuchte. Auch Erikas Bruder mit Familie, an Bukarests nobelster Meile, dem Bălcescu-Boulevard, wohnhaft, hatte im Vaterhaus Quartier bezogen, denn auch sein Appartement war nicht ohne Bebenschäden davongekommen, und deren bauliche Überprüfung und Sanierung stand noch bevor.

Das Sonderbare und Staunenswerte am Haus der Constantins war zunächst seine Lage. Trat man aus dem weitläufigen Hof auf die Straße, so hatte man gerade noch zwanzig Schritte zu gehen und befand sich schon in dem Stadtpark, den der Begründer der rumänischen Monarchie, Karl I. aus dem Hause Hohenzollern-Sigmaringen, von einem Landschaftsarchitekten deutscher Herkunft um die Jahrhundertwende hatte anlegen lassen.

Aus der Habsburger Monarchie war der Architekt Maugsch, Erika Constantins Großvater, ins Land gekommen. Er wurde Schöpfer repräsentativer Gebäude der Hauptstadt, so des Außenhandelsministeriums in Universitätsnähe. Damit erklärte sich auch die auffällige Lage seines patrizial vielräumigen Doppelhauses, das, wie gesagt, stadtmittiger nicht hätte sein können, darüberhinaus aber, obzwar an einer Straßenbahnlinie gelegen, durch den vorgelagerten Hof so schützend weit von der Straße weg- und eingerückt war, daß man vom Verkehr nichts wahrnahm.

Von irgendwo aus dem Häusermeer der Riesenstadt hierhergekommen, befand man sich urplötzlich in den Wänden eines fast schon römisch anmutenden Palazzo. Dem stand die Tochter jenes Erbauer-Architekten Maugsch vor, eine siebzigjährige Dame souverän-heiteren Gemüts. An ihr und ihrem freundlichen Regiment konnte man erfahren, was ein solcher Wohnsitz wert war, wenn draußen die Welt zusammenbrach. Das schon ein Dreivierteljahrhundert alte Haus zeigte selbst nach diesem schwersten Erdstoß nicht den geringsten Riß.

Angst ist ein Seelentöter, und von Lotte Natalie hatte sie mit scharfer Kralle Besitz ergriffen. Sie traute den Stützen und Streben nicht, die allenthalben in der Stadt, vor allem an den überdachten Eingängen von Hochhäusern, aufgetaucht waren. Bergarbeiter aus dem Schiltal waren wochenlang in der Hauptstadt zugange, um die Fertigkeiten ihres unterirdischen Tuns einmal an Oberirdischem zu erproben.

„Als das Bebengrollen durch die Stadt fuhr, standest du sozusagen in der Gnade der Abwesenheit", sagte, auf das Thema immer wieder zurückkommend, das Sonntagskind Lotte Natalie zum Montagskind Christian in seltsam feierlichem Ton. „Du wirst es deshalb nie verstehen: In dieser Stadt, in der ich aufgewachsen bin, in der ich mein

467

halbes Leben verbracht habe, möchte ich nicht länger bleiben. Gehen wir doch irgendwohin nach Siebenbürgen, nach Hermannstadt zum Beispiel, nur möglichst weit weg von hier."

Auf diese fast schon flehentlich vorgebrachte Bitte Lotte Natalies wußte Christian nicht viel zu erwidern. „So etwas wie Hermannstadt müßte es schon sein, wenn wir beide unseren Beruf weiter ausüben wollen", sagte er. „In Burgstedt, so schön es dort auch ist, könnten wir das nicht. Georg Scherf, mein Autor und Freund, hat mich wissen lassen, er könne uns beide an seinem Germanistiklehrstuhl in Hermannstadt unterbringen."

„Na also, das ist ein Wort. Machen wird das", war Lotte Natalie gleich Feuer und Flamme.

„Nur", gab Christian zu bedenken, „das ist leicht gesagt heute, wo alles, wie man sieht, den Bach hinuntergeht. Unsere deutschen Leute sitzen auf gepackten Koffern und warten auf das Zeichen zum Aufbruch. An deiner Universität spürst du das nicht, Deutsch als Fremdsprache ist zeitlos-krisensicher, in einem Verlag aber, der deutsche Bücher herausbringt wie meiner, merkt man das sehr wohl."

Wie um das alles zu bestätigen, kam bald nach diesem Gespräch die Nachricht von Christians Schwester Edda in Kronstadt, es sei nun endlich so weit, sie sei aufgefordert worden, die Ausreisepapiere für sich und die Kinder abzuholen. Mit dem Herauskauf der Familie durch Schwager Ulf Scheser in München hatte es also nach fünf Jahren Wartens endlich geklappt. Zwei Wochen später brachten Rosenows die Verwandten mit Sack und Pack zum Flughafen. Von hier aus waren übrigens die Jahre davor schon Christians Bukarester Onkel Hellmut Lehn mit Frau Alice und Tochter Rosemarie, kurz darauf auch der väterliche Freund Adolf Grohs mit seiner vielköpfigen Familie nach Westen entschwebt, der eine nach Frankfurt, der andere nach Freiburg.

Bei all diesen Flughafen-Abschieden hatte Christian regelmäßig das gar nicht traurige, eher beruhigende und auch beglückende Gefühl, er tue dabei nichts anderes, als Lebenskapital auf eine sichere Bank im Ausland zu befördern. Und nicht weniger wichtig war für ihn, daß damit Unumkehrbares geschah. In aller Stille war der Exodus der Deutschen aus Rumänien längst im Gange.

Hinzu kam, daß die Mitarbeiter- und Autorenfront im Verlag schon länger bröckelte. Längst war Freund Richard Adelfini nach Erlangen ausgewandert, herausgekauft von zwei westdeutschen Tanten. Autor Franz Hein hatte einen Ausreiseantrag gestellt und wurde beim „Neuen Land" deshalb sofort gekündigt, da Journalisten angeblich „Geheimnisträger" waren und daher erst nach Ablauf einer dreijährigen „Quarantäne" aus der Staatsbürgerschaft entlassen werden konnten. Der überzeugte Dableiber und treueste Rosenow-Freund Heinrich Lenz mußte vom „Neuen Land" ebenfalls gehen, nicht wegen eines Ausreiseantrags, sondern weil er sich öffentlich, d. h. in einer der täglichen Mittagssitzungen, geweigert hatte, die verkündeten neuen Preiserhöhungen von Agrarprodukten in der Zeitung lobend zu würdigen. Franziskus Barsa, der zum Ministerialrat aufgestiegene ehemalige Zeitungskollege, brachte Lenz sofort in seinem Bereich unter, bei einer deutschsprachigen Zeitschrift des Kulturministeriums. Damit war nun allerdings für Heinrich Lenz auch klar, daß unter solchen Umständen seines Bleibens im Lande nicht länger war.

Die Zukunft von Rosenows und ihresgleichen begann sich zu verdunkeln. In einem einzigen Jahr brach Christians halbes Lektorat weg. Erika Constantin und Gatte, eben noch Gastgeber der Rosenows im großväterlichen Haus, hatten sich überraschend entschlossen, zu ihren Verwandten nach München überzusiedeln und das Haus samt seinem kostbaren Inhalt dem Staat zu überlassen. Überdies bekam Michel Burkert, Christians langjähriger Lektoratskollege, überraschend schnell die Ausreise zu seinen Verwandten nach Düsseldorf genehmigt. Der Strom der Auswanderer nach Deutschland, der die vielen Jahre davor nur sehr träge dahingeflossen war, schien sich in seinem Lauf auffallend zu beschleunigen. Es war plötzlich kein Halten mehr, und die einzige, die beim Anblick dieser Bewegung der Mut nicht zu verlassen schien, war Vize-Verlagschefin Hedwiga Hauer, die in mancherlei Gremien von Partei und Staat vielfach verankerte „Deutschfrau". Offenbar machte es ihr nicht viel aus, auf schlingerndem Schiff, verlassen von der halben Mannschaft, weiter dahinzusegeln.

Für wen aber sollten noch deutschsprachige Bücher herausgebracht werden, wenn es so weiterging mit der Abwanderung, war Christian Rosenows tägliche Frage seit den Erschütterungen des Bebens und der vielen kleinen Nachbeben im eigentlichen und übertragenen Sinne. „Es ist lieb von Georg Scherf", sagte er zu Lotte Natalie, „daß er uns bei sich in Hermannstadt haben möchte. Wenn wir aber hier die Zelte abbrechen, dann ist es, unter den jetzigen Umständen, mit einem Wechsel nach Hermannstadt nicht getan. Das wären höchstens ein paar Jahre Zukunft. Wenn wir also von hier weggehen, dann bitte gleich noch weitere tausend Kilometer westwärts."

„Es macht mich traurig, wenn ich daran denke", sagte Alfred Kyttner zu Rosenows bei ihrem nächsten Jour fixe im „Capşa", „aber ich kann euch beim besten Willen nichts Erfreulicheres prophezeien, so gern ich es täte, so gern ich euch weiter dabiehielte. Doch warten wir ab, was dieses Jahr noch bringt."

Es brachte nur Unruhe und Ungewißheit. Die rumänische Sendung von Radio Free Europe, während der Erdbebentage von rührender, fast schon versöhnlicher Teilnahme für das getroffene Land, begann sich nun kritisch mit Ceauşescus groteskem Retter-Aktionismus zu befassen, der für die Zukunft, vor allem für jene der Hauptstadt, nichts Gutes verhieß.

LX
Herr Golden fragt: „Bin ich ein Mensch oder nur ein Numero?" / Abflug nach Germanien

„Kinder, es wird ernst". Else Grigore, ehemals Kollegin der Rosenows beim „Neuen Land" und nun schon länger Angestellte der bundesdeutschen Botschaft in Bukarest, begann mit diesen Worten das Gespräch, zu dem sie die beiden, nicht zu sich nach Hause, sondern in den nahen Stadtpark „Cişmigiu" geladen hatte. „Telefonisch konnte ich euch das nicht sagen. Ich werde abgehört, wie ihr euch denken könnt. Nun also: Kanzler Schmidt hat vergangene Tage bei seinem Kurzbesuch in Bukarest mit ‚Ceau' persönlich das Papier unterschrieben, das die Ausreise von monatlich tausend Rumäniendeutschen nach der Bundesrepublik regelt. Dabei spielt Familienzusammenführung keine Rolle mehr. Ich rate euch, möglichst bald die Antragspapiere in der Strada Nicolae Iorga abzuholen, wartet nicht, bis es zum Stau kommt."

Bundeskanzler Helmut Schmidts Besuch war Anfang Januar 1978 gewesen, Christian Rosenow hatte aber erst Anfang März deutlich das Gefühl, nun sei es Zeit, wegen der Antragsformulare beim Paßamt vorzusprechen. Ein bißchen Frühlingsluft wünschte man sich nämlich schon um die Ohren für so Einschneidendes wie diesen Schritt. Hatte man den Antrag ausgefüllt und abgegeben, begann eine Uhr zu ticken, auf deren Gang man keinen Einfluß mehr hatte. Eine Art Vogelfreiheit nahm ihren Anfang, ein Zustand des sich auflösenden Rechts, und dieser kannte nur noch Zukunft ohne die Möglichkeit der Umkehr. Das mulmige Gefühl des Nicht-mehr-Dazugehörens ergriff von einem Besitz, wenn sich auch sonst am Tagesablauf nichts änderte.

Seiner Vorgesetzten, der Vize-Verlagschefin Hedwiga Hauer, teilte Christian es in zwei Raten mit. Anruf am Morgen bei ihr zu Hause, er habe ihr Wichtiges zu beichten. Sie darauf: „Ich muß heute um neun in eine Parlamentssitzung, bringst du mich mit deinem Wagen hin?" In der Intellektuellen-Karosse Marke „Trabant", mit der Rosenows nun schon vier Jahre ausgestattet waren, eröffnete er ihr das Eigentliche. Konsterniert war Hedwiga Hauer bei der Nachricht nicht, fast schon freudig erregt schien sie zu sein wie über etwas, das sie erwartet hatte. Und auch irgendwie erleichtert, denn mit einem Mal war die Spannung gewichen, die es zwischen ihnen schon länger gab, zwischen der Dominanz ihrer Stellung und der bloß durch Kompetenz umschriebenen eigenen.

Die Kollegen von der ungarischen Redaktion blickten nur gerade etwas verschmitzt, wenn sie ihn auf dem Korridor trafen, oder, sagen wir, mit jenem Ausdruck von Respekt und Mitleid, den man beim Anblick eines unheilbar Kranken an den Tag legt. Jedenfalls fiel kein Wort über Rosenows neuen Status im Verlag. Für sie war er nach wie vor der Chef des Deutschen Lektorats, obwohl er als solcher kein Unterschriftsrecht mehr hatte. Im Impressum der von ihm lektorierten Bücher durfte sein Name nicht mehr erscheinen, es war aber auch niemand sonst an seiner Stelle ernannt worden – wer denn auch, wo die Redaktion personell ausgeblutet war. Anders als im Presse- oder Unterrichtswesen, wo in Ausreise-Fällen sofortige Entlassung die Regel war, geschah in den Buchverlagen diesbezüglich nichts, wie die vorangegangenen Beispiele Erika Constantin und Michel Burkert zeigten. Dafür mußte sich Lotte Natalie an der Universität dem Spießrutenlauf durch drei Kommissionsinstanzen aussetzen, einer höchst lächerlichen Veranstaltung mit dem Ziel, den Ausreisewilligen zum Bleiben zu bewegen, doch mit dem bekannten Ausgang für alle Beteiligten: Rückzieher gab es nicht. Im Hochschulbereich bekam der Betroffene denn auch umgehend zu spüren, daß er ein Ausgestoßener war; der gescheiterten Umstimmungsaktion folgte auf dem Fuße die Entlassung.

Zwischen Nicht-mehr-hier und Noch-nicht-dort lebte man in einem Zustand sozusagen vorfreudiger Erregtheit. Man beförderte an Wochentagen je zwei Päckchen exportierbarer Bücher an eine deutsche Adresse, man ließ arrogante Damen vom Kulturerbe-Amt über die Ausfuhr von Stilmöbeln und älteren Büchern gutachterlich befinden, mit dem Resultat, daß nicht genehmigt wurde, was an Möbeln älter als fünfzig und an Büchern älter als fünfundzwanzig Jahre war. An dieser staatlich betriebenen Ausplünderung merkte man zum ersten Mal, daß man aus natürlichsten Rechten, vor allem solchen des Besitzes, entlassen war und nur noch Pflichten hatte, zum Beispiel die, eine Eigentumswohnung, wie Rosenows sie seit vier Jahren besaßen, für einen Apfel und ein Ei an den Staat abzugeben, der einen dann zum Dank gehen ließ. Man hatte angesichts solcher behördlich organisierten Wegelagerei aber wenigstens das Gefühl, mit dem Ausreiseantrag keinen Fehler gemacht zu haben.

Die Verstoßung, in die man sich immer deutlicher hineingeraten fühlte, hatte aber nun auch eine erfreuliche Seite: Man brauchte sich um Regeln und Gesetze weniger zu scheren, man genoß sozusagen Narrenfreiheit, und das äußerte sich für Rosenows zunächst darin, daß sie Lauschattacken aus der Hausmeisterecke nicht mehr zu befürchten hatten, auch nicht eventuelle Ermahnungen von Madame Colonel Stoian wegen des Hörens von Free-Europe-Sendungen, kurz, sie hatten die seltsame Empfindung, schon unter dem Schirm des Ausreise-Ziellandes zu stehen, sie waren also nicht nur selbst in Gedanken sozusagen bereits „drüben", sondern wurden offenbar auch von der Umgebung schon als Schützlinge einer fremden Macht angesehen.

Aufreizend war für Colonels aber wohl weniger das unfreiwillige Mithören verbotener Radiosendungen aus der Wohnung der Rosenows als dasjenige von Tonkassetten, mit deren Hilfe Christian sich die englische Sprache aneignete, ein Idiom, das seinerzeit an humanistischen Gymnasien mit ihrem obligatorischen Französisch nicht gelehrt wurde, sondern nur an Handelsschulen. Nun gut, auch ein größerer Geist wie Eugène Ionesco, in seiner Jugend einmal Schüler an Bukarests berühmtem Sf.-Sava-Gymnasium, hatte sich im Nachkriegs-Paris der Mode gebeugt, Englisch zu lernen, und tat dies mit Hilfe derselben Methode „Assimil", die nun auch Rosenow für den Erwerb dieser Welt-Umgangssprache am geeignetsten hielt. Immerhin war für Ionesco aus dem Englisch-Studium nach dieser ausgesprochen humoristischen Methode etwas ebenfalls Humoristisches in einem tieferen Sinn herausgekommen, nämlich – so wenigstens ist es überliefert – das berühmte Stück „Die kahle Sängerin", eine pièce de résistance des Absurden Theaters, deren ursprünglicher Titel denn auch „Englisch ohne Mühe" lautete.

So weit hinaus und hoch hinauf mochte Christian in seinem Assimil-Englisch-Studium die Gedanken nicht schweifen lassen, daß er sich vorstellte, an dessen Ende könne eventuell, wie bei Ionesco, auch für ihn ein zukunftsweisendes Werk stehen, da das Absurde und das Surreale ja irgendwie verwandt waren, wo nicht verschwistert, so doch zumindest vervettert. Hatte nicht auch er einst bloß aus enzyklopädischen Stichwörtern wie Regenpfeifer, Regensburg, Max Reger eine wundersame Melodey mit dem Titel „Hymne auf einen Vogel" komponiert? Warum also nicht wieder, diesmal mit dem Schlachtruf „my kingdom for a horse named Pegasus", Attacke reiten?

An anderes als solch launige Spiele mochte der vogelfreie, für ernstere Privatlektüren untauglich gewordene Ausreiseaspirant nicht denken. Ihn freute schon die Eingängigkeit der von dem Franzosen A. Chérel entwickelten Lernmethode, die einem nach sechsmonatigem Studium anhand so profunder Sätze wie „my tailor is rich" und „my tailor is not rich" nicht weniger als die Verinnerlichung von viertausend Vokabeln samt deren praktischer Anwendung versprach. Und natürlich freute Rosenow beim Abhören der „Assimil"-Begleitkassetten, wie angedeutet, ganz besonders noch eines: daß Madame Colonel Stoian durch die dünne Wand, die die Rosenow-Wohnung von der ihren trennte, sich die Laute der verhaßten Sprache des angloamerikanischen Imperialismus in ihr empfindliches Sängerinnen-Ohr (sie wirkte im Bukarester Opernchor mit) einträufeln lassen mußte.

Neben solch kleinen Freuden und den mancherlei Genugtuungen, die ihnen das sichtbare Fortschreiten ihrer Ausreiseaktion bereitete, gab es in diesem bei Gott nicht ereignisarmen Jahr für Rosenows auch noch anderes zu überstehen: die Abschiede von Menschen und Orten ihres bisherigen Lebens vor dem Neubeginn in einem Land weit weg von hier. Sie lernten Leute kennen, von denen sie bis dahin nie gehört hatten, die aber mit ihnen offenbar doch im gleichen Boot saßen, Ausreisewillige wie sie. So den herzergreifenden Herrn Golden, der zu seiner Tochter nach Westdeutschland wollte, aber schon lange vergeblich und daher mit wachsender Ungeduld auf sein Einreise-Visum, die sogenannte „Ru-Nummer", wartete.

„Frau Doktor Vogel", sagte er wehklagend zur Konsulin der bundesdeutschen Botschaft, „bin ich nun ein Mensch oder nur ein Numero?" Mit dem Herrn Golden trafen sich Rosenows dann noch beim Zollamt, als die Ausreisehürden schon ziemlich alle genommen waren, und der riet ihnen, zwei von den extradicken chinesischen Wolldecken zu kaufen, die man jetzt im Handel bekäme, und unbedingt auch noch, ebenfalls aus chinesischem Import, zwei Cloisonné-Vasen, pro Person eine, da man für diese doch keinen Ausfuhrstempel des Kulturerbe-Amtes brauchte. Weil aber Rosenows so liebe und umgängliche Zeitgenossen waren, wie Herr Golden bei verschiedenen Zufallsbegegnungen fand, sollten sie unbedingt auch zusammen mit ihm für die Ausreise einen „Waggonen" mieten, das sei erlaubt, in dem könnten sie noch und noch Möbel und anderen Hausrat mit nach Deutschland nehmen.

Aus dem gemeinsamen Ausreise-„Waggonen" wurde dann aber nichts, weil die „Ru-Nummer" des Herrn Golden sich immer weiter verzögerte und Rosenows nach Erledigung aller Formalitäten, und das war bereits im trüben Monat Dezember der Fall, ihre Ausreise nicht auch noch ins nächste Jahr aufschieben wollten, schon deshalb nicht, weil man nicht wissen konnte, was die Obrigkeit sich zum Jahreswechsel noch alles würde einfallen lassen.

Doch bis dahin unternahmen Rosenows während der ihnen noch zustehenden Urlaubstage Abschiedstouren quer durchs Land, zunächst ans Schwarze Meer, nach Costineşti, dem früher vor allem von deutschen Landeskindern vielfrequentierten einstigen Mangea Punar. Dieser Ort mit türkischem Namen war vor der 1940 erfolgten Aussiedlung seiner bessarabisch-schwäbischen Kolonisten ein beliebtes Ferienziel vor allem der Kronstädter, und zwar so sehr, daß es selbst in einem Roman der dreißiger Jahre, in Adolf Meschendörfers „Der Büffelbrunnen", eine schicksals- und symbolträchtige Rolle spielte. Nach dem Kriege wurde dieses Costineşti regelrecht auch noch zu einer Künstlerkolonie, in der man während der Sommermonate Dichter, Maler und Musiker der Nation zahlreich versammelt fand. Den Freunden Alfred Kyttner und Immanuel Glass begegneten Rosenows nun hier, auch Stan Done, Christians Buchgraphiker-Kollegen aus „Juventus"-Tagen, ja, und wem alles noch aus der Bukarester Kulturprominenz, wenn man den breiten Sandstrand nach bekannten Gesichtern abzusuchen sich die Zeit nahm.

Vom Schwarzen Meer fuhren Rosenows, nach kurzer Rast daheim in Bukarest, weiter westwärts über die Karpaten nach Siebenbürgen, wo das große Addio erst richtig begann.

In Hermannstadt trafen sie Onkel Hellmut Lehn mit Tante Alice und Tochter Rosemarie, längst schon alle Bundesbürger und jetzt sozusagen auf Brautfahrt, denn Schwiegersohn Dan Ioanid, in dessen Elternhaus Rosenows Quartier bezogen, sollte nach erfolgter Heiratsgenehmigung gleich mitgenommen werden auf die Heimreise nach Frankfurt.

Vom Autor und Freund Georg Scherf, der dem Hermannstädter Germanistik-Lehrstuhl vorstand, gab es einen Abschied der unterdrückten Tränen. „Was ich mit dir vorhatte, einen Band ‚Das Beste von Georg Scherf', das fällt nun flach. Der Himmel weiß, wann es wieder dazu kommt", sagte Christian im Gedanken an die erzählerischen Juwelen, die in Scherfs umfangreichem Werk verstreut und wenig beachtet herumlagen.

Von Hermannstadt ging es wieder ost- und heimwärts, zunächst nach Schäßburg, der Geburtsstadt von Christians Vater. Da war das rotgestrichene Haus der Rosenows fast schon verwaist, denn Onkel Otto und Tante Selma waren von einer Reise nach Westdeutschland nicht mehr zurückgekehrt, nur die Kusinen waren alle noch da, zwei von ihnen aber, samt Familie, schon auf den Reisekoffern sitzend. Von Schäßburg war's nicht mehr weit nach Mediasch, wo Patenonkel Franz Lehn mit Christians Lieblingstante Erika schon sehr bekümmert auf Rosenows warteten.

„Hoffentlich geht's bei uns jetzt auch so schnell wie bei euch in Bukarest", sorgte sich die Tante, „denn dein Onkel Franz arbeitet sehr daran, vorher noch schnell ins Gefängnis zu kommen. Neulich hat er doch der englischen Königin eine Karte geschrieben, des Inhalts, Ihro Majestät habe gut daran getan, Ceaușescu zum Staatsbesuch einzuladen, wo sie ja schon Idi Amin, Diktator und Oberschlächter von Uganda, einen echten Geistesverwandten des rumänischen Präsidenten also, bei sich zum Mittagessen hatte. Ja, was sagt man nun dazu?" „Dazu", erwiderte Christian, „sage ich nur, wenn unsereiner mal über sechzig ist, darf er ‚pustig' sein." „Pustig", eine spezifisch siebenbürgisch-sächsische Geistesverfassung, bezeichnet in etwa die Mischung aus jüdischem „meschugge" und englischem Spleen, die auf Onkel Franz nun doch einigermaßen zutraf.

In Burgstedt machten Rosenows zwei Tage Station. Da wohnte Christians Mutter nicht mehr in ihrem Vaterhaus in der Kirchgasse, sondern neuerdings in noch größerer Kirchennähe bei freundlichen Wirtsleuten, und war ob der bevorstehenden Abreise auch ihres Sohnes – Tochter Edda war nun schon über ein Jahr fort – ganz aufgelöst. „Wann man hier seine Ausreise genehmigt bekommt, weiß nur der liebe Gott allein. Bisher habe ich noch nicht einmal die Ausreiseformulare in Händen, die muß man, anders als bei euch in Bukarest, erst noch beantragen und sich dann in Geduld fassen."

In Bukarest zurück, überstürzten sich die Dinge für Rosenows. Ende November flatterte die Ausreisegenehmigung ins Haus: Die braunen Staatenlosen-Pässe mit Ausreisevisum waren in der Strada Nicolae Iorga abzuholen. Doch zuvor hatten sie ihre Eigentumswohnung an den Staat abzugeben sowie tausend ältere Bücher und etliche antike Möbel, für die keine Exportgenehmigung zu bekommen war, bei Freunden unterzubringen. Mitte Dezember war es soweit, an die Flugtickets zu denken. Was letztere betraf, saß da am Schalter der Fluggesellschaft Tarom zufällig eine Art Kusine aus Lotte Natalies entfernterer Verwandtschaft.

„Wann möchtet ihr denn nun?" fragte sie. „Nach Frankfurt gibt es drei Maschinen pro Woche, Dienstag, Donnerstag und Samstag, die ganze Vorweihnachtswoche also." „Ich denke", sagte Christian, „Donnerstag, der einundzwanzigste Dezember, wäre der ideale Abflugtag." „Wieso gerade der einundzwanzigste?" „Ganz einfach, da hätte unser aller langjähriger Wohltäter Stalin, wäre er noch am Leben, seinen neunundneunzigsten Geburtstag. Das ist doch ein würdiges Datum, sich aus dem einstigen Bereich seines Wirkens zu verabschieden."

Bei „Trabant"-Sportsfreund Rolf Grazer aus uralt Burgstedter Bekanntschaft und seiner Frau Hildegard kamen Rosenows nach Übergabe der Wohnung unter. Mit dessen Plastikbomber aus DDR-Produktion, dem Statussymbol auch von Rosenows vierjährigen Fahrfreuden, wurden die Ausreisenden zum Flughafen Otopeni gebracht, der Kater Pussu in Lotte Natalies Armen. Dieser durfte, als regulärer Passagier mit eigenem, auf den Namen „Pussu Rosenow" lautendem Tierpaß, dann auch im Flieger weiter auf Frauchens Schoß sitzen bleiben und zwei Stunden später mit ihr sozusagen den Fuß auf deutschen Boden setzen. Als Lotte Natalie mit diesem schwarz-weiß-gescheckten Glücksbringer die Ankunftshalle des Frankfurter Flughafens betrat, war dort gerade eine schwarzafrikanische Reinigungskraft mit dem Schrubber zugange, ein schokoladefarbenes Töchterlein an ihrer Seite. Das eräugte den Kater Pussu, zeigte mit der Hand auf ihn und rief: „Mami, sixt a scheni Koatz."

Rosenow, in merkwürdig feierliche Stimmung versetzt, meinte nun, dem Augenblicke hochgemuter Vorbedeutung doch zumindest durch einen sinnigen Spruch gerecht werden zu sollen, kramte zusammen, was er aus Werner Eisenhuts Lehrgang für Liebhaber des Lateins im Gedächtnis behalten hatte, und formulierte todesmutig:

Salve Africa, tardissime in Germaniam intranti te salutant.

FINIS

Inhalt

I.	Durchs Gebirge	5
Caprichos.	**Was und wozu sie sind**	20
Capricho 1.	**Der Wolf und die sieben Geißlein in Burgstedt. Ein Märchen der Brüder Grimm in transsilvanischer Verpflanzung**	21
II.	Es lebe Mihai	23
III.	Herr Spahn, „Privatsekretär"/Stalin, der große L(H)enker	33
IV.	Gottes Zeit ist lang/Marienerscheinung/ Der Tanzbär	42
V.	Wieder nach „Welschland"/Schöne Fremde	57
VI.	Besuch bei einem „Helden der Arbeit"/ Operation am offenen Herzen	63
VII.	„Affentheater" am Platz der Flieger/ Der müde Lord	73
Capricho 2.	**Carols Café. „Casablanca", mit Verlaub, war vielleicht eher das einstige Bukarest**	80
VIII.	Probleme beleuchten und anschneiden	88
IX.	Was hat zwei schwarze Eier und singt?	95
X.	Der Hauptstadt verwöhnte Kinder	104
XI.	„Ich bin dann euer Schabbesgoi"/ Von den Sowjetmenschen lernen	115
XII.	Heiliger Franziskus inversus/Literarisches Tauwetter/Egilbert Ferkelius gibt sich die Ehre	123

**Capricho 3. Warten auf Gaudau. Ein Sommerdialog
im Bukarester Floreasca-Strandbad** 130

XIII.	Onkel Erwin, der Alleskönner	133
XIV.	Revolution und Konterrevolution / Echnatons Sonnengesang	140
XV.	Domestike sein ist eine Weltsicht	147

**Capricho 4. Demetrius Rothenburg. Ein verhinderter
Dichter drängt sich in unsere Aufmerksamkeit** 155

XVI.	Herr Flöte und Frau Holle	163
XVII.	Aus Gogols „Mantel" gekrochen	171
XVIII.	Sorgen und Likör/Bei Pfarrers: Heiliges und Unheiliges/Begegnung mit dem Zauberer	181
XIX.	Manches über Dante/Fete bei Lelia	190
XX.	Zwischen Verona und Helsingör/Osterleuchten/ Zahlenspiele	199
XXI.	Schildknappen und Schmeißfliegen	204
XXII.	Poetentreff bei Melchiors	210
XXIII.	An Sennhüttenfeuern / Bekannt, verwandt, verzankt	216
XXIV.	„Sie sind ein Dichter!"	223
XXV.	Schädlinge im universitären Unterholz	227

**Capricho 5. Der ewige Jäger. Der erstaunliche Lebensweg
eines verhinderten KZ-Apothekers** 232

XXVI.	Es lebe der Jugendverband, er weiß nicht, was er tut	240

XXVII.	Antiquarische Pirschgänge/Noch ein Vetter dritten Grades	246
XXVIII.	Der Schriftstellerprozeß	252
XXIX.	Die Sau mit den sieben Ferkeln / Stalins Hasengleichnis	258
XXX.	Aufklärung über Franz-Joseph-Land	263
XXXI.	Die heilsame Perversion des Denkens	268
XXXII.	Liebe, in den Sand geschrieben	273
XXXIII.	Chruschtschows UNO-Schuhanschlag	278
XXXIV.	„Vater Jongleur kommt nicht zurück"	283
XXXV.	Hermann der Cherusker, das germanische Gegenstück zum Dakerkönig Decebal	289
XXXVI.	Bergwanderung zweisam	298
XXXVII.	Diogenes Laërtios oder Wie man sich Feinde macht	308

Capricho 6. Idiosýnkrates oder Über die Richtigkeit der Namen. Der platonische Dialog „Kratylos" hilft aus Bezeichnungsschwierigkeiten — 314

XXXVIII.	Dieter Paul Kärrner, das Universalgenie	317
XXXIX.	Der Schikaneur	322

Capricho 7. Valentin. Vor Hitler fliehen und Stalin in die Arme laufen — 326

XL.	Allgemeine Amnestie / Kleine Bombe als Aprilscherz	332
XLI.	Gepolsterte Türen / Die „Sekretängs" grüßen nicht mehr/Alpenheinzi in Haferlschuhen	338

XLII.	Melchiors Aufstieg in den Ruhm und Umstieg aus dem Sichersten ins Tausendste	343
XLIII.	Eisenjahre – Gallenjahre/Schau dreimal hin, ehe du etwas zu wissen meinst	349
XLIV.	Celan und seine Bukarester Freunde/ Jour fixe im Café Capşa	353
XLV.	Jedem Generalissimus seinen Journalissimus	359
XLVI.	Ein sozialistischer Messias/Die Ufologen strömen herbei	364
XLVII.	‚Six apparitions de Dubček sur une gouttière'	370
XLVIII.	Egilbert Ferkelius' Eintritt in die Literatur als Romanfigur „Pirol"	377
XLIX.	Hypochondrischer Herbst	384
L.	Wozu Enzyklopädien gut sind/Hymne auf einen Vogel	389

Capricho 8. Die Geburt des Eleven Benis aus dem Geiste des *Je m'en fiche* 395

LI.	Das Doppelgesicht politischer Öffnung/ Der Volkswitz schärft die Messer	401
LII.	Ein Wiener Kulturdiplomat/Aufbruch der Intellektuellen	408
LIII.	Fünfte deutsche Literatur/Schon vorbeigeschaut: Ovid, Bischof Ulfilas, Martin Opitz	414

Capricho 9: Über den sich ausbreitenden Agrammatismus. Das neu gegründete „Literarische Duett" stürzt sich auf Lieschen Müller 420

LIV.	Auf allen Zweigen des Staatsbaums: Verwandte/ Des Geheimdiensts langer Arm	437
LV.	Jonas im Walmaul/Teufels Wiedergängertum in pfäffischer Gestalt: Ferkelius inquiriert	443
LVI.	„Drittvetter" Bergers geheime Mission	449
LVII.	Das Land braucht Ameisen, nicht Grillen/ Ost-Achtundsechziger auf Westreise	453
LVIII.	Bukarester Erdbeben/Madame Elena läßt angeknackste Kirchen nachbehandeln	459
LIX.	Der große Exodus rollt an	466
LX.	Herr Golden fragt: „Bin ich ein Mensch oder nur ein Numero?"/Abflug nach Germanien	471